La Mousson

Louis Bromfield

La Mousson

roman

TRADUIT DE L'AMÉRICAIN
PAR
BERTHE VULLIEMIN

LE GRAND LIVRE DU MOIS

Titre original :

WHEN THE RAINS CAME
(Harper Brothers, New York 1937)

Première Partie

C'était l'heure favorite de Ransome. Assis sur la véranda, sirotant son whisky, il contemplait les flots du soleil qui doraient d'un dernier embrasement les banians, la maison gris-jaune, les bougainvillées écarlates, avant de sombrer à l'horizon et d'abandonner le pays aux ténèbres. Pour lui, l'homme du Nord habitué aux longs crépuscules bleutés de l'Angleterre septentrionale, ce spectacle tenait du prodige — on eût dit que l'univers entier, pendant une seconde, s'immobilisait, pour se précipiter ensuite dans l'abîme de la nuit. Les couchers de soleil hindous éveillaient toujours en Ransome l'écho de quelque vieille terreur ancestrale.

Mais, à sa lumière dorée, Ranchipur ajoutait d'autres beautés. C'était l'heure où l'air tranquille se chargeait du lourd parfum des fumées de bois et de bouses de vaches, des jasmins, des soucis, de la poussière ocrée que soulevaient les troupeaux en rentrant du Champ de courses calciné où ils avaient été pâturer. C'était l'heure où résonnait le lointain roulement des tambours venant des bûchers funèbres dressés au bord de la rivière, au-delà du Jardin zoologique du Maharajah, l'heure où montait le hurlement des chacals jaunes qui, la nuit venue, quittaient la jungle pour se disperser dans la plaine en quête des cadavres du jour. C'était l'heure où flottaient, grêles, les sons de la flûte de Jean-Baptiste accroupi au portail pour accueillir la fraîcheur de la nuit.

Jean-Baptiste était assis sous l'immense banian aux branches envahissantes qui, chaque année, gagnaient quelques nouveaux mètres carrés du jardin. Dans le Nord, près de Peshavar, existait un banian géant recouvrant des hectares de terrain, où il formait une véritable forêt. Pourtant ce n'était qu'un seul arbre. « Si l'existence du monde se prolonge assez longtemps, pensait Ransome, cet arbre pourra l'envahir complètement, semblable au mal et à la stupidité humaine, lent, implacable, enracinant au sol une branche après l'autre, avec toute l'avidité et la force vitale des Indes. »

Chacals et vautours eux-mêmes devaient faire diligence, s'ils voulaient avoir leur part de cadavres. A l'aube, l'on pouvait voir, dispersés sur la plaine brune, aux alentours de la ville, de petits groupes noirs, querelleurs, se disputant les charognes ; c'étaient les vautours. L'instant d'après, ils s'étaient envolés, ne laissant que des tas d'os blancs, bien nettoyés : tout ce qui restait d'un âne, d'une vache sacrée, d'un chien errant, parfois d'un homme.

A travers le dédale de ses pensées, Ransome écoutait la flûte de Jean-Baptiste, mélopée monotone, sans cesse recommencée, où son oreille occidentale ne distinguait aucune nuance. Autant qu'il pouvait en juger, c'était, avec l'arrangement des lis bleus et des soucis, dernières fleurs du jardin à cette époque avancée, l'unique moyen d'expression pour l'âme de Jean. Jean n'avait pas de maîtresse ou, s'il en avait une, il la voyait rarement et en secret. Sa vie entière semblait dédiée à son maître : thé du réveil, petit déjeuner, lunch, dîner, chaussures, chemises du maître, culottes de cheval, shorts, brandy, cigares du maître. C'était un « boy » chrétien, catholique, de Pondichéry. Mieux que l'hindoustani ou le gujerati de Ranchipur, il parlait le français, un français étrange, adouci, chantant qui, dans sa bouche, prenait des sonorités d'idiome hindou.

De son vrai nom, il s'appelait Jean-Baptiste, mais pour Ransome il serait toujours Jean le Baptiste. Le prophète au corps émacié, nourri de sauterelles et de miel sauvage, ne devait-il pas ressembler à ce domestique en miniature ?

Trois ou quatre amis, accroupis dans la lumière déclinante, entouraient Jean. L'un d'eux l'accompagnait en frappant avec une nonchalance maladive sur un tambour. C'étaient les « boys » du Colonel, de Mr. Bannerjee, du major Safti ou peut-être de la Maison des invités du Maharajah. Il était très difficile de les reconnaître.

Par moment, la musique s'interrompait : les « boys » bavardaient. Ils savaient tout ce qui se passait à Ranchipur. Aucun d'eux n'était réellement capable de lire et n'aurait pu déchiffrer un journal. Pourtant, ils étaient au courant de tout, non seulement des guerres, tremblements de terre ou catastrophes ravageant les antipodes, mais aussi des adultères, vols, trahisons et autres événements de la vie de Ranchipur, que jamais les quotidiens de Bombay, Delhi ou Calcutta ne mentionnaient et qui, le plus souvent, restaient ignorés même de leurs maîtres.

Jean-Baptiste était au service de Ransome depuis le jour de l'arrivée de celui-ci à Ranchipur. Il « connaissait » son maître. De temps à autre, à l'heure du repas, aussi tranquillement que s'il eût déposé sur la table une tasse de thé ou un bol de riz, il lui servait une nouvelle stupéfiante : ainsi, le scandaleux enlèvement de Mrs. Talmadge par le capitaine Sergeant, Jean-Baptiste l'avait prédit trois jours d'avance, et Ransome eût pu l'empêcher, en prévenant Talmadge, si cela en eût valu l'effort.

Sous le banian, la musique s'arrêta et, dans la lumière tamisée, Ransome vit les têtes des « boys » se rapprocher. Mais presque aussitôt, dans l'arbre, au-dessus d'eux, éclata un vacarme infernal, cacophonie de voix et de cris sauvages, tandis qu'à la cime poussiéreuse des grands manguiers se bousculait la bande des singes de Ranchipur, au pelage gris noir, insolents, comiques, superbes, avertis de vieille expérience que personne n'oserait jamais les tuer : les Hindous, parce que jadis ils avaient combattu aux côtés de Rama, les Européens, à cause du scandale que provoquerait le meurtre d'un seul de ces animaux sacrés. Ransome les détestait, quand il ne s'en amusait pas. En ce moment, il les haïssait, pour leur tapage infernal qui troublait la sérénité du soir, aussi parce qu'ils déracinaient les plantes du jardin et, périodiquement, arrachaient les tuiles du hangar. Jean-Baptiste et ses amis, absorbés par leurs bavardages, ne levèrent pas les yeux. Mais le charme était rompu ; Ransome vida son verre, posa son éventail, se leva et alla derrière la maison interroger le ciel.

Le jardin, carré, de vastes dimensions, était entouré d'un haut mur de torchis jaune velouté, presque entièrement recouvert par les bougainvillées et les bégonias grimpants. En cette saison, tout y était desséché, jusqu'aux profondeurs de la terre, brûlé par l'implacable soleil que, depuis des semaines, aucun nuage ne venait tamiser. De-ci de-là, un souci ou une rose trémière, abreuvés par l'eau du grand puits sans fond à l'angle du jardin, résistaient encore à la lumière aveuglante. Depuis longtemps déjà, tous, cultivateurs, commerçants, soldats, ministres d'État, guettaient avec impatience la venue des pluies, ces pluies abondantes, diluviennes, qui, en l'espace d'une nuit, métamorphoseraient les jardins, les champs, la jungle, arides et roussis, en une masse verdoyante, vivante, qui s'élancerait à l'assaut des murs, des arbres et des maisons.

Le vieux Maharajah, désireux de savoir ses sujets à l'abri de la famine, attendait, lui aussi, leur venue avant de quitter Ranchipur pour les délices de Paris ou de Marienbad.

Chaque semaine la tension s'accentuait. Non seulement les nerfs, usés par l'horreur de ce soleil inhumain, étaient à bout, mais la terreur s'insinuait, terreur de la famine, des épidémies. En effet, personne ne s'illusionnait sur les réserves de grains et de vivres du vieux Maharajah ; elles ne pourraient suffire à sauver douze millions d'êtres de la misère et de la mort, si Rama, Vishnou et Krishna jugeaient bon de ne pas envoyer les pluies. L'épouvante s'infiltrait partout, jusque dans les jardins ombreux des riches marchands ou sur les vérandas des Européens qui, cependant, avaient la ressource de se réfugier dans les villégiatures des montagnes. C'était comme une infection qui se propageait de proche en proche. Ransome, que rien ne retenait à Ranchipur, en était lui-même contaminé. Depuis des semaines, cette angoisse planait telle une présence. Par moment, il semblait qu'on pût presque la toucher.

Plaintif et ardent, le son de la flûte s'éleva de nouveau.

La maison était simple et spacieuse. Construite jadis pour un fonctionnaire anglais, elle datait de l'époque où deux régiments stationnaient encore à Ranchipur. Bien trop vaste pour Ransome, elle se composait d'immenses pièces à plafond haut, abritées par un toit de tuile reposant sur une épaisse couche de chaumes, d'herbes et de roseaux, destinée à atténuer la chaleur et qui était devenue le lieu de rendez-vous des mangoustes, des lézards et des souris. La nuit, on les entendait gratter et s'agiter ; il leur arrivait même de troubler par leur tapage les dîners offerts par le maître de la maison. Cette grande bâtisse, de style géorgien, ne manquait pas de fantaisie. De l'extérieur, on l'eût prise pour une demeure de Belgrave Square ; mais, à l'intérieur, elle était pleine de mangoustes et de lézards. Ransome ne craignait pas ces bêtes ; il aimait les mangoustes nerveuses et timides et appréciait les lézards, parce qu'ils dévoraient les moustiques. Pendant les repas, on les voyait se faufiler derrière les miniatures et happer des insectes au passage.

Brusquement le soleil disparut, l'obscurité enveloppa le jardin et une gerbe d'étoiles surgit au ciel, scintillante comme les célèbres diamants de la vieille Maharani. A pas lents, Ransome suivit le sentier du jardin, contourna le puits entouré de bambous frissonnants, qu'une brise passagère agitait toujours au crépuscule. Une mangouste glissa devant lui, ombre à peine visible, en quête de souris et d'œufs de serpents. Ransome exécrait les serpents. Leur saison débutait. Jean-Baptiste avait déjà tué un cobra dans le parc du Maharajah, tout près de la grille. Dès la première goutte de pluie, ils sortiraient en masse des vieilles souches et des fissures des murs : cobras, vipères, aspics redoutables, pythons géants. Bien que le jardin fût muré, ils s'y introduisaient on ne savait comment. Chaque saison, les domestiques en tuaient une demi-douzaine.

Une lumière s'alluma dans la maison. Jean-Baptiste, ayant rangé sa flûte et terminé ses commérages, préparait le dîner. Ransome le voyait aller et venir, tel un fantôme, vêtu seulement d'un pagne. De taille au-dessous de la moyenne, mais admirablement proportionné, on eût dit un athlète de bronze en réduction. Il avait la maigreur de celui qui, pendant son enfance, a travaillé dur sans jamais manger à sa faim. Pendant la canicule, Ransome l'autorisait à vaquer, nu, à sa besogne. C'était plus sensé et plus propre. Jean-Baptiste ne pouvait porter plus de cinq minutes les vêtements blancs européens sans les couvrir de traînées de cendre ou de poussière, de taches de soupe et de café. Par contre, nu, il était propre. De son atavisme hindou, il avait gardé l'habitude de se baigner et, chaque matin, il se rendait au puits du jardin et s'y lavait des pieds à la tête, sous le soleil ardent.

Ransome n'utilisait qu'une partie des pièces de la maison : la salle à manger, un petit salon et une chambre à coucher. Le grand salon orienté au nord lui servait d'atelier. Le reste de la demeure était fermé et n'abritait que lézards et souris.

Après s'être changé, il se rendit à la salle à manger. Des ventilateurs électriques, moins pittoresques que les *punkah,* mais plus efficaces, y renouvelaient l'air. Ransome remercia la Providence que Ranchipur fût un État avancé, doté d'une centrale électrique. Bien que celle-ci fût sujette à des faiblesses, elle valait mieux que rien. Après le grand barrage, c'était la première curiosité que l'on montrait aux étrangers ; puis, par ordre chronologique, on leur faisait admirer le chemin de fer à voie étroite, l'Hôpital, le Jardin zoologique et l'Asile d'aliénés.

Sur la table, une pyramide de fruits : grenades, melons, mangues, goyaves, papayes, non seulement semblaient appétissants et frais, mais enchantaient l'œil de peintre de Ransome. On n'entendait plus les chacals, et la brise était tombée. Dans la nuit silencieuse, les étoiles criblant le ciel paraissaient plus proches comme toujours avant la mousson. Malgré les ventilateurs, la chaleur était suffocante.

Jean-Baptiste parut, portant le consommé froid. Il était vêtu, mais des traces de cendre et des taches de bouillon maculaient déjà sa veste blanche, fraîchement lavée. Il posa l'assiette devant Ransome et attendit.

« Quelles nouvelles, Jean ? » demanda Ransome.

Le boy se tortilla. La curiosité de son maître le flattait et lui donnait un sentiment d'importance.

« Pas grand-chose, Sahib, dit-il, à part Miss Mac Daid... »

Ransome s'exprimait en anglais ; le boy répondait dans son français gazouillant de Pondichéry. Ils se comprenaient parfaitement, mais chacun préférait employer sa propre langue.

« Que dit-on de Miss Mac Daid ?

— Anthony prétend qu'elle aime le major Safti.

— Ah ! Elle l'aime ?

— Oui, trop ! repartit Jean avec un sourire timide.

— Hum... Quoi d'autre encore ?

— Un Sahib doit venir rendre visite à Son Altesse : sa femme l'accompagnera.

— Qui est-ce ?

— Il s'appelle Lord Esketh. » Jean-Baptiste prononça Eskit, mais Ransome comprit de qui il s'agissait. « Anthony dit qu'elle est très belle. Il l'a vue à Delhi. Mais il affirme que c'est un démon, Sahib, une sorcière. »

Ransome acheva son consommé et Jean-Baptiste emporta l'assiette sans ajouter un mot. Il ne parlait que lorsqu'on l'interrogeait. La nouvelle laissait Ransome rêveur. Pourquoi une riche pairesse anglaise choisissait-elle de venir à Ranchipur quand tous ceux qui le pouvaient s'en évadaient pour aller dans les montagnes ? Il connaissait Lord Esketh de réputation et la pensée que son arrivée ne manquerait pas de troubler la paix de Ranchipur lui fit froncer les sourcils. Le nom de Lady Esketh réveillait en lui un vague souvenir, mais il ne parvenait pas à le préciser, et la chaleur était trop accablante pour qu'il en fît l'effort. La nouvelle concernant Miss Mac Daid l'émouvait plus profondément : elle lui semblait invraisemblable, à la fois comique et tragique.

Certes, Ransome aurait pu quitter Ranchipur. Rien ne l'y retenait, ni un sentiment du devoir comme le vieux Maharajah, ni la santé de douze millions d'êtres humains comme le major Safti, ni les enfants intouchables et ceux des castes les plus basses comme les Smiley, ni même une épouse hindoue, passionnément nationaliste, et qui se refusait à villégiaturer dans les montagnes, comme Mrs. Bannerjee. Ransome restait, semblait-il, presque par perversité. Riche, sans attaches, il s'obstinait à demeurer dans la fournaise ardente, attendant l'heure, si elle venait, où les cieux s'ouvriraient et déverseraient leurs torrents sur les champs et la jungle qui, dans la chaude humidité — pire que la brûlante sécheresse de l'hiver — fumeraient, bouillonneraient et s'épanouiraient. Cet incroyable réveil de la vie, cette orgie végétale succédant à l'aridité des mois passés, le bouleversaient plus que tout autre spectacle. La mousson décuplait son énergie. Aussi, tant qu'il ferait jour, peindrait-il sans arrêt. Nu, ruisselant de sueur, tantôt dans le grand salon désert aux murs moisis, tantôt sur la véranda, harcelé par les insectes, il peindrait le jardin qui semblerait s'ouvrir à la vie devant ses yeux ; par la couleur il essayerait de traduire l'émotion que provoquerait en lui ce miracle. Finalement, vaincu, il détruirait son œuvre et retournerait à son brandy.

L'idée d'aller à Simla, Darjeeling ou Ootacamund, pour y retrouver petits bourgeois, officiers, fonctionnaires et leurs familles, leurs médiocres ambitions, leurs airs supérieurs, leur snobisme, leurs clubs, leurs façons britanniques et provinciales, ne le tentait pas. Deux séjours de ce genre s'étaient avérés plus intolérables encore que la mousson.

Lorsqu'il eut terminé son souper et bu son café, bien froid (grâce à la fabrique de glace du Maharajah), il alluma sa pipe, prit une canne et sortit faire un tour. Comme il franchissait la grille du jardin, il vit que Jean-Baptiste avait rejoint ses amis sous le banian et jouait de la flûte. Ils se levèrent à son passage et le saluèrent dans l'obscurité, murmurant : « Bonsoir, Sahib. »

Prenant la route du Champ de courses, il se dirigea vers la ville. Sous les manguiers, la chaussée, humide d'un récent arrosage, dégageait un peu de fraîcheur. Il passa devant la maison du chef de la police, Rashid Ali Khan, qu'il considérait comme un ami, puis devant celle de

Mr. Bannerjee, dont l'éternelle partie de badminton avait été interrompue par l'obscurité. Une lumière brillait au salon. Instinctivement, Ransome s'arrêta près de la grille, dans le vague espoir d'apercevoir Mrs. Bannerjee. Elle le fascinait, comme une œuvre d'art froide, classique, hautaine — on eût dit, descendue d'une des fresques d'Ajunta. Le caractère de son mari éveillait chez Ransome un curieux mélange de sympathie, de pitié, d'amusement et de mépris. Mr. Bannerjee faisait penser à un faible roseau agité par le vent, tantôt dans un sens, tantôt dans l'autre.

Ransome se remit en marche. La route dévalait jusqu'au pont, surmonté de la statue en fonte de la reine Victoria. Immobile, mouchetée d'algues, semblable à un serpent assoupi, la rivière déroulait à ses pieds son long canal vert criblé du reflet scintillant des étoiles. Les pluies la transformeraient en un torrent boueux qui, traversant la ville entre les sanctuaires et les bazars, irait submerger les larges marches de l'escalier menant au temple de Krishna.

Ransome traversa le pont et s'engagea à gauche, dans le chemin poussiéreux qui longeait la rivière, traversait le Jardin zoologique et menait aux bûchers funèbres. Il y faisait très sombre. Seul le reflet des étoiles y répandait une pâle clarté. Mais Ransome avançait sans crainte. Différent des autres principautés hindoues, Ranchipur était un État sûr. De plus, Ransome était fort, bien découplé, et, sauf pendant la guerre, n'avait jamais éprouvé la peur physique. Il ne redoutait pas la mort ; depuis longtemps, il lui était indifférent de vivre ou de mourir.

Comme il poursuivait sa route, il aperçut, montant de la rive, une faible lueur. C'étaient les restes de trois bûchers funèbres. L'un d'eux brûlait encore, éclairant les manguiers, teintant l'eau immobile de reflets phosphorescents. Trois hommes en pagne l'entouraient. Il s'arrêta un moment à la barrière et les regarda.

L'un d'eux, le plus proche parent du défunt, tisonnait le tas de bois et activait le feu avec impatience. Le cadavre, à demi consumé, conservait encore sa forme, mais il était clair que les pleureurs en avaient assez et souhaitaient rentrer chez eux. Amusé, Ransome s'appuya à la clôture ;

l'un des hommes, le remarquant, s'approcha de lui et, avec un large sourire, l'engagea à entrer. Mais Ransome refusa, disant en hindoustani que ce spectacle n'offrait aucune nouveauté pour lui. Son interlocuteur lui expliqua que le cadavre était celui de sa grand-mère et qu'il prenait un temps inaccoutumé à brûler. Puis il se mit à rire et fit une plaisanterie, tandis que Ransome s'éloignait dans la direction de la ville.

Souvent, à la tombée de la nuit, Ransome prenait le chemin des bûchers funèbres. Une beauté macabre s'en dégageait. Quant à la crémation, elle lui paraissait comme une sorte d'acte de foi, de certitude apaisante, qui le réconfortaient. Brûler les corps n'était pas en nier l'importance. Ce qui est mort est « mort », semblaient-ils dire, et, emportant le cadavre, ils le rendaient à la terre, aussi vite que possible, avant le coucher du soleil, simplement, sans pompe, sans longs discours. Tout au plus, par les danses archaïques de Tanjore, exprimaient-ils un chagrin, la plupart du temps conventionnel, parfois sincère. La mort dépouillait, à leurs yeux, le défunt de cette essence qu'ils avaient aimée, peut-être haïe. Le corps n'était qu'une machine, génératrice de plaisirs et de douleurs. Leur détachement avait un caractère de réalité qui échappait au chrétien. Ils « savaient » que le corps n'est rien et se refusaient à l'honorer. Les Occidentaux, eux, « prétendent » que le corps n'est que poussière ; en fait, ils ne cessent d'être asservis à leur enveloppe charnelle.

Ransome arriva à la grande place, bordée, d'un côté, par le Palais de Bois. Depuis longtemps désaffecté, le vieil édifice, aux innombrables balcons, aux fenêtres grillagées, rappelait le souvenir de sombres histoires, de meurtres, de tortures, d'empoisonnements. Les Maharajahs l'habitaient avant la révolte, mais, depuis cinquante ans, abandonné, hanté, on le conservait comme une sorte de musée poussiéreux, fermé à jamais. Cette demeure fascinait Ransome ; elle représentait pour lui un monument des ténèbres et du mal qui régnaient à Ranchipur avant que le vieux Maharajah, envoyé par les dieux et les Anglais, n'eût changé tout cela.

La façade blanche du Palais, où ne brillait aucune lumière, était éclairée par les feux du cinéma d'en face où l'on jouait un ancien film de Charlie Chaplin. C'était l'heure du spectacle, annoncé par un timbre électrique dont la voix stridente dominait le bruit de la foule, les cris des vendeurs de pâtisseries et de bonbons aux couleurs trop vives. De temps à autre, un passant saluait Ransome, et celui-ci était heureux de constater que les gens de Ranchipur le traitaient comme un des leurs.

A l'extrémité de la place, un grand réservoir de forme rectangulaire, entouré de marches, étalait sa surface liquide. Depuis deux mille ans, il était le véritable cœur de la ville ; les pauvres s'y baignaient, les *dhobies* et les blanchisseuses y battaient leur linge, les bonnes femmes s'y retrouvaient pour bavarder, les enfants pour jouer. Les vaches sacrées et les buffles s'y aventuraient autrefois, semant de bouses les larges degrés usés ; mais depuis longtemps déjà, on ne les y tolérait plus. Une des fonctions de la police consistait à les tenir éloignés de la place et du centre de la ville.

Le soir, les eaux du Réservoir s'illuminaient de tous les feux de la place : lumières du cinéma, des marchands de gâteaux de riz, lampes à acétylène des échoppes où les orfèvres, les jambes croisées, frappaient le métal à coups de petits marteaux.

Ransome traversa la place. Au vacarme de la foule et du cinéma succédait un nouveau bruit tout aussi confus et strident. Il s'échappait de l'École de Musique, monstrueuse bâtisse de briques, dans le style gothique du monument du prince Albert à Bombay, située de l'autre côté du Réservoir. Ses fenêtres étaient toutes éclairées, et dans chaque pièce une classe travaillait. Ransome connaissait l'aspect de ces locaux, avec leurs rangées de bancs de bois où vieillards, hommes, enfants, de quatre-vingt-dix à dix ans, s'alignaient, graves, ravis, possédés du désir d'apprendre la musique afin de pouvoir exprimer cette partie de leur âme que rien d'autre ne pouvait satisfaire. Ransome se rendait fréquemment à l'École ; la musique, les élèves, et surtout la beauté du spectacle, le fascinaient.

Un moment, le dos tourné à l'assourdissant tapage, il contempla les lumières de la place, de l'autre côté du Réservoir. Des milliers de chauves-souris, de la taille de faucons, attirées par les feux du cinéma, tourbillonnaient en cercles à la surface polie de l'eau, puis s'éloignaient et revenaient encore.

Enfin, secouant les cendres de sa pipe, Ransome se dirigea vers l'École de Chant. En chemin, il remarqua que la salle de la Maternité, à l'Hôpital situé derrière le Conservatoire, était éclairée. Sans doute, un, deux ou même trois petits Hindous s'apprêtaient-ils à venir au monde pour ajouter le poids de leur existence à celui des trois cent soixante-dix millions déjà répandus dans l'immensité des déserts, des jungles et des villes de la péninsule. Miss Mac Daid devait être là et, si les cas étaient compliqués, peut-être aussi le Major. Il se souvint des racontars de Jean-Baptiste, mais écarta l'idée. Miss Mac Daid était laide, capable, pondérée, forte, plus masculine que féminine. Safti avait certainement dix ans de moins qu'elle et savait obtenir ce qu'il voulait des femmes. Non, ce n'étaient que des potins absurdes ! Pourtant, Jean-Baptiste et ses camarades ne se trompaient jamais.

Il entra dans l'École et se dirigea vers le bureau de son ami le directeur, Mr. Das. Celui-ci était en train de compulser un livre de comptes où, à la manière européenne, il inscrivait toutes sortes de chiffres, qu'ensuite il n'arrivait pas à débrouiller. C'était un petit homme ridé, aux cheveux gris, timide, sensible, insignifiant, sauf quand, dans ses grands yeux sombres, montait la flamme du feu qui le dévorait. Il n'avait qu'une passion au monde : la musique hindoue. Et nul, mieux que lui, ne la connaissait : musique sacrée des temples du Sud, musique des Radjpouts, des Bengalis, des Musulmans descendants d'Akbar, qu'il goûtait moins à cause de ses sonorités, de son absence de style et de sa parenté avec le jazz occidental. A part quelques heures de sommeil, Mr. Das vivait dans une perpétuelle cacophonie. L'École, ouverte de l'aube à minuit, était gratuite. En effet, la Maharani raffolait de la musique et le Maharajah, tel Akbar, désirait donner à son peuple le moyen d'embellir sa vie et de se distraire. Des maîtres, venus des quatre coins des Indes, y enseignaient tous les genres de musique : musulmane, bengali, radjpoute, mahratte, cingalaise, même celle des anciennes peuplades noires du Sud, et celle des Bhils, ces étranges sauvages qui vivaient au milieu de leurs chèvres sur les collines infestées de panthères, au-delà du Mont Abana.

Mr. Das s'empressa à la rencontre de Ransome et lui serra la main. Il l'adorait à cause de son goût pour la musique. Ransome était le seul Européen de l'endroit qui s'intéressât à l'école et y revînt souvent. Mr. Das en était flatté, heureux. La présence de Ransome à Ranchipur à cette époque avancée de l'année ne le surprenait pas. Il savait que celui-ci était venu pour la musique.

« Que désirez-vous entendre ce soir ? demanda-t-il anxieusement.

— Le chanteur radjpout, répondit Ransome.

— Ah, Jemnaz Singh ! » s'exclama Mr. Das. Puis, tout en commentant la chaleur, le temps, le retard de la mousson, il claqua des mains pour appeler le boy qui devait prévenir Jemnaz Singh et conduire Ransome à la petite salle d'audition. Bien que la passion de Mr. Das pour son école l'absorbât entièrement, une nuance d'angoisse vibra dans sa voix lorsqu'il parla du temps. Les pluies auraient dû commencer depuis un mois. C'était la peur ancestrale, née de dix mille ans de sécheresse et de famine, qui s'éveillait en lui.

Dans la salle d'audition, du plus triste style victorien, un groupe radieux les attendait, qui faisait oublier la laideur du lieu. Jemnaz Singh, le luth à la main, était assis, les jambes croisées, au centre de la minuscule estrade. A ses côtés deux jeunes garçons, également assis, tenaient l'un un tambour et l'autre une flûte. Le chanteur, petit homme frêle, au visage amenuisé, était d'une extraordinaire beauté. Coiffé d'un énorme turban radjpout vert acide, violet et rose tendre, il portait un *atchkan* de brocart de soie où les mêmes couleurs, mêlées d'argent et d'un violet plus sombre, dessinaient d'extravagantes fleurs. Il semblait rachitique et, sous la peau d'or pâle de ses pommettes, apparaissaient des taches d'un rouge foncé. A la vue de Ransome il inclina la tête, sourit et, quand celui-ci se fut assis, et que Mr. Das s'en fut retourné à ses comptes, il commença à chanter.

Les longs doigts aux ongles teintés et vernis errèrent sur les cordes du luth, préludant. Jemnaz Singh cherchait l'inspiration, le thème. Les yeux fixés sur ses mains splendides, les jeunes garçons attendaient. Une phrase après l'autre fut esquissée, puis abandonnée. Enfin, un thème se dégagea, limpide, aérien, vrai filigrane sonore. Il le chanta une première fois, puis le reprit avec une légère variante. Les deux garçons, qui ne l'avaient pas quitté de leurs prunelles sombres, se mirent alors à improviser un accompagnement sur la flûte et le tambour. Tel un motif de Bach étrangement pur, enchevêtré de variations subtiles et compliquées, comme les sculptures des temples de marbre blanc du Mont Abu, la phrase musicale se déroula. Transporté, Ransome ferma les yeux, pour les rouvrir bientôt. La beauté du spectacle égalait celle de la musique ; le corps, le visage, la pose du chanteur formaient un chef-d'œuvre aussi exquis que ses improvisations. Jemnaz Singh était un grand artiste. Et, peu à peu, le monde, la futilité de son existence passée, son avenir incertain furent effacés pour Ransome par la perfection du moment qu'il était en train de vivre. A sa lassitude morale succédait le bonheur.

Combien de temps s'écoula-t-il ? Il l'ignorait. Lorsque, soudain, un violent coup de tonnerre le fit sursauter et interrompit son ravissement. Le chanteur termina sa variation, puis, posant son luth, rendit grâce à Kâli. Enfin, les pluies s'annonçaient !

L'orage, accompagné d'un vent furieux venu du golfe d'Arabie, se déchaîna bientôt, cachant toutes les étoiles. Le tonnerre et la fulguration des éclairs semblaient affoler les chauves-souris qui tournoyaient comme des furies au-dessus du Réservoir. Ransome atteignit l'autre extrémité de la place. A ce moment, de grosses gouttes de pluie commencèrent à éclabousser le sol. Brusquement, les lumières du cinéma s'éteignirent, tandis que, avec un vacarme assourdissant, les vendeurs de gâteaux de riz et d'esquimaux rassemblaient leurs marchandises et se dispersaient dans toutes les directions. Le vent augmenta, pliant, tordant les arbres. Ransome n'avait d'autre moyen de rentrer qu'à pied ; les petites *tongas* qui, d'habitude, stationnaient devant le Palais, avaient disparu. Il prit le raccourci, par le pont et la route du Champ de courses, mais sans se hâter, car la beauté de la musique et la violence soudaine de l'orage l'avaient ensorcelé.

Les éclairs se succédaient, blancs, incandescents, illuminant son chemin de lueurs fulgurantes. Les gouttes, d'abord espacées, se pressaient de plus en plus. Bientôt, le ciel ne forma plus qu'une immense cataracte.

Quand il atteignit la maison de Mr. Bannerjee, Ransome était aussi trempé que s'il avait traversé la rivière à la nage. A quelques pas, dans un éclair, il aperçut, juchée sur une bicyclette, une frêle silhouette qui, tête baissée, luttait contre la tempête. A la lueur d'un second éclair, il reconnut le visage de son ami Mr. Smiley, de la Mission américaine. Au guidon de la machine, un grand panier de fruits était suspendu. Ransome le héla amicalement, mais ses paroles se perdirent dans l'orage et les ténèbres. Où donc Mr. Smiley se rendait-il à pareille heure de la nuit ? Il se trouvait bien à quatre kilomètres de la Mission !

Enfin, Ransome arriva chez lui. Traversant le long vestibule, il gagna la véranda dominant le jardin. Ses vêtements de toile collaient à ses membres sveltes ; il les enleva et resta nu, à contempler le déchaînement de l'ouragan. Les branches des manguiers s'entrechoquaient, noires contre le ciel sillonné d'éclairs, tandis que l'eau se déversait à flots sur la terre assoiffée. Demain, tout serait redevenu vert, miraculeusement, grâce à la mousson. Ransome descendit dans le jardin et, longtemps, laissa la pluie chaude fouetter sa peau. Il lui semblait renaître. Toute lassitude avait disparu de son âme.

A l'Hôpital, dans les salles de la Maternité, Miss Mac Daid s'affairait. C'était une forte femme, sans graisse, mais lourde, que la chaleur étouffante faisait transpirer au point qu'elle semblait avoir passé sous l'orage. Elle espérait trouver une minute pour aller se changer dans son petit bureau afin de se sentir, sinon rafraîchie, du moins propre, comme il sied à une bonne infirmière ; mais en vain. Sa tâche eût été facilitée si les femmes avaient pu être installées dans la même salle ; mais comme l'une d'elles était Balayeuse, l'autre Bunya, et la troisième, épouse d'un maçon, elles devaient être séparées. Le Maharajah, dont l'attitude à l'égard des Intouchables était d'ordinaire inflexible, avait fait une exception pour la Maternité.

La femme bunya et l'épouse du maçon donnaient le plus de mal. Le travail de la Balayeuse se faisait rapidement, normalement, comme celui d'un animal bien portant. La femme bunya, de caste supérieure, gémissait, criait, se plaignait. Quant à l'épouse du maçon, son cas se compliquait d'une déformation de l'utérus qui rendait son labeur vain et épuisant. Elle avait la patience, la résignation désespérée des miséreux. Miss Mac Daid savait qu'elle appartenait à ces millions d'êtres qui naissent et meurent, aux Indes, sans avoir jamais pu satisfaire leur faim. La structure défectueuse du bassin provenait du rachitisme. Elle n'avait que seize ans. C'était son premier enfant ; mais, d'instinct, elle sentait que quelque chose n'allait pas. Elle ne criait pas. Couleur de cendre, elle haletait, terrifiée, ses grands yeux sombres enfoncés profondément dans leurs orbites.

Miss Mac Daid aurait pu confier la femme intouchable aux soins de ses deux assistantes. L'une était la nièce du Maharajah ; âgée de vingt-six ans, elle ne s'était jamais mariée. Depuis cinq ans, elle travaillait aux côtés de Miss

Mac Daid. L'autre, veuve, Mrs. Gupta, était la sœur d'un des aides de camp de la Maharani. Toutes deux étaient fatalistes, animées de cet esprit de sacrifice que Miss Mac Daid avait découvert depuis longtemps chez de nombreux Hindous. Patientes, intelligentes, consciencieuses, elles connaissaient leur métier. Cependant, Miss Mac Daid se défiait de leur trop facile résignation. Écossaise et presbytérienne, Miss Mac Daid ne croyait pas à la prédestination, mais à la lutte, au combat. Aussi, les deux infirmières ne faisaient-elles que ce qu'elle leur permettait, rien de plus. Comme toute personne confiante en sa propre force, Miss Mac Daid dominait ceux qui l'approchaient, tuait en eux l'esprit d'initiative, les diminuait. Elle ne reconnaissait que l'autorité et la science du major Safti.

Dans la salle des Intouchables, l'enfant venait enfin de naître. Miss Mac Daid surveillait la fin de l'accouchement. La femme, étendue sur l'étroit lit de fer, délivrée, silencieuse, regardait l'infirmière avec des yeux brillants de reconnaissance. Elle ressemblait à une gazelle prise au piège, résignée à la captivité. Miss Mac Daid, une fois de plus, était frappée par la sauvage et animale beauté des Intouchables. Ils appartenaient à une race différente ; leurs origines se perdaient dans la nuit des temps. A Ranchipur, ils jouissaient d'une certaine aisance et les vieilles barrières étaient presque tombées, sauf pour les fanatiques orthodoxes. Miss Mac Daid les préférait à tous ceux qui venaient à l'Hôpital ; son sang écossais appréciait leur résistance, leur méfiance, leur vitalité. Au contraire des gens des castes pauvres, ils mangeaient à leur faim. Depuis cinq mille ans, ils étaient de simples balayeurs, ne s'embarrassant ni des rites, ni des superstitions, ni des cérémonies d'une foi chancelante. Leurs épouses n'étaient pas déformées comme la femme du maçon ou comme la femme bunya. Elles mangeaient de la viande et cela se voyait à la flamme de leur regard, à la souple résistance de leur corps.

Le nouveau-né reposait à côté de sa mère. Petit singe violacé, ridé, mais potelé, il poussait des cris tels que ceux-ci couvraient le bourdonnement lointain de l'École de Musique. La princesse, nièce du Maharajah, l'avait baigné. C'était pour Miss Mac Daid un constant sujet d'étonnement de voir cette jeune femme, appartenant à la noble caste des guerriers, écarter avec sérénité des préjugés vieux de cinq mille ans pour travailler au milieu des parias.

« C'est un superbe bébé ! » déclara Miss Mac Daid, en souriant à la princesse à qui elle portait une réelle affection. Puis, s'adressant à la mère, elle la complimenta, en gujerati, sur son enfant.

C'est à ce moment que, par une sorte de prémonition, la descendante des fiers Maharajahs et le rejeton grimaçant des Intouchables lui apparurent comme les symboles de l'Inde future. D'eux viendraient le secours et le salut, d'eux montait déjà ce courant d'espoir, de confiance, de foi, qu'elle sentait se répandre autour d'elle, dans ce pays qu'elle aimait. De l'intelligence, de la tolérance de cette jeune infirmière, de la vigueur de cet enfant paria, une grande nation allait renaître, une civilisation refleurir.

Non par le raisonnement, mais par l'intuition de sa race celtique, Miss Mac Daid *savait*, mieux peut-être que les philosophes, économistes ou historiens qui, enfermés dans leur cabinet à l'autre bout du monde, échafaudaient leurs théories.

Les cris de la femme bunya, en train d'accoucher, la rappelèrent dans l'autre salle. Mrs. Gupta se tenait auprès du lit. D'un geste énergique, elle l'écarta pour voir si tout se passait bien ; c'était le cas. Mais un gémissement venu de la couche où reposait l'épouse du maçon lui apprit que, pour celle-ci, il était temps d'agir. Il n'y avait aucun espoir que l'enfant naquît normalement, et la femme s'affaiblissait. Comme tant de patients de sa race, elle abandonnait la lutte ; prostrée, résignée, elle renonçait à faire le moindre effort. Sans doute pensait-elle mourir ; mais Miss Mac Daid avait décidé qu'elle vivrait.

« Que l'une de vous aille chercher le Major, dit-elle, s'adressant à l'infirmière. Pendant ce temps, l'autre préparera la salle d'opération. »

La nièce du Maharajah, ayant sa bicyclette à l'Hôpital et ne redoutant pas l'irritation de la farouche Maharani, offrit de se rendre au Palais quérir le Major. Elle connaissait les dédales de l'immense demeure et pourrait l'atteindre sans retard. Elle mit son manteau de pluie, appela le portier, et tous deux partirent dans la nuit. Ce fut à ce moment qu'un formidable coup de tonnerre interrompit la fine trame musicale tissée pour Ransome par le chanteur radjpout.

Si Miss Mac Daid avait tant tardé à faire appeler le major Safti, c'était que, par une sorte d'entente sacrée, elle s'efforçait de ne pas le déranger le vendredi, seul soir où il prenait quelques instants de loisir. Il les passait en général au Palais, à jouer au poker avec la Maharani, non par devoir ou pour plaire à l'arrogante et vieille femme, mais parce que, comme elle, il raffolait du jeu.

Sous l'averse de plus en plus drue, l'infirmière et le portier pédalaient. Comme ils atteignaient l'École d'Ingénieurs, l'orage éclata dans toute sa violence. Trempés jusqu'aux os, aveuglés par les flots d'eau et les éclairs, ils arrivèrent à la petite grille du parc et prirent l'allée sinueuse dont les arbres s'agitaient dans la tempête. Enfin, le Palais, avec ses tours, ses flèches, ses balcons, leur apparut, noir contre le ciel. Ils se dirigèrent vers une des entrées de service. Plus d'une fois, la Princesse était venue chercher le chirurgien, un vendredi, et elle savait comment s'y prendre. En effet, la partie de la vieille Maharani se tenait à l'insu du Maharajah. Si celui-ci n'élevait aucune objection à ce que son épouse jouât à Monte-Carlo, Deauville ou Baden-Baden, il le lui interdisait chez elle, dans son propre palais. Mais, au cours de leur longue existence en commun, il lui avait défendu plus d'une chose en vain.

En ce moment, la Maharani se trouvait dans son boudoir, en compagnie du major Safti, de deux neveux, d'un aide de camp et du major général Agate. Les deux princes avaient appris le poker à Cambridge et jouaient un jeu prudent. Le général Agate, de tempérament impulsif, ne cessait de perdre. Ses pertes figureraient au compte de ses frais de déplacement, car il attachait à sa visite chez la Maharani une valeur diplomatique d'autant plus importante qu'elle n'avait pas été arrangée par le Vice-Roi.

Envoyé à Poona, il avait simplement interrompu son voyage pour revoir ses vieux amis, les souverains de Ranchipur.

Trapu, le visage écarlate, la moustache épaisse et blanche, le général Agate avait passé la moitié de sa vie aux Indes. Comme si la nature s'était amusée à copier l'art, il semblait sorti d'un livre de Kipling, non seulement au physique, mais aussi par son caractère. Sur ses solides épaules reposait encore la responsabilité de toutes les races de couleur et sa voix de stentor savait réduire au silence quiconque osait s'attaquer au Royaume. La partie qu'il jouait avec les souverains de Ranchipur, partie bien plus importante et plus difficile que le poker, l'irritait, car son esprit était lent et son tempérament colérique. Mais, sous sa mauvaise humeur, il gardait sa sérénité, persuadé qu'il était de servir l'Empire britannique selon la grande tradition, c'est-à-dire par la force des armes (ainsi que le prouvaient ses innombrables médailles) et par l'art de la diplomatie.

Les souverains de Ranchipur avaient une grosse importance. Riches, puissants, connaissant aussi parfaitement la politique européenne que celle des Indes, leur influence était considérable — le Général lui-même le comprenait — voire dangereuse, parce qu'elle infirmait le dogme de la supériorité de l'Homme blanc. Au cours des cinquante années de règne du Maharajah — à cet instant, endormi dans une des ailes du palais, à un demi-kilomètre de là — Ranchipur, se dégageant de l'apathie maladive et des superstitions de l'Inde ancienne, s'était transformé en un État moderne, admirablement organisé. Cela ne prouvait-il pas que les Hindous pouvaient être de bons administrateurs, de bons économistes, qu'ils étaient capables de résoudre le problème des classes opprimées ? Ranchipur était plus avancé, plus civilisé que maintes régions d'Angleterre ou d'Amérique — le Mainland ou Pittsburg par exemple.

Le Général eût préféré entrer à Ranchipur sur un éléphant à la tête d'un bataillon, au milieu d'une population prosternée des deux côtés de l'avenue conduisant du vieux Palais au Champ de courses. C'était ainsi qu'un Général britannique devait arriver plutôt qu'en chemin de fer, comme n'importe quel fonctionnaire civil, pour être reçu avec condescendance (il n'en était pas certain, mais l'idée le préoccupait) par un des neveux du Maharajah qui lui exprimerait les regrets de son oncle, retenu au Palais par la goutte. (Comment un Maharajah avait-il la goutte quand cette infirmité était celle des généraux retraités ?) S'il avait eu son mot à dire, il n'y aurait plus eu de problème hindou, la question eût été promptement réglée. Mais le Département des Indes se mettait toujours à la traverse. Ces incapables de Whitehall s'imaginaient connaître la situation mieux que lui, le major général Agate, qui avait passé la moitié de sa vie à la frontière du Nord-Ouest !

Il se croyait très diplomate et était convaincu que la femme splendide assise en face de lui le prenait pour un doux agneau, le plus dévoué de ses amis. Il ne se doutait pas que, derrière son jeu de cartes, la vieille Souveraine savait exactement ce qu'il pensait, jusqu'à quel point elle pouvait compter sur lui. Pour elle, il n'était qu'un vieux hâbleur, pas très amusant, qu'elle devait distraire, parce que tout cela n'était qu'un jeu, un jeu d'attente interminable, qu'il fallait prolonger, avec l'impassibilité du joueur de poker, jusqu'au moment où l'Europe se détruirait elle-même ou tomberait de décrépitude. Il était moins fastidieux de faire un poker avec lui que de l'écouter rabâcher sur la nécessité d'entourer les épouses et mères britanniques de la frontière Nord-Ouest d'un réseau de barbelés pour éviter leur rapt par les beaux sauvages des tribus musulmanes (expérience, songeait la vieille Maharani, qui eût pu ne pas manquer d'intérêt).

La pièce où ils se trouvaient était la copie fidèle d'une chambre vue par la Maharani à la Malmaison. Une housse de cotonnade blanche, renouvelée chaque matin. recouvrait le tapis d'Aubusson. En ce moment, sous la table, il n'y avait d'autres chaussures que les bottes du Général. Neveux, aide de camp, major Safti, tous étaient en chaussettes. Quant à la Maharani et à ses compagnes, rien ne cachait les ongles laqués de leurs orteils ornés d'émeraudes, de diamants et de rubis.

A soixante-sept ans, la Souveraine possédait cette indestructible beauté que donne une ossature harmonieuse, et non la disposition des chairs ou du coloris. Dans le visage parfaitement lisse, de teinte café au lait très pâle, luisaient ses grands yeux noirs, cruels. De même que le signe royal qu'elle portait à la naissance du nez noblement aquilin, ses lèvres étaient teintées d'écarlate. Ses traits, animés, mobiles, n'étaient pas seulement splendides, mais extraordinaires. C'étaient ceux d'une femme qui, à treize ans, n'était qu'une petite princesse des collines, à demi sauvage, ne sachant ni lire, ni écrire. Ransome pensait toujours à elle comme à « la dernière Reine ».

Au moment où sa nièce, l'infirmière, enjambant les gardes endormis, pénétrait dans le Palais, la Maharani ramassa son jeu ; elle y trouva le deux, le trois, le cinq et le six de pique. Son visage resta impassible. Grand, beau, plaisant, le cigare aux lèvres, le major Safti tenait la donne. Le Général reçut trois as ; les deux neveux n'avaient rien. Safti releva une paire de rois et une paire de huit.

Le jeu de la Maharani était selon son cœur, car sa nature impétueuse préférait au simple brelan ou même au flush tout distribué, une main plus hasardeuse.

Les deux neveux posèrent leurs cartes. La Souveraine, le visage impénétrable, ouvrit le jeu. Le Général, le souffle court, congestionné, surenchérit. A son tour, le major Safti doubla la mise. La Maharani demanda une carte, le Général deux ; le Major en prit une. Avant d'examiner leur main, la Maharani, comme le Général, scrutèrent le Major ; la première toujours impassible, le second nerveux, méfiant. Puis le Général regarda ses cartes ; lorsqu'il y découvrit le quatrième as, son visage rougit d'un ton. Quant à la Maharani, elle trouva, à sa place, comme envoyé par le destin, le quatre de pique. Ses yeux noirs eurent un éclair, trop rapide pour que le Général le remarquât ; mais le Major, qui voyait presque tout, l'aperçut. Elle le jugeait un partenaire digne d'elle et aimait jouer avec lui. Avec le Général, c'était trop facile.

Les enchères commencèrent, d'abord prudentes. Le Major misa pendant deux tours, pour se rendre compte si les autres bluffaient, puis il posa ses cartes. Une lueur dans ses yeux bleus, il attendit le combat. Les enchères montèrent. La lutte dépassait une simple partie de poker : c'était une Maharani hindoue, la plus altière, la plus belle de toutes, défiant l'armée britannique entière. Les enchères rebondissaient dans un courant électrique de haine, d'orgueil et d'arrogance. La vieille dame restait impassible ; seules ses prunelles brillaient d'un éclat plus dur. Le premier, le Général, malgré ses quatre as, donna des signes de défaillance. A la quatrième surenchère, de pourpre, il était devenu écarlate ; à la cinquième, il était cramoisi, et, une fraction de seconde, il hésita. Un regard ironique de la Maharani le fit repartir. De nouveau les enchères montèrent. Enfin, gracieuse, mais avec une nuance de condescendance, elle dit : « Général, je ne veux pas votre ruine ; j'ai le flush royal ! » Elle abattit son jeu.

Ce fut une minute amère pour le Général, comme si des forces outrageusement inférieures aux siennes venaient de le battre sur un champ de bataille. Il jeta son jeu. L'espace d'une seconde, il fut sur le point de se mettre en colère — ce qu'elle espérait — de se montrer mauvais joueur ; mais, à temps, il se souvint des terrains de sport d'Eton et évita le pire. Néanmoins, son geste en jetant les cartes sur la table avait suffi. Elle n'en demandait pas plus. Elle savait aussi que le compte des dépenses du Général serait énorme, ce mois-ci.

A ce moment, l'infirmière parut dans l'encadrement de la porte. L'eau dégouttait de ses vêtements sur la housse de cotonnade blanche. Le major Safti l'aperçut le premier et se leva. La Maharani se retourna. Ses bijoux étincelèrent contre son *sari* noir et argent. La jeune fille s'inclina, puis lui parla avec animation en mahratte. Après quoi elle s'adressa en hindoustani au Major.

« Que Votre Altesse m'excuse, dit celui-ci en anglais. Je reviendrai. »

Il salua le Général et sortit avec la Princesse.

L'apparition de l'infirmière fit bifurquer l'irritation du

Général. Peut-être l'empêcha-t-elle de se couvrir de ridicule et atténua-t-elle la triomphale victoire de la vieille Souveraine. La défaite de ses quatre as ne l'exaspérait plus, mais bien l'interruption de la partie.

« Pourquoi faut-il qu'il nous quitte ? » demanda-t-il à la Maharani.

Il ne disait pas « le major Safti », mais simplement « Il ». De la sorte, il évitait d'employer le titre de Major, conféré par un Maharajah et non par le Gouvernement britannique, et laissait entendre, en même temps, qu'il considérait le chirurgien comme un personnage parfaitement insignifiant. La Maharani le comprit. « Il est allé à l'hôpital, opérer une femme de la basse caste qui ne peut accoucher », répliqua-t-elle, imperturbable.

Le Général renifla.

« Continuons, dit-il. A qui la donne ? »

Malgré ses lamentations, la femme bunya mit son enfant au monde sans accroc. C'était un petit être rachitique, tout recroquevillé. Miss Mac Daid le regardait tandis que l'infirmière le baignait. « Encore un bon Hindou, qui grandira, se mariera et engendrera une nuée de petits Hindous squelettiques qui jamais ne mangeront comme il faut ! » remarqua-t-elle, pleine de mépris.

Ce qui minait les Indes, ce « mal hindou », elle le savait, venait de la mauvaise alimentation des masses. Si le bébé était né aussi faible, aussi chétif, ce n'était pas parce que la mère manquait de moyens. Son mari, comme la plupart des marchands, gagnait assez d'argent pour nourrir la famille. Non, le mal venait de la religion, des prêtres et de leurs sottes superstitions. Que d'enfants et même d'adultes d'apparence rachitique aux jambes d'araignées, au ventre gonflé, n'avait-elle pas vus devenir des êtres pleins de santé et de vigueur, grâce à un régime convenable ! Parfois elle en était si exaspérée qu'elle aurait voulu tuer tous les prêtres et arracher aux Indes douloureuses leur religion, tel un organe malade qu'il fallait retrancher.

« Les nourrissons intouchables sont autrement vigoureux ! reprit Miss Mac Daid. Ceux des castes hindoues sont handicapés avant même de venir au monde. N'est-ce pas le cas de Gandhi ? Gujerati de race, bunya de caste, il ne pouvait être que malingre et fourbe. »

Elle n'en dit pas davantage. Comme toujours, trop de questions la préoccupaient. Il y avait la femme du maçon déjà à demi inconsciente dans son lit, et le souci de savoir si le major Safti arriverait à temps pour la sauver. Si elle trépassait, sans doute le mari s'en consolerait-il, mais si l'enfant était un garçon et mourait, ce seraient des lamentations sans fin. Dans l'autre salle, la Balayeuse dormait paisiblement, son bébé à côté d'elle.

Dehors, la tempête faisait rage. La pluie tombait à torrents, assourdissant le bruit de l'École de Musique ; mais, au lieu de rafraîchir l'atmosphère, elle semblait la rendre plus étouffante encore.

Cependant, dans le cœur dévoué de Miss Mac Daid se levait une autre tempête, tout aussi violente. Elle allait voir le major Safti, un vendredi soir ; et ce bonheur, elle le devait au bassin déformé de la femme d'un maçon !

C'était comme une maladie. En fait, cela avait commencé quatre ans auparavant, au moment où, frais émoulu d'un hôpital de Londres, il était venu occuper le poste de chirurgien en chef à Ranchipur. Elle se rappelait son arrivée dans la Rolls-Royce de Son Altesse. Le Maharajah l'accompagnait, heureux, dans sa simplicité, d'avoir mis la main sur un jeune homme aussi instruit, intelligent et vigoureux. Elle l'évoquait toujours au moment où il était descendu de la voiture et avait gravi le perron avec un sourire amical, pour la saluer — vêtu de blanc, grand, musclé, la peau claire et les yeux bleus.

« Ce doit être un Brahmane Poona », avait-elle songé, et elle ne s'était pas trompée. Elle s'irritait lorsque les Européens prétendaient que les Hindous se ressemblaient tous. Ils différaient bien plus d'entre eux que les Européens, étant moins abâtardis que ceux-ci.

En effet, comment voir une analogie entre la cruelle virilité des hommes de la frontière Nord-Ouest et la beauté délicate, ciselée, d'un Radjpout ? Ou entre le vif Bengali au type mongoloïde, et le guerrier mahratte, râblé, musclé comme un petit terrier ? C'était absurde !

Dès le premier regard, Miss Mac Daid était tombée amoureuse, non de l'homme lui-même, mais de l'idée qu'elle se faisait de lui. Lorsqu'il était descendu de la Rolls, elle s'était dit spontanément : « Voilà ce que pourraient être les Indes ! », ces Indes auxquelles son âme était si fortement attachée.

Puis, à mesure que les semaines passaient, elle constata qu'il était un remarquable chirurgien, aussi brillant que l'avait prétendu le Maharajah. Ses grandes mains musclées avaient la délicatesse de celles d'une femme et, dans leur travail, la sûreté de la démarche du chat. Par bribes, d'habitude la nuit, à l'Hôpital, quand elle lui préparait son thé et qu'ils causaient amicalement, elle apprit d'autres détails le concernant : que sa mère avait dirigé un mouvement de réforme de la loi hindoue ; qu'à Cambridge il ramait dans l'équipe de son collège et était un joueur de cricket réputé. Par des lettres d'amis, elle avait également appris que, malgré sa race, il aurait pu faire une brillante carrière en Angleterre. Il avait préféré venir à Ranchipur ; c'était son pays et, grâce au vieux Maharajah, il aurait la possibilité d'y travailler comme il l'entendait.

Au début, bien qu'il eût déjà vingt-trois ans, elle le considérait comme un adolescent. Jamais elle n'avait pensé aux hommes en tant qu'hommes ; sa vie était trop pleine, ses journées toujours trop courtes. Et, comme elle n'était pas une personne ordinaire, elle avait rencontré peu d'hommes auxquels elle ne se sentît supérieure, non seulement en qualité de femme, mais même parfois en tant qu'hommes. Aussi les premiers mois ne vit-elle guère en lui que la personnification — très attrayante — d'une idée à laquelle elle-même avait consacré sa vie et toute son immense énergie.

L'histoire de Miss Mac Daid était liée depuis toujours à l'Orient. Son père, médecin écossais, un original, établi à Sourabaya, avait consacré son existence à des recherches sur les fièvres et les maladies tropicales. Il avait parcouru l'Orient en tous sens, scrutant les coutumes et la santé des populations grouillantes. Comme certains Écossais, il avait le goût créateur et préférait édifier autour de lui un monde neuf, plutôt que d'emporter l'ancien, comme les Anglais. Quelque chose, dans l'Orient, avait ravi son âme. Jamais il ne retourna en Europe. Finalement il mourut, victime d'une des mystérieuses maladies qu'il n'avait cessé d'étudier.

Il avait élevé sa fille en Orient, presque comme une indigène. Elle connaissait les enfants des marchands du pays, les rejetons métis des planteurs néerlandais. A dix ans, elle parlait le hollandais et le malais ; plus tard, elle apprit l'hindoustani et le gujerati. A vingt ans, elle fit un séjour en Angleterre.

C'était la première fois qu'elle quittait l'Orient et, bien qu'elle goûtât la beauté brumeuse des collines d'Écosse et l'apaisante verdure des jardins anglais, ceux-ci lui restèrent à jamais étrangers. Le paysage lui paraissait terne, étriqué, car, dans son cœur, régnaient toute la violence, la magnificence et la crasse de l'Orient. En Angleterre, il n'y avait ni merveilleux levers de soleil, ni brusques inondations, ni tremblements de terre, aucun grand bouleversement de la vie, rien de cette sauvage splendeur qui remplissait le monde où s'était écoulée son enfance. Et la crasse qu'elle découvrit dans les Middlands et dans la banlieue de Londres au cours de son apprentissage d'infirmière ne lui parut pas moins horrible que celle qu'elle avait rencontrée dans ses pérégrinations avec l'original Dr Mac Daid. La saleté de Sourabaya n'approchait pas de loin celle des bas quartiers de Londres ; d'une façon générale, la malpropreté de l'Orient, étalée au grand air et à la lumière, lui répugnait moins que celle que l'on trouvait à l'intérieur des maisons sordides et surpeuplées des ruelles sombres d'Occident... Ce qui la troublait aussi, c'était la prévention des Anglo-Saxons, même des plus intelligents, à l'égard des races de couleur, et la certitude où ils étaient de leur supériorité physique et économique. Sa vie errante l'avait laissée sans préjugés. Miss Mac Daid était un de ces êtres bénis pour qui tout individu est une créature humaine, sans distinction de croyance, de couleur ou de race ; c'est pourquoi elle avait toujours connu une richesse ignorée du plus grand nombre.

Après quatre ans de séjour en Angleterre, elle était repartie sans regret pour l'Orient où elle se sentait chez elle, heureuse de retrouver sa grandeur, sa violence, la magnificence de ses couleurs. Elle séjourna près d'un an à Bombay. Puis s'offrit à elle l'occasion qui devait combler ses vœux et qu'aucune autre femme n'eût acceptée.

C'était une fin d'après-midi de décembre ; elle se trouvait dans le bureau du directeur de l'hôpital, en face d'un petit Hindou, trapu, vêtu à l'européenne, qui n'était autre que le grand Maharajah de Ranchipur. Celui-ci souhaitait fonder un hôpital et une école d'infirmières ; il voulait apprendre à ses sujets à soigner leurs enfants et entendait exterminer la peste, le choléra et la terrible malaria, fléau de ses États. Un hôpital de fortune existait déjà, mais il désirait en construire un nouveau, ce qui se faisait de mieux, de plus moderne dans le genre, comme ceux qu'il avait vus en Allemagne. S'il trouvait une infirmière prête à mener une vie très dure, à faire face aux intrigues des ministres et des fonctionnaires, à combattre l'ignorance et les préjugés, non seulement des Hindous mais des Européens de Ranchipur, à lutter contre la saleté et les malades, il veillerait à ce qu'elle disposât de tout l'argent dont elle aurait besoin.

Un instant, elle resta confondue par la miraculeuse proposition, si troublée qu'elle n'en trouvait plus ses mots : donner des ordres et n'en plus recevoir, échapper aux médisances, aux perfidies, aux préjugés de ce monde étroit et provincial dans lequel elle vivait, détenir ce pouvoir, cette autorité ! Avoir la possibilité de travailler, de construire, d'organiser, de créer ! En elle, comme chez David Livingstone, Mungo Park ou des milliers de colons écossais répandus dans le monde, couvait la passion de l'aventure et le désir austère, calviniste, de venir en aide à la pauvre humanité. Et, tandis qu'elle l'écoutait, son instinct de Celte jaugeait son interlocuteur. Il était simple et bon ; c'était inscrit sur son visage. Elle le savait un des hommes les plus riches du monde, mais ignorait encore qu'il était un des grands personnages d'Orient, l'un des plus considérables de son époque, car il n'avait pas le génie de la publicité et ce qu'il accomplissait de remarquable restait — était-ce à dessein ? — en quelque sorte assourdi, voilé. Il avait entrepris une lutte dangereuse : il voulait rendre le respect et la dignité à une nation conquise. Il était un de ces milliers d'hommes qui, aux Indes et dans tout l'Orient, venaient de s'éveiller et cherchaient à ranimer la foi, la fierté et la valeur des populations assoupies.

Une minute entière, ils se dévisagèrent — le petit Maharajah râblé et la simple, vigoureuse, jeune Miss Mac Daid — et, pendant cet instant, un courant de compréhension et de sympathie s'établit entre eux, que rien dès lors ne devait rompre, ni l'intrigue, ni les préjugés, ni même le désespoir.

« J'irai, dit simplement l'Écossaise.

— Ce ne sera pas facile, je vous préviens ! remarqua le Maharajah.

— J'ai passé toute ma vie en Orient, Altesse, et j'en connais les difficultés. Je ne demande qu'à faire mes preuves.

— Je préférerais que vous trouviez une autre infirmière pour vous accompagner.

— Je chercherai. Peut-être pourrai-je convaincre Miss Eldridge. »

Finalement, elle partit avec Miss Eldridge. Fille d'un importateur de la Présidence de Madras, pâle et frêle, celle-ci adorait Miss Mac Daid et l'aurait suivie n'importe où.

Elles arrivèrent à Ranchipur en avril, peu avant la mousson.

A cette époque, les travaux du Maharajah ne faisaient que commencer et la ville était en plein chaos. Non seulement on perçait des routes, des rues, on construisait des édifices, on abattait les taudis, mais le bouleversement s'étendait aux esprits de toute une population dont le souverain, assisté d'une poignée d'hommes instruits, cherchait à transformer la vie, les habitudes et les croyances. Placés devant l'alternative de travailler ou de quitter l'État, beaucoup de prêtres étaient partis, si bien qu'il en restait juste assez pour le service des temples.

La Maharani venait de terminer son livre où elle engageait les femmes a quitter le *purdah*, à apprendre à lire, à écrire, à choisir une profession. Elle avait inauguré son École secondaire où les filles des ministres, des princes et des Brahmanes avaient recu l'ordre de se rendre, bon gré mal gré, aux côtés des Intouchables désireuses de s'instruire. Il n'y avait qu'un an depuis le banquet et la fête offerts par le Maharajah aux Intouchables de Ranchipur, banquet pendant lequel il s'était lui-même assis au milieu de ses invités, pour donner l'exemple aux autres Hindous. Ses serviteurs étaient également des Intouchables. Et tout ceci provoquait à Ranchipur des révoltes, des assassinats, des intrigues et des complots.

Ce fut dans cette atmosphère tendue que débarquèrent Miss Mac Daid et son pâle satellite, Miss Eldridge. Elles trouvèrent un hôpital rudimentaire au sol de terre battue, au toit crevassé, une pharmacie indigène, administrés par un chirurgien à demi ignare plus préoccupé de la coupe de ses vêtements européens que de la santé de ses patients, et deux médecins dont le bagage scientifique consistait en un mélange de superstitions de sages-femmes et de procédés médicaux démodés. Fièvre puerpérale, typhus, petite vérole, malaria y régnaient à l'état endémique ; elles rencontrèrent même les traces d'une récente épidémie de peste. Pour tout personnel, il y avait des servantes de la basse caste.

Miss Mac Daid se mit au travail, armée de savon noir et d'acide phénique. A la fin de la première semaine, elle n'en pouvait plus. Cependant, elle portait en elle un élément invincible. Il en avait toujours été ainsi et probablement en serait-ce ainsi jusqu'à la fin. Aussi persévéra-t-elle.

Mais, plus redoutables que la saleté, l'ignorance ou l'incapacité qu'elle rencontrait sur son chemin, étaient la résistance obstinée, silencieuse, de la moitié de la population de Ranchipur, les mensonges et les intrigues des Hindous orthodoxes, le ressentiment des fonctionnaires à cause de l'autorité dont elle bénéficiait. Le Maharajah la soutenait de toute sa fortune, de tout son pouvoir. Cependant, elle ne pouvait toujours avoir recours à lui et, souvent, ses appels ne lui parvenaient que déformés par la cabale ou la mauvaise volonté. Désespérée, elle cherchait d'où venait cette sournoise résistance à son effort pour développer dans le peuple la santé et la décence ; chaque fois, elle découvrait que celle-ci avait son origine dans la religion ou dans les superstitions qui en tenaient lieu. Ses pires ennemis, comme ceux du Maharajah, étaient les dévots. Le Souverain leur témoignait beaucoup de patience. Quant à la redoutable et belle Maharani, elle n'en avait aucune. Elle fit congédier plusieurs fonctionnaires d'État, ou surveiller leurs maisons. Grâce à son influence et à celle de Miss Mac Daid, le Dewan — qui portait encore une natte, et dont la femme était vêtue du plus noir des *purdah* — fut renvoyé. De nouveaux troubles en résultèrent, car cet homme, capable bien que superstitieux, en appela au Vice-Roi ; une enquête fut ouverte sur les bruits qui, depuis longtemps, parvenaient au gouvernement de Calcutta, au sujet des désordres de Ranchipur.

Ce ne fut qu'une comédie, aucune mesure ne fut prise. Ranchipur était un État riche, puissant, et le Vice-Roi préférait ne pas se créer des ennuis. L'affaire en resta là. Pourtant, elle eut pour conséquence de faire de l'altière Maharani une ennemie irréductible de l'administration britannique et de marquer, une fois pour toutes, la position de Miss Mac Daid à l'égard des Anglais de Ranchipur. Dès ce moment, en effet, l'infirmière devina qu'elle ne pouvait compter ni sur l'appui, ni sur la compréhension de ses compatriotes. Au cours de l'enquête, elle s'était convaincue que le Gouvernement, ainsi que le vaste appareil administratif qui en dépendait, ne voyaient pas d'un bon œil la mission à laquelle elle s'était consacrée, ne souhaitaient pas qu'elle réussît — pas plus que le Maharajah — et désapprouvaient sa collaboration avec les Hindous dans leur campagne d'éducation et de réforme.

Autrefois, Ranchipur, État paisible, plongé dans l'ignorance et la crasse, offrait un excellent débouché pour les cotonnades de Manchester, la quincaillerie de Leeds ou de Hull. Mais, obsédé par l'idée de rendre à son peuple sa dignité et sa fierté, l'actuel Maharajah songeait à y créer des filatures où la population pourrait fabriquer elle-même ses vêtements. En fait, Ranchipur semblait attirer tous les extrémistes radicaux, réformateurs ou agitateurs, devenus indésirables ailleurs.

L'enquête terminée, après avoir perdu dix jours de précieux travail, Miss Mac Daid rentra à Ranchipur où l'attitude de ses compatriotes lui fit comprendre ce que devaient éprouver les Intouchables à l'égard des gens de leur race. Dès lors, elle poursuivit seule la lutte, déterminée, indomptable. Elle mènerait à bien sa mission. Le doute ne l'effleurait plus. De nouveau le typhus éclata. Miss Eldridge mourut, une des premières victimes ; elle ne chercha pas à la remplacer.

Année après année, sans jamais prendre un jour de vacances, pendant l'hiver torride, poussiéreux, pendant la mousson d'été, à travers la famine, la peste, les intrigues et le désespoir, elle travailla. Et, miraculeusement, l'Hôpital devint une réalité. Nets, clairs, salubres, les bâtiments de briques lentement surgirent. Les servantes reçurent un rudiment d'instruction sanitaire. Le chirurgien et les médecins furent remplacés par des praticiens plus capables. Bientôt des femmes, veuves ou célibataires, d'un niveau plus élevé, vinrent y faire un apprentissage professionnel. L'Hôpital devenait non seulement le lieu de guérison pour les corps malades, mais aussi pour les âmes douloureuses ou blessées. Ainsi, la nièce du Maharajah et la sœur de l'aide de camp offrirent leurs services à Miss Mac Daid.

Au moment de l'arrivée du major Safti, l'Hôpital était une réalité, une belle réalité qui, Miss Mac Daid le savait, l'emportait de beaucoup sur nombre d'institutions européennes. Seule, uniquement aidée par des Hindous, elle l'avait créé ; mais aussi, elle l'avait payé. A quarante-neuf ans, son corps vigoureux était usé par la longue lutte contre la chaleur, la superstition et l'intrigue, ses cheveux clairsemés, cassants et secs, et son visage, si bon, si loyal, dont la peau avait la texture du cuir, était ridé. Mais elle avait remporté la victoire et découvert une vérité dont peu d'Européens semblaient se douter : c'était que son Orient dans sa splendeur, sa violence, sa vitalité, n'était pas mort sous les coups des boutiquiers d'Occident, mais simplement endormi.

Elle attendit le Major dans le petit vestibule qui donnait sur le jardin et, soudain, à travers les cataractes de pluie, elle vit sa Ford franchir la grille. Des yeux elle suivit la lumière des phares glissant le long de l'allée, éclairant la haie d'hibiscus dépouillés de leurs fleurs par une bande de singes errants.

« Si seulement j'étais jeune et belle ! » songea-t-elle. Et, pendant un instant, elle imagina ce que cela pourrait être de tout oublier pour quelqu'un qu'on aime.

La Ford s'arrêta. Le Major en descendit, suivi de la nièce du Maharajah, du concierge et d'un personnage minable, trempé, en qui elle reconnut Mr. Smiley, le missionnaire américain. Celui-ci retira de la voiture un énorme panier de melons et de bananes.

« Est-elle prête ? demanda le Major.

— Oui. Votre blouse et vos gants sont sortis. »

Le chirurgien se hâta vers la salle d'opération. Miss Mac Daid et la princesse, poussant le chariot, allèrent chercher la patiente. Tout se passa le mieux du monde et, douze minutes plus tard, le premier fils du maçon vit le jour, comme César, dit-on. Peu après, la femme s'étant endormie et l'enfant ayant été baigné, le major Safti, Miss Mac Daid et Mr. Smiley se retrouvèrent dans le bureau de l'infirmière pour prendre du thé et manger des biscuits. Le Major venait d'absorber un des copieux dîners de la Maharani, mais il prétendit avoir faim et s'attarda un moment. Il savait que Miss Mac Daid serait désappointée s'il repartait sur-le-champ.

Mr. Smiley portait d'énormes lunettes qui le faisaient paraître plus petit, plus frêle qu'il ne l'était en réalité. Il n'avait que quarante-deux ans, mais on lui en eût donné dix de plus. Le soleil, la chaleur, des attaques de malaria, et son dévouement à la cause dont le Major et Miss Mac Daid s'étaient faits les champions, l'avaient prématurément vieilli. Il quittait rarement Ranchipur, même pendant la saison des pluies. Ses matinées, jusqu'à une heure, étaient occupées par son enseignement aux garçons intouchables et de la basse caste, au centre de la ville ; l'après-midi, il donnait des leçons à l'Orphelinat des filles, près de la Mission. En outre, il devait tenir à jour la comptabilité compliquée, exigée par le Conseil d'administration de la Mission d'État d'Iowa. De plus, il s'occupait des familles de la plupart de ses élèves où sans cesse surgissaient des problèmes : naissances, décès, maladies, démêlés avec la police, si bien que constamment il était forcé de faire des visites la nuit. Il lui arrivait aussi d'être appelé par Miss Mac Daid, car souvent, dans leur ignorance, les Intouchables étaient terrifiés par l'Hôpital et refusaient de se laisser soigner jusqu'à ce qu'il les eût rassurés. Par surcroît, le Révérend Elmer Simon, directeur spirituel de la Mission, l'accusait de tiédeur et de ne pas prendre assez à cœur la conversion de ses élèves à la doctrine baptiste.

En vérité, Mr. Smiley se préoccupait fort peu que les garçons confiés à ses soins fussent chrétiens, hindous, mahométans, ou même païens, tels les sauvages des collines. Le Révérend Simon ne pensait qu'aux âmes ; Mr. Smiley se préoccupait davantage d'hygiène, de mathématiques, d'histoire des Indes et de règles de conduite. De même que Miss Mac Daid ou que le Major, il savait que les Hindous ne seraient pas sauvés par leur conversion au christianisme ou à toute autre religion, mais par l'éducation et l'abolition des terribles haines qui les séparaient. Mais, depuis longtemps, Mr. Smiley avait appris à dissimuler. C'était le seul moyen de pouvoir poursuivre sa tâche bienfaisante à l'égard de ces gens qu'il aimait. Aussi, pour édifier le Conseil d'administration d'Iowa et le Révérend Simon qui, avait-il découvert, envoyait de pieux et perfides rapports sur son compte aux États-Unis, Mr. Smiley feignait-il d'être un Baptiste convaincu.

Le rôle du christianisme en Orient ne lui paraissait pas concluant et il n'était pas certain que la conversion fût un bien, même pour les Hindous de la plus basse caste. Il ne s'en était ouvert à personne sauf à sa femme, qui partageait son opinion, à Miss Mac Daid et au major Safti.

Mr. Smiley était venu apporter des fruits et deux pots de

gelée froide à la femme intouchable. Celle-ci était la mère d'un de ses élèves, garçon de seize ans, auquel il s'intéressait. Si le jeune homme continuait à avoir de bonnes notes, le Maharajah lui payerait des études à l'Université de Columbia. Mrs. Smiley avait fait la gelée elle-même.

« Trois en une nuit ! Cela doit être un record, remarqua Mr. Smiley.

— Oh, non, répondit Miss Mac Daid. Nous en avons eu jusqu'à sept. Vous vous rappelez, Major ! »

Le Major s'en souvenait ; ce soir-là, ils dînaient chez Mr. Bannerjee. Ils avaient dû partir au milieu de l'élégant repas et n'avaient pas fermé l'œil de la nuit.

« Il a l'air d'une souris, se disait Miss Mac Daid qui regardait Mr. Smiley boire son thé. Je me demande où il prend toute sa vitalité ? » Elle ne songeait pas que, comme pour elle-même, sa force venait de l'intérieur.

Pendant l'accouchement de la femme bunya, Mr. Smiley avait remplacé ses habits trempés par un complet blanc d'hôpital, appartenant à Safti. Ce vêtement, dans lequel le Major avait si bon air, pendait sur lui lamentablement comme une toile de tente détendue. Le chirurgien et l'infirmière l'en plaisantèrent. Puis Miss Mac Daid alla refaire du thé, espérant de la sorte retenir le Major plus longtemps. Quand elle revint, il était en train de raconter la victoire de la Maharani au poker.

« Le Général en a presque éclaté ! dit-il. Vous auriez dû le voir ! Ce n'est pas un jeu pour les Anglais, ils sont trop simples. »

Puis il regarda sa montre. Le cœur de Miss Mac Daid se serra.

« Il faut que je m'en aille, dit-il. Si je tarde plus qu'elle ne le juge nécessaire pour un accouchement, Son Altesse m'en voudra. En ce moment elle doit surveiller la pendule et houspiller le Général. » Se tournant vers le missionnaire, il ajouta : « Que faites-vous, Smiley ? Vous n'avez pas l'intention de repartir à bicyclette par ce déluge ?

— Je rentrerais volontiers à la nage si ce déluge pouvait durer ! répondit Mr. Smiley. Je n'ai pas envie de revoir une sécheresse comme il y a onze ans.

— Celle-là n'était rien ! dit Miss Mac Daid. Si vous aviez vu celle d'il y a vingt-trois ans ! C'est alors que nous avons eu une vraie famine et, par-dessus le marché, la peste ! Maintenant, avec le chemin de fer, rien de tout cela ne peut plus arriver. Ils mouraient du choléra comme des mouches, couchés par rangées à même le sol. Miss Eldridge est morte une des premières.

— Je souhaite que ces années ne reviennent jamais ! »

Le Major fit bouger sa chaise et, de nouveau, le cœur de Miss Mac Daid se serra. Il allait parler, quand un violent coup de tonnerre l'arrêta. Il attendit que le vacarme eût cessé, puis se leva, très beau, avec sa culotte blanche, son justaucorps noir fermé par des boutons de diamants, et le turban rouge de Ranchipur, net, élégant. Pour un homme de sa prestance, c'était le plus seyant des costumes ; il soulignait la largeur de ses épaules de lutteur, l'étroitesse de ses hanches, les muscles de ses bras. « Les Hindous sont la plus belle, la plus fine des races », songea de nouveau Miss Mac Daid. Lorsqu'on avait vécu longtemps aux Indes, les plus remarquables visages d'Occident ressemblaient à des poudings anémiques et désossés.

« Smiley, dit-il, je vais vous reconduire, vous et votre bécane... Après quoi, je retournerai au Palais. »

Smiley protesta poliment.

« C'est à peine un détour de quatre kilomètres, répliqua le Major. Il fait un temps à ne pas mettre un chien dehors ! »

Malgré les tentatives de Miss Mac Daid pour les retenir, ils partirent. Elle les accompagna jusqu'à la porte. Perdu dans les vêtements du docteur, Mr. Smiley agita les bras en signe d'adieu. Les manches pendaient sur ses maigres poignets, comme les ailes d'un oiseau.

« Peut-être faudrait-il que je me montre dans cet accoutrement au Révérend Simon, cria-t-il. Cela lui fournirait une ample matière pour ses prochaines lettres au Conseil de la Mission ! »

Ils grimpèrent dans la voiture, lui adressèrent un dernier geste amical et disparurent derrière une muraille d'eau. Ils formaient un trio de vrais amis : l'Écossaise, née à Sourabaya ; l'Américain, fils d'un pasteur d'Iowa, et l'Hindou, issu des plus fiers de tous les Brahmanes.

Après leur départ, Miss Mac Daid alla se regarder dans la glace du cabinet de toilette. Malgré le rouge discret et la teinture qui dissimulait ses cheveux grisonnants, la vue de son visage ne la réconforta pas : « Je suis folle, dit-elle à voix haute. A mon âge, je devrais être plus raisonnable. Mais je ne puis me changer. » Cette pensée la réjouit ; elle lui donnait une sensation de chaleur, de jeunesse même. Après quoi, elle ramassa le panier de Mr. Smiley, mit la gelée dans la glacière et plaça les fruits à un endroit où la veuve de l'aide de camp pût les trouver, afin que la femme intouchable reçût les melons dès son réveil le lendemain matin.

Le Major déposa Mr. Smiley à sa porte, puis se rendit au Palais, enjamba les gardes endormis dans le vestibule, et entra dans le salon de la Maharani. Rutilante de bijoux, le dos droit sur sa chaise, la vieille princesse de Bewanagar, dame d'honneur de la Souveraine, dormait profondément. La partie durait toujours. Il était deux heures passées. Ce n'est qu'à l'aube que la Maharani se leva et congédia ses hôtes. Elle gagnait sept cent quatre-vingts roupies dont près de six cents sortaient de la poche du Général.

Ce premier orage, qui marqua la fin de la sécheresse à Ranchipur, n'atteignit ni Delhi ni Agra. Bien qu'il eût déployé sa violence et ses cataractes sur une région aussi vaste que la France et qu'il eût pu noyer les Pays-Bas en entier, il se perdit dans l'immensité des Indes et se termina par une maigre ondée éclaboussant la poussière rouge, quelque part, aux confins d'Udaipur. Et c'est ainsi que rien, dans le *Courrier de Bombay,* ne marqua cette légère détente que produisent la vue et le bruit de l'eau pendant les périodes torrides.

Dans leur wagon spécial, Lord et Lady Esketh ne pouvaient dormir. Les blocs de glace, enveloppés de serviettes, disposés devant les ventilateurs électriques, ne donnaient aucune fraîcheur. Au contraire, l'humidité créée par la glace fondante semblait, par moment, rendre la chaleur plus intolérable encore. Une poussière ocre-rouge enveloppait le train d'un nuage épais, s'insinuait à travers les treillis de cuivre que Lord Esketh avait fait tendre aux fenêtres du wagon, se déposait partout, transformant les blocs de glace en pâtés de boue, recouvrant le sol d'une fine couche mouvante que l'air agité par les ventilateurs soulevait en tourbillons.

Dans son compartiment, Lord Esketh fumait, buvait du whisky et, à tout bout de champ, sonnait son valet de chambre pour ouvrir ou refermer la fenêtre, changer la direction des ventilateurs, apporter de la glace fraîche. Ne pouvant dormir, il essayait en vain de travailler, de composer des télégrammes ou de mettre de l'ordre dans le chaos des chiffres griffonnés sur le papier posé devant lui.

C'était un homme de quarante-huit ans, de grande taille, à l'ossature puissante et lourde, malgré l'équitation, le massage et les exercices physiques. Il avait un gros visage, rond, presque anormal, un visage morose. La mâchoire proéminente et la bouche aux lèvres trop minces accentuaient son expression de brutalité, de cruauté. Le nez et les pommettes étaient marqués d'un réseau de fines veines pourpres, car Lord Esketh était grand buveur et, depuis longtemps, son cerveau ne fonctionnait plus que lorsqu'il était plein de cognac ou de whisky.

Son goût de la boisson datait du temps lointain où, simple Mr. Albert Simpson, il vendait, pour le compte de maisons de Leeds et de Hull, de la coutellerie en Orient et buvait afin de lutter contre la chaleur. De retour en Angleterre, il avait bu pour combattre la cruauté du climat et stimuler son cerveau. Quand, enfin, la fortune lui sourit et que sa vie se compliqua, il but encore pour échapper au monstre du succès créé par lui-même et qui, lui semblait-il, le dévorait. Si bien que l'alcool était devenu une part même de son sang. Il en avait une telle habitude qu'au lieu d'émousser son esprit, la boisson l'aiguisait ; il ne pouvait s'en passer pour travailler. En ce moment, ce n'était pas le whisky, mais la chaleur qui le troublait.

Lord Esketh était un des magnats d'Occident, non pas un grand général, chef d'État, comme Akbar ou Napoléon, mais un petit boutiquier, habile et rusé, à la millième puissance. Au lieu de trafiquer de pois, de noix ou de bonbons, il possédait des plantations de caoutchouc à Sumatra, de jute aux Indes, de coton en Égypte, éditait des journaux à Londres et dans les Midlands, administrait des compagnies maritimes en Orient, des fonderies en Angleterre, des puits de pétrole en Perse et en Afghanistan, des fabriques — le meilleur des placements — de canons et d'obus. Depuis longtemps, il avait vendu ses filatures de coton d'Angleterre où elles n'offraient plus d'intérêt, cette industrie étant passée aux mains des Japonais et des Hindous (grâce au prix ridicule de la main-d'œuvre en Orient !).

Le chaos de chiffres notés sur les pages devant lui se rapportait à ces multiples affaires, mais la chaleur l'empêchait d'y voir clair. Les bases de cet édifice dataient de longues années en arrière, lorsqu'il n'était encore que Mr. Simpson, fils d'un entrepreneur de Liverpool. Sa pairie n'était pas héréditaire ; il l'avait achetée relativement bon marché, à un moment où ce genre d'acquisition avait été facilité par un Premier ministre à tendances démagogiques.

Il détestait la chaleur, elle augmentait sa pression artérielle, lui donnait la sensation que sa tête allait éclater. Aussi, bien qu'il n'eût pas d'autre alternative, maudissait-il l'idée qui l'avait amené dans ce pays d'enfer. Lorsqu'on l'avait mis en garde contre un voyage aux Indes en avril, il avait ri, disant : « Mes pauvres amis, Esketh connaît la Somalie, Java, la Nouvelle-Guinée ! Le soleil ne lui fait pas peur ! »

Mais l'homme qui avait séjourné en Somalie s'appelait Albert Simpson, avait vingt ans, la force d'un bœuf et les nerfs d'un athlète ; ce n'était pas le puissant Lord Esketh, bouffi, vieilli, rongé par une fortune instable et compliquée, édifiée par la ruse et l'absence de scrupules. Il se rendait aux Indes à la demande du Gouvernement. S'il souhaitait de nouvelles distinctions (il les désirait en effet), il ne pouvait se récuser. Ce voyage servait ses propres intérêts. Il lui fallait étudier sur place la question du jute ; il savait également que le moment était propice pour racheter à un très bas prix aux propriétaires hindous de Bombay leurs manufactures de coton. Si celles-ci n'avaient plus d'avenir en Angleterre, il n'en était pas de même aux Indes, malgré la concurrence japonaise. Orient ou Occident, Europe ou Angleterre lui importaient peu ; il ne s'intéressait qu'à Lord Esketh, à la puissance que lui valaient son argent et sa ruse — et, peut-être aussi, un peu à sa femme et aux chevaux.

Si le Gouvernement des Indes se laissait convaincre de relever les tarifs contre l'importation japonaise, les filatures de coton rapporteraient encore de l'argent, non à l'Angleterre, mais aux Indes elles-mêmes. C'était le moment d'acheter. Il avait établi son programme minutieusement : une semaine à Ranchipur, moins brûlant que Bombay, vingt-quatre heures à Bombay où tout serait préparé d'avance par télégramme afin d'éviter le moindre retard, puis retour jusqu'à Gênes sur un bateau du Lloyd Triestino, plus rapide que ceux de sa propre compagnie ; enfin dix jours de croisière en Méditerranée, sur son yacht, si les complications que les Bolcheviks étaient en train de créer au sujet des pétroles ne le rappelaient pas d'urgence à Londres.

Depuis l'intrusion des socialistes dans le Gouvernement, celui-ci avait perdu toute autorité, aussi bien à l'égard des nations étrangères qu'à celui des populations sujettes du Royaume-Uni. Par moment, il arrivait au grand Lord Esketh de regretter de n'être pas né cinquante ans plus tôt, lorsque l'Empire était encore un empire. Sa carrière en eût été de maintes façons facilitée. Un jour, il s'était amusé à calculer qu'au cours des XVIIIe et XIXe siècles les capitaux britanniques placés aux Indes avaient rapporté cinq cent mille livres pour une livre. N'était-ce pas colossal ! Que n'aurait fait un homme de sa trempe à pareille époque ? Il aurait conquis le monde.

En ce moment, sa passion des chevaux le conduisait à Ranchipur. Il s'agissait d'une race dont il avait entendu parler, mais qu'il n'avait encore jamais vue — les petits chevaux de Kathiawar, élevés dans une péninsule sauvage et aride aux confins de l'océan Indien. Ressemblant aux arabes, mais plus vigoureusement charpentés, plus résistants, extrêmement rapides, capables de porter des charges, ils avaient toujours été la monture favorite des belliqueux Mahrattes et Radjpouts. Depuis qu'il en connaissait l'existence, Esketh voulait en posséder ; non pas de la race courante, mais de la meilleure. Or, des officiers rencontrés à Simla lui avaient affirmé que les plus beaux spécimens se trouvaient dans les écuries fabuleuses du Maharajah de Ranchipur. Une entrevue avait donc été arrangée par le Vice-Roi ; Esketh se rendrait à Ranchipur où il serait l'hôte du Maharajah. Il logerait non pas dans la maison des invités, mais dans un des palais, comme il convenait à l'un des plus puissants seigneurs d'Occident. Par la même occasion, il pourrait convaincre — d'une manière ou d'une autre — le vieux Dewan de Ranchipur de l'aider dans l'affaire des manufactures de coton de Bombay. Le vieux Dewan jouissait d'une grande autorité politique aux Indes. Ainsi Esketh pourrait faire d'une pierre deux coups. Il excellait dans ce genre de sport.

Le Vice-Roi lui avait assuré que le Maharajah, son ami, lui livrerait volontiers un étalon et six juments. C'était le seul point lumineux du voyage ; car même l'idée de faire une bonne affaire au détriment des filateurs de Bombay, très gênés, ne le stimulait pas. S'il avait été homme à s'analyser, il eût constaté que cette indifférence marquait une première défaillance de sa force.

La chaleur lui devenant insupportable, il pressa sur le bouton de sonnette placé à côté de sa couchette. Personne ne vint ; il resonna avec irritation ; puis une troisième fois avec fureur. Enfin, la porte s'ouvrit et Bates, son valet, entra, les yeux bouffis de sommeil.

« Sacré nom de nom ! Que se passe-t-il ? Voilà dix minutes que je sonne ! » s'écria Lord Esketh en se soulevant pesamment sur son coude.

Froid, maigre, réservé et très capable, Bates était le genre de serviteur qu'Esketh aimait avoir auprès de lui. Jamais il ne demandait de faveurs, jamais il ne marquait par un signe son affection ou son dévouement. En ce moment, il ne tremblait pas. Il se borna à dire : « Désolé, Monsieur, j'ai dû m'endormir. »

Cette réponse ne fit qu'irriter davantage Lord Esketh : « Je ne vois pas pourquoi vous dormiriez quand, moi, je ne le peux pas ! hurla-t-il. Allez dire à ce chien noir qu'il rapporte de la glace. Tout est fondu.

— Bien, Monsieur. »

Bates sortit, toujours impassible. Depuis douze ans qu'il y assistait, ces sautes d'humeur ne le troublaient plus. Son seul sentiment à l'égard de Sa Seigneurie était une haine froide, sans passion, invariable. Mais la place était bonne et les gages excellents ; elle lui valait un grand prestige, beaucoup de temps libre et maintes gratifications, ignorées, la plupart, de Lord Esketh. Lorsque son compte en banque aurait atteint une certaine somme, il quitterait son maître, une nuit, sans explication. Le moment était proche. Alors, Sa Seigneurie pourrait aller au diable ; il s'installerait à Manchester, sa ville natale, s'affilierait au parti communiste et mettrait à sa disposition les connaissances qu'il avait acquises au service de Lord Esketh sur la chicane, la trahison, la cruauté.

Grâce à son flegme, Bates avait réussi là où des hommes bien plus intelligents, plus brillants que lui, avaient échoué. Depuis douze ans, il avait vu se succéder associés, secrétaires, employés, chauffeurs, maîtres d'hôtel, parfois congédiés, parfois partant de leur plein gré, mais toujours brisés, humiliés. Il n'existait que deux êtres au monde que Sa Seigneurie n'avait pas réussi à annihiler, Bates le savait : l'un était lui-même, l'autre Lady Esketh. C'était pourquoi ils se trouvaient encore là. Que l'un d'eux trahît un jour le moindre signe de faiblesse, et il serait écrasé comme les autres !

Les hurlements de Lord Esketh, dominant le battement monotone des roues sur les rails inégaux, tirèrent Lady Esketh de la torpeur où elle avait sombré dans son compartiment. « S'il ne dort pas, il va venir ici pour m'ennuyer », se dit-elle. Mais, presque aussitôt, elle songea que cela lui serait égal ; depuis le temps, elle y était habituée. Elle penserait à autre chose, s'imaginerait que ce n'était pas Albert, mais un homme quelconque, un employé du train, ou même un coolie ; cela au moins aurait du piquant ! De toute façon, elle ne pouvait être plus malheureuse qu'elle ne l'était.

Elle se souleva languissamment et se pencha pour secouer, loin du lit, son oreiller de crêpe de Chine rose, couvert de poussière jaune. Sacrée poussière ! Elle en avait plein la bouche, les cheveux. Elle alluma l'électricité et se regarda dans le miroir. Son visage était ocré. Sur les tempes, la poussière mêlée à la sueur s'était transformée en boue, qui coulait en filets le long de ses joues dont le teint célèbre avait coûté une fortune en spécialistes de beauté. Elle poussa un petit cri d'horreur puis se recoucha avec lassitude parmi les dentelles et la soie, songeant que sa misère ne faisait que commencer... A quatre heures du matin, il lui faudrait se lever, s'habiller et attendre sur le quai le train qui les conduirait à Ranchipur. Aux Indes, l'arrivée ou le départ des trains semblaient toujours avoir lieu entre minuit et l'aube ! Depuis des semaines, elle passait son temps soit à veiller pour prendre un train qui partait à deux heures de la nuit, soit à se lever pour changer de train à quatre heures du matin. Leur wagon particulier était agréable sur les grandes lignes, mais il devenait inutilisable sur les lignes à voies étroites.

Elle prit un cachet de somnifère : « Comme cela, je m'apercevrai moins de sa présence », songea-t-elle. Elle allait retomber dans sa somnolence, quand la porte s'ouvrit et Lord Esketh entra.

Jean-Baptiste apporta à Ransome son thé du matin. L'orage était passé et le soleil brillait comme si la sécheresse n'avait jamais été interrompue. Lorsque la mousson commençait de cette façon, c'était un signe désastreux, présageant des pluies violentes, mais irrégulières, insuffisantes : juste de quoi provoquer un formidable élan végétatif et laisser la terre trop tendre pour se défendre contre l'implacable et malfaisant soleil. Aussi, la vue de ses rayons apporta-t-elle, ce matin-là, l'angoisse à la plupart de ceux qui les contemplèrent à Ranchipur. Mais au malaise de Ransome se mêlait la nostalgie de celui qui a partagé sa vie entre la verte Angleterre et les contrées fertiles du Middle West américain ; son corps, son âme réclamaient la pluie. Non parce qu'elle assurerait les futures moissons, mais parce qu'elle mettrait un terme à l'intolérable sécheresse.

Il avala son thé, prit une douche tiède, puis se rendit sur la véranda, pour manger des fruits et boire son premier whisky.

La pluie de la nuit avait transformé le jardin. En quelques heures, de longues pousses avaient jailli des plantes desséchées. La vigne tapissant les murs, la terre, n'était plus calcinée, poussiéreuse, mais d'une couleur riche et sombre. Pourtant, Ransome le savait, le soir même elles auraient repris leur teinte jaune et brûlée. Néanmoins, dès qu'il eut vidé son verre, il alla prendre un sarcloir dans le hangar et se mit à gratter la terre. Ainsi, elle resterait humide un peu plus longtemps, si la pluie ne revenait pas. Il commençait son travail quand son chien aboya. Une bande de singes venait d'envahir le jardin, près de la maison. Il appela l'animal et se mit à l'ombre pour les regarder.

Il les connaissait tous, car ils vivaient dans les arbres du parc du Palais, de l'autre côté de la rivière. D'habitude, ils ne s'en éloignaient guère, se nourrissant de bananes, de mangues et des reliefs déposés pour eux chaque soir par les serviteurs du Maharajah. Mais, parfois, ils partaient en quête d'aventures, de mauvais tours, de destruction. De coutume, Ransome leur faisait une guerre sans merci ; il avait donné l'ordre à Jean-Baptiste de les chasser s'ils arrivaient pendant son absence. Jean, converti au christianisme, n'éprouvait aucun scrupule à sévir contre eux. A une ou deux reprises, ils avaient saccagé les fleurs du jardin, allant de plante en plante, arrachant systématiquement toutes les corolles qui attiraient leur attention. Ils ne les mangeaient pas, mais les jetaient dans la poussière, regardant de temps à autre par-dessus leur épaule pour s'assurer qu'aucune vengeance ne les menaçait. Ils ressemblaient, songeait Ransome, aux armées d'invasion, et le spectacle désolé qu'ils laissaient derrière eux rappelait les villages saccagés qu'il avait vus pendant la guerre.

Pour l'instant, ils semblaient ignorer sa présence. Environ une quarantaine, ils escaladaient la véranda, se bousculaient sur la gouttière.

A l'exception du grand mâle, assis solennellement au sommet du mur et qui faisait le guet, tous étaient des femelles. Il y avait aussi une douzaine de petits, de toutes tailles, jusqu'à des nourrissons d'un jour qui s'accrochaient encore au cou de leur mère. L'un d'eux, âgé d'environ cinq ou six jours, apprenait à marcher entre sa mère et probablement une tante, qui se le renvoyaient avec de légères taloches.

De l'ombre où il se trouvait, Ransome, le visage épanoui par un sourire inconscient, observait la leçon. Mais bientôt son attention fut attirée par un vacarme venant de la véranda. Une bande de guenons, installées sur la table, bavardaient et mangeaient les reliefs de son déjeuner. L'une d'elles tenait sa tasse à thé et la retournait en tous sens, comme pour découvrir à quoi l'objet pouvait servir. Une autre, son petit agrippé à elle, assise sur le rebord de la fenêtre, inspectait l'étoffe des rideaux.

Le spectacle l'amusa, mais, se rendant compte que le moment d'agir était venu, il tira de sa poche une fronde, ramassa silencieusement un caillou rond, le fixa au milieu de l'élastique et visa. C'était le seul moyen de tenir les singes sacrés en respect. Les chasser ne servait à rien. Dès que vous aviez le dos tourné, ils revenaient, arrachaient les tuiles du toit et vous les lançaient à la tête. Jusqu'à présent, Ransome avait réussi à maintenir dans leurs esprits intelligents la notion d'un danger particulier à son jardin : sensation subite, douloureuse et brûlante dans le postérieur, causée par quelque chose d'invisible qui arrivait mystérieusement de l'air lui-même.

Il lâcha l'élastique. La pierre alla frapper la croupe d'une des guenons assise sur la table. Avec un cri strident, celle-ci se jeta sur sa voisine la plus proche, l'écorchant, hurlant, la mordant furieusement. Puis le branle-bas commença. Les restes du déjeuner furent répandus sur la véranda, la tasse tomba et se brisa. Après quoi, les singes se ruèrent le long du jasmin jusqu'au sommet du mur, et, de là, par les branches les plus basses, dans le manguier. Le dernier emportait une serviette de coton brillant qui avait attiré sa convoitise. Seul, le grand mâle restait immobile à son poste, grognant et jurant. Ransome ramassa un nouveau caillou, mais pas assez vite ; le singe, qui n'était pas sot, vit son geste et, toujours hurlant, s'esquiva dans les arbres. Un instant, leur sauvage procession défila au sommet des manguiers, tandis qu'ils se hâtaient, toujours jacassant, de regagner le sûr asile du parc du Maharajah.

« Je me demande si Jéhovah éprouve parfois le même sentiment que moi en ce moment ! » se dit Ransome.

Il se remit au travail, mais son esprit, au lieu de s'absorber dans la terre, évoquant les merveilles de fleurs et de légumes qui jailliraient de chacun de ses coups de pioche, errait en d'étranges spéculations. Il se demandait pourquoi l'Amérique, ce pays neuf, jeune, riche, semblait atteint de la même décadence que l'Europe, pourquoi il ne s'y trouvait plus de chefs, mais seulement des hommes médiocres, des opportunistes politiques, des dictateurs, gouvernant par la brutalité et la crise de nerfs.

« Peut-être, se dit-il, le monde occidental est-il devenu trop vieux ; son système économique, ses passions même, échappent au contrôle de l'homme ; la branlante structure de sa civilisation est devenue si vaste, si complexe, si peu maniable, que personne ne peut plus s'y mesurer, ni même venir à bout d'une de ses fractions. » Était-ce le même phénomène qui s'était produit lors de l'écroulement de l'Empire romain ? Était-ce l'expression d'une loi universelle ? Peut-être l'homme était-il autorisé à bâtir, jusqu'à ce qu'enfin, dans son orgueil, il fût écrasé par la chose même qu'il avait construite ?

Cette pensée le ramena brusquement au sentiment de sa propre insignifiance ; en même temps, elle le remplit d'une pitié méprisante pour l'outrecuidance de l'homme, pour sa présomption. Tandis que quelques-uns s'efforçaient de contrôler, de vaincre la maladie et les épidémies, d'autres, comme Esketh et ses semblables, organisaient impunément des massacres en masses où ce n'étaient pas les microbes et la pestilence qui décimaient les hommes par millions, mais bien les hommes eux-mêmes. La nature, semblait-il, ne pouvait être circonvenue. Elle avait trouvé, par l'intermédiaire de l'homme lui-même, de nouvelles façons de le tuer, de le forcer, une fois de plus, à s'agenouiller, comme elle l'avait fait, depuis toujours, pour les Égyptiens, les Romains, pour ces mêmes Hindous qui, précipités de leur magnificence dans l'assujettissement, vivaient autour de lui rongés par l'ignorance, le découragement, la superstition et la maladie.

Il lui semblait que jamais il n'avait plus clairement envisagé le monde occidental que depuis qu'il séjournait aux Indes ; il le voyait dans ses moindres détails.

Puis sa pensée s'attarda à Esketh. Que venait-il faire à Ranchipur ? Il se le rappelait vaguement, pour l'avoir rencontré peu de temps après la guerre à Whitehall, mais il n'éprouvait d'admiration ni pour l'homme, ni pour son habileté, pas plus que pour l'usage qu'il faisait de son énergie, ou pour ses discours impérialistes. L'arrivée de ce personnage encombrant et brutal à Ranchipur ne pouvait y amener que des ennuis ; et le vieux Maharajah si bon, si simple, ne manquerait pas d'être sa victime. Quant au nom de Lady Esketh, il lui semblait familier, mais il ne parvenait pas à préciser pourquoi. Depuis près de quinze ans qu'il avait quitté Londres, Ransome avait cessé de s'intéresser aux vedettes mondaines et, lorsqu'il voyait leurs portraits dans le *Sketch*, le *Tatler ou* le *Bystander*, il les reconnaissait à peine.

Mais était-il le seul qui, dégoûté, était parti à la

recherche de l'évasion et de la paix ? Dans les fabriques, les bureaux, les écoles, les boutiques, des millions d'hommes, semblables à lui, désiraient aussi s'enfuir, mais ils ne le pouvaient, leurs ancêtres n'ayant pas, comme les siens, extrait une fortune considérable des montagnes du Nevada. Et, tandis qu'il sarclait avec une vigueur redoublée, il comprit que ce n'était qu'en travaillant la terre que la race humaine retrouverait la sérénité et l'espérance. Celles-ci n'existaient plus dans le monde créé par l'homme, ce monde malade, fatigué, apathique, qui, d'expédient en expédient, de compromis en compromis, sombrerait finalement dans les mêmes vieux maux qui avaient détruit les peuples, les nations, les civilisations, depuis le commencement des temps.

L'Orient ne lui avait rien donné, sauf, peut-être, une paix narcotique ; or, ce n'était pas cela qu'il était venu chercher, car cette paix, il le savait, contenait des germes de mort. S'il était parti, c'était pour fuir le spectacle du monde auquel il appartenait qui, ayant perdu la foi et l'espérance, lentement, mornement se détruisait lui-même.

Absorbé par ses réflexions et son travail, il oublia l'heure et aussi la brûlante chaleur, jusqu'au moment où Jean-Baptiste vint lui demander s'il comptait déjeuner à la maison. En effet, c'était samedi et, depuis longtemps, il aurait dû être en route pour la Mission où il lunchait chez les Smiley. Il jeta sa pioche et rentra précipitamment pour prendre un bain et changer de vêtements. Puis il sortit sa voiture — l'une des sept de Ranchipur, sans compter les Rolls et les Packard qui encombraient le garage du Maharajah. Il ne s'en servait guère qu'à l'époque de la mousson. Ranchipur n'avait que deux routes, l'une conduisant au grand lac artificiel au-dessus de la ville, l'autre, construite trois siècles auparavant par les Mongols, menant aux ruines d'El-Kautara, au pied du Mont Abana.

Dans le hangar, rien ne protégeait plus la vieille Buick du brûlant soleil ; les singes avaient passé par là, probablement de bonne heure, avant de venir lui rendre visite dans le jardin derrière la maison. Ils s'étaient amusés à jeter sur le sol toutes les tuiles du toit. Ransome sourit, songeant qu'en définitive c'était aux guenons que restait la victoire.

La Mission américaine occupait deux grandes bâtisses au-delà du Champ de courses. Ces demeures avaient autrefois servi de baraquements aux officiers des troupes britanniques cantonnées à Ranchipur. Massives, laides, leur ancienneté leur prêtait du caractère, et le temps les avait enveloppées de beauté en les recouvrant de plantes grimpantes — clématites, jasmins trompette, bougainvillées. Ombragées de manguiers, d'eucalyptus et de poivriers, elles se dressaient à quelque distance de la route poussiéreuse. Le Révérend Elmer Simon occupait l'une d'elles avec sa femme et ses filles, Fern et Hazel. Mr. Smiley, sa femme et une parente de celle-ci, tante Phœbe, habitaient l'autre.

L'aspect des deux jardins était révélateur du caractère des deux familles. Dans celui du Révérend Simon on n'apercevait aucune fleur, excepté celles de ces vigoureux arbustes et plantes grimpantes qui poussent d'eux-mêmes aux Indes et que rien ne parvient à détruire. Isolé, ce jardin eût pu paraître assez bien entretenu, mais à côté de celui des Smiley il prenait un air minable, presque abandonné. En effet, malgré la sécheresse, pétunias, géraniums, soucis, zinnias s'épanouissaient à foison dans celui des Smiley ; fleurs vieillotes, démodées pour la plupart, semblables à celles que tante Phœbe cultivait dans son jardin d'Iowa. Des pots de bégonias et de pensées décoraient la véranda. Çà et là, attachés aux plus basses branches des arbres, pendaient des récipients divers — boîtes de fer-blanc peintes en vert, bols fendus consolidés par des fils de fer, corbeilles de bambou. C'était l'œuvre de la nostalgie de tante Phœbe ; comme, cinquante ans auparavant, jeune fermière, elle fleurissait les branches des cotonniers d'Iowa, de même elle avait orné les manguiers de Ranchipur. Ces vases de fortune contenaient des fougères, des pétunias, des lis. Mais, surtout, tante Phœbe s'enorgueillissait des orchidées épanouies dans les corbeilles de bambou. Elles lui avaient été données par les élèves intouchables de l'école de Mr. Smiley, qui avaient été les chercher pour elle dans la jungle.

L'effort qui, chez les Smiley, s'était dépensé dans le jardin, s'était concentré chez leurs voisins, les Simon, sur les deux tennis et la vaste tonnelle, couverte de jasmins trompette, qui se trouvait à proximité. Mrs. Simon leur consacrait tout son intérêt. Agée de quarante et un ans, jolie, petite, grassouillette, avec des cheveux blonds bouclés, à peine décolorés, c'était une femme tenace au caractère puissant. Elle n'avait que vingt ans lorsqu'elle rencontra Mr. Simon, au Collège baptiste de Cordova (Indiana), et l'épousa. Encore en pleine crise d'adolescence, elle avait mal démêlé la part physique de l'attrait exercé sur elle par Mr. Simon. Elle croyait son sentiment purement spirituel. Plus tard, car elle n'était pas sotte, elle reconnut la différence, mais refusa d'en convenir. Entre temps, Fern et Hazel étaient nées, et si elle avait fait un mauvais marché il ne lui restait plus qu'à en tirer le meilleur parti possible pour le reste de ses jours. C'est ce qu'elle fit. Or, souvent, ce « meilleur parti possible » se transformait en épreuves pour le Révérend Mr. Simon et ses filles.

Le mal venait de son éducation. Issue d'une famille baptiste d'une bourgade du Mississippi, ses idées sur la vie et le monde avaient été faussées dès le début. A vingt ans, pleine de zèle religieux, elle envisageait avec enthousiasme la perspective de se consacrer aux missions. Ce ne fut que lentement, après qu'elle eut quitté les siens et l'atmosphère exaltée de la petite Université sectaire de Cordova, qu'elle commença à considérer l'existence à travers le tempérament dont la nature l'avait dotée. Elle se rendit compte que, malgré les appels de Dieu dont elle avait été l'objet, elle n'était pas destinée à devenir missionnaire, mais quelque chose de bien plus élevé. L'ayant compris trop tard, elle dut user de compromis. En fait, elle était une belle créole ambitieuse, avec une volonté de fer, dissimulée sous la réserve d'usage à l'époque victorienne.

Sans même s'en douter, Mrs. Simon atteignait parfois à l'héroïsme. Comme tant d'Américaines, elle était invincible ; son entourage — mari, filles, voisins, même le Maharajah et la Maharani — n'existait pour elle qu'en fonction de sa propre personne. Elle concentrait toute son énergie dans un combat contre les conditions de vie qui étaient les siennes, cherchant à les transformer en ce qu'elles n'étaient pas. Pas plus que des sentiments confus qui l'avaient jetée autrefois au cou de Mr. Simon, elle ne se préoccupait de l'état misérable des populations parmi lesquelles elle se trouvait. Même les paroles du Christ la laissaient froide. Elle avait décidé de devenir un personnage puissant, distingué, bien plus important que la simple épouse d'un missionnaire. Or, pour atteindre son but, elle se croyait obligée de martyriser son mari et ses filles, de prendre d'étranges attitudes, de dépenser, avec la rente qui lui venait d'un immeuble locatif de sa ville natale, tous les maigres appointements de son mari. Parfois le succès, le triomphe même, couronnaient son effort, lorsque quelque nouvelle connaissance, rencontrée à Poona au cours des mois d'été, lui disait : « Jamais je n'aurais cru que vous étiez la femme d'un missionnaire ! »

Elle n'aimait presque personne — les Smiley moins que tous autres ; leur constante présence de l'autre côté de l'allée lui semblait un reproche vivant, irritant sa conscience. Ne restaient-ils pas à Ranchipur pendant les terribles moussons, tandis qu'elle allait jouir de l'air frais de l'altitude de Poona ? Travaillant jour et nuit, ils dépensaient leur argent, non en automobiles ou à entretenir des tennis, mais pour soulager ceux qu'ils étaient venus aider. Et ils étaient là, toujours, lui rappelant la faillite de ses rêves lointains, quand elle aussi avait, pendant un instant, pressenti les délices du sacrifice de soi.

Dans ses moments de folle exaspération, elle disait à son mari : « Ils ne vivent pas de privations parce qu'ils sont bons, mais pour nous narguer, vous et moi, et nous rendre malheureux.

— Non, ma chère, répondait Mr. Simon, il ne faut pas exagérer. Ce sont de braves gens, même s'ils ne sont pas à la page. » Car Mr. Simon avait le don de se leurrer lui-même et transformait volontiers ses faiblesses et même ses petits vices en vertus. Il se persuadait que son automobile et ses tennis faisaient de lui un missionnaire

« moderne », que de ne pas s'épuiser en courses à bicyclette et de maintenir sa santé en jouant régulièrement au tennis le rendaient plus apte à travailler pour le Seigneur. Il était le seul être au monde devant qui Mrs. Simon ne jouât pas la comédie, et, parfois, le spectacle le remplissait de terreur. La mondanité de sa femme restait pour lui inexplicable ; il ne savait comment en rendre compte au Seigneur.

Mr. Simon était un homme inoffensif, parfaitement sot, mais très bien de sa personne. (Parfois, la nuit, Mrs. Simon trouvait, dans la beauté de son mari, une consolation, aussi bien que dans son tempérament resté jeune et vigoureux, malgré le climat, grâce au sport, aux vacances et au régime qu'elle lui imposait.) Incapable de prendre conscience des réalités de la vie ou de la souffrance, sa maxime favorite était : « Tout finira pour le mieux. » Il n'avait guère davantage le sens de la responsabilité. Ainsi, c'était Mrs. Simon qui l'avait obligé à écrire en Amérique pour se plaindre de son collègue Mr. Smiley.

Au début, il avait délibérément oublié d'expédier les lettres. Mais le Conseil de la Mission n'ayant jamais répondu, Mrs. Simon en devina la raison et mit, dès lors, elle-même les missives à la poste. Elle espérait obtenir le rappel des Smiley de façon à avoir de nouveaux voisins qu'elle pût éblouir par ses toilettes, ses thés, les coloniaux rencontrés à Poona et les petits fonctionnaires qu'elle racolait péniblement à Ranchipur, grâce à ses tennis et aux friandises qu'elle leur offrait. Elle souhaitait aussi que les habitants de la maison voisine ne lui rappelassent pas perpétuellement qu'elle n'était, après tout, que la femme d'un missionnaire.

Son ambition s'étendait aussi à ses filles. Elle avait décidé qu'elles ne gâcheraient pas leur vie en devenant des épouses de missionnaires. Quand elle était d'humeur romanesque, elle les voyait toutes deux — en tout cas Fern — mariées dans l'aristocratie anglaise, telle qu'elle se trouve décrite dans les romans. Parfois, ses desseins s'arrêtaient à Ransome. N'était-il pas fils de comte, petit-fils du vieux « Dix pour Cent » Mac Pherson, le millionnaire ? Aussi, enfermée dans sa chambre, lui arrivait-il, dans un élan de foi retrouvée, de se jeter à genoux et de prier : « Ô mon Dieu, disait-elle, faites que Mr. Ransome vienne prendre le thé ici ! Ô Seigneur, faites qu'il vienne au moins une fois ! »

L'indifférence de Ransome à l'égard de sa beauté déclinante et de ses réceptions l'irritait, éveillait même sa haine, mais elle ne permettait pas à ses sentiments d'intervenir dans ses projets. Il avait aussi une façon personnelle, tout en restant parfaitement poli, de lui faire brusquement sentir qu'elle se trémoussait et roulait les yeux comme une chienne bâtarde, qui l'exaspérait. Elle le haïssait à cause du prestige dont il jouissait sans effort, tandis qu'elle-même peinait en vain. Elle le détestait, parce que tout le monde à Ranchipur l'invitait et que les deux seuls endroits où il ne refusait jamais de se rendre étaient chez les Smiley et au Palais. Elle lui en voulait de dîner avec Mr. Bannerjee, un Hindou, et d'être l'ami de Rashid Ali Khan qui, non seulement était un Hindou, mais un Mahométan. Quelque part, dans son esprit fruste et embrouillé, Mrs. Simon conservait deux préjugés profondément ancrés : l'un contre les gens de couleur, l'autre contre les Mahométans. Ceux-ci, s'imaginait-elle, étaient tous des démons, maîtres de grands harems gardés par des eunuques, où se déroulaient d'incessantes et lascives orgies. Dans son ignorance de l'histoire, des races, de la géographie, elle amalgamait Hindous et nègres en un sacrifice général à ses anciens préjugés de « pauvre blanche ».

Quant au Maharajah et à la Maharani, elle ne leur pardonnait pas de présenter, malgré leur teint sombre, le pouvoir suprême à Ranchipur et d'être plus importants — nonobstant les arguments qu'elle trouvait dans ses fréquents dialogues intérieurs — que quiconque, même que Lily Hoggett-Egburry ou que le Résident. Elle leur tenait également rigueur de ne les inviter, elle et Mr. Simon, qu'une fois par an, avec les Smiley et quelques fonctionnaires subalternes, à dîner dans les splendeurs du Palais. « Je ne vois pas pourquoi ils nous traitent comme ces besogneux d'en face ! se plaignait-elle à son mari. Nous sommes tout de même d'un autre milieu !

— Ma chère, Son Altesse ne fait pas la différence ! Comme nous, les Smiley sont étrangers et missionnaires.

— Vous devriez lui expliquer que ce n'est pas la même chose.

— Il ne comprendrait pas ! C'est un Hindou et un Oriental.

— Je trouve ça humiliant.

— Tout finira bien.

— Depuis le temps que vous le répétez ! Vous ne savez rien dire d'autre !

— Que devrais-je faire, à votre avis ?

— Montrez au vieux bonhomme tout ce que vous faites pour lui. Demandez-lui une audience. »

Alors Mr. Simon cherchait une échappatoire : «J'y réfléchirai, disait-il. Nous trouverons bien un moyen.

— Arrangez-vous à le trouver, sinon, j'irai moi-même chez lui ! répliquait-elle. C'est du reste votre devoir, ne serait-ce que pour Fern et Hazel. C'est vraiment humiliant pour nous d'être confondus avec des gens comme les Smiley.

— Nous sommes égaux aux yeux de Notre-Seigneur, répondait Mr. Simon, à bout d'arguments.

— Aux yeux de Notre-Seigneur ! Quelles sornettes ! » hurlait Mrs. Simon.

Pourtant rien ne se faisait ; mais Mrs. Simon entretenait son mari dans la perpétuelle terreur qu'elle mît à exécution sa menace de se rendre au Palais pour y faire scandale. Il savait que dans ses moments de fureur elle était capable, malgré les grilles et les gardes sikhs, de se forcer un passage jusqu'au souverain.

Ce qu'elle disait n'était pas dépourvu de vérité. Mais, comme il avait un esprit embrouillé et qu'il appréciait la paix et la bonne volonté plus que l'action ou une pensée claire, il vivait dans un état constant de compromis et d'affligeante confusion. Au lieu d'être le petit commerçant bon citoyen d'une ville du Middle West, comme le voulait sa nature, il s'était trouvé, désemparé et souvent meurtri, au cœur d'un Orient où ses vertus primesautières étaient complètement perdues. Devant les intrigues de l'entourage du Maharajah — faites par amour de l'art et non par ressentiment contre lui — avant même de s'être heurté au snobisme provincial de la petite colonie anglaise et à la grossièreté des inférieurs qui fréquentaient les thés de son épouse, il s'était senti débordé. Sa femme et les Smiley avaient montré plus de résistance : Mrs. Simon, à cause de son énergie et des ambitions qu'elle nourrissait ; les Smiley, parce que, pour eux, aucun de ces problèmes n'existait.

Cependant il savait tout ce que Ranchipur devait à la Mission non seulement au point de vue religieux, mais aussi sur le plan pratique. En fait, les conversions n'avaient aucune valeur spirituelle, car, d'une façon qui dépassait son entendement, la religion hindoue, malgré son indifférence dévastatrice, s'arrangeait mystérieusement à absorber le christianisme, ses prophètes et ses saints. N'avait-il pas entendu, à Jaipur, un vieux dévot réciter son chapelet en mêlant les noms de Krishna, Vishnou, Rama et « Jessu Krest » ! Et n'y avait-il pas dans la cour du grand temple de Ranchipur une statue de la Vierge Marie, coulée en bronze ? Bien qu'il affirmât le contraire, il savait que le problème de la conversion était sans espoir. Non, les vrais bienfaits que Ranchipur devait aux missionnaires n'étaient pas d'ordre divin, mais matériel. En effet, les Intouchables intelligents s'étaient hâtés de se convertir, car, une fois chrétiens, ils cessaient d'être Intouchables dans le vrai sens du mot, pour devenir, aux yeux des Hindous orthodoxes, des infidèles, semblables à tous les Européens, y compris le Vice-Roi et l'Empereur des Indes. Quoi qu'il en fût, la conversion comportait des compensations et, si les Intouchables étaient indifférents aux récompenses divines, ils appréciaient les avantages que leur conférait leur qualité de chrétiens, c'est-à-dire la faculté d'aller où bon leur semblait et de faire leur vie comme ils l'entendaient. Quant à la conversion des sauvages des collines, si elle n'avait guère eu de portée religieuse — n'avaient-ils pas promptement transformé le christianisme en une sorte de religion de sorcier ? — elle avait introduit chez eux l'agriculture, le tissage, elle avait fixé leurs tribus dans des villages, faisant ainsi cesser les troubles provoqués par leurs constants vagabondages.

Tout cela était très troublant, très décourageant, et si Mr. Simon n'avait pas joui d'un caractère jovial, d'une santé excellente et d'un système glandulaire parfait, il aurait pu y trouver une raison de plus d'être déçu de lui-même ou de se laisser aller à une dépression fatale. Quoi qu'il en fût, la vie lui paraissait assez plaisante, malgré les ambitions de sa femme et les problèmes relatifs à l'avenir de ses filles. En fait, s'il ne cédait pas aux injonctions de son épouse, c'est qu'il était convaincu — sa tâche étant purement spirituelle — du peu d'importance que le Maharajah, ou même les Indes, accordaient à sa personne ou à celle de Mrs. Simon. C'étaient les Smiley qui, dans les écoles et les échoppes, faisaient l'ouvrage durable, accomplissaient tout le bien ; et il se rendait parfaitement compte que le Maharajah le savait.

Le samedi où Ransome déjeuna chez les Smiley, Mrs. Simon eut un de ses élans de prière. S'agenouillant à côté du lit, dans sa chambre close, elle pria Dieu de le lui envoyer pour le thé. Mais, ne pouvant s'en remettre complètement au Seigneur, elle gardait les yeux et les oreilles bien ouverts, de façon à attaquer Ransome lui-même lorsqu'il arriverait chez les Smiley. Elle savait qu'il viendrait, car il était un des habitués de ces déjeuners du samedi, surnommés par elle, dans un moment d'exaspération, les « lunchs de trahison » de Mrs. Smiley, parce que ceux qui les fréquentaient ne s'intéressaient qu'aux Indes. Le Dr. Ansari et Mrs. Naidu, ces « traîtres noirs », s'y étaient rendus tous deux, lors de leur passage à Ranchipur, Rashid Ali Khan et Mr. Jobnekar, qui habitaient Ranchipur, y venaient presque chaque semaine. Mrs. Simon désirait particulièrement la visite de Ransome ce jour-là, parce qu'elle donnait une réception d'adieu avant son départ pour les montagnes avec ses filles.

Aussi Ransome était-il à peine descendu de sa vieille Buick qu'elle sortit de sa maison et, traversant le gazon mal entretenu, se précipita vers lui, ses cheveux blonds fraîchement ondulés, vêtue d'une robe de soie neuve toute bruissante que la transpiration n'avait pas encore fripée. Ransome devina pourquoi elle désirait lui parler et, son premier mouvement d'humeur passé (n'était-il pas venu à Ranchipur justement pour fuir les gens de son espèce ?), il se dit : « Tant pis ! Mettons pour jeudi. » Il savait qu'elle allait bientôt partir et que, pendant trois mois au moins, elle ne l'inviterait plus à ses parties de tennis. De plus, depuis quelque temps un vague désir s'était éveillé en lui de revoir du monde, n'importe qui, et de s'en amuser.

Mrs. Simon lui tendit la main, secouant ses cheveux bouclés. C'était une jolie femme, en pleine maturité ; mais pourquoi ne se contentait-elle pas de cela et fallait-il qu'elle vous imposât sa beauté, comme si vous risquiez de ne pas vous en apercevoir ? Ses yeux ne cessaient de la trahir ; dans leurs profondeurs bleues persistait quelque chose d'aussi dur, d'aussi froid que le marbre.

« Je pensais à vous, pas plus tard que ce matin, susurra-t-elle. Nous donnons un thé d'adieu, et je disais à mon mari : Il faut que nous réclamions Mr. Ransome. Il devait passer chez vous pour vous inviter. Est-il venu ? »

Elle inventait son histoire de toutes pièces, il le savait. Comme beaucoup d'interlocuteurs de Mrs. Simon, il se trouva soudain dans la situation de devoir l'aider à sortir de son mensonge. Il entra dans son jeu, sans savoir pourquoi, peut-être pour la sauver de la honte d'être confondue.

« Je suppose qu'il a été retenu en ville, répondit-il. Je sors de chez moi à l'instant et ne puis l'avoir manqué. »

Mrs. Simon eut un petit gloussement. « En tout cas, je vous tiens, dit-elle. Vous viendrez, n'est-ce pas ? » Elle lui lança le plus persuasif de ses regards, regard qui, elle l'eût compris si elle avait été plus avisée, ne pouvait avoir qu'un sens.

Ransome faillit éclater de rire à la vue de la peine qu'elle se donnait et de l'étalage de son sex-appeal qu'elle faisait pour une cause futile, qui, elle l'ignorait, était déjà gagnée. A ce moment, de la maison des Smiley, retentit la voix violente et irritée de Rashid Ali Khan :

« ... seulement des hommes de second ordre, qui

viennent aux Indes non pour y faire leur carrière, mais pour passer le temps... »

Cette brusque juxtaposition des voix de Mrs. Simon et de Rashid Ali Khan avait quelque chose de fantastique et d'absurdement comique.

« Certainement, je viendrai avec plaisir, dit Ransome.

— Oh ! j'en suis ravie ! C'est toujours si difficile de vous avoir ! »

Il sourit et remit son casque. Le soleil de la mousson brûlait comme de la braise.

« Tous mes compliments à Mr. Simon, je vous prie.

— Il va être enchanté ! Je ne comprends pas comment il a pu vous manquer. »

Elle semblait vouloir s'attarder et, de nouveau, il se sentit envahi par ce malaise qu'il éprouvait chaque fois qu'il se trouvait plus d'un instant en sa présence. C'était un malaise mêlé d'épuisement. Que pouvait-on dire à une femme dont tous les gestes, sans qu'elle s'en doutât, étaient une constante provocation ?

« Vous feriez mieux de ne pas rester au soleil. Il est féroce, dit-il.

— Alors, au revoir. Nous vous verrons cet après-midi. Il n'y aura que peu de monde, juste quelques jeunes gens. »

Quand elle parlait des fonctionnaires subalternes qui fréquentaient chez elle, elle les appelait toujours « les jeunes gens ».

Tandis qu'il longeait le sentier, sous les orchidées et les pétunias de tante Phœbe, il entendit de nouveau tonner la voix de Rashid Ali Khan.

« ... tout le mal vient de ce qu'ils savent qu'ils ne sont pas ici pour longtemps et qu'ils font leur travail n'importe comment, à temps perdu, n'attendant que le jour où ils obtiendront leur congé pour rentrer chez eux. Ceux qui ont un peu d'argent prennent un bateau italien pour être plus vite de retour ! Les autres se contentent du P. & O. Ils ne s'intéressent ni aux Indes, ni aux Indiens ! »

Comme Ransome entrait, il entendit encore Rashid Ali

Khan qui disait : « L'Angleterre a perdu les Indes à cause de ces hommes qui ne consentent pas à s'attabler avec un Indien pour prendre une tasse de thé. » Et Ransome sut que Rashid parlait des fonctionnaires.

Le salon était vide. Ransome traversa le couloir et se dirigea vers la fraîche et vaste cuisine où il savait trouver tout le monde réuni. Très excité, le grand Mahométan marchait de long en large, au centre de la pièce. Il criait et soulignait ses phrases en gesticulant avec un long radis rouge qu'il tenait à la main. Mrs. Smiley, en tablier clair, debout près du fourneau, remuait quelque chose dans une casserole... Mr. Jobnekar, chef des Classes Opprimées, était assis dans un coin. En face de lui, enfoncée dans un authentique fauteuil à bascule américain, tante Phœbe s'éventait avec une feuille de palmier façonnée, sur laquelle se lisait, en gros caractères noirs : *« Si vous voulez être bien habillé, allez chez Freundlich, 19, Grande Rue, Cedar Falls, Iowa. »* Petite, maigre, le corps voûté et usé par un demi-siècle de durs travaux, tante Phœbe avait quatre-vingts ans ; mais, derrière ses lunettes cerclées d'acier, ses yeux bleus brillaient de l'éclat de la jeunesse. Elle s'amusait. Les grands beaux hommes lui plaisaient, et Rashid Ali Khan était en train de donner un de ses meilleurs spectacles.

Comme beaucoup d'Indiens musulmans, il mesurait plus de six pieds de haut et, dans son corps musclé, vigoureux, coulait un sang mêlé d'arabe, de turc, d'afghan, de persan, peut-être d'une goutte de sang hongrois et d'une giclée de sang tartare. Il n'y avait réellement rien d'hindou en lui. A côté du major Safti, grand et beau comme lui, on s'apercevait immédiatement de la différence. Dans le musulman, il y avait de la sauvagerie, de la violence, tandis que le Brahmane n'était que douceur et bon naturel. Rashid possédait une franchise, un positivisme qui, dans l'Hindou, étaient remplacés par le tact et le goût de l'intrigue. Le musulman était un réalisateur, un romantique, un visionnaire ; l'Hindou un passif, un mystique. « Peut-être est-ce la raison pour laquelle quelques millions de Mahométans ont pu résister à trois cents millions d'Hindous ? » se disait Ransome.

Sans la couleur de ses cheveux, Rashid eût appartenu au type blond ; sa peau était claire et ses yeux gris-bleu ; mais il avait une chevelure bouclée d'un noir d'acier. Son fin profil arabe lui donnait un air fier et cruel. « Les cavaliers de Baber devaient lui ressembler », songeait Ransome. Rien dans son apparence ne trahissait les quelques gouttes de sang anglais qui coulaient dans ses veines. En effet, bien que Rashid n'en parlât jamais, son arrière-grand-mère était anglaise, fille d'un marchand de Calcutta.

Quoiqu'elle eût vécu jusqu'à près de cent ans, Rashid n'avait gardé d'elle aucun souvenir. Il ne la mentionnait jamais et n'aimait pas, Ransome s'en était rendu compte, qu'on l'interrogeât à son sujet. On eût dit qu'il cherchait à oublier le lien qui le rattachait aux destructeurs de l'Empire déclinant du Grand Mogol.

Ransome essayait de s'imaginer cette petite bourgeoise anglaise qui, un beau matin, s'était enfuie avec le jeune premier ministre d'un obscur État musulman. Elle devait appartenir, se disait-il, à la famille de ces étranges exotiques que, de temps à autre, la respectable Angleterre rejetait hors de son sein — tels Byron, Lady Hester Stanhope, Doughty, Lawrence, Gertrude Bell et tant d'autres moins célèbres qui devaient finalement trouver la paix et la tranquillité d'esprit chez des peuples aussi différents du leur que la nuit l'est du jour. Rashid possédait un portrait de son aïeule, mais, à le voir, on n'en pouvait rien conclure. C'était une peinture conventionnelle, stylisée, imitant la manière décadente des miniatures persanes de la fin du XVIIIe siècle. Elle représentait une jeune femme assise sur un coussin, les jambes croisées, à la façon musulmane. Derrière elle, par une arcade, on apercevait un ciel bleu diapré, constellé d'étoiles. D'après l'image, on la devinait de teint brun. Le fait surprenant était que, bien qu'elle fût mahométane, on l'eût portraiturée sans voile. Aux questions de Ransome, Rashid répondit, un peu agacé : « Elle n'a jamais porté le *purdah*. Ni ma mère, ni ma femme ne le portent. Mahomet n'en parle pas. Mon arrière-grand-mère voyait les amis de son mari, les recevait librement. Non seulement elle régnait sur mon arrière-grand-père, mais aussi sur ses sujets. Elle était au courant de toutes ses affaires et souvent lui donnait de bons conseils. L'islamisme pur n'exige pas le purdah ; celui-ci n'est qu'une déformation née de la guerre. »

En fait, cette femme avait dû être très remarquable. Dans sa vieillesse, son mari reçut des titres de noblesse pour avoir aidé à apaiser les Indes après la Révolte. De sorte qu'elle mourut honorée de ses compatriotes, bien qu'elle les eût à peine revus depuis l'âge de vingt ans. Son sang romanesque ne devait apporter à ses descendants ni l'équilibre britannique, ni l'esprit calculateur du boutiquier, son père. Il semblait que, de toute éternité, Dieu l'avait destinée à devenir une princesse musulmane, et qu'elle avait enfin trouvé sa place.

Rashid était mahométan, moins par tradition que par conviction, parce que cette religion, dans sa pureté, lui paraissait la plus honnête, la plus pratique de toutes les religions proposées aux hommes. L'Islam comptait le Christ parmi ses prophètes, de même que Moïse et Isaïe ; mais le Christ, disait Rashid, était trop idéaliste, trop visionnaire, et son enseignement qui, comme la foi musulmane, reposait sur la simplicité absolue, avait été faussé par les prêtres et les églises. Rashid reconnaissait la corruption et le sectarisme hérétique de l'Islam, mais il les estimait moins malfaisants, moins funestes que les altérations correspondantes du Christianisme. Jamais, dans l'Islam, les prêtres ne possédaient autant de pouvoir, n'étaient aussi hypocrites.

Il connaissait l'histoire du Christianisme bien mieux que Ransome celle de l'Islam. « L'un et l'autre, disait Rashid, offrent un spectacle également triste. Peut-être les Russes ont-ils raison de faire de l'État et de la fraternité humaine une religion. »

Pourtant l'idée de fraternité humaine restait vivante dans l'Islam. Rashid lui-même, comme tout bon Musulman, considérait le plus noir des Marocains, ou le plus jaune des Malais, comme son frère en Islam. Sur ce plan, les Chrétiens avaient échoué, disait-il, depuis qu'ils s'étaient divisés en groupes et en sectes, selon leur race ou leur nationalité. « C'est ce qui finira par détruire l'Occident, ajoutait-il. L'Islamisme, lui, est resté intact, il forme bloc, des Colonnes d'Hercule à la Mer de Chine ; la Chrétienté sombrera dans une barbarie hurlante et deviendra la proie de bandes de brigands. »

Il faisait ces prédictions d'une voix tonnante, les yeux étincelants et bleus : « L'Islam interdit aux bons Musulmans de trafiquer de l'argent ou de prêter contre intérêt. Le Christ a-t-il jamais parlé de ça ? » disait-il encore.

Il s'exprimait en anglais à la perfection avec une nuance poétique, à l'occasion pompeuse, car il était suffisamment asiatique pour jouir de longues périodes bien balancées, suffisamment européen pour être passé maître dans l'art de la polémique. Parfois, lorsqu'il s'emballait, malgré sa vitalité, il devenait ennuyeux. Sa prestance physique et sa voix puissante auraient fait de lui un excellent politicien d'Occident, mais, comme chef politique aux Indes, sa trop grande sincérité annulait ses efforts : elle lui faisait dénoncer indifféremment les intrigues d'Orient ou d'Occident, si bien que, des deux côtés, on se refusait à traiter avec lui. C'était un chef pour temps de guerre ou de révolution ; à une époque de marchandage et de compromis, il n'avait de prestige pour aucun des partis. La tragédie de son existence venait de ce qu'il était né trop tôt ou trop tard, et qu'il s'en rendait compte.

En ce moment, à l'âge de quarante ans, il était à la tête de la police de Ranchipur, fonctionnaire musulman dans un État hindou. Cette situation était moins paradoxale qu'on eût pu l'imaginer, car, depuis vingt-cinq ans, il n'y avait eu aucune émeute religieuse à Ranchipur, pas même d'incident désagréable. Cette paix, phénomène presque inconnu dans le reste des Indes, résultait du travail, de la volonté et du pouvoir absolu du vieux Maharajah. La religion, à Ranchipur, était confinée dans les temples et les mosquées. Les fanatiques ou les agitateurs — aussi bien Mahométans qu'Hindous — n'étaient pas tolérés, pas plus que ces meneurs qui, parfois, faisaient de mystérieuses apparitions, venant on ne sait d'où, distillant des hérésies d'ordre politique plutôt que religieux. Quant à Rashid, il était l'équité personnifiée. Nul, même les plus orthodoxes parmi les Hindous, ne l'avait jamais accusé de partialité en faveur de ses coreligionnaires. Quelque profonde que fût sa foi, dès qu'il assumait le rôle de ministre de la police, il devenait un fanatique de la justice.

Une large cicatrice marquait son front et se perdait sous sa chevelure épaisse, d'un bleu-noir. Longtemps auparavant, une année après la grande guerre, tandis qu'il traversait le désert d'Arabie, il avait été attaqué par des bandits. Ce voyage, à travers la poussière torride et le froid, avait été une véritable odyssée. Il allait à La Mecque à dos de chameau, en compagnie d'un autre Musulman, pour se rendre compte des dommages causés par la guerre chrétienne à la Ville Sainte de l'Islam. Non pas qu'il crût que la Cité du Prophète, ou même sa tombe, détinssent une sainteté particulière, mais parce qu'il considérait le tombeau comme le symbole unissant tout l'Islam, du Maroc à Macassar, et savait que, lorsque le grand jour viendrait, les Musulmans auraient besoin d'un tel symbole pour prendre conscience de leur fraternité. Loyal à l'égard de l'Islam autant qu'à l'égard des Indes, Rashid était parfois déchiré entre ses deux loyautés.

Le samedi, Mrs. Smiley donnait congé à son cuisinier et préparait elle-même le repas. C'était sa seule distraction de la semaine, quand elle n'était pas obligée de s'occuper des ennuis de famille de l'une ou l'autre de ses élèves de l'École des filles. Elle était bonne cuisinière. Les mets hindous, excellents mais trop épicés, préparés par son cuisinier, la lassaient parfois. Quant aux plats européens qu'elle lui avait appris, il les rendait toujours pâteux et mystérieusement insipides. Aussi, le samedi, s'en donnait-elle à cœur joie. Elle confectionnait des ignames confits, des tartes au citron meringuées, des biscuits légers, dont raffolaient Mr. Smiley, tante Phœbe et elle-même. Comme les Smiley ne pouvaient recevoir qu'à ces seuls moments, leur cuisine devenait, ce jour-là, le rendez-vous de leurs amis. Rashid Ali Khan, Ransome, Miss Mac Daid, lorsqu'elle pouvait quitter l'Hôpital, Mr. Jobnekar, quand il n'était pas en voyage, parfois le major Safti, s'y retrouvaient avec tante

Phœbe et les Smiley, comme en un club de gourmets. Rashid, qui aimait à bien manger et était remarquable cuisinier, ne put résister, après les premières réunions, à mettre lui-même la main à la pâte, si bien que, dès lors, les déjeuners du samedi devinrent une combinaison de mets musulmans et américains. Rashid faisait des crêpes, des *hodies*, des croquettes à la viande et au poisson. Mrs. Smiley préparait les desserts et les plats de résistance.

Petite et frêle, Mrs. Smiley n'était pas jolie, mais son visage agréable avait ce rayonnement que l'on trouve chez les gens bons et simples ; usée par le climat et vingt-cinq années de labeur ininterrompu à Ranchipur — sauf un congé de douze mois passé à Cedar Falls — elle portait dix ans de plus que son âge. Mais cela, pas plus que la modestie de sa mise, n'avait d'importance. C'était autre chose que vous trouviez en elle, quelque chose situé au-delà de la beauté ou de la mode, que vous ne pouviez définir, mais qui vous forçait à la remarquer et à vous dire : « Voilà une femme comme il n'y en a pas beaucoup. » Mrs. Smiley ne se rendait pas compte de l'effet qu'elle produisait ; elle n'avait pas le temps d'y songer. Les journées ne contenaient pas assez d'heures pour accomplir tout ce qu'il y avait à faire, tout ce qu'il y aurait à faire, jusqu'à ce qu'elle fût vieille comme tante Phœbe, jusqu'à ce qu'elle mourût, n'ayant jamais eu un instant, pendant toute sa vie, pour penser à elle-même.

L'amitié qui liait Ransome aux Smiley restait un sujet d'étonnement non seulement pour Mrs. Simon, mais pour la colonie d'Européens qui se perdaient en conjectures sur ce qu'un « homme comme lui » pouvait trouver de séduisant dans « cette petite femme maussade » et dans son mari. La réalité était moins compliquée qu'ils ne l'imaginaient. Ransome appréciait la simplicité, le bon sens, la joie de vivre de Mrs. Smiley. Il admirait la force, plus spirituelle que physique, qui lui avait permis, pendant vingt-cinq ans, de triompher de la chaleur, de la malaria et du typhus. Il goûtait son absence de prétention, son caractère intègre — cette façon dont, les samedis après-midi, elle se dépouillait de toutes les Indes pour redevenir, pendant quelques heures, ce qu'elle avait au fond toujours été : une bonne ménagère de l'Iowa. Il l'aimait parce qu'elle était invincible, parce qu'elle portait en elle une profonde et solide philosophie qui l'avait préservée, même aux Indes, de devenir cynique. Au-dessus des désillusions, des désappointements, des trahisons, de la mesquinerie environnante, elle se dressait toujours allègre, toujours plaisante, répétant : « Ainsi va la vie ! » phrase qui, pour elle, englobait tout, aussi bien une crêpe brûlée que les tracasseries officielles, les soucis relatifs à ses élèves ou les intrigues de Mrs. Simon.

Elle ne faisait pas profession, comme le Révérend Simon, de rendre confiance aux affligés, mais de sa présence émanait une force. C'est pourquoi, tous, ils se retrouvaient dans la grande cuisine le samedi après-midi. Mr. Jobnekar, Ransome, Miss Mac Daid et même Rashid Ali Khan, malgré son exubérante vitalité — tous ceux qui, parfois, connaissaient la lassitude, le découragement ou la crainte. Jamais elle ne s'était demandé pourquoi ils venaient. Simplement, elle était heureuse qu'ils fussent là.

Mrs. Smiley restait un peu mystérieuse pour Rashid Ali Khan. Quant à Mr. Jobnekar, qui avait séjourné en Amérique, il la comprenait mieux. C'était un petit homme noiraud, nerveux, musclé comme une panthère, possédant cette vitalité latente, propre aux Intouchables.

« D'après moi, disait-il avec son curieux et lourd accent, les Intouchables descendent d'une race particulière établie aux Indes depuis l'origine des temps et qui a été réduite en esclavage par les envahisseurs. De là vient leur force de résistance. Les autres ne sont que des nouveaux venus. C'est pourquoi nous, qui avons toujours habité ce pays, sommes mieux immunisés qu'eux contre la plupart des maux qui sévissent aux Indes. »

A l'opposé de Rashid, ancien étudiant d'Oxford, de Berlin et de Paris, Mr. Jobnekar s'exprimait difficilement en anglais. Il avait appris cette langue d'abord à l'école de la Mission, dirigée alors par le prédécesseur de Mr. Smiley, puis en Amérique où, malgré un séjour de quatre ans, il n'était pas parvenu à la bien posséder. Après ses études, payées par le Maharajah, Mr. Jobnekar était devenu, à quarante-cinq ans, le chef des Classes Opprimées : dans la confusion de peuples, de races et de religions qui s'enchevêtrent aux Indes, c'était lui qui les organisait. D'un bout de l'année à l'autre, il parcourait la péninsule, passant des villes populeuses des Indes britanniques aux petits États barbares où un Hindou pouvait encore impunément tuer un Intouchable quand celui-ci l'avait souillé du contact de son ombre. Il connaissait tous les Intouchables, aussi bien ceux de Ranchipur, bénéficiant d'une paix et d'une liberté relatives, que ceux qui, semblables aux vautours, vivaient des détritus et des cadavres de vaches, de chèvres ou d'ânes, tombés de vieillesse au coin des rues.

Les conditions de vie des Intouchables à Ranchipur ne s'étaient améliorées que récemment. Mr. Jobnekar se souvenait fort bien des cadavres d'animaux, morts d'inanition ou de maladie, amoncelés autrefois sur la petite place au centre du quartier des Intouchables. En temps de famine, ceux-ci pâtissaient moins que les autres indigènes, car ils avaient toujours la ressource de s'emparer, avant les bêtes de proie, des animaux tombés pendant la nuit. Un peu partout aux Indes, subsistaient encore des places semblables.

Patient, rusé, intelligent, cultivé, excellent orateur malgré son accent, Mr. Jobnekar faisait, en quelque sorte, figure de symbole : l'Intouchable Réveillé. Le Maharajah était fier de lui, comme un père d'un fils bien doué. Jusqu'alors, les Intouchables n'avaient pas eu de chef et avaient joué le rôle de ballon entre politiciens et « sentimentalistes ». Mais, grâce à Mr. Jobnekar, leur situation était en train de changer. Avec une ferveur passionnée, il s'exténuait à cette croisade. Tante Phœbe avait un faible pour lui ; il lui rappelait Job Simmons, quand, jeune homme, il était rentré à Wesaukee.

C'était à soixante-dix ans que tante Phœbe avait découvert les Indes et, onze ans plus tard, elle continuait à les découvrir, s'émerveillant chaque jour de quelque nouveau prodige. Elle était partie avec les Smiley quand, après douze mois de congé — congé décevant malgré les discours de bienvenue et la joie de revoir Cedar Falls — ceux-ci étaient rentrés à Ranchipur.

« Que voulez-vous, expliquait Mrs. Smiley, nous étions loin depuis trop longtemps, nous avions déjà trop pris racine ici. A Cedar Falls, nous n'avions rien d'autre à faire que de rendre visite à nos amis et à nos parents ; mais ceux-ci n'ont pas tardé à nous en vouloir de notre attachement aux Indes. Vous comprenez, pour eux, rien n'est plus beau que Cedar Falls et ils ne voulaient pas croire qu'ailleurs il pût aussi exister des choses admirables ou passionnantes... Pourtant, comme nous nous réjouissions de retourner là-bas, de les revoir tous ! Hélas ! notre joie n'a pas duré. Après deux ou trois semaines, nous n'y tenions plus. Notre seul désir était de revenir ici. L'école nous préoccupait, et aussi tous ceux que nous avions quittés. N'est-ce pas étrange ? Quand je pense à notre première arrivée à Ranchipur et à la sinistre impression que la saleté, la poussière, la chaleur, les gens eux-mêmes nous avaient faite. Mais, peu à peu, nous avons appris à les aimer. Je ne crois pas que je désire jamais vivre ailleurs qu'ici. Tout cela m'a trop manqué ! A Cedar Falls, la vie était trop facile ; tout y semblait étriqué ! Les maisons, les rues, la rivière elle-même paraissaient tellement plus petites que dans notre souvenir. Et les gens avaient un air si morne, si lourd. »

Comme ils allaient enfin repartir, et préparaient leurs bagages, tante Phœbe était arrivée de sa ferme, dans ses plus beaux atours. Elle passa une grande partie de l'après-midi chez eux et, après mille détours, leur avoua son désir de les accompagner aux Indes.

« J'en ai eu la respiration coupée, disait Mrs. Smiley à Ransome. Pensez, elle avait soixante-neuf ans ! » Mais elle était forte, pleine de vitalité, et avait réponse à tout. « La vie est assommante, ici, affirmait-elle, et je n'ai qu'à laisser ma ferme aux garçons. Ils ne seront pas fâchés de me voir les talons et de ne plus recevoir mes conseils ! Et, comme il faut que je meure un jour, tout autant que ce soit aux Indes. Mais, avant, je voudrais m'amuser un peu. Tout ce que j'ai vu, c'est Chicago. Jamais je n'ai connu l'aventure, comme papa, quand il est arrivé dans le pays et qu'il a pris la terre, et que tout était encore sauvage et plein d'Indiens. Maintenant l'Iowa est devenu trop civilisé. Je suis en bonne santé, encore vaillante, et possède un peu d'argent. Je pourrais vous aider pour le ménage. Ce serait, pour moi, une sorte de repos, de récréation. »

Lorsque sa nièce lui avait parlé de la chaleur, de la poussière, des maladies, elle n'avait fait qu'en rire. « Il ne doit pas faire plus chaud aux Indes qu'ici au temps de la moisson ! Quant à la poussière et aux maladies, je m'en moque ! Les vieux sont beaucoup plus résistants que les jeunes. Je payerai mes dépenses et ne vous dérangerai pas. Peut-être même pourrai-je être utile ! »

Personne ne put la faire renoncer à son projet, ni sa sœur, ni ses fils, ni même le pasteur de sa paroisse. Elle avait mis cette idée dans sa tête et n'en démordit pas.

« Ce sera comme de recommencer la vie depuis son début ! » disait-elle.

Et il en fut ainsi. Elle résista à tout — chaleur, crasse, maladie. Au lieu de s'affaiblir ou de vieillir, elle semblait avoir fait un nouveau bail avec la vie. Elle n'avait pas d'âge, parce qu'elle savait aimer et que tout l'intéressait. Les Smiley, absorbés par leur école, la laissèrent diriger la maison. Elle apprit même suffisamment d'hindoustani pour pouvoir parler aux Hindous, et de gujerati pour donner des ordres aux domestiques. Ceux-ci travaillaient mieux sous sa direction que sous celle de sa nièce, car ils respectaient son grand âge et son immutabilité.

Au début, ils se méfièrent de son humanité, de sa simplicité, comme ils avaient suspecté celles de Smiley. Tous, ils étaient chrétiens, on leur avait enseigné la doctrine de fraternité du Christ, mais aucun d'eux n'en avait jamais fait l'expérience, surtout auprès des blancs d'Occident. Peu à peu, cependant, leur méfiance se dissipa ; ils comprirent que ni les Smiley, ni tante Phœbe ne désiraient les exploiter.

Ce qu'ils ne pénétrèrent jamais, c'était tante Phœbe elle-même, ni tout ce fond de paysage qui avait déterminé son caractère, ses croyances et son attitude, si différente de celle des Européens. Seul, Mr. Jobnekar, qui avait beaucoup voyagé en Amérique, la devinait vaguement. La simplicité, l'honnêteté, la cordialité de tante Phœbe étaient des qualités que l'on trouvait au centre des États-Unis ; il le savait pour les y avoir rencontrées au cours de deux étés, quand il avait travaillé aux moissons dans l'Iowa et le Kansas. Par contre, il avait l'impression qu'elles n'existaient pas dans les États de l'Est. Ceux-ci le faisaient songer à une fausse Europe. Mais il ignorait que cette forte tradition d'où était sortie tante Phœbe était en train de disparaître. Tante Phœbe le devinait, plus par instinct que par réflexion. Et c'était une des raisons pour lesquelles elle avait désiré partir ; elle ne pouvait supporter de rester en Iowa, pour assister à la décadence, à l'agonie de ce qu'elle avait aimé.

Et c'est ainsi qu'à quatre-vingt-un ans elle se trouvait installée dans la grande cuisine fraîche des Smiley, à Ranchipur, dans un monde nouveau, entourée d'amis nouveaux, tels que Rashid Ali Khan, descendant des conquérants babérides, Mr. Jobnekar, l'Intouchable, Ransome, mi-Anglais, mi-Américain, Miss Mac Daid, Écossaise, née à Sourabaya. Assise dans son fauteuil à bascule, elle s'éventait et étouffait de petits fous rires à la vue de Rashid, vitupérant de belliqueux discours politiques tout en tournant ses crêpes.

« Tâchez que les boulettes de viande ne soient pas trop chaudes, monsieur Rashid, dit-elle soudain, interrompant un flot oratoire. La semaine dernière elles m'ont brûlé l'estomac. Vous autres Musulmans, vous devez être doublés de cuir ! »

Elle était parfaitement heureuse. Une seule chose la troublait : les Simon. Elle jugeait le Révérend Simon hâbleur et dépourvu de sincérité et détestait le snobisme maniéré de Mrs. Simon.

Enfin ils se mirent à table, à l'une des extrémités de la grande cuisine donnant sur l'enclos où les Smiley enfermaient leur petite ménagerie. N'ayant pas d'enfants, ils avaient recueilli toutes sortes de bêtes : deux sangliers, une gazelle, une hyène, docile comme un chien et qui n'avait pas d'odeur. A l'exception de deux mangoustes qui, alléchées par le déjeuner du samedi, allaient et venaient sous les fenêtres, tous les animaux étaient couchés sous les manguiers, hors d'atteinte des brûlants rayons du soleil.

Deux chaises restaient vides.

« Miss Mac Daid a dû être retenue à l'Hôpital, nous n'enlèverons pas son couvert, dit Mr. Smiley. Mais je me demande ce qui est arrivé au Major ? »

On se mit à parler du temps. Les pluies allaient-elles venir ? Mr. Jobnekar les rassura. Il *savait.* Ne portait-il pas en lui dix mille ans d'expérience des Indes ? Rashid et même le major Safti n'étaient que des nouveaux venus comparés à lui.

« Ne sentez-vous pas la brise ? dit-il. Regardez les arbres, les feuilles sont tournées à l'envers. Et voyez comme la poussière ondule. La brise va se lever, j'en suis sûr. Nous aurons de la pluie, beaucoup de pluie avant minuit. »

En effet, la brise se levait, mais sans apporter de soulagement. Elle ne faisait que chasser la poussière et la terrible chaleur jusqu'au cœur même de la fraîche demeure.

Mrs. Smiley alla sortir du four sa tarte au citron meringuée. Elle était parfaitement réussie, dorée à point.

« Ces vieux fours sont bien meilleurs que tout ce qu'on fabrique maintenant, dit tante Phœbe. La chaleur y reste égale. Jamais je n'ai fait d'aussi bon pain que quand j'étais jeune fille et que nous le cuisions dans un four en plein air. »

Une voiture s'avança sous les arbres, puis s'arrêta. Miss Mac Daid et le Major en sortirent. L'infirmière avait un air pimpant et frais, malgré l'air brûlant ; mais elle avait mis trop de rouge sur son visage fatigué. Le Major paraissait plein de joyeuse animation.

«Je ne peux pas rester, dit-il. Il faut que j'aille voir le père de Bannerjee. Il vient d'avoir une attaque d'angine de poitrine. Je reviendrai tout à l'heure.

— C'est une honte ! dit Miss Mac Daid. Jamais il n'a un moment pour lui. »

Elle le regarda sortir, monter dans la voiture et s'éloigner. Ransome, assis au bout de la table, la contemplait. Brusquement, il se souvint des paroles de Jean-Baptiste.

« C'est effrayant ce que le Major a de travail, poursuivait Miss Mac Daid, il devrait au moins avoir un aide ou deux. Je fais ce que je peux pour le soulager, mais ce n'est pas grand-chose. Oh, une tarte au citron ! J'avais oublié que c'était le jour ! Nous aurons de la pluie ce soir. C'est le portier qui me l'a dit ; jamais il ne se trompe. Il paraît que Mrs. Simon reçoit cet après-midi... »

« Si seulement elle s'arrêtait de parler, songeait Ransome, elle essaie de nous donner le change, mais elle ne réussit pas. C'est horrible ! »

« Il y a eu trois cas de choléra dans la ville basse, continuait Miss Mac Daid. Nous avons dû y aller ce matin. Deux des malades sont morts et nous avons transporté le troisième à l'Hôpital.

— J'espère que ça ne va pas se répandre, remarqua tante Phœbe.

— C'est peu probable, si les conditions restent normales. Nous sommes assez bien organisés.

— Jamais je n'oublierai l'épidémie de 1912, dit Mr. Smiley.

— Nous avons fait des progrès depuis ! A cette époque les poux transportaient le typhus, mais aujourd'hui Ranchipur est quatre-vingt-cinq fois plus propre qu'alors.

— La mousson est une mauvaise saison, constata Rashid. La peste cesse, mais le typhus commence.

— A quoi bon s'inquiéter ? Ranchipur s'est beaucoup modernisé et le Major fait ce qu'il faut pour éviter la contagion. Ce n'est plus comme autrefois. »

Elle continuait à parler, passant sans suite d'un sujet à l'autre. Et, pendant ce temps, elle ne pensait qu'au Major, le suivant en esprit. En ce moment, probablement était-il en train de se pencher sur le cœur du vieux père de Mr. Bannerjee. Si elle discourait ainsi, sans arrêt, c'est qu'elle savait son amour pour lui un peu ridicule et qu'elle redoutait que quelqu'un, lui surtout, ne découvrît son secret.

Elle ignorait, malgré sa longue expérience de l'Orient,

que depuis longtemps il était connu de tous, même du petit moricaud intouchable qui lui servait de commissionnaire.

Les Européens, eux aussi, l'apprendraient. Ransome, qui l'observait, découvrait que Jean-Baptiste avait dit vrai. Un moment, il resta étonné, effrayé par le cruel aveuglement de la nature. Pour la première fois depuis la guerre, il sentit sa gorge se serrer.

De l'autre côté de l'allée, Mrs. Simon fit une courte sieste. Puis, baignée de sueur, elle se réveilla, découragée, préoccupée. Il y avait ainsi de rares moments où elle se demandait avec terreur : « A quoi bon me donner tant de peine ? Pourquoi ne pas renoncer à tout cela, me reposer, jouir un peu de l'existence ? » Mais elle ne savait pas rester tranquille ; sans cesse, quelque chose la poussait, si bien que, souvent, elle travaillait autant et dormait aussi peu que les Smiley.

Étendue sur son lit, trempée de sueur, elle s'inquiétait de son thé, de Fern, de Hazel et du temps. Comme Mr. Jobnekar, mais pour d'autres raisons, elle savait qu'il allait pleuvoir : son œil-de-perdrix l'en avertissait.

« Mon Dieu, disait-elle à mi-voix, faites que la pluie ne vienne qu'après le départ des invités ! » Si la pluie commençait avant, elle serait obligée de recevoir dans la maison, et sa réception serait manquée. Dehors, sur la pelouse, tandis que les uns jouaient au tennis et les autres au badminton, les choses semblaient aller d'elles-mêmes ; mais à l'intérieur elle s'énervait, se rendant compte que ses hôtes s'ennuyaient et qu'elle était incapable de faire quoi que ce fût pour les amuser.

Elle espérait aussi que tante Phœbe ne s'installerait pas sur la véranda des Smiley. Depuis longtemps, elle n'avait pas invité les Smiley ; elle y avait renoncé sous prétexte qu'ils devaient se sentir mal à l'aise au milieu des gens distingués qu'elle recevait. Quant aux Smiley, ils étaient soulagés de cette exclusion qui leur évitait la corvée de s'habiller et de faire semblant de s'amuser. Dans leur naïveté, ils avaient toujours fait l'effort de se rendre à ses réceptions, se disant qu'elle serait peinée s'ils n'y allaient pas.

Encore couchée, Mrs. Simon remerciait Dieu de lui avoir donné le courage, quelques années auparavant, d'informer son mari qu'elle n'entendait plus inviter les Smiley.

« Nos réceptions ne les amusent pas, lui dit-elle. Ils seront enchantés de n'y plus venir. Et puis, j'en ai assez de les voir, raides comme des piquets, avec leur horrible accent du Middle West. On dirait qu'ils viennent exprès pour nous rappeler que nous sommes des missionnaires.

— Nous en sommes, répliqua Mr. Simon.

— Oui, mais pas comme eux. Nous sommes des missionnaires modernes. »

Ainsi la présence des Smiley cessa de l'irriter. Mais voilà qu'à son tour tante Phœbe avait commencé à l'ennuyer. Tante Phœbe s'y prenait avec autant de subtilité que d'ostentation. A peine les fonctionnaires subalternes et Mrs. Hoggett-Egburry étaient-ils arrivés qu'elle tirait son fauteuil à bascule sur la véranda et s'y installait, sirotant de la limonade, s'éventant avec une feuille de palmier. Elle ne saluait que quelques-uns des hôtes des Simon, ne les connaissant pas tous, mais elle s'éternisait là, renfrognée et grotesque, rappelant à tous qu'ils venaient à une *tea party* de missionnaires. On eût dit qu'elle faisait exprès de s'entourer des objets les plus vulgaires : limonade, fauteuil à bascule, éventail en feuille de palmier du Bazar de Cedar Falls. Mrs. Simon la soupçonnait d'agir ainsi par pure malice. Pourtant, elle ne pouvait la chasser de sa propre véranda !

Accablée par la chaleur, Mrs. Simon se mit à penser à la prochaine visite de Lord et de Lady Esketh. Elle se demandait si Ransome les connaissait. Combien de temps resteraient-ils à Ranchipur ? Les rencontrerait-elle ? C'était peu probable. A moins qu'elle ne persuadât Ransome d'arranger la chose. Elle connaissait bien Ranchipur et savait qu'il y avait peu de chance qu'aucun de ses invités, à l'exception de Ransome, ne vît jamais les Esketh autrement que dans la Rolls-Royce du Maharajah. Ils logeraient au vieux Palais d'Été et ne fréquenteraient que les ministres, le Général, Ransome et quelques Hindous importants. Mrs. Hoggett-Egburry elle-même ne serait pas conviée, pas plus que Mr. Burrage, le directeur des chemins de fer. Les gens vraiment distingués, songeait-elle, seraient tous tenus à l'écart. Aux Indes Britanniques, c'eût été différent ! Alors, elle se mit à réfléchir comment elle pourrait persuader Mr. Simon de demander son transfert dans une contrée plus civilisée. Pour Mrs. Simon, le mot « civilisé » ne s'associait pas à une idée de culture, de sensibilité, d'esprit, d'art, d'architecture ou de science ; non, elle l'appliquait au monde où régnait, sans conteste, la société des petits bourgeois.

La chaude brise qui se levait agita soudain les persiennes. Avec un soupir, elle alla regarder le ciel. Il était sans nuage, embrasé par un soleil éclatant. « Tout va bien », se dit-elle. Mais elle savait que cela ne signifiait rien. Au moment de la mousson, une tempête pouvait éclater d'une minute à l'autre. Elle passa une robe de chambre et, ouvrant la porte, appela : « Fern ! Hazel ! » Une voix lui répondit, montant du vestibule de la vaste demeure. Bien entendu, c'était Hazel. Fern n'aurait pas pris la peine de lui répondre.

« Mettez vos vieilles robes de tennis, et allez voir si tout est prêt. »

Ses filles étaient pour elle un perpétuel sujet d'orgueil et d'irritation. Elles n'étaient pas parfaites et ne constituaient pas l'instrument qu'elle eût choisi pour l'aider à réaliser ses ambitions. Fern, âgée de près de vingt ans, était la plus jolie. Elle ressemblait à sa mère, dont elle avait l'obstination. Malgré son éducation, sa vie passée presque entièrement aux Indes et les visées dont elle était l'objet, elle restait ce que Dieu et la nature l'avaient faite, c'est-à-dire une très jolie jeune fille de petite ville américaine, destinée à passer son temps dans un hamac à jouer de l'*ukulele*. Or, les circonstances l'avaient déposée au cœur des Indes, dans cet État hindou, où les seuls jeunes gens qu'elle rencontrât étaient de petits bourgeois anglais épris de « ragging », ce qui les rendait, à ses yeux, fort peu intéressants.

Ses moments les plus heureux étaient ceux qu'elle passait, enfermée dans sa chambre, à lire les revues de cinéma que lui envoyait régulièrement une cousine d'Amérique, en échange d'occasionnels cadeaux exotiques : châles de pacotille ou bouts de brocart pour se faire des pantoufles. Lorsqu'elle n'était pas plongée dans les aventures des « stars », elle imaginait de brumeux plans d'évasion. Elle ignorait où elle irait, mais Hollywood lui paraissait le plus indiqué. Des revues de cinéma et des mauvais romans dont elle se nourrissait, elle avait tiré une philosophie de la vie qu'elle se gardait de confier à qui que ce fût, surtout à sa mère. Elle se savait jolie et estimait que n'importe quoi valait mieux pour elle que Ranchipur. Ce qu'elle désirait, c'étaient des fourrures, des bijoux, des amants et tout ce que peut procurer la civilisation mécanique. Dans la solitude de sa chambre, elle en arriva à échafauder un rêve de vie si parfaitement organisé qu'elle le vivait la plus grande partie de ses journées. Il finit par devenir pour elle la réalité. Quant à Mrs. Simon, elle ne voyait dans l'attitude de sa fille que de la maussaderie.

Hazel, par contre, était lourde avec un visage de pleine lune. Elle avait la nature joviale de son père, et cet air nourri au maïs qu'ont beaucoup d'Américaines du Middle West. Obéissante, elle ne se plaignait jamais et ne connaissait pas la mauvaise humeur. Malheureusement, en présence de Fern, les jeunes gens ne s'apercevaient pas des vertus domestiques de Hazel.

« Si seulement Fern avait les dispositions de Hazel, et Hazel les jolis traits de Fern ! » se disait parfois Mrs. Simon. Elle ne cessait de houspiller ses filles, grondait Fern pour ses airs grognons et son attitude hautaine à l'égard des partis possibles de Ranchipur, harcelait Hazel pour qu'elle se tînt droite, ne pouffât pas de rire, l'empêchant de manger parce qu'elle avait une tendance à l'embonpoint, lui défendant même de transpirer. Elle était ainsi parvenue à détruire complètement le peu de confiance que la pauvre Hazel avait en elle-même. A toutes deux, elle faisait constamment miroiter le mariage comme le seul but de l'existence.

Il était cinq heures passées quand, enfin, elle descendit, vêtue d'une robe de soie à fleurs et toujours soucieuse du temps. Tout était prêt. Elle trouva Fern seule au salon.

« Mr. Ransome a promis de venir, lui dit-elle d'un air dégagé.

— Ah ! répliqua Fern, de son ton grognon.

— Tâche d'être aimable avec lui.

— Il est plus que probable qu'il ne me regardera même pas.

— Pourquoi dis-tu ça ?

— Je n'existe pas pour lui. Dans la rue, il me croise sans me reconnaître.

— Tu devrais essayer d'être plus gentille avec lui. »

Fern ne répondit pas. Elle remettait de la poudre sur son visage. Sa mère lui jeta un regard scrutateur. Comment l'amènerait-elle à ce qu'elle voulait ?

« Si tu penses que je vais l'épouser, tu te trompes, dit la jeune fille, comme si elle eût deviné sa pensée.

— Pourquoi pas ? Il est riche et appartient à une des meilleures familles d'Angleterre.

— C'est justement la raison pour laquelle je ne l'intéresse pas.

— Tu as cependant beaucoup à lui offrir.

— De toute façon, ce n'est pas le genre d'homme que je souhaiterais pour mari !

— Et que désires-tu, je te prie ?

— Je voudrais être quelque chose par moi-même et pas simplement la femme du premier venu.

— C'est pourtant ce qu'une jeune fille peut espérer de mieux.

— Plus maintenant ; pas en Amérique ! Celui qui m'épousera sera mon mari. »

Souvent, en imagination, elle accordait des interviews qui, un jour, paraîtraient dans les revues de cinéma : « Blythe Summerfield, adorée par son mari ! » ou « Blythe Summerfield, la langoureuse Orientale ! », « Blythe Summerfield, la plus élégante des Stars ! ». Car déjà elle avait choisi son nom d'écran.

« En tout cas, je t'engage à être polie avec lui ! Pour une fois, tâche d'imiter Hazel.

— Si j'avais sa tête, je serais bien obligée d'être aimable !

— Tu n'as pas honte !

— Du tout ! Du reste, je ne vois pas pourquoi tu t'acharnes à organiser ces thés. Je préférerais mille fois rester dans ma chambre ; j'exècre tous ces gens de Ranchipur.

— Allons, allons, Fern, ne t'énerve pas. »

Par la porte entrouverte, Mrs. Simon aperçut les premiers invités qui arrivaient : Mrs. Hoggett-Egburry et l'un des « jeunes gens ».

Grâce à certaines circonstances, mais surtout à la foi qu'elle avait en sa propre importance, Mrs. Hoggett-Egburry régnait sans conteste sur la petite société bourgeoise de Ranchipur, la seule que reconnût Mrs. Simon. Celui qui l'accompagnait s'appelait Harry Loder ; il avait un sentiment pour Fern, malgré les rebuffades de celle-ci. Agé de trente-trois ans, bien de sa personne, malgré la lourdeur de sa charpente, il émanait de lui une virilité brutale qui ne manquait jamais d'éveiller en Mrs. Simon un petit frisson. Parfois, pendant les longues heures chaudes de la sieste, lorsqu'elle laissait divaguer sa pensée, elle se surprenait à se demander quelle aurait pu être sa vie si, au lieu d'avoir le Révérend Mr. Simon à ses côtés, elle avait eu Harry Loder.

En l'apercevant, elle fut parcourue du même petit frisson. « Voici Mrs. Hoggett-Egburry et Harry, dit-elle à Fern. Tâche de prendre un air aimable.

— Qu'ils aillent au diable ! Qu'ils aillent tous au diable ! » s'écria Fern et, éclatant en sanglots, elle monta quatre à quatre s'enfermer dans sa chambre. Non, ses parents n'avaient pas le droit de la condamner à vivre à Ranchipur. « Je n'ai pas demandé à naître ! » répétait-elle.

Un long moment elle resta sur son lit à pleurer. Puis elle se leva, baigna son visage, mit du rouge à ses lèvres et redescendit. Elle marchait lentement, une de ses mains fines posée sur la rampe. Elle traversa un petit groupe de femmes dans le salon, puis sortit et se dirigea vers les tennis. Elle avait eu le temps de se calmer et s'était mise dans le seul état d'esprit qui lui permît de supporter les réunions mondaines de sa mère : ce n'était pas Fern

Simon, mais « Blythe Summerfield, la langoureuse Orientale » qui s'approchait des jeunes gens sous la tonnelle fleurie de bégonias.

Les réceptions de Mrs. Simon rappelaient toujours à Ransome le troupeau de moutons parmi lesquels il avait vécu dans les hautes montagnes du Nevada. Au moindre danger, à l'apparition d'un coyote, ils commençaient à s'agiter, se poussant, se bousculant les uns les autres pour se mettre à l'abri au milieu même du troupeau. Comme ces moutons, les petits bourgeois invités par Mrs. Simon manquaient d'originalité et de caractère. A leur vue, Ransome ne pouvait s'empêcher d'éprouver de la honte pour la race humaine, sentiment qui ne tardait pas à se transformer en confusion lorsqu'il constatait combien il se sentait supérieur à eux. C'était une des raisons pour lesquelles, neuf fois sur dix, il refusait les invitations à la Mission.

Tous ces gens semblaient ne rechercher que la sécurité et juste assez de pâture pour se maintenir en vie. Le monde des idées, aussi bien que celui de l'action, les effrayait. Ce qui l'écœurait le plus, c'était d'avoir entendu dire toute sa vie que cette classe, cette société entière, créée en un siècle à peine par l'industrie, les inventions mécaniques, le commerce et l'usure, représentait la fleur suprême de l'humanité. Par moment, il était tenté de rendre seule responsable du malaise et de la pourriture dont se mourait l'Occident cette petite bourgeoisie flagorneuse, sentimentale, nationaliste et veule.

Colonie minuscule, isolée au cœur de l'impassible et terrifiante immensité de l'Orient, ces gens réunis dans le jardin poussiéreux de Mrs. Simon paraissaient plus navrants encore, tel un bouillon de culture mis de côté pour être examiné au microscope.

Sans entrain, Ransome, sortant de chez les Smiley, traversa l'allée, peu après six heures. La chaleur était encore à son comble et dans le ciel le soleil flambait comme de l'airain incandescent. Mais la brise commençait à souffler avec plus de violence.

Il trouva chez les Simon exactement le genre de société

qu'il s'attendait à y voir et qu'il aurait rencontrée dans n'importe quelle réunion de même nature en Angleterre ou en Amérique. Mais, dans la chaude atmosphère d'Orient, les traits généraux de cette petite clique semblaient exagérés jusqu'à l'absurde. Les voix étaient plus criardes, l'affectation plus ostensible, les accents — mélange de cockney, de yankee et de créole — si étranges, que Ransome, peu accoutumé au milieu, avait peine à suivre la conversation. Dans ce monde isolé où n'évoluaient ni ducs, ni duchesses, ni banquiers millionnaires, ni premiers ministres, chacun se gonflait d'importance, cherchant à remplir la place laissée libre par l'absence de ces maîtres de la société.

Mrs. Hoggett-Egburry, épanouie, florissante, avec l'accent particulier qu'elle avait créé pour son propre usage, jouait la duchesse et parlait sans cesse de ses parents influents du Shropshire (qui donc irait constater qu'ils n'étaient que d'honnêtes fermiers !). Mr. Burrage, petit fonctionnaire dans les chemins de fer d'État, devenait le Lord Esketh local. Mr. Burgesse, vague comptable à la Banque de Ranchipur, prenait les proportions d'un personnage composé de Chancelier de l'Échiquier et du Directeur de la Banque d'Angleterre. Quant aux jeunes gens, avec leur polo et leur chasse au sanglier, ils se croyaient les Lords Lonsdale et Derby de l'endroit. Perdus au cœur d'un puissant État hindou, loin de la pompe, des ors et des splendeurs de Delhi, ils abandonnaient leurs bonnes manières, persuadés que la grossièreté était un signe de supériorité, ignoraient la civilisation et permettaient à leurs âmes de s'épanouir dans l'idée bourgeoise qu'ils se faisaient de l'aristocratie.

Seule, Mrs. Simon n'avait pas de grand rôle dans cette comédie. Que pouvait-elle gagner à jouer Mrs. Livingstone, l'épouse de l'unique missionnaire qu'elle connût qui eût jamais atteint à la célébrité ?

A les observer tous, Ransome restait confondu qu'une société pareille, complètement fermée aux splendeurs du monde où elle se mouvait, aveugle à ses beautés, à sa magnificence, à ses tragédies, à sa crasse, pût exister, durer.

Pourtant, semblables aux moutons, ils connaissaient la terreur, toujours la même : d'être mangés, d'être oubliés. Et, pour se donner du courage, ils devenaient arrogants et comiques. Entre eux, ils appelaient ça : «Avoir du cran » ! Oui, dans leur frayeur, ils se rassemblaient en troupes compactes, comme les moutons. Tous, excepté Miss Mac Daid, les Smiley, tante Phœbe et ces deux étranges vieilles filles, Miss Dirks et Miss Hodge, qui dirigeaient l'École supérieure de Jeunes Filles fondée par la Maharani, et qu'on ne voyait nulle part. Ceux-ci n'étaient que des parias parmi les moutons. En vérité, le spectacle qu'offrait cette réunion était plus pitoyable qu'irritant. Ransome s'en rendait compte. Ces bêlements, cette arrogance, ces accents affectés le faisaient songer au petit garçon apeuré qui siffle dans l'obscurité pour se rassurer.

Ransome ne se berçait guère d'illusions sur sa popularité parmi les invités de Mrs. Simon, mais il savait qu'il faisait une grande impression sur la plupart d'entre eux. Lorsqu'il traversa la pelouse, un mouvement parcourut l'assemblée. Les hommes se retournèrent pour le dévisager, les femmes haussèrent le ton. Mrs. Simon s'empressa à sa rencontre, retenant d'une main son grand chapeau bergère que soulevait chaque bouffée de la mousson. « Si je n'étais que moi, ignoré d'eux, pauvre et sans parents titrés, ils ne regarderaient pas deux fois dans ma direction », songea-t-il.

Une partie de tennis se disputait entre le Révérend Simon, le visage cramoisi et baigné de sueur, Mrs. Burrage, Hazel et un petit fonctionnaire plein d'allant nommé Hallet. Le reste de la société était rassemblé sous la tonnelle autour de Mrs. Hoggett-Egburry qui, installée dans un fauteuil à bascule, jouait avec grâce son rôle de duchesse locale. Sans être grasse, mais de taille imposante, elle avait un corps de laitière blonde qui, au lieu de se faner avec l'âge, semblait simplement s'être élargi. Elle avait été très belle, quelque trente ans auparavant, et s'habillait encore à la mode de cette époque avec des flots de chiffons et un immense chapeau de fête de charité que le vent de la mousson maltraitait sans cesse.

Épouse d'un des fondés de pouvoir de la Banque impériale, elle vivait depuis près de trente ans aux Indes. Au cours de ces années, elle en était arrivée à parler une sorte de jargon, mélange d'anglais, d'hindoustani et d'argot des ports d'Orient. Elle appelait un whisky-soda un *chota peg*, une lettre une *chit*, des roupies des *chips*. Elle ne nommait jamais son mari autrement que *burra sahib*, et les gens, pour son esprit simpliste, se divisaient en deux catégories, les *pukka* et les non-*pukka*. Mieux que quiconque à Ranchipur, mieux que Ransome lui-même, elle supportait le brandy. Elle voyait peu son mari, retenu la plupart du temps par ses affaires à Calcutta, Madras ou Bombay. Quand il venait à Ranchipur, il était rare que ses engagements coïncidassent avec ceux de sa femme. N'ayant pas d'enfant et absolument rien à faire, elle passait son temps à boire tranquillement, à aller voir ses amis ou à flirter avec les jeunes gens de Ranchipur. Ransome, Miss Mac Daid et le major Safti l'appelaient toujours *Pukka Lil*.

Mrs. Simon était mortifiée de ne pouvoir offrir que de la limonade ou de la bière au gingembre à ses invités — ce qui ne manquait jamais de disposer désagréablement ses hôtes masculins — mais l'ombre du Conseil de la Mission était toujours là, de même tante Phœbe, pour lui rappeler qu'elle n'était que la femme d'un missionnaire.

Maîtresse de maison nerveuse, elle houspillait sans cesse ses hôtes, les séparant au moment où ils commençaient à s'entendre, pour les forcer à former de nouveaux groupes qui n'avaient rien à se dire. Elle souffrait profondément. Son seul plaisir était de se répéter, lorsque tout le monde était parti, qu'elle avait fait beaucoup de chemin depuis Unity Point, Mississippi. Tel un chien de berger, elle s'agitait en ce moment autour de Ransome, le conduisant de groupe en groupe comme si — puisqu'elle avait réussi à le faire venir — elle devait le partager équitablement entre tous. Et, pendant ce temps, elle ne cessait de garder un œil sur le ciel menaçant et l'autre sur la véranda des Smiley, faisant des prières pour qu'une fois au moins tante Phœbe s'abstînt de paraître, avec sa limonade, son éventail, son fauteuil à bascule et son aspect d'ange du Jugement dernier.

Lorsque Ransome fut finalement jeté dans le groupe qui entourait Mrs. Hoggett-Egburry, la conversation roulait sur les Esketh. « Lady Esketh était une Doncaster : Edwina Doncaster, expliquait Mrs. Hoggett-Egburry. Son père, Ronald Doncaster, était un grand ami du Roi, du roi Édouard, bien entendu. La famille vient de mon pays — du Shropshire. Mais vous devez la connaître, monsieur Ransome ? »

Gracieuse, elle lui tendit une de ses grandes mains molles, blanches et tremblantes, comme pour le tirer physiquement à l'intérieur du cercle. Pris au dépourvu, il répondit : « Non, je le regrette. »

Il mentait. En partie par un désir de sécurité, mais surtout parce que la révélation de l'identité de Lady Esketh le troublait. Il l'avait beaucoup connue. Au moment où Mrs. Hoggett-Egburry avait prononcé le nom d'Edwina — qu'elle avait appris dans l'*Annuaire de la Cour et de la Société* — tout un passé, oublié depuis quinze ans, s'était réveillé. En cet instant, il la revoyait dans l'ambiance du Londres d'après guerre, entourée d'une foule de gens, avec un jazz-band jouant non loin. Jeune, belle, admirablement habillée — à crédit probablement — elle jouissait d'une réputation déjà ternie.

Il s'était cru amoureux d'elle, et son souvenir lui apportait, en ce moment, une vague soudaine de chaleur et de sympathie. N'appartenaient-ils pas au même monde ? N'avaient-ils pas souffert du même mal ? Ce mal que les journalistes se plaisaient à limiter à une génération, à un groupe. N'était-ce pas un mal bien plus répandu, bien plus profond ? Edwina et lui-même n'en étaient que l'expression exagérée. Les vieux, se cantonnant dans l'illusion d'une sécurité disparue à jamais, ne pouvaient ni le comprendre ni le deviner ; quant aux jeunes, nés dans ce malaise, ils l'acceptaient comme un état normal.

Avec un sourire poli, il quitta la tonnelle. Il désirait penser à Edwina. Comment la retrouverait-il ? Probablement avait-elle évolué de la même façon que les femmes de sa classe et de son époque.

Soudain, sortie de nulle part, Fern se dressa devant lui.

« Monsieur Ransome, puis-je vous dire deux mots ? » murmura-t-elle.

Jusqu'alors il ne l'avait jamais vraiment regardée. Il s'aperçut qu'elle était jolie, très jolie même. Sa confusion lui prêtait un charme de plus. Encore préoccupé du souvenir d'Edwina, Ransome se surprit à comparer les deux. Jamais Edwina n'avait eu la fraîcheur juvénile de cette jeune fille, ni son expression fiévreuse, ardente. Mais Edwina savait-elle seulement ce que c'était que de rougir ?

« Avec plaisir, quand vous voudrez, répondit-il.

— Est-ce que cela vous ennuierait de venir jusqu'à la véranda ? Il s'agit d'une question plutôt personnelle », balbutia Fern.

Ils traversèrent la pelouse ; le vent soufflait plus fort. En passant devant la maison des Smiley, Ransome vit tante Phœbe, installée à son poste, les yeux braqués vers la tonnelle.

Fern l'entraîna vers un banc à bascule, dissimulé sous les bougainvillées, à l'une des extrémités de la véranda.

« Je sais, commença-t-elle avec effort, que je n'existe pas pour vous... »

Il l'interrompit pour protester. Mais, ce qu'il ne lui dit pas, c'était qu'il la considérait jusqu'ici comme une enfant et n'avait jamais pensé à elle comme à une femme.

« Probablement allez-vous me croire folle, reprit-elle, mais il n'y a personne à qui je puisse me confier... Il faut que je parte... Je ne tiens plus ici... »

Ce n'était pas « Blythe Summerfield, la Perle d'Orient », qui s'exprimait en ce moment, mais Fern Simon, une malheureuse jeune fille, inquiète, insatisfaite, hantée du désir de retourner dans sa patrie. « Tout, plutôt que vivre ici ! poursuivait-elle. Je ne peux plus voir ces gens, ils me tuent... Il faut que je m'en aille... »

« Elle doit avoir plus d'étoffe que je ne le pensais ! » songeait Ransome, étonné.

L'ardeur et le chagrin de la jeune fille lui donnaient un sentiment de vieillesse. Pourtant, à trente-huit ans, il ne pouvait guère avoir que vingt ans de plus qu'elle !

« J'ai des économies, et je voudrais prendre un bateau à

Bombay... Mais comment faire pour les empêcher de m'arrêter...

— Où voudriez-vous aller ? » demanda Ransome.

Un instant elle hésita.

« A Hollywood, répondit-elle enfin.

— Ce n'est pas facile ! dit-il en esquissant un sourire.

— Quand on désire suffisamment une chose, il y a toujours moyen de s'arranger, répliqua-t-elle. Je n'ai que dix-huit ans, et je suis plus jolie que la plupart d'entre elles. »

Elle disait vrai. Après tout, qui sait si elle ne réussirait pas ? Mais ses confidences le mettaient mal à l'aise. Il détestait se mêler des affaires des autres. Sans savoir pourquoi, il se mit à la décourager. Tout en lui parlant, il songeait : « Je dois être en train de vieillir... Autrefois je l'aurais poussée à s'enfuir, à courir l'aventure... La vie est si courte ! »

Elle se mit à pleurer, puis, avec de grands sanglots bruyants, lui raconta ses démêlés avec sa mère.

« Elle est décidée à me faire épouser un de ces crétins ! Elle ne se rend même pas compte qu'aucun d'eux ne me demandera jamais en mariage. Je ne peux plus les supporter... je ne peux plus ! Il faut que vous m'aidiez !

— Ne pleurez pas si fort et dites-moi ce que vous voudriez que je fasse. Ce serait du joli si Mrs. Hoggett-Egburry arrivait et vous trouvait dans cet état ! »

Elle ravala ses sanglots : « Je voudrais que vous me prêtiez de l'argent, dit-elle. Il me manque cinquante livres. »

Il rit.

« Vous allez fort ! Mais...

— Je vous les renverrai, je vous le promets !

— Ce n'est pas cela qui m'inquiète, ma chère enfant, mais vous rendez-vous compte de la situation dans laquelle vous me mettez ? »

Elle lui lança un regard dur, aigu : « Je ne pensais pas que vous étiez comme les autres ! » Elle se mit à pleurer, bruyamment. « Je ne veux pas aller à Poona avec maman ! Non, je ne veux pas... ni revoir tous ces horribles gens ! »

Malgré lui, il eut envie de rire. Mais il fallait agir, rapidement. Le vent augmentait et le ciel s'était couvert de nuages noirs. D'un moment à l'autre, les invités risquaient de survenir pour se mettre à l'abri.

« Si vous vous calmez et montez dans votre chambre vous laver le visage, je vous promets de vous aider, je ferai ce que je pourrai », dit-il.

Instantanément, elle cessa de sangloter et, de nouveau, lui lança un regard aigu de ses yeux bleu clair.

« Vous promettez ?

— Je vous promets, à condition que vous soyez raisonnable et que vous alliez vous arranger un peu.

— Je vous le rappellerai ! »

Non, elle n'oubliera pas ! se dit-il, et il sourit. L'idée que Fern Simon, pour laquelle il n'éprouvait pas le moindre intérêt, allait s'exercer au chantage sur lui, lui paraissait du plus haut comique.

A ce moment, il se rendit compte que quelque chose d'anormal se passait près du tennis. La plupart des femmes accrochées à leurs chapeaux se dirigeaient, en courant, vers la maison. Deux d'entre elles avaient grimpé sur les tables près du tennis, tandis que Mrs. Hoggett-Egburry s'était hissée, on ne sait comment, sur la tonnelle. Les jeunes gens, armés de chaises et de raquettes, formaient un cercle pour couvrir la retraite des femmes contre un danger qu'il ne pouvait encore apercevoir. Quittant Fern, il se précipita pour découvrir la cause de cette panique : au milieu de la pelouse, d'un pas tranquille, l'hyène apprivoisée des Smiley s'avançait en quête d'un biscuit.

Secoué d'un rire intérieur, il sauta de la véranda pour aller prêter main-forte. L'animal le reconnut et vint à lui en bondissant et poussant de petits grognements amicaux. Il le saisit par la peau du cou et l'emmena à travers l'allée chez les Smiley. Malgré son fou rire, il se retourna et cria : « Elle n'est pas dangereuse ! Elle ne ferait pas de mal à un bébé ! » Mais, aussitôt, il se rendit compte qu'il venait de manquer de tact. Les jeunes gens, armés de chaises et de raquettes, n'avaient pas bougé, et Mrs. Hoggett-Egburry, tremblante, restait perchée sur sa tonnelle. « Comme des moutons ! se dit-il en riant. Comme des moutons ! »

Quand il passa devant la véranda des Smiley, tante Phœbe, se penchant en avant, lui dit, non sans ironie : « J'aurais pu aller la chercher moi-même, mais je n'étais pas invitée ! » Ransome la regarda. Dans ses yeux bleu ardent brillait une étincelle, et il comprit : tante Phœbe avait délibérément laissé la porte de l'enclos ouverte pour que l'aimable hyène pût s'échapper et se rendre à la réception. Alors brusquement, il se rendit compte pourquoi il l'avait toujours sentie si proche : elle était de même race que sa grand-mère Mac Pherson qui avait enlevé son époux sous la menace d'un revolver.

Il venait d'enfermer l'hyène dans son enclos, quand la pluie commença à tomber en gouttes énormes et éclaboussantes. Chacune d'elles devait représenter au moins une demi-tasse d'eau, songea-t-il. Les tennis des Simon étaient déserts et les domestiques intouchables s'efforçaient de sauver les restes des rafraîchissements tandis que Mrs. Simon, échevelée, hurlait des ordres dans la tempête.

La pluie surprit Mr. Jobnekar sur la route, comme il rentrait de chez les Smiley. Ransome le trouva arrêté à l'abri d'un manguier devant la distillerie d'alcool. Il le fit monter dans sa voiture, où ils casèrent aussi la bicyclette, et, chemin faisant, lui raconta l'aventure de l'hyène et ses soupçons concernant tante Phœbe.

« C'est ce qui me plaît en elle, remarqua Mr. Jobnekar. Elle n'est pas comme tout le monde ; elle fait d'énormes plaisanteries. Elle sait aimer, mais ne peut supporter de voir les gens se rendre ridicules. J'ai rencontré, dans l'ouest de l'Amérique, des vieux qui lui ressemblaient. Je savais qu'ils me traiteraient avec bonté. Pourtant, la plupart n'avaient jamais vu d'Hindous. »

Ils traversèrent le pont du Jardin zoologique, au pied de la statue de la reine Victoria, et atteignirent la ville basse où vivaient la majorité des Intouchables. Ce quartier s'enchevêtrait en un dédale de ruelles et d'impasses, construites au hasard pendant plus de mille ans, et qui toutes aboutissaient à la place où se trouvaient le réservoir et les puits des Intouchables. Le temps n'était pas loin, où ce lieu était encore empesté par les cadavres d'animaux — bien commun des Intouchables — amoncelés à l'une de ses extrémités. Mais tout cela avait été changé. Grâce au Maharajah, ainsi qu'au patient et énergique enseignement de Mr. et Mrs. Smiley, ce quartier, plus que ceux habités par les castes hindoues, donnait l'impression d'ordre et de propreté.

La pluie diluvienne coulait en cascades fumantes le long des escaliers du réservoir.

« Qu'y a-t-il de plus beau que l'eau ? remarqua Mr. Jobnekar, d'un ton exalté. N'est-elle pas, par excellence, l'aliment de la terre ? »

La maison de Mr. Jobnekar, d'un rose vif que la pluie commençait déjà à décolorer, avait deux étages. Des rideaux de guipure de bazar pendaient aux fenêtres, la faisant ressembler à ces villas de petits boutiquiers des environs de Nice et de Toulon. Devant la demeure voisine, une vieille femme, trempée par l'averse, récoltait hâtivement des bouses de vaches, avant que celles-ci ne fussent trop mouillées pour servir de combustible.

Mr. Jobnekar insista pour que Ransome entrât et prît une tasse de thé. Ils descendirent tous deux de la voiture, traversèrent un étroit couloir et gravirent l'escalier qui conduisait à la plus belle pièce de la maison. Ils y trouvèrent Mrs. Jobnekar en train de recevoir Miss Dirks et Miss Hodge, maîtresses à l'École supérieure de Jeunes Filles.

Mrs. Jobnekar s'empressa à leur rencontre et leur souhaita la bienvenue. C'était une femme de petite taille, avec d'immenses yeux noirs et une peau couleur de cuivre. Elle portait un *sari* de cotonnade bleu pâle. Bien qu'elle n'eût jamais quitté les Indes, elle parlait un anglais presque parfait, grâce au consciencieux dévouement des deux vieilles filles assises en ce moment sur des chaises de bois, à l'extrémité de la pièce. Trois petits enfants de quatre, trois et deux ans, dont la beauté et l'extraordinaire perfection rappelaient les poupées ou les marionnettes persanes, suivaient Mrs. Jobnekar.

Le thé était servi. Miss Dirks et Miss Hodge, perchées comme deux oiseaux étranges près de la machine à coudre, avaient déjà pris le leur. Dans cette demeure, où l'on avait l'habitude de s'asseoir par terre, et où n'existait aucune table, les deux vieilles filles, sur leurs sièges de camelote, paraissaient quelque peu grotesques.

« Je vais vous chercher une chaise, dit Jobnekar à Ransome. Nous les gardons en bas, sauf quand nous avons des visites. »

Ransome alla saluer Miss Dirks et Miss Hodge. Il les connaissait à peine. Depuis son arrivée à Ranchipur, il ne les avait vues que deux fois lorsqu'il avait été visiter l'école. Elles vivaient à l'écart, n'entretenaient de relations avec personne, ne recevaient jamais et ne sortaient que lorsque leur devoir professionnel les y obligeait. On ne les rencontrait nulle part, ni chez le Maharajah, ni chez Mrs. Simon, ni chez Mr. Bannerjee, pas même chez les Smiley. Elles habitaient un bungalow propret, en face de la Grande Entrée du Palais, sur la route de l'École d'Ingénieurs.

« Elles sont faites pour habiter un village du nord de l'Angleterre, dans une maison de granit où le soleil ne luit que dix jours par an ! » songea Ransome. Pourtant, elles vivaient aux Indes sous un soleil qui, du matin au soir, d'octobre à juin, brillait sans merci.

Miss Dirks était grande, maigre, avec des cheveux gris fer. Elle portait un casque entouré d'une écharpe qui retombait dans le dos, et un costume de toile blanche, aussi pratique, aussi simple qu'une des blouses d'hôpital du Major. Son visage de cuir, ridé, était parfaitement insignifiant, à l'exception des yeux, très beaux, au fond desquels on lisait une sombre expression de souffrance. Miss Hodge semblait moins desséchée. Elle portait un chapeau de feutre blanc, orné d'une rose artificielle, et une robe de guingan rose, agrémentée de petites ruches au cou et aux poignets. Son visage était aussi banal que celui de sa compagne, mais, au lieu d'être rudement taillé dans le granit, il paraissait grossièrement modelé dans l'argile. Bien que Ransome ne se laissât pas facilement troubler, ces deux femmes l'intimidaient. Elles produisaient le même effet sur Mr. Jobnekar. Mais, au lieu de le réduire à un silence gêné, elles l'incitaient, en sa qualité d'hôte oriental, à des manifestations exagérées d'amabilité.

Mrs. Jobnekar alla chercher du thé frais. Pendant ce temps, Mr. Jobnekar mit la conversation sur le temps, les récents cas de typhus et de choléra qui jetaient l'alarme dans les quartiers pauvres — conversation aride, au cours de laquelle Ransome découvrit que Miss Dirks paraissait avoir perdu la faculté de s'intéresser à ses semblables. Miss Hodge, bien que timide et empruntée, se lançait parfois dans de grandes phrases qu'elle laissait inachevées, comme si son élan se fût soudain brisé. L'ombre d'une rougeur montait alors sous sa peau blême.

L'entretien avait à peine duré dix ou quinze minutes, quand la sévère Miss Dirks se leva. « Notre arrivée a gâché leur visite », se dit Ransome. Et, désireux de faire un geste aimable, il leur offrit de les reconduire chez elles.

« Merci beaucoup, répondit Miss Dirks d'un ton guindé, mais nous aimons marcher. Nous prévoyions la pluie et nous sommes équipées en conséquence. »

Miss Hodge ouvrit la bouche pour dire quelque chose, mais elle se ravisa.

Mrs. Jobnekar apportait des guirlandes de jasmins et de soucis. Les ayant aspergées d'eau de rose, elle les passa au cou des deux vieilles filles, auxquelles elle donna également un quartier de noix de coco et un morceau de brocart. Miss Dirks et Miss Hodge la saluèrent à la façon hindoue, puis, s'étant inclinées devant les deux hommes, elles se dirigèrent vers la porte. Sur le seuil, Miss Hodge se retourna et, rassemblant tout son courage, cria à travers la pièce : « Merci pour votre offre, Mr. Ransome. Peut-être sera-ce pour une autre fois. Vous comprenez, nous prenons si peu d'exercice. » Un instant, elle s'attarda, timide, hésitante, mais la voix de Miss Dirks, venant de l'étroit escalier, retentit : « Élisabeth, que faites-vous ?

— J'arrive... j'arrive... ! » répliqua Miss Hodge, en se hâtant de descendre.

Ransome avait l'impression qu'elle aurait voulu rester. De la fenêtre qui dominait la place, il les regarda s'éloigner sous l'averse. Miss Dirks marchait en tête, d'un pas de trappeur, droite, raide ; Miss Hodge suivait sur ses talons. Elles avaient mis les guirlandes par-dessus les manteaux et chacune d'elles tenait dans sa main libre le morceau de noix de coco et le bout de brocart.

Le spectacle de ces deux femmes solitaires attrista Ransome. Il aurait souhaité pouvoir faire quelque chose pour égayer leur vie. Mais quoi ? Il n'en avait pas la moindre idée. Une fois, lorsqu'il avait parlé d'elles à Miss Mac Daid, celle-ci avait secoué la tête d'un air grave et répondu : « Il n'y a rien à faire. Elles sont ainsi. Elles mèneraient la même vie à Birmingham. Que voulez-vous, elles font leur devoir. J'ai essayé d'être gentille pour elles, mais ça n'a servi qu'à les rendre méfiantes. Je crois qu'elles me désapprouvent parce que j'ai autant de plaisir à fréquenter les Hindous que les Européens. Elles ne semblent à leur aise avec personne. »

Debout à la fenêtre, Ransome suivait des yeux les deux minables silhouettes et, subitement, il comprit de quoi était faite leur existence. Leur cas n'avait rien d'exceptionnel. L'Occident était plein de petits mondes semblables, étroits, non conformistes, respectables, disposant de juste assez d'argent pour subsister d'une année à l'autre — petits mondes privés à jamais de chaleur et de couleur. Le père, naïf, loyal, enfermé au bureau de huit heures du matin à huit heures du soir, travaillait dur pour un patron qui le garderait à jamais, lui et sa famille, au seuil de la famine.

A ce moment, Ransome devina toute la tragédie des deux pauvres femmes solitaires : elles n'avaient jamais vécu. Elles avaient à peine respiré ; les Indes, elles-mêmes, ne signifiaient rien pour elles. A l'âge où elles auraient pu aimer, l'amour et les hommes leur avaient été rendus haïssables par le petit monde d'où elles sortaient.

Mrs. Jobnekar, les trois enfants accrochés à elle, lui offrit une seconde tasse de thé. Il se retourna et admira sa grâce, et combien le *sari* bleu pâle seyait à sa peau cuivrée. Derrière elle, par la haute fenêtre, il apercevait l'étendue du paysage, le bouquet de manguiers, les bûchers funèbres, plus loin les champs de maïs et de millet, et toute la plaine jusqu'au fabuleux Mont Abana qui surgissait brusquement de l'immensité plate, son sommet couronné d'une nuée de temples blancs.

« Quelles étranges personnes, dit-il, repensant à Miss Dirks et à Miss Hodge.

— Oui, mais si bonnes ! répondit Mrs. Jobnekar. Si vous aviez des ennuis, Miss Dirks ferait n'importe quoi pour vous venir en aide et refuserait que vous l'en remerciiez. Comme tant d'Anglaises, elles sont incapables d'extérioriser leurs sentiments. Croyez-moi, ajouta-t-elle en lui tendant sa tasse de thé, je connais leur bonté. »

Mrs. Jobnekar souriait et il se demanda comment elle, qui n'avait jamais quitté les Indes, pouvait pénétrer ainsi l'âme de ces deux femmes restées si irrémédiablement soudées à leur patrie. L'idée qu'elles venaient de prendre le thé dans la maison d'une Intouchable lui semblait presque incroyable. Longtemps encore, il les revit en esprit, vêtues de manteaux de pluie, pataugeant de leurs pieds plats sous les flots de la mousson, une guirlande de jasmins et de soucis passée autour du cou.

Bouche close, l'une derrière l'autre, les deux vieilles filles traversèrent la place devant le Vieux Palais de sinistre renom, longèrent le Réservoir et l'École de Musique où les étudiants commençaient à arriver, dépassèrent la Grande Entrée du Palais, où l'orchestre militaire du Maharajah donnait son concert du soir, et s'arrêtèrent enfin devant leur petit bungalow. Miss Dirks sortit une clé, ouvrit la porte et la tint entrebâillée pour laisser passer Miss Hodge.

Le bungalow, construit pour les deux maîtresses d'école vingt-cinq ans auparavant, lors de leur arrivée à Ranchipur, était mal défendu de la chaleur et très humide à l'époque de la mousson, ce qui était néfaste pour les rhumatismes de Miss Dirks. Si, au lieu de jasmin trompette et de fleurs de la passion, il avait été recouvert de lierre ou de vigne vierge, il aurait pu être transporté tel quel dans la banlieue anglaise et s'appeler « Petit Cottage », sans que personne s'en étonnât. Le temps en avait fait une parfaite coquille pour les deux femmes. Comme des vers à soie, elles s'étaient enroulées, au cours des années, de mille brimborions et fanfreluches qui donnaient à l'intérieur de leur maisonnette un aspect de vente de charité : innombrables coussins, napperons et serviettes de dentelles confectionnés par Miss Hodge à ses moments de loisir, les soirs de calme brûlant, bouts de brocart, broderies hindoues, bronzes de Bénarès, ainsi qu'un grand nombre de photographies encadrées représentant les Granpians, la gorge de Cheddar ou Windemere.

Malgré leur équipement de circonstance, les deux femmes étaient trempées, non seulement à cause de la pluie, mais parce que leurs manteaux, destinés au climat frais d'Écosse, devenaient, sous la mousson hindoue, de véritables hammams ambulants.

« Allez vite prendre un bain, Élisabeth ; je m'occuperai du souper, dit Miss Dirks.

— Non, c'est moi qui m'en charge ; allez vous baigner la première, protesta Miss Hodge.

— Je vous en prie, Élisabeth, faites ce que je vous dis. »

Alors commença une de ces interminables discussions qui, jour après jour, se renouvelaient entre elles, discussions subtilement égoïstes, où chacune revendiquait pour elle les fruits du sacrifice. Autrefois moins fréquents, ces assauts avaient été sincères, remplis de part et d'autre d'une vraie sollicitude, mais, à mesure que les années passaient, ils s'étaient altérés, déformés, pour devenir une lamentable compétition où chacune cherchait à se martyriser afin de meurtrir l'autre par l'exhibition de ses propres blessures.

« Voyez comme j'ai souffert pour vous ! Combien de fois je vous ai cédé ! » semblait alors dire leur silence.

Elles se disputèrent pendant près de dix minutes. Finalement ce fut Miss Dirks, la plus décidée, la plus forte des deux, qui l'emporta. De la Grande Entrée, de l'autre côté de la route, montait la musique de l'orchestre hindou — sauvage, barbare, obsédante, monotone, tantôt à peine perceptible, tantôt assourdissante clameur cacophonique à laquelle Miss Dirks, qui gardait une nostalgie des concerts de la Promenade de Bournemouth, n'avait jamais pu s'habituer.

« Cette musique me rend folle ! Je ne peux plus la supporter ! déclara-t-elle. Je vais demander un autre bungalow.

— Si nous allions passer deux mois en Angleterre, et été ? suggéra Miss Hodge. Il n'est pas trop tard pour réserver des places sur un bateau de la P. & O. Nous avons bien assez d'argent.

— Jamais ! Je ne veux pas retourner là-bas ; je vous l'ai dit mille fois ! »

Un instant, Miss Hodge demeura silencieuse, impressionnée par cette explosion ; puis elle reprit avec regret : « Vous avez tort, Sara. Le changement vous ferait du bien. Il y a si longtemps que nous sommes ici. »

Miss Dirks pâlit et lança un regard terrible à Miss Hodge : « Avez-vous réellement envie de retourner là-bas, après ce qui s'est passé ? Vous devez être folle ! Jamais je ne remettrai les pieds en Angleterre. »

Des larmes de colère lui remplirent les yeux, et Miss Hodge, effrayée non seulement par la violence de sa compagne, mais aussi par les vieux souvenirs d'injustice, de honte, de mensonges, de déceptions qui, après vingt-cinq ans, avaient encore le don de la bouleverser, se borna à murmurer : « Il y a si longtemps de cela !

— Il y aurait cent ans, que ce serait la même chose ! Jamais je ne retournerai là-bas ! »

Brusquement, Miss Dirks quitta la pièce en claquant la porte et courut s'enfermer dans sa chambre avec sa solitude, sa nostalgie, s'efforçant de chasser de son esprit l'image d'une contrée verdoyante et fleurie où les serpents, la mousson, les tremblements de terre et l'horrible musique barbare n'existaient pas.

Miss Hodge n'essaya pas de la suivre. Tranquillement, elle alla prendre son bain.

Depuis un certain temps déjà, un sourd malaise travaillait son corps usé et semblait élever une barrière entre elle et Sara. Cette sensation, qui lui donnait à la fois une impression de force et de détresse, ne lui était pas désagréable. Parfois elle l'incitait à irriter Sara, à la contredire, à transformer les plus petits incidents en querelles, parfois elle éveillait en elle un désir violent d'aventure, d'imprévu, de se libérer du réseau compliqué d'habitudes, de devoirs, de dévotion, qui l'étouffait. A ces moments-là, elle semblait devenir une autre personne — se moquait de la loyauté qui la liait à Sara, oubliait que chacune d'elles n'avait que l'autre au monde. Ces sentiments l'envahissaient par grandes vagues contre lesquelles elle ne pouvait rien, et qui la laissaient honteuse, repentante. Elle essayait alors de s'excuser, de se racheter, non par des mots, mais par des gestes de sollicitude, par de petites attentions, par le ton de sa voix quand elle discutait avec Sara de choses banales comme le temps ou le repas du soir. Cependant, après chacune de ces crises, elle se sentait un peu plus éloignée de Sara, plus étrangère au vieux sentiment d'affection et de compréhension qu'elle avait éprouvé à l'égard de sa compagne. Chaque fois, un peu de terrain était perdu, et l'une et l'autre devenaient un peu plus solitaires.

Étendue dans son bain, prêtant l'oreille à l'irritante musique qui montait de l'autre côté de l'avenue, elle fut de nouveau assaillie par une de ces vagues de fond. L'idée de Sara, enfermée dans sa chambre et pleurant, lui donnait un sentiment de liberté, de vengeance assouvie, elle n'eût su dire de quoi, car, en cet instant, elle était incapable de raisonner. Au cours des longues années de leur vie en commun, elle n'avait jamais vu pleurer Sara, mais, parfois, elle l'avait entendue sangloter à travers les portes closes.

Et cette musique qui, chaque soir au coucher du soleil, horripilait davantage les nerfs tendus de Sara, elle s'était prise à l'aimer. Elle en était venue à éprouver une véritable joie sauvage à la pensée que Sara vieillissait et perdait sa santé, tandis qu'elle-même se sentait encore forte. Cela la stimulait. Elle se plaisait alors à imaginer tout ce qui aurait pu lui advenir si sa vie avait été différente. Souvent, à l'heure où le jour s'attardait avant de brusquement plonger dans les ténèbres, et qu'elle écoutait l'obsédante musique, il lui arrivait de s'évader de son corps triste et laid, pour s'élever vers de romantiques sommets où elle s'identifiait aux héroïnes de Flora Annie Steel.

Elle sortit du bain et se regarda dans le miroir, étudiant les lignes de son visage, essayant de nouvelles façons de se coiffer, se demandant quel eût été son sort si, dans sa jeunesse, elle s'était arrangée un peu mieux, si elle n'avait pas eu ce nez trop épais, ce menton faible, cette peau grasse et ce teint brouillé. Puis, tandis qu'elle s'habillait, elle se mit à penser à Ransome, à son élégance physique. Elle aurait aimé s'attarder chez Mr. Jobnekar pour lui parler. Elle aimait ses cheveux noirs, ses yeux bleus d'Écossais, la finesse de son visage, ses manières agréables. L'idée qu'il avait eu des aventures et mené une vie dissipée ne faisait que le rendre plus séduisant, ouvrait une échappée sur des choses mystérieuses qu'elle ne parvenait pas à se figurer.

Puis elle chercha à imaginer ce que sa vie aurait pu être si, n'ayant jamais rencontré Sara, elle avait épousé un petit employé ennuyeux et serviable (que pouvait-elle espérer de mieux ?), avait fondé une famille et habité une maison jumelle avec un jardinet, à Birmingham. Sara l'avait privée de tous ces possibles ; elle l'avait enveloppée dans un réseau de dévouement et de protection, mais ne lui avait donné, en retour, rien de ce que l'hypothétique employé aurait pu lui donner.

Brusquement, la nuit tomba, la musique cessa, et la vague d'indépendance, de romanesque, d'amertume, qui gonflait Miss Hodge, s'affaissa, comme un ballon de baudruche qui se dégonfle. Trop tard ! Trop tard ! Il n'y avait plus qu'à continuer, avec Sara, jusqu'à la consommation des temps. Elle mourrait, elle serait enterrée dans ce pays redoutable où jamais la terre n'était fraîche, mais toujours brûlante et poussiéreuse. Prise de remords, elle se hâta de terminer sa toilette pour s'occuper du dîner avant que Sara, calmée, ne le fît elle-même.

Dès qu'elle fut prête, elle se rendit à la cuisine et recommanda aux deux filles intouchables qui travaillaient pour elles après les heures d'école, de présenter les plats de la façon la plus appétissante possible ; puis elle enfila son manteau et alla cueillir quelques branches de bougainvillées dans le jardin. Après quoi, elle tira de l'armoire la plus belle de ses nappes de dentelle, qu'on n'employait qu'une fois par an lorsque la Maharani et ses femmes venaient prendre le thé, et remit complètement la table. Quand tout fut prêt, elle alla frapper à la porte de Miss Dirks et l'informa que le dîner était servi.

Miss Dirks parut enfin, les yeux enflés, l'air vieilli, fatigué ; et la peur étreignit le cœur vacillant de Miss Hodge. Comment avait-elle pu rêver de liberté, souhaiter la mort de Sara ? Terrifiée, elle se répétait : « Que deviendrais-je si quelque chose arrivait à Sara ? Que deviendrais-je ? »

La vue de Miss Dirks et de Miss Hodge et la pensée de tout ce qui faisait leur tragédie, jeta Ransome dans un de ces accès d'humeur noire qui, de temps à autre, l'accablaient comme une maladie ; en outre, sa conversation avec Mr. Jobnekar l'avait bouleversé. Le petit homme, perché par politesse sur une chaise de bois, l'avait longuement entretenu de son travail parmi les Intouchables. Il venait de dénicher un nouveau collaborateur à Bombay. Comme la plupart des chefs intouchables, c'était un chrétien. Il s'appelait Mr. Bikaru et venait des Provinces Unies.

« Ça commence à marcher ! Ça se développe ! disait Mr. Jobnekar, les yeux brillants d'exaltation et d'espoir. Nous progressons dans toutes les Indes. Et plus vite que nous ne l'espérions. Par Jésus ! On commence à voir plus clair ! Vous comprenez, nous sommes organisés maintenant ; c'est une des choses que nous a apprises l'Occident : l'organisation, les affaires, la mécanique même. Par Dieu ! nous aurons bientôt nos propres ingénieurs pour construire des hauts fourneaux, des filatures et des barrages. Les Anglais nous ont beaucoup appris et aussi les Américains. Nous sommes en train de nous réveiller. Mais il faut du temps pour mettre en mouvement un grand corps comme les Indes. »

« N'en apprenez pas trop, eut envie de dire Ransome, ou vous finirez par vous détruire vous-mêmes comme les Japonais. » Mais il s'abstint, respectueux de la foi et de l'enthousiasme de son interlocuteur. C'était une foi semblable à celle de Mr. Jobnekar ou à celle de Rashid qu'il eût souhaitée. Eux, au moins, croyaient en quelque chose, en un avenir merveilleux, presque mystique, auquel ils se consacraient corps et âme. Pour qui, pour quoi, travailler en Angleterre, en France ou en Amérique ? A quel avenir collaborer ? Tout au plus pouvait-on y amasser de l'argent, y récolter des honneurs, mais était-ce vivre ? Sans la foi on ne peut vivre, on ne fait qu'exister, végéter.

Brusquement, il retira sa pipe et interrompit Mr. Jobnekar.

« C'est ce que les ennemis de la Russie s'obstinent à ne pas comprendre. La foi ! Ils ne voient pas — en sont-ils incapables — que la foi est plus stimulante que la production massive de bas de soie ou d'épingles... C'est la chose la plus exaltante du monde, la seule qui fait que la vie vaut la peine d'être vécue ! »

En Europe, qui donc avait la foi ? Quel homme, quel peuple, désirait autre chose qu'une sécurité bourgeoise et le moyen de gagner de l'argent ? Non, l'Occident était usé ; personne n'y était plus assez fort, assez jeune, pour tenter un effort.

Sentant revenir sa vieille neurasthénie, il se leva et dit : « Il faut que je rentre. » Car il savait que dans ses moments de dépression tout lui devenait insupportable, excepté la solitude.

Mrs. Jobnekar entra, portant une guirlande de soucis et de jasmins qu'elle lui mit autour du cou. Ne prévoyant pas sa visite, elle devait l'avoir faite à l'instant. Ce geste émut Ransome. Ce qui lui plaisait aussi chez Mrs. Jobnekar et ses sœurs, c'était qu'elles ne cherchaient pas à imiter les

Européennes. Elles avaient l'intégrité qui doit accompagner la foi.

Ransome savait exactement quand son mal avait commencé. Il venait d'avoir vingt ans. C'était un soir, en Flandre, un soir bleu et calme d'été, avec un de ces longs crépuscules si différents de la brusque tombée de la nuit à Ranchipur. Il était assis par terre, le dos appuyé au mur d'une maison à demi détruite par la canonnade de la veille et écoutait, à demi conscient, l'éclatement lointain des obus allemands en train de réduire systématiquement en poussière les villages sur les collines au-delà de Boschaepe. Il s'était gavé de légère bière flamande et de fromage et son corps entier était détendu à l'idée qu'il lui restait encore une nuit de répit avant de retourner en première ligne. Depuis longtemps, la guerre avait cessé de l'exalter. Elle n'était plus pour lui qu'une morne horreur.

Il pensait au paisible et verdoyant village de Nolham et se demandait ce que faisaient ses parents et si, la guerre finie, il y retournerait pour exploiter une des fermes, s'il irait passer quelques années à Oxford, ou s'il partirait pour le Canada ou l'Afrique du Sud en quête d'un monde nouveau où il pourrait faire sa vie, libre de tout ce qu'il détestait à la maison.

Un son de fifre, joyeux, aigu, vint le tirer de sa rêverie. Il se retourna et aperçut, descendant la rue, une douzaine de compagnies du régiment du Midland, envoyées à la rescousse pour défendre les lignes belges. Elles arrivaient d'Ypres où elles venaient de passer une dizaine de jours. Leur aspect ne présentait rien de particulier ; il les avait rencontrées déjà maintes fois. Mais ce soir-là, par une sorte de double vue, elles lui apparurent non plus composées d'hommes, mais de singes : un régiment entier de singes, tragiques, dépourvus de la drôlerie et de la gaieté des singes.

Ils avançaient vers lui. La plupart ne dépassaient pas cinq pieds de haut : noueux, durs, déformés. Ils défilèrent devant lui, balançant les bras au son du fifre, rang après rang, et soudain il ressentit à leur égard un profond sentiment de pitié et d'affection. Il lui sembla qu'il voyait, à travers les uniformes déguenillés, à travers la peau rude de ces corps chétifs, mal nourris, tordus, blêmis par des années de labeur aux mines ou dans les fabriques, jusque dans leur cœur, et même, au-delà, jusque dans les entrailles du temps, et qu'il comprenait ce qui avait produit ce régiment de gnomes, nés de la fumée et de la saleté des fabriques, de l'humidité et des ténèbres des mines, de la famine, de la misère, des grèves, de la convoitise humaine et de la noire hypocrisie du XIXe siècle. Aucun d'eux n'avait jamais eu l'occasion de vivre, ni leur père, ni leur mère, depuis des générations, et c'est ainsi qu'ils avaient surgi de la matrice du temps, régiments entiers d'hommes malingres, déformés, misérables. Dans son état de demi-inconscience, leur nombre paraissait se multiplier par milliers, par millions, venant non seulement du Midland noir, mais de France, d'Allemagne, d'Amérique, d'Italie, de tout le monde occidental, une nuée d'hommes en mouvement. Et pendant un moment tout le morne paysage flamand, les lointaines collines, le ciel lui-même, lui semblèrent remplis d'hommes en marche.

Puis, comme le son du fifre s'éloignait et mourait, il s'était réveillé avec un sentiment de malaise, de dépression : « Je dois être gris », se dit-il. Mais, chose étrange, il savait que la vision qu'il venait d'avoir était la vérité. Et, pendant toute la nuit, cette précieuse et dernière nuit de calme, il n'avait pu dormir. Le lendemain matin, il retourna au feu, rempli d'une torpeur, d'une désespérance, à côté desquelles l'inconfort, le danger et la misère n'existaient plus. Deux jours après, à la tête de ses hommes, il avait tenté un coup extrêmement risqué et reçu une balle dans la cuisse. Des mois plus tard, on l'avait décoré pour ce haut fait, mais on ignorait que, s'il s'était élancé en avant, ce n'était pas par bravoure et conviction, mais parce qu'il espérait être tué pour ne plus souffrir de la honte d'être un homme, la billionnième partie de ce que l'on nommait le « monde civilisé ».

Au cours de sa convalescence, sa dépression persista ; aussi, lorsque son père vint lui proposer de le faire transférer dans un poste de « tout repos » — auquel il avait droit, ayant été blessé deux fois et décoré de la Croix de Victoria — il surprit tout le monde en acceptant. Mais il en avait assez de cette tuerie aveugle ; s'il lui arrivait de tuer de nouveau, ce serait un homme qu'il connaîtrait, et pour une raison valable.

La guerre prit fin, mais sa neurasthénie ne guérit pas. Elle restait en lui, un peu plus forte après chaque nouvel accès, si bien qu'il fut incapable de reprendre une vie normale et de trouver sa place dans la société civilisée qu'était l'Angleterre. Il essaya de tout : poste aux Affaires étrangères, ferme dans le Sussex. Mais il lui était impossible de s'appliquer, ni même de s'intéresser à ce qu'il faisait, et il y renonçait. Toujours, il restait obsédé par le monde extérieur, par sa maladie, qui n'était pas seulement la sienne, mais celle d'une nation, d'une civilisation entière. Alors, il se lança dans la dissipation et la débauche, comme s'il devait en sortir régénéré, guéri. Pendant quelque temps, le remède opéra ; mais bientôt il s'acquit une réputation d'homme dépravé, d'irresponsable ; on le traitait de gâcheur, de libertin. Puis un jour, au réveil d'une longue période d'ivresse et de luxure, il s'embarqua pour l'Amérique. Depuis lors il n'avait jamais revu l'Angleterre.

Il s'enfuit d'Angleterre non seulement parce que l'Europe lui était devenue intolérable, mais parce qu'il espérait trouver en Amérique une nation et un pays moins fatigués. Obscurément, il se rendait compte qu'il était également poussé par le désir de retourner à la source de quelque chose qu'il avait une fois très bien connu et qui remontait à son enfance. Ce qu'il cherchait était toujours associé, dans son esprit, à la petite personne énergique de sa grand-mère ; non pas à la comtesse de Nolham, mais à Mrs. « Dix pour Cent » Mac Pherson. Aussi débarqua-t-il finalement à Grand River, la seule ville qu'il connût réellement aux États-Unis.

Mrs. Mac Pherson avait quitté Grand River à dix-sept ans, pour accompagner son père en Californie à la recherche de l'or, mais elle y était revenue après son mariage avec Mac Pherson quand, fabuleusement riche, elle avait fait construire la spacieuse demeure à tourelles qui dominait l'Ohio. C'était là que la mère de Ransome était née et que sa grand-mère revenait toujours, si étincelantes qu'eussent été ses aventures, si brillante que fût la société qu'elle fréquentait à New York, Londres ou Paris. Ce fut là qu'elle retourna quand son mari, ambassadeur à la Cour de Saint-James, prit sa retraite. Car, plus que tout au monde, elle aimait Grand River et la vaste maison à tourelles...

Finalement, elle y était morte, le jour même où, pour la seconde fois, Ransome était blessé en Flandre à vingt ans. Depuis lors, il avait beaucoup pensé à elle, et plus il avançait en âge, plus il souffrait, mieux il la comprenait. Jamais plus il n'avait rencontré sa simplicité, son intégrité. C'était son intégrité qui la forçait toujours à revenir à Grand River, son pays. Là, elle se sentait chez elle, entourée de gens qu'elle comprenait, qu'elle aimait. Elle y connaissait tout le monde, appelait chacun par son prénom, trafiquait avec les commerçants et, lorsqu'il lui en prenait fantaisie, pouvait enlever ses perles célèbres pour descendre dans la vaste cuisine et y confectionner crêpes ou gâteaux, plus savoureux que le plus réputé des chefs n'en saurait jamais faire.

Parmi ses petits-enfants, Ransome était son favori ; aussi, en qualité de cadet, était-il autorisé à passer la plupart de ses vacances auprès d'elle dans la maison à tourelles. Ces mois à Grand River représentaient pour lui un mélange de délices et de souffrances ; il y goûtait une liberté inconnue chez lui en Angleterre, mais, au début, il y avait été en butte aux sarcasmes des autres garçons qui se moquaient de son accent élégant et net d'Eton. Longtemps plus tard, il comprit que son enfance, partagée entre un collège anglais et une ville en plein essor du Middle West, était à l'origine de son futur défaitisme, de sa neurasthénie. Cette vie double, cette succession de contrastes, cette perpétuelle nécessité de réadaptation avaient ébranlé à jamais son équilibre.

Mrs. Mac Pherson aimait Ransome et le gâtait. Lorsque le vieux Mac Pherson mourut, elle le prit à demeure chez elle et le traita comme un adulte, se confiant à lui, lui racontant, le soir, lorsqu'ils dînaient seuls dans l'immense salle à manger lambrissée, mille souvenirs de son extraordinaire existence. Parfois, c'étaient des histoires sur le Nevada où, à vingt ans, elle tenait une pension pour les mineurs et ne s'endormait qu'avec un revolver sous son oreiller ; parfois des anecdotes sur le Roi, les ambassadeurs ou les premiers ministres qu'elle avait connus. Elle mourut à quatre-vingt-deux ans et, au cours du dernier été qu'il passa auprès d'elle — l'année même de la guerre — elle lui confia des choses dont elle ne lui avait encore jamais parlé, comme si, sentant sa fin prochaine, elle voulait en fixer la mémoire avant qu'elles ne fussent perdues pour toujours. Elle lui raconta, entre autres, l'histoire de son mariage.

Elle avait dix-neuf ans quand son père, victime d'un accident, la laissa seule dans un camp de chercheurs d'or du Nevada. N'ayant pas d'argent, mais fine cuisinière, elle ouvrit pour les mineurs une pension qui bientôt prospéra. Parmi ceux-ci se trouvait un beau jeune homme aux cheveux noirs, de souche écossaise de Pennsylvanie. Il s'éprit d'elle follement. De son côté, elle l'aima à tel point qu'il n'y eut jamais d'autre homme dans sa vie.

« Le camp était tout petit, disait-elle. Il comptait à peine une soixantaine de baraques au bord d'un cañon rocheux. A part moi, il ne s'y trouvait que sept femmes, aucune très sérieuse. Si tu as de la veine, mon garçon, tu t'éprendras, comme lui, d'une fille qui aura autant de chance que moi, si cela lui arrive... Mais ne te fais pas d'illusions, ces choses sont rares... Bien entendu, il n'y avait pas de prêtre dans les environs ; le plus proche vivait à Sacramento, à près de quatre cents kilomètres de là ; aussi ne l'avons-nous pas attendu. Tu n'as pas connu ton grand-père à cet âge, mais aucune femme de bon sens n'eût agi autrement. C'eût été de la folie ! »

Mais, un beau jour, découvrant qu'elle était enceinte, elle suggéra qu'après tout ils feraient mieux d'abandonner la mine pendant un mois pour aller se marier à Sacramento.

« Il n'avait pas très envie de partir, poursuivit-elle. Il avait la conviction que ses recherches étaient sur le point d'aboutir. Il devait sentir que l'or était là ! Il ne cessait d'atermoyer, remettant le voyage de semaine en semaine. Mais, moi, j'étais décidée à me marier avant la naissance du bébé. Il a toujours été comme ça ! Lorsqu'il avait une idée en tête, il négligeait tout le reste et ne s'arrêtait que lorsqu'il était arrivé. C'est pour ça qu'il a toujours réussi dans ses entreprises. Quand il m'a fait la cour, c'était la même chose.

« Bref, un mois passa, puis un autre, puis un autre encore. Alors je décidai d'agir. Un matin j'emballai mes vêtements, puis, prenant mon pistolet, je me rendis à la mine. Je le trouvai très excité ; il venait de découvrir des traces d'or et sentait qu'il approchait du filon... Je braquai sur lui mon pistolet et lui dis : "Jamie Mac Pherson, nous allons partir pour Sacramento, pour nous marier !" Il me regarda comme s'il n'en croyait pas ses yeux, puis, pris d'un inextinguible fou rire, il s'assit. Jamais je n'ai vu un homme rire aussi fort. Il se secouait, se tordait et ne pouvait plus s'arrêter. "Venez, partons." Il me suivit, riant toujours, emballa ses effets, et nous nous mîmes en route pour Sacramento, sur des mulets. Il nous fallut près de deux semaines pour y arriver. Le terrain était mauvais et la piste presque inexistante. Pendant tout le voyage, je ne lâchai pas mon pistolet et lui ne cessa pas de rire. Plus tard, il me confia qu'il ne m'avait jamais autant aimée qu'au moment où je lui étais apparue le menaçant du pistolet. Il avait toujours eu l'intention de m'épouser, je le savais, mais je savais aussi que toujours il renverrait le moment à plus tard.

« Bref, le prêtre nous a mariés et nous sommes rentrés à la mine. Peu de temps après, je mis au monde un fils, ton oncle Édouard. Tu connais son endurance et sa ténacité. Il le fallait bien, pour supporter les heurts et les secousses du voyage aller et retour à Sacramento.

« Le lendemain de sa naissance, ton grand-père tomba sur le filon... A la fois un fils et une mine d'or d'un million de dollars ! Tu aurais dû le voir ! Pendant quelques jours j'ai cru qu'il allait éclater !

« Je ne crois pas que ton grand-père ait jamais regretté

ce mariage ; il lui a porté la veine. Parfois, aussi, j'ai pu le tirer d'embarras... Quoi qu'il en soit, j'ai été amoureuse de lui toute ma vie comme au premier jour, et je le suis encore maintenant. Souvent, la nuit, je me réveille et je pense à lui, et à moi, et à ces temps lointains, et c'est presque aussi bon que quand nous les vivions réellement. »

Plus Ransome avançait en âge, plus vivant devenait le souvenir de son aïeule, à l'encontre de celui de sa mère, car, avec sa fille, le processus d'amollissement avait déjà commencé. Celle-ci préférait l'Europe à Grand River. Malgré la volonté de la vieille dame, elle épousa un Anglais, et, lentement, perdit tout caractère, pour devenir le simple reflet d'une tradition. Il arrivait à Ransome d'avoir de la peine à se la rappeler clairement : pâle silhouette de femme, perdue, sans racines, qui, chaque année, semblait devenir un peu plus triste. Vers la fin, juste avant sa mort, elle s'était mise à boire secrètement.

Si Ransome retourna en Amérique après la guerre, ce fut pour retrouver sa grand-mère, du moins ce qu'elle avait été, ce qu'elle avait représenté. Mais il fut déçu ; plus rien de son atmosphère ne subsistait. Il comprit alors que c'était elle qui prêtait à Grand River sa propre couleur et que l'impression qu'il en avait emportée n'était que le reflet de la puissante personnalité de la vieille dame. Il ne retrouva là-bas ni sa simplicité, ni son sens de l'égalité, ni son intégrité, ni sa droiture, mais seulement une ville imitée de l'Europe, où l'estime n'allait plus, comme autrefois, au caractère ou à l'excentricité, mais à l'argent. Il y rencontra le même malaise qu'en Europe, la même lassitude, l'inquiétude, le désespoir engourdi par la boisson, la même misère parmi les ouvriers. Dans cette petite ville, à peine vieille de cent ans, il découvrit les maladies des cités qui comptaient plus de mille ans d'histoire. Et cette sénilité frappant l'adolescence lui parut pire que tout, à la fois burlesque et terrifiante. La foi de jadis était morte ; on ne croyait plus qu'aux fabriques d'automobiles et à la bourse.

Et, comme un insensé, il se maria.

Parfois, son mariage lui semblait n'avoir jamais eu lieu, tant le souvenir qu'il en gardait était confus, inexistant. Pourtant, il avait épousé Mary Carstairs : engouement passager, mais surtout désir de s'établir à Grand River, d'y redécouvrir ce monde perdu qui avait été celui de sa grand-mère. Il s'installa dans la demeure à tourelles, fermée depuis la mort de la vieille dame, et fit de son mieux, mais en vain. Toujours il resta un étranger, un paria, dans la communauté à laquelle appartenait sa femme. Bientôt elle le lassa physiquement et il ne vit plus en elle que sa superficialité, son esprit borné, son snobisme, ses ambitions mesquines, son incurable philistinisme. Il essaya de se leurrer ; mais, de son côté, elle lui en voulait de ne pas l'emmener en Angleterre, dans ce monde qui était le sien de droit et qui, de loin, lui paraissait étincelant, merveilleux. Si bien qu'un jour, tranquillement, il partit ; et elle demanda le divorce. Tout cela semblait n'avoir jamais existé. Presque aussitôt, elle s'était remariée avec le fils du directeur d'une fabrique d'automobiles et maintenant elle vivait non plus dans la maison à tourelles, démolie par ses soins, mais dans la copie d'un château français, meublé par des décorateurs de New York.

De Grand River, il alla dans le Far West où ses grands-parents s'étaient mariés, espérant y trouver un pays neuf. Mais, là aussi, la vie et les gens ne différaient plus guère de ce qu'il avait fui. En deux ou trois générations, tout ce qui avait fait la force, l'orgueil de cette contrée, avait disparu. Non loin de la ville où sa grand-mère avait tenu une pension, il visita les charbonnages où des mineurs affamés et leurs familles avaient été abattus à coups de fusil par des gangsters importés de l'Est, à la solde d'un pieux Baptiste, propriétaire de tant de millions qu'il les distribuait en masse non aux mineurs indigents et intègres, mais à des œuvres de bienfaisance, cherchant ainsi à camoufler la cupidité, l'hypocrisie, la malhonnêteté sur lesquelles sa vaste fortune était édifiée.

Çà et là, Ransome rencontra quelques vieux, hommes ou femmes, qui avaient encore connu cette atmosphère si particulière à l'Ouest américain, mais personne ne les écoutait plus. On les considérait comme des excentriques, des originaux, un peu ridicules. Pourtant, de leur simplicité eût pu naître quelque chose de magnifique, se disait Ransome. De là, son amitié spontanée pour tante Phœbe Smiley lorsqu'il l'avait rencontrée à Ranchipur. Et puis, elle lui rappelait sa grand-mère.

Ransome se savait plus Américain qu'Anglais. Ne s'était-il pas toujours senti un étranger en Angleterre ? La rigidité de ce pays, ses inégalités économiques et son système de castes, presque aussi intangibles qu'aux Indes, le révoltaient. Mais, s'il n'était guère Européen, il n'était pas davantage un bon Américain entiché de panacées et d'illusions sur soi. Il méprisait le culte de l'Amérique pour le succès et la richesse.

En fait — il le constatait avec amertume — il n'était rien qu'un libéral démodé, attardé dans un monde malade qui pour se guérir ne rêvait que violence, cruauté, révolution — un idéaliste désappointé, solitaire, aigri à l'égard de ses semblables, de leur hypocrisie, de leur cupidité. Mais, ce dont il souffrait le plus, était de constater sa propre impuissance. Paralysé par son pessimisme, il se sentait aussi inutile que le saint *sadhu,* assis nu sur les marches du temple de Bénarès.

A Ranchipur, il avait trouvé un apaisement momentané. Il avait failli s'abandonner à cette torpeur, véritable mort vivante, qui lentement vous gagnait aux Indes. Mais, à temps, il s'était ressaisi, et ce danger n'existait plus. Il devait son salut à la découverte de la haine. Dans son amertume et son désespoir, il s'était rendu compte que par la haine il pourrait trouver la force, puisque aujourd'hui la haine et la violence étaient les seuls remèdes capables de guérir les grands maux.

Ce qui l'avait d'abord attiré chez Rashid, c'était la faculté de haine de celui-ci. Ce vigoureux Musulman descendait d'une race, d'une religion qui jamais n'avaient placé leur foi dans la douceur et la non-résistance, et dont le zèle réformateur n'avait pas dégénéré, comme pour le christianisme, en controverses théologiques et en intrusions dans la morale privée. Rashid, dans sa foi islamique, considérait la cupidité, l'hypocrisie, la fourberie, comme des péchés infiniment plus graves que l'adultère, la polygamie ou la perversion. L'Église chrétienne, constatait Ransome, ayant incessamment profité de crimes contre l'humanité se désintéressait de ceux-ci, pour ne se préoccuper que de questions sexuelles et morbides. Rashid avait la foi ; il avait l'élan, la puissance ; il était le nouvel Islam. Ce nouvel Islam aussi vieux que Mahomet ! Ransome, lui, n'avait pas la foi. Celle-ci n'existait plus dans le monde chrétien. Mais il commençait à connaître la haine et par elle, peut-être, serait-il sauvé ?

Il s'arrêta à l' École de Musique. Une fois débarrassé de Mr. Das, il serait seul pour écouter les chanteurs. Jamais ceux-ci ne lui parlaient.

De nouveau, il demanda Jemnaz Singh. Dehors la pluie tombait, bruissante, continue, et sur ce subtil accompagnement, Jemnaz Singh, dans son exquise beauté exotique, chanta des actions de grâces à Krishna pour la délivrance de la sécheresse et de la famine, hymne millénaire que Ransome comprenait à peine, car Jemnaz s'exprimait dans la langue des guerriers radjpouts, mais qui, lentement, lui rendait la paix. Ce chant participait de l'éternel. « Les nations viennent et passent, semblait-il dire, les trônes s'élèvent et s'écroulent, les fortunes s'édifient et s'effondrent en une nuit, mais nous, la Terre et le peuple, nous durerons toujours. »

Il faisait sombre quand il quitta l'École de Musique. Autour du cou, il portait encore sa guirlande de soucis et de jasmins. L'idée qu'il pût avoir l'air ridicule ne l'effleurait pas. En fait, dès que la surprise et la nouveauté étaient usées et que vous cessiez d'être un simple touriste, plus rien ne vous étonnait aux Indes. Celles-ci étaient si anciennes, si vastes, elles abritaient un tel enchevêtrement de peuples, de croyances, de coutumes, qu'on finissait par tout absorber, comme la foi hindoue avait tranquillement assimilé Jésus, Mahomet et Bouddha.

Près du pont du Jardin zoologique, il fut obligé d'arrêter sa voiture pour laisser passer une Rolls-Royce du Maharajah. A l'intérieur, tels deux mannequins de cire sous la lumière tombant du plafond, il aperçut une femme, jolie, blonde, sans âge, et un homme pesant, au visage congestionné. L'étrangère fixa la vieille Buick d'un regard impassible ; quant à son compagnon, il ne la vit même pas : il griffonnait des notes sur un bout de papier.

« Ce sont les Esketh, se dit Ransome. On leur a fait visiter le grand barrage. »

S'il n'avait su que c'était elle, il ne l'aurait pas reconnue. Pourtant, elle avait peu changé. Mais son visage semblait mort, comme un masque très habilement travaillé. Ses cheveux, parfaitement coiffés, avaient l'air d'une perruque et son costume de soie blanche impeccable paraissait trop net au milieu du déluge de la mousson hindoue. Comme elle ignorait la présence de Ransome à Ranchipur, il eût été étonnant qu'elle le reconnût dans le conducteur, enguirlandé de soucis et de jasmins, de la vieille Buick. Mais se souvenait-elle de lui ? Tant de choses leur étaient arrivées à tous deux depuis la dernière fois qu'ils s'étaient vus.

« Elle est exactement comme je le pensais ! » se dit-il.

Au moment de repartir, absorbé par l'image d'Edwina, il cala son moteur et, un long moment, il resta là, au pied de la statue de la reine Victoria, les yeux fixés sur la rivière. Celle-ci n'était plus l'immobile canal vert où se reflétait une mosaïque d'étoiles ; jaune, agitée, turbulente, elle montait et clapotait le long des marches conduisant au tombeau de Krishna et, comme chaque année, le spectacle de ce violent réveil le fascinait. Bientôt l'eau atteindrait le niveau de la route et du temple et on l'entendrait mugir à travers les nuits moites et chaudes. Jadis, disait-on, sous le règne des mauvais, elle avait submergé le temple de Krishna et, tumultueuse, lourde d'arbres et de cadavres, avait balayé toute la ville de Ranchipur.

Quel sauvage et splendide spectacle, songeait Ransome, avait dû être cette nature déchaînée, en train de détruire ce que les faibles mains de l'homme avaient édifié ! La famine, les épidémies, la mort avaient succédé à l'inondation.

Il regarda la statue de la Reine.

« Si cela se produisait, la bonne Reine, maîtresse de tout un Empire, serait noyée comme tout le temple de Krishna », se dit-il. Mais cela n'arriverait plus. Le Maharajah, redoutant la répétition de pareil désastre, avait fait rectifier le cours de la rivière, et maintenant celle-ci traversait le centre de la ville aussi tranquillement qu'un cobra le sentier d'un jardin.

Puis la rêverie de Ransome le ramena à Edwina et à lui-même, quand ils étaient liés, autrefois, juste après la guerre. Et, à se rappeler ce qu'ils étaient alors, il éprouva un sentiment de mélancolie et de brusque vieillesse. Il avait toujours eu de l'amitié pour elle, et pendant un temps il en avait été amoureux. Considérant le passé, il se disait que si leurs vies, leurs ancêtres, l'époque avaient été différents, ils auraient peut-être pu s'aimer profondément, se découvrir cet équilibre que ni l'un ni l'autre n'avait jamais trouvé. Mais il savait que ses étranges accès de tristesse et de débauche auraient fait de lui un mauvais mari, et qu'elle-même, par son éducation, ses caprices, son absence de sens moral, aurait été une redoutable épouse. Comment auraient-ils pu rester fidèles l'un à l'autre, lorsqu'ils ne croyaient à rien ? Sans scrupules et sans remords, ils avaient dérobé le plaisir au cours de deux week-ends. Puis, brusquement, ils en avaient eu assez. L'aventure les avait laissés les meilleurs amis du monde, mais si peu impressionnés qu'ils n'en avaient plus reparlé. En pensant à tout cela, il lui semblait qu'ils n'avaient presque jamais été seuls ensemble. Toujours ils étaient mêlés à des foules, comme si la solitude les terrifiait. C'était Edwina et ceux de son espèce — c'est-à-dire de la sienne propre — qui l'avaient contraint finalement à fuir l'Angleterre et l'Europe. Ces malades... Mais l'étaient-ils plus que tous les autres ? Plus que les millionnaires, les politiciens, les banquiers ?

« Nous étions la brillante jeunesse, songea-t-il, la première jeunesse moderne. Et maintenant, où en sommes-nous ? »

Le bruissement de l'eau jaune glissant dans le crépuscule humide commençait à l'engourdir, et il se dit qu'il serait très facile de se laisser tomber du pont dans la rivière et d'y disparaître à jamais. Nul ne retrouverait son cadavre ; les crocodiles feraient le nécessaire. Le moment n'était-il pas propice ? D'ici un ou deux jours, l'eau serait envahie par les serpents, les débris flottants et les carcasses d'animaux échappées aux chacals et aux vautours. Pour la première fois depuis des mois, l'idée du suicide, autrefois constante, lui revenait. Ce serait simple et magnifique de glisser par-dessus bord et de disparaître. Certainement, personne ne le pleurerait — ni Mary, en sécurité dans son château français de Grand River, ni ses frères. Ici même, peu nombreux seraient ceux qui le regretteraient. Peut-être Rashid, les Smiley et Mr. Jobnekar, peut-être même le Maharajah... Mais, après une ou deux semaines, sa mort n'aurait plus guère d'importance. Il n'était pas lié à leurs vies, il ne leur était pas nécessaire, comme Rashid ou Mr. Jobnekar, pour l'avenir des Indes, ni comme les Smiley dont la disparition serait une catastrophe pour tous les miséreux de Ranchipur. Non, logiquement, il n'y avait aucune raison pour qu'il ne se tuât pas, excepté qu'il ne le désirait plus.

A travers la brume de ses pensées et le grondement de la rivière, il perçut le tintement d'une clochette d'argent et le bruit de sabots de chevaux. Une *tonga* le dépassa, tandis qu'une voix joviale le saluait. La légère voiture traversa le pont au trot et s'éloigna dans la pluvieuse obscurité : c'était une gaie petite *tonga,* peinte en rouge, décorée de morceaux de miroirs. Il reconnut la voix et la grande silhouette de Rashid, le Saracéen, le guerrier, né à la fois trop tôt et trop tard, et qui, sortant de son bureau, allait retrouver sa femme et ses sept beaux enfants. Ransome, soudain rasséréné, pressa sur le démarreur et se remit en route.

Rentré chez lui, il constata que Jean-Baptiste et ses amis avaient replacé les tuiles sur le toit du hangar. Installés sous cet abri, ils bavardaient et jouaient de la flûte.

Sur sa table, il trouva deux billets : l'un, de Mr. Bannerjee, l'invitait à dîner le jeudi suivant pour rencontrer Lord et Lady Esketh, l'autre, marqué du turban et du cimeterre du Maharajah, le convoquait à un dîner au Palais avec ces mêmes hôtes de marque. Il finissait de les lire quand les ténèbres descendirent sur le jardin, brusquement, comme un rideau. Il alluma les lumières. Sur les murs de la salle à manger, des taches de moisissure s'étaient déjà formées. Un instant, il eut l'impression que la rivière commençait à mugir et qu'il pouvait l'entendre. A travers ce grondement lointain, flottait le fil ténu de la flûte de Jean-Baptiste. Un long moment, il resta immobile, à écouter, comme pour saisir un son plus faible encore, si faible qu'il existait à peine en dehors de son imagination. C'était la voix de la sève en mouvement, des racines qui poussaient et s'étendaient, des bourgeons qui éclataient, des plantes qui s'élançaient à l'assaut, gorgées d'une vigueur nouvelle — la voix de tout un immense continent revenant à la vie sous les pluies.

C'était le dernier dîner d'apparat au Palais avant la fin de la mousson et jamais il n'aurait eu lieu si tard dans la saison, sans la visite des Esketh et la requête pressante du Vice-Roi, ami de Son Altesse.

Personne ne comptait beaucoup s'y amuser, ni le Maharajah, ni Ransome, ni même Esketh, pas plus que Rashid, dont la vitalité transformait pourtant toute chose en réjouissance ; mais, moins que tous, la vieille Maharani et Lady Esketh. Pour la Maharani, cette corvée impliquait qu'elle devrait se faire magnifique, prendre une attitude pompeuse et aimable pendant toute une soirée et, depuis longtemps, ces choses ne la divertissaient plus. Quant à Lady Esketh, sa première et vague curiosité à l'égard de la splendeur hindoue était déjà satisfaite, elle n'en attendait rien. La seule personne à qui ce dîner fît réellement plaisir n'était même pas invitée.

C'était Miss Hodge. A sept heures et demie, elle était postée sur la véranda du bungalow, en face de la Grande Entrée du Palais, et, le visage animé, une broderie à la main, elle attendait l'arrivée des équipages. Troublée de nouveau par la musique militaire, elle venait de se disputer avec Miss Dirks au sujet de la porte du jardin. Pouvait-on la laisser ouverte pour mieux voir ? Il était vrai, comme

Miss Dirks l'avait remarqué, qu'il ferait trop sombre pour reconnaître les hôtes du Maharajah. Mais cet argument n'avait pas de poids pour Miss Hodge ; elle connaissait tous les véhicules de Ranchipur, de la *tonga* de louage de Mr. Jobnekar à la Rolls-Royce pourpre mise par le Maharajah à la disposition de ses hôtes de marque, et elle pouvait imaginer leurs occupants. Cette fois, la querelle s'était terminée sans coup d'éclat, sans larmes ni réconciliation, lui laissant une impression d'inachevé et de souffrance. Assise sur la véranda, Miss Hodge essayait de prendre des airs supérieurs et d'oublier, mais en vain ; dans son cœur persistait un sentiment de honteux triomphe. De nouveau, elle avait remporté la victoire ; la porte du jardin était ouverte ; elle voyait en plein l'Entrée du Palais. Elle se parlait à elle-même — non pas à haute voix, car Miss Dirks était assise dans le salon juste à côté de la fenêtre — mais avec une exaltation telle que ses lèvres s'agitaient sans qu'elle s'en doutât ; Sara était absurde de s'obstiner à garder cette porte fermée pour que les passants ne pussent regarder dans le jardin.

C'était de la neurasthénie ! Vraiment, on eût dit qu'au lieu de la prier simplement de lui permettre de laisser la porte ouverte, elle lui avait demandé de traverser toute nue la grande place du cinéma ! C'était parfaitement ridicule, morbide, disproportionné ! Si, au moins, Sara avait fait valoir des arguments raisonnables, Miss Hodge aurait cédé, sans répliquer. Sara savait bien qu'elle était presque toujours de son avis. Mais, cette fois, Miss Hodge avait indiscutablement raison. C'est pourquoi, leur discussion finie, elle était simplement descendue au jardin et avait ouvert la porte. Si Sara l'avait refermée, elle aurait été la rouvrir. Elle ne devait pas toujours céder. Il fallait pourtant que, de temps à autre, elle s'affirmât !

Mais Sara n'avait pas refermé la porte. Elle s'était bornée à regarder Élisabeth, puis, sans un mot, avait pris son livre et s'était installée près de la fenêtre. Et maintenant elle se vengeait en prenant cet air fatigué et digne et ce ton de froide politesse qui, chaque fois qu'Élisabeth cherchait à entamer la conversation, la glaçait. Néanmoins, Miss

Hodge était heureuse d'avoir tenu bon ; elle en éprouvait un sentiment d'exaltation. Depuis l'instant où elle avait ouvert la porte, son cœur battait plus fort et ses joues brûlaient.

En face, au-delà de l'Entrée monumentale, l'immense masse du Palais, scintillant de mille lumières, se dressait, noire contre le ciel orageux. La pluie avait cessé et le vent était tombé, et l'on pouvait voir, entre les nuages fuyants, de petits espaces criblés d'étoiles. Immobiles sur leurs chevaux noirs, deux gardes du Maharajah, en turban rouge et tunique écarlate soutachée d'or, se dressaient de chaque côté de l'Entrée. A leurs lances flottait le fanion pourpre et or de Son Altesse. C'étaient des guerriers de profession, des Sikhs. Jamais ils ne se rasaient ; leur longue barbe noire, soigneusement pliée, était enfermée dans un petit filet sous le menton.

Depuis vingt-cinq ans, jour après jour, Miss Hodge les voyait à la même place et la sensation que provoquait en elle la vue de leurs corps sveltes et droits, de leurs visages étroits et fiers, de leurs brillants uniformes, n'était point encore usée. C'étaient des hommes magnifiques, féroces, barbus, vivant à cheval, et tout cela bouleversait sa nature romanesque. Ils la fascinaient ; mais, comme elle avait un peu honte des sentiments tempétueux qu'ils éveillaient en elle, elle ne s'était jamais demandé de quelle façon, ni pourquoi. Or son émoi participait à la fois de la littérature (à la manière de Flora Annie Steel) et de la physiologie. Souvent, en l'absence de Miss Dirks, elle allait se poster à la fenêtre d'une des chambres d'en haut et, dissimulée derrière le vitrage, contemplait les Sikhs. Les regarder l'exaltait, faisait battre son cœur, la rendait plus joyeuse. Ils produisaient sur elle l'effet de la drogue et, comme pour la drogue, les regarder était devenu pour elle une habitude, une nécessité. Bien qu'ils fussent tous du même type — grands, élancés, avec un profil de vautour — elle avait fini par reconnaître chacun d'eux, et, comme elle ne connaissait pas de noms sikhs, elle leur avait donné de bons vieux noms anglais. Ses favoris s'appelaient John, Geoffrey, William, Herbert et Cecil. Plusieurs d'entre eux, qu'elle avait vus adolescents, étaient maintenant des hommes mûrs. Certains avaient disparu. Quand il en arrivait de nouveaux, elle les étudiait avec soin, leur donnant une chance loyale, puis les écartait ou les accueillait parmi ses préférés. Cecil avait été le grand favori. Lorsqu'il quitta le régiment pour retourner dans le Nord, elle ne put, pendant des semaines, regarder la Grande Porte sans sentir son cœur se serrer. Longtemps, elle espéra qu'il était malade, ou en congé, et qu'il reviendrait. Mais en vain. Et elle ne sut jamais ce qu'il était devenu.

Tandis qu'elle contemplait les deux Sikhs, immobiles sous les lanternes de cuivre ouvré, les invités commencèrent à arriver. Elle reconnut la haute silhouette de Rashid Ali Khan, courbé sous le toit trop bas de sa gaie petite *tonga;* à côté de lui, toute en blanc, se tenait sa femme. Arrivèrent ensuite la vieille Renault du Dewan, la Buick de Ransome qui, autrefois, avait appartenu à M. de Groot, l'ingénieur suisse, la Ford crottée du major Safti, la Packard du Palais qui, sans doute, avait été chercher le Général, puis la Baby Austin des Bannerjee. Enfin, avec un petit frisson de plaisir, elle vit s'avancer la Rolls-Royce étincelante amenant Lord et Lady Esketh. La voiture était éclairée, si bien qu'elle eut une brève vision du fameux Pair millionnaire et de son élégante épouse. Elle connaissait par le menu tout ce qui les concernait. Elle savait que Lady Esketh était née Edwina Doncaster, qu'elle avait eu une jeunesse tapageuse, que pendant un temps elle avait été une grande amie du prince de Galles. Miss Hodge découpait toujours dans le *Morning Post* la rubrique : « La Cour et le Monde ». Aussi, avec un mois de retard, était-elle au courant de toutes les naissances, de toutes les morts, survenant chez des gens qu'elle ne connaissait pas, dans un monde qu'elle ne verrait jamais.

Mr. et Mrs. Jobnekar arrivèrent les derniers, cahotés dans leur *tonga* de louage. Enfin, après avoir attendu encore un long moment, elle se retourna : « Je crois qu'ils sont tous là, dit-elle s'adressant à Sara, les Esketh, Mr. Ransome, les Rashid, les Bannerjee, les Jobnekar. »

Miss Dirks ne répondit pas.

« Est-ce qu'elle a l'intention de ne plus me parler ? se demanda-t-elle. Ce serait un peu exagéré ! »

Elle regarda Miss Dirks. Celle-ci, les paupières closes, était parfaitement immobile ; le livre qu'elle lisait — *Nouvelle Méthode pour enseigner l'algèbre* — était tombé sur ses genoux et une de ses mains maigres était pressée sur son estomac.

Effrayée, Miss Hodge se leva vivement et l'appela : « Sara ! Sara ! » Miss Dirks ouvrit les yeux, comme si elle revenait de très loin.

« Oui, Élisabeth. Oh, pardon ! J'étais en train de réfléchir.

— Êtes-vous souffrante ?

— Non, non... Un peu fatiguée seulement. »

Elle se redressa et rouvrit son livre.

« Je vais vous faire une tasse de thé, dit Miss Hodge.

— Ce n'est pas nécessaire, je vous assure.

— Si, si, je vais vous en faire. Vous n'allez pas m'en empêcher. »

Elle courut à la cuisine pour mettre de l'eau à chauffer, tremblante, pleine de remords, honteuse de sa mesquine victoire au sujet de la porte, désireuse de s'amender, de regagner le terrain perdu entre elles.

Miss Dirks ne s'était pas endormie. Elle réfléchissait, les yeux fermés, et luttait contre la douleur.

Celle-ci ne cessait d'augmenter, et, depuis longtemps, Sara savait qu'il était vain de la combattre par la volonté ou de prétendre qu'elle n'existait pas. Elle était là, tout le temps ; parfois, elle s'atténuait, puis, sauvagement, revenait à l'assaut. Toujours elle serait là, et jamais plus Sara ne retrouverait la santé, ni ses forces. Depuis des semaines elle aurait dû aller consulter un médecin, mais à Ranchipur seul le major Safti saurait comprendre son mal, et elle ne pouvait se décider à se laisser examiner, nue, par un homme, par un Hindou. Elle aurait pu se rendre à Bombay, mais là aussi, tous les médecins étaient des hommes ; de plus, dans les Indes entières, dans tout l'Orient, il n'y avait pas de meilleur chirurgien que le

Major. Pourtant, le courage lui manquait ; l'idée même de cette épreuve la rendait malade, elle préférait mourir.

Elle aurait pu supporter sa souffrance — n'avait-elle pas enduré pire que cela dans sa vie ? — mais elle se sentait lasse, troublée, effrayée, et n'avait personne à qui se confier. Si elle parlait à Élisabeth, celle-ci s'énerverait, l'accablerait d'attentions importunes — et pas un instant ne lui permettrait d'oublier son mal, même lorsque la terrible douleur rongeante lui accorderait un moment de répit.

Miss Hodge revint, apportant le thé. Si celui-ci ne soulagea pas Miss Dirks, il la consola un peu — par la sollicitude qu'il impliquait — de la honte que l'obstination puérile de son amie lui avait fait éprouver.

Au milieu du vaste parc, originairement « à l'anglaise », se dressait le Palais, immense bâtisse hérissée de tourelles, de coupoles, de flèches, flanquée de galeries, d'arcades et de balcons, et qui, tour à tour, évoquait l'Afrique du Nord, la Perse ou les Indes. De jour, vu par un Européen, il avait des chances de passer pour un cauchemar architectural ; mais de nuit, sous le ciel bleu hindou criblé d'étoiles, avec ses centaines de fenêtres illuminées, il faisait songer aux palais enchantés des légendes arabes.

Le parc, avec ses banians, ses manguiers, ses eucalyptus, ses palmiers, remplaçant érables, cèdres et chênes qui n'avaient pu s'acclimater malgré les efforts héroïques du jardinier écossais engagé par la Maharani, n'offrait pas un aspect moins baroque que le Palais.

Un petit lac cimenté (pour éviter toute fuite de l'eau si rare) y étalait sa surface morte, irisée de pétrole, répandu afin d'éviter l'éclosion des moustiques porteurs de malaria. Il n'avait rien des frais étangs anglais bordés d'iris et de joncs. Quand la mousson tardait et que l'eau devenait plus précieuse que le vin, on le laissait évaporer. Il ne restait alors, sous le soleil éclatant, qu'une coquille de ciment vide où s'enlisaient, çà et là, de petits bateaux de plaisance, pompeusement décorés.

Au début, quand il n'était encore qu'un touriste,

Ransome n'aimait pas ce parc, où les bandes galopantes de singes sacrés ajoutaient à l'impression d'artificiel. Mais, peu à peu, lorsqu'il connut mieux les Indes, il comprit que le fabuleux Palais convenait à l'ambiance du pays et constituait un véritable chef-d'œuvre architectural. En effet, il ne ressemblait d'aucune façon à ces bâtisses gouvernementales de Delhi destinées à impressionner les Indes et qui faisaient penser aux façades de Regent Street transplantées au cœur des ruines splendides de l'Empire du Grand Mogol. Ce palais appartenait aux Indes, de toute sa fantaisie, de toute son extravagance, comme s'il avait jailli du sol même, d'un excès de vitalité. Finalement, Ransome s'était rendu compte que non seulement il correspondait au caractère des Indes, mais qu'il était magnifique.

Construit pour la chaleur, il avait des portes et des fenêtres profondes, des plafonds très hauts et une demi-douzaine de grandes cours intérieures, plantées d'une végétation luxuriante où, nuit et jour, murmurait l'eau des fontaines. Des palmiers aricas, enlacés d'orchidées et de lianes, se dressaient vers la lumière tombant des galeries de marbre ajouré. Au milieu, dans des bassins semés de fleurs de jade, de chrysoprase et de pierres dures, inspirées des arabesques des vieux palais mogols d'Agra et de Fatepur-Sikri, nageaient des poissons d'or, tandis que des myriades d'oiseaux aux couleurs extravagantes voletaient dans des cages dorées suspendues aux branches des palmiers. Plus haut, accrochées aux larmiers de marbre, bourdonnaient d'énormes grappes d'abeilles des Indes. Dans tout Ranchipur, nul lieu n'était plus frais que ces jardins humides et ombreux, ouverts au ciel nocturne et où le brûlant soleil ne pénétrait jamais.

Autour de ces cours s'aggloméraient les chambres du Palais : les appartements de la famille royale et de son entourage, au second et au troisième étage ; en bas, une enfilade de pièces inutiles, inhabitées, où était rassemblée pêle-mêle une collection hétéroclite de meubles et d'objets d'art. Cabinets, broderies, vases, d'un travail merveilleux et exquis, rapportés jadis du vieux Palais de Bois abandonné, voisinaient avec d'atroces spécimens d'art moderne. Au-dessus de bols et de coupes de jade, d'agate ou de quartz rose, d'une valeur incalculable, pendaient des peintures de l'école munichoise ; d'admirables tapisseries persanes de l'époque d'Akbar faisaient face à des fenêtres garnies de dentelles de Nottingham.

Quelques-unes de ces horreurs avaient été rapportées d'Europe par la Maharani quand, pour la première fois, elle avait visité l'Occident. Elle les avait achetées à ces grandes expositions organisées pour mettre en valeur les sinistres produits du machinisme. L'habile complication de ces objets l'avait impressionnée. Mais, plus tard, lorsqu'elle se fut accoutumée à l'Europe et que son goût personnel se fut affirmé, elle comprit la laideur de la plupart de ses acquisitions et les relégua, avec le trop-plein des trésors du Palais, dans les grandes pièces inhabitées où personne n'allait jamais.

Parmi ces objets se trouvaient aussi des cadeaux offerts par ses invités à l'époque du roi Édouard, ou par des sociétés hindoues à qui elle-même ou le Maharajah avaient rendu service. A l'extrémité de l'immense vestibule s'étendant sur toute la longueur du Palais, se trouvait une sorte de vestiaire, à l'un des angles duquel étaient réunis un Landseer représentant deux lévriers, un magnifique Bouddha chinois en bronze, une Psyché d'albâtre achetée, probablement, à un marchand ambulant des rues de Naples, et un tapis de prière mongol du dessin le plus exquis, ensemble qui ne manquait jamais d'éveiller la gaieté de Ransome.

Par le grand escalier de marbre blanc, les invités arrivaient les uns après les autres. Ils étaient introduits dans un salon aux murs couleur de nuit des Indes, constellés d'étoiles d'argent, où se trouvaient enchâssées les célèbres gravures mongoles de la Maharani. Par les hautes fenêtres, à travers les mailles des filets blancs destinés à empêcher l'intrusion des chauves-souris géantes et la curiosité des singes sacrés, on apercevait les frondaisons du parc et, dans le lointain, le Mont Abana.

Un immense lustre de cristal, étincelant de lumières et

bourdonnant de milliers d'abeilles, pendait au plafond. Les souverains de Ranchipur se tenaient au-dessous pour recevoir leurs hôtes.

La Maharani portait un *sari* blanc, bordé d'argent, à la mode mahratte, avec une longue traîne qui passait entre ses pieds minuscules et balayait le sol quand elle marchait. Comme bijoux, elle n'avait mis que des émeraudes, à ses oreilles, à son cou, à ses poignets, à ses doigts, à ses orteils, des émeraudes incomparables, collectionnées à travers le monde entier, de la Cinquième Avenue à Bond Street, de la place Vendôme à Moscou, à Jaipur et à Pékin, pour satisfaire sa passion des pierreries.

Ce soir, ce n'était plus la vieille dame malicieuse, rusée, spirituelle, parfois rabelaisienne, qui jouait au poker comme une professionnelle dans un camp de chercheurs d'or, mais une souveraine très intelligente, une grande reine. Bien qu'elle fût de petite taille, modelée avec la délicatesse et la perfection d'un Tanagra, elle donnait une impression de grandeur et de majesté. Elle se tenait droite, avec la souplesse et l'aisance d'une femme n'ayant jamais porté les périlleux talons chers aux bottiers parisiens.

Arrêté sur le seuil, Ransome la contempla sous l'éclat du lustre bourdonnant d'abeilles, et il se répéta : « La dernière Reine ! » En Occident, les souveraines se donnaient volontiers des airs de petites bourgeoises ; n'était-ce pas leur dernière chance de salut ?

Plusieurs invités étaient déjà arrivés : le vieux Dewan, Rashid et sa petite femme au teint sombre, Mr. Bannerjee et la froide et splendide Mrs. Bannerjee. L'air vieux et fatigué, plein de dignité, le Maharajah se tenait à côté de la Maharani. Vêtu de blanc, il portait un seul gros diamant serti d'émeraudes, qui étincelait sur son turban écarlate de Ranchipur. Il y avait également dans le salon des officiers d'état-major, des aides de camp et les deux princesses de Bewanagar, intimes de la Maharani. Mais, dans cette brillante réunion, ce fut Mrs. Bannerjee qui retint l'attention de Ransome. Elle se tenait debout, appuyée au mur près d'une des hautes fenêtres grillagées ; immobile, distante, belle, on l'eût dite descendue d'une des miniatures qui ornaient la pièce. De grande taille pour une Hindoue, elle avait la peau très claire. Il émanait d'elle quelque chose d'insolent et d'altier, à la fois provocant et irritant, et une sorte de passivité et d'indifférence, qui la faisaient dominer dans n'importe quelle assemblée.

Depuis longtemps elle fascinait Ransome plus que toute autre femme rencontrée aux Indes. Elle n'avait fait aucun effort pour cela. Mais, dans sa lassitude, il avait été charmé par sa beauté ; et son air distant, détaché — comme si elle subissait la vie avec ennui — avait piqué sa curiosité. Elle lui donnait l'impression d'être insaisissable, de le narguer, et cette sensation, nouvelle pour lui, le stimulait. Il ne pouvait être question d'amour entre eux ; ils étaient trop éloignés l'un de l'autre et le demeureraient, quelque profonde qu'eût pu être leur intimité physique. Aussi bien s'éprendre d'une magnifique statue de glace. Cependant, sa vue éveillait toujours en lui une sorte de désir pervers de la conquérir, de l'humilier, de lui faire violence, de l'écraser dans son orgueil. Voilà qui serait exaltant ! Mais comment s'y prendre ? Maintes fois, il avait cherché à découvrir la voie par laquelle approcher les sommets glacés où elle semblait vivre. Il lui avait parlé du mouvement *swadewshi,* dont elle s'occupait, de philosophie, d'amour, des animaux — pékinois, perroquets, ibis, cygnes, ours à miel — qu'elle élevait dans son jardin, cherchant en vain un sujet qui pourrait l'intéresser. Ces tentatives ne lui avaient jamais valu plus qu'une réponse polie, distraite, qui le laissait persuadé qu'il n'y avait aucun moyen de parvenir jusqu'à elle. « Elle est les Indes, se disait-il parfois. Un jour les Indes ressusciteront et elle naîtra à la vie. » Mais, à ce réveil, aucun des deux n'assisterait ; depuis longtemps ils seraient morts.

Parfois aussi, quand il était seul et qu'il avait bu, il se disait : « Il n'y a rien derrière cette façade. Ce n'est qu'une femme magnifique, paresseuse et sotte. »

Jamais elle ne parlait, sauf pour répondre aux questions qu'on lui posait. Les longs silences ne la troublaient pas comme les Européennes. Elle restait là, tantôt attentive à écouter, tantôt s'évadant dans une méditation où les autres ne pouvaient la suivre, en apparence indifférente, ennuyée et pourtant, en quelque sorte, plus complète que quiconque autour d'elle. Par moment, le regard fixe, vide, de ses yeux noirs devenait troublant, comme si, par sa seule présence, elle avait le pouvoir de paralyser la conversation et même les échanges humains de ceux qui l'entouraient, les rendant vulgaires et stupides.

Quand elle s'aperçut que Ransome la dévisageait, elle le regarda un instant sous ses longs cils, inclina la tête avec arrogance pour le saluer, puis, s'asseyant sur un divan, sortit d'une boîte de jade un *pan* de feuilles de limon et de bétel qu'elle se mit à mastiquer. Leur goût du pan donnait à la plupart des femmes hindoues un air de ruminants, mais pas à celle-ci, songeait Ransome. Et, tandis qu'il la contemplait, l'émoi qu'elle suscitait toujours en lui, accompagné d'une sensation de chaleur et de suffocation, se réveilla. « Elle me hait, parce que je ne suis pas hindou », se dit-il.

A ce moment, à l'autre extrémité de la pièce, entre les groupes brillants, il aperçut les Esketh. Engoncé dans son habit, les yeux chassieux, congestionné, Lord Esketh ressemblait à un taureau hargneux. A côté de lui, sa femme paraissait incroyablement fragile et pâle. Pour la première fois depuis quinze ans, Ransome la revoyait vraiment. De même que la Maharani, elle était vêtue de blanc, mais, au lieu d'émeraudes, elle portait une parure de diamants, d'émeraudes et de rubis, presque aussi magnifiques que les joyaux de la Souveraine.

Contre le bleu profond des murs, sous le scintillement du lustre de cristal, elle apparaissait toute blanche et or pâle, aussi belle que Mrs. Bannerjee, quoique totalement différente. Tandis que chez la femme hindoue on sentait un feu sombre, couvant quelque part sous la glace, chez Edwina Esketh on devinait, presque au premier coup d'œil, que, s'il y avait jamais eu une flamme, celle-ci était éteinte pour toujours. Ce qui vous frappait en elle, c'était son air d'ennui, une sorte d'insensibilité à tout et à tous, comme si elle en avait trop vu et que rien, excepté peut-être les bijoux et les vêtements, ne pouvait plus la captiver. Lorsqu'elle sourit à la Maharani, ce fut un sourire las, plein de tristesse, mais sans apitoiement. C'était un sourire aussi vieux que le temps.

Sa voix était fatiguée, étrangement atone.

« Votre Altesse a été si bonne pour nous, dit-elle. Je ne sais ce que nous aurions fait sans cela.

— N'en parlons pas, répondit la Maharani avec un rire plein et guttural. Nous sommes heureux de faire ce que nous pouvons pour les amis du Vice-Roi. »

Il y avait du feu dans ses yeux sombres, de la vitalité dans sa voix, et Ransome songea : « Elle a deux fois l'âge d'Edwina, pourtant elle est la plus jeune des deux ! »

Jusque dans la façon de parler d'Edwina, malgré sa grâce, sa courtoisie parfaite, malgré son charme un peu usé, élimé, pour avoir servi pendant trop de siècles, il y avait quelque chose d'automatique. Enfin elle se retourna et aperçut Ransome. Un instant elle le dévisagea d'un regard vide, puis avec un intérêt croissant comme si lentement elle réalisait qu'il appartenait à son passé, et qu'elle l'avait, une fois, très bien connu. Alors, soudain, elle parut presque vivante.

« Est-ce bien vous, Tom ? On m'avait parlé d'un personnage nommé Ransome, vivant à Ranchipur, mais je n'ai jamais rêvé que ce pût être vous !

— Je me demandais si vous alliez vous souvenir de moi ?

— Ça fait longtemps... au moins sept ou huit ans !

— Bien plus de dix ! »

Elle rit.

« Et maintenant, nous approchons de l'autre versant !

— Pas encore, mais presque... »

Elle s'animait, comme si la vue de quelqu'un de son monde d'autrefois faisait soudain battre son cœur plus fort. C'était un petit monde intime, gai, fou, parfois désespéré, mais toujours amical, loin de ces hordes de gens ennuyeux, étrangers, importants que depuis son mariage avec Esketh elle rencontrait jour après jour, un instant, et ne revoyait jamais.

« Que faites-vous ici ? »

Il réfléchit. Personne ne lui avait encore posé cette question et il ne savait que répondre.

« Ce que je fais ? dit-il enfin. Pas grand-chose, un peu de tout ; je peins, je bois, je flâne.

— Ça n'a pas l'air affolant !

— En effet !

— Il faut que je vous présente à Albert.

— Je l'ai rencontré une fois ou deux à l'époque où je pensais devenir un grand homme d'affaires. Probablement ne se souvient-il pas de moi ? »

Lord Esketh ne se rappelait pas Ransome ; il ne se souvenait que de ceux dont il pouvait tirer quelque chose, petite phalange dont les rangs s'éclaircissaient chaque année et qui, maintenant, ne comptait plus que quelques banquiers, la famille royale, un groupe de politiciens sans scrupules et deux ou trois hommes plus puissants, plus riches que lui. A part ces quelques personnes, il ne prenait même plus la peine d'être poli à l'égard de qui que ce fût. Dire simplement bonjour à quelqu'un semblait déjà l'excéder.

Puis le Général arriva, suivi de trop près, à son goût et pour sa dignité, des Intouchables, Mr. et Mrs. Jobnekar. Ceux-ci, avec leurs yeux brillants, avaient l'air de petites souris.

Le Général connaissait déjà Lord Esketh, mais les deux hommes, n'attendant rien de leur vanité et de leur égoïsme respectifs, ne se sentaient aucun attrait l'un pour l'autre.

« Ils sont grotesques tous les deux ! songea Ransome. Mais Esketh est mauvais, dangereux. Quant au Général, il ressemble un peu au grand Auk. L'Empire est édifié ! On n'a plus besoin de lui. Au tour d'Esketh de détruire l'Empire ! »

La « petite » salle à manger blanche était une immense pièce avec une double rangée de hautes fenêtres arrondies, également protégées par des filets où de temps à autre les chauves-souris venaient se prendre. D'un côté, elle donnait sur les cours intérieures d'où montait le murmure des fontaines ; de l'autre, sur le parc. Dans la distance, on apercevait le Grand Réservoir, le Cinéma et le vieux Palais de Bois. La pluie avait cessé et les lumières de la place miroitaient dans l'eau du Réservoir.

A la requête d'Esketh, le repas était composé de mets hindous : ragoût au curry et à la langouste, goyaves confites, cœurs de palmiers. Installé sur la terrasse d'une des ailes lointaines du Palais, l'orchestre de la Maharani jouait. A l'encontre de la tradition qui n'autorisait que des groupes de trois ou quatre musiciens, il en comptait une trentaine : luths, tambours, violons hindous, flûtes, bols de stéatite accordés par leur niveau d'eau, jusqu'aux modestes harmoniums introduits jadis par les missionnaires pour accompagner les chants sacrés et qui, depuis longtemps, étaient devenus l'instrument traditionnel des danseuses de Shiva et de Krishna. Glissant de corniches en arêtes, la musique filtrait jusqu'à la salle à manger de marbre.

Ransome était placé entre Mrs. Bannerjee et Mrs. Jobnekar, vis-à-vis en diagonale d'Edwina Esketh et du vieux Maharajah. La proximité de Mrs. Bannerjee l'excitait vaguement, mais elle ne prenait pas garde à lui et mangeait en silence, plongeant tour à tour ses mains ravissantes dans le riz, dans la sauce du ragoût de langouste ou dans un entremets sucré à la noix de coco. Mrs. Jobnekar se montrait aimable, causante, mais la présence de Mrs. Bannerjee à son côté et d'Edwina en face de lui, donnait des distractions à Ransome et il devait faire effort pour lui répondre d'une façon sensée. Vers le milieu du repas, il remarqua qu'Edwina l'observait à la dérobée, d'un air méditatif, et qu'elle se détournait pour parler au Maharajah chaque fois qu'il la regardait.

Il l'évoqua alors telle qu'elle était autrefois, quand elle venait le rejoindre dans la ferme du Sussex. A cette époque, elle avait la même beauté de porcelaine blanche et or, mais elle était vivante, d'une sorte de vie violente, passionnée, comme si elle sentait que le temps lui manquerait pour embrasser toute l'exaltation, l'aventure, l'amour, que contenait l'existence. « Elle est devenue exactement ce que je pensais ! » se répéta-t-il. C'était leur tragédie à tous deux. Trop longtemps, ils avaient abusé de la sensation.

Maintenant, au seuil de l'âge mûr, il ne leur restait plus rien à brûler.

Avides d'expérience et pourtant de sang-froid, ils avaient été à la fois sans illusions et insensés. Jamais ils n'avaient pu s'oublier eux-mêmes, et, aujourd'hui, il était trop tard. Il se rendait compte que ni lui-même ni elle n'avaient réellement connu l'amour. Sans ferveur, sans romanesque, l'amour n'existait pas ; ce n'était alors que curiosité, plaisir sensuel, trop tôt satisfaits. Pour aimer vraiment, pour que l'amour durât, il fallait être grisé de quelque chose qui, peut-être, n'existait pas. Sinon — par penchant, ou délibérément — il ne restait plus qu'à boire, pour tâcher d'être à la hauteur de cette nuit avec sa musique lointaine, ensorcelante, sauvage, le murmure de ses fontaines retombant sous les palmes, le glapissement des chauves-souris prises aux résilles des fenêtres.

« Nous n'avons pas eu de chance, Edwina et moi, songea-t-il, amer. Tout le sentiment, toute la ferveur qui pouvaient se trouver en nous ont été arrachés de nous avant même que nous ayons vécu. »

Il n'y avait encore jamais pensé, mais en ce moment, il se revoyait tel qu'il était quand il revint de la guerre, désabusé, malheureux, avide de femmes, de plaisir, de sensations, comme si, en quelque sorte, il devait rattraper tout ce qu'il avait perdu pendant ces trois années, les meilleures, les plus romanesques de la vie. Personne ne pouvait vous rendre cela ; personne ne pouvait vous blâmer d'avoir cherché à reprendre ce qui vous appartenait de droit, à dérober le plaisir où qu'il fût, sous quelque forme qu'il se présentât, avec cette frénésie morbide sans cesse renaissante, ce sentiment que l'existence était trop courte, que peut-être il ne vous restait qu'une heure ou deux à vivre. Les vieux n'avaient jamais éprouvé cela, les jeunes ne l'éprouveraient jamais. Mais lui l'avait enduré et Edwina aussi. Ses blessures, à la cuisse et dans le dos, n'étaient rien. La chair se reformait. Mais l'esprit, lui, ne pouvait pas guérir. Quelque part, il ne se rappelait plus où, il avait lu :

Dans la damnation, le feu est la moindre chose ; le supplice propre au damné est le progrès infini dans le vice et dans le crime, l'âme s'endurcissant, se dépravant toujours, s'enfonçant nécessairement dans le mal, de minute en minute, en progression géométrique vers l'éternité.

C'était son cas, le cas d'Edwina.

Soudain, dominant le murmure des conversations et le son de la musique lointaine, la voix d'Esketh éclata. Il s'adressait à la Maharani, et Ransome se demanda si, peut-être, celle-ci l'avait houspillé comme elle l'avait fait pour le Général.

« C'est une insulte ! » tonnait Esketh.

Dans les yeux noirs de la vieille dame brillait une étincelle. « Il ne réussira pas à l'impressionner, se dit Ransome. Tout au plus s'amusera-t-elle de lui ! »

Le visage d'Esketh paraissait tuméfié. Une sorte de pellicule ternissait ses yeux bleus protubérants : « Il est malade, songea Ransome. Quand on est bien portant, on ne hurle pas ainsi. » Et il se demanda si Esketh faisait de pareilles scènes à Edwina.

Puis, brusquement, le dîner fut terminé. La Maharani, dans son *sari* blanc, rutilante d'émeraudes, se dirigea vers la porte, sa longue traîne se déroulant entre ses petits pieds couverts de joyaux collectionnés aux quatre coins du monde.

Dans la pièce aux murs bleus, les divertissements avaient déjà commencé. Sur une petite estrade, le dos tourné à la fenêtre, Lakshmi Bai, la plus admirable chanteuse des Indes, était assise, les jambes croisées. Vêtue d'un *sari* bleu et argent, elle n'était ni belle ni jeune, mais cela n'avait pas d'importance. On ne se trouvait pas en présence d'une femme, mais d'une œuvre d'art où le plus infime détail contribuait à la perfection de l'ensemble : lèvres écarlates, ongles laqués, vision fugitive du pied, paré de pierreries, sous les plis du *sari,* style exquis des mains délicates et sensibles (comme on n'en trouvait pas en Occident) sur les cordes du luth. Ces mains fascinaient Ransome. A côté de lui, Edwina, pour la première fois de la soirée, paraissait prendre de l'intérêt à quelque chose, à cette incomparable réalisation si semblable à elle-même dans la semi-décadence de sa perfection.

Seuls, dans la pièce, Edwina et lui se taisaient, attentifs. Les Hindous, considérant la musique comme un accompagnement à la conversation, causaient entre eux. Quant au Général et à Esketh, ce spectacle les laissait indifférents. Et, tandis qu'il se laissait aller à la subtile beauté de l'instant, Ransome perçut avec une acuité inouïe la perfection d'Edwina, de sa race, de ses manières, de son port, de ses vêtements, de ses bijoux, de ses cheveux, la grâce de son attitude, de la façon dont elle était assise, légèrement inclinée, écoutant et regardant. Il lui sembla qu'il découvrait soudain l'essence même de sa réalité. « Elle est la dernière expression d'une chose qui bientôt ne sera plus, se dit-il. Le monde n'a plus de temps, ni de place pour cela. »

Esketh, lui, était une sorte de grossier cryptogame, poussé en une nuit, sur les détritus de son époque ; mais Edwina était le produit de centaines d'années de loisirs, de privilèges, de responsabilités, acquis et conservés par des générations successives. Et maintenant, la civilisation, l'époque à laquelle elle appartenait touchaient à leur fin ; il ne restait plus de place pour elle, plus de place pour lui-même ; tous deux, ils étaient entraînés par la décomposition de cette chose très vieille, dont sa grand-mère elle-même, dans la vaste demeure de Grand River, n'avait pu le sauver. Tous deux, ils étaient contaminés jusqu'à la moelle. Et brusquement il comprit que c'étaient Esketh et ses dieux brutaux qui étaient la cause de leur écroulement.

Lakshmi Bai cessa de chanter et se retira. Un petit orchestre vint s'installer devant l'estrade et deux danseuses parurent. C'était la mère et la fille ; elles venaient du temple de Tanjore et, depuis des années, étaient au service du vieux Maharajah. Mais ni leur âge ni leur embonpoint n'enlevaient rien à la beauté de leurs danses. Si elles avaient été séduisantes et jeunes, songeait Ransome, la vue de leurs corps vous eût distrait de la perception raffinée des figures archaïques, millénaires, qu'elles dessinaient en dansant.

Comme pour Lakshmi Bai, seuls Ransome et Edwina s'intéressèrent au spectacle. Les deux danseuses, s'apercevant de leur attention, mirent un feu nouveau à leurs évolutions. Pour eux, elles dansèrent les légendes de Krishna et du Gopis, l'histoire de Rama et de Sita ; dépouillée de tout réalisme par des milliers d'années de polissage et d'affinement, leur danse n'était plus qu'une arabesque, un filigrane exquis en soi et rattaché à rien. C'était de l'art pur, au-delà duquel il ne pouvait y avoir que décadence, destruction et recommencement.

Lorsqu'elles se furent retirées, Edwina resta un long moment, la tête appuyée au dossier, les yeux clos.

« Quand nous quittez-vous ? demanda Ransome.

— A la fin de la semaine. Nous prenons le *Victoria*, à Bombay.

— Dommage de s'être revus pour se séparer presque aussitôt. »

Elle eut un petit rire qui ressemblait à un soupir.

« Ainsi va la vie à notre époque. »

Elle lui raconta son séjour aux Indes, expliqua leur visite à Ranchipur à cause des chevaux de Kathiawar, parla de la chaleur, de la poussière, de la corvée et de l'ennui des interminables dîners officiels.

« Je n'arrive pas à comprendre comment, après avoir subi tout cela, vous êtes aussi fraîche que si vous sortiez de chez vous à Londres. »

De nouveau, elle rit :

« Ce n'est pas difficile ; c'est une question d'argent. J'ai emmené avec moi deux femmes de chambre, dont l'une est coiffeuse. Quand je pense à autrefois ! Lorsque je ne pouvais me payer le coiffeur qu'une fois par mois !

— Vous aviez autant de chic que maintenant.

— J'étais plus jeune, cela avait moins d'importance.

— Cela en a-t-il plus aujourd'hui ? »

Elle lui jeta un regard ironique et se remit à rire.

« Quoi qu'il en soit, je préfère ma situation actuelle. Que voulez-vous, j'ai le goût du luxe ; j'aime tout ce que procure l'argent. »

Il fut sur le point de lui demander : « Tout ? Vraiment ? » Mais il n'osa pas. Ils ne s'étaient pas encore suffisamment retrouvés pour qu'il pût risquer cette question. Pourtant, il savait qu'elle lui parlait comme elle n'eût parlé à personne dans la pièce. Mais n'existait-il pas un lien entre eux ? N'avaient-ils pas la notion d'appartenir à un monde à part, agonisant, qu'ensemble ils défendraient jusqu'au bout, bien qu'au bout il ne pût y avoir que la défaite et la ruine ? Ceux qui les entouraient ne pouvaient comprendre ce sentiment. De la revoir, de sentir près de lui quelqu'un devant qui il n'était pas nécessaire d'expliquer, d'analyser, de justifier, quelqu'un qui savait exactement à quel point vous étiez désespéré, inutile, corrompu, l'exaltait étrangement.

« Il faut que vous veniez un de ces après-midi prendre le thé chez moi, dit-il. J'habite une vieille bicoque de style géorgien, humide et moisie, dans un bric-à-brac de rapin ; c'est affreusement en désordre, mais peut-être que cela vous amusera.

— Pourquoi restez-vous ici pendant la mousson ? »

Il sourit.

« Je ne sais vraiment pas ! Je ne suis pas plus mal ici qu'ailleurs.

— Je ferai mon possible pour aller chez vous, mais il faudra que je trouve le moment. On nous a préparé tant de choses... » Elle posa sur lui un regard appréciatif, comme si elle se demandait s'il valait la peine de tout recommencer. Pouvait-on ressaisir ce qui avait été perdu ?

Il ne l'engagea pas à amener son mari. Il ne désirait pas voir Esketh chez lui, l'air impatient, ennuyé, détruisant ce sentiment d'entente qui les liait.

« Jeudi vous conviendrait-il ?

— Mettons jeudi. Elle alluma une cigarette. Dînez-vous par hasard chez Mr. Bannerjee ?

— Quand ?

— Après-demain.

— Oui. »

Il vit avec satisfaction qu'elle semblait s'en réjouir.

« Qu'est-ce, au juste, que Mr. Bannerjee ? demanda-t-elle. J'entends, à l'intérieur ? Il a l'air de faire des embarras ; on dirait un petit Chinois.

— Il faudrait tout un livre pour vous le décrire ; un livre symbolique. C'est l'Hindou égaré entre l'Orient et l'Occident. »

Un moment elle resta silencieuse. « Qui est cet homme là-bas ? dit-elle soudain. Celui qui ressemble à un Apollon de cuivre pâle ? »

Sans même regarder celui dont elle parlait, Ransome le reconnut : ce ne pouvait être que le major Safti. Le chirurgien s'entretenait avec la Maharani, par ordre, Ransome le savait, pour que la Souveraine ne s'ennuyât pas trop.

Il se mit à parler du chirurgien. Edwina l'écoutait, l'air distrait, presque comme Mrs. Bannerjee ; ses yeux ne quittaient pas le Major. Il fit l'éloge de Safti, de ses vertus, mais s'aperçut bientôt que ce n'était pas ce qui intéressait son interlocutrice. Les prunelles d'Edwina avaient une expression concentrée comme si elle appréciait les qualités physiques du beau docteur brahmane. Alors, brusquement, il s'irrita, jaloux de la sentir lui échapper : « Je ne la croyais pas aussi dépravée ! » songea-t-il.

« Il a un air très romanesque, dit-elle.

— Erreur, ma chère. C'est l'homme le plus positif qui soit, un chirurgien, un scientifique. Pour lui, l'amour n'est qu'un accouplement, un acte qui doit être étudié avec une objectivité de laboratoire. »

Presque aussitôt, il se rendit compte qu'il lui avait dit le contraire de ce qu'il fallait pour tuer son intérêt. « Putain ! » songea-t-il.

Il n'entendit pas sa réponse. Une gigantesque cataracte semblait subitement se déverser sur le palais : les pluies avaient commencé.

Elle rit ; puis, s'efforçant de dominer le déluge, elle constata : « Ça ne rappelle guère nos bonnes vieilles petites bruines anglaises. N'y a-t-il pas un lieu moins bruyant où nous réfugier ? J'ai horreur de crier ainsi.

— Allons voir les salons du rez-de-chaussée ; ils vous amuseront. Son Altesse n'y verra certainement pas d'inconvénient. »

La Maharani était en train de parler au Dewan de la

nouvelle annexe qu'elle projetait de faire construire à l'École supérieure de Jeunes Filles.

Lorsque Ransome lui demanda l'autorisation de faire voir les pièces du rez-de-chaussée à Lady Esketh, elle sourit : « Cela va sans dire. Allez où vous voudrez », dit-elle, et, comme il s'éloignait, elle ajouta : « Bonne chance ! » Puis elle reprit sa conversation avec le Dewan.

Le ton de la Maharani frappa Ransome ; il semblait dire : «Je connais ce genre d'Anglaises, sensuelles, dépravées, cyniques ! » et cela l'agaça, comme une insulte à Edwina. Puis il songea que la vieille dame avait raison et qu'il pourrait être agréable de réaliser sa suggestion. Non seulement ce serait agréable : c'était nécessaire. Il fallait que cela fût !

Aussi, lorsqu'un aide de camp lui offrit de les conduire, répondit-il qu'il connaissait les lieux et n'avait besoin de personne.

Ils parcoururent l'enfilade des salons déserts du rez-de chaussée, la grande salle du Durbar, entièrement lambrissée de feuilles d'or et de bois de santal, atteignirent les cours intérieures submergées par l'averse. Puis ils visitèrent les pièces plus petites, où voisinaient chefs-d'œuvre et monstruosités. Ransome se sentait nerveux, excité, comme un adolescent qui, pour la première fois, découvre le désir. Ils parlaient de moins en moins, comme si toute conversation leur eût semblé artificielle et demandait un trop grand effort dans la chaleur et le fracas de la pluie. Ils allaient, silencieux. De temps à autre, Ransome signalait à sa compagne quelque objet particulièrement remarquable par sa perfection ou sa laideur. Finalement, ils arrivèrent à un petit boudoir, à l'extrémité d'une des ailes du palais, juste au-dessous de la galerie où l'orchestre de la Maharani avait joué.

« Asseyons-nous un moment et fumons une cigarette, dit Edwina. Cette chaleur est épuisante. »

Ils s'assirent sur le divan et allumèrent des cigarettes. Entre eux le silence se prolongeait, devenait intolérable.

« Pensez-vous à la même chose que moi ? » demanda Ransome.

Elle rit.

« C'est à présumer ! Idiot ! »

Pour la première fois depuis des années, il ressentit un émoi sentimental.

« Vous êtes très belle, dit-il. Plus qu'autrefois.

— Que d'eau a coulé depuis Tripton Farm ! Pour vous, aussi bien que pour moi...

— Ne trouvez-vous pas que notre rencontre a quelque chose de providentiel ? Se revoir ainsi, dans le palais d'un Maharajah, avec cette musique, ces danses, cette pluie... Pour moi, cela tient du miracle. »

Elle rit.

« Ça fait très Elinor Glyn.

— Ne dites pas cela...

— Jusqu'à cette peau de tigre ! poursuivit-elle en frappant de la pointe de son soulier la peau étendue sur le sol.

— Vous n'êtes qu'une dépravée !... Quoi qu'il en soit, ce n'est pas un tigre, c'est une panthère. »

En lui le désir grandissait.

De nouveau, elle se mit à rire.

« En pleine mousson, dans la fournaise et la tempête... Très suggestif, vraiment ! »

Il se leva, alla fermer la porte devant laquelle il poussa une commode, éteignit les lumières et vint la rejoindre à tâtons.

« Ne soyez donc pas si pressé, dit-elle. Prenez garde à ma cigarette ! »

En haut, dans un des petits salons, Esketh faisait le siège du vieux Maharajah pour obtenir un étalon de Kathiawar et trois juments. Mais les choses n'allaient pas sans peine.

La passion d'Esketh pour les chevaux remontait à son enfance quand, pour rien au monde, il n'eût manqué une des courses du Grand National. A cette époque, il était encore dans la foule et contemplait comme au spectacle l'arrivée des riches, des grands de la terre. Dès qu'il avait un jour de congé, il prenait sa bicyclette et faisait des kilomètres pour apercevoir des jaquettes rouges sautant par-dessus les haies. Plus tard, lorsqu'il vendait de la coutellerie et des cotonnades en Extrême-Orient, la volonté d'avoir une fois lui-même des chevaux le stimulait. Posséder une écurie vous conférait une étiquette qu'aucun Simpson n'avait encore portée depuis qu'existait la race des Simpson. Oui, il aurait son écurie de course, une demi-douzaine de hunters, et, pour épouse, la plus élégante, la plus jolie femme d'Angleterre ! Aujourd'hui, son rêve était réalisé. Que de chemin parcouru depuis Albert Simpson de Liverpool ! Il avait tout acheté : hunters, écurie de course, femme et titre. Et, en ce moment, il était décidé à acquérir les quatre plus beaux chevaux kathiawar qui fussent au monde.

Mais le vieux Maharajah semblait ne rien comprendre à l'affaire, du moins aux procédés que Lord Esketh avait appris, jadis, lorsqu'il vendait de la quincaillerie aux négociants chinois de Malaisie. Il était disposé à céder à Esketh trois juments et un étalon de race kathiawar, mais pas ceux que le grand Lord convoitait. En effet, après quelques visites aux écuries, Esketh, qui s'y connaissait, avait désigné les plus magnifiques spécimens du haras. C'étaient ceux-là qu'il voulait. Or, pour la première fois, il se heurtait à une résistance que ses offres d'argent n'arrivaient pas à vaincre ; et il s'en irritait. A mesure qu'il discutait avec le Maharajah, sa colère augmentait, fouettée par tout ce qu'il était en train de découvrir.

Rencontrer quelqu'un de plus riche que lui humiliait toujours Esketh, mais être obligé de traiter avec cette personne lui était insupportable. Or il savait parfaitement que l'aimable vieillard assis en face de lui aurait pu l'acheter, lui, son jute, ses caoutchoucs, ses munitions, ses journaux, ses bateaux, les payer comptant et posséder encore d'immenses richesses. Ce qui exaspérait aussi Esketh, était de savoir que la fortune du vieux Souverain existait réellement, sous une forme concrète, et ne consistait pas en créances, traites et actions, comme la sienne. Construite sur un système trop compliqué pour qu'il eût jamais eu le temps de le comprendre, la fortune d'Esketh était sujette à des variations constantes qui pouvaient se chiffrer par millions. Celle du Maharajah était à l'abri des chutes de bourse, des krachs, des effondrements financiers, parfaitement indépendante de cette gigantesque et branlante structure que l'Occident appelait : les affaires. Esketh avait l'impression de discuter avec un vieux paysan têtu, propriétaire de sa terre et d'un bas plein d'argent sous son matelas. Comme le paysan, le Maharajah s'accrochait à des vétilles qui déconcertaient Esketh et le privaient de son assurance habituelle. Esketh n'était pas beau joueur et se sentir en état d'infériorité le rendait malade.

Le Souverain ne frappait pas sur la table, ne criait pas ; il ne s'irritait pas, ne surestimait pas la valeur de ses chevaux. Il restait maître de lui, suave, souriant, plein de dignité. Il ne parlait même pas de prix ; ses chevaux n'avaient pas de prix.

« Je ne puis vous les vendre ; j'y suis très attaché. Je les ai élevés moi-même. Si je vous les cédais, ce serait renoncer au résultat de cinquante années de soins et de sélection. Ce sont les plus beaux spécimens de Kathiawar du monde, peut-être les plus magnifiques chevaux de la terre entière. En tout cas, à mes yeux, ils le sont et aussi à ceux de mon ami Mohammed Begg qui, depuis trente ans, s'occupe de mes écuries. Si je vous les donnais il en aurait le cœur brisé. Je suis disposé à n'importe quoi pour vous faire plaisir, mais pas à cela. »

Esketh écrasa son cigare d'un geste violent qui semblait dire : « Que votre ami Mohammed Begg aille au diable ! Que vous alliez tous au diable ! »

« Je vous en donnerai le prix que vous voudrez, dit-il à haute voix. Je vous construirai une école ou un réseau de chemin de fer ; je nourrirai vos pauvres affamés.

— Nous n'avons pas de pauvres affamés, ici...

— Je vous paierai ce que vous m'en demanderez. »

On eût dit que la passion d'Esketh pour les chevaux s'était cristallisée sur l'admirable étalon Asoka et sur les trois juments, qu'il ne pourrait plus vivre s'il ne les obtenait pas.

« Ce n'est pas une question d'argent. Vous, qui possédez une écurie, vous devriez comprendre mon sentiment.

— Je ne veux pas ramener en Angleterre des sujets de second ordre ! »

Le Maharajah ne sourcilla pas.

« Il n'y a pas de sujets de second ordre dans mes écuries. Vous n'avez rien à craindre. Si vous prenez ceux que je suis disposé à vous céder, vous verrez qu'ils sont aussi bons que les meilleurs chevaux d'Angleterre. »

Esketh fut sur le point de se mettre en colère, mais il commençait à perdre de son assurance devant ce vieillard si calme, si sûr de lui qui, semblait-il, le perçait à jour mieux qu'Edwina, mieux que lui-même.

« Il faut donc que je me résigne à prendre les juments et l'étalon que Votre Altesse est disposée à me vendre et que je m'en contente, dit-il.

— Je suis certain que vous en serez satisfait. Vous verrez, ce sont des bêtes admirables, intelligentes, extrêmement résistantes. Ce serait intéressant de les croiser avec les meilleurs de vos chevaux de course. Faites-moi savoir quand et comment vous désirez que je les fasse embarquer ; Mohammed s'en chargera. Tout ce que je vous demande, c'est de ne pas les emmener maintenant, pendant la chaleur ; ça leur ferait du mal.

— N'y a-t-il rien de plus à dire ?

— Je regrette ; j'aurais voulu vous satisfaire. Je suis désolé au sujet d'Asoka, mais je ne puis briser le cœur de Mohammed », dit le Maharajah. Puis, très tranquillement, il ajouta : « Permettez-moi de vous offrir l'autre étalon et les juments. Cela me ferait un grand plaisir. »

Le visage d'Esketh s'empourpra : « Gardez vos chevaux, et que le diable vous emporte ! aurait-il voulu hurler. Je n'accepte pas de cadeaux de satanés Hindous tels que vous ! » Mais il ne parvenait pas à démêler si l'offre du Maharajah venait d'une générosité ou si c'était le geste d'insultante condescendance d'un roi à l'égard d'un marchand. Confuse, impuissante, sa colère était accrue non seulement par la suavité de son interlocuteur, mais aussi par le souvenir d'un homme depuis longtemps disparu : le père d'Edwina qui, bien que ruiné, ne l'avait jamais traité autrement que de cette même façon courtoise et hautaine. Parfois Edwina, elle aussi, lui parlait du même ton ; Edwina, qui lui devait tout ! Edwina, dont il avait payé les dettes au moment de l'épouser.

« Merci, dit-il. Je ne puis accepter. Vous avez déjà été trop aimable pour nous.

— Comme vous voudrez, répliqua le Maharajah avec douceur. Mais mon offre était sincère. »

Et soudain, à l'attitude, au ton du Maharajah, Esketh comprit que, par son refus, il venait de se conduire comme un manant, comme un petit boutiquier qui ne savait apprécier les valeurs de la vie qu'en francs et en centimes. Et cela le mit mal à l'aise comme un écolier.

Esketh ne réussit pas mieux dans sa seconde entreprise.

Le Dewan était un homme infiniment vieux, toujours vêtu de blanc, et qui ressemblait à l'un des légendaires patriarches de l'Ancien Testament. Personne ne savait exactement son âge, mais, depuis cinquante ans, il jouait un rôle important dans la politique hindoue. Il avait gardé toute sa finesse et toute sa vigueur. Depuis vingt-quatre ans, c'est-à-dire depuis que la Maharani avait fait expulser le Dewan brahmane, il était Premier ministre du Maharajah de Ranchipur et l'aidait à construire, à réformer, à pacifier, à faire régner l'ordre et la prospérité dans l'État. Le vieux Maharajah arrivait à son but par sa simplicité et sa droiture, le Dewan par le machiavélisme. Convaincu que la fin justifie les moyens, il réussissait par la ruse, la pression, la manœuvre, là où souvent le Maharajah échouait. Dans sa fierté d'Hindou, il tendait vers les mêmes buts louables que son maître, mais, ne croyant pas à la bonté — comme celui-ci — il prenait un malin plaisir à l'intrigue, par amour de l'art. Aussi, depuis cinquante ans, tout en accomplissant de grandes choses, s'était-il amusé.

Hindou fervent, il n'était pas ce qu'on eût appelé un orthodoxe, mais un puriste, car il puisait sa foi aux origines mêmes de la religion, quand celle-ci était encore simple, forte, bonne, nette de superstition et de défaitisme, non encombrée de ces innombrables dieux s'étageant de Vishnou aux symboles phalliques dressés sur des autels de boue à la croisée des chemins. Il ne mangeait pas de viande, menait une vie simple, divisant sa journée comme les Grecs, en périodes d'action et de repos, d'exercices physiques et intellectuels. Il lui arrivait de quitter la salle du Conseil en pleine discussion politique, parce que les orateurs avaient parlé trop longtemps et que l'heure de sa méditation était arrivée. Et c'était ainsi que, quelque vénérable que fût son âge, il restait fort, alerte et brillant.

Pour lui, Esketh ne représentait qu'un nouvel amusement. Dès que l'Anglais mentionna les filatures de Bombay, il sut à quoi s'en tenir. Mais, feignant de ne pas le comprendre, il força Esketh à renoncer à toute délicatesse et à brutalement montrer son jeu. Il connaissait parfaitement la question, bien mieux qu'Esketh lui-même, mais il simula l'étonnement lorsque celui-ci lui parla de la ruineuse concurrence japonaise. Finalement, il obligea Esketh à lui demander, sans ambages, d'user de son influence sur les Khojas et les Parsis de Bombay, afin que leurs prétentions ne fussent pas trop exorbitantes.

Tranquille, un sourire aimable aux lèvres, le vieux patriarche écoutait Esketh lui expliquer que, s'il reprenait les filatures et les exploitait avec des méthodes modernes, elles pourraient rapporter d'intéressants bénéfices.

« Cela procurerait du travail à des milliers d'ouvriers affamés, disait Esketh. Mais je ne peux pas mettre l'affaire en train si je n'obtiens pas ces filatures à un prix raisonnable. »

Le Dewan écouta tous les arguments d'Esketh et même ses menaces ; mais il ne promit rien, ne l'encouragea pas, si bien que, finalement, après maintes circonlocutions, Esketh lui dit : « Peut-être une collaboration vous intéresserait-elle ? Je veillerais à ce que vous n'y perdiez rien.

— De quelle façon ? demanda le Dewan.

— Par exemple, une part aux bénéfices, ou quelque chose de ce genre. »

Le vieux patriarche était arrivé à ses fins ! Il avait forcé ce puissant magnat d'Occident à lui proposer de l'acheter, tel un sordide marchand de bazar ! Une étincelle au fond de ses yeux noirs, il répondit : « Dans ma situation, voyez-vous, il m'est impossible de m'occuper d'affaires. » Son sourire semblait dire : «Je ne craindrais pas de m'en mêler, mais ce que vous me proposez n'est pas sûr. Je connais mille meilleurs placements. »

« Donc vous n'êtes pas disposé à m'aider ?

— Si l'occasion s'en présente, je ne manquerai pas de dire un mot pour vous. »

Comme avec le Maharajah, Esketh avait échoué. Pour la seconde fois, il n'avait pu acheter ce qu'il convoitait. Il avait fait un voyage de sept cents kilomètres dans la chaleur infernale et la poussière pour aboutir à cela !

Quand il retourna dans le salon bleu, il était d'humeur massacrante. La Maharani était en train de prendre congé de ses hôtes. Edwina et Ransome revenaient justement. Il les vit et se dit : « Ha ! Elle en a trouvé un de son espèce ! Ça va barder ! Elle va de nouveau faire la grandiose ! »

Il s'approcha d'elle et, sans même adresser un mot à Ransome, lui déclara : « Nous rentrons, maintenant.

— Je suis prête ; quand vous voudrez. »

Avant leur départ, Ransome s'arrangea pour dire à Edwina : « Vous viendrez jeudi, n'est-ce pas ? »

Elle sourit.

« Si je peux. Ce ne sera pas facile. »

Elle était lisse et sereine et, de nouveau, d'un blanc et or de porcelaine, comme si rien ne s'était passé.

Quand il prit congé de la Maharani, celle-ci le dévisagea une seconde, les yeux pétillants, amusés. « Je sais ce que vous faisiez en bas ! » semblaient-ils dire. Et, brusquement, il éprouva de la honte. Pour la Souveraine, ce qui venait de se passer était comique, comme une histoire médiocre et malpropre.

Ses invités partis, la Maharani congédia aides de camp et dames d'honneur, ainsi que ses deux amies, les princesses de Bewanagar, et resta seule avec son époux. C'était un de ces rares moments où, dépouillant leur royauté, ils redevenaient simplement mari et femme, humble couple qui eût pu vivre dans le quartier des Intouchables. La fière vieille dame parut se défaire de toute la majesté, de tout l'orgueil dont elle était parée l'instant auparavant. Au lieu de parler en anglais, français ou hindoustani, ils s'exprimaient en mahratte, cette langue de leur lointaine enfance dans les villages calcinés et poussiéreux du Deccan.

« Comment va votre goutte ? demanda-t-elle.

— Un peu mieux, ce soir. »

Cependant le Maharajah s'assit, pour soulager ses genoux et ses pieds douloureux.

« Il faut que nous allions à Carlsbad le plus tôt possible. Vous ne devez plus rester dans cette chaleur.

— Si les pluies se prolongent, nous pourrons partir bientôt.

— Vous n'avez pas cédé pour les chevaux ?

— Non.

— Le Vice-Roi nous adresse de bien drôles de gens parfois !

— C'est son métier ; il n'y peut rien.

— Esketh est le pire, depuis longtemps. »

Le vieux Souverain resta un instant silencieux.

« Ce n'est pas un homme heureux », dit-il enfin.

La Maharani se mit à rire.

« Et pendant qu'il marchandait avec vous comme un Bunya, sa femme était en bas, en train de se conduire comme une chienne en chaleur ! »

Le Maharajah parut amusé.

« Avec qui ? demanda-t-il.

— Ransome.

— Ransome ! Lui non plus n'est pas heureux. Si ça a pu lui faire plaisir... »

La Maharani rit de nouveau.

« Même pas... »

Alors chacun regagna ses appartements respectifs et le salon bleu resta vide. On n'entendit plus que le bruit de la pluie sauvage et le bourdonnement des myriades d'abeilles dans le grand lustre de cristal. Puis un domestique intouchable entra, libéra une chauve-souris géante prise dans la résille d'une des fenêtres et éteignit les lumières.

Dans le vestibule, M. Bauer, l'infirmier du vieux Souverain, attendait avec le fauteuil à roulettes. M. Bauer était un grand individu blond, d'environ trente-cinq ans, attaché à la personne du Maharajah depuis le jour où, cinq ans auparavant, celui-ci l'avait trouvé enseignant la natation sur la plage d'Ouchy. Son Altesse, qui avait le goût des Hindous pour la beauté, préférait un infirmier agréable et bien de sa personne, à quelqu'un d'ennuyeux et de mal bâti. Bauer était placide, consciencieux, aimable : il avait la même beauté qu'Asoka, l'étalon. Il semblait satisfait, mais le Maharajah craignait parfois qu'il ne s'ennuyât dans l'atmosphère trop calme de Ranchipur.

Ensemble, M. Bauer poussant le fauteuil, ils traversèrent les enfilades de corridors conduisant aux appartements du Souverain, à l'extrémité du Palais. Dans l'antichambre, le major Safti et Rashid Ali Khan, assis côte à côte, fumaient des cigares et se racontaient des histoires.

« Messieurs, si vous voulez attendre un instant, M. Bauer va me mettre au lit, et, après, je vous verrai, leur dit le Maharajah. Je m'excuse, je suis un peu fatigué. »

Le lit d'argent était placé près d'une des fenêtres donnant sur le parc et la ville. Quand le Maharajah fut couché, Bauer se retira.

« Dites au docteur qu'il peut entrer.

— Bien, Altesse. Bonsoir, Altesse.

— Bonsoir. »

Le major Safti parut.

« Eh bien, Altesse, dit-il, la goutte me semble aller mieux, ce soir ?

— Oui, mes genoux me font moins mal.

— Vous n'auriez pas dû vous tenir debout toute la soirée.

— Je ne l'ai fait que quand c'était nécessaire. Il faut tout de même avoir certains égards.

— C'est juste. Mais Votre Altesse peut faire ce que bon lui semble. »

Le vieux Souverain rit.

« Ce n'est pas si facile que ça ! Si vous voulez que nous changions de rôle... Vous verrez ce que c'est... Il fit un petit geste. Mais ça n'irait pas ! Vous sauriez vous tirer de ma besogne, mais, moi, jamais je ne saurais faire la vôtre !

— Votre Altesse a besoin d'un changement. Vous devriez partir pour Carlsbad.

— Je partirai dès que je le pourrai. »

Le Major examina le Maharajah, s'assura que les médicaments étaient rangés selon l'ordre prescrit sur la table de laque, à côté du lit. Après quoi, il s'inclina et s'apprêta à se retirer.

« Un instant, docteur.

— Oui, Altesse.

— Asseyez-vous. Je voudrais vous parler.

— Oui, Altesse.

— C'est au sujet de quelque chose d'important.

— Oui, Altesse.

— Pourquoi ne vous êtes-vous jamais marié, docteur ? »

Le major Safti sourit : « Je ne sais pas », dit-il. Il parut réfléchir comme s'il n'avait encore jamais pensé a la question : « Pendant mes années en Angleterre, je n'ai rencontré personne qui pût convenir et, quand je suis arrivé ici, j'ai eu tant à faire que cela ne m'est pas venu à l'esprit. Maintenant, je me suis tellement habitué à vivre seul...

— Mais alors... comment faites-vous ? Allumez donc votre cigare, ce sera plus confortable. »

Le major Safti sourit.

« Merci, Altesse. Il alluma un cigare et reprit : Au début, j'avoue, ce n'était pas facile et cela me troublait pour mon travail. Mais je me suis arrangé ; j'ai trouvé une jeune fille, voilà déjà trois ans, et depuis tout va très bien. »

Le Maharajah ne posa pas de question, mais le major Safti sentit qu'il avait piqué sa curiosité.

« C'est Natara Devi, poursuivit-il. Une des danseuses de l'École. Votre Altesse doit la connaître, c'est cette petite qui vient du Nord ; elle a les yeux bleus et des cheveux très noirs... »

Le Maharajah sourit.

« Elle est très jolie... Mais les danseuses coûtent cher. Elles sont obligées de faire des économies pour leurs vieux jours. »

Le major Safti prit un air un peu gêné : « Elle n'est pas exigeante... de temps en temps, un colifichet. Je crois vraiment qu'elle m'aime.

— Et vous ? »

Le Major réfléchit.

« Je ne me le suis jamais demandé. Non... je ne le crois pas. C'est une gentille petite.

— Cela vous ennuierait-il beaucoup de renoncer à elle ?

— Non ; elle ne m'est pas nécessaire... j'entends, Natara Devi. N'importe quelle femme jolie et d'un bon naturel me conviendrait.

— Et si je vous proposais quelqu'un. Auriez-vous des objections à vous marier ?

— Non, si la personne m'était sympathique. Seulement, c'est difficile. Je suis brahmane, mais ni orthodoxe ni pratiquant. Ma mère m'a plus d'une fois parlé de mariage ; elle a même cherché une fiancée pour moi. Mais toujours quelque chose clochait. Vous comprenez, je ne pourrais jamais vraiment m'entendre avec une orthodoxe, pas plus que lui demander de changer sa façon de voir pour moi. Or j'ai un tas d'idées inadmissibles pour la plupart des femmes hindoues et pour leur famille.

— C'est vrai. Mais je connais une jeune fille qui, je le crois, conviendrait. Son père est un de mes amis ; c'est un grand érudit. Il est de Bombay. Sa mère est américaine, de San Francisco. Ils se sont rencontrés quand lui travaillait au Musée, là-bas. La jeune fille n'étant ni tout à fait ceci, ni tout à fait cela, a aussi de la peine à trouver un mari qui puisse lui convenir.

— Est-elle jolie ?

— Très. Elle serait exactement la femme qu'il vous faut.

— Alors, Sire, je ne vois pas d'objection. A moins qu'elle ne me trouve antipathique. Je suis facile à contenter.

— Entendu. Je vais écrire à son père. Dès mon retour, à l'automne, je les inviterai à venir me voir.

— Très bien, Sire. » Le major Safti se leva. « Vous pouvez compter sur moi, Sire.

— Vous comprenez pourquoi je m'intéresse à cela ?

— Je crois le deviner.

— C'est parce que nous avons besoin de plus d'Hindous semblables à vous. J'espère que vous aurez un tas d'enfants. »

Le major sourit : « Je l'espère aussi, Altesse. Je ne vois pas pourquoi je n'en aurais pas !

— Voulez-vous dire à Rashid de venir, je vous prie. Bonsoir, docteur... Et merci pour tout ce que vous faites pour moi. »

Le visage du Major prit une expression de gravité.

« C'est mon devoir, Sire. Je n'en ai pas de plus important que de vous garder en bonne santé, pour nous, pour Ranchipur... pour les Indes entières.

— Bonsoir. Je sais que vous n'êtes pas riche ; la jeune fille ne l'est pas non plus. Mais j'arrangerai les choses. »

Le major Safti s'en alla et, tandis qu'il retraversait l'interminable enfilade de couloirs, il ne pensait pas à Natara Devi, mais à Miss Mac Daid. Elle souffrirait de son mariage et il avait beaucoup d'affection pour elle. En ce qui concernait Natara Devi, elle était au courant et ne semblait pas s'en préoccuper ; peut-être parce qu'elle connaissait l'Orient, le comprenait si bien. Mais un mariage, c'était différent. La pauvre vieille fille serait jalouse, elle aurait du chagrin et chercherait à ne pas le montrer. Mais cela rendrait leur travail en commun difficile. Or leur travail importait plus que tout au monde. Et, soudain, il prit conscience que si, depuis longtemps, il avait écarté l'idée du mariage, c'était à cause de Miss Mac Daid. S'il parvenait à lui faire comprendre qu'il ne se mariait que pour avoir des enfants, une quantité d'enfants, pour leur transmettre leur rêve, peut-être alors n'en souffrirait-elle pas. Et, comme il partait sous la pluie, il décida de tout lui expliquer quand le moment serait venu.

Dans son bungalow, Natara Devi l'attendait. Souple, élancée, couleur café au lait pâle, son corps ressemblait à un ravissant poème. Et, pendant quelques heures, le Major oublia les Indes, Miss Mac Daid, le Maharajah, les Intouchables. Ces heures lui appartenaient. Non pas au major Safti, le chirurgien, le chef politique, mais à l'homme jeune, fort, aimant la vie et tous les plaisirs sensuels qu'on peut lui arracher au cours d'une brève existence, et persuadé qu'en retour de toute la souffrance qu'inflige à l'homme son corps, celui-ci lui est débiteur de beaucoup de jouissances. En Natara Devi, il se perdait comme il ne pouvait le faire en rien d'autre, pas même en son sommeil.

A l'aube, elle s'en alla sous la pluie, dans sa petite *tonga* rouge ornée de plumes boueuses et de fragments de miroir, chez elle, dans sa maison, près du vieux Palais de Bois.

Longtemps, le Maharajah s'entretint avec son ministre de la Police des affaires de l'État : changement à apporter à la ferme de la prison, établissement des tribus sauvages des collines, etc. Le vieux Souverain avait une confiance absolue dans l'honnêteté de Rashid Ali Khan et il recherchait ses conseils, parfois violents et obstinés, mais toujours intelligents. Il savait que Rashid ne comprendrait jamais (parce qu'Arabe, Afghan et Turc) qu'aux Indes il fallait procéder lentement. Mais, là où ses conseillers hindous, si éclairés qu'ils fussent, retardaient souvent le progrès par la complication de leurs plans, Rashid voyait toujours le moyen d'accomplir une réforme efficace et énergique. C'était cet équilibre entre l'impétuosité musulmane et la complexité hindoue que le Maharajah s'était sans cesse efforcé d'établir au cours de ses cinquante années de règne. Ce n'était pas une formule nouvelle. Le grand Akbar l'avait découverte trois cents ans plus tôt.

Rashid, grand, puissant, lourd, assis sur une frêle chaise dorée, exposait au Maharajah son plan pour l'établissement des tribus des collines, quand celui-ci l'interrompit.

« Voyez-vous, dit-il, je suis très malade ; seul, le Major sait à quel point et, à moins que les choses ne s'arrangent, il faut que je prenne mes dispositions pour quand je ne serai plus.

— Mais... Votre Altesse n'est pas en danger.

— De toute façon, Rashid, il faut penser à ces choses. Je n'ai comme successeur qu'un garçon de quinze ans. C'est de cela que je voulais vous entretenir. Son Altesse, la Maharani, sera régente. Je crois qu'elle vivra encore longtemps. Elle a plus de chance que moi ! Elle a toujours su trouver son amusement ; au fond elle est restée aussi jeune que lorsque je l'ai épousée. J'ai l'intention de lui laisser le pouvoir. Elle collabore avec moi depuis cinquante ans. Mieux que personne, elle sait ce que j'ai tenté de réaliser, et elle a les mêmes idées que moi. Mais c'est une charge trop lourde pour elle seule, si forte qu'elle soit. Elle aura besoin de quelqu'un pour l'aider. J'ai pensé à deux hommes : l'un c'est le Dewan... »

L'honnête visage du grand Musulman s'assombrit. Le Dewan et lui ne s'aimaient guère. Le vieux Souverain le savait et, de cette antipathie, il espérait obtenir un équilibre fécond entre le jugement, l'énergie et la méthode. La Maharani saurait les tenir en main, tous deux. Il avait l'intention de lui assurer assez de pouvoir pour faire face à ses deux collaborateurs, à leur mésentente, à leurs querelles, aux intrigues du Dewan, à l'ardente mais maladroite loyauté de Rashid.

« ... l'autre, c'est vous, poursuivit-il. A vous trois, vous saurez veiller à la sécurité de Ranchipur, et l'État sera bien gouverné. Croyez-vous que vous puissiez accepter ?

— Je n'aime pas les méthodes du Dewan », répondit Rashid Ali Khan.

Le Maharajah sourit.

« Son Altesse non plus. Sur ce plan, elle sera de votre côté !

— Son Altesse a un caractère très vif.

— Vous aussi, Rashid. Le Dewan mettra de l'huile...

— Il va sans dire que j'accepte, Altesse. Mais je ne dois pas me leurrer sur les difficultés. »

Le vieux Souverain se mit à rire.

« Il y en a beaucoup ! Mon petit-fils ne sera pas difficile ; déjà, il semble vouloir pour Ranchipur ce que Son Altesse et moi nous avons toujours souhaité. Je pense qu'il prendra le pouvoir à vingt et un ans. Mais avant, je voudrais qu'il fît le tour du monde, qu'il acquît le sens des proportions et qu'il sût, à la fois, le peu d'importance et la grande importance de Ranchipur. Je désire aussi qu'il apprenne à connaître les gens et les races de toutes couleurs. L'accompagneriez-vous ?

— Si Votre Altesse me le demande. »

Le Maharajah resta un moment silencieux, luttant contre le mal qui torturait ses jambes.

« Très bien, dit-il. Nous reparlerons de cela en détail. Peut-être demain à trois heures. Cela vous conviendrait-il ?

— Je m'arrangerai, Altesse. »

Péniblement, le vieux Souverain se souleva dans son lit.

« Venez ici, dit-il, donnez-moi la main. » Et quand Rashid Ali Khan se fut approché et eut relevé la moustiquaire, le Maharajah lui prit la main : « Merci, Rashid, dit-il, pour ce que vous avez fait pour Ranchipur. »

Ce n'était pas un geste hindou. Dans la simplicité de son cœur, il ne pensait plus ni à la caste, ni à la religion, ni à la race. Lui et Rashid travaillaient pour une même cause ; Rashid était donc son frère. Peu lui importait que Rashid fût musulman, chrétien, hindou, juif, bouddhiste ou païen.

Dans l'immense vestibule du rez-de-chaussée, Rashid retrouva sa femme qui l'attendait. Petite, tranquille, timide, elle semblait toujours un peu étonnée d'être l'épouse d'un personnage aussi important, aussi impétueux que son mari. Pour elle, il était Dieu, l'Humanité, le Monde, tout, à part ses sept enfants. Et tandis qu'ils rentraient chez eux sous les torrents de pluie, dans la petite *tonga* rouge, il lui confia que Son Altesse avait l'intention de le nommer corégent avec la Maharani et le Dewan. Lorsqu'il eut fini de parler, elle dit : « Vous serez un homme puissant, Rashid. » Puis ils échangèrent leurs impressions sur la soirée et les Esketh. Ceux-ci les intriguaient tous deux. Enfin ils arrivèrent chez eux et, comme ils traversaient le jardin, Mrs. Rashid dit à son mari : « Pendant que je vous attendais, j'ai vu passer la Russe de Son Altesse. Elle ne m'a pas vue, elle allait de chambre en chambre, comme si elle cherchait quelque chose. Qu'est-ce que cela pouvait bien être ? »

Rashid se mit à rire.

« Je n'en sais rien. Avec notre bonne Souveraine, il faut s'attendre à tout ! »

Resté seul, le vieux Maharajah ne s'endormit pas. Assis

dans son lit, il lutta contre la souffrance, jusqu'au moment où la morphine l'apaisa, lui laissant l'esprit libre mais un peu confus.

Il ne redoutait pas la mort. Dans sa lassitude, il la souhaitait presque, comme un homme fatigué qui désire dormir. Examinant son cœur et sa conscience, il découvrait qu'il n'avait pas grand-chose à se reprocher. Simple et bon, il se voyait exactement comme il était, sans qualités brillantes, sans dons extraordinaires : un homme qui, aussi loin que remontait son souvenir, avait essayé d'agir de son mieux pour le bien de son peuple. Il savait parfaitement qu'il devait ses richesses fabuleuses, son pouvoir absolu, son prestige, non à son propre mérite mais à un simple concours de circonstances. Sans celles-ci il n'eût été qu'un humble vieillard dans un village perdu quelque part dans les vastes et poussiéreuses étendues du Deccan.

Mais, considérant les biens dont il avait disposé, il n'en avait pas abusé. Ses richesses, il les avait employées à bâtir des écoles, des bibliothèques, des hôpitaux, à supprimer pour toujours inondations et famines, à construire des fabriques, des boutiques qui apporteraient la prospérité à son peuple. Son pouvoir, il s'en était servi pour lutter contre les anciens préjugés qui, telle une maladie incurable, rongeaient le grand corps des Indes ; pour bannir les prêtres indignes, les Brahmanes parasites, pour arracher les Intouchables aux quartiers fétides où la superstition les avait emprisonnés. Il ne s'était montré ni fanatique, ni tyrannique ni dépravé, bien que le destin lui en eût offert maintes fois l'occasion. Et tout cela, il l'avait accompli non pas en ami, mais en ennemi des religions, parce qu'autrefois un Anglais lui avait enseigné à abandonner la mesquinerie, la superstition inhérentes à toutes sectes, pour s'élever vers une foi plus haute que l'on ne pouvait trouver dans les idoles ni dans d'hypothétiques et invisibles dieux, mais, comme le grand Akbar, dans l'humanité elle-même.

Il avait eu des amis dévoués, connu des êtres nobles et admirables ; n'y avait-il pas Rashid, Miss Mac Daid, le jeune docteur Safti, les Smiley, Mr. Jobnekar qui, tous, l'avaient mille fois payé de la confiance qu'il avait mise en eux ? N'y avait-il pas ces deux étranges Anglaises, Miss Dirks et Miss Hodge, qu'il ne comprenait pas, si froides, si fidèles à leur devoir, si solitaires, si peu féminines, et qui avaient consacré avec une singulière constance leur vie entière à l'aider, à aider les femmes de Ranchipur ? Bien qu'au cours de leurs vingt-cinq années de séjour à Ranchipur il ne leur eût dit que quelques mots, elles semblaient comprendre son but et y tendre avec lui.

Surtout, n'y avait-il pas sa femme ? Depuis toujours il la savait plus brillante, plus douée que lui-même, mais aussi plus passionnée, plus fantasque. Sous sa suavité, sa dignité, sa beauté, une part d'elle-même était demeurée sauvage, inasservie. Que de fois ils s'étaient querellés ! Car elle était violente et entêtée ; mais jamais ils n'avaient pu se passer l'un de l'autre. Pendant près de cinquante ans, ils avaient traversé ensemble désappointements et humiliations, satisfactions et triomphes, les morts successives de leurs fils, tragiquement corrompus et détraqués par leur éducation en Occident. Inlassablement, ils avaient travaillé à la même œuvre, avec une étonnante communauté d'intérêt. Lui, parce que, dans son enfance, John Lawrence lui avait montré comment devenir un bon souverain ; elle, parce que son arrogance, son orgueil natifs la forçaient à vouloir le réveil des Indes, leur retour à une vie telle qu'au temps d'Asoka et d'Akbar. Et c'était pourquoi elle n'avait cessé de lutter pour tirer les femmes de Ranchipur de leur ignorance, les affranchir de leurs superstitions. Bien qu'elle fût pratiquante, elle n'avait pas hésité à faire son possible pour émanciper les Intouchables. Il savait aussi qu'aujourd'hui, dans sa vieillesse, elle avait trouvé une foi plus haute que celle qu'elle avait jadis dans les dieux, le rituel et les superstitions.

Mais n'avait-elle pas eu une vie extraordinaire ? Il la revoyait quand, à l'âge de treize ans, elle était arrivée des collines pour l'épouser. Elle ne parlait alors que le mahratte et ne savait ni lire ni écrire. Hautaine, cruelle, timide, sauvage, c'était une vraie petite panthère. Il lui arrivait encore parfois de se montrer altière, violente ; mais elle avait perdu toute timidité. Maintenant il l'aimait, non plus pour sa beauté ou pour sa noblesse, mais pour son humanité ; il l'admirait d'être restée si pleine de curiosité, de malice et d'esprit, au point que parfois elle le faisait rire quand, seul, il eût été incapable même de sourire ; il la chérissait d'être demeurée miraculeusement jeune. Et il était heureux de savoir qu'il mourrait avant elle, car, sans elle, la vie n'aurait plus eu de saveur.

Dans l'obscurité, bercé par le bruit de la pluie féconde et libératrice, il évoqua tour à tour les visages du passé : conseillers, ministres, bons ou mauvais, stupides ou avisés, loyaux ou fourbes ; la veuve du cruel Maharajah auquel il avait succédé — femme étrange, intelligente, qu'on avait dépouillée d'un pouvoir et d'une fortune dont elle aurait peut-être usé mieux que lui-même ; ses fils, si enthousiastes, si brillants, frappés à mort par la civilisation occidentale. Mais, plus clairement que tous les autres, il revoyait le visage de son ancien précepteur John Lawrence. C'étaient les Anglais qui l'avaient placé auprès de lui, alors qu'il n'était encore qu'un enfant, ne sachant ni lire ni écrire et ne parlant que la langue des guerriers mahrattes.

John Lawrence avait un visage noble, allongé, avec des yeux d'un bleu très clair et une épaisse moustache blonde. Dès le premier instant, son apparence lui avait inspiré confiance. Lui-même n'avait que douze ans ; il arrivait des montagnes où il gardait les vaches. Il se rappelait encore ses impressions d'alors, sa timidité, sa terreur, sa méfiance quand ses haillons de berger avaient été remplacés par les soies et les brocarts les plus magnifiques, et sa hutte de torchis par les splendeurs du vieux Palais de Bois, aujourd'hui abandonné. Pour surmonter son embarras, il s'était dit : « J'appartiens à une race de guerriers et il faut que je me comporte en guerrier devant ces hommes a peau pâle qui viennent de l'autre côté des mers. » A cette époque, il n'avait jamais entendu parler de l'Europe et ne savait que vaguement qu'au-delà des frontières des Indes il y avait de vastes mers, si vastes qu'elles dépassaient l'imagination. Taciturne, ombrageux, il avait observé les hommes pâles, leur manière de manger, de parler, même de marcher. Et il se répétait : « Je suis un Roi et un Guerrier. Je dois faire honneur à mon rang, je ne dois pas me laisser humilier par eux. » Il avait connu des moments de morne désespoir où son seul désir était de retourner dans ses collines et de garder vaches et chèvres. John Lawrence l'avait sauvé de l'amertume, du mépris, du mal. Sans Lawrence, il aurait pu devenir un de ces mauvais princes, dépravés, tyranniques et fous, déjà trop nombreux aux Indes. Lorsque le visage de John Lawrence lui était apparu, au milieu de tous ces autres visages étrangers qui l'entouraient, l'enfant de douze ans avait immédiatement senti qu'il pourrait mettre sa confiance en lui pour toujours.

John Lawrence lui avait enseigné à lire et à écrire, en anglais, en hindoustani, en français. John Lawrence lui avait révélé la terre entière, non seulement l'Orient, mais aussi l'Occident. Cet Anglais qui contemplait le monde sans parti pris, sans passion, non pas en Anglais, mais en homme, avait signalé à l'enfant hindou les vertus et les vices des diverses formes de gouvernement, des empires, des peuples et des gens, si bien que celui-ci avait appris à reconnaître clairement, simplement, ce qui était bon et juste. John Lawrence lui avait montré qu'il était un homme semblable aux autres, mais à qui le sort avait imposé de grandes responsabilités. Par son intelligence et sa bonté, John Lawrence avait semé la bonté et l'humanité dans le cœur du jeune garçon qui était appelé à devenir, un jour, le souverain absolu de douze millions d'âmes. John Lawrence lui avait choisi pour modèle le grand Akbar, un Musulman, ce souverain qui s'était montré juste, sage, et qui avait rêvé pour ses sujets des choses qui resteraient toujours hors de leur portée parce qu'ils en étaient indignes.

Il revoyait son précepteur, assis en face de lui à la grande table dans une des pièces du vieux Palais de Bois, ou dans le jardin de la maison habitée depuis par Ransome et où John Lawrence vivait avec sa grosse épouse et leurs huit enfants. Il lui semblait qu'il n'y avait plus d'homme comme lui parmi ceux qui venaient d'Occident. Maintenant, ils ressemblaient tous à Esketh, dépourvus de scrupules, cupides, mauvais, ou à Ransome, pervertis, stériles, fatigués. Ransome était un homme malade, il le savait, et sa maladie était celle de l'Europe. Esketh, lui, était mauvais ; il avait un autre genre de maladie, mais celle-là aussi venait d'Occident.

Lawrence avait un rêve, le même que Miss Mac Daid, que Mr. Jobnekar, que le major Safti, que les Smiley, un rêve qu'il lui avait transmis, à lui aussi. Car John Lawrence aimait les Indes. Plus tard, il était retourné en Angleterre, mais, comme pour Miss Mac Daid, son cœur était resté en Orient et finalement il était revenu terminer ses jours à Ranchipur. Le vieux Souverain comprenait que Lawrence avait vu en lui, garçon encore à demi sauvage, un instrument ; et il l'avait moulé, formé, aiguisé par amour pour les Indes, il avait fait de lui un homme, un chef qui chérirait son rêve et le porterait un peu plus loin sur la voie de la réalisation. Un instant, il fut tenté de rire. Les Anglais, qui, comme Esketh, ne s'intéressaient aux Indes que pour le gain qu'ils pouvaient en tirer, avaient commis une lourde faute en plaçant auprès de lui John Lawrence.

Il soupira et songea que les Anglais n'envoyaient plus aux Indes des hommes tels que Lawrence. Peut-être n'en existait-il plus. Si seulement ils avaient été plus nombreux, tant de conflits, tant de maux auraient pu être évités. Le jour de leur réveil, les Indes auraient pu être les meilleures amies de l'Angleterre. Mais cette partie du rêve ne se réaliserait jamais plus à cause de la mesquinerie humaine.

La morphine s'insinuait en lui et, avec elle, le sommeil. Il ne désirait plus vivre que pour une raison : voir les Indes unies, fières, libérées de la pauvreté, de la superstition, de l'ignorance ; les Indes redevenues une grande nation. Mais, pour voir cela, il aurait fallu vivre encore plusieurs existences, et il se sentait vieux, fatigué, parfois découragé.

A demi assoupi, il étendit la main pour sonner M. Bauer. Mais, songeant que l'infirmier dormait probablement depuis des heures, il n'eut pas le cœur de le réveiller.

M. Bauer ne dormait pas : il n'était même pas dans sa chambre. Un peu plus tard, il ouvrit doucement la porte pour voir si le vieux Souverain ne manquait de rien. Puis il la referma et s'en alla.

« Cette Russe », que Mrs. Rashid avait vue traverser les salons du rez-de-chaussée du Palais, était la fille d'un professeur de Moscou. Elle occupait, auprès de la Maharani, la situation de confidente, de compagne, d'interlocutrice, de gardienne des bijoux fabuleux et de la vaste garde-robe de la Souveraine, d'interprète et d'intermédiaire. Sans le sou, abandonnée, découragée, elle avait été recueillie par la Maharani, peu de temps après la révolution russe, au Kurhaus Park à Carlsbad. C'était la curiosité et l'humanité de la vieille Souveraine qui les avaient rapprochées. Son Altesse désirait avoir un récit direct, personnel, de la révolution et de la vie sous le gouvernement soviétique. Et, ainsi, pour un dîner et une bouteille de champagne, Maria Lishinskaia lui avait raconté superficiellement — c'était la nature de Maria — mais avec beaucoup d'amertume, parce qu'elle avait tout perdu dans la débâcle, père, fiancé, foyer, fortune, ses expériences communistes. L'amertume ne dura pas. Longtemps avant la fin du repas, Maria, se rendant compte de l'occasion, avait transformé sa rancœur en charme et en gaieté, parfaitement sincères puisqu'elle était Russe.

Et son entrain, son animation, sa philosophie, son insouciance (à quoi bon se désoler ; si aujourd'hui elle n'avait rien à manger, demain la chance lui sourirait ; il en allait toujours ainsi), son indépendance, son esprit cynique avaient séduit la Maharani. De plus, elle avait du jugement. Quand il le fallait, dans le monde, elle prenait à l'égard de Son Altesse une attitude déférente, presque rampante, pour marquer qu'elle n'était que poussière ; mais dès qu'elles se retrouvaient seules, elle redevenait l'amie amusante, pleine d'humour, ouverte au spectacle de la vie, mordante, ironique, éprise d'intrigue, bref une Européenne que Son Altesse pouvait comprendre.

Maria Lishinskaia n'était pas simple comme la plupart des Européens, tout d'une pièce, obtus. Elle ne personnifiait pas l'ambition, la luxure, la sentimentalité, la fidélité, ni même un composé de certains de ces éléments. Non, elle était un mélange de tout cela et de mille autres choses encore, et Son Altesse s'amusait de ses contradictions, de ses constantes sautes d'humeur. Par moment elle se montrait sauvage, à d'autres trop civilisée, tantôt véridique et sûre, tantôt incroyablement fausse et perverse, parfois cyniquement spirituelle, parfois mélancolique, sentimentale et romanesque. Au fond, ce n'était pas une Européenne, mais une Asiatique. C'était pourquoi Son Altesse la comprenait. En elle, elle avait trouvé la compagne qu'elle cherchait depuis trente ans pour l'escorter au théâtre, au casino, dans les boîtes de nuit, quand elle séjournait en Occident, pour partager son magnifique isolement lorsqu'elle se trouvait dans son immense palais de Ranchipur. Grâce à Maria Lishinskaia, elle avait quelqu'un avec qui échanger ses impressions, dans sa chambre royale d'Orient, quelqu'un qui pénétrait aussi bien les idiosyncrasies des Hindous que celles des Européens. En Occident, elle avait quelqu'un capable de lui expliquer pourquoi les Européens se comportaient comme ils le faisaient, quelqu'un pour discuter avec les directeurs d'hôtels, les joailliers, les couturiers.

Maria Lishinskaia comprenait le plaisir oriental du marchandage et s'amusait à ce jeu. La Maharani aurait pu acheter comptant le plus somptueux des Palaces où il leur arrivait de séjourner, sans même remarquer la dépense, elle le savait. Mais elle savait aussi que la Souveraine était enchantée lorsqu'elle obtenait une réduction sur le prix des chambres ou découvrait une erreur dans une note d'hôtel. Pour les joailliers de la Place Vendôme, la Maharani faisait le plan d'attaque et Maria Lishinskaia l'exécutait. Parfois elle y ajoutait des pointes de son propre cru, si bien que le bijoutier assiégé par les deux femmes finissait, sans trop savoir comment, par céder à un prix dérisoire ses plus belles pierreries à l'une des Souveraines les plus riches du monde. En Maria sommeillait aussi cette étonnante vitalité de l'Orient. Comme la Maharani, elle pouvait passer des nuits au casino et des jours à faire des courses, sans trahir le moindre signe de lassitude ou d'ennui.

Et quand la Maharani se sentait à bout de nerfs, il lui était salutaire de pouvoir torturer Maria Lishinskaia.

Lorsque la Maharani rentra dans ses appartements, elle trouva Maria Lishinskaia, étendue sur une chaise longue, en train de lire un roman de Mauriac. Agée de trente-cinq ans, Maria Lishinskaia n'était ni laide ni belle ; il émanait d'elle quelque chose de voluptueux et ses yeux étaient verdâtres, légèrement allongés à la façon tartare. Par moment, la Maharani lui trouvait une très grande ressemblance avec Rashid Ali Khan non seulement par ses traits, mais par son indomptable vitalité. « Vos ancêtres ont dû descendre un des versants de l'Himalaya vers la Russie, lui disait-elle, tandis que ceux de Rashid prenaient l'autre, vers les Indes. » La similitude n'allait pas plus loin. Maria Lishinskaia n'avait ni la foi, ni l'idéal de Rashid. Elle ne croyait à rien. Opportuniste et désabusée, elle ne possédait plus rien, pas même une patrie.

Quand la Maharani entra, la jeune femme posa son livre, se leva, bâilla et dit : « Eh bien ?

— Cela a été terrible, terrible, répondit Son Altesse, en français.

— Et les Esketh ?

— Terribles... terribles... »

Les servantes intouchables commencèrent à dévêtir la Maharani, massèrent son visage, oignirent ses beaux cheveux noirs. La vieille dame sortit une noix de bétel d'une petite boîte d'or et se mit à la mastiquer. Maria Lishinskaia l'aida à enlever ses lourdes émeraudes, et, l'une après l'autre, les déposa dans leurs écrins.

« Comment, terribles ? demanda-t-elle.

— Un parvenu... un de ces gros rois de l'argent, autoritaire et brutal. Quant à elle... une de ces élégantes roulures anglaises. Elle s'est éclipsée la moitié de la soirée avec Ransome, sous prétexte d'aller voir les pièces du rez-de-chaussée !

— Ah ? dit Maria d'un ton encourageant. Et que s'est-il passé ?

— Que croyez-vous ? répliqua la Maharani. Mais je n'ai jamais encore entendu appeler ça “visiter des chambres” !

— Je croyais que Mr. Ransome ne tenait guère aux femmes, dit Maria.

— Que voulez-vous dire ? »

La Maharani lança un regard aigu à Maria. Elle avait de la sympathie pour Ransome, et Maria Lishinskaia était jalouse de lui comme de tous ceux auxquels Son Altesse témoignait de l'amitié.

« Oh, rien... n'importe quoi... » répliqua-t-elle d'un air absent, se rendant compte que ses paroles avaient déplu.

C'était une sorte de jeu qui se répétait souvent au cours de leurs conversations.

« Il est fatigué, remarqua la Maharani.

— C'est ce que j'entends, reprit Maria d'un ton léger. Il a trop goûté à tout.

— Peut-être. »

La vieille dame vit qu'elle avait piqué la curiosité de Maria et que celle-ci échafaudait mille suppositions.

« Ransome vous plaît-il ? demanda-t-elle.

— Je ne sais vraiment pas, répondit Maria. Je le connais à peine. Il est bien de sa personne... à sa façon. Votre Altesse sait-elle si cela s'est passé réellement ?

— Comment voulez-vous que je le sache ? On ne peut savoir ces choses que lorsqu'on se trouve sous le lit !

— On ne voyait rien quand ils sont revenus ?

— Avec les Anglais, on ne voit jamais rien. C'est comme s'ils avalaient un verre d'eau. Allez donc voir vous-même ! Si cela s'est passé, c'est dans une des pièces du bas.

— Oh, Altesse, je ne pourrais pas faire une chose pareille ! »

La Maharani n'ignorait pas que, dès qu'elle serait couchée, Maria se rendrait au rez-de-chaussée pour tâcher de découvrir ce qu'elle voulait savoir. Et soudain, elle comprit que Maria était comme les autres, comme Lady Esketh, comme Ransome, fatiguée, lasse, sans foi, sceptique ; rien d'autre n'existait plus pour elle, que le corps.

Quand tout le reste vous échappait, ne restait-il pas, en dernier ressort, la luxure, la sensualité ? « Que deviendrait-elle si M. Bauer s'en allait ? » se demanda-t-elle.

« Quand partons-nous pour Carlsbad, Altesse ? » demanda Maria.

La vieille dame savait que, très probablement, ils quitteraient Ranchipur à la fin de la semaine, mais elle ne voulait pas donner à Maria Lishinskaia le plaisir de le savoir.

L'ombre des Esketh planait encore sur elle et l'irritait étrangement. « Cela dépend des pluies, répondit-elle. Si elles continuent comme en ce moment, nous pourrons bientôt partir. Son Altesse ne quittera pas Ranchipur avant d'être certaine qu'elles sont installées pour de bon. »

« Une fois que nous serons en Europe, je parviendrai bien à forcer Harry à m'épouser, songeait Maria. Alors, il ne pourra plus repartir, et notre vie sera assurée auprès de Leurs Altesses. »

Par moment, en effet, elle était lasse de son déracinement, de l'incertitude de son avenir.

« Je présume que Votre Altesse désire dormir tôt ce soir ? dit-elle.

— Du tout, je ne me sens pas fatiguée », répondit la Maharani. En elle-même, elle songeait : « Ce doit être une de ses nuits avec Bauer ! » Et l'idée de retenir Maria Lishinskaia, palpitante et troublée par le désir, pour lui faire la lecture, l'enchanta.

« Vous pourriez lire un petit moment », dit-elle.

Elle vit l'expression de désappointement de Maria et s'attendrit. « Je ne la garderai qu'un instant, songea-t-elle. Je prétendrai avoir sommeil et la laisserai partir. »

« Vous pourriez prendre ce livre français, ce classique, dit-elle à Maria.

— *Les Liaisons dangereuses ?*

— Oui. Cela m'intéresse de connaître les idées des Français sur ce sujet. Au fond, ils ressemblent beaucoup aux Chinois. Ils semblent avoir une forme, une attitude pour chaque circonstance de la vie. »

Et quand, minutieusement enduite de crème, la Maharani fut couchée, Maria Lishinskaia prit le livre et s'assit près du lit. Accompagnée par le sourd bruissement de la pluie, elle lut ces pages où l'amour, l'intrigue, la jalousie, les réconciliations sont analysés avec un art subtil et passionné, où chaque terme est un aphrodisiaque, chaque virgule un stimulant du désir. Sous ses longs cils, la Maharani l'observait, satisfaite, amusée. La respiration de Maria devenait haletante, à certaines phrases elle bafouillait, des gouttes de sueur perlaient à son front ; elle semblait à peine comprendre ce qu'elle lisait, comme si les mots, tout emmêlés de sa passion pour le blond et athlétique M. Bauer, dansaient devant ses yeux. « Il est admirablement bâti, songea la Maharani. Mais il est stupide. »

Écoutant à peine le texte qui torturait ainsi Maria, elle se demandait comment celle-ci pouvait avoir un homme aussi sot, aussi plat — si beau fût-il pour amant. Et, un moment, elle médita sur l'horreur d'être esclave de son corps et d'en arriver à souffrir comme le faisait Maria dans son appétit pour le professeur de natation. La vue du supplice de Maria satisfaisait ce besoin de cruauté — né de l'accumulation de rancœurs, d'humiliations, de déceptions — qui parfois l'envahissait, calmait en quelque sorte son âme tempétueuse. A une autre époque, elle aurait pu se faire amener un esclave ou un criminel, et le tourmenter, le torturer jusqu'à ce que ses nerfs exaspérés fussent apaisés, mais maintenant cela n'était plus possible. Il lui fallait user de moyens détournés et compliqués. Elle savait que, si elle ne martyrisait pas ainsi Maria, elle ne pourrait dormir.

Enfin, après plus d'une heure de lecture, elle sentit le sommeil la gagner.

« Ce sera assez pour ce soir, dit-elle à Maria en se retournant sur l'oreiller. Une dernière chose, seulement.

— Oui, Altesse. »

Maria se passa un mouchoir sur le visage ; sa voix était faible, épuisée.

« Allez voir en bas si vous pouvez découvrir si cela s'est passé.

— Oui, Altesse.

— Et revenez me le dire. Mais, si je dors, ne me réveillez pas.

— Oui, Altesse. »

La pauvre Russe avait un air pâle et flasque, comme un drap humide, tordu avant d'être séché.

Les yeux mi-clos, la Maharani la regarda sortir. Sur Maria Lishinskaia elle venait d'exercer un infime fragment de la vengeance que son orgueil et sa passion souhaitaient tirer de l'Europe pour près d'un demi-siècle d'humiliations répétées.

Exténuée, prête à s'évanouir, Maria Lishinskaia descendit en titubant l'escalier et parcourut l'enfilade des salons pour tâcher de découvrir un indice de ce qui avait pu se passer. « Ce sera dans le prochain, se répétait-elle, et je pourrai aller rejoindre Harry. O, Dieu, faites que ce soit dans le suivant pour que je puisse aller le retrouver ! » Et, tandis qu'elle passait de pièce en pièce, son désespoir augmentait à l'idée que lassé d'attendre, il était peut-être rentré dans sa propre chambre, à côté de celle du Maharajah, où elle n'osait pénétrer.

« O mon Dieu, faites qu'il m'attende ! gémissait-elle. Que le diable emporte tous ces salons inutiles ! Mon Dieu, faites qu'il reste jusqu'à ce que je puisse aller à lui ! »

Enfin, elle atteignit le boudoir. Elle ne s'y attarda pas, un seul coup d'œil lui suffit : le divan en désordre, la peau de panthère jetée dans un coin, les bouts de cigarettes écrasés à la hâte sur le sol, lui en dirent assez. « La chienne ! Le salaud ! songea-t-elle. Me donner tout ce mal ! Ils n'ont pas même pris la peine de remettre de l'ordre ! »

Comme une folle, elle retraversa l'enfilade des salons, les interminables couloirs, passa devant Mrs. Rashid, sans même la voir, et parvint enfin aux appartements de la Maharani. Doucement, elle entrouvrit la porte de la chambre à coucher, mais, entendant la respiration calme de la vieille dame, elle la crut assoupie et se retira. A travers ses cils sombres, la Maharani la regarda ; puis, quand le battant fut refermé, elle s'endormit, l'esprit en paix.

Impatient, furieux, M. Bauer attendait. Dieu merci, il était encore là ! Maria ne s'aperçut même pas de sa colère. Aussi, quand elle se fut un peu calmée, elle s'oublia jusqu'à lui reparler de mariage. Étendue à côté de lui, elle lui déclara que s'il ne l'épousait pas, elle se tuerait. M. Bauer, apaisé lui aussi, ne désirant plus que dormir, bâilla, insensible à ses menaces.

Il n'avait aucune intention de l'épouser. Pour rien au monde, il ne voulait avoir pour femme une Russe déséquilibrée, ne parlant que de suicide, et trop avide de lui. Il avait d'autres projets. En arrivant en Europe, il épouserait Lina Storrel. Voilà la femme qu'il lui fallait : sûre, robuste, économe. Il mettrait tout de suite en train son premier enfant, puis il retournerait aux Indes avec Son Altesse. L'année suivante, il aurait assez d'argent pour acheter la vigne au-dessus de Montreux. Maintenant qu'il se sentait satisfait, il n'éprouvait plus que du mépris pour Maria Lishinskaia. Pourquoi ne voulait-elle pas comprendre que cela était salutaire, de temps à autre, pour leur santé à tous deux, surtout dans un pays aussi chaud ? Pourquoi cherchait-elle à transformer cela en autre chose, en roman, en mariage, etc. ?

M. Bauer savait ce qu'il voulait. Paysan, de nature primitive, il n'y avait rien de malade en lui, en fait rien de très civilisé.

Tandis qu'il se rhabillait, Maria Lishinskaia sanglotait, répétant qu'elle allait se jeter par la fenêtre. Il ne l'écoutait pas ; il savait que jamais elle n'occasionnerait un scandale qui risquerait de lui faire perdre la place douillette où la Providence l'avait installée. Il savait également que, toujours, elle l'attendrait et serait prête à lui complaire, chaque fois qu'il le désirerait.

Le long de la sinueuse avenue, Ransome s'éloignait, au risque de se perdre sous la pluie aveuglante. Les phares de la vieille Buick ne servaient à rien, sauf quand, à bout portant, ils lui révélaient la présence d'un arbre ou d'une plate-bande saccagée par l'averse. Près du pont, il faillit entrer dans le petit lac artificiel. L'eau commençait à le remplir et les embarcations de plaisance à baldaquins dorés se redressaient et flottaient comme revenues à la vie. La pluie semblait une muraille épaisse à travers laquelle sa voiture devait se frayer un passage.

Il avançait lentement, son attention tendue vers l'obstacle imprévu. Cela lui rappelait le front, quand il fallait conduire sans lumière. Mais, peu à peu, ses yeux s'habituèrent aux ténèbres et il prit conscience du sentiment de dépression qui le dominait comme chaque fois qu'il avait dissipé ses forces ou passé des nuits sans dormir. C'était une impression étrange, depuis longtemps oubliée, lourde d'un sens de futilité et de désespoir. Non seulement son corps, mais son esprit était las.

Il n'éprouvait aucune honte d'avoir été assez fou pour croire que la possession d'Edwina lui ferait ressaisir l'ombre du passé. Elle-même ne l'avait-elle pas cru ? Mais de pareilles extases ne se retrouvaient pas. L'un et l'autre, ils avaient trop vécu, avaient trop d'expérience. Ils n'avaient plus le feu, l'insouciance de jadis. La seule exaltation qu'ils avaient goûtée dans l'aventure se bornait à ces précieux moments d'attente, quasi animale, qui l'avaient précédée. Le reste n'était qu'une routine ennuyeuse et plate. L'idée qu'il avait un peu assouvi sa haine contre Esketh en lui prenant sa femme ne lui donnait aucune satisfaction. Si Esketh l'apprenait, ce serait autre chose ! Mais il savait qu'Edwina s'arrangerait pour qu'il ne devinât rien ! La rapide et froide dépravation des enlacements d'Edwina, l'aisance éhontée de son attitude ne prouvaient-elles pas une longue pratique de ce genre d'intrigues ? Sans nul doute, elle avait plus d'une fois dérobé « l'amour » çà et là, à la hâte, dans les coins, sur des yachts, des plages, dans des voitures. Dès l'instant où il l'avait revue sous l'éclat du lustre bourdonnant d'abeilles, il avait su qu'elle était « morte ». Mais il ne se figurait pas que ce fût à ce point. Depuis si longtemps Esketh devait savoir à quoi s'en tenir.

Cahoté dans sa voiture, seul sous la pluie, il en voulut soudain à Edwina, comme si, plus que lui, elle était responsable de leur triviale et décevante folie. « C'est faux, se dit-il. Voilà que de nouveau je me dédouble pour juger. » Mais il ne put se convaincre ; son instinct était plus vrai, plus sûr que sa raison, il le savait. Ce qui venait de se passer émanait d'elle plus que de lui. Tôt ou tard, si ce n'était pas déjà fait, elle deviendrait l'esclave de sa propre dépravation. L'abîme qu'il avait pressenti en elle était terrifiant. Non, aucun sentiment n'avait inspiré leur acte, à peine de la curiosité ; peut-être n'avait-il été qu'un geste animal, comme l'accouplement de deux chiens bâtards, sans même sa nécessité créatrice.

Puis il pensa de nouveau à la Maharani, au sourire qu'elle avait eu. Il la revoyait plus clairement qu'Edwina elle-même. Elle semblait toujours au courant de tout, non pas seulement des potins ou des intrigues qui lui parvenaient de mille façons diverses et détournées, mais de tout ce qui restait caché au fond des cœurs et des pensées. N'y avait-il pas plusieurs Maharanis ? Celle qu'il rencontrait à la table de poker, celle qui était une grande reine, accomplissant magnifiquement son devoir : toutes deux, il les comprenait. Mais, au-delà d'elles, il y avait une autre Maharani, à la fois complexe et secrète, sauvage et super-civilisée, pleine d'une étonnante intuition. Au cours de leurs conversations, il l'avait vue parfois changer sous ses yeux et, de grande dame à l'européenne, se transformer en une princesse sauvage des collines, insaisissable, cruelle et sans scrupules. Alors, elle devenait fascinante et inquiétante. Mais, en ce moment, elle lui faisait peur, il ignorait pourquoi. Seule, elle savait ce qui s'était passé en bas, dans le boudoir, et probablement était-elle en train d'en discuter avec son arrogante dame de compagnie. Il se préoccupait peu qu'on découvrît la chose. Edwina devait s'en moquer autant que lui. Pourtant, l'idée que la Maharani était au courant le mettait mal à l'aise ; il en éprouvait un sentiment de crainte et de honte, comme un enfant surpris en train de faire quelque chose de laid.

« Peut-être suis-je malade, se répéta-t-il. J'attends trop de chaque expérience, trop de chacun... plus que quiconque ne peut donner. »

Le grondement de la rivière l'avertit qu'il approchait du pont. L'instant d'après les phares de la vieille Buick éclairèrent la silhouette de la reine Victoria, battue par la tempête, mais immuable, imperturbable sur son socle, tenant, de sa main potelée de fonte, son parapluie et son réticule. Il dépassa la demeure de Mr. Bannerjee, entrevit une lumière dans celle de Rashid et, finalement, atteignit la grille de son jardin, impressionné par la désolation et la solitude de sa maison. Si son mariage n'avait pas été un échec, il ne serait pas en train de rentrer dans un mausolée géorgien désert, à Ranchipur, mais bien dans le château à tourelles de sa grand-mère, à Grand River.

Il arrêta la voiture sous la porte cochère et remarqua que, malgré ses ordres sévères à Jean-Baptiste, à cause des moustiques, il y avait de la lumière dans sa chambre à coucher. Aussi, au lieu de passer par l'entrée donnant sur l'allée, il contourna la véranda dans l'obscurité jusqu'à la fenêtre éclairée.

Assise dans son fauteuil, il aperçut une femme, vêtue d'un imperméable de confection et d'un chapeau trempé. Elle lui tournait le dos et semblait surveiller la porte.

La Rolls-Royce pourpre s'arrêta devant le vieux Palais d'Été. Lord et Lady Esketh en descendirent et, sans échanger une parole, gravirent l'escalier de marbre recouvert d'un tapis rouge. Arrivés sur le palier, ils se séparèrent pour gagner leurs chambres respectives.

« Bonsoir, dit Lady Esketh d'un ton détaché. Puis elle ajouta : Vous ne vous sentez pas souffrant ? Vous allez bien ?

— Ça va, répondit-il. Mais cette sacrée chaleur et ces satanés Hindous m'embêtent. J'ai envie de partir demain. Bombay ne peut pas être pire ! Au moins ça rappellera un peu l'Europe. Ici, on se croirait dans une maison de fous.

— Quand vous voudrez, dit-elle. Je ne regretterai pas les Indes. »

C'était vrai. Tout en se déshabillant, elle songeait qu'elle aurait aussi bien fait de ne pas venir. Les seuls souvenirs qu'elle rapporterait des Indes étaient désagréables : poussière, chaleur, puanteur, fastidieuses réceptions officielles, fonctionnaires assommants, flanqués d'épouses et de filles mal fagotées. Pourtant, d'autres Indes devaient exister. Sinon, comment un homme intelligent, tel que Tom Ransome, aurait-il pu y demeurer pendant près de cinq ans ? A certains moments elle avait cru pressentir ces Indes cachées, mais, quand elle avait voulu les saisir, elles s'étaient évanouies. Lorsqu'elle s'entretenait avec des Hindous — chose qu'elle évitait le plus possible à cause de l'effort — ils avaient toujours fréquenté Oxford et semblaient lui cacher tout ce qu'il y avait d'hindou en eux. Ils devenaient de simples Européens, parlant cricket, boîtes de nuit, chevaux, comme n'importe quel homme rencontré à un dîner à Londres. Elle se rendit compte soudain que ce n'étaient pas seulement les Indes mais la plupart des choses de l'existence qui lui étaient restées cachées. Le luxe, les conventions, les manières et tous les privilèges découlant de sa naissance quand elle était Edwina Doncaster, de son mariage quand elle devint Lady Esketh, l'avaient enfermée dans un monde à part, et, bien qu'elle eût passé la moitié de sa vie sans posséder un sou, elle ignorait ce qu'était la pauvreté. Toujours il s'était trouvé des gens pour lui faire crédit, pour satisfaire ses souhaits, pour lui prêter de l'argent qu'elle ne leur rendrait jamais, ils le savaient.

Pendant un instant, elle envia l'existence monotone de tous ces subalternes qui collaboraient à la bonne administration des Indes. Elle souhaita même partager la vie familiale de ces petits employés dispersés dans les banlieues de la terre. Leur existence ne pouvait être plus fastidieuse que la sienne et, certainement, elle l'était d'une autre façon. Et, soudain, elle éprouva un étrange sentiment de solitude, comme si elle était une sorte d'esprit vivant dans le monde, mais sans aucun contact avec lui, une ombre sans substance ni réalité. La seule chose sensible était son corps et le plaisir qu'elle prenait à l'orner, à le maintenir jeune, à s'en servir pour faire l'amour.

La pensée de l'amour la ramena à Tom Ransome, et elle l'admira d'avoir délibérément renoncé à la vie qui était la sienne pour faire l'effort de chercher autre chose. Ce qu'il avait trouvé, elle l'ignorait. Mais, du moins, il avait essayé. Quant à elle, il était trop tard pour qu'elle tentât de s'évader, même si son désir persistait jusqu'au matin. Elle n'avait aucune illusion sur elle-même. Elle préférait continuer le compromis avec Esketh plutôt que de faire l'effort que nécessitait une évasion. Puis elle se souvint d'une exclamation de Tom dans le boudoir du Palais. Elle ne l'avait pas comprise et il avait dû la lui expliquer.

« Bon Dieu, s'était-il écrié, mais vous êtes de la dinde froide ! »

Elle passa son peignoir, enleva ses bracelets et les remit à sa femme de chambre.

« Ce sera tout, Parker. Bonsoir.

— Madame a l'air fatiguée.

— Je le suis un peu. C'est la chaleur et l'humidité. Je me réjouis d'aller à Cannes. »

Parker s'en alla. Alors, sans aucune raison, elle fut envahie par une impression de solitude et de terreur. Les Indes l'effrayaient par leur immensité, leur violence, leur chaleur, leur poussière, les millions d'êtres, de chacals, de vautours, qui les peuplaient, par cette hostilité qu'elle sentait autour d'elle, et qui émanait indistinctement des animaux, des gens, du climat, de la nature elle-même. Le bruit de la pluie qui tambourinait sur le toit du vieux Palais et tombait en cataractes des larmiers submergés l'épouvantait. Que deviendrait-elle si quelque chose survenait qui l'empêchât de fuir ? Si elle était obligée de rester, pour toujours, dans ce pays malsain, abominable ? Un instant, elle crut qu'elle prenait une crise de nerfs. Elle avait envie de hurler, de crier, de se jeter sur le sol. Elle voulait quitter le Palais, partir pour Bombay, sur l'heure, se retrouver dans une ville qui rappelât un peu l'Europe, une Europe lasse, ennuyeuse, mais au moins différente de ces Indes malveillantes qui la terrifiaient.

Elle serra les mâchoires et se ressaisit. « Jamais je ne me suis sentie comme ça, se dit-elle. Ce doit être la chaleur. » Elle alla ouvrir sa valise et y prit un somnifère. Après en avoir avalé une double dose, elle se coucha, tira la moustiquaire, et se sentit plus calme. Peu à peu, sous l'action de la médecine, la somnolence et le bien-être l'envahirent. Elle ne souhaitait plus partir. Elle désirait rester, en tout cas jusqu'à la fin de la semaine, pour pouvoir se rendre chez Tom, jeudi.

Allongée sur le dos dans son lit, elle s'abandonna à la volupté de penser à lui.

Elle aimait sa sveltesse musclée, ses cheveux sombres, vigoureux, la ligne élégante de sa nuque, son nez droit, ses lèvres pleines : « En vérité, il est unique, songea-t-elle. Il est intelligent et il est beau. Pourquoi la plupart des athlètes sont-ils stupides et la majorité des gens doués si peu appétissants ? » Mais, lorsqu'elle essaya d'imaginer ce que pouvait être la vie intérieure de Tom, elle constata qu'elle n'en avait pas la moindre idée. Le Tom Ransome rencontré au Palais était simplement celui qu'elle avait connu jadis à Londres. Ils n'avaient parlé ce soir que du passé, de leurs amis d'autrefois. S'il était aussi agréable, aussi fin, aussi digne d'être aimé qu'il le paraissait, il valait vraiment la peine de pousser l'aventure. Peut-être découvrirait-elle en lui cette chose qui, malgré tout, devait exister, bien qu'elle ne l'eût jamais trouvée, n'en eût jamais vu la trace. « Probablement est-ce ma faute, se dit-elle. Jamais je n'ai été capable de pénétrer sous la surface des choses. »

Elle ne songea pas : « Peut-être pourrais-je être heureuse avec Tom ? » La question de bonheur ou de malheur ne s'était plus présentée à elle depuis de nombreuses années sous aucune forme, sauf physiquement. Elle ne cherchait pas à se tromper. Si le bonheur avait jamais existé pour elle, c'était à des moments comme celui de ce soir quand, se rendant au Palais pour un de ces fastidieux dîners officiels, elle avait revu Tom Ransome, et dans la rapide étreinte qui avait suivi. La seule exaltation qu'elle connût encore se trouvait dans de telles aventures, dans la rencontre inattendue d'un homme séduisant, dans le plaisir pervers qu'elle éprouvait à tromper Esketh. Froidement, elle se dit : « Je ne suis qu'une putain sensuelle et sans espoir ! Mais qu'y puis-je ? »

Après ces sortes d'affaires, il lui arrivait rarement de souhaiter en revoir le héros, et, quand elle le rencontrait, elle s'arrangeait pour le décourager de toute velléité de poursuivre leur intimité. C'était une aubaine qu'un homme fût assez séduisant pour lui donner le désir de continuer l'aventure. Or elle désirait revoir Tom, pas uniquement par goût du plaisir ou parce qu'il était un bon amant, mais parce qu'il l'avait laissée satisfaite. Elle ignorait ce qu'il pensait d'elle. Peut-être, en cet instant, songeait-il à elle avec répulsion, avec mépris ? N'était-il pas compliqué, sujet à des crises de vertu, de remords ? Mais cela aussi la séduisait. Et un vague sentiment de honte l'envahit qui l'étonna et augmenta son désir de le revoir, ne fût-ce que pour se justifier ou pour le convaincre par son charme qu'elle n'était pas ce qu'il croyait.

A ce moment, la porte conduisant à l'appartement d'Esketh s'entrouvrit et un rai de lumière filtra. Puis Esketh parut, vêtu de la robe de chambre qu'elle détestait. Elle la lui avait donnée à Noël, quatre ans auparavant, se disant qu'elle lui plairait. Elle n'avait que trop bien réussi ! Ce vêtement, mille fois nettoyé, était usé jusqu'à la corde, mais Esketh ne voulait pas s'en séparer. Chaque fois qu'elle lui disait de le jeter, il répondait qu'il lui avait porté bonheur. L'étoffe était semée de chevaux — galopant, sautant par-dessus des haies, des fossés, de chevaux cabrés ou tendus vers l'arrivée au poteau.

Sans un mot, il s'approcha du lit, souleva la moustiquaire et s'assit. « Allez-vous-en, je vous en supplie, au moins cette nuit », eut-elle envie de dire. Mais elle se rendit compte qu'il n'avait pas l'intention de rester. Il avait l'air préoccupé, malade. Au coin de ses lourdes mâchoires, elle reconnut les petits nœuds musclés, durs, qui y apparaissaient chaque fois qu'il avait l'intention de lui faire une scène.

« Qui est ce Ransome ? demanda-t-il.

— Vous le connaissez parfaitement. C'est le frère de Nolham ; vous l'avez rencontré, il y a des années. »

Il ne lui venait pas à l'esprit qu'il pouvait soupçonner la vérité. Constamment, il lui faisait des scènes pareilles et toujours au sujet d'hommes qui, comme Ransome, lui étaient socialement supérieurs. Les amitiés d'Edwina avec des gens de sport le laissaient indifférent. Incurablement snob, il haïssait tous ceux qui étaient nés avec ces choses qu'il convoitait, mais qui jamais ne seraient siennes.

« C'est ainsi que fonctionne notre système de castes », se disait-elle.

« Vous avez l'air très liés, tous deux.

— Je l'ai beaucoup connu autrefois, à Londres, juste après la guerre. Je ne l'avais pas revu depuis près de quinze ans. »

Les mâchoires d'Esketh se contractèrent davantage.

« Et qu'a-t-il fait pendant tout ce temps ?

— Je n'en sais rien. Il a voyagé. Maintenant il est installé ici.

— Par choix ?

— Par goût.

— Il doit être fou ?

— Je ne le crois pas. Il a voulu changer de vie, se libérer.

— De quoi ? Qu'est-ce qu'il a qui cloche ?

— C'est une histoire peu intéressante, elle vous ennuierait. »

Il sortit un cigare et l'alluma. Elle eut envie de lui dire : « Je vous en prie, ne fumez pas ici. Mais, de nouveau, elle songea : si je le laisse faire à sa guise, il s'en ira d'autant plus vite. » Elle sentait le sommeil la gagner.

« Encore un de ces sacrés radicaux, je parie !

— Si vous voulez.

— Au lieu d'être ici, il ferait mieux d'aider son gouvernement à se tirer d'affaire. Pourquoi diable choisissez-vous toujours de pareils imbéciles ? »

Elle sourit de sa stupidité. Ce n'était pas qu'elle eût une préférence pour les radicaux ou les intellectuels. L'intelligence, pas plus que les idées, ne l'attirait particulièrement. C'était tellement plus simple que cela ! « C'est étonnant, se dit-elle, qu'un mari soit toujours le dernier à comprendre la vérité ! »

Elle était lasse ; elle avait déjà vécu tant de scènes semblables. N'en connaissait-elle pas toutes les phases ? Et toujours elle l'emportait, par la rapidité de sa riposte.

Il poursuivait l'exposé de ses griefs ; il insistait. Sachant tout ce qu'il allait dire, elle ne l'écoutait pas et suivait le fil de ses propres pensées. « Si je prenais un Hindou pour amant ! Comment réagirait-il ? » Puis elle évoqua les Hindous rencontrés au cours de son séjour. Celui qu'elle se rappelait le plus clairement était ce Major Quelque Chose, dont Ransome avait vanté les talents de chirurgien. Elle le revoyait avec ses larges épaules, sa peau claire, ses prunelles bleues. Oui, cela pourrait être amusant ! Faire l'amour avec un Hindou !

Esketh continuait à parler. Son visage avait la couleur du homard et ses yeux étaient troubles. Un instant, elle crut qu'il avait bu plus qu'à l'ordinaire ; pourtant, jamais il n'avait eu cet air quand il était ivre. Par moment, il paraissait faire effort pour trouver ses mots. De nouveau l'odieuse robe de chambre l'hypnotisa. Dans son ennui, les chevaux lui semblaient prendre vie. Ils sautaient, ruaient, se cabraient dans une sorte de vertige, la mettant hors d'elle.

D'habitude elle s'abstenait de répondre quand Esketh lui faisait des scènes de jalousie ; cela ne servait à rien. Même en ce moment, ce n'était pas lui, mais sa robe de chambre qui l'irritait, avec ses horribles chevaux caracolant, se cabrant. Et soudain, elle s'entendit dire : « Pourquoi ne vous en prenez-vous qu'à des hommes comme Tom Ransome ? Est-ce parce que vous haïssez tous les gentlemen ? Parce que vous savez qu'ils valent mieux que vous ? »

Un instant, il la fixa, sa lourde bouche entrouverte, muet d'étonnement.

« Que voulez-vous dire ? demanda-t-il enfin.

— Rien de particulier.

— J'ignore quelles idées stupides vous vous faites sur mon compte, mais sachez que je suis fier d'être Albert Simpson, d'avoir su me débrouiller seul. Fier de tout ce que j'ai construit. C'est plus que vos languissants et rampants gentlemen n'en ont jamais fait !

— Oui, vous avez parfaitement raison, si c'est ça que vous prisez le plus. » Puis, sans le laisser parler, elle ajouta : « Q'attendez-vous de moi, Albert ? Si vous ne voulez pas que d'autres hommes parlent à votre femme, vous auriez dû choisir une petite bourgeoise, laide et comme il faut, et non pas moi ! Cependant il m'est arrivé de penser que, si vous m'avez épousée, c'est uniquement parce que je suis née Edwina Doncaster et que j'étais ce que je suis. Vous vouliez prouver que vous pouviez vous servir dans le monde comme bon vous semblait. Mon nom figurait souvent dans les journaux et les illustrés, je représentais pour vous une sorte de consécration ; vous aviez envie de vous montrer à mes côtés. Vous ne me désiriez pas réellement, *moi.* Jamais nous ne nous sommes compris, ni n'avons éprouvé la moindre sympathie l'un pour l'autre. Mais l'idée que j'étais votre bien vous plaisait. Au moment où vous m'avez épousée, aucun gentleman n'aurait voulu de moi, à aucun prix. »

Pendant un moment, il considéra le bout de son cigare sans parler. Elle savait ce qu'il faisait : il se concentrait, comptait jusqu'à dix avant de parler, de façon à ne rien dire qu'il pût regretter. Il redevenait l'homme d'affaires rusé. Elle l'avait vu discuter avec ses collègues.

En vérité, elle ne se trompait pas. Mais il y avait encore autre chose. Pour la première fois depuis son mariage, l'occasion s'offrait à Esketh d'apprendre la vérité, et il avait peur. Il hésitait, se demandant s'il ne valait pas mieux continuer à vivre dans le doute et l'ignorance. Puis, comme un homme qui se décide à plonger dans une eau glacée, il serra les dents et fonça : « Pourquoi m'avez-vous épousé ? demanda-t-il.

— Parce que nous n'avions plus le sou, mon père et moi, et des dettes par-dessus la tête. Vous m'avez offert alors une grosse rente et j'ai pensé qu'il serait agréable d'être fabuleusement riche. En fait, cela m'était égal qui j'épousais. » Une seconde elle réfléchit, puis ajouta : « Je crois que c'est la rente qui m'a décidée ; elle m'assurait l'indépendance, quoi qu'il pût arriver. »

Il la regarda, réalisant soudain sa dureté insondable.

Sans un mot, il se leva et alla écraser le bout de son cigare à demi consumé sur le marbre d'une console. C'était un geste concentré, brutal. « Comme il serait heureux d'en faire autant avec moi, se dit-elle. Mais il a peur ! Où est donc le grand, le redoutable Lord Esketh ? Je ne vois plus que le gauche, le pauvre Albert Simpson, terrifié par les gens du monde. »

Esketh parut sur le point de parler, mais il se ravisa et se borna à dire : « Bonsoir ! » Puis il quitta la chambre, fermant la porte derrière lui. Edwina sentit qu'elle l'avait blessé, lui qu'elle croyait invulnérable ; elle avait découvert le défaut de l'armure et s'en réjouit. Cela la vengeait de bien des choses : de sa vulgarité, de son arrogance, de son manque de sensibilité, de sa façon brutale et froide de faire l'amour, la prenant comme il eût avalé un verre de brandy, à la hâte, sans finesse, sans technique ni compréhension. Peut-être dorénavant allait-il la laisser en paix. De toute façon, elle avait de quoi vivre largement avec sa rente.

L'effet du somnifère était détruit. Elle alluma et se mit à lire *La Détresse des Indes.* Sur la bande il était dit que cet ouvrage expliquait tout le problème des Indes, mais il ne lui apprit rien. Et, tandis qu'elle le parcourait, elle ne cessait d'être obsédée par l'image du grand chirurgien hindou, avec ses yeux bleus et ses dents éclatantes. N'était-il pas parfaitement beau, parfaitement attrayant ? Voilà qui fixerait Albert !

Finalement, renonçant à lire, elle alla reprendre du somnifère et alluma une dernière cigarette. Comme elle se remettait au lit, quelqu'un frappa à la porte.

« Qui est là ? dit-elle.

— C'est Bates, Madame.

— Entrez. »

Dans la chaleur, la peau humide du valet paraissait plus blême que de coutume. Il entra, respectueux, cadavérique. Le climat commençait donc à agir sur lui !

« Qu'y a-t-il ? demanda-t-elle.

— Je m'excuse de déranger Votre Grâce. Mais je crois que Sa Grâce est souffrante.

— Comment, Bates ?

— Je ne sais pas, Madame, mais, certainement, Sa Grâce Lord Esketh a de la fièvre. J'ai voulu prendre sa température, mais il s'y est refusé. Votre Grâce sait comment il est ! Jamais il ne reconnaîtra qu'il n'en peut plus.

— Il faudrait faire venir un médecin.

— Il n'a pas voulu en entendre parler. Il prétend qu'il

n'y a pas de docteur convenable parmi les Hindous. » L'ombre d'un sourire apparut sur le visage de Bates et il ajouta : « Sa Grâce a employé des termes plus énergiques, mais c'est ce qu'elle entendait. »

Son sourire semblait dire : « Vous et moi, nous connaissons le vieux gredin. » Et cela déplut à Edwina. S'ils détestaient tous deux Esketh, ils se devaient au moins de feindre l'ignorer.

Un instant, elle resta silencieuse, réfléchissant.

« Merci, Bates, dit-elle enfin. Si Lord Esketh n'est pas mieux demain matin, je lui chercherai un médecin. Je crois que je réussirai à le convaincre.

— Bonsoir, Madame.

— Bonsoir, Bates. »

Lorsque Bates se fut retiré, elle songea qu'il était un mauvais domestique, non par incapacité ou stupidité, mais parce qu'il s'intéressait plus à son propre bien qu'à celui de ceux qu'il servait. « Probablement est-il communiste, se dit-elle. Il me fait penser à ces valets de chambre de drames policiers. » A le voir, Bates donnait une impression de sérieux, de parfaite discrétion, mais l'instinct d'Edwina l'avertissait qu'elle ne pouvait se fier à lui. L'entrevue lui laissait un sentiment de répugnance, comme si Bates l'avait traitée en complice. Pourtant, il ne s'était trahi en aucune façon, ni par un regard, ni par un mot, ni même par une intonation. Mais elle était convaincue qu'il envisageait la possibilité de la mort d'Esketh, qu'il trouvait du plaisir à cette pensée et qu'il savait qu'elle aussi l'avait eue.

Edwina ne désirait pas qu'Esketh mourût ; elle ne le souhaitait pas. Pourtant, elle ne pouvait s'empêcher de penser combien sa vie serait simplifiée s'il disparaissait, combien agréable pourrait être sa liberté, avec tout l'argent qu'il ne manquerait pas de lui léguer, en plus de sa rente, quoi qu'elle eût pu lui dire, de quelque façon qu'elle eût pu le traiter.

Enfin elle éteignit la lumière. Mais le bruit de l'averse et le bourdonnement des milliers d'insectes agglutinés sur la moustiquaire l'irritaient. Elle était sur le point de s'endormir quand, de nouveau, la folle terreur des Indes la saisit.

Pendant son sommeil elle eut un rêve étrange : désespérément, elle cherchait quelque chose, elle ignorait quoi, et une terrible angoisse pesait sur elle. Elle errait à travers d'immenses champs poussiéreux, des rues malodorantes ; elle pénétrait dans une jungle où elle *entendait* pousser les arbres, les fougères, les lianes, qui peu à peu l'emprisonnaient. Enfin, à l'instant même où elle savait qu'elle trouverait ce qu'elle cherchait au-delà de la prochaine colline, elle se réveilla en criant.

Au moment où, par la fenêtre de la véranda, Ransome aperçut l'inconnue assise dans sa chambre, un défilé de femmes traversa son esprit : femmes de tous genres, de toutes conditions, surgies d'un passé de désespoir et d'insouciance, avec lesquelles il avait indifféremment fait l'amour, au gré de l'occasion, çà et là, à travers la moitié de l'Orient. Laquelle, se demanda-t-il, était venue jusqu'à Ranchipur, en pleine mousson, pour le rejoindre ? Laquelle l'avait assez aimé ? Laquelle l'avait trouvé digne de cela ? Était-ce l'épouse du planteur malais qui faillit devenir folle quand il partit ? La piquante Russe de Shangai, qui jurait de ne jamais l'abandonner ? La jeune fille de Colombo, informée de son installation à Ranchipur ? Était-ce l'une d'elles ? Ou l'une des innombrables autres dont il ne se souvenait qu'avec effort ? Et que pourrait-il faire d'elle dans une ville comme Ranchipur, sinon l'épouser ? Mais voilà ce qu'il n'avait pas l'intention de faire !

Il se dirigea vers la porte et entra. Au bruit de ses pas, la femme se retourna et, avec soulagement, il reconnut Fern Simon. Elle était trempée. La vieille robe de tennis dont elle était vêtue plaquait sur elle, et Ransome se rendit compte que non seulement Fern avait un joli visage, mais le corps le plus ravissant. Elle le regarda avec un sourire confus.

« Bonsoir », dit-elle d'un ton qu'elle s'efforçait de rendre détaché. Mais sa voix tremblait, comme celle d'une actrice qui n'est pas sûre de son rôle.

« Bonsoir ! répondit-il. Qu'est-ce que vous faites ici ?

— Je me suis enfuie. Je ne veux plus retourner à la maison. »

Il fit la grimace et songea : « En voilà une histoire ! »

« Vous ne pouvez pas faire ça !

— Pourquoi pas ?

— Parce que je ne veux pas prendre cette responsabilité. »

Alors, il s'aperçut que, malgré la chaleur, elle frissonnait de la tête aux pieds et s'efforçait d'empêcher ses dents de claquer. La vieille terreur des fièvres l'envahit non pour lui-même, mais pour elle.

« Vous allez rentrer sur-le-champ à la maison, dit-il. Je vais vous conduire. »

Elle ne broncha pas, se bornant à écarter légèrement les pieds comme si elle se préparait à lui résister physiquement si la nécessité s'en faisait sentir. Son air de défi, sa détermination amusèrent Ransome. Il se dit que peut-être elle était moins sotte qu'il ne la croyait. Mais il comprit aussi que, s'il la contraignait par la force à partir, elle était capable de se jeter par terre et de hurler comme une enfant, et cela, ce n'était pas possible.

« Vous feriez mieux de vous changer, dit-il. Vous ne pouvez rester dans cet état. Vous tremblez.

— Qu'est-ce que je mettrais ?

— Des vêtements à moi ; je n'ai pas d'habits de femme, ici. »

Elle ne fit pas d'objection. Sa timidité était en train de passer et elle commençait à se sentir à son aise dans le rôle de Blythe Summerfield, « Perle d'Orient ». Changer de vêtements lui donnerait le temps de retrouver son assurance. Et n'était-ce pas une idée brillante pour un scénario ? L'héroïne, vêtue des habits de l'homme qu'elle aime, apparaissant à la scène suivante habillée en garçon ! Elle attendit pendant que Ransome allait lui chercher une serviette, des shorts et une chemise.

« Et maintenant, dit-il comme s'il s'adressait à une enfant, allez à la salle de bains, séchez-vous, frottez fort, enfilez ça, après quoi je vous ramènerai chez vous. » Il la regarda de près : « Vous n'avez jamais eu la malaria, n'est-ce pas ? Vous n'avez pas la fièvre ?

— Non... je ne sais pas pourquoi je tremble. Je n'ai vraiment pas froid. »

« Bon Dieu, une enfant comme elle ne peut frissonner pour une autre raison », se dit Ransome.

Pendant qu'elle se changeait, il alla chercher une bouteille de brandy et deux verres, puis il suspendit le vieux manteau de pluie et le chapeau défraîchi qu'elle avait laissés sur un meuble. Et, tout en faisant cela, au fond de lui-même il riait à la pensée du Roué et de la Vierge. Si Edwina le voyait en ce moment, comme cela l'amuserait ! Puis il se souvint de Jean-Baptiste, et sa gaîté tomba. Si le boy savait la présence de Fern, il ne manquerait pas d'en parler à ses amis et, tôt au tard, l'histoire ferait le tour de Ranchipur. Ransome sortit sur la véranda et regarda du côté du pavillon où logeait Jean-Baptiste. Dans l'obscurité, il n'aperçut aucun signe de vie : « Il dort comme une bête ; il ne sait rien », se dit-il. Un instant, il hésita à traverser le jardin pour s'en assurer, mais la pluie le tremperait et il y renonça. « Que le diable l'emporte ! » songea-t-il en rentrant dans la maison.

Quand Fern sortit de la salle de bains, elle ne frissonnait plus. La chemise de tennis était trop grande, mais les shorts lui allaient à la perfection. Ce costume lui donnait une sorte d'élégance et d'aisance qu'elle n'avait pas dans ses vêtements de confection. Elle n'avait plus cet air maussade de fille de missionnaire petit bourgeois. Ransome découvrait en elle des possibilités presque illimitées. « Du calme, du calme... » se dit-il.

« Avalez ces pilules et buvez ça, ordonna-t-il. Quand vous serez chez vous, reprenez-en deux, et encore deux demain matin. Mettez la boîte dans la poche de votre chemise. »

Elle prit le verre qu'il lui tendait et répéta :

« Je ne suis pas malade et je déteste le goût de la quinine.

— Ça n'a pas d'importance. Faites ce que je vous dis. »

Elle le regarda une seconde avec une expression d'étonnement au fond de ses yeux bleu clair. Puis, comme un enfant obéissant, elle avala les pilules, but une gorgée de brandy et fit une petite grimace.

« Je ne suis pas un bébé, dit-elle.

— Personne ne le prétend. Mais il ne s'agit pas que vous attrapiez la malaria.

— Je n'ai pas de fièvre ; je tremblais d'excitation. »

Il prit le manteau de pluie et le chapeau.

« Et maintenant je vais vous reconduire chez vous. »

Mais brusquement elle s'assit et répéta :

« Je ne rentrerai pas chez moi. Je ne peux pas... jamais je n'y retournerai.

— Pourquoi ?

— J'ai laissé une lettre disant que je partais pour toujours ! Je ne pourrais pas revoir ma mère après cela. »

Il sourit.

« Il ne faut jamais laisser de lettres !... Parfois il arrive qu'on change d'avis.

— Ne vous moquez pas de moi.

— Je n'y songe pas. Du reste votre billet ne fait rien ; personne ne le découvrira, vous pourrez le déchirer avant qu'on ne l'ait vu. »

Elle se mit à pleurer, de la même façon bruyante que le jour de la réception de sa mère.

« Je ne peux pas, sanglotait-elle. Je ne peux pas rentrer ; je ne peux plus supporter cette affreuse vie. »

Le bruit des sanglots agaça Ransome. Puis il songea que Jean-Baptiste ne pouvait les entendre du pavillon, à travers les cataractes de pluie. Voir pleurer une femme le troublait, éveillait en lui un désir de fuite. Plus d'une fois il était parti quand une femme, par ses larmes, avait voulu l'obliger à lui accorder plus qu'il ne l'entendait. Mais, ce soir, il était innocent ; il ne donnait que des conseils. De toute façon, s'en aller n'aurait servi à rien. Il ne souhaitait pas quitter Ranchipur, il ne voulait pas y être contraint par une jeune fille qui ne lui était rien.

« Ma mère veut que j'épouse Harry Loder ! » sanglotait Fern.

Qui donc était ce Harry Loder ? Ransome fit un effort pour se le rappeler. N'était-ce pas ce grand individu à l'air bovin qu'il avait rencontré chez les Simon ? Un véritable taureau, qui, par-dessus le marché, devait s'adonner à la boisson. Et il prétendait épouser Fern ! La nouvelle l'étonna. Comment Harry Loder, avec son snobisme de militaire, consentait-il à prendre pour femme la fille d'un missionnaire ! Puis il comprit. Fern était la plus jolie Européenne de Ranchipur, l'une des plus jolies des Indes, et Harry Loder la convoitait. Il avait dû se rendre compte que la seule façon de l'avoir était de l'épouser. Dès qu'il ne la désirerait plus, il la négligerait pour d'autres femmes ; mais jamais il n'oublierait, ni ne lui permettrait d'oublier, qu'il lui avait fait un grand honneur en l'épousant, elle, la fille d'un missionnaire. Que de fois Ransome avait vu cette histoire se répéter aux Indes ! Non, ce mariage ne devait pas se faire ; c'était hors de question !

Alors, pour la première fois depuis longtemps, son esprit chevaleresque se réveilla. Autrefois, il l'avait eu de façon exagérée, folle, ce qui lui avait valu de nombreux ennuis. Aussi se méfiait-il de cet élan qui annihilait son bon sens et le faisait agir comme un sot. L'attitude chevaleresque n'avait plus sa place dans le monde d'aujourd'hui, elle ne faisait que vous faire passer pour un imbécile.

« En effet, dit-il, vous ne pouvez pas épouser Harry Loder. Mais vous l'a-t-il demandé... réellement ?

— Oui. Il en a aussi parlé à ma mère. Elle est au courant. C'est pourquoi la vie va devenir pire que jamais à la maison.

— Après tout, je n'y puis rien, ce n'est pas mon affaire », dit-il, redevenu prudent.

Fern cessa de pleurer et regarda Ransome avec cette expression déterminée qui, déjà une fois, l'avait impressionné.

« Oui, vous pouvez faire quelque chose, dit-elle. Puis, détournant les yeux, elle ajouta : Si vous avez du cran... je pensais que vous en aviez ? »

Il eut envie de rire.

« Que voulez-vous dire ? demanda-t-il.

— Laissez-moi passer la nuit chez vous... Si demain matin on me trouve ici, ça fera du scandale. Harry Loder ne voudra plus m'épouser, et ma mère sera forcée de me renvoyer de Ranchipur. Vous comprenez ? Alors je pourrai mener la vie que j'entends. Jamais je ne reviendrai. Puis, après un instant de silence, elle déclara : Je me moque de ce que les gens d'ici pourront dire de moi. »

En effet, Fern savait ce qu'elle voulait ! Ransome ne riait plus. Il admirait la force de volonté qu'il découvrait en elle.

« Et que faites-vous de moi dans cette histoire ? » demanda-t-il.

Si rapide fut la réponse de Fern qu'il se rendit compte qu'elle avait préparé d'avance tout l'entretien.

« Qu'est-ce que cela vous ferait ? Vous en avez tant vu ! Cela ne pourrait nuire à votre réputation... »

En l'entendant, il eut la subite révélation de ce que cette petite clique qu'il méprisait pour son snobisme et ses basses flatteries pensait de lui. Pour eux, il n'était qu'un libertin, un gâcheur, un goujat, un homme sans valeur, capable de n'importe quoi. Ils devaient en avoir discuté devant Fern. Pourtant, ils étaient flattés de le recevoir chez eux, prêts à lui courir après, au moindre sourire.

Alors, une violente colère le saisit, non pas contre Fern, mais contre le milieu d'où elle sortait. « Les plats valets ! se dit-il. Ils ont l'audace de me juger ! »

« Et qu'est-ce qui a pu vous donner cette idée de moi ? » questionna-t-il.

La réponse de Fern le déconcerta et fit tomber son irritation.

« J'avais l'impression que vous vous fichiez pas mal de la respectabilité. Ne vous moquez-vous pas de ce qu'on pense ou de ce qu'on dit de vous ? Vous n'êtes pas comme eux. Ne voyez-vous pas que ce serait très chic de votre part si vous acceptiez ?

— Où avez-vous lu tout ça ?

— Je ne l'ai pas lu, je le pense. Soudain elle oublia ses larmes et s'anima : Ne voyez-vous pas que je *comprends ?* Je sais ce que vous êtes, réellement. Vous avez horreur du genre de vie qu'ils mènent. Moi aussi ! Je veux être moi-même, tirer de la vie tout ce qu'elle peut donner. Je me moque de la respectabilité et de toutes ces choses ! »

Ah, c'était donc ainsi qu'elle le voyait ! Oui, autrefois, il était ainsi ! Et, subitement, il eut honte de se sentir las et découragé. « Tout ça est bel et bon, répondit-il, mais ce n'est pas si simple. Il faudrait avoir du cran... plus que je n'en ai, pour en sortir.

— Je ne m'attends pas à ce que ce soit facile.

— Pourquoi êtes-vous venue chez moi ? Si c'est vraiment ce que vous désirez, n'importe qui pouvait faire l'affaire. N'importe lequel de ces jeunes gens ! »

Elle se pencha, saisit une cigarette sur la table et voulut l'allumer, mais l'allumette était humide. Rouge de confusion, elle dut s'y reprendre à plusieurs fois. Enfin elle réussit et se mit à fumer, d'une façon gauche, comme une vieille fille qui fume pour la première fois. Attendant sa réponse, il l'observait, ému, charmé par son extrême jeunesse.

« Vous êtes le seul chez qui je pouvais venir, parce que vous êtes le seul capable de comprendre et de ne pas abuser de moi. Puis, après un silence, elle ajouta : Je suis aussi venue parce que vous m'êtes sympathique. J'ai souvent pensé que vous êtes la seule personne que je ne déteste pas ici. »

Il se rendit compte qu'elle n'avait pris la cigarette que pour se donner du courage.

« Mais vous ne me connaissez pas ?

— Si, je vous connais.

— L'homme fort et mystérieux, distant et différent !... dit-il en souriant.

— Ne me taquinez pas ; ne me traitez pas en enfant. Je ne suis plus un bébé. Je veux être une femme. »

Un instant, il fut ébranlé.

« Vous ne m'avez jamais montré que je vous étais sympathique, dit-il. Vous ne m'avez presque jamais adressé la parole... »

Mais il s'interrompit, conscient d'un danger.

Les cheveux de Fern commençaient à sécher et se dressaient en boucles blondes tout autour de sa petite tête. Malgré lui, il ne pouvait s'empêcher d'admirer son corps, sa sveltesse virginale, ses longues jambes élancées, la minceur de ses chevilles. Ces vêtements lui seyaient. Mais la situation devenait grotesque. Que lui, entre tous les hommes, fût en train de résister à tant de grâce, de fraîcheur, s'offrant à lui spontanément ! Pris de vertige, il se versa un nouveau verre de brandy : « Peut-être mon aventure avec Edwina a-t-elle été providentielle ! se dit-il. Sans elle je n'aurais certainement pas manqué de me ridiculiser avec cette petite fille. Drôle de chose que la vie ! » Il fallait qu'il la renvoyât sur-le-champ : mais la tentation (bien qu'il fût décidé à n'y pas céder) était agréable, exaltante. Depuis des années, il n'avait plus éprouvé un sentiment aussi jeune, aussi frais.

Il s'aperçut alors qu'elle avait vidé son verre : « Je n'aurais pas dû lui en donner autant, se dit-il. Probablement est-ce la première fois de sa vie qu'elle boit de l'alcool. »

« Vous me plaisez depuis longtemps, disait-elle. Que de fois je vous ai observé dans la rue et, tous les samedis, je vous guettais, quand vous alliez chez les Smiley. Vous m'avez toujours plu. Mais, pour vous, je n'étais qu'une enfant ; vous ne preniez même pas la peine de me parler. »

« Décidément, elle sait ce qu'elle veut, se dit-il. Rien ne l'arrêtera. » Il but de nouveau. « Après tout, pourquoi pas ? songea-t-il. Quelle importance cela a-t-il ? La vie est courte et si ennuyeuse ! »

« Maintenant, je vais vous reconduire chez vous, avant qu'il ne soit trop tard ! » dit il à haute voix.

Il se leva, posa son verre pour rendre ses paroles plus péremptoires.

« Ne me forcez pas, je vous en prie ! Permettez-moi de rester ! »

Il se pencha au-dessus de la table.

« Si vous restiez, que feriez-vous après ? demanda-t-il. Jamais je ne vous épouserai.

— Je ne le désire pas, moi non plus. Je n'ai pas envie d'être attachée...

— Alors, comment cela finirait-il ? »

De nouveau, elle lui répondit avec une étonnante rapidité.

« Je serai forcée de quitter Ranchipur, que ma mère le désire ou non. J'irai en Amérique, et là, je saurai bien me débrouiller. Je pourrais aller à Hollywood. Je sais que j'ai des chances de réussir.

— Ce n'est pas facile.

— Je ferai n'importe quoi. »

Il posa sur elle un regard aigu, sans parler, et elle détourna les yeux.

« Oui, n'importe quoi ! répéta-t-elle. N'importe quoi ! Qu'est-ce que cela peut faire si cela vous donne la liberté... Une chose comme ça n'a pas vraiment d'importance. C'est passé en quelques minutes. Quoi qu'il en soit, le corps n'a pas d'importance, il n'est pas vraiment nous. »

De nouveau Ransome sentit monter le vertige : « Ce n'est pas possible, songea-t-il. Je ne suis pas en train d'entendre tout cela. Moi aussi, autrefois, je le pensais ! »

« Ce n'est pas une expérience indifférente, remarqua-t-il. Elle est parfois terrible. Vous n'imaginez pas ce que les hommes peuvent être horribles.

— C'est pourquoi je suis venue chez vous. Elle hésita, comme pour rassembler son courage, puis se décida : Je désirais que ce fût vous... Je savais que vous ne seriez pas horrible, et je voulais que, pour la première fois, ce fût avec quelqu'un qui m'était sympathique. Est-ce que vous ne me comprenez pas ? Après, cela n'aura plus d'importance. Vraiment, est-ce trop ? » demanda-t-elle.

Tremblant légèrement, il songeait : « Bon Dieu, voilà une situation à laquelle saint Antoine n'a jamais pensé ! »

« Je ne comprends que trop bien, dit-il. Et c'est pourquoi vous allez tout de suite rentrer chez vous. Si vous ne partez pas sur-le-champ, j'irai chercher votre mère. Il lui tendit le manteau humide : Allons, venez ! »

Mais elle ne bougea pas et se remit à pleurer :

« Je vous en supplie, dit-elle, gardez-moi, ne me forcez pas à partir. »

Alors, brusquement, Ransome se sentit las. Son ancienne faiblesse le reprenait ; il allait recommencer à céder, à atermoyer, à faire des promesses qu'il n'avait pas l'intention de tenir. N'avait-il pas agi de même sur la véranda le jour de la réception ? Et cela n'avait fait que l'engager davantage !

« Il faut que vous me donniez le temps de réfléchir », dit-il.

De s'entendre parler de la sorte le fit rire.

« Je ne peux pas rentrer. Ma mère se réveillerait, elle entendrait l'auto et me demanderait d'où je viens.

— Nous arrêterons la voiture à quelque distance, répondit-il. Je vous mènerai chez les Smiley. Vous pourrez y passer la nuit et rentrer chez vous de bonne heure demain matin. Vous n'aurez qu'à déchirer votre lettre avant qu'on ne la trouve.

— Je ne veux pas aller chez les Smiley. Mrs. Smiley me déteste.

— Vous ne la connaissez pas ; elle ne déteste personne ; elle n'en a pas le temps. »

Fern s'était levée et, pleurant encore, elle supplia : « Ne me forcez pas à partir ! Je n'ai pas envie de partir ! Je ne m'en irai que si vous me promettez de me revoir et d'être bon pour moi.

— Je vous le promets.

— Et vous m'aiderez ?

— Je vous aiderai.

— Parce que ce que je viens de vous dire n'est pas vrai ; ce n'est pas de la sympathie que j'ai pour vous, c'est plus que cela... Elle se mit à enfiler son manteau. Je crois que je vous aime... Si je ne vous aimais pas, je ne m'en irais pas.

— Mon Dieu ! »

Dehors, l'eau ruisselait, remplissant les fossés, s'étalant en lacs sur la route. La vieille Buick, ses phares voilés par la muraille de pluie, avançait lentement en les éclaboussant tous deux. Ils ne parlaient pas. Depuis la confession de Fern, une barrière semblait s'être élevée entre eux. Ce n'était plus une comédie où il jouait le rôle de sage conseiller. Fern non plus ne jouait pas. Il la sentait étrangement sincère. S'il ignorait l'existence de Blythe Summerfield, « Perle d'Orient », il savait cependant qu'elle avait abandonné le personnage dont elle s'était parée avant de venir chez lui.

Il chercha quelque chose à lui dire, persuadé que par une conversation banale il pourrait remettre les choses au point, ramener leurs relations sur le plan du sens commun ; mais il ne trouvait rien. Tout lui semblait ridicule, ou risquait de trahir son intention. Il y avait une qualité dans la franchise de Fern qui rendait les propos ordinaires impossibles en ce moment. Elle était assise, repliée sur elle-même, un peu à l'écart, pensive, sombre. Il ne la regardait pas, mais sentait sa présence toute proche et savait exactement l'air qu'elle avait dans sa vieille chemise et ses shorts : séduisante, désirable et un peu sauvage. N'était-il pas étrange qu'il la vît aussi clairement quand, quelques heures auparavant, il eût été incapable de dire comment elle était ?

Un peu au-delà de la Distillerie, il arrêta la voiture.

« Nous ferions mieux de descendre ici, dit-il. Ainsi le bruit du moteur ne réveillera personne.

— Je puis aller seule. Vous serez trempé.

— Cela ne fait rien. Je me changerai en rentrant. Vous n'avez plus froid ? Vous ne frissonnez plus ?

— Ce n'était pas la fièvre. Je n'avais rien. »

« Ah, elle est donc comme ça ! songea-t-il. Probablement suis-je fou ! » Et, tout en pataugeant à côté d'elle sous la pluie, il se rendit compte, non sans confusion, que, pendant tout le temps qu'elle était restée chez lui, une partie de lui-même n'avait cessé de la détailler froidement — sa gorge, ses seins, ses cuisses, ses cheveux blonds — et de se demander quelle maîtresse elle ferait. « C'est de la sénilité, se dit-il. De la sénilité de vieux libertin ! » Car, tandis qu'il l'évaluait ainsi, pas une fois il n'avait songé à ce qu'elle pouvait être intérieurement. « Comment en suis-je arrivé là ? Je n'ai que trente-huit ans ! Est-ce tout ce qui me reste ? La sensualité est-elle la seule chose qui puisse encore m'exalter ? »

Tout était éteint chez les Smiley, mais ils n'eurent pas de peine à entrer. (Il se heurta seulement la tête à l'un des pots de pétunias, suspendus par tante Phœbe.) La porte n'était jamais verrouillée, ni les fenêtres. Jour et nuit, la maison était ouverte à tout venant. Au début, on avait essayé d'en abuser, mais depuis longtemps tout le monde savait que les Smiley ne possédaient rien qui valût la peine d'être volé et on ne les inquiétait plus.

Ransome connaissait les lieux. Il laissa Fern dans le

vestibule et se dirigea, à la lueur de son briquet, le long du couloir jusqu'à la porte de la chambre à coucher des Smiley où il frappa. Il ne craignait pas de les effrayer ; ils étaient accoutumés à être réveillés à n'importe quelle heure de la nuit, quand la maladie ou la mort survenaient parmi les Intouchables ou les gens de basse caste. Il dut frapper deux fois. Enfin la voix ensommeillée de Mr. Smiley demanda : « Qu'est-ce que c'est ?

— C'est moi, Ransome, dit-il. Pourrais-je vous dire deux mots ?

— Certainement. Une seconde et je suis à vous », répondit Smiley d'un ton réveillé et alerte.

L'instant d'après, la porte s'ouvrit et Mr. Smiley parut, vêtu d'une robe de chambre de coton et suivi de Mrs. Smiley, en kimono, les cheveux noués en chignon au sommet de la tête.

Mrs. Smiley alluma l'électricité en souriant.

« Je suis désolé de vous déranger, dit Ransome, mais il se passe quelque chose d'un peu extraordinaire. »

En quelques mots il les mit au courant de la fugue de Fern. Mais il s'abstint de leur dire qu'il l'avait trouvée dans sa chambre à coucher. Les Smiley prirent la chose le plus naturellement du monde et ne marquèrent aucun étonnement, même lorsqu'ils aperçurent Fern, l'air embarrassé, vêtue des habits de Ransome.

« Bonsoir, Fern », dit Mrs. Smiley comme si elles étaient des amies de vieille date.

La situation n'était pas agréable pour Fern. N'avait-elle pas toujours méprisé les Smiley, les considérant comme d'imbéciles et austères besogneux ? Mais Mrs. Smiley, qui n'avait probablement jamais remarqué les airs supérieurs de Fern, rendit la chose facile, en quelque sorte naturelle, comme si Fern venait simplement de traverser l'allée pour lui emprunter une tasse de sucre

« Je vous mettrai dans la chambre à côté de la nôtre, ajouta-t-elle. Comme ça, vous ne risquerez pas d'avoir peur.

— Je n'ai pas peur », répondit Fern.

Et Ransome vit à ce moment qu'elle n'était encore qu'une enfant.

Les Smiley demandèrent à Ransome de rester et de prendre quelque chose. Comme toujours, ils étaient prévenants et hospitaliers. Ils ne montraient aucune surprise, ne posaient pas de questions. Puis une porte s'ouvrit dans le couloir et la tête de tante Phœbe apparut. « Qu'est-ce qui se passe ? demanda-t-elle. Puis-je me rendre utile ?

— Non, ce n'est rien », répondit Mrs. Smiley.

Mais tante Phœbe avait aperçu Ransome et la fille de cette « pauvre Blanche » Mrs. Simon, en vêtements d'homme, et elle sortit, dans sa chemise de nuit à col haut et à manches longues, ses cheveux blancs hérissés de papillotes de papier, pour voir ce qui se passait. Ransome, sachant qu'elle n'hésiterait pas à poser des questions directes, s'esquiva. Mais auparavant, il prit congé de Fern. Elle le regarda droit dans les yeux, au point de le mettre mal à l'aise, et se borna à dire : « Merci. » Mais il sentit qu'elle désirait lui faire comprendre que l'aventure n'était pas finie entre eux et qu'il ne se débarrasserait pas d'elle par une promesse.

Quand, trempé, accablé, il arrêta la voiture sous la porte cochère de sa maison, il se rendit compte combien il avait été près de faire quelque chose qui lui eût rendu le séjour de Ranchipur impossible. Après s'être séché et avoir vidé le reste de la bouteille de brandy, il vit encore plus clairement l'incident. Il se souvenait de l'instant précis où le malaise, le vertige s'étaient emparés de lui et où il s'était dit : « Que le diable l'emporte ! C'est la seule chose qui compte ! Si je n'en profite pas, un jour, quand je serai vieux, je le regretterai. »

Il en était arrivé à ne plus éprouver d'autres regrets qu'à l'égard des choses, bonnes ou mauvaises, qu'il n'avait point accomplies. Elles étaient là, dans le tissu de son existence, comme des trous laissés par un ouvrier insouciant, et qui gâtaient la richesse de l'ensemble ; et il n'y avait pas moyen de revenir en arrière, de raccommoder ces trous. Une chose faite était acquise pour toujours. Le pire, c'était que des considérations telles que l'honneur, la crainte du qu'en-dira-t-on, la responsabilité, si importantes en ce moment, un jour n'auraient plus aucun poids.

« Peut-être, se dit-il, les gens forts sont-ils ceux qui, sachant cela, continuent à agir impitoyablement. » Quant à lui, il ne se sentait pas fort, il ne croyait même pas l'avoir été, l'heure précédente, lorsque Fern était assise en face de lui, provocante et ardente. Un jour tout cela serait effacé, ne lui laissant qu'une triste impression de regret d'avoir refusé une aventure qui eût pu être rayonnante, merveilleuse. Cette pensée le rapprocha de la philosophie réaliste du major Safti — que le corps, qui causait tant de souffrances, devait en retour de nombreuses satisfactions sensuelles.

« Toujours, songea-t-il à demi ivre, le moraliste et le gentleman en moi me paralyseront et gâcheront tout. » La débauche même, dans laquelle il s'était jeté de sang-froid à maintes reprises, n'avait pas réussi à les tuer. Ils étaient toujours là, endormis pendant de longues périodes, pour se réveiller brusquement au moment où il le désirait le moins, lui imposant, malgré lui, un rôle que, depuis longtemps dégoûté, il avait consciemment et délibérément rejeté.

Il éteignit la lumière et, soulevant la moustiquaire, entra dans son lit. « Pas une fois, songeait-il, je ne me suis oublié pendant l'amour, jamais je n'en ai joui directement, brutalement, comme la plupart des hommes. Toujours, quelque chose en moi restait là, à m'observer, à constater ma futilité, ma honte, mon ridicule. » Parviendrait-il un jour à vaincre ces choses, à trouver la voie directe ? Peut-être. Cependant, il s'en rendait compte malgré son ivresse, cela signifierait non seulement la libération de son corps, mais la mort de tout ce qui était vraiment lui.

Agité, mal à l'aise, ne pouvant dormir, irrité par le bourdonnement des milliers d'insectes attirés par la lumière, il n'avait même pas la consolation, pour atténuer son regret, de croire qu'il avait agi par noblesse. En toute sincérité, il savait que, s'il avait respecté Fern, ce n'était pas à lui, mais à Edwina, qu'il le devait. Sans l'aventure avec Edwina, il aurait peut-être été poussé, par ennui et pour obéir aux exigences de son corps, à faire ce que cette étrange jeune fille lui demandait. Oui, elle était étrange et même fascinante. Il y avait en elle, tout au fond, sous sa naïveté, son absurdité, sous sa révolte contre tout ce qui l'entourait, quelque chose qui méritait d'être découvert.

« N'est-il pas comique, se dit-il, que ce soit Edwina, froide, dépravée, qui ait, sans même le savoir, sauvé Fern ! Sauvé de quoi ? D'une chose qui, certainement, un jour, sous peu, lui arriverait ; de cette chose qui, après tout, aurait pu la soulager. En tout cas, se dit-il, je la lui aurais rendue agréable. »

A ce moment, il eut l'impression que quelqu'un traversait la véranda devant sa fenêtre. Sautant du lit, il saisit une torche électrique et se précipita dehors. Le faisceau lumineux alla s'émousser, se briser contre la muraille de pluie. Pourtant il y vit assez pour distinguer une silhouette brune, complètement nue, qui traversait le jardin en courant dans la direction du pavillon.

« Cré nom de nom ! marmotta-t-il en retournant vers son lit. Puis il se mit à rire. Dommage de m'être privé, vraiment, puisque, de toute façon maintenant, je vais être accusé de l'avoir fait ! »

Il serait vain d'essayer d'intimider Jean-Baptiste ou de chercher à l'acheter ; il tenait là un morceau trop friand pour ne pas le partager avec ses bavards camarades. Le potin se répéterait, s'amplifierait, comme les ronds sur l'étang où l'on a jeté une pierre. Quand il aurait passé de domestique en domestique, il atteindrait les oreilles d'une quelconque Mrs. Hoggett-Egburry, et alors la danse commencerait ! Ransome connaissait Ranchipur ; quand l'histoire arriverait à « Pukka-Lil », elle raconterait déjà qu'il avait enivré Fern pour ensuite la violer.

« J'aurais tout aussi bien fait de ne pas m'abstenir ! répéta-t-il. Cela prouve que... » Ce que cela prouvait, il ne le savait plus, car la fatigue et l'ivresse lui embrouillaient de plus en plus les idées. Il lui semblait que cette nuit, commencée quand Edwina, pâle, fraîche, toute blanche et or, était entrée dans le salon du Palais, durait depuis toujours.

Juste avant de s'endormir, il souleva la tête et prêta l'oreille. Cette fois, ce n'était pas son imagination, la rivière avait commencé à rugir.

Puis il repensa à Edwina. « Oui, je suppose que c'est à cela que servent les prostituées », se dit-il.

Chez les Smiley, Fern attendait, l'air penaud, pendant que Mrs. Smiley et tante Phœbe préparaient son lit, lui cherchaient une chemise de nuit et s'efforçaient de la mettre à l'aise. Elles parlaient des pluies, de la difficulté de garder les draps secs, mais elles ne firent aucune allusion à Ransome, ni à la façon dont Fern était vêtue. A une ou deux reprises, tante Phœbe posa sur elle un regard pénétrant qui, fait étrange, n'était ni hostile, ni accusateur, mais plutôt intrigué et admiratif.

La vieille dame semblait dire : « Ma foi, jamais je n'aurais cru que vous aviez autant de cran ! »

Gauche, paralysée par la gêne et la timidité, la jeune fille regardait travailler les deux femmes ; tante Phœbe apportait une carafe d'eau et la posait sur la table à côté du lit ; Mrs. Smiley fixait la moustiquaire au cadre et parlait de la difficulté d'éviter les trous dans le tulle attaqué par l'humidité de la mousson ; elle envoyait tante Phœbe chercher du fil et une aiguille pour raccommoder ceux qui s'étaient formés depuis le dernier blanchissage. De temps à autre, Fern disait : « Oh, merci ! madame », ou bien : « C'est parfait, ne vous donnez pas tant de peine ! » ou encore : « Laissez-moi donc faire ça ! » Et, tout en la suivant des yeux, elle commençait à comprendre ce qu'était réellement Mrs. Smiley.

Pour la première fois, Mrs. Smiley cessait de représenter pour elle une sorte d'ombre falote, symbole de tous les missionnaires, vivant dans la maison d'en face comme une menace perpétuelle, lui rappelant sans cesse que, quel que pût être son rêve, elle n'était qu'une fille de missionnaire, condamnée à jamais à vivre dans une atmosphère « missionnaire ». Mrs. Smiley lui apparaissait, soudain, comme une personne vivante, réelle, qui peut-être connaissait les mêmes passions, les mêmes faiblesses, les mêmes désespoirs qu'elle-même. Et, obscurément, sans bien comprendre, parce qu'elle était très jeune, elle devinait qu'en Mrs. Smiley passions et déceptions avaient depuis longtemps été domptés, soumis à la raison. Vaguement, elle se rendait compte que Mrs. Smiley avait, en quelque sorte, débrouillé l'enchevêtrement de la vie, clarifié sa confusion. « Cela doit être agréable, songea-t-elle, de se sentir si calme, si sûre. » Il n'était pas nécessaire de *connaître* Mrs. Smiley pour découvrir la sérénité, l'assurance qui étaient en elle. Ses gestes, son maintien, son sourire, la façon dont elle tendait les draps sur le lit, l'aisance et l'habileté avec lesquelles elle raccommodait les trous de la moustiquaire, tout révélait la beauté et l'équilibre de sa nature.

Quelque chose dans la présence de Mrs. Smiley, à ce moment précis où ses sens étaient excités, aiguisés, lui faisait comprendre exactement ce qui l'avait poussée hors de chez elle pour se rendre dans la chambre de Ransome. Ce n'était pas par dépravation, ni par curiosité, ni même par amour imaginaire et romanesque, mais parce qu'elle avait senti qu'elle devait s'évader de ce monde faux et trouble que sa mère et son père avaient créé et entretenaient autour d'eux, et qui l'enfermait et la désespérait. Elle avait été entraînée par le désir de redresser sa vie et elle n'avait vu qu'une seule façon de le faire : s'enfuir, et laisser Ransome lui donner ce que toute femme doit recevoir avant d'être capable de comprendre la profondeur et la richesse infinie de l'existence.

Mrs. Smiley et tante Phœbe se retirèrent et elle resta seule, couchée dans l'obscurité, vêtue d'une chemise de coton de Mrs. Smiley. Mais elle ne s'endormit pas. L'alcool et l'excitation stimulaient son esprit comme jamais encore et, repensant à ce qui venait de se passer, elle se rendit compte que, si plusieurs raisons — mais pas l'amour — l'avaient poussée à se rendre chez Ransome, ce qui, tout à l'heure, n'était qu'une impulsion romanesque, s'était subitement transformé en réalité. Assise dans son lit, elle se dit : « Je l'aime. C'est donc cela l'amour ! » Cela ne ressemblait pas du tout à ce qu'elle avait lu dans les revues illustrées, ni à ce que l'on montrait au cinéma.

Elle savait qu'elle l'aimait parce qu'elle se sentait « différente ». Non seulement à l'égard de Ransome, mais à l'égard d'elle-même. Elle ne voyait plus en lui le héros romantique, sombre, mélancolique, mystérieux. Il lui avait parlé simplement, avec une honnêteté parfaite. Il s'était montré tellement plus compréhensif, plus gentil qu'elle ne se le figurait quand, se rendant chez lui sous l'averse, elle imaginait leur entrevue. Nul ne lui avait encore parlé de cette façon, comme si elle était une grande personne. Autour d'elle, nul ne s'était jamais exprimé ainsi, car tous prétendaient être ce qu'ils n'étaient pas, et ce qu'ils disaient ou faisaient devenait faux, compliqué, irritant. Ne semblaient-ils pas vivre dans la crainte perpétuelle de tout, pauvreté, potins, convenances, snobisme, si bien que leurs pensées, leurs moindres gestes, devenaient empruntés, prétentieux et malsains ? Elle-même, dans son personnage de Blythe Summerfield, n'avait-elle pas inventé un monde aussi mensonger que celui de sa mère, de son père, de Mrs. Hoggett-Egburry, ou de tous les autres ? N'avait-elle même pas imaginé un rôle pour Ransome, où elle le rendait dur, impénétrable, cynique et brutal ? Ceci non plus n'était pas vrai. Dans l'obscurité, elle se sentit rougir au souvenir de la façon ridicule et théâtrale dont elle s'était conduite chez lui. Confuse, elle se rendait compte combien il avait été bon pour elle.

Elle savait aussi que si les choses s'étaient passées comme elle le désirait, elle n'en aurait éprouvé aucun remords, aucun sentiment de péché, parce que c'eût été bien, d'une façon qu'elle ne pouvait, au juste, s'expliquer. « Je l'aime, se répétait-elle. C'est donc ça l'amour ! » C'était tellement meilleur, plus chaud, plus excitant que toutes les choses stupides qu'elle avait rêvées.

Ransome n'était plus pour elle une ombre mystérieuse sortie d'un monde et d'une vie dont elle ne savait rien : il était la réalité. Elle n'avait pas peur de lui. Elle le *connaissait*. Sans même le savoir, elle avait découvert mille détails le concernant : la façon dont ses cheveux épais et sombres poussaient sur son front bronzé, le petit sourire désabusé, presque triste, qui parfois apparaissait sur son visage au milieu d'une phrase, le son précis de sa voix, bonne, plaisante, caressante, et qu'elle pouvait entendre en ce moment, bien qu'elle fût loin de lui, dans la solitaire obscurité d'une maison étrangère — la forme de ses mains, très belles, et la façon dont elles tremblaient légèrement lorsqu'il soulevait son verre.

Un instant, elle redevint Blythe Summerfield et se surprit en train de dire : « Ses mains ! Ses chères mains ! » Alors, pour la seconde fois, elle rougit, honteuse d'avoir trahi sa nouvelle réalité.

Mais ce pour quoi elle l'aimait le plus, c'était de savoir — fait qu'elle n'avait jamais imaginé — qu'il était aussi malheureux qu'elle-même.

Elle commençait aussi à voir pourquoi il était lié avec les Smiley, allait si souvent chez eux, tandis qu'il venait si rarement chez sa mère. Même lorsqu'il se rendait chez Mrs. Simon, il n'était pas réellement là, il envoyait à sa place un être aimable, poli, qui feignait de prendre au sérieux ces gens insensés de là-bas. « Lui et Mrs. Smiley savent quelque chose que nous ignorons de l'autre côté de l'avenue », se dit-elle. Et, soudain, elle eut l'intuition de l'existence d'un autre monde, qui, elle le sentait vaguement, était celui auquel elle appartenait, un monde plein de richesse, où la souffrance avait de la profondeur, l'ambition de la grandeur et le plaisir de la consistance.

Elle n'était plus une petite fille. Lorsque enfin elle s'endormit, il lui sembla que la nuit qui avait commencé par sa fuite sous la pluie durait depuis toujours. Pour la première fois, quelque chose lui était arrivé ; elle découvrait que la vie n'était pas simplement une chose débitée par la pendule en secondes, en minutes, en heures. Parfois la vie ne bougeait pas pendant des jours, des mois, puis, brusquement, on pouvait vivre des années en une heure ou deux. C'était étrange.

Lorsque Mrs. Smiley rentra dans sa chambre, la lumière était encore allumée, mais Mr. Smiley, sur son côté du grand lit qu'ils occupaient hiver comme été, s'était déjà rendormi. Elle ne le réveilla pas, sachant qu'il avait besoin de toutes ses minutes de sommeil. Doucement, pour ne pas faire gémir les ressorts, elle grimpa sous la moustiquaire. Elle n'éprouvait pas le besoin de lui parler de Fern ; elle devinait déjà tout ce qui la concernait, ce qu'elle avait tenté ; et certainement, il le savait aussi. A quoi bon épiloguer sur cette histoire, s'égarer en conjectures ? Ils n'en avaient pas le temps. Fern n'était pas heureuse, et elle en connaissait la raison depuis longtemps ; elle comprenait aussi pourquoi Fern s'était rendue chez Ransome plutôt que chez n'importe qui à Ranchipur. Elle avait également la conviction que rien ne s'était passé entre eux, car Ransome, quoi qu'il pût dire, était un gentleman.

Elle savait tout cela parce que, bien que rien de très passionnant ne lui fût jamais arrivé, elle devinait les choses. Elle semblait être née en comprenant la folie humaine et la souffrance.

C'est peut-être pourquoi elle n'avait aucun égoïsme. Elle n'avait pas idée de ce qu'elle était, ni de quoi elle avait l'air, n'ayant jamais eu le temps de s'étudier. Elle ne se servait de son miroir que pour se coiffer le matin, de façon que ses cheveux fussent en ordre. Mais, pendant cette opération, elle ne regardait pas son visage ; seulement ses mains et ses cheveux, comme s'ils étaient autre chose qu'elle, une tarte ou une miche de pain. Elle avait toujours été ainsi, même enfant. Elle était venue au monde avec une sorte d'humilité innée, que rien n'avait altérée, bien qu'elle appartînt à une famille de neuf enfants. Jamais elle ne s'était crue négligée, trompée ou insultée, par qui que ce fût. Jeune fille, à Cedar Falls, elle ne souffrait pas d'être reléguée à l'arrière-plan par ses compagnes plus jolies, plus adroites, plus hardies qu'elle-même. Parfaitement satisfaite de son sort, elle trouvait de la joie et du bonheur à regarder les autres s'amuser. Et c'est ainsi que devenue, très jeune, la confidente de tous, elle ne s'étonna et ne se choqua plus de rien, et acquit une sagesse supérieure à celle de la plupart de ceux qui, vivant avec passion et violence, retombaient toujours dans les mêmes erreurs, les mêmes péchés. Occupée et intéressée par le spectacle des autres, elle ne s'était jamais apitoyée sur elle-même. Souvent elle éprouvait une honnête et simple pitié à l'égard d'êtres plus brillants, plus séduisants qu'elle, parce qu'il lui semblait que leur beauté, leurs dons, ne faisaient qu'attirer sur eux le malheur et la souffrance. Tranquille comme une petite souris dans son coin, elle n'avait connu ni la jalousie, ni l'envie, ni l'amertume, ni le désappointement, et c'est pourquoi elle se sentait plus heureuse que les autres.

Puis survint Mr. Smiley, réservé, humble. Mais les siens le regardèrent d'un mauvais œil, parce que, n'étant que baptiste, il osait faire la cour à la fille d'une famille congréganiste — Mr. Smiley, avec son innocence, sa correction, sa timide chaleur, le seul qui vît les gens et les choses comme elle les voyait. Aussi, malgré l'opposition des siens, elle l'épousa, devint baptiste, missionnaire, et partit avec lui pour les Indes. Ils ne s'y rendaient pas par conviction, par dépit ou par exaltation. Simplement, c'était la voie naturelle à suivre, la carrière qui correspondait exactement à leurs natures. Vivant toujours pour les autres, jamais pour eux-mêmes, ils ne possédaient aucun bien qu'on pût leur voler, aucun orgueil qui pût être blessé, aucune prétention ou ambition qui pussent être déçues. Là résidait leur secret que Ransome avait lentement découvert.

Depuis sa rencontre avec Mr. Smiley, elle ne s'était plus jamais sentie solitaire ; lui non plus. Elle ne se figurait pas qu'il l'avait épousée par passion et savait que ni l'un ni l'autre n'étaient portés aux effusions. Mais ils se comprenaient, considéraient la vie de la même façon, possédaient tous deux l'humilité et trouvaient leur bonheur le plus profond à servir les autres. Elle ignorait les ravissements de la chair et ne cherchait pas à les imaginer, mais elle trouvait Mr. Smiley gentiment et chaudement confortable.

Pendant un moment, elle réfléchit à la façon dont elle pourrait venir en aide à Fern Simon. Depuis longtemps, elle savait que la jeune fille se sentait seule et souffrait, mais, connaissant sa nature ombrageuse, elle n'avait pas cherché à se rapprocher d'elle. Maintenant que Fern était venue à elle, ou plutôt que Ransome la lui avait confiée, ce serait plus simple.

Enfin elle s'endormit. A l'aube, un coup frappé à la porte la réveilla. C'était un des élèves de l'école de

Mr. Smiley. Il appartenait à la caste des potiers et venait l'informer que sa mère et son frère avaient attrapé le typhus. Il y avait quatre nouveaux cas dans le quartier des potiers.

Elle s'habilla pour l'accompagner. Un peu lasse, elle songeait : « Les voilà qui se laissent de nouveau aller. S'ils ont le typhus, c'est qu'ils doivent avoir des poux. » Il faudrait recommencer à se battre ! Parfois elle était tentée de croire que tout leur travail, tous leurs efforts avaient été vains. Et puis, elle était inquiète, quatre nouveaux cas, dans un seul quartier, en une nuit, c'était trop !

Avant de quitter la maison, elle alla réveiller Fern et lui dit de rentrer chez elle.

Miraculeusement les pluies avaient transformé le paysage et toute la vie de Ranchipur. Dans le jardin de Ransome, en quelques heures, les lianes avaient lancé de longs et tendres jets, d'un vert de laitue, qui s'insinuaient partout, se glissaient dans les moindres interstices, dans les conduites d'eau, par les fenêtres ouvertes, s'enroulaient aux colonnes de la véranda, aux chaises du jardin, aux vieux banians, à la pompe du puits, s'enchevêtraient, s'élancaient, s'attachaient avec une sorte de volupté végétale à tout ce qu'ils rencontraient. Dans les plates-bandes, au milieu des sentiers battus, des pousses surgissaient, nées de la chaude averse. Les soucis, les roses trémières se redressaient à vue d'œil, s'épanouissaient ; les banians et les immenses manguiers, lavés et rajeunis, apparaissaient dans la pleine splendeur de leur sombre feuillage.

Dans le parc du Palais, le lac poussiéreux s'était rempli d'eau, et les frivoles petits bateaux se balançaient à sa surface dans la gaieté de leurs pourpres et de leurs ors. Les vastes parterres, agonisants la semaine précédente, éclataient d'une flore extravagante et vigoureuse. Au-delà des fenêtres de Mr. Jobnekar, les vastes champs de maïs et de millet passaient de l'or brun au vert émeraude, comme si un immense tapis avait été jeté sur toute la contrée, de l'extrémité du quartier des Intouchables jusqu'au mystérieux mont Abana et à la ville morte d'El-Kautara. Dans les jardins de la Mission américaine, les pétunias, les géraniums, les orchidées de tante Phœbe, suspendus aux branches dans leurs vieilles boîtes de fer-blanc et leurs corbeilles de bambou, poussaient et fleurissaient avec une telle exubérance que la vieille dame, en manteau de pluie, armée d'un mètre, sortait sous les rafales pour mesurer leur croissance d'un matin à l'autre. Dans la description de la mousson qu'elle envoyait à Cedar Falls, elle pourrait ajouter, comme chaque année : « Je n'exagère pas. Je les ai mesurés moi-même : six centimètres en vingt-quatre heures ! » Ce qui dépassait toujours de deux ou trois centimètres la vérité.

Chez Miss Dirks et Miss Hodge, les lianes, gorgées de sève, s'enchevêtraient devant les fenêtres du bungalow, teintant le jour d'une nuance vert pâle, si bien que les deux vieilles filles semblaient manger, dormir, broder, corriger les devoirs de classe, dans un fond sous-marin, comme deux sirènes virginales et mûrissantes.

Et les serpents commençaient à sortir. Pythons, cobras, *kraits*, vipères, d'abord engourdis, puis avec un appétit grandissant, envahissaient les jardins, les champs, les bords de la rivière. A l'Hôpital, les morsures de serpents vinrent ajouter aux charges de Miss Mac Daid. Il fallait amputer les chairs et faire des injections de sérum. Si le cœur était solide, on parvenait à sauver les victimes des cobras et des vipères ; mais pour celles des petits *kraits, il* n'y avait pas d'espoir.

Partout, dans les maisons, dans le vaste Palais, la moisissure s'étalait en taches sur les murs. Tout le jour, on devait entretenir des feux pour sécher les draps de lit alourdis par l'humidité d'une nuit. Les insectes pullulaient par millions, transformant les moustiquaires en pesants linceuls noirs. Pendant le jour, ils s'insinuaient en masses compactes derrière les tableaux, sous les coussins, sous les meubles, servant de festin aux petits lézards criailleurs qui vivaient dans les plafonds bourrés de roseaux.

Au bazar et sur la place du cinéma, les marchands de sucreries et de sirops avaient disparu en même temps que la foule. Les affaires ne se traitaient plus en plein air, sous le soleil ardent, mais dans de petites pièces sombres semblables à des cavernes, lourdes d'humidité. Les marches du Grand Réservoir étaient désertes. Mais quand, pendant une heure ou deux, l'averse cessait, tout le monde reparaissait et de véritables cortèges de *dhobies* se rendaient au Réservoir pour y battre leurs vêtements.

La rivière grossissait et les citernes, remplies en quatre ou cinq jours, débordaient. De mémoire d'homme, on n'avait vu de pluies aussi fortes, aussi extravagantes à Ranchipur. Elles étaient si violentes qu'après les réjouissances pour célébrer leur arrivée les gens commencèrent à s'inquiéter et à parler de l'inondation dévastatrice qui s'était produite jadis, sous le règne du mauvais Maharajah.

Mais la rectification du cours de la rivière s'avérait efficace et l'eau torrentueuse circulait sans causer de dégâts à travers la ville, puis le long de la plaine verte, jusqu'au-delà du mont Abana.

Les marches du temple de Krishna disparurent sous les flots jaunes. Des branches cassées, des cadavres d'animaux, des débris, vinrent s'agglomérer à la base de l'édifice. Aussi Rashid Ali Khan donna-t-il l'ordre qu'un balayeur armé d'une longue gaffe se tînt posté à proximité, jour et nuit, afin de refouler ces épaves dans le courant. Bien qu'il fût musulman, Rashid trouvait indécent que les degrés d'un temple fussent encombrés d'ordures et de charognes. Les Hindous ne s'en étaient même pas préoccupés.

L'une après l'autre, les familles importantes quittèrent

Ranchipur pour les stations des collines où il n'y avait ni moisissure, ni serpents, ni insectes : le Général, le Commandant en chef et sa famille, Mr. Burgess de la Banque, sa femme, sa tante et sa sœur, le Dewan et toute sa maison patriarcale composée d'une sœur, de deux neveux, deux fils, quatre petits-fils, leurs femmes et sept arrière-petits-enfants. Au Palais, Maria Lishinskaia et la Maharani choisissaient les bijoux et les *saris* que Son Altesse emporterait à Carlsbad, Londres et Paris. Le Maharajah donna enfin les ordres pour leur prochain départ de Bombay, sur le *Victoria*. Mais il ne s'intéressait pas au voyage. Il ne désirait pas partir. Il se sentait fatigué, malade, et souhaitait mourir à Ranchipur, parmi les siens. Cependant la Maharani et le Major avaient insisté et, quand il leur rappelait que son horoscope annonçait qu'il ne verrait pas la fin de l'année, ils riaient. Mais lui, il *savait*.

Dans sa vieille maison humide, Ransome, rempli de cette exaltation que provoquait en lui le spectacle de la mousson, ne songeait pas à partir. Le lendemain du dîner au Palais, il s'éveilla avec un sentiment de malaise et de dépression. Il ne lui fallut pas longtemps pour reconstituer les événements de la veille. Il désirait ne voir personne, ni Edwina, ni Fern, pas même Jean-Baptiste. Le boy, lorsqu'il lui apporta son thé, ne marqua par aucun signe qu'il savait ce qui s'était passé la nuit précédente. Comme de coutume, il ne dit mot et Ransome ne lui posa pas de question, songeant qu'il valait mieux ne pas faire un incident de l'aventure, espérant que Jean-Baptiste n'y trouverait rien d'extraordinaire et croirait que toutes les femmes européennes se comportaient comme Fern Simon.

Quand il eut pris son thé, se fut rasé et habillé, il décida de partir pour la journée et d'aller jusqu'à la cité morte d'El-Kautara. C'était la seule façon d'éviter de voir qui que ce fût, car la solitude n'existait pas à Ranchipur. Les gens ne cessaient d'aller et venir. Dans les rues, il était impossible d'échapper à ses connaissances, portes et fenêtres restaient constamment ouvertes. Pendant la mousson, il n'y avait pas moyen de s'enfermer chez soi ni de s'isoler.

Dans le Palais d'Été, Lord Esketh ne parlait plus de quitter Ranchipur, il était trop malade.

A huit heures, Bates vint réveiller Lady Esketh. Il l'informa que Sa Seigneurie était trop mal pour feindre plus longtemps qu'elle se portait bien. Avec lassitude, l'esprit engourdi par le soporifique, elle l'écouta, faisant effort pour se rappeler qu'elle se trouvait à Ranchipur et non dans sa demeure de Hill Street.

Sa Seigneurie, disait Bates, ne s'était pas réellement réveillée. Elle semblait être dans le vague et n'était plus capable de s'opposer à quoi que ce fût. Bates avait pris sa température ; elle était de plus de quatre dixièmes au-dessus de la normale.

« Je crains, Madame, qu'il n'ait attrapé une de ces fièvres d'Orient. »

« Vous ne le craignez pas, vous l'espérez ! » eut-elle envie de dire.

« Nous devrions faire appeler un médecin, remarqua-t-elle, mais je ne sais pas qui, ni où le chercher.

— Si Madame écrivait un mot à Son Altesse, je pourrais l'envoyer par un des boys.

— Je vais d'abord aller le voir. Retournez auprès de lui, Bates ; je vous rejoins à l'instant. »

Lorsqu'elle eut fait sa toilette et passé un peignoir, elle se sentit mieux. Pourtant son cerveau lui semblait encore enveloppé de coton, et, quand elle levait les mains, celles-ci lui paraissaient lourdes comme du plomb, étrangères à elle.

C'était la première fois qu'elle se rendait chez Esketh et, de le voir dans cette immense chambre à coucher victorienne, tapissée de rouge, lui donna envie de rire. Il était couché, grotesque, dans un vaste lit en bois de teck incrusté de nacre. Mais, à mieux le regarder, elle éprouva une impression de dégoût. C'était comme si elle ne l'avait encore jamais réellement vu. Gisant sur sa couche, à demi inconscient, l'étincelle, la vitalité, l'énergie qui, d'habitude, animaient sa grande charpente et transformaient son poids en force, l'avaient quitté ; il apparaissait flasque, inerte, lourd, telle une répugnante masse de chair.

Alors, son aventure de la veille au Palais et leur querelle dans sa chambre à coucher lui revinrent à la mémoire, et elle éprouva une honte soudaine, non d'avoir accordé ses faveurs à Ransome, ni de sa dissipation en général, mais d'avoir vécu près de dix années avec cet être bouffi, étalé dans ce lit d'apparat, de s'être donnée à lui, encore et toujours, avec une totale indifférence. Les autres — tous ceux à qui elle avait cédé — étaient au moins beaux. Elle repensa à Ransome, à son corps élancé, musclé malgré la boisson et sa vie dissipée. Puis, regardant Esketh, elle se dit : « Qu'il vive ou qu'il meure, jamais plus je ne coucherai avec lui ! » Mais elle souhaitait qu'il mourût, car elle savait qu'aussi longtemps qu'elle vivrait elle le reverrait toujours ainsi, trahi par la maladie, lourd, bouffi, congestionné, avec sa bouche ouverte, et que, chaque fois, elle se souviendrait qu'elle avait prostitué son corps élégant et beau avec lui. Oui, ce n'était qu'avec lui, son mari, qu'elle s'était prostituée. Avec tous les autres, elle avait connu le plaisir, parfois même l'amour. Seul, Esketh l'avait payée.

Penchée sur le lit, elle sentait que Bates l'observait, âprement curieux de voir comment elle se comporterait. Pour lui, elle devait prendre une attitude, faire croire à ses bonnes dispositions. Probablement n'en serait-il pas dupe. N'en savait-il pas déjà trop sur elle ?

« Albert, Albert, c'est moi, Edwina ! » dit-elle d'un ton éploré.

Les yeux bleu pâle s'entrouvrirent, mais ils ne regardèrent que l'espace, loin, au-delà d'elle, sans se concentrer. Puis Esketh poussa un faible grognement et ses paupières se refermèrent. Une seconde tentative n'eut pas plus de succès.

« Je vais écrire un mot à Son Altesse, dit-elle à Bates. Je vous l'apporterai. Il vaut mieux que vous ne le quittiez pas. »

Rentrée dans sa chambre, elle prit son papier à lettres, un flacon de sels, et s'installa pour écrire. Mais à peine avait-elle tracé : « Altesse » qu'elle décida d'adresser son billet à Ransome. En effet, elle se rendait compte que la vieille dame l'effrayait — elle n'aurait su dire pourquoi —

mais il y avait quelque chose en elle, dans son maintien, ses manières, sa dignité, oui, dans son regard pénétrant, qui la mettait mal à l'aise. Elle la revit telle qu'elle lui était apparue la veille, debout sous l'éclat du lustre bourdonnant d'abeilles, avec cette nuance d'ironie au fond des yeux : « Elle a deviné notre escapade ! » songea-t-elle. N'y avait-il pas aussi du mépris dans l'expression de la Maharani ? Comme si elle eût pensé, sans le dire : « Votre naissance, votre rang vous donnaient une responsabilité dont vous deviez rester digne. Vous étiez une petite parcelle de cette civilisation que vos ancêtres ont contribué à édifier. Mais vous vous êtes laissée aller, vous trahissant vous-même et les autres, et votre tâche, vous ne l'avez pas accomplie. »

Subitement, elle comprit l'impression qu'elle avait dû produire sur la Maharani — elle, une Anglaise, de la race des conquérants et des marchands ! Non, elle ne pouvait lui écrire pour la prier de lui envoyer le séduisant major Quelque Chose. Son Altesse la percerait à jour. Elle lirait le billet avec un sourire narquois et jugerait Lady Esketh du haut de sa grandeur. A Ransome, elle pouvait demander n'importe quoi. Lui aussi comprendrait, mais avec lui, cela n'avait pas d'importance ; comme elle, il avait laissé tomber certains préjugés. Et puis, il n'était pas Hindou.

Étant intelligente et insouciante, elle n'avait pas de préventions contre les Hindous, mais ils lui paraissaient étrangers, incompréhensibles. Lorsqu'elle y réfléchissait, elle se disait que son sentiment à leur égard relevait de cette fameuse « supériorité » britannique dont Esketh ne cessait de l'entretenir. C'était tout ce qui lui en restait : comme les articulations et les os dans les nageoires d'une baleine. « Peut-être tous les Anglais seront-ils un jour comme moi, songea-t-elle. Il ne leur restera plus que des nageoires au lieu de bras, de jambes, de doigts, de poignets. » Puis, pour se justifier, elle se dit : « Pourquoi le Major ne me révélerait-il pas les Indes ? Ne me débarrasserait-il pas de ce reste de préjugé ? »

« Cher Tom, écrivait-elle à Ransome, Albert est sérieusement malade ce matin et a besoin d'un bon médecin.

J'ignore la nature de son mal, mais hier soir, au Palais, il y avait un séduisant docteur, le major Quelque Chose, qui, m'a-t-on dit, est un excellent spécialiste. Pourriez-vous lui envoyer un mot et lui demander de passer ici ?

« C'est un gros ennui pour nous, car nous avions l'intention de partir aujourd'hui pour Bombay. Si je ne vous l'ai pas dit hier soir, c'est que nous n'avons décidé la chose qu'en rentrant ici. Cela risque de nous faire manquer le *Victoria* et alors Dieu sait quand nous pourrons partir.

« Si vous avez un instant, venez me voir. J'ai besoin qu'on soit gentil pour moi ; vous me trouverez probablement au lit. Par un temps pareil, il n'y a rien d'autre à faire : j'ai vu le barrage, la prison, l'asile, etc. Ou mieux, venez déjeuner avec moi ; le cuisinier n'est pas mauvais. En tout cas, je vous verrai demain soir, chez Mr. Bannerjee. J'ai l'intention d'y aller si Albert n'est pas trop mal. Cela vaudrait mieux que de rester ici à lire des livres sur les Indes ! De toute façon, je pourrai me rendre chez vous jeudi.

« EDWINA. »

Sa lettre terminée, elle la mit dans une enveloppe, sans la relire, et la cacheta avec soin, non seulement contre les yeux inquisiteurs de Bates, mais à cause de ce qu'elle avait entendu dire, à Simla, sur la curiosité des indigènes.

Un boy remit le billet à Ransome à l'instant où celui-ci s'apprêtait à monter dans sa voiture pour se rendre à El-Kautara. Il le lut, donna quelques centimes au boy et le chargea de dire qu'il se rendrait au Palais sur l'heure. Mais il n'avait pas l'intention de changer ses projets. Il n'irait pas voir Edwina et, certainement, ne déjeunerait pas avec elle. La veille, il avait accueilli avec plaisir leur rencontre et s'était volontairement laissé aller à revivre sa jeunesse, mais en ce moment c'était la dernière chose qu'il souhaitait. L'alcool absorbé la nuit précédente lui donnait une sensation de malaise physique, auquel s'était joint un sentiment complexe de remords et de satisfaction de la façon dont il s'était comporté à l'égard de Fern. Pour retrouver sa sérénité il fallait qu'il mît de l'ordre en lui-même. De plus, quelque chose dans son aventure avec Fern rendait Edwina moins désirable, comme si elle n'eût plus été qu'une ancienne histoire trop souvent répétée.

Edwina avait vu clair ; Ransome ne fut pas dupe de la feinte insouciance de son billet, et il s'en irrita, non à cause de la dépravation qu'il révélait, mais parce qu'il ne souhaitait pas la voir s'immiscer dans la vie du Major. Il ne doutait pas de son ami, mais il savait que souvent les Hindous perdent la tête lorsqu'une Européenne leur témoigne quelque attention. Et il pensait aussi à la pauvre Miss Mac Daid. Si le Major relevait le défi d'Edwina, non seulement son travail en serait bouleversé, mais Miss Mac Daid deviendrait folle.

A ce moment, il se souvint de la bande de singes dans son jardin et il sourit. « Non ! Haut les mains ! On n'attaque pas Jéhovah avec une fronde ! » se dit-il.

Quoi qu'il en fût, il ne pouvait rien faire. Dans tout Ranchipur, dans les Indes entières, il n'y avait pas de médecin comparable au Major et il serait vain d'essayer de l'empêcher d'approcher un homme de la qualité d'Esketh. On ne pouvait songer à confier la santé de ce roi de l'industrie à un pauvre petit bonhomme comme le docteur Pindar, l'assistant du Major. Et, tandis qu'il déchirait la lettre, il se dit : « Jamais elle n'aurait dû venir aux Indes. Elle n'est pas à sa place ici. Cela finira mal ; c'est fatal ! »

A l'Hôpital, il ne trouva ni le Major ni Miss Mac Daid. Ils étaient en train de surveiller l'aménagement des casernes, près de la prison, pour l'hospitalisation des nouveaux cas de choléra et de typhus. Ransome les découvrit au second étage, arpentant le vestibule sonore et distribuant des instructions à une cohorte de domestiques qui nettoyaient, désinfectaient les salles et installaient des lits. Ils paraissaient pleins d'entrain. C'était sans doute la perspective du travail acharné qui les attendait. Rien de semblable ne s'était produit depuis des années et Miss Mac Daid savait que, pendant toute la durée de l'épidémie, le Major lui appartiendrait, à elle seule, passerait toutes ses nuits à l'Hôpital, oublierait même Natara Devi. Le Major, un gros cigare aux lèvres, riait et parlait fort. Leur vue éveilla une soudaine envie chez Ransome.

Il les mit au courant du but de sa visite.

« Je vais y aller tout de suite, dit le Major. Miss Mac Daid peut finir ce qu'il y a à faire ici. Nous ne pouvons laisser un homme de l'importance d'Esketh tomber malade et mourir à Ranchipur. Son Altesse et le Vice-Roi ne nous le pardonneraient jamais ; sans parler de tous les actionnaires.

— Je ne me doutais pas que l'épidémie était aussi grave, remarqua Ransome.

— Elle ne l'est pas vraiment, répondit Miss Mac Daid. Pourtant il y a onze cas nouveaux ce matin et la seule façon de l'enrayer c'est d'agir rapidement. Puis, s'adressant au Major, elle ajouta : Probablement lui faudra-t-il une garde ?

— Deux ou trois ! »

Miss Mac Daid se rembrunit.

« Dans les circonstances actuelles, il faudra qu'il se contente d'une seule ! Le mieux serait de lui envoyer Miss de Suza ; elle parle bien l'anglais.

— Je vais lui dire de préparer ses effets et de se rendre au Palais.

— C'est vraiment très ennuyeux, conclut Miss Mac Daid. Nous avons assez à faire sans cela. Pourquoi n'est-il pas allé à Bombay pour tomber malade ! »

Ils se rendirent au vieux Palais d'Été où le Major se fit annoncer à Bates. Ransome s'assit, pour l'attendre, dans le vestibule, en face d'un hideux portrait moisi du Maharajah, exécuté par un étudiant de l'École d'Art de Bombay. Il ne désirait pas voir Edwina. Elle n'avait certainement besoin ni de réconfort, ni de consolations. Tout au plus était-elle contrariée de manquer le bateau qui devait la ramener en Europe. Vingt minutes passèrent, puis une demi-heure. « Elle doit avoir rejoint son jeune médecin ! » se dit-il. Le portrait commençait à l'agacer. Mélange de style instinctif oriental et de prétention occidentale, cette œuvre envahie par la moisissure faisait une impression à la fois grotesque et enfantine, et lui rappelait Mr. Bannerjee qui ne savait exactement ce qu'il croyait ni où il allait. Ransome était encore en train d'étudier cette peinture quand la porte s'ouvrit et Edwina, fraîche, ravissante dans un peignoir vert laitue, parut.

« Pourquoi n'êtes-vous pas entré ? demanda-t-elle. Je viens seulement d'apprendre que vous êtes là.

— J'ai pensé que ce n'était pas mon affaire. Est-il très malade ?

— Oui. Le major Safti ne sait pas ce que c'est.

(Ah, elle avait donc découvert son nom ! Quel progrès ! Ce n'était plus le major Quelque Chose ! La garce !)

— Quel ennui, dit-il. Vous n'allez pas pouvoir partir ?

— Pas avant deux ou trois semaines. »

Il sourit.

« Eh bien, vous verrez vraiment ce que peut être la mousson !

— Déjeunez-vous avec moi ?

— Non.

— Pourquoi ?

— Je ne suis pas d'humeur.

(Pourquoi le Major ne suffisait-il pas à l'occuper en ce moment ?)

— Ce serait charitable ! J'ai grand besoin d'être réconfortée.

— Non, c'est impossible.

— Vous avez un empêchement ? Je vous promets de me bien conduire.

(Au nom du ciel, pourquoi ne pouvait-elle le laisser tranquille ? Pourquoi s'obstinait-elle à l'irriter ? A faire revivre le passé ? Pourquoi était-elle venue à Ranchipur ?)

— Non, je n'ai rien qui m'en empêche ; mais je suis un sacré neurasthénique et j'éprouve le besoin d'être seul.

— Vous ne voulez pas un whisky ? »

Il la regarda, soudain furieux.

« Est-ce que vous ne comprenez pas ce que je vous dis ? Je suis un damné fou inutile et j'ai besoin d'être seul ! Je ne comprends pas pourquoi vous êtes venue ici.

— Moi non plus ! Je ne l'ai jamais souhaité. Mais je vais

cesser de vous importuner. Quand vous serez de meilleure humeur et que vous croirez pouvoir me supporter, faites-moi signe. Je vais beaucoup m'ennuyer. »

« Oh, vous n'allez pas vous ennuyer avec ce beau mâle de major Safti qui viendra vous voir tous les jours. Je ne suis pas dupe ! » fut-il sur le point de s'écrier. Mais il se retint et alluma une cigarette.

« Je vous le ferai savoir, dit-il. Probablement serai-je tout à fait bien demain.

— Avez-vous des livres à me prêter ?

— Envoyez-moi un boy et qu'il prenne ce que vous voudrez.

— Merci. »

Elle s'en alla, le laissant réfléchir à leur brève conversation. Ce qu'ils avaient dit n'avait aucune importance, mais ce qu'ils avaient tu : « Nous ne nous comprenons que trop bien ! Ne sommes-nous pas tous deux des dégénérés ! »

Le major Safti arriva peu après. Ransome lui lança un regard scrutateur pour découvrir si elle avait abouti à quoi que ce fût. Mais le Major avait son visage ordinaire.

« Eh bien ? demanda Ransome.

— Je ne suis pas encore fixé. Ça peut être deux ou trois choses.

— Graves ?

— Malaria, typhoïde, typhus. Peut-être même la peste.

— Comment a-t-il pu attraper ça ? »

Le Major sourit.

« Même de grands seigneurs anglais sont parfois piqués par des puces ! Il alluma un cigare. Pouvez-vous me renseigner sur lui ?

— Il doit être alcoolique. Cela ne facilitera pas les choses. »

Comme Ransome traversait la place du cinéma, la pluie s'arrêta et, brusquement, des gens surgirent de partout, des échoppes, des maisons, des ruelles, domestiques partant en courses, femmes se rendant au bazar, marchands, artisans, blanchisseuses. Il contourna l'École de Musique et prit la route de l'École d'Ingénieurs. Puis, comme si Dieu avait tiré la chaîne d'une gigantesque douche, l'averse recommença.

Devant lui, à quelque distance, il aperçut Miss Dirks pataugeant dans la boue, en manteau de pluie et feutre d'homme. « Je vais lui demander si je puis la déposer quelque part, se dit Ransome. Si elle refuse, jamais plus je ne le lui proposerai. »

Elle devait être plongée dans des réflexions profondes, car, lorsqu'il arrêta la voiture à côté d'elle et l'interpella, elle fut un instant avant de le reconnaître.

« Puis-je vous déposer quelque part ? » demanda-t-il.

Elle ne sourit pas.

« Bonjour, répondit-elle. Non, merci. J'aime marcher. Je prends si peu d'exercice. »

« Alors, marchez ! Et que le diable m'emporte si je vous propose jamais plus de vous prendre ! » songea-t-il.

Miss Dirks était devenue si rouge que Ransome se demanda si de parler à un homme lui faisait toujours un pareil effet. Il s'apprêtait à repartir lorsqu'elle lui dit : « C'est étrange, je pensais justement à vous. Elle eut une petite toux et ajouta : Pourrais-je venir vous voir cet après-midi ? »

La première impulsion de Ransome fut de s'excuser, mais la pitié et la curiosité l'emportèrent. Quelque chose en elle réveillait son sentiment anglais. Il se sentit soudain une parenté de sang avec la triste vieille fille et percevait leur isolement dans cette ville étrange submergée par la pluie. N'étaient-ils pas, l'un et l'autre, en quelque sorte exilés de tout ce qui leur était le plus proche ?

« Cela va sans dire, répondit-il. Mais ne pourrais-je venir chez vous ? Cela vous éviterait la peine de vous déranger.

— Non, non, répliqua-t-elle vivement. A la maison nous ne serions pas seuls. De nouveau elle eut une petite toux : Vous comprenez, il s'agit d'une question d'ordre personnel.

— Comme vous préférez. Ne voulez-vous pas venir prendre le thé ?

— Volontiers. Ce sera parfait.

— Je vous attendrai vers cinq heures. »

La couleur disparut des joues de Miss Dirks, la laissant cadavérique.

« C'est bien aimable à vous, dit-elle. Au revoir. »

Et brusquement, bizarrement, elle le quitta.

La route du mont Abana était noyée de boue et, sous les ponts construits par l'ingénieur suisse, l'eau jaune coulait à moins de quelques centimètres du bord. « On aurait dû les faire plus hauts, songea Ransome, s'il y avait une inondation ils formeraient barrage. »

Il avançait lentement. Au loin, la montagne sacrée se profilait à travers la pluie, dominant la plaine comme une gigantesque pyramide. La mousson avait interrompu les incessants cortèges de pèlerins, et le grand escalier conduisant de la plaine au sommet couronné de temples n'était plus encombré de leur foule bigarrée, venue des quatre coins des Indes.

Après deux heures de trajet difficile à travers la boue, Ransome atteignit la grande porte en ruine d'El-Kautara au pied de la montagne. Construite en mollasse rouge, elle était ornée de sculptures mongoles compliquées, à demi cachées sous un fouillis de lianes et de petites plantes grimpantes. Derrière s'étendait la cité morte, silencieuse, entourée de murailles épaisses et d'un fossé défoncé où l'eau des pluies s'était amassée. Un instant, Ransome eut la vision de ce que cette ville avait dû être quand marchands, soldats, courtisanes, danseuses, chevaux, éléphants peuplaient ses places et ses mosquées. Mais l'illusion s'évanouit. Seules subsistaient la mort et les ruines que la terre avait déjà commencé à revendiquer comme son bien.

Parmi les décombres, dans les rues, sur les places, un sentier, juste assez large pour laisser passer une voiture, avait été aménagé. Ransome s'y engagea avec précaution, évitant les flaques profondes. De l'intérieur des palais, des maisons, des cours, figuiers sauvages et banians avaient jailli, faisant craquer les tuiles apportées jadis du Nord, de Delhi, d'Agra et de Lahore. Au rythme dont allaient les choses aux Indes, El-Kautara n'était pas une ville ancienne. Il ne s'était guère écoulé plus de cent cinquante ans, depuis que le dernier sujet mongol s'était retourné pour jeter un regard d'adieu à ces murs déserts. Mais déjà la cité retournait à la terre, et son histoire était oubliée.

Nul ne savait pourquoi elle avait été abandonnée, pourquoi on l'avait laissé mourir. Ainsi étaient les Indes, songea Ransome. Elles engloutissaient tout, ambition et foi humaines, villes et conquérants, gloire et renommée. Seuls, Akbar et ses successeurs survivaient encore. Asoka, le Grand Alexandre et tous les autres étaient déjà entrés dans la légende et devenus des demi-dieux, comme Rama et Krishna. Suspendues aux arbres, dans les cours désertes, des grappes de chats-huants attendaient la nuit pour s'envoler en nuages sur la plaine, vers Ranchipur. Çà et là, de dessous les toits à demi effondrés, derrière une arche en ruine, de sinistres visages, encadrés de barbes et de cheveux noirs graisseux, épiaient Ransome à son passage le long des rues désertes. C'étaient des Bhils sauvages, aborigènes descendus des collines au-delà d'Abana avec leurs enfants et leurs chèvres, pour chercher un abri contre les pluies dans la cité abandonnée.

Ransome s'arrêta enfin sur la place, devant l'immense mosquée en ruine, et longtemps, il s'y attarda, pénétré par un sentiment de calme et de paix. Son malaise avait disparu. Une sorte d'amertume réconfortante émanait du spectacle, comme si de cette désolation une voix s'élevait qui lui disait : « Vois cette cité, autrefois puissante et prospère : elle n'existe plus. A leur tour, les autres villes périront ! » Et cette voix s'enflait et semblait crier à tous les puissants du monde, dictateurs, politiciens, banquiers : « Regardez ! Voilà où la convoitise, la folie, le mal vous conduiront ! Regardez ! Ce que vous avez construit tombera un jour en ruine et deviendra le repaire des chauves-souris, des panthères et des sauvages ! »

Lorsqu'elle fut prête, Edwina se rendit chez Esketh. Et là, assise, non pas près du lit, mais à l'autre extrémité de la pièce, elle resta un instant silencieuse à le regarder et à réfléchir. Elle le voyait en toute objectivité. Il n'avait pas bronché à son entrée, ni manifesté d'aucune façon qu'il était conscient de sa présence. Il était simplement couché, boursouflé, lourd, le visage tuméfié, congestionné. Le major Safti avait engagé Edwina à ne pas aller dans la chambre d'Esketh tant que son mal ne serait pas précisé.

Cela pouvait être la peste et risquait d'être dangereux pour elle. Mais elle ne s'en préoccupait pas ; elle avait la certitude, comme certains soldats pendant la bataille, qu'il ne lui arriverait rien. De plus, elle était joueuse. Si elle devait attraper la peste, eh bien ! elle l'attraperait.

Si elle revenait dans cette chambre, c'était qu'Esketh malade, sans connaissance, exerçait sur elle une horrible fascination. Elle éprouvait une sorte de plaisir pervers à le contempler, impuissant, abattu, vaincu pour la première fois. Et, en elle-même, elle lui disait :

« Qu'êtes-vous devenu, orgueilleux et brutal Lord Esketh, qui pouviez tout acheter ? Vous n'êtes plus que le simple, le vulgaire Albert Simpson, le fils d'un petit entrepreneur de Liverpool qui s'est cru plus grand qu'il ne l'était. Jamais vous n'avez fait un geste désintéressé ! Par amour du pouvoir et de l'argent, vous avez ruiné des hommes et des femmes qui avaient confiance en vous. Oui, vous avez largement doté des œuvres philanthropiques, mais sans jamais vous priver, et toujours vos journaux en ont longuement parlé. Vos dons vous faisaient passer pour charitable aux yeux de ceux qui ne vous connaissaient pas et servaient à vous blanchir, à dissimuler vos rapines, à faire taire vos ennemis. Pour gagner un sou de plus, pour acquérir un peu plus de pouvoir, vous auriez trahi votre propre patrie ! N'avez-vous pas vendu des fusils et des obus aux Turcs pour tuer tant de jeunes Anglais, meilleurs que vous, qui allèrent trouver la mort à Gallipoli pendant que vous exploitiez les tragiques obligations de votre pays, et publiiez de violents articles dans vos journaux afin d'entretenir le conflit ? Il y a quinze jours, à Delhi, n'avez-vous pas envoyé un long télégramme à Londres, à la presse que vous dirigez, afin de répandre le mécontentement, l'amertume, et préparer de prochaines guerres ? Il vous a coûté gros, mais qu'importe ! Une nouvelle conflagration vous rapporterait des millions de fois cet argent. Vous ignorez que je l'ai lu. Il y a tant de choses que vous ne savez pas de moi ! Bates et moi, nous pourrions écrire ensemble une histoire de votre vie qui suffirait pour vous faire mettre en prison ou interner dans un asile d'aliénés. Oh, vous êtes très habile. Vos journaux, vos mines, vos fabriques, vos bateaux forment une chaîne qui tourne sans fin, vous comblant de bénéfices, au détriment des ouvriers, des actionnaires, de l'humanité. Tous vos amis, vous les avez achetés. Même votre femme ! Mais cela a été un mauvais marché, probablement le pire que vous ayez jamais fait ! Que s'est-il passé autrefois, quand vous étiez petit enfant, et qui vous a fait désirer ces choses pour lesquelles vous avez tout sacrifié ? Pensiez-vous déjà à cela lorsque vous vendiez des couteaux et des montres de pacotille en Malaisie ? Qu'est-ce qui vous a blessé ? Qui donc a mis dans votre tête que tout ce pouvoir, tout cet argent étaient les seuls biens dignes d'être convoités dans la vie ? Qu'est-ce qui vous a fait croire que vous pouviez acheter l'amour, la fidélité, le respect, l'éducation ? Comment est-ce en vous-même ? Comment est-ce quand on est vous ? Comment se sent-on quand on ignore tout scrupule, qu'on est seul, plein de haine à l'égard de tous ceux qui ne rampent pas devant vous ? Vous ne le direz pas, car vous l'ignorez vous-même. Vous ne pouvez pas le savoir ; vous êtes comme un homme né avec une horrible déformation physique et qui jamais ne devinera ce que c'est que de se sentir bien portant, jeune et beau. Dans votre cerveau, dans votre âme, doit se cacher quelque hideuse difformité, d'autant plus affreuse qu'on ne peut la voir. Vous deviez être un enfant monstrueux, envieux et calculateur, prêt à soutirer l'argent à tous, même à votre mère. Mais tout cela vous a porté malheur. Vous êtes un homme fini, Albert Simpson. Le monde est débarrassé de vous ! Et vous êtes écœuré de vous-même, écrasé, usé par la chose que vous avez édifiée avec tant de fourberie et de convoitise. Vous allez mourir d'une maladie répugnante dans ces Indes que vous haïssez et personne au monde ne vous pleurera, ni votre femme, ni votre valet de chambre, ni le secrétaire que vous avez envoyé d'avance à Bombay. Ce merveilleux wagon privé qui, pensiez-vous, vous faisait paraître plus grand que les autres hommes, partira sans vous. Peut-être vos cendres rentreront-elles en Angleterre sur un beau bateau rapide, ou peut-être pas. Vous êtes fini ! Que Dieu vous damne ! Plus jamais vous ne sortirez vivant de cet horrible lit pour dormir avec moi comme une brute. Plus jamais vous ne traiterez vos domestiques comme des chiens. Plus jamais je ne serai humiliée de vous connaître, devant les autres. Vous avez fait quelque chose d'effroyable à mon âme même. Oh, je vous ai laissé faire, parce que j'étais lasse, et que cela m'était égal. Mais vous auriez pu m'aider. Vous auriez pu voir ce dont j'avais besoin — si peu — pour être sauvée. Vous n'en avez pas eu le temps ; vous n'en avez jamais eu le temps. Vous vous êtes borné à me couvrir d'or ! Et maintenant, vous êtes fini ! Vous allez mourir, tomber en pourriture et, dans quelques années, personne ne se souviendra de vous. Vous n'avez même pas d'héritier. Je me réjouis de ne pas vous avoir donné d'enfant, de ne pas avoir laissé votre vil sang se perpétuer. Je suis heureuse d'avoir veillé à cela. Vous êtes fini ! Qui donc s'en soucie ? Allez, bavez, ronflez, comme le vulgaire animal que vous êtes. Vous avez cru que vous pourriez briser mon orgueil et me rendre aussi grossière que vous. Vous n'avez pas réussi. C'est moi qui l'emporte ! Hier soir encore, j'ai gagné, quand je vous ai renvoyé de ma chambre, vaincu. Vous n'aviez ni bonté, ni sens moral, ni idéal, si bien que personne n'a pu vous blesser, sauf moi. Je connaissais vos points faibles, je savais comment vous atteindre, et vous m'avez forcée à user de cet avantage. Je ne le regrette pas ; je déplore seulement de n'avoir pas été plus cruelle. Ah ! si vous saviez combien de fois je vous ai trompé ! Et toujours avec des hommes supérieurs à vous, plus affectueux, plus tendres, plus nobles, plus beaux. Oui, tous ont été de meilleurs amants que vous. On finit toujours par prendre le visage de ce que l'on est, Albert. Vous étiez un pourceau ; vous avez pris la ressemblance du pourceau, vautré là, bavant et ronflant dans votre propre salive. Vous allez mourir. C'est la fin ; le monde entier — même les petits enfants déguenillés dans les rues des Indes et de Chine — va avoir une vie plus heureuse, meilleure, parce que vous serez mort ! »

Et, subitement, elle eut envie de traverser la chambre et de lui cracher au visage. Mais elle se retint, car, au même instant, elle se rendit compte que son geste serait grotesque. « Qu'est-ce qu'il me prend ? se dit-elle. Vais-je aussi tomber malade ? Cela devrait m'être égal ! Pourquoi, soudain, Albert me répugne-t-il ainsi ? Pourquoi suis-je si nerveuse ? »

Rentrée dans sa chambre, elle se jeta sur son lit et bientôt s'aperçut qu'elle pleurait, sans bruit. Les larmes coulaient le long de son visage et formaient une vilaine petite tache sur l'oreiller de crêpe de Chine rose. Elle ne comprenait pas pourquoi elle était dans cet état. Certainement, ce n'était pas à cause d'Esketh, ni parce qu'elle avait peur de la mort. Jamais elle ne l'avait redoutée, comme de vieillir, par exemple, ou de perdre la douceur laiteuse de son teint, l'éclat de ses cheveux blonds. Elle ne se rappelait pas avoir pleuré depuis ses années d'école et, alors, c'était le même genre de larmes, pour rien, une sorte de détente, d'abandon, teintés de volupté et de mélancolie.

« Je n'ai pourtant jamais eu de crise de nerfs ! se dit-elle. Ce doit être ce maudit pays, ce climat, cette sacrée pluie, la chaleur et l'ennui. »

Peu à peu elle se calma et, s'asseyant sur son lit, elle prit sa glace à main et se regarda. La vision de ses cheveux en désordre, de ses yeux rouges et bouffis, la choqua. « Est-ce vraiment moi ? se demanda-t-elle. C'est impossible ! » Celle qu'elle apercevait n'était pas élégante, lisse et belle, mais quelconque et échevelée : une femme au seuil de l'âge mûr. Alors, effrayée, elle reposa le miroir.

« Que deviendrai-je si je ne puis repartir ? Si je suis obligée de rester dans cet horrible pays pour toujours ? se dit-elle. Si je perds ma beauté ? Que me restera-t-il à offrir aux hommes ? Non, non, il faut que je fasse diligence, que je prenne à la vie tout ce que je peux, pendant qu'il est temps. » Puis elle se demanda si le major Safti l'avait vue telle qu'elle venait de s'apercevoir dans le miroir. Elle espérait que non, car elle l'avait trouvé plus séduisant encore qu'elle ne se le rappelait. Sans sa présence à Ranchipur, elle aurait fait ses bagages et serait partie sur-le-champ. « Que le diable emporte Albert ! Qu'il emporte le Major ! » Elle se pencha vers la petite table pour sonner sa femme de chambre et lui dire de commencer immédiatement à emballer. Mais, au milieu de son geste, elle s'arrêta. Non, elle ne pouvait faire cela, même à Albert !

Miss Dirks arriva tard. Pourtant elle avait quitté l' École bien assez tôt pour être à l'heure. Mais, en route, elle s'était attardée dans des boutiques, à la bibliothèque et même au Musée, sous prétexte de chercher de nouveaux dessins persans pour les broderies et les aquarelles des jeunes filles. A ses débuts à Ranchipur, les gens — même les Hindous que pourtant rien n'étonne — se retournaient sur son passage, non seulement à cause de son aspect étrange, asexué, mais parce qu'elle différait des autres par son air direct et déterminé. Le devoir est un maître peu connu chez les Hindous, à peine admettent-ils son existence. Mais depuis longtemps on ne la remarquait plus, elle semblait faire partie du paysage comme la statue de la reine Victoria sur le pont du Jardin zoologique.

Ce n'était pas sans effort qu'elle se rendait chez Ransome. Une demi-douzaine de fois, elle faillit perdre courage et serait rentrée au bungalow, si un sentiment d'obligation ne l'avait poussée à continuer son chemin.

Mr. Ransome l'attendait. Pour ne pas manquer à son engagement, elle aurait traversé le feu, l'eau, la bataille ou la peste.

Pour la première fois depuis vingt-cinq ans, elle allait rendre visite à un Européen, à un homme ! Quelques années auparavant, quand elle se sentait encore aussi forte qu'un cheval, cela lui eût été plus facile. Mais maintenant, faible, épuisée, elle éprouvait par moment un étrange désir animal de se blottir dans un fourré de bambous et d'y mourir, tranquillement, seule, comme une vieille jument fidèle, incapable de faire un pas de plus. Et, tandis qu'elle avançait sous la pluie, butant dans ses lourdes chaussures, la tentation du repos devenait une obsession, comme si c'était un luxe qu'elle ne pourrait connaître qu'au ciel. Sa lassitude semblait l'entraîner loin dans le passé, au-delà de toutes ces années de solitude, jusqu'à son enfance, comme si, déjà, elle était une très vieille femme qui, oubliant les événements de la veille, ne se souvenait que des choses d'autrefois. Elle n'était plus Miss Sara Dirks, la distinguée Directrice de l'École Supérieure de Jeunes Filles de la Maharani, celle qui avait accompli une œuvre extraordinaire dans les circonstances les plus décourageantes, mais Sally Dirks, gauche et laide, la fille du marchand de drap de Nolham, se rendant au château pour aider à la vente annuelle en faveur de l'Orphelinat.

A cinquante ans, la perspective de prendre le thé avec Ransome la remplissait de la même confusion respectueuse ressentie plus de trente ans auparavant. Elle revoyait clairement tous les détails de la fête : le château, la grande pelouse parsemée de petites tentes, les ondées qui sans cesse interrompaient les réjouissances et, au milieu du tableau, la mère de Ransome, Lady Nolham, en robe de dentelle avec un grand chapeau bergère allant et venant, s'affairant, recevant les gens venus de la ville. Elle se rappelait aussi le petit garçon de trois ou quatre ans accroché à sa main, un bel enfant avec des cheveux sombres et bouclés, le cadet de la famille, et qui était devenu Tom Ransome.

N'était-il pas absurde, songeait-elle, de se troubler ainsi à l'idée d'aller voir un homme assez jeune pour être son fils ? Mais, malgré tout ce qu'elle pouvait se dire, elle n'était plus que la jeune fille pâle, peu séduisante, timide, enfant du marchand de drap du village, autorisée à fouler les pelouses du château à l'occasion de la fête de charité et de l'exposition d'horticulture. Pendant trois cents ans, les gens du château s'étaient occupés de ceux du village, en conscience et pour leur bien.

Enfin, à cinq heures et demie, elle arriva, le cœur battant. Ransome l'attendait sur la véranda, en buvant du brandy. « Il ressemble à son père, se dit-elle. Mais on commence à voir qu'il boit. » Elle lui trouvait l'air fatigué et plus vieux qu'elle ne le pensait. L'habitude de boire lui venait probablement de sa mère. Dans la dernière lettre qu'elle avait reçue de Nolham, sa sœur lui écrivait que Lady Nolham (elle l'avait entendu dire) était malheureuse et s'adonnait secrètement à la boisson.

Un instant, elle crut qu'elle n'aurait pas la force de gravir les cinq marches de la véranda. Non seulement elle se sentait épuisée, mais une nouvelle vague de souvenirs venait de s'abattre sur elle.

Ransome se montra plein de bonté. Il l'aida à enlever son manteau de pluie et ajouta un coussin dans le fauteuil profond qu'il lui offrit. Il fit cela avec une grâce parfaite et une spontanéité sincère. « Ils ont toujours été de vrais gentilshommes », se dit-elle. Il agissait exactement comme son père l'eût fait. Elle se rappelait très bien le vieux Lord Nolham quand il entrait dans la boutique de son père pour passer le temps. Il avait ce même regard calme et désespéré. Très beau, il portait des favoris comme Lord Lonsdale.

« J'espère que je ne vous dérange pas trop en venant ainsi », dit-elle.

Le son de sa voix lui rendit un peu d'assurance.

Il eut un rire plaisant qui découvrit ses dents très blanches. Et elle fut frappée de pitié à l'idée qu'un homme si beau, si jeune, fût apparemment en train de se détruire lui-même par la dissipation.

« Je n'ai rien à faire, dit-il. Jamais rien. La vie n'est pas compliquée ici. »

Jean-Baptiste parut, apportant le thé, silencieux, mais observant tout de ses grands yeux bovins.

« Faut-il servir ? demanda Miss Dirks.

— Je vous en prie. Merci, moi je n'en prendrai pas. »

Elle remplit une tasse. Ses grandes mains osseuses tremblaient de faiblesse et de nervosité.

« J'ai entendu dire que vous faisiez de la peinture ? » dit-elle.

De nouveau il rit.

« Non, pas sérieusement. Je n'ai aucun talent. Je peins pour tuer le temps. »

Le début de la conversation ne fut pas facile. Il y avait de petits silences. Puis Ransome découvrit que la timidité faisait bégayer Miss Dirks et qu'il avait de la peine à comprendre ce qu'elle disait. La situation était étrange. Tous deux attendaient quelque chose : Miss Dirks d'expliquer la raison de sa visite, et lui de la découvrir. Ils parlèrent des pluies, du choléra, de l'École, du prochain départ du Maharajah. Ransome commençait à ressentir cette lassitude qui le gagnait lorsqu'il causait avec des gens qui n'étaient pas francs ou n'exprimaient pas entièrement leur pensée. Pendant ce temps, Miss Dirks se tenait assise toute droite, avec un air d'autorité, comme si elle dirigeait une classe. Il remarqua que par moment les muscles de son visage se contractaient avec une soudaine dureté et qu'elle devenait mortellement pâle.

Jean-Baptiste vint chercher le plateau du thé. Enfin, Miss Dirks se décida :

« Depuis quand n'avez-vous pas revu Nolham ? » demanda-t-elle.

A la mention de Nolham, Ransome posa son verre.

« Nolham ? Au moins depuis dix ans. Mais comment connaissez-vous Nolham ?

— Vous souvenez-vous de Mr. Dirks, le marchand d'étoffes ?

— Le vieux "Dacy" Dirks ? Comment donc ! Ah ! je comprends ! Vous êtes de sa parenté !

— Je suis sa fille. Il n'avait que deux enfants. Ma sœur a repris le commerce. »

La glace était rompue. Instantanément, ce fut comme s'ils étaient de vieux amis, et Miss Dirks éprouvait un violent désir de pleurer.

« Pourquoi ne me l'avez-vous jamais dit ? demanda-t-il.

— Je vous connaissais à peine et ne pensais pas que cela pût vous intéresser. Je croyais que ce serait... Elle hésita, malheureuse, puis ajouta : De la présomption.

— Mais non, vous auriez dû me le dire. Jamais je n'ai fait le rapprochement — j'entends, de votre nom et de Nolham. Je n'y ai pas pensé. Votre père est mort quand j'étais encore un petit garçon et je ne suis jamais retourné là-bas depuis que mon frère a pris la succession.

— Mon père est mort il y aura vingt et un ans cet automne.

— C'est exact. Je devais avoir dix-huit ans. Je me rappelle son enterrement ; j'étais justement à la maison, en permission.

— Il est mort après mon départ pour les Indes.

— Avez-vous des nouvelles de Nolham ? »

Une ombre passa sur le visage de Miss Dirks.

« Je n'en ai pas beaucoup. Que voulez-vous, j'ai un peu perdu l'habitude d'écrire à la maison et n'ai pas reçu de lettre de là-bas depuis bien des années. »

Après vingt-cinq ans de séjour aux Indes, elle pensait encore à Nolham, avec ses pelouses vertes et sa petite rivière bordée de roseaux, comme à la « maison ». Les Indes restaient pour elle l'étranger.

« Je sais, dit-il, on perd contact. Il y a au moins trois ou quatre ans que je n'ai pas eu de leurs nouvelles. La dernière fois, c'est Banks, l'intendant du domaine, qui m'a écrit au sujet d'un legs de mon père.

— Le vieux Morgan Banks ? Il vit encore ?

— Non, son neveu... vous vous souvenez, celui qui avait des cheveux rouges. »

La conversation ne chômait plus. Miraculeusement, ils étaient retombés dans l'atmosphère familière, dans les anciens rapports avec lesquels ils avaient tous deux rompu depuis si longtemps. Rien n'avait réellement changé le sentiment qui liait le Château au Village. C'était exactement comme s'ils n'avaient jamais quitté Nolham et se fussent rencontrés, par hasard, au tea room du Paon, au lieu de se trouver sur une véranda de Ranchipur.

Ils parlèrent des gens de la ville et des changements survenus depuis leur départ. Il y avait quelque chose dans l'allégresse de Miss Dirks, quelque chose qui rendait Ransome indiciblement triste. Elle prenait des couleurs, s'animait et, finalement, confessa : « Vous ne savez pas combien de fois j'ai désiré parler de Nolham avec vous, mais je n'ai pas osé. Elisabeth — c'est le nom de Miss Hodge — n'a malheureusement jamais vu Nolham. Elle vient de Birmingham. C'est une citadine. Elle ne pourrait comprendre ce qu'est Nolham. »

Ransome avait complètement oublié qu'elle était venue pour l'entretenir d'une question personnelle. Mais, soudain, elle se rembrunit :

« Hélas ! ce n'est pas pour cela que je suis ici, dit-elle.

C'est pour autre chose... en fait, pour vous parler du major Safti.

— C'est un de mes grands amis.

— C'est justement pour cela. Je dois vous dire que je suis malade depuis plusieurs mois. Elle rougit et poursuivit : Il est possible qu'une opération soit nécessaire, et je voulais savoir ce que vous pensiez de lui.

— Il n'y a pas de meilleur chirurgien aux Indes. »

De nouveau, une vague de rouge colora le visage de Miss Dirks.

« Ce n'est pas exactement ce que j'entendais... Je sais qu'il est un excellent chirurgien. Je voulais dire : quel genre d'homme est-il ? »

Le ridicule de sa question frappa Ransome et il sentit le fou rire le gagner. Mais il réussit à le transformer en un sourire rassurant.

« Oh ! c'est un parfait gentleman, dit-il. Charmant, très humain. Et, afin d'éviter tout malentendu, il ajouta : Il est extrêmement compréhensif, et son attitude, à l'égard de ce genre de choses, est rigoureusement scientifique, professionnelle.

— Vous me conseillez d'aller chez lui ?

— Dans toutes les Indes, il n'y a pas de médecin plus capable. Inutile de vous sentir gênée avec lui. Vous verrez, il vous mettra tout de suite à l'aise.

(Bon Dieu ! Me voilà devenu conseiller de vieilles filles pour maladies de femmes !)

— C'est bien, reprit Miss Dirks. Je dois reconnaître que jamais je n'ai entendu dire quoi que ce soit contre lui. C'était seulement parce qu'il est Hindou. Je ne sais pourquoi, j'ai toujours l'impression que les Hindous sont des étrangers.

— Il est pourtant de la même race que vous et moi, et ses yeux sont bleus.

— Je sais... je sais... répondit Miss Dirks. Cependant je ne puis me défendre de les sentir différents. »

Il pensa qu'elle allait partir, mais elle resta, temporisant, parlant de son jardin, de Jean-Baptiste.

« Ce n'est pas tout ce que je voulais vous demander, dit-elle enfin. Cette fois, c'est au sujet de Miss Hodge.

— Si je puis vous être utile en quoi que ce soit, j'en serai ravi. »

La couleur remonta aux joues de Miss Dirks.

« Eh bien ! voilà, nous sommes amies depuis très longtemps et elle a pris l'habitude de dépendre de moi... trop. Elle ne pense plus par elle-même, sauf — elle hésita une seconde — dans ses moments de révolte. Alors, elle perd tout jugement, tout équilibre. Elle ressemble à quelqu'un qui essayerait de se lever et de marcher après être resté couché pendant des années. Miss Dirks joua un instant avec le sac usé posé sur ses genoux, puis, les yeux baissés, poursuivit : Depuis quelque temps, c'est pire. On dirait presque qu'elle perd un peu la tête. Elle parlait plus vite, comme si elle avait hâte d'en finir : Vous comprenez, je ne suis plus en relation avec mes amis, ni avec mes parents, à la maison ; et pour elle, c'est la même chose. Ce qui m'inquiète, si je dois subir une opération et que quelque chose m'arrive, c'est que je ne sais pas ce qu'elle deviendra. »

Des larmes remplirent soudain ses yeux. C'était la douleur rongeante et la faiblesse qui la faisaient pleurer. Par un effort violent elle se ressaisit. Ransome, qui l'écoutait, songea : « Si seulement elle pouvait me dire tout ce qu'elle a sur le cœur ! Si, une fois, elle pouvait se laisser aller ! » Mais il était trop tard. Comme Miss Hodge, elle était paralysée.

« Vous comprenez, poursuivit-elle, si quelque chose m'arrivait, Elisabeth resterait seule au monde. Je lui laisserai tout l'argent que je possède. Ce n'est pas grand-chose, mais cela suffira à lui assurer une existence confortable. Ce sont mes économies et la somme que ma sœur m'a payée pour ma part du négoce de Nolham. Mon père nous l'avait légué en indivis. Ma sœur... elle a épousé Tom Atwood, le fils du pharmacien, peut-être vous le rappelez-vous ?

— Mais comment donc ! Parfaitement.

— Elle voulait me racheter ma part et je la lui ai vendue. Mais pour en revenir à la question... je ne sais ce qu'Elisabeth deviendrait, si elle restait seule ici. Elle est nerveuse, emportée... Alors, je me suis demandé si vous connaîtriez quelqu'un qui pourrait être pour elle une sorte de curateur, qui s'occuperait de son argent, veillerait à ce qu'elle ne se fît pas voler. Si je m'adresse à vous, c'est parce que je ne vois personne d'autre. Ce n'est pas que nous n'ayons aucune relation ici, mais vous êtes le seul capable de comprendre. Si quelque chose m'arrive, je préfère qu'Elisabeth rentre en Angleterre. J'espère que ce n'est pas trop indiscret... je ne voudrais pas...

— Je ne pourrais m'en charger moi-même, répondit Ransome. Je ne suis pas ce que l'on appelle un homme de tout repos. De plus, il se peut que je quitte définitivement Ranchipur. Mais je puis demander à notre notaire de famille de s'occuper de la chose. Il le ferait pour moi ; ainsi vous seriez sûre que l'argent de Miss Hodge serait en de bonnes mains. »

De nouveau des larmes apparurent dans les yeux bleu clair de Miss Dirks.

« C'est vraiment très bon à vous, dit-elle. Vous ne savez pas combien cela me soulage. Vous comprenez, je me sens responsable à l'égard d'Elisabeth. C'est un peu ma faute si elle est venue ici et a perdu tout contact avec les siens. J'ai toujours été la plus forte, je ne pensais pas que je serais la première touchée... C'est si, si bon à vous. Cela rend tout tellement plus facile...

— Vous pouvez avoir une entière confiance en lui. Il saura exactement comment agir.

— Une partie de l'argent est à la Banque de Bombay, l'autre en Angleterre. Il y en a assez ici pour assurer son retour. De nouveau elle hésita. Bien entendu, ce n'est pas aussi simple. Si quelque chose m'arrive, il est possible qu'Elisabeth ait une forte dépression nerveuse, pendant un temps du moins, et j'espérais que vous consentiriez à avoir les yeux sur elle pour veiller à ce qu'elle soit traitée avec bonté et renvoyée convenablement en Angleterre C'est beaucoup demander, je m'en rends compte, mais je ne sais à qui d'autre m'adresser. Depuis longtemps cette question me tourmente... Puis, un jour, j'ai pensé à Nolham...

— Je suis certain qu'il n'y a pas lieu de s'alarmer et que tout se passera bien, spécialement si vous consultez le Major. Vous pouvez avoir une absolue confiance en lui. »

Il devina sa pensée, bien qu'elle ne l'eût pas réellement exprimée. Peut-être ne la comprenait-elle pas clairement elle-même. Dans son angoisse, elle se raccrochait à ses racines, à une civilisation, à un système presque disparus, et dont l'un et l'autre ils s'étaient affranchis depuis longtemps. Du Village elle montait au Château pour demander secours. Et, ô ironie, elle venait à lui, le seul membre de la famille qui se fût révolté et eût décliné toute responsabilité. Il était heureux qu'elle eût fait appel à lui et, en même temps, avait un peu honte du plaisir quasi féodal qu'il en éprouvait. Il se sentait à la fois flatté et confus d'être investi de la sorte du rôle patriarcal de seigneur du Château. Et il pensa à sa grand-mère, dans la maison à tourelles de Grand River. Dans des circonstances semblables, n'aurait-elle pas, elle aussi, pris sur elle la responsabilité de Miss Hodge, aidé la pauvre Miss Dirks, acceptant l'obligation non dans un esprit médiéval, mais simplement humain ? Si seulement elle était là, elle aurait pu faire tant pour secourir ces deux malheureuses vieilles filles solitaires, bien plus que lui-même, parce qu'il était un homme et que, malgré tout, ni lui ni Miss Dirks ne pourraient jamais oublier complètement le Village et le Château.

« Nous avons peut-être eu tort de vivre tellement à l'écart, disait-elle. Elisabeth a souvent eu envie de faire des visites, d'inviter du monde pour le thé ; mais, pour une raison ou une autre, ça ne s'est jamais arrangé. Et maintenant, en fait, nous ne connaissons personne. »

Tandis qu'elle parlait, l'esprit de Ransome passa de sa grand-mère à tante Phœbe et de celle-ci aux Smiley et, alors, il vit ce qu'il y avait à faire. Les Smiley n'étaient-ils pas exactement ceux qu'il fallait pour s'occuper de Miss Hodge s'il arrivait quoi que ce fût à Miss Dirks ? Ils le feraient en toute simplicité et bonté, comme si Miss Hodge était une proche voisine dans l'embarras. Il fit part de son idée à Miss Dirks.

« Ce n'est pas trop tard, dit-il. Ne croyez-vous pas que ce serait bien de lui faire connaître quelques personnes agréables ? »

Aux mots de « personnes agréables », Miss Dirks se rembrunit.

« Je suis certain que rien ne vous arrivera, poursuivit-il. Mais si des complications devaient survenir, Miss Hodge se sentirait moins isolée. Ne pensez-vous pas que ce serait une bonne idée si je donnais un thé où vous viendriez avec Miss Hodge ? »

Elle hésita une seconde avant de répondre. Comme chaque fois qu'il s'agissait de contacts humains, elle se sentait paralysée, terrifiée.

« Ce serait très aimable de votre part, dit-elle enfin. Son visage austère pâlit singulièrement et elle ajouta : Mais je crains que ce soit impossible. Tant de gens ne voudront pas venir s'ils savent que nous serons là.

— Mais non, vous vous imaginez cela. »

Elle posa sur lui un regard direct, scrutateur, comme pour juger s'il comprendrait ce qu'elle avait à dire. De même que Fern Simon, elle vit dans l'expression de Ransome quelque chose qui l'encouragea et elle se décida :

« Vous comprenez, certaines personnes ont raconté de vilaines histoires sur Miss Hodge et sur moi », dit-elle.

Il sourit.

« Rassurez-vous, je n'ai pas l'intention d'inviter ce genre de personnes. Je pensais à mes amis : les Smiley, la tante de Mrs. Smiley, le major Safti, peut-être Rashid Ali Khan et sa femme. Rashid pourrait être très utile à Miss Hodge. »

La pâleur quitta le visage de Miss Dirks. De nouveau elle hésita, à cause des Hindous qu'il proposait d'inviter, il le savait.

« Oui, ce serait très agréable, dit-elle. Peut-être qu'après nous pourrions donner un thé chez nous. Je crois qu'Elisabeth en serait très heureuse. Depuis des années, elle désire montrer la maison et faire voir comme elle l'a bien arrangée.

— Alors, c'est entendu. Je vais m'occuper de la chose et vous ferai savoir quel jour ils pourront venir. »

Elle se leva et prit son manteau de pluie. Quand Ransome l'aida à l'enfiler, il se rendit compte qu'elle tremblait de la tête aux pieds à cause de l'effort que sa visite lui avait coûté.

« Je parlerai aussi à mon ami le Major pour qu'il vous examine. Sûrement il vous recevra quand vous voudrez. Inutile d'avoir peur de lui : il est extrêmement bon et compréhensif.

— Je vous en serais très reconnaissante. Vous m'avez tellement aidée aujourd'hui !

— Ce n'est pas grand-chose. Il faut que nous nous revoyions bientôt pour parler de Nolham. Cela m'a donné le mal du pays. »

Au même moment, il se rendit compte qu'il n'aurait pas dû dire cela. Il venait de réveiller en elle la nostalgie de cette petite ville qu'en esprit elle n'avait jamais quittée, et que son corps ne reverrait plus. Elle étouffa un sanglot.

« Oui, dit-elle, j'ai aussi parfois le mal du pays. Je m'ennuie des pelouses, de la rivière, de la boutique de mon père. »

Elle refusa son offre de la reconduire et partit seule sous la pluie, le laissant à son brandy. Quand elle fut hors de vue, il se replongea dans le passé. De parler du vieux « Dacy » Dirks, de Morgan Banks, de Tom Atwood le pharmacien, avait soudain peuplé la place de Nolham, ses pelouses, le bistrot, de personnages vivants. Tout cela était assez loin de lui maintenant pour qu'il oubliât ce qu'il y avait abhorré : la terrible supériorité victorienne de son père, l'arrogance et le snobisme de ses frères aînés, la tristesse égarée de sa faible mère, dont la fortune permettait de maintenir Nolham, la morne rigidité de la vie du château, si frappante au retour de ses libres vacances à Grand River, ce respect de la tradition et de la caste, qu'il retrouvait jusque chez le personnel de l'office ; tout cela n'avait plus d'importance. Ému, il ne voyait plus que les vertus de ce système auquel il n'avait pu se plier, cette stabilité, cette paix, ce sens de l'obligation également acceptée par le Château et par le Village. Mais cet état d'esprit existait-il encore ? Un socialiste représentait maintenant Nolham au Parlement, et le domaine ancestral, morcelé et vendu, ne comprenait plus que deux fermes et l'immense parc inutile qui entourait le château. L'énorme fortune de Lady Nolham, arrachée jadis par « Dix pour

Cent » Mac Pherson aux montagnes du Nevada, s'était avérée insuffisante pour éviter l'effritement de tout cela.

Parmi les visages de son enfance, celui du vieux « Dacy » Dirks lui apparaissait le plus clairement. Il le revoyait, sinistre, presque menaçant, debout sur le seuil de sa boutique, dans son invariable jaquette noire et sa cravate blanche, fixant d'un œil irrité « la Cruche et le Lièvre », de l'autre côté de la place, ou tant de beaux jeunes gens allaient se perdre. « N'est-il pas extraordinaire que l'autre jour, chez Mr. Jobnekar, j'aie si bien deviné toute l'atmosphère d'où sortait Miss Dirks ? Et cela, sans le moindre indice ! » songea Ransome.

Le vieux « Dacy » était membre de la Confrérie de Plymouth et l'on ne devait guère s'amuser à son foyer. Sans nul doute, les pièces de l'arrière-boutique où il habitait avec sa famille n'étaient-elles pas moins lugubres, moins sombres que la boutique elle-même. Les dimanches étaient entièrement consacrés à la lecture de la Bible. Quant à ses filles, tenues à l'écart des jeunes gens de leur âge, on leur apprenait que tous les hommes, excepté « Dacy », étaient des vampires et que l'amour était une regrettable nécessité comme de se rendre aux lieux d'aisances au fond du jardin. Estropiée, trébuchante, Miss Dirks avait quitté le paisible et verdoyant Nolham pour aller finalement mourir aux Indes, guère plus avancée, n'ayant connu d'autre plaisir que la morne et tyrannique satisfaction d'avoir fait son devoir. Car elle allait mourir. Pendant tout le temps de sa visite, Ransome savait qu'il avait en face de lui une femme déjà morte. Sa seule erreur était de croire qu'elle l'ignorait.

Sous la pluie, Miss Hodge traversait à pas pressés la place du Cinéma, quand elle se souvint que Sara n'avait fait aucun commentaire sur le beau foulard qu'elle portait. N'était-ce pas extraordinaire ? Peut-être ne l'avait-elle pas remarqué ; tant de choses lui échappaient depuis quelque temps. Pourtant, ce foulard qu'elle avait acheté deux ans auparavant aux Magasins de l'Armée et de la Marine à Bombay et qu'elle n'avait mis que trois fois, l'une pour le

Durbar de la Maharani et les deux autres pour la distribution des prix à l'École... Non, vraiment, c'était étonnant et très heureux !

Elles étaient sorties ensemble de l'École. Sur la place, Miss Dirks l'avait quittée disant qu'elle avait des courses à faire et ne rentrerait qu'après six heures. Miss Hodge avait alors continué son chemin comme si de rien n'était, mais dès que son amie fut hors de vue, elle fit demi-tour et, comme un Peau-Rouge, prit la rue qui traversait le Bazar.

De nouveau, elle était en proie à une de ses « vagues » de rébellion, si violente qu'elle avait osé braver Sara en arborant son nouveau foulard, au risque de se trahir. Mais cela lui était égal. Si Sara avait exigé une explication, se disait-elle, elle lui aurait tenu tête et aurait refusé de renoncer à son projet. Après tout, elle n'était pas l'esclave de Sara. Pourquoi se bornerait-elle à ne voir que celle-ci, lorsque Ranchipur était plein de gens si intéressants !

Du Bazar, elle prit par la rue de la Mosquée et déboucha aux portes du vieux Palais d'Été. Passant entre deux grands Sikhs écarlates et or qu'elle n'avait encore jamais vus, elle s'engagea dans l'allée détrempée qui conduisait au Palais. Mais, à mi-chemin, son excitation tomba, balayée par la timidité, l'embarras et aussi par un problème qu'elle n'avait pas encore envisagé. Comment se présentait-on à quelqu'un habitant un palais ? Au Durbar de la Maharani, c'était bien simple, les places étaient marquées, vous n'aviez qu'à entrer. Mais pour une visite de voisinage, c'était différent. Fallait-il frapper, sonner, se faire annoncer ? Un instant, elle fut tentée de renoncer à son projet, mais, voyant que si elle hésitait plus longtemps elle serait trempée, elle avança jusqu'à la porte cochère. Arrivée là, une décision lui fut imposée par l'apparition d'un domestique en livrée royale rouge et or qui la salua profondément et lui demanda ce qu'il pouvait faire pour elle.

Rougissante, confuse, elle gravit les marches du perron et chercha ses cartes de visite : mais sa main tremblait si fort que son sac tomba, répandant son contenu sur le sol. Le domestique s'empressa de tout ramasser. Enfin elle trouva les cartes et, rassemblant son courage, les lui remit : « Lady Esketh, je vous prie ! » dit-elle.

Elle n'avait plus employé de cartes de visite depuis vingt-cinq ans. Mais, lorsque l'idée de sa fugue lui vint, elle se rappela celles qu'elle avait fait imprimer chez Stebbin, à Birmingham, et qui se trouvaient avec son journal et quelques essais sur les Dominions, qui lui avaient valu un prix à dix-sept ans, dans le coffret de bois de teck. Malheureusement, les cartes avaient été brunies et moisies par l'humidité de vingt-cinq moussons hindoues. Pourtant, au milieu de la pile, elle en découvrit deux parfaitement présentables, sans taches, à peine jaunies sur les bords. Cela pouvait paraître intentionnel, « blanc d'ivoire », songea-t-elle. On y lisait : « Miss Elisabeth Hodge, École de Heathedge. » Biffant soigneusement les trois derniers mots, elle les remplaça par « Sous-Directrice de l'École Supérieure de Jeunes Filles de la Maharani, Ranchipur ».

Elle n'avait jamais revu l'École de Heathedge depuis l'affreux moment où elle et Sara avaient été mystérieusement priées de donner leur démission. La vue de ce nom ramena l'ombre de ce sentiment de nausée qu'elle avait éprouvé quand la directrice, Miss Hillyer, les avait congédiées de son bureau. Aujourd'hui encore, elle ignorait pourquoi on avait exigé leur départ. Sara ne le lui avait jamais expliqué ; elle s'était bornée à lui dire de ne pas poser de questions stupides, de garder sa dignité et de ne pas chercher à rester là où sa présence n'était pas désirée. Mais l'impression d'écœurement ne dura pas ; tout cela était si ancien ! Seule demeurait l'exaltation à l'idée de sa visite à Lady Esketh.

Pas un instant, même au moment où elle attendait dans le grand salon de réception du Palais d'Été, il ne lui vint à l'esprit que Lady Esketh pourrait ne pas la recevoir. Au cours des longues années de solitude imposée par les circonstances à sa nature sociable, Miss Hodge en était arrivée à vivre une grande partie de son temps dans un monde de sa création, où les aventures les plus extraordinaires lui arrivaient. Souvent elle y rencontrait des duchesses, des évêques, imaginait des conversations au cours desquelles elle suscitait l'admiration des personnages les plus distingués et les plus élégants. Après son départ, l'évêque disait à la duchesse : « Qui donc est cette intelligente personne qui semble si bien informée sur les Indes ? » Ses dialogues étaient remplis de : « Alors, j'ai dit », ou de « Alors, la duchesse m'a dit ». Aussi, tandis qu'elle attendait le retour du domestique, ne se faisait-elle aucun souci. En imagination, elle avait déjà vécu sa visite, du commencement à la fin, et savait exactement comment elle se passerait. De plus, la pièce où elle se trouvait, avec son tapis de Turquie rouge, ses meubles tendus de peluche, ses paysages encadrés d'or, invisibles sous la moisissure, ses palmiers posés sur des supports en bois de teck, lui inspirait confiance. Ce salon ressemblait à s'y méprendre à la salle paroissiale de Sainte-Marie, à Birmingham.

Lady Esketh avait déjeuné au lit — agneau au curry, pommes de terre à l'eau, carottes à la crème, pouding blême à la farine, *papaye* au goût de mauvais cantaloup, café aqueux. Depuis son retour dans sa chambre, il ne s'était rien passé, sauf l'arrivée de l'infirmière, sombre et laide Goanaise, de sang portugais, qui parlait un bizarre anglais phonétique, en zézayant. Cette femme semblait l'ennui personnifié et s'appelait Miss de Suza, telle une *girl* de revue américaine au Paladium. Le boy, envoyé chez Ransome pour chercher des livres, s'était dissous dans la pluie. Aussi, en désespoir de cause, Edwina avait-elle essayé de lire tour à tour : *Les Indes révélées, Le Problème de l'Empire, Le Désordre hindou,* que Bates lui avait apportés de la chambre d'Esketh. Mais aucun de ces ouvrages ne semblait expliquer ce qu'elle désirait savoir, c'est-à-dire comment étaient réellement les Hindous. Ils se bornaient à exposer comment certains professeurs anglo-saxons estimaient qu'ils devaient être. De plus, ils contenaient de nombreuses statistiques qui, à son avis, ne prouvaient qu'une chose : les Indes ne représentaient plus un aussi bon placement qu'autrefois. Pour comble, chaque auteur paraissait en contradiction avec les autres, et avait une théorie personnelle sur le problème des Indes.

Lorsque, dégoûtée, elle eut jeté les livres l'un après

l'autre sur le sol, elle essaya de dormir, simplement pour tuer les heures interminables. Mais en vain. Alors elle se leva et se mit à arpenter la chambre. « Je commence à comprendre pourquoi les animaux du Zoo vont et viennent ainsi dans leur cage ! » se dit-elle. La fenêtre donnait sur le petit parc entourant le Palais. On n'y voyait que des arbres, des lianes, des buissons courbés par la pluie, rien d'autre qu'une végétation vorace ; même pas un *coolie* ou un *dhobie* pour donner un peu d'animation au paysage. Le simple effort de marcher de long en large l'épuisait. Vers cinq heures, elle appela sa femme de chambre et s'habilla, obsédée par le désir de se promener sous la pluie dans les rues de Ranchipur. Elle dépenserait de l'argent. C'était sa façon de se distraire quand elle n'en pouvait plus. Mais trouverait-elle quelque chose à acheter au Bazar ? Elle n'y avait vu que des colifichets en soie artificielle, des ballots de cotonnades, des breloques d'argent ou de jade sans valeur. Et comment se vêtir pour affronter un temps pareil ? Il lui aurait fallu un ciré et des bottes. Or elle ne possédait qu'un léger manteau de pluie de soie huilée et des souliers de sport de chez Greco. La femme de chambre protesta lorsqu'elle l'envoya les chercher ; mais elle tint bon. Dût-elle aller nue — ce qui ne l'aurait guère troublée — elle devait échapper à l'obsédante et fastidieuse monotonie de ces pièces victoriennes. Elle était si excédée qu'il lui semblait sentir chacun de ses nerfs jusque dans ses plus infimes ramifications.

Mais au moment précis où elle s'apprêtait à sortir, un des domestiques lui apporta deux cartes sur lesquelles elle lut : « Miss Hodge, Sous-Directrice de l'École Supérieure de Jeunes Filles de la Maharani ». Un instant, elle les considéra, indécise. « Après tout, pourquoi pas ? songeat-elle. Cela vaut mieux que rien. » Alors, ayant donné l'ordre de faire monter Miss Hodge dans son salon, elle ressentit une légère détente : « Si Tom a l'intention de faire l'imbécile, il faudra bien que je trouve à me distraire ailleurs ! » décida-t-elle.

« Faites apporter du thé », dit-elle à sa femme de chambre.

Quand elle entra dans le salon, Miss Hodge, grassouillette et mal fagotée dans son foulard des Magasins de l'Armée et de la Marine, était assise sur l'extrême bord d'un sofa en peluche. De ses yeux myopes, elle examinait l'étonnant bric-à-brac de meubles et de tableaux venus, on ne sait comment, des quatre coins du monde dans le vieux Palais d'Été. Au bruit de la porte, elle se leva vivement, rougissante, tremblante, et s'avança à la rencontre de Lady Esketh.

« Je suis Miss Hodge, de l' École Supérieure de Jeunes Filles, dit-elle.

— Très heureuse, répondit Edwina, je suis Lady Esketh. Mais asseyez-vous donc.

— Oh, je vous ai déjà vue une ou deux fois dans votre voiture, dit Miss Hodge en reprenant sa position sur le bord du sofa. Du reste je vous aurais reconnue d'après vos photographies. Elle eut une petite toux. J'espère que je ne suis pas indiscrète de venir ainsi, sans façon, mais, en rentrant de l'École cet après-midi, j'ai pensé que probablement vous auriez du plaisir à rencontrer quelques Anglais. Je sais que les hôtes du Maharajah n'ont pas souvent l'occasion de voir les membres de la colonie, et je me suis dit : Peut-être Lady Esketh serait-elle heureuse de faire connaissance avec cet autre aspect de Ranchipur. »

Cette tirade répétée maintes fois, tandis qu'elle cheminait sous la pluie, sortait maintenant avec une extraordinaire volubilité, tout d'un souffle, comme une poésie récitée par un petit enfant.

« C'est très aimable à vous, répondit Edwina. En fait, je m'apprêtais à sortir. Miss Hodge se leva, comme pour partir. Oh, vous ne me retenez pas, poursuivit Lady Esketh. Je m'ennuyais affreusement et il n'y avait rien d'autre à faire.

— J'aurais peut-être dû vous écrire pour vous prévenir.

— Je trouve que c'est très gentil de votre part d'avoir pensé à moi. »

Miss Hodge tourmentait son sac, ne sachant plus que dire. Enfin elle pensa au temps.

« Je suppose, dit-elle, que c'est la première fois que vous voyez la mousson ?

— Oui, je ne suis encore jamais venue aux Indes.

— Je suppose que vous les trouvez très intéressantes ? »

Edwina fut sur le point de répondre : « Non, je les trouve mortelles ! » Mais elle se rendit compte qu'elle ne pouvait parler ainsi à Miss Hodge. C'était bon à dire à un dîner à Londres, à des généraux anglais aux Indes ou même au Vice-Roi, mais pas à Miss Hodge pour qui les Indes devaient représenter tout, absolument tout. Aussi répliqua-t-elle : « Oui, seulement, je les ai trop peu vues. Ce serait intéressant de les mieux connaître. Mais cela semble très difficile.

— Je suppose que vous avez vu le barrage ? C'est le plus remarquable des Indes... il...

— Oui, et aussi l'asile, la prison, la distillerie... Mais ce n'est pas exactement ce que j'entends. Je voudrais voir des Hindous ; savoir comment ils vivent, ce qu'ils pensent, comment ils sont à l'intérieur. »

Tout en parlant, elle songeait au major Safti. Au cours du fastidieux après-midi, elle avait beaucoup pensé à lui. Et le spectacle de Miss Hodge et d'elle-même lui donnait envie de rire : « C'est une bonne chose qu'elle ne puisse voir en moi et découvrir qu'elle est en train de rendre visite à Messaline ! » se disait-elle.

La première impulsion de Miss Hodge fut de répondre : « Je dois vous avouer que je ne comprends pas les Hindous, moi non plus. Je ne les connais pas mieux que le premier jour, lorsque je suis arrivée ici, il y a vingt-cinq ans. » Mais de quelque part, du fond de l'ombre, surgit une de ces Miss Hodge insoupçonnées, opportunistes, qui s'emparaient d'elle et lui faisaient dire des choses qui l'étonnaient elle-même.

« Peut-être pourrais-je vous aider, disait cette Miss Hodge. Nous voyons un grand nombre de familles des jeunes filles qui fréquentent l'École, Miss Dirks et moi ; Miss Dirks est la directrice. C'est une de mes grandes amies. Nous sommes ici depuis vingt-cinq ans et, naturellement, nous avons appris à très bien connaître les Hindous, leur vie, ce qu'ils pensent et comment ils sont à l'intérieur.

— Vingt-cinq ans ? Comme c'est intéressant ! Mais j'espère que vous rentrez chez vous de temps à autre ?

— Non, nous ne sommes jamais retournées en Angleterre. »

A ce moment, Miss Hodge glissa de la réalité dans une de ces conversations qu'elle avait constamment avec des évêques et des duchesses, dans sa baignoire, ou dans son lit la nuit. « A plusieurs reprises, nous avons eu l'intention de rentrer, mais, au dernier moment, nous ne l'avons jamais pu. Il semble impossible de s'arracher aux Indes, une fois que l'Orient est entré dans votre sang. C'est extraordinairement fascinant... si étrange, si différent, si coloré... »

(Et alors, l'évêque, s'adressant à la duchesse, aurait dit : « Qui donc est cette intéressante personne qui semble si renseignée sur les Indes ? »)

« Comme vous êtes heureuse, dit Lady Esketh, de connaître aussi bien les Indes. Tout ce que j'en ai vu, moi, ce sont des dîners officiels et des barrages artificiels. J'ai rencontré peu d'Hindous... votre Mr. Rashid et un médecin, le major Safti.

— Oh..., le major Safti, repartit Miss Hodge, c'est un homme charmant et un remarquable chirurgien. Nous avons de la chance de l'avoir à Ranchipur.

— Il est venu voir mon mari ce matin. Lord Esketh est malade.

— Comment ? Depuis hier soir ? Tout Ranchipur savait déjà que les Esketh avaient dîné la veille chez Leurs Altesses, et n'ignorait rien de ce qui y avait été dit, ni l'heure à laquelle la réception s'était terminée. Depuis votre dîner au Palais ?

— Oui. Ça doit être une espèce de fièvre.

— Mon Dieu ! j'espère que ce n'est rien de grave. Il y a tant d'horribles maladies ici, la plupart inconnues en Angleterre. »

« Pourvu que ce soit la plus mauvaise, la plus grave qui se puisse ! songea Edwina. Je voudrais qu'il ait attrapé la plus répugnante de toutes ! » Et, de nouveau, elle ressentit le désir presque maladif de rire.

« Le major Safti ne sait pas au juste ce que c'est, dit-elle.

Nous avions l'intention de rentrer à Bombay ce soir, mais maintenant, Dieu sait quand nous pourrons partir. »

Dans son opulente poitrine, Miss Hodge sentit battre son cœur. Peut-être Lady Esketh ne quitterait-elle pas Ranchipur avant des semaines. Alors, elles pourraient faire mieux connaissance. C'était une femme charmante, si agréable. Qui sait... tout était possible...

« Oui, dit-elle, ces fièvres peuvent durer des mois. »

« Si c'est le cas, je rentrerai certainement en Angleterre », songea Edwina.

« Je serais heureuse si vous me montriez un peu ce qu'il y a à voir ici et aussi votre maison et l'École, dit-elle. Et s'il y avait moyen de rencontrer quelques Hindous de votre connaissance...

— La plupart ne savent pas un mot d'anglais.

— Comment, vous parlez leur langue ?

— Oui, répondit Miss Hodge d'un ton modeste. Je parle l'hindoustani, cela va sans dire, et un peu le gujerati. Vous comprenez, l'hindoustani est la langue générale des Indes, tandis que le gujerati est celle de Ranchipur.

— Comme vous devez être intelligente ! »

Le silence tomba entre elles. Miss Hodge se sentit brusquement comme une baleine échouée sur la grève et se débattant en vain. Quant à Edwina, elle se rendait compte à quel point les possibilités de conversation étaient limitées avec une personne telle que Miss Hodge. Depuis des années elle ne s'était autant surveillée, et l'effort l'épuisait ; c'était aussi fatigant que d'inaugurer une vente de charité à Barbury House. Pourtant Miss Hodge, empruntée, mal fagotée, l'intéressait plus qu'elle ne l'aurait jamais cru possible. Elle lui semblait aussi incompréhensible, aussi étrangère que les Hindous eux-mêmes. Elle n'imaginait pas ce que pouvait être la vie de Miss Hodge, ce qu'elle pensait, comment elle était sous son visage mal maquillé. Et, à la considérer, l'envie d'une existence sereine, ordonnée, lui revint, comme la nuit précédente, mais plus forte. Probablement Miss Hodge habitait-elle une petite maison semblable à un nid d'oiseau ; l'admirable monotonie de la paix devait régner sur ses jours. Considérant alors l'incroyable et vaste désordre de sa propre existence, Edwina songea qu'il pourrait être très agréable, pendant un instant, d'être Miss Hodge.

A ce moment un boy apporta le thé, qui arriva comme la pluie sur un sol desséché.

« Ne voulez-vous pas une cigarette ? » demanda Lady Esketh en tendant à Miss Hodge un étui de platine incrusté d'or.

Et Miss Hodge, qui n'avait fumé de sa vie, en prit une. C'était comme si une force inconnue l'y avait poussée. La sage Miss Hodge de l'École Supérieure de Jeunes Filles était morte, évanouie. Mais, quand elle eut pris la cigarette, elle ne sut qu'en faire, et la posa sur la table : « Je la fumerai tout à l'heure, dit-elle.

— Moi, j'aime fumer avec mon thé, dit Lady Esketh. J'adore le goût de la fumée avec le pain et le beurre. Puis, après s'être excusée sur la qualité du thé, elle ajouta : Je suppose qu'on ne trouve du thé vraiment bon que chez les Anglais.

— Je voudrais vous faire une fois une bonne tasse de thé, avec de très fines beurrées. Nous avons un pain excellent. C'est une des jeunes filles qui le fait pour nous. Mrs. Smiley, la femme d'un des missionnaires américains, le lui a appris.

— Peut-être pourrais-je venir un après-midi chez vous, dit Lady Esketh. Je n'ai pas mangé un morceau de pain convenable depuis mon arrivée aux Indes.

— Oh, cela ne vous ennuierait pas ? J'en serais enchantée ! » s'entendit répondre Miss Hodge.

Les mots étaient à peine sortis de sa bouche qu'elle se rappela Miss Dirks et la peur la saisit. Mais le charme de Lady Esketh dissipa bientôt cette ombre. C'était comme dans un conte de fées. Depuis tant d'années elle souhaitait faire les honneurs de son bungalow, montrer quel ravissant thé elle savait servir ! Et voilà que son vœu se réalisait ! Lady Esketh allait venir ! A cette pensée, tout le reste perdit son importance, même de se retrouver face à face avec Sara.

« J'espère que ce sera un de ces prochains jours ! » disait Lady Esketh.

Miss Hodge, toujours ensorcelée, s'entendit répondre : « Quand vous voudrez, Lady Esketh.

— Demain ou vendredi ?

— Vendredi conviendrait mieux, répliqua Miss Hodge acculée et terrifiée. Jeudi est le jour de la distribution des prix à l'École et nous ne rentrerons que tard. »

De toute façon, vendredi lui donnerait un jour de plus pour apaiser Sara.

« Entendu pour vendredi. Je me réjouis d'avance. »

Elles avaient fini leur thé et Miss Hodge se rendait compte qu'elle aurait dû s'en aller ; mais dans son excitation et dans sa crainte de retrouver Miss Dirks, elle ne pouvait se décider à partir ni imaginer une façon gracieuse de se retirer. Edwina, consciente de son hésitation, multipliait ses questions sur l'École, la colonie anglaise, la Maharani, si bien que la conversation prenait une tournure d'examen infligé à Miss Hodge. Enfin, comme Lady Esketh commençait à se sentir épuisée, la femme de chambre parut : « Le docteur est là, Madame », annonça-t-elle.

Miss Hodge, très soulagée, saisit l'occasion et se leva. « Je crois que je ferais mieux de m'en aller ; on doit m'attendre à la maison, dit-elle.

— C'est vraiment très aimable d'avoir pensé à moi, répondit Edwina d'un ton gracieux et machinal.

— Nous vous attendrons donc vendredi, vers cinq heures.

— Entendu, répliqua Edwina. Il nous faudra organiser quelque chose pour rencontrer des Hindous, de vrais Hindous, pas de ceux qui ont été à Oxford.

— Oui, dit Miss Hodge. J'arrangerai cela. »

Comment ? Elle n'en avait pas la moindre idée.

« Au revoir.

— Au revoir. »

Et Miss Hodge, tremblante, rougissante, se retira à reculons. Il n'y avait plus moyen de temporiser. Dans un instant elle reverrait Sara. Au moins, elle avait pu éviter de fumer la cigarette. Celle-ci était restée sur la table. Lady Esketh ne semblait pas l'avoir remarqué.

Malgré l'averse, Miss Hodge prit le chemin le plus long pour rentrer, passant par le quartier des Intouchables au lieu de traverser le Bazar. Elle ne craignait plus d'abîmer son foulard. Elle avait vu Lady Esketh, lui avait parlé ! Et Lady Esketh allait venir prendre le thé au bungalow ! — Lady Esketh qu'elle connaissait par les échos mondains du *Morning Post* depuis qu'elle était petite fille et faisait des séjours à Windsor chez sa marraine, la bonne vieille Reine. Lady Esketh s'était montrée aimable, amicale ; elle lui avait parlé de la même façon que si elle eût été une de ses anciennes voisines d'Agatha Terrace, à Birmingham. « Non, se disait-elle, il n'y a rien de plus merveilleux au monde qu'une vraie dame anglaise ! »

Elle n'était plus lasse de Ranchipur ; la chaleur, la pluie, la monotonie ne l'accablaient plus. Enfin, quelque chose lui était arrivé ; et cela ressemblait aux rêves fous qu'elle faisait en regardant les Sikhs, le soir au son de la musique barbare. Maintenant qu'elle avait établi le contact avec l'extérieur, tout allait changer. Leurs vies, celle de Miss Dirks et la sienne, deviendraient intéressantes ; le bungalow serait constamment peuplé de gens distingués et élégants. Sara finirait bien par la remercier d'avoir fait preuve de tant d'initiative. Sara avait besoin d'un changement. C'était ce qu'il lui fallait. Depuis trop longtemps elle était bizarre, misanthrope ! Recevoir Lady Esketh, comme n'importe qui, pour le thé ! Tout en marchant, elle imaginait la réception, se voyait servant le thé, tandis que Sara, charmée par la grâce de Lady Esketh, lui ferait la conversation. Sara saurait lui parler d'une façon beaucoup plus intéressante qu'elle-même. Quant à elle, Elisabeth Hodge, elle ferait les honneurs. Et les cigarettes... elle en achèterait demain au Bazar. Elle mettrait sur la table sa plus belle nappe de dentelle, préparerait ses plus fines tartines au beurre de buffle, sortirait le service de la Compagnie des Indes orientales. Sara dirait peut-être qu'il était trop précieux, mais elle saurait bien la convaincre ; elle le laverait elle-même, au lieu de le confier aux jeunes filles.

Mais quand elle tourna le coin de la route de l'École

d'Ingénieurs, son enthousiasme se refroidit. Était-ce la vue familière des poivriers, des bungalows, du Club hindou, qui tous semblaient lui dire au passage : « Vous approchez de chez vous. Dans un instant vous serez obligée d'affronter Sara. Comment allez-vous vous en tirer ? »

Elle gravit les marches de la véranda ; Sara était déjà rentrée. Par la porte, elle la voyait assise à sa table de travail, en train de corriger les compositions pour la distribution des prix. Miss Hodge suspendit son imperméable et son chapeau dans le vestibule, puis elle entra au salon comme si de rien n'était. Sara leva les yeux.

« Au nom du ciel, d'où venez-vous ? » dit-elle.

Miss Hodge avait eu l'intention de frapper un grand coup en déclarant : « J'arrive de chez Lady Esketh ! » Mais elle s'entendit répondre : « J'ai été faire une promenade », et d'un ton de défi, elle ajouta : « J'en ai assez d'être toujours enfermée ici !

— Mais vous êtes trempée jusqu'aux os !

— Ça n'a pas d'importance.

— Pourtant, allez immédiatement prendre un bain et changer de vêtements.

— Tout à l'heure. »

Elle s'efforçait de prendre un air dégagé, plein d'assurance, à la manière de Lady Esketh, mais elle tremblait à l'idée que Sara n'était pas dupe. Elle devait se douter de quelque chose. Pourquoi l'aurait-elle regardée ainsi, sans cela ? Malgré ses habits humides, elle prit le *Morning Post* et s'assit. Il était vieux d'un mois mais, aux Indes, le temps n'avait qu'une importance relative. Abritée derrière son journal, elle sentait que Sara feignait de s'absorber dans son travail, mais qu'elle pensait à autre chose et cherchait à découvrir ce qu'elle avait fait. Elle en ressentit une impression de triomphe ; puis elle se mit à imaginer quel effet cela lui ferait, de voir son nom imprimé dans la colonne mondaine du *Morning Post,* quelques lignes dans ce goût... « Miss Elisabeth Hodge, de Ranchipur, Indes, est l'hôte de Lord et Lady Esketh à Barbury House... »

A ce moment, la voix de Sara vint interrompre sa rêverie : « Elisabeth, faites ce que je vous dis. Allez vous changer... En passant, jetez un coup d'œil à la cuisine pour voir si tout va bien. Il faut que je termine ces corrections. »

Le visage de Miss Hodge s'empourpra. Jetant le journal, elle se leva et sortit de la chambre. Réellement, Sara aurait pu la laisser un instant tranquille, au lieu de la traiter comme une enfant, ou une simple maîtresse d'école obligée de surveiller la confection du repas. Soit, Sara allait voir ! Elle garderait ses vêtements mouillés, attraperait la malaria ; et alors, elle serait bien punie !

Tout allait bien à la cuisine et, pendant qu'elle sortait le sucre, le thé, la moutarde et la bouteille de sauce, elle décida d'attendre le souper pour parler de Lady Esketh. Sara serait plus calme. Comme elle refermait l'armoire aux provisions, elle aperçut par la fenêtre un boy qui traversait le sentier. Elle le reconnut. C'était le domestique de Mr. Ransome, et son cœur se mit à battre. Que venait-il faire au bungalow ? Serait-ce une invitation ? Tant de choses se passaient aujourd'hui ! En tout cas, elle accepterait. Sara dirait ce qu'elle voudrait ! Elle s'y rendrait seule s'il le fallait !

Tremblante d'excitation, elle s'élança à la rencontre du boy. Il la salua et lui remit un billet à l'adresse de Miss Sara Dirks. Il attendrait la réponse. C'était exaspérant de ne pouvoir ouvrir l'enveloppe, mais Sara était si bizarre pour ce genre de choses ! Quand elle donna la lettre à Sara, celle-ci s'arrangea de façon qu'elle ne pût la lire par-dessus son épaule. Puis, tenant toujours le billet, elle se rendit sur la véranda.

« Informez Mr. Ransome que c'est entendu », dit-elle au domestique.

Le visage très pâle, elle revint vers Miss Hodge.

« Mr. Ransome nous invite pour le thé, dit-elle.

— Oh ! Sara ! Je voudrais tant y aller ! s'écria Miss Hodge, comme une enfant.

— Cela va sans dire, répondit Miss Dirks. Nous irons toutes les deux. »

Un instant Miss Hodge resta muette d'étonnement. Sara venait de parler comme si cette invitation n'avait rien d'extraordinaire ; comme si elles avaient l'habitude de courir les thés mondains deux ou trois fois par semaine, depuis vingt-cinq ans. Sara s'assit et reprit son travail.

« Il y aura aussi les Smiley, Miss Mac Daid, Mr. et Mrs. Rashid et les Jobnekar, dit-elle sans lever les yeux.

— Quand est-ce ?

— Vendredi.

— Vendredi... ce vendredi ?

— Oui, après-demain. »

Miss Hodge, prise de vertige, ne dit mot. Alors Miss Dirks releva la tête et lui demanda : « Qu'avez-vous ? Pourquoi restez-vous à me regarder ainsi ?

— Je ne suis pas libre vendredi, balbutia Miss Hodge.

— Au nom du ciel, pourquoi pas ? La longue patience de Miss Dirks déborda soudain. Se redressant, elle s'écria : Que se passe-t-il ? Pourquoi n'êtes-vous pas libre ? Pourquoi errez-vous comme une âme en peine sans même aller vous changer ? »

Miss Hodge la regardait, paralysée, la bouche ouverte.

« Pourquoi ne pouvez-vous pas vendredi ? Êtes-vous devenue sourde-muette ?

— Parce que j'ai invité Lady Esketh à venir prendre le thé.

— A venir prendre le thé ! Vous êtes folle, Elisabeth. Vous ne la connaissez même pas.

— Oui, je la connais. Je lui ai fait visite cet après-midi. Elle est charmante. »

Et, brusquement, Miss Hodge se mit à pleurer, vexée, désappointée et aussi honteuse, car dans les yeux bleus de Sara si loyaux, elle lisait qu'elle s'était rendue ridicule.

« Au nom du ciel, qu'est-ce qui vous a poussée à faire une chose pareille ?

— J'avais envie de la voir. Vous ne savez pas combien elle a été aimable et bonne.

— Eh bien ! il vous faudra lui dire de venir une autre fois.

— Je ne peux pas renvoyer Lady Esketh.

— Pourquoi pas ?

— Parce que je ne peux pas. C'est impossible.

— Il vous faudra tout de même le faire.

— Dites à Mr. Ransome que nous irons chez lui un autre jour.

— Impossible.

— Pourquoi ? Il s'est toujours montré si poli, si empressé ; cela ne lui fera rien.

— C'est moi qui lui ai demandé de faire cette invitation.

— Vous ? »

De surprise, Miss Hodge cessa de pleurer.

« Oui, j'ai trouvé que nous devrions voir un peu plus de monde. »

Le choc de cette seconde déclaration coupa le souffle à Miss Hodge.

« Asseyez-vous, Elisabeth, et écrivez à Lady Esketh pour lui expliquer la chose. Elle comprendra. Dites-lui de venir un autre jour, n'importe lequel. Qu'est-ce que ça peut lui faire ? Deux vieilles filles comme nous ne peuvent guère l'amuser !

— Pourquoi dites-vous ça ? De toute façon, je ne peux pas la renvoyer.

— Pourquoi pas, je vous en prie ? »

Miss Hodge vit que son amie était sur le point de se mettre en colère et elle en fut terrifiée. Sara perdait rarement son sang-froid. Cela ne lui était arrivé que deux fois au cours de leur vie en commun. Mais alors elle devenait terrible et cruelle, étant de beaucoup la plus intelligente.

« Parce qu'elle est seule et qu'elle s'ennuie. »

Sara eut un rire mauvais, inexorable.

« Lady Esketh seule, et s'ennuyant ! Vous avez perdu l'esprit, Elisabeth ! Et vous vous imaginez que cela va être drôle pour elle de venir prendre le thé ici avec deux sinistres maîtresses d'école ? Réellement, je ne sais ce qui vous prend depuis quelque temps...

— Nous ne pouvons pourtant pas renvoyer Lady Esketh pour une bande d'Hindous et de missionnaires ! »

Alors, Sara la fixa avec des yeux si froids, si redoutables, que Miss Hodge crut qu'elle allait s'évanouir. C'était le regard terrible d'une femme sensible, intelligente qui, par une affection née dans un moment de faiblesse et de solitude, avait supporté pendant vingt-cinq ans la médiocrité, la sottise, la stupidité, le néant, regard lourd de mépris exprimé pour la première fois par une fureur glacée. Depuis un quart de siècle, date du scandale, elle était bonne pour Elisabeth Hodge, la protégeait, prenait sur elle toutes ses bévues, toutes ses inconséquences, mais maintenant, brusquement, elle n'en pouvait plus.

« Mettez-vous à cette table et écrivez immédiatement un mot à Lady Esketh. Je savais que vous étiez sotte, stupide et folle, mais j'ignorais que vous fussiez une snob, une flagorneuse ! »

Miss Hodge perdit soudain la tête. Un instant, comme hypnotisée, la bouche pendante, elle braqua sur Miss Dirks ses prunelles dilatées par l'horreur. Puis elle cria : « Une snob ! Je ne suis pas une snob ! Je ne suis pas une flagorneuse ! Je ne la décommanderai pas ! Je comprends, vous me détestez ! Vous me haïssez ! Vous m'avez toujours haïe ! » Puis elle s'élança hors de la chambre en courant. Elle s'enferma chez elle et se mit à hurler. Non pas des sanglots tranquilles nés des nerfs à bout comme Miss Dirks, mais des cris. Elle voulait que chacun sût comment elle était traitée, combien elle souffrait, à quel point Miss Dirks pouvait être cruelle. Elle désirait être entendue des jeunes filles intouchables à la cuisine, des Sikhs immobiles à l'Entrée d'Honneur de l'autre côté de la route, de tous les passants.

Restée seule, Miss Dirks se leva et alla fermer portes et fenêtres afin d'étouffer le bruit de ces glapissements. Puis elle se rassit et couvrit son visage de ses mains. Son corps entier tremblait ; elle désirait mourir, maintenant, à l'instant même. Elle n'avait plus la force de continuer. Et demain, elle devrait se rendre à l'Hôpital, se déshabiller devant le major Safti et lui permettre de la palper.

A l'instant où la femme de chambre annonça le docteur, Edwina oublia Miss Hodge, son désir de connaître la vie des humbles et l'invitation au bungalow. Les derniers mots qu'elle adressa à Miss Hodge n'étaient plus que l'expression automatique d'une grâce venant non pas de son cœur, mais d'une vieille habitude. C'était l'amabilité distraite qu'elle accordait aux domestiques et aux inférieurs. Absorbée par la pensée du major Safti, elle le revoyait en esprit, beau, net, intelligent, jovial et fort ; et Miss Hodge, comme un songe, disparut du tableau. Tout l'après-midi, tandis qu'elle s'agitait sur son lit dans l'étouffante chaleur, elle l'avait évoqué avec une sorte d'abandon pervers, né de son ennui. Et peu à peu, emportée par son imagination, elle l'avait rendu plus tentant, plus mystérieux, plus excitant qu'aucun homme ne pouvait l'être en réalité. Au bruit monotone de la pluie sur le toit et contre les persiennes de bambou, elle l'avait doté de toutes les qualités propres à éveiller la grande passion. Oui, c'était cela que depuis toujours elle cherchait, sans même le savoir. Elle s'en rendait compte maintenant. Elle faisait de lui, dans sa rêverie, un amant si complet, de corps et d'âme, qu'elle en oubliait sa propre nature, son corps, simple instrument, et son esprit détaché, sensuel, calculateur, vite excédé de toute nouvelle aventure, pour se fondre corps et âme dans une rayonnante extase.

Aussi, lorsque la porte s'ouvrit et que le Major parut, elle ressentit une nuance de déception à constater qu'il n'avait pas la magnificence dont elle l'avait paré, qu'il la regardait simplement comme un médecin de famille venant voir la femme d'un homme malade et non pas comme l'amant qui l'avait ravie durant les longues heures où, étendue sur son lit, à la frontière brumeuse du sommeil, elle l'avait évoqué. Mais, dévoyée comme Ransome, elle le convoita soudain. « Si je ne l'ai pas, songea-t-elle, je passerai ma vie à le regretter. »

Il ne s'assit pas.

« Je ne puis rester qu'un instant, dit-il. Je ne sais encore ce qu'a votre mari, mais certainement c'est grave. Il ne vous faut pas entrer dans sa chambre. J'ai dit à l'infirmière de se couvrir le visage, jusqu'à ce que nous soyons fixés. J'ai envoyé un spécimen de son sang à l'Institut de Bombay. Nous saurons probablement le résultat demain soir ; j'ai demandé qu'on me télégraphie.

— Que peut-il avoir, croyez-vous ? » demanda-t-elle

en feignant l'inquiétude, comme devant Bates, car elle sentait que le Major devait être un idéaliste. Elle le devinait à son visage, à sa voix, à l'humanité, à la bonté de son regard. Or, si elle voulait le séduire, il ne fallait pas qu'il la jugeât mal. Et, tandis qu'elle lui parlait, une pensée folle traversa son esprit : « Si c'était celui que je cherche ! Si par lui je pouvais être sauvée ! »

Le Major ne répondit pas exactement à sa question. « Il est inutile de vous alarmer avant de savoir, dit-il. En tout cas, une chose est certaine, c'est que votre mari ne pourra pas partir d'ici avant des semaines.

— Combien ? »

Elle qui, tout à l'heure encore, ne souhaitait que s'en aller, désirait maintenant qu'il eût dit des mois, plutôt que des semaines. La chaleur, la pluie, la monotonie n'existaient plus. Elle sentit qu'elle tremblait et elle mit ses mains derrière son dos.

« Quatre ou cinq, au moins. Il la regarda droit dans les yeux et ajouta : J'en suis désolé pour vous. Ranchipur doit vous sembler mortel !

— Non, vraiment pas, répondit-elle, se sentant soudain très jeune et très heureuse.

— Il faut que je m'en aille. Miss Mac Daid m'attend à la caserne.

— Vous ne voulez pas prendre quelque chose ? Au moins une tasse de thé ? » demanda-t-elle vivement.

Non, il ne pouvait partir ainsi, sans avoir quitté, au moins un instant, son attitude froidement professionnelle. Il fallait changer leurs rapports, les mettre sur un autre plan.

Le visage du Major s'éclaira pour la première fois et le charme, la simplicité de son sourire la bouleversèrent.

« S'il est prêt, j'en accepterai volontiers une tasse, dit-il.

— Il est froid. Je vais demander qu'on en apporte du chaud.

— Non, non, je le prendrai tel quel. Je n'ai pas le temps d'attendre. »

L'instinct d'Edwina et sa longue expérience l'avertirent, à la façon dont le Major sourit, que pendant une seconde ce n'était plus le docteur, mais l'homme, qui l'avait regardée. « Il ne faut pas que j'aille trop vite, se dit-elle. Je ne suis pas en Europe et je ne connais pas ce genre d'hommes. Je ne dois pas me trahir. Il faut qu'il me prenne pour ce que je ne suis pas... qu'il croie que je suis une femme convenable. »

Aussi fit-elle attention à la façon dont elle lui parlait, dont elle le regardait. Elle lui servit une tasse de thé tiède et en prit une elle-même, bien qu'elle eût horreur de cela. Alors, durant cinq brèves minutes, ils causèrent gaiement, sans contrainte. L'admirable vitalité du Major faisait de lui un compagnon charmant. Cependant, elle le détaillait avec avidité : ses grandes mains sensibles, ses épaules larges et musclées, sa belle tête, la courbe parfaite de son nez, ses lèvres pleines, de façon à garder en elle son image quand il serait parti. Son examen lui révélait qu'il possédait réellement tout ce qu'elle avait espéré trouver en lui.

Il vida sa tasse de thé et prit sur la table la cigarette abandonnée par Miss Hodge.

« Il faut que je parte, dit-il en se levant. Je reviendrai demain matin. J'ai fait le nécessaire pour empêcher la température de trop monter. Il n'y a plus qu'à prendre patience et à attendre que les symptômes se déclarent. »

Et il s'en alla, sans lui dire que, dans les écuries royales, les rats mouraient comme des mouches et qu'un des palefreniers, les glandes et la langue tuméfiées, le corps dévoré par une fièvre ardente, était en train d'agoniser.

Quand Fern, à l'aube, quittant les Smiley, rentra chez elle, elle trouva sa chambre dans l'état où elle l'avait laissée la veille et son billet, comme au cinéma, encore épinglé à l'oreiller. Mais maintenant elle en avait honte. C'était une autre Fern qui l'avait laissée là, une enfant stupide, partie comme une folle sous la pluie ; elle la voyait clairement. Mais celle qui rentrait en tapinois par la fenêtre, dans la clarté humide du petit matin, celle-là, elle ne la connaissait pas, ne savait comment elle était, ni vers quel destin elle s'acheminait. Non pas qu'elle fût très différente, mais en elle quelque chose était en train de changer. Avant de « partir pour toujours », elle ne vivait qu'en elle-même ; elle était le commencement et la fin de tout, rien n'existait qu'en fonction d'elle, le reste était vague, irréel et ne la touchait que de façon épisodique. Mais, depuis quelques heures, il lui semblait être sortie d'elle-même et se regarder de loin. Et cela lui donnait un étrange sentiment d'exaltation, de maturité, de force. Jusqu'alors, elle avait été aveugle, et voilà que, pour la première fois, elle prenait conscience des autres, les voyait dans leur réalité. Elle *voyait* Ransome, Mrs. Smiley ; rien n'empêchait qu'elle vît aussi les autres.

Elle se coucha et s'endormit presque aussitôt. La voix de sa mère l'appelant pour le déjeuner la réveilla. Elle répondit. Puis, enfouissant son visage dans l'oreiller, elle se rendormit.

En bas, Mr. Simon, Mrs. Simon et Hazel, les yeux encore bouffis de sommeil, s'assirent à la table du déjeuner. Mrs. Simon décréta que Fern devait être en train de bouder à cause de l'« affaire de Harry Loder ». Pourtant quand, peu avant le repas de midi, Fern parut, elle ne semblait ni maussade, ni grognon. Sa mère lui annonça que Mr. Simon avait fixé à samedi leur départ pour Poona. « Alors, c'est le moment de commencer à emballer », remarqua-t-elle d'un ton très calme.

Pendant tout l'après-midi et toute la soirée elle se montra étonnante de douceur, de gentillesse, de docilité. Aussi, tandis qu'ils se trouvaient ensemble comme une famille unie, au salon, après le dîner, Mrs. Simon recommença-t-elle à échafauder des projets de mariage pour sa fille. Mais elle n'osa lui en parler, de peur de réveiller son irritation. Pourtant, une fois couchée, Mrs. Simon fut prise de certains doutes. Les bonnes dispositions de Fern devaient dissimuler quelque chose.

Ses craintes ne devaient être que trop justifiées. Le lendemain matin, Fern était en train de l'aider à serrer les lainages et les draps quand, interrompant subitement son travail, elle déclara :

« Je n'ai pas envie d'aller à Poona, maman.

— Au nom du ciel, que veux-tu dire ?

— Je voudrais rester ici. J'ai horreur de Poona.

— Rester ici ? Par un temps pareil ? Mais *personne* ne demeure à Ranchipur pendant la mousson ! »

Fern fut sur le point de répliquer que près de douze millions de personnes, dont un certain nombre d'Européens parmi lesquels Ransome, Miss Mac Daid et les Smiley, passaient la mousson à Ranchipur, mais elle se retint. Elle voulait en arriver à ses fins et préférait ne pas donner à sa mère l'occasion d'entamer une querelle sur un sujet secondaire. C'était ce qui se produisait ordinairement. Mrs. Simon avait l'art, dans toute discussion, d'escamoter le point essentiel.

« Et me diras-tu, pourquoi, tu ne désires pas aller à Poona ? N'y rencontres-tu pas des personnes agréables ? N'y est-on pas charmant pour toi ? Regarde Hazel : elle adore Poona.

— J'aimerais rester ici. Tout est “bath” à Poona. Tous les gens y sont “baths” et n'y font que des choses “baths”. »

Perplexe, Mrs. Simon fixa Fern. Puis, ne devinant pas où elle voulait en venir, elle observa : « Je te prie de ne pas parler ainsi ! Cela n'a pas de sens et te donne l'air vulgaire. Je ne comprends pas où tu vas ramasser ces expressions d'argot. »

Fern faillit se mettre en colère. Comment sa mère pouvait-elle parler de vulgarité ? Savait-elle seulement ce que c'était ? Fern l'avait mystérieusement appris au cours de la nuit. En fait, elle l'avait toujours su. Elle discernait ce qui était vulgaire et ce qui ne l'était pas ; et cette connaissance la remplissait de honte au souvenir de certaines choses qu'elle avait faites avant de le savoir. Sa mère, songeait-elle, considérait Harry Loder et Mrs. Hoggett-Egburry comme les prototypes de la distinction et rien ne pourrait changer sa conviction.

« Ça m'est parfaitement égal qu'on me trouve vulgaire.

— Eh bien, cela ne m'est pas égal, ni à ton père ! Nous avons tout fait pour te donner une éducation raffinée. Quoi qu'il en soit, ton idée est absurde. Pourquoi ne peux-tu être agréable et gentille comme Hazel ?

— Parce que je ne suis pas comme elle, répondit Fern.

— Hazel n'a jamais essayé de détruire notre bonheur familial », reprit Mrs. Simon.

Le bonheur ? Où était-il ? Avait-il jamais existé ? se demanda Fern. Certes, elle n'était pas heureuse. Et son père toujours ahuri, tourmenté, persécuté par sa femme, l'était-il ? Et Hazel ? Non plus ! A moins qu'on pût dire que les vaches étaient heureuses. Quant à sa mère, rongée d'envie, de haine, d'ambitions déçues, elle était la moins heureuse d'eux tous.

« Il n'est pas question que tu restes ici ! poursuivit sa mère. Une jeune fille de ton âge, à Ranchipur ! Qu'en penserait Harry !

— Je ne le sais que trop !

— Quoi ?

— Il essayerait sur-le-champ de me faire faire ce qu'il me ferait faire si je devenais sa femme.

— Harry Loder est un gentleman.

— Pourquoi parler de lui, maintenant ? Je te l'ai dit, je ne l'épouserais pas, même s'il était le dernier homme sur la terre. »

Et, tout en parlant, elle le comparait à Ransome : Loder avantageux, satisfait, autoritaire, l'autre fin, vaincu, désespéré ; et elle se disait : « Ransome a besoin de moi ; je pourrais tant faire pour lui. »

« Du reste, je ne serais pas seule ici.

— Et comment ? Toutes nos connaissances s'en vont.

— Il y aura les Smiley. Je pourrais habiter chez eux.

— Les Smiley ! »

Mrs. Simon lâcha la couverture qu'elle était en train de

plier et tomba sur ses genoux comme si elle avait reçu un coup :

« Les Smiley ! Tu es folle ! Je savais bien que tu mijotais quelque chose, pour ne pas faire la tête de toute une journée !

— Je ne suis pas folle. Les Smiley accepteraient certainement de s'occuper de moi.

— Mais ils nous haïssent ! »

Dans la bouche de Fern revinrent les paroles de Ransome. « Les Smiley ne haïssent personne ; ils n'en ont pas le temps ! »

Le visage de Mrs. Simon s'empourpra. C'était un mauvais signe. Autrefois, Fern aurait eu peur ; mais maintenant, cela lui était égal. Elle savait que Ransome la comprendrait, même si tous les autres la condamnaient. Les yeux de marbre bleu de Mrs. Simon devinrent humides. Dans un instant elle se mettrait à pleurer, puis irait se jeter sur le sofa le plus proche et crierait que personne ne l'aimait, que son mari était un imbécile, ses filles ingrates...

« Tu prends le parti des Smiley contre ta propre mère ! dit-elle d'un ton menaçant. Contre ta mère qui t'a mise au monde !

— Je ne prends le parti de personne. Quoi qu'il en soit, les Smiley ne nous doivent rien. »

Mrs. Simon cessa de gémir et la regarda d'un œil soupçonneux : « Que sais-tu des Smiley ?

— J'ai pensé à eux. C'est simple.

— Oui. Tu te crois très intelligente, plus que ton père, que ta mère ou que n'importe qui d'autre. Eh bien, ma belle, je pourrais t'en raconter sur les Smiley !

— Quoi donc ? demanda Fern.

— Ne sois pas insolente ! Des tas de choses : des lettres qu'ils ont écrites derrière notre dos... Ils nous jalousent parce que nous avons des relations distinguées. Elle se remit à pleurer. Prendre leur parti, après toutes les humiliations qu'ils nous ont infligées !

— Jamais ils ne nous ont infligé d'humiliations. Il ne font aucune attention à nous.

— Ne parle pas comme ton imbécile de père ! Et que penserait Mrs. Hoggett-Egburry si tu demeurais chez eux ? Après tout ce que j'ai fait pour toi... »

Fern ne dit mot. Elle continuait à plier draps et lainages et à les ranger dans le coffre en bois de teck. Rien n'arrêterait Mrs. Simon ; elle était résolue à aller jusqu'au bout de sa démonstration. Et, comme toujours, rien ne serait décidé. Après un torrent de lamentations et de larmes, la victoire lui resterait, comme d'habitude. Un instant, Fern songea qu'elle aurait dû ne pas partir de chez Ransome, mais se mettre dans son lit et crier s'il avait menacé de la chasser. Non, il n'y avait pas d'autre moyen de s'en tirer ; tout valait mieux que les scènes de sa mère, même épouser Harry Loder. Et, subitement, elle fut effrayée à la pensée que si elle n'avait pas été chez Ransome, ni appris à connaître les Smiley, elle aurait peut-être, un jour, par lassitude, dit oui à Harry Loder. En tout cas, maintenant ce n'était plus possible.

Elle évitait de regarder sa mère, de peur d'être écœurée par son visage fané, bouffi et ses yeux rouges, mais elle ne pouvait s'empêcher d'entendre ses sanglots et ses reniflements. Elle haïssait sa mère, elle le savait maintenant ; elle l'avait toujours haïe, même lorsqu'elle était enfant. Petite fille, elle se disait déjà : « Je ne veux pas être comme maman. » Elle avait donc toujours su que sa mère était stupide, égoïste, vulgaire et sans scrupule ? N'était-ce pas horrible de détester ainsi sa propre mère ? Pis que cela, d'avoir honte d'elle ? Même si un jour elle s'échappait, si elle épousait un homme dans le genre de Ransome, sa mère serait toujours là, imposant sa présence, éhontée et commune.

Comme Fern ne disait mot, Mrs. Simon se laissa choir sur le sofa dans une attitude accablée. Mais Fern poursuivit son travail, sans même se retourner. Elle savait que son indifférence lui conférait un pouvoir. Enfin, Mrs. Simon se leva et quitta la pièce, faisant claquer la porte avec tant de violence que des débris de plâtre moisi tombèrent du plafond sur Fern.

Fern savait ce qui allait se passer ; c'était toujours la

même chose. Sa mère irait s'enfermer dans sa chambre à coucher, baisserait les persiennes et aurait ce que Mrs. Hoggett-Egburry appelait une « migraine », mot élégant pour dire mal à la tête. Elle ne descendrait pas déjeuner et resterait invisible toute la journée. Tard dans la nuit seulement, elle ouvrirait la porte et permettrait à son mari de venir la consoler.

Penchée sur le coffre, Fern se dit : « En tout cas, nous ne serons plus forcés de la voir aujourd'hui ! » Et des larmes montèrent à ses yeux, coulèrent sur ses joues, doucement, sans bruit. Elle ne s'apitoyait pas sur elle-même ; elle pleurait parce que sa mère rendait le monde si laid, parce qu'elle était fatiguée — non pas son corps jeune et fort — mais lasse de sa mère, de Mrs. Hoggett-Egburry, de Harry Loder, de tous les autres.

Le déjeuner fut sinistre. Dehors la pluie tombait et la chaleur s'insinuait, humide, sous les fenêtres. Fern ne disait rien ; Hazel larmoyait comme toujours quand sa mère avait une de ses crises ; quant à Mr. Simon — que les scènes de sa femme remplissaient de honte — il lisait avec une feinte indifférence les *Nouvelles du Missionnaire.*

Le repas n'était pas moins amical qu'à l'ordinaire, mais l'absence de Mrs. Simon se faisait sentir. Sans elle, sans sa façon d'entretenir l'illusion d'une intimité et d'une affection familiales qui n'existaient pas, ils se sentaient perdus.

Le déjeuner terminé, Fern rentra dans sa chambre où elle ne tarda pas à s'endormir, épuisée par l'excitation des dernières vingt-quatre heures. Vers six heures, elle fut éveillée par un bruit de moteur sous sa fenêtre. Les automobiles étant rares à Ranchipur, elle se précipita pour voir si peut-être c'était Ransome se rendant chez les Smiley. Ce n'était que la minuscule voiture de Mrs. Hoggett-Egburry. Elle s'arrêta devant la porte de leur maison et, avec la majesté d'une duchesse sortant d'une Rolls-Royce pour déjeuner au *Claridge,* Mrs. Hoggett-Egburry en descendit.

« Quelqu'un lui aura raconté ! » se dit Fern en la suivant des yeux.

Après avoir attendu un instant, Mrs. Hoggett-Egburry

fut introduite dans la chambre à coucher de Mrs. Simon. De tout Ranchipur, elle était la seule personne dont Mrs. Simon tolérât la présence pendant ses crises.

Assise sur le bord de son lit, Fern se demanda ce qu'il faudrait faire si Mrs. Hoggett-Egburry *savait* vraiment. Elle n'avait plus peur, et se sentait calme, froide, supérieure. Bientôt, du reste, elle oublia Mrs. Hoggett-Egburry, à l'idée d'écrire à sa cousine, à Biloxi. Pour une fois, elle avait à raconter quelque chose d'aussi passionnant que les récits de celle-ci sur ses pique-niques, ses parties de natation, et sur ses admirateurs, qui faisaient rêver Fern et ne ressemblaient en rien aux jeunes gens qu'elle voyait chez sa mère.

Elle commença sa lettre : « Chère Esther ». Mais, avant d'arriver à la fin de la seconde page, elle se rendit compte que quelque chose clochait. Ce qu'elle venait d'écrire ne rendait pas du tout la qualité de son aventure avec Ransome. C'était si enfantin, si banal, qu'elle n'y reconnaissait même pas ses émotions de la veille. Sa description de Ransome et celle de ses sentiments à son égard différaient totalement de la réalité. Ransome devenait un simple aventurier romantique de cinéma et son sentiment pour lui ressemblait aux descriptions palpitantes que lui écrivait Esther chaque fois qu'elle rencontrait un séduisant jeune homme. Non, il n'y avait pas de mots dans son vocabulaire restreint pour traduire cette impression profonde qu'elle ressentait d'un monde transformé, d'une liberté et d'une indépendance inconnues. Maintenant, elle voyait sa mère exactement comme elle était, et cela lui donnait sur elle un pouvoir secret dont elle se rendait compte chaque fois qu'elles se trouvaient ensemble. Mais elle ne pouvait écrire tout cela à sa cousine, cela semblait idiot et compliqué. Et soudain, elle se sentit plus vieille, plus sage qu'Esther, et supérieure à elle. Esther ne connaissait que les garçons de son âge qui étaient « épatants », « attrayants » ou « merveilleux ». Ils ne méritaient que ces trois adjectifs. Mais aucune de ces épithètes ne convenait à Ransome. Fern, après réflexion, conclut qu'Esther ne comprendrait pas mieux que les autres. Décidément, à ce point de vue-là encore, elle était plus âgée qu'Esther. Elle le devait probablement à la vie étrange, isolée, qu'elle menait à Ranchipur. Et Ransome était un homme ; il n'avait rien de commun avec les petits jeunes gens dont les lettres d'Esther étaient pleines.

Après une quatrième tentative, elle renonça à écrire à Esther sur l'amour. Trois jours auparavant, ça l'aurait amusée de lui raconter qu'elle avait été demandée en mariage, ne fût-ce que par Harry Loder, mais, maintenant, cela n'en valait plus la peine. Fern déchira donc soigneusement les brouillons de sa lettre, de façon que sa mère ne pût les recoller. A ce moment on frappa à sa porte, et l'un des domestiques l'informa que la *Memsahib* la demandait.

A l'instant où Fern pénétra dans la chambre obscurcie, elle sentit que sa mère *savait*. Mrs. Simon était couchée, une serviette mouillée sur le front, gémissant doucement. Fern ne dit rien. Un peu tremblante, elle s'assit et attendit.

« Je veux que tu m'avoues la vérité, Fern, dit sa mère.

— Oui.

— Ce que Mrs. Hoggett-Egburry vient de me raconter, est-ce vrai ?

— Je ne sais pas ce qu'elle t'a dit.

— Que tu as été chez Mr. Ransome, la nuit... »

Une seconde, Fern hésita. L'histoire s'était déjà amplifiée et elle comprit qu'il serait vain de nier. Il serait même inutile de lui dire qu'elle n'avait été qu'une fois chez Ransome et que rien ne s'était passé. Dans l'humeur où se trouvait sa mère, son aveu ne serait pas assez grave pour la satisfaire. Aussi, tranquillement, elle répondit : « Oui, c'est vrai.

— Ah, mon Dieu ! gémit Mrs. Simon. Comment as-tu pu faire une chose pareille ? Avec un homme de sa réputation ! Tout Ranchipur va le savoir. »

« Elle ne se préoccupe même pas de moi, songea Fern. Elle ne pense qu'à ce qu'elle va souffrir. »

« Oui, Mrs. Hoggett-Egburry s'en chargera, répondit-elle avec calme.

— Tu n'as pas besoin de t'en prendre à Lily Hoggett-Egburry ! Elle a bien fait de venir tout me raconter.

— Comment le sait-elle ?

— Par les domestiques. Ça n'a pas d'importance, du reste. »

C'était la première fois que Mrs. Simon appelait Mrs. Hoggett-Egburry « Lily », et cela exaspéra Fern. Le mot de « Lily » soulignait désagréablement le mesquin snobisme de sa mère. Et, soudain, Fern comprit ce qui liait les deux femmes : toutes deux, anciennes belles sur le retour, la jalousaient parce qu'elle était jeune et jolie. Dans un éclair, elle revit Mrs. Simon en conversation avec Ransome, minaudant, lui lançant des œillades, zézayant, et elle se rendit compte que depuis toujours sa mère désirait pour elle-même l'admiration de Ransome. Elle eut une horrible vision de ce que sa mère aurait pu devenir si elle n'avait pas été l'épouse d'un missionnaire, frustrée, aigrie, retenue par un cadre de respectabilité, de conventions et d'hypocrisies. Elle imagina Mrs. Hoggett-Egburry et sa mère, excitées, morbides, furieuses, se chuchotant des sottises sur Ransome. C'était atroce et lui donnait une sorte de nausée. Puis, subitement, elle comprit comment elle pouvait les atteindre, les frapper toutes deux.

« Oui, dit-elle, c'est exact ! J'ai couché avec Tom Ransome ; je l'aime, et lui aussi, il m'aime ! »

Le coup porta. Lorsqu'elle en vit l'effet sur sa mère, elle regretta l'absence de Mrs. Hoggett-Egburry.

Mrs. Simon se mit à crier, puis, jetant au loin la serviette mouillée, elle s'assit sur le bord du lit, étrangement semblable, dans sa chemise de nuit rose pâle garnie de dentelles, avec les cheveux gras et humides, à ces femmes « entretenues » que Fern avait vues au cinéma.

« Nous allons être forcés de quitter Ranchipur ! cria-t-elle. Tu as déshonoré ton père, ta sœur et moi, ta mère, qui t'ai mise au monde, qui t'ai consacré toute ma vie, qui souhaitais te voir respectablement mariée. »

Fern ne répondit pas. Toujours assise, tremblante, terrifiée elle se disait : « Maintenant, elle me croit ! Comment vais-je m'en tirer ? »

Sa mère sanglotait, puis, subitement, elle s'arrêta et demanda :

« Comment faisais-tu pour sortir de la maison et pour y rentrer ?

— Je partais quand vous étiez au lit... » Une vague d'insouciance envahit Fern. « Je rentrais chez les Smiley, ajouta-t-elle. Et je traversais l'allée de bonne heure, le matin, avant que vous ne fussiez réveillés. »

Or, tandis qu'elle parlait, elle vit le joli visage fané de sa mère se durcir, ses mâchoires se contracter, ses lèvres s'entrouvrir sur les dents trop petites.

« Les Smiley ! s'écria-t-elle. Ah, ah, Mrs. Smiley est donc une entremetteuse ! Je l'ai toujours dit ! Dieu sait quelles orgies se passent chez eux, avec tous ces sales Hindous ! Oh ! je sais bien ce qu'ils font... Ta mère n'est pas aussi sotte que tu as l'air de le croire ! »

La patiente Mrs. Simon se transformait en une furie déchaînée. Elle se mit à arpenter la chambre, en toilette de nuit, puis, s'arrêtant brusquement, elle enleva sa chemise par-dessus sa tête, sans vergogne, et resta un moment nue, cherchant ses bas et ses sous-vêtements.

« Je sais ce que je vais faire, déclara-t-elle. Je vais aller parler à Ransome. Il n'y a qu'une façon d'arranger la chose ; il faut qu'il t'épouse. »

Fern bondit. « Non, non ! Je ne l'épouserai pas. Il ne le veut pas ! Il me l'a dit. Ne va pas le voir ! Il ne faut pas ! »

Mrs. Simon, vêtue d'une chemise et d'un bas, cessa de s'habiller et la regarda.

« Ah ! tu ne veux pas l'épouser ? C'est bien ce que nous allons voir ! Qui donc m'a donné une fille pareille... Une...

— Oui, une putain », dit Fern.

Elle prononça le mot en détachant les syllabes. Elle le connaissait par ses lectures, mais ne l'avait jamais entendu, même au cinéma. Mrs. Simon finit de s'habiller.

« Je vais de ce pas chez Ransome, cria-t-elle. Quant aux Smiley, ils entendront parler de moi ! »

A la pensée des Smiley, livrés pieds et poings liés entre ses mains, les yeux bleus de marbre de Mrs. Simon prirent une expression de triomphe et sa bouche se durcit.

«Je t'en prie, n'y va pas ! Je t'en supplie. Il n'y a pas un mot de vrai dans toute cette histoire. J'ai menti, dit Fern en pleurant.

— Inutile, ma petite ! Tu ne t'en tireras pas ainsi ! Il t'épousera, ça je te le garantis ! »

Fern se jeta aux genoux de sa mère, s'accrocha à ses jambes, mais Mrs. Simon la repoussa d'un coup de pied.

« Je t'en prie ! sanglota Fern. Je ferai tout ce que tu voudras, je te le promets, tout ce que tu voudras !

— Comment oses-tu encore me parler ! Je devrais te chasser de la maison ! Mais je m'en garderai bien ! Oh ! non... C'est ce que tu voudrais... aller faire le trottoir. »

Fern, le visage contre terre, gémissait. Mrs. Simon, dans sa fureur, passa le bras à travers la doublure de sa robe au lieu de l'enfiler dans la manche. Un moment, elle se débattit emprisonnée et ses paroles ne parvenaient plus qu'assourdies par l'étoffe.

Puis, tandis qu'assise devant son miroir elle se maquillait avec une rage froide et délibérée, Fern, toujours à terre, la regarda. Il y avait dans ce spectacle quelque chose d'horrible qui rendit subitement à Fern son calme et sa dignité, comme si cette femme, en train de se poudrer devant la glace, était une étrangère avec laquelle elle n'avait rien de commun. Fern en fut soulagée ; tout était consommé ; elles n'avaient plus besoin de prétendre qu'elles s'aimaient ; plus jamais ce ne serait nécessaire.

« C'est bien. Fais ce que tu voudras. Mais tu le regretteras, je te préviens... Je te déteste ! » dit-elle avec calme, en se levant.

Pourtant, dans son cœur terrifié elle savait que rien, qu'aucune menace n'arrêterait sa mère ; sans le savoir, elle venait de se livrer complètement à elle.

« Maintenant Ransome va être obligé de l'épouser ! songeait Mrs. Simon. Que représente Harry Loder à côté de lui ? Moins que rien ! Le frère de Ransome peut mourir et alors il deviendra comte et j'aurai un beau château où finir mes vieux jours. La mère d'une comtesse ! Jamais je n'avais rêvé cela ! »

Dans la fureur de sa mère, Fern perçut une nuance de triomphe et elle comprit pourquoi.

Sans ajouter un mot, elle quitta la chambre. Il fallait prévenir Ransome. Elle venait d'apprendre que l'amour maternel pouvait n'être qu'une illusion et servir, parfois, à dissimuler l'égoïsme et la méchanceté. Depuis vingt ans, depuis le jour de sa naissance, elle avait été trompée par une misérable comédie.

Mrs. Simon s'aperçut à peine de son départ. Avant de se mettre en route, elle écrivit une lettre au Conseil de la Mission qui ne manquerait pas d'avoir pour effet le rappel des Smiley. Après quoi, elle prit la vieille Ford et, gonflée d'importance et de perfidie, se rendit à la gare pour expédier la missive par le rapide de Bombay. Elle ignorait que ce serait la dernière fois, pour des semaines, qu'aucun courrier quitterait Ranchipur.

Tout en s'habillant pour le dîner des Bannerjee, Ransome continuait à boire. Il était difficile pour les étrangers de savoir quand il avait trop bu. Il devenait simplement un peu trop poli, trop ironique, un soupçon trop empressé, trop intéressé par les propos de son interlocuteur. Mais Ransome, lui, le savait. C'était le moment où son éternelle mélancolie, sa dépression le quittaient, où enfin il ne se sentait plus paralysé, incapable d'agir, de prendre un parti, parce qu'au fond de lui-même, toujours, il retrouvait l'impression qu'aucune décision, qu'aucune action n'avaient la moindre importance. La boisson ne fortifiait ni sa volonté ni sa foi, mais rendait leur absence moins sensible, moins grave. Quand il avait bu, le monde prenait un éclat nouveau ; soucis, hésitations, regrets, amertume, s'évanouissaient, remplacés par une insouciance bienveillante que son charme naturel rendait contagieuse et dangereuse pour les autres. Alors, seulement, il était heureux. C'était la seule raison pour laquelle il buvait.

En ce moment, tout en nouant sa cravate, il savait qu'il était ivre, et en était enchanté. Quoi qu'il pût se passer au dîner des Bannerjee, il ne s'y ennuierait pas et ne se rendrait pas désagréable. Mr. Bannerjee trouvait élégant et européen d'offrir des cocktails. Lui-même ne buvait pas, par scrupule religieux ; aussi ne se doutait-il pas que ce qu'il offrait à ses invités avait un goût d'eau dentifrice et était insuffisant. Ransome aimait d'habitude se rendre chez Mr. Bannerjee ; tout y était un peu absurde et il y retrouvait la belle et froide Mrs. Bannerjee, dont la vue le stimulait. Mais, ce soir, il redoutait la présence d'Edwina avec sa manière de voir européenne et blasée... Elle ne manquerait pas d'imposer à la réunion une contrainte mondaine ennuyeuse.

Depuis deux jours, il ne l'avait pas revue, sauf pendant ce bref instant dans le vestibule du Palais, avant sa course à El-Kautara. En ce moment, ivre, il savait parfaitement pourquoi il l'avait évitée : elle le bouleversait. De la sentir si proche le faisait la détester ; mais en même temps, il la trouvait captivante, admirait son calme abandon, son aimable dépravation, la perfection de son élégance. Elle l'attirait parce que, jadis, par sa gaieté, sa beauté, sa folie, elle l'avait pendant quelque temps sauvé de lui-même. Maintenant, elle ne le pouvait plus ; elle avait moins de pouvoir sur lui que l'alcool qu'il buvait. Mais sa présence, sa voix, son sourire las l'excitaient toujours. S'il appréhendait de la rencontrer, c'était que, devant elle, il se sentait sordide. N'était-elle pas une sorte de miroir de lui-même ? Il avait aussi peur d'elle. Dans la dépression succédant au plaisir mécanique de leur fastidieuse aventure du Palais, il avait entrevu un tel abîme de vide, de négation, de désespoir, que l'ivrognerie, les drogues, la mort elle-même lui semblaient infiniment préférables à cette désolation.

Et soudain, bien qu'ivre, il regretta de n'avoir pas prétexté quelque obligation pour échapper au dîner de Mr. Bannerjee.

Jean-Baptiste s'affairait, nu dans la chaleur, lui tendant ses vêtements, brossant d'invisibles grains de poussière, l'épiant à la dérobée, vaguement fasciné par le spectacle de son maître en train de s'enivrer. Jean-Baptiste était un remarquable observateur. Jamais Ransome, même lorsqu'il se retournait brusquement, ne surprenait son regard posé sur lui, pourtant il savait que le domestique étudiait chacun de ses gestes, de ses changements de physionomie. Il sentait les yeux du boy fixés sur lui. Finalement, excédé, il lui demanda : « Que voyez-vous ? Que regardez-vous ainsi ? »

Le visage de Jean-Baptiste devint froid, opaque. « Je ne comprends pas, répondit-il dans son doux français de Pondichéry. Je ne vois que vous, Sahib.

— Qu'y a-t-il ? Pourquoi me fixez-vous ? Ai-je changé ?

— Non », répliqua Jean-Baptiste.

Ransome renonça donc à découvrir ce qui se passait dans la tête ronde et noire de son domestique. Cela intéressait-il Jean-Baptiste de voir comment un homme s'enivrait ? S'en réjouissait-il ? En éprouvait-il du chagrin ? Ou bien Jean-Baptiste le voyait-il mieux que lui-même, comme un être brisé, inutile, dissipé, à qui il valait pourtant la peine de se dévouer, la place étant bonne et lucrative ? Peut-être aussi se disait-il : « Voilà un Européen comme les autres. Un Européen qui ne fera pas long feu. » Depuis cinq ans qu'ils vivaient ensemble, Ransome ignorait encore ce que son domestique pensait de lui... Et cette constatation le remplit de honte.

Enfin, il fut prêt. Comme il se retournait pour enfiler son veston, il aperçut Fern debout dans l'embrasure de la porte. Elle était vêtue du même vieux manteau et du même chapeau de feutre que l'avant-veille. Elle devait avoir couru ; pourtant, elle était pâle et avait l'air effrayée. Ransome sentit qu'il était heureux de la voir, et, dans le brouillard de son esprit, songea qu'il serait beaucoup plus agréable de passer la soirée avec elle, chez lui, que d'aller chez les Bannerjee. Mais c'était impossible.

« Bonsoir, dit-il. Entrez. »

Puis s'adressant au boy il le congédia... Celui-ci passa devant Fern et partit en courant dans la direction du pavillon où il habitait.

« Il vient d'arriver une chose terrible ! » dit Fern.

Elle ne pleurait pas comme la dernière fois.

« Quoi ?

— Ma mère a tout découvert ! »

Il se mit à rire. Dans l'humeur où il se trouvait, la nouvelle n'avait aucune importance ; elle était simplement comique.

« Je pensais bien qu'elle l'apprendrait ! Mais pas aussi vite.

— C'est Mrs. Hoggett-Egburry. Elle l'a su par les domestiques. »

« Le gredin ! songea Ransome. Il n'a pas perdu son temps ! »

Malgré l'agréable brume de l'ivresse, il se rendit compte que Fern avait changé. Elle paraissait plus âgée. La légère rondeur, qui la rendait jolie plutôt que belle, semblait avoir disparu de son visage.

« Ce n'est pas tout, reprit-elle. Nous avons eu une terrible discussion ; je me suis fâchée et j'ai dit à maman que tout cela était vrai, que depuis longtemps j'allais chez vous, que je vivais avec vous... »

De nouveau il eut envie de rire. Il voyait l'objet de la dispute et comprenait pourquoi Fern avait menti à sa mère. Il sauta aux conséquences.

« Votre père a-t-il un fusil ? » demanda-t-il.

Elle le regarda, étonnée. « Ce n'est pas son genre, dit-elle. Il est incapable de faire quoi que ce soit.

— Ha ! Ha ! C'est donc votre mère qui porte le fusil ! »

Cette fois, il rit franchement.

« Je ne trouve pas ça drôle, dit Fern. C'est terrible.

— L'idée de votre mère arrivant ici armée d'un fusil me faisait rire... En tout cas, nous savons que c'est faux.

— Cela ne fait aucune différence. Ne voyez-vous pas qu'elle souhaite que ce soit vrai ?

— Pourquoi ?

— Ainsi, vous serez forcé de m'épouser ! »

Il comprenait. Inutile qu'elle s'humiliât à lui expliquer ce qu'était sa mère : que celle-ci se réjouissait que sa fille fût compromise par le frère d'un comte.

« Elle ne parle plus de Harry Loder, ajouta Fern.

— Oui, dit-il, je vois la différence des candidats. Au fond, elle a parfaitement raison.

— Vous feriez mieux de sortir tout de suite. Elle est en route pour venir ici. »

Il s'assit et se remit à rire. Il était trop ivre pour se maîtriser. Fern le considéra pendant un instant, puis des larmes montèrent à ses yeux.

« Ne riez pas... je vous en prie... Sa voix suppliait et il

se ressaisit. Ce n'est pas drôle, reprit-elle d'un ton très calme. Ne voyez-vous pas que ça n'a rien de comique... Et vous rendez tout cela tellement horrible...

— Vous avez raison, dit-il, je suis désolé, j'ai...

— Je sais, interrompit-elle. Mais je vous en prie, partez pour Bombay ce soir même.

— Et vous ?

— Cela n'a pas d'importance ; ça m'est égal. Je saurai m'arranger. »

Il remarqua une nuance de reproche dans son intonation.

« Qu'allez-vous faire ?

— Oh ! je saurai bien m'en tirer ! Tout m'est égal. »

Un instant, il resta silencieux, souhaitant n'avoir pas bu.

« Et si nous nous mariions ? dit-il enfin.

— Je ne vous épouserais pas pour un million de dollars.

— Voilà qui est catégorique. »

Il était trop ivre pour comprendre ce qu'elle entendait ; elle s'en rendit compte. Il paraissait blessé comme s'il croyait qu'elle ne voulait pas l'épouser parce qu'il était un ivrogne, un incapable. Elle fut sur le point de lui expliquer que c'était par orgueil qu'elle parlait ainsi, mais par fierté elle s'abstint.

« Il ne faut pas que vous rentriez chez vous, reprit-il. Ce n'est pas possible. Vous exposer à une nouvelle scène...

— Si seulement j'avais un peu d'argent, je pourrais faire ce que je veux.

— Vous avez raison. C'est dommage... Mais vous ne pouvez rentrer chez vous. Allez donc chez les Smiley.

— Ce n'est pas possible, je leur ai déjà fait assez de mal... J'ai aussi parlé d'eux à ma mère. »

De nouveau, il sourit.

« Ce n'était pas très judicieux.

— Je ne savais plus ce que je disais.

— Vous ne pouvez pas non plus rester ici, cela ne ferait qu'empirer les choses. Mais pourquoi n'iriez-vous pas chez Rashid ?

— Je ne le connais pas.

— Je le connais, moi. Il est ministre de la Police, marié et a sept enfants. Rien de plus respectable.

— C'est un Hindou.

— Qu'est-ce que cela peut faire ? Il est remarquable. »

Fern se souvenait de ce que sa mère avait dit au sujet de ces « sales Hindous » qui fréquentaient chez les Smiley, et elle expliqua :

« Pour moi, cela m'est égal. Mais cela donnerait à ma mère l'occasion de compliquer encore plus les choses... Vous ne savez pas ce dont elle est capable. Elle irait se plaindre à Delhi, au Vice-Roi lui-même. Rien ne l'arrêterait. »

Elle n'avait pas tort. De nouveau, il eut envie de rire. N'était-il pas absurde que cette escapade, parfaitement innocente, d'une écolière romanesque fût devenue une affaire extraordinaire, menaçât de provoquer un « incident » capable d'ébranler la paix des Indes, de causer un scandale international de portée historique !

Pour la première fois, il comprenait l'infinie complication du problème hindou et les difficultés sans nombre que la mesquinerie, la jalousie, la peur, l'étroitesse d'esprit, les préjugés, risquaient sans cesse de susciter. Malgré son ivresse, il se rendait compte de ce que les Hindous devaient ressentir devant les humiliations, les insultes que leur infligeaient des êtres aussi vulgaires que Mrs. Hoggett-Egburry et Mrs. Simon. Une jeune fille de race européenne, pour échapper à une mère intrigante, ne pouvait chercher refuge chez le plus honorable et le plus loyal des hommes, parce que celui-ci était hindou !

« Oui, dit-il d'un air sombre, c'est un sale monde... un monde ignoble. »

Mais Fern était directe et ne s'intéressait pas plus à la politique qu'à la philosophie ou à l'humanité.

« Non, reprit-elle, il n'y a qu'une chose à faire. Je vais rentrer à la maison. Je ne la crains plus. C'est plutôt elle qui a peur de moi. Mais vous, il faut que vous partiez ; il le faut. Ne le comprenez-vous pas ? »

Il vit qu'elle n'avait plus confiance en lui. Elle était venue dans l'espoir qu'il l'aiderait et il n'avait été capable de rien parce qu'il était ivre, ahuri, au fond parfaitement indifférent à ce qui pouvait arriver et que, comme toujours, il se refusait à assumer une responsabilité. Du reste, tout cela ne lui paraissait pas grave, mais seulement comique, inexprimablement.

« Peut-être, répondit-il sans conviction. Soit, rentrez chez vous. Demain... quand la chose sera tassée...

— Ne vous tourmentez pas pour moi. Ça ira. C'est du reste entièrement ma faute. Je ne sais ce qui m'a pris ; j'ai dû perdre la tête. Vraiment, je suis désolée d'avoir été si sotte. »

Un long moment, il la regarda. Comme elle était jeune, charmante, grave. Mais elle n'attendait plus rien de lui. Les rôles étaient renversés.

« Vous n'avez pas du tout été sotte. Vous n'êtes pas sotte... »

« Je voudrais l'avoir toujours avec moi », songea-t-il. Mais il était trop tard.

Brusquement, elle lui dit au revoir et partit sous la pluie. Longtemps il resta assis, regardant la porte. Enfin il se rappela le dîner de Mr. Bannerjee. Se levant, il vida son verre pour noyer les pensées sombres qui l'accablaient et trouver la force d'aller jusqu'au pavillon renvoyer Jean-Baptiste. Sans doute avait-il bavardé. La tâche était désagréable. De plus, bien que Ransome ignorât les pensées intimes de son domestique, il était accoutumé à lui et éprouvait de la sympathie à son égard.

Le pavillon était vide. Jean-Baptiste ne devait pas être parti pour de bon ; il n'avait emporté ni ses effets ni son petit coffre de bois. « Il me connaît mieux que je ne le croyais ! se dit Ransome. Il sait que, demain, je ne le chasserai plus, que cela m'ennuiera trop de chercher un nouveau domestique, que je comprendrai que ses bavardages n'avaient réellement pas grande importance, qu'ils n'étaient qu'humains. Il prévoit que demain je me rendrai compte que ce n'est pas lui, mais Mrs. Simon, Pukka-Lil et leurs semblables qui ont causé tout le mal. »

Mrs. Simon arriva cinq minutes après son départ. La maison était complètement vide. Sa fureur, son indignation, soigneusement entretenues pendant tout le trajet de la gare aller et retour, s'évanouirent devant sa curiosité. Depuis trois ans, elle souhaitait voir l'intérieur de la demeure de Ransome. Aussi, cédant à son désir, elle se mit à visiter les pièces les unes après les autres. Elle pénétra jusque dans la chambre à coucher où la vue des brosses, de la pipe et du lit de Ransome éveilla en elle un frisson de volupté, que Mr. Simon devrait payer un peu plus tard. Elle fut désappointée de constater la simplicité absolue de l'installation. Cela ne correspondait en rien à l'idée qu'elle se faisait de l'habitation d'un gentilhomme anglais et ne ressemblait ni à ce qu'on voyait au cinéma ni même à la villa de Lily Hoggett-Egburry.

Après avoir tout examiné, elle se remit en route et se rendit chez les Smiley où elle fit une scène terrible pour soulager ses nerfs. Les Smiley, étonnés, essayèrent de lui expliquer de façon simple et humaine ce qui s'était passé, mais ils comprirent bientôt que leurs arguments dépassaient l'entendement de Mrs. Simon, et tous deux restèrent silencieux. Ce fut tante Phœbe qui mit fin aux flots d'accusations de Mrs. Simon. Lorsqu'elle en eut assez, elle la traita dans son langage pittoresque de « pauvre blanche dévergondée », lui enjoignit de retraverser l'allée et de ne plus mettre les pieds dans leur maison.

Deuxième Partie

La demeure de Mr. Bannerjee, unique en son genre à Ranchipur, construite en bois et en stuc, était étrange à plus d'un point de vue. Elle avait été édifiée avec économie, soixante-quinze ans auparavant, sous le règne du cruel Maharajah, par les soins de Lady Streetingham, excentrique épouse du Résident, pour loger ses invités. De nature très sociable, extrêmement riche, mariée à un homme assommant, exilée par les devoirs de son mari dans un Etat barbare, cette femme avait pris l'habitude d'inviter tous ceux qu'elle rencontrait à venir séjourner chez elle aussi longtemps qu'ils le voudraient. A cet effet, elle avait fait bâtir cette maison, ressemblant à une auberge, et de nombreuses dépendances, aujourd'hui délabrées, où habitaient les domestiques.

La maison avait un charme bizarre. De forme octogonale, elle avait une cour intérieure, un balcon au deuxième étage, faisant le tour du bâtiment, et un toit en terrasse. Pendant les nuits chaudes, les invités montaient y dormir, à la mode orientale, sous le ciel bleu profond criblé d'étoiles étincelantes. Bientôt la demeure était devenue trop exiguë pour loger aventuriers et fainéants qui acceptaient l'hospitalité de la riche et orientale Lady Streetingham, et une aile, semblable à une lourde queue, avait été ajoutée à l'arrière du bâtiment. Cette demeure n'avait pas tardé à devenir une sorte d'hôtel garni pour gens décavés, jusqu'au moment où sa réputation scandaleuse motiva le rappel du Résident. A l'époque, cette maison avait contribué, plus que toute autre chose, à ruiner le prestige des Européens à Ranchipur. La cour, ornée de dessins d'un goût douteux par les hôtes de Lady Streetingham, l'écho des débauches et des orgies auxquelles on se livrait à l'intérieur de ses murs, l'assassinat d'un domestique, puis d'un invité, enfin le suicide d'un second invité — tout cela et bien d'autres choses encore avaient enveloppé cette habitation d'une sombre légende qui persista pendant de longues années après qu'elle eut été évacuée. Les plus bas coolies eux-mêmes ne passaient pas devant elle sans un sourire de mépris aux lèvres. « Telle est la civilisation européenne ! » se répétaient les gens de Ranchipur.

Les nouvelles à cette époque prenaient du temps pour parvenir de Ranchipur au Gouvernement de Calcutta, et il en fallut encore beaucoup plus pour que les chefs ajoutassent foi aux rapports sur ce qui se passait dans la maison du Résident et de son excentrique épouse. Les assassinats et le suicide mirent pourtant fin à la carrière du Résident et de sa femme. Mais le mal était fait et, pendant trente ans, le récit des débauches passées circula à mots couverts, corrompant l'opinion des douze millions d'habitants du grand et riche Etat de Ranchipur, le rendant difficile à gouverner, y entretenant des troubles, des complications et un permanent esprit de révolte. Pourtant, la sombre légende servit le vieux Maharajah dans sa campagne pour l'affranchissement de son peuple. Émoussant l'arme mystérieuse du « prestige européen », enseignant aux indigènes de Ranchipur le sens de l'égalité, elle porta également atteinte au pouvoir des autorités britanniques qui ne tardèrent pas à s'apercevoir que les hôtes de Lady Streetingham avaient rendu très difficile la tâche de gouverner le peuple de Ranchipur. Ce fut ainsi que l'État de Ranchipur et son Maharajah obtinrent la liberté. Par amour de la paix, le Gouvernement Central détourna d'eux son attention et les autorisa à vivre à leur guise.

La maison tombait en ruine, lorsque le Maharajah la fit remettre à neuf pour son bibliothécaire, Mr. Bannerjee.

De nature, Mr. Bannerjee ressemblait à Lady Streetingham, extrêmement hospitalier et peu difficile sur le choix de ses hôtes. Heureusement, ses goûts étaient plus conventionnels. Pourvu que ses invités eussent une apparence humaine, pussent parler et ne fussent pas trop ivres pour jouer au whist avec elle, la femme du Résident n'en demandait pas davantage. Mr. Bannerjee, par contre, faisait plutôt figure d'une mondaine professionnelle de Mayfair. Très snob, il était l'âme d'une société mi-hindoue, mi-européenne. Éduqué à Oxford, il y avait acquis, par observation et instinct plus que par contact, un snobisme qui, dépassant le snobisme britannique, était purement anglais. Son snobisme était posé comme une couche de vernis sur les trous d'ombre de son caractère hindou. A l'image de ses réceptions, il était un composé d'éléments incompatibles, mais, en sa qualité d'animateur de la société cosmopolite de Ranchipur, le Maharajah lui demandait d'inviter à dîner ses hôtes de marque, ou au moins de les convier à une partie de tennis. La petite colonie britannique dirigée par Lily Hoggett-Egburry faisait profession de le mépriser. Pourtant elle lui en voulait à mort de recevoir chez lui des personnages de la qualité de Lord et Lady Esketh, tandis qu'elle-même ne les voyait que de loin. De leur côté, les vrais Hindous se défiaient de lui, de ses manières anglaises, de son attitude indécise, comme s'il ne savait de quel côté de la barrière se tenir. Mais Mr. Bannerjee s'était créé un monde à lui, qu'on nommait sa « clique » et qui, par moment, rappelait la société fréquentant la maison du temps de Lady Streetingham. Mr. Bannerjee, conscient de sa situation à part, s'en montrait très fier. De plus il était riche, comme il sied au chef d'un clan mondain. Son père, le vieux Mr. Bannerjee, lui avait fait don de tous ses biens au moment où il s'était retiré de la Compagnie d'assurances dont il s'occupait avec un extraordinaire succès, à Calcutta, pour se consacrer à la méditation. Mr. Bannerjee, avec sa très belle femme, sa position de premier plan, son autorité, jouissait d'un certain pouvoir. Mais il n'était pas heureux, car beaucoup de choses dans sa vie devaient rester ignorées.

Il y avait d'abord son indécision, sa faiblesse de caractère ; puis cette double personnalité qui le composait. Seul un voyant eût pu deviner que le débonnaire et un peu arrogant Mr. Bannerjee, qui offrait des cocktails à ses réceptions et entretenait ses hôtes des théâtres de Londres et des courses de Paris, était le même homme qui, à l'aube, se faufilait hors de la maison octogonale, traversait le dédale des baraques branlantes des communs jusqu'à la monstrueuse statue de Kâli maculée du sang de centaines de sacrifices, et y égorgeait une chèvre. Nul, excepté lui, ne connaissait la terreur folle qui parfois le saisissait quand, au milieu d'un dîner mondain et cosmopolite, Kâli, la Destructrice, lui apparaissait au-dessus de la tête d'un des invités et l'accusait de trahir son sang, sa race et sa foi. Seule Kâli savait que, s'il n'avait pas d'enfants, ce n'était pas que sa belle épouse fût stérile, mais parce que, dès le début, celle-ci lui avait témoigné un mépris tel que jamais il n'avait pu exercer sur elle ses droits de mari. Elle était restée muette à ce sujet. Du reste, elle ne lui parlait guère plus qu'aux invités européens à côté desquels les circonstances la forçaient de temps à autre à s'asseoir. Elle affichait à son égard ce même mépris silencieux, terrifiant, qui éveillait en Ransome le désir pervers de l'humilier. Et Mr. Bannerjee en était paralysé.

Ransome se rendait fréquemment chez les Bannerjee. A part le Palais, c'était une des rares maisons de la ville où l'on risquait de rencontrer parfois des gens cultivés. En effet, quand, par hasard, un savant, un écrivain, un architecte, ou quelque personne s'intéressant à la musique, à l'art, à l'histoire des Indes arrivaient à Ranchipur, le vieux Maharajah, persuadé que ceux-ci trouveraient chez Mr. Bannerjee un aperçu de la vraie vie hindoue, les lui adressait.

Ransome éprouvait de la sympathie pour Mr. Bannerjee, et aussi de la commisération, car dans l'indécision et la souffrance de cet homme, il reconnaissait souvent ses propres hésitations. Et puis, il y avait Mrs. Bannerjee, froide, belle, mastiquant son pan, bavardant et ricanant dans les coins avec quelque amie, et qui l'excitait, pour le laisser ensuite déconcerté et insatisfait. Mais il n'était pas heureux chez Mr. Bannerjee, et ne se rappelait avoir eu du plaisir à aucune de ses réceptions. Quelque chose dans cette maison le déprimait, qu'il ne pouvait exactement définir. Dès l'instant où il y pénétrait, jusqu'au moment où il en ressortait, il se sentait mal à l'aise comme si, cessant d'être l'homme qui avait tout vu, connaissait tout le monde et savait se comporter n'importe où, il redevenait un petit garçon intimidé par sa première invitation. Au début, il s'était simplement senti gêné et ennuyé, mais, quand cette même impression se répéta à chaque visite, il s'en étonna et chercha à l'analyser. Il commença par en attribuer la cause à l'aura de la maison elle-même, encore hantée par le souvenir des deux assassinats, du suicide, des scènes d'ivrognerie et de débauche dont elle avait été le théâtre. Mais il y avait aussi la personnalité de Mrs. Bannerjee, la pénible et triste atmosphère conjugale, enfin l'invisible et constante présence, quelque part, derrière un mur, peut-être même un paravent, du père de Mr. Bannerjee. A part le major Safti, les Bannerjee et quelques domestiques, nul ne l'avait jamais vu. Une ou deux fois, dans le jardin clos où Mrs. Bannerjee élevait ses animaux favoris, Ransome avait entrevu une robe blanche disparaissant parmi les buissons, mais jamais il n'avait aperçu le visage de Mr. Bannerjee père. De temps à autre, Mr. Bannerjee parlait de lui, sans s'appesantir, comme s'il n'y avait aucun mystère à son sujet, mais, chaque fois, une expression de révérence et d'effroi envahissait son visage. Il avait raconté à Ransome que son père avait renoncé à tout pour se consacrer à la sagesse, à la contemplation et se préparer à une autre vie. Le ton pénétré de Bannerjee avait impressionné Ransome. Celui-ci n'éprouvait pas un respect particulier pour la foi hindoue, mais il lui semblait étrange qu'un homme aussi mondain que Bannerjee pût être aussi profondément ému par la pieuse retraite du vieillard. Une fois, une seule, il lui avait demandé, non sans irrévérence :

« Que peut-il bien contempler qui dépasse notre

compréhension et qui l'empêche de vivre parmi ses semblables ?

— C'est difficile à expliquer, avait répondu Mr. Bannerjee d'un ton poli mais froid. C'est quelque chose que l'on ne peut comprendre si on ne le conçoit déjà. » Puis, vivement, il avait abordé un autre sujet. Ransome s'était rendu compte que sa question avait déplu à Mr. Bannerjee, l'avait même terrifié. Le visage plissé, le regard fuyant, il avait pris un air de lièvre effrayé.

Ransome n'attribuait pas l'impression de sinistre mystère planant sur la maison à d'innombrables et clandestins sacrifices ou à des orgies secrètes, tels que les décrivent les journalistes de second ordre dans leurs récits sur les rites religieux hindous. Non, la cause en était moins spectaculaire, plus indéfinissable. Elle émanait comme un parfum subtil et corrompu des personnalités de Mr. Bannerjee et de sa femme. Dès que vous pénétriez dans la demeure, vous vous sentiez enveloppé par cette atmosphère vaguement inquiétante. Vous la retrouviez dans toutes les chambres, dans une intonation, dans un regard effrayé, dans la manière dont les êtres, même Mrs. Bannerjee, si froide et distante qu'elle fût, se transformaient soudain tandis que vous leur parliez, et, de réels et familiers qu'ils étaient, semblaient devenir des ombres insaisissables, à demi sauvages et épouvantées. Cette sensation, Ransome l'avait éprouvée ailleurs, au contact d'un grand nombre d'Hindous. Parfois la Maharani elle-même, si fière, si indépendante, si farouche, avait changé de cette façon inexplicable devant lui. Ce qui rendait peut-être l'impression plus frappante chez les Bannerjee, c'était l'origine bengali de Mr. Bannerjee et son désir de passer pour un Hindou éclairé, pour un modèle de tenue européenne.

Ce mystère, de l'avis de Ransome, était ce qui séparait le plus les Hindous des Européens, intervenant soudain au milieu de l'intimité, desséchant les amitiés les plus proches, les laissant stériles et vides. Les écrivains nommaient ce phénomène « l'énigme des Indes ». Mais cela n'expliquait rien. Or Ransome savait que la plupart des manifestations de cet ordre, même d'origine ésotérique, se réduisaient, en fait, à une explication extrêmement simple.

Il avait interrogé à ce sujet des Hindous de ses amis, mais sans grands résultats. Rashid Ali Khan, le Musulman, constatait le mystère, s'en irritait, mais ne le pénétrait pas. Il y voyait la cause de la lâcheté, de l'inconsistance des Hindous et de leur perpétuelle mésentente avec les Musulmans.

Par contre, le major Safti, Hindou, Brahmane, indépendant, affranchi en partie par ses ancêtres qui, au lieu de s'incliner devant le mystère et la terreur, les avaient combattus, libéré aussi par sa foi dans la science et dans le pouvoir de l'intelligence humaine sur l'inexorable Nature personnifiée par de mystérieuses divinités, fut plus explicite : « Oui, c'est la grande tare des Indes, dit-il. Vous pourriez l'appeler le "mal hindou". Il étouffe, paralyse, suffoque le pays. C'est comme la puanteur émanant d'un quartier pauvre, frappé d'une épidémie de peste ou de petite vérole. »

Souvent, ils reparlèrent de la question, tantôt chez Ransome, sur la véranda, tantôt dans le bureau du Major, à l'Hôpital. Parfois Miss Mac Daid faisait une apparition ; elle les écoutait un moment puis, avec une moue de dédain, elle les accusait de perdre leur temps à discuter de choses qui n'avaient aucun sens. Seules l'éducation, la propreté, une alimentation suffisante sauveraient les Indes, disait-elle. Inutile de chercher plus loin.

Le sujet passionnait le Major, comme si, en parlant, il lui devenait plus clair.

« L'origine de ce mal est mystique, disait-il, et aussi ses manifestations. Pour le comprendre, il faut connaître toute l'histoire de la religion hindoue, ses débuts, son développement, sa décadence. Je ne pourrais comparer le phénomène qu'à ce qui s'est passé en Europe, à l'époque la plus sombre, quand les ermites se retiraient dans des grottes pour se livrer à la contemplation, comme ce vieux farceur de Mr. Bannerjee père. Les hommes intelligents entraient au couvent ; c'étaient les seuls lieux où brûlait encore la flamme de la culture et de la civilisation. Ce qui pèse sur les Indes ressemble à ces ténèbres qui couvraient alors l'Europe et qui, malgré leur grossièreté, leurs superstitions, doivent encore, je le crois, être appelées foi ou religion, quand le christianisme n'était plus qu'un néfaste mélange de croyances et de fétichisme bibliques, druidiques, germaniques, compliqué de notions rationalistes gréco-romaines. Cette obscurité se répandit partout, excepté dans les monastères, dans les retraites des solitaires. Des armées de sorcières, de démons, d'incubes hantaient les esprits, même les plus intelligents, les faisaient vivre dans la terreur ; on ne croyait plus au bien, mais à la puissance du mal. Cela se passa au moment de la chute d'un grand empire, de l'écroulement de toute une civilisation.

« De même, vous voyez un ancien agent d'assurances, comme Mr. Bannerjee père, pris de panique, se retirer du monde pour tendre à la sainteté ; car sa vie n'a pas été sans taches. L'argent qu'il a amassé ne lui est pas venu par des moyens toujours purs. Et maintenant il a peur, il ne sait de quoi, mais il est terrifié. Et son fils aussi a peur. Malgré ses manières raffinées et sa conversation prétentieuse, il est lâche, et souvent l'impondérable masse de ce qu'il ne comprend pas l'épouvante. »

Le Major avait eu un petit rire : « La vieille Maharani elle-même a peur, parfois, dit-il. Il m'est arrivé de la voir oublier qu'elle était "éclairée", qu'elle avait fondé une École supérieure de Jeunes Filles et fait passer une loi autorisant les femmes hindoues à divorcer. Alors, plus rien de cela n'existe pour elle. Quand cette *chose* prend possession d'elle, elle redevient la créature à demi sauvage, superstitieuse, qu'elle était il y a des années, lorsqu'ils l'amenèrent ici de ses lointaines collines. Cette *chose* est suspendue au-dessus des Indes entières, comme un nuage... cette religion, jamais réformée, qui est née, comme toutes les croyances, de la nature elle-même. A une certaine époque, elle s'est élevée très haut, mais depuis, corrompue, faussée, elle est retombée au niveau d'un fétichisme puéril, adorant le principe du mal et de la destruction, autant que celui du bien et de la création.

Peut-être les manifestations de cette déformation sont-elles plus sauvages, plus terrifiantes encore que celles du christianisme des Ages Sombres. Ceci ne vient pas d'une différence de races, mais des Indes elles-mêmes, de la férocité de leur nature. La vie ici est cruelle, sans merci ; la terre, le ciel, le soleil, impitoyables. Et pourtant, malgré ses plaines arides, ses ouragans de poussière, ses serpents, ses bêtes sauvages, ses inondations, sa sécheresse, ses tremblements de terre, l'hostilité de sa nature, ce continent grouillant de vie — où le principe même de l'existence devient parfois menaçant, corrosif, destructeur — est plus peuplé, plus fertile que l'Afrique n'est vide et stérile. »

Puis, soudain grave, le Major ajouta : « Voilà ce que sont les Indes. C'est pourquoi elles n'ont cessé d'être torturées, tourmentées... pourquoi leurs chefs ont toujours été incroyablement splendides et barbares, pourquoi leur souffrance, leurs maladies dépassent celles des autres nations. C'est un pays de sauvage exagération, où la cruauté est plus féroce qu'ailleurs, et la beauté plus magnifique. Et c'est de tout cela qu'a jailli la foi, cette foi qui embrassait tout et qui s'est élevée très haut, puis s'est décomposée et a abouti à l'adoration de l'implacable principe de destruction. Partout, dans le monde, la nature a été l'ennemie, jusqu'au jour où elle a été soumise par la main et par l'intelligence de l'homme. Mais ici, aux Indes, la nature est un monstre qui n'a jamais pu être apprivoisé. Il faut donc, je le présume, l'adorer sous la forme de Kâli ; rien d'autre ne paraît logique. Miss Mac Daid a en partie raison. Nous pouvons éduquer les Hindous, nourrir convenablement leurs enfants, essayer d'enrayer les maladies, mais, tôt ou tard, la nature triomphera. Nous avons fait de grands progrès à Ranchipur, mais qui sait si les Indes ne nous vaincront pas, ces Indes, cet invincible continent ?

« Ce n'est pas de ces vagues symboles, dressés comme des divinités, que Mr. Bannerjee a peur, mais de quelque chose de beaucoup plus sauvage, d'infiniment plus profond. Ce sont les Indes elles-mêmes qui le terrifient. Les dieux ne sont que des ombres. A la racine de son épouvante, il y a la sécheresse, la mousson, les tremblements de terre, la lèpre, la peste, le typhus, le soleil torride, le ciel stérile. Mais, comme il n'est pas très intelligent, il croit que c'est Kâli qu'il redoute ; il se rend compte avec raison que, malgré son éducation à Oxford, ses écrits sur Londres et Paris, il est Hindou, et que jamais il ne pourra échapper aux Indes. »

Le major Safti soupira : « Oui, il est possible que nous soyons vaincus, reprit-il. Ce n'est pas aussi simple que le croit Miss Mac Daid. Nous pouvons essayer. Seulement, ce n'est pas facile quand tous vivent dans la crainte, au lieu de vivre par la foi.

« En Europe, vous avez perdu la foi ; et vous en mourez. Pourtant, il m'arrive de penser que l'absence totale de foi vaut mieux que nos croyances. Car c'est la peur que nous devons vaincre, la peur, la négation, le vide. De là, la supériorité de nos amis les Musulmans : ils ne redoutent rien, ni au ciel, ni sur la terre... pas même les Indes ! Plus que quiconque, ils ont failli les soumettre, mais à leur tour ils ont échoué. Les Indes n'ont jamais été conquises, même par les Anglais. Aujourd'hui on les tolère, mais un jour, avec tout le bien et tout le mal qui sont en elles, les Indes se retourneront dans leur sommeil et leur donneront un puissant coup, et les Anglais seront rejetés comme Asoka, comme Alexandre, comme les Mongols, les Tartares et les Chinois. »

Dans les yeux et dans la voix du Major, Ransome perçut une nuance de défaite, de tristesse, les mêmes qu'il avait rencontrées si souvent chez les Hindous. Mais il y avait aussi une sorte de triomphe, de brûlant orgueil. Était-ce parce que Safti savait qu'il appartenait à un vaste, invincible et tragique continent ? Le Major n'avait pas le solide optimisme de Rashid Ali Khan, à jamais conscient et fier de son sang de conquérant, ni l'allégresse d'oiseau de Mr. Jobnekar, récemment affranchi d'une oppression millénaire. Le Major, plus intelligent qu'eux, possédait en outre l'instinct, la sensibilité d'une race et d'une caste dont l'âge remontait à la nuit des temps.

Mais, par moment, lui aussi avait peur. Et cela ajoutait à

la fascination qu'il exerçait sur Ransome. A la fois jeune et aussi vieux que le temps, il semblait trouver la vie trop douloureuse pour être supportée autrement qu'en la saisissant à bras-le-corps, en s'oubliant lui-même, dans son horreur et dans sa confusion. Non, jamais le Major ne pourrait se retirer dans la profonde négation de la vie contemplative.

Ransome se rendit à pied chez Mr. Bannerjee. Il était ivre, et convaincu que le contact de la mousson le libérait de la déprimante impression de mesquinerie et de méchanceté dont le récit de Fern l'avait infecté. Malgré son feutre, son vieil imperméable, il sentait que la pluie le laverait :

« Etre propre, dit-il presque à haute voix. Voilà ce qu'il me faut ! La propreté ! »

« S'il pleut trop fort quand je partirai, le Major me ramènera », songea-t-il.

Il ne désirait pas revenir avec Edwina. L'idée d'un trajet, même de deux minutes, à côté d'elle, dans la même voiture, ne le tentait pas. Si elle le raccompagnait, elle ne manquerait pas de vouloir entrer pour boire et causer. Elle préférait vivre la nuit que le jour et ne se réveillait réellement qu'au crépuscule. De jour, elle paraissait parfois un peu lasse, un peu fanée ; mais, la nuit, elle était toujours fraîche, pleine d'entrain, séduisante. On eût dit qu'elle puisait dans l'ombre sa vitalité et son pouvoir de fascination. Oui, elle entrerait, et il savait comment cela finirait. Après une conversation plus ou moins longue, ils se lasseraient de parler et ce qui s'était passé le soir du dîner au Palais se répéterait, sans autre raison que leur ennui et cette attraction perverse qui les poussait l'un vers l'autre, comme une contrainte née de leur satiété et de leur épuisement. Et le lendemain matin il se sentirait de nouveau écœuré, sali, déchu. En ce moment, ivre, battu par la pluie, il voyait avec une clarté étonnante tout ce qui les rapprochait. Fatigués, effrayés, il semblait que leur étreinte fût comme un défi qu'ils lançaient avec lassitude au reste du monde. Ils ressemblaient à deux enfants insupportables et mal élevés, mettant leurs doigts dans leur nez. N'était-ce pas cela ? Qu'avaient-ils fait d'autre, ce fameux soir au Palais ? Un geste de provocation, de bravade. Ne savaient-ils pas que, quoi qu'ils pussent faire, le monde continuerait à les accueillir, parce que tous deux ils étaient séduisants et que la plupart des gens étaient mesquins et de sinistre compagnie, comme Mrs. Hoggett-Egburry ou la mère de Fern ? Oui, dans la lassitude et la dépravation d'Edwina, il y avait quelque chose d'éblouissant, de propre. C'était cela, du reste, qui rendait son pouvoir de corruption si dévastateur. Dieu lui avait trop donné, jadis, tout au commencement.

A mi-chemin de chez Mr. Bannerjee, la pluie cessa et, pendant un moment, un pâle soleil parut, juste au-dessus de l'horizon, baignant toutes choses d'une clarté sulfureuse. Les maisons, les murs, la verdure fraîchement lavée des arbres semblaient l'absorber, puis la réfléchir en une lueur jaune, surnaturelle. C'était le genre de lumière dont Dieu illuminerait la fin du monde, se dit Ransome — une lumière livide, malade, lépreuse, imprégnée de décomposition et d'horreur. Maintenant, elle tombait en plein sur la maison octogonale de Mr. Bannerjee, éclairant les invités qu'on apercevait par les fenêtres ouvertes. Et Ransome, plus que jamais, eut l'impression que la demeure était hantée par quelque pouvoir maléfique. C'était bien là l'éclairage qui lui convenait.

Il atteignit le milieu de l'allée quand le soleil disparut brusquement derrière l'horizon, laissant l'air tranquille, humide, lourd, vert, tout imprégné de cette étrange et sinistre fertilité dont il se chargeait pendant les pluies, et qui le rendait si épais, si riche qu'il semblait qu'arbres et plantes devaient pouvoir tirer leur subsistance de l'atmosphère elle-même. Quand Ransome atteignit la véranda, la lueur jaune avait disparu et l'inquiétante vieille maison était enveloppée de ténèbres. Par les losanges lumineux des fenêtres, il apercevait les Bannerjee, Edwina, Miss Mac Daid, le major Safti et Miss Murgatroyd, en train de causer et de boire les cocktails.

Quand il gravit les marches, il remarqua que, sur les gommiers et les aspidistras stériles ornant la véranda, s'était épanouie une floraison miraculeuse de zinnias, soucis, roses trémières, bégonias, œillets, en une orgie de couleurs vives. Au premier abord, l'âme de jardinier de Ransome en fut choquée comme d'une manifestation de folie et de décadence dans le monde des plantes. Puis il comprit : cette étrange éclosion était l'œuvre de Mr. Bannerjee père, qui, sans doute, considérait la réception de son fils comme un événement important dans la vie sociale de celui-ci. Les jours de gala, il parait de corolles éclatantes le sombre feuillage des gommiers et des aspidistras, fixant chaque fleur au moyen d'un fil soigneusement noué. Ce soir, les frais devaient être en l'honneur d'Edwina. Le vieux Mr. Bannerjee, dans sa retraite et sa méditation, était donc lui aussi un snob !

Il n'était pas nécessaire de se faire annoncer chez les Bannerjee. Un bruit de pas sur la véranda suffisait à provoquer un chœur de glapissements, de cris, de grognements, d'aboiements, de la part des pékinois de Mrs. Bannerjee et des innombrables perroquets, aras, perruches, installés dans des cages ou sur des perchoirs le long de la galerie — vacarme qui, comme la peste, gagnait bientôt tous les oiseaux, animaux et enfants, peuplant les arbres, l'enclos et l'enchevêtrement de baraques à l'extrémité des communs. La maison et le jardin de Mr. Bannerjee figuraient les Indes en miniature, surpeuplées, embrouillées, grouillantes de vie bruyante.

Mr. Bannerjee, élégant, net, dans un complet blanc de chez le meilleur tailleur de Saville Row, offrait des cocktails à Edwina, à Miss Mac Daid et au Major. Sur un divan, un peu à l'écart, se tenaient Mrs. Bannerjee et sa confidente Miss Murgatroyd. Elles étaient séparées des autres non seulement par la distance, mais comme par une invisible barrière morale, derrière laquelle le coin de la pièce qu'elles occupaient semblait demeuré inviolé et hindou.

Miss Murgatroyd était une maigre vieille fille, au seuil de la quarantaine, assistante bibliothécaire de Mr. Bannerjee. Elle n'appartenait ni à la société hindoue, ni à la société européenne de Ranchipur. Peu attrayante et sans fortune, elle ne s'était jamais mariée. Du reste, seul un Anglo-

Hindou comme elle aurait pu l'épouser. Mais les Anglo-Hindous — et parfois elle-même — ne lui inspiraient que mépris. Bien que personne n'ignorât son secret ou qu'on pût le deviner à première vue, et malgré la couleur étrange de ses cheveux, la texture boueuse de sa peau, ses prunelles bleues noyées dans des blancs jaunâtres, ses longues et souples mains hindoues, Miss Murgatroyd traversait la vie en nourrissant l'illusion que nul ne se doutait de son origine. Elle racontait que son père était magistrat à la Présidence de Madras et que ses parents étaient morts lorsqu'elle était enfant. Elle s'habillait toujours à l'européenne, ce qui lui allait fort mal et soulignait sa laideur. Vêtue d'un *sari,* elle aurait pu passer pour une Hindoue et présenter un air d'authenticité, et même de dignité. Mais dans ses toilettes occidentales elle paraissait costumée comme pour un bal masqué. Manquant totalement de goût, elle s'affublait toujours de robes qui n'eussent convenu qu'aux blondes les plus pâles et les plus vaporeuses. En ce moment, assise gauchement à côté de la belle et exotique Mrs. Bannerjee, elle portait une toilette de taffetas bleu, ornée de guirlandes et de bouquets de petites fleurs.

Ransome ne la voyait jamais qu'à la Bibliothèque et chez les Bannerjee. Apparemment, elle n'avait pas d'autre vie. Timide, effarouchée, rampante, elle éveillait en lui un sentiment de répulsion. Mais ce qui, plus que la vue de Miss Murgatroyd, l'écœurait, c'étaient les préjugés qui avaient faussé son caractère, altéré sa personnalité, comme une maladie déformant lentement un corps destiné à être sain et vigoureux. Elle jouait auprès de la belle Mrs. Bannerjee le rôle d'esclave, faisait ses courses, portait ses paquets, la flattait, ricanait avec elle dans les coins, comme en ce moment, applaudissant avec une satisfaction amère aux sarcasmes dont Mrs. Bannerjee couvrait la plupart de ceux qui l'approchaient. Mrs. Bannerjee la vengeait, en quelque sorte, de l'ostracisme où la tenaient les Européens comme les Hindous. On eût dit que ce n'était qu'à travers Mrs. Bannerjee qu'elle trouvait assez d'amour-propre pour continuer à vivre.

Mrs. Bannerjee n'éprouvait pas d'affection à l'égard de Miss Murgatroyd, Ransome en était certain ; elle devait la trouver utile. De son côté, Miss Murgatroyd aurait jugé la vie insupportable sans les bribes de confidences que lui valaient leurs relations. Depuis le temps qu'il les observait, aux réceptions et aux parties de tennis de Mr. Bannerjee, Ransome en était arrivé à la conclusion que l'orgueilleuse Bengali torturait la timide Eurasienne. Celle-ci semblait une sorte de bouc émissaire sur lequel Mrs. Bannerjee pouvait assouvir sa haine de tout ce qui était européen. Mais Miss Murgatroyd paraissait supporter ses cruautés, et même s'y complaire. N'était-ce pas la seule chose dans sa vie qui lui donnât une illusion d'importance ? Sa vénération pour Mrs. Bannerjee ressemblait à celle de la plus laide des écolières à l'égard de la mieux douée et de la plus belle.

Lorsque Ransome s'approcha du divan, Mrs. Bannerjee leva languissamment les yeux vers lui, mais Miss Murgatroyd se redressa vivement.

« Oh, bonsoir, Mr. Ransome ! dit-elle avec effusion. Il y a des siècles que nous ne nous sommes vus. J'espérais beaucoup vous trouver ici ce soir, mais je craignais que vous ne fussiez parti pour les montagnes.

— Je n'y vais plus », répondit Ransome.

Malgré son état d'ébriété, il se sentait repris par la vieille impression de nausée qu'elle éveillait toujours en lui. La vue de Miss Murgatroyd, louchant, exubérante, prétentieuse, l'incitait à mépriser la race humaine tout entière. Elle le faisait songer à ces petits chiens bâtards frétillants qui s'approchent de vous en rampant sur le ventre, à la fois pleins d'amitié et d'une terreur secrète de recevoir des coups. Voulant racheter le cruel ostracisme où la tenaient les snobs, il lui avait toujours témoigné une attention bienveillante, lui parlant tandis que les autres l'ignoraient, se faisant un devoir de prendre congé d'elle quand les autres partaient sans même jeter un regard dans sa direction. De là, les démonstrations fastidieuses de la vieille fille à son égard. Qu'elle fût anglo-hindoue le laissait indifférent, mais, ce qui ne lui était pas égal, c'était le mortel ennui qui émanait d'elle.

Mrs. Bannerjee lui dit bonsoir, puis se remit à mâcher ses feuilles de bétel, comme s'il lui tardait de le voir s'éloigner. Miss Murgatroyd, diserte, continuait à bavarder. Enfin, n'en pouvant plus, Ransome parla de cocktail et les quitta. Il alla rejoindre Edwina, un peu à l'écart du cercle, et qui semblait l'attendre.

« Est-il sage que vous preniez un autre cocktail ? dit Edwina.

— Un de plus ou un de moins ne fera pas grande différence, répondit-il en souriant.

— Un jour, vous en prendrez juste un de trop et vous tomberez de tout votre long. Peut-être, alors, les gens se douteront-ils que vous buvez. En tout cas, je vous saurais gré de faire un effort quand vous me parlez.

— Suis-je aussi ivre que ça ? »

Comme il causait avec Edwina, dans le coin, sur le divan, de nouveaux chuchotements et ricanements éclatèrent. Sans doute, Mrs. Bannerjee et Miss Murgatroyd s'entretenaient-elles d'eux ; elles devaient connaître l'aventure du boudoir du Palais. Il eût été insensé de croire que, vingt-quatre heures après, tout Ranchipur ne la connaissait pas.

Demain, l'autre histoire avec Fern circulerait également, amplifiée jusqu'au mélodrame où il jouerait le rôle de brutal séducteur de Fern Simon. Tout en parlant à Edwina, il songeait : « Fern a raison, peut-être vaut-il mieux que je quitte Ranchipur. »

Et subitement Ranchipur, avec ses bavardages, ses intrigues, ses potins, lui parut insupportable, pire que Grand River au moment où la vie avec Mary était devenue intolérable.

« Comment va votre mari ? demanda-t-il à Edwina.

— Pas mieux... il délire. Probablement aurais-je dû rester à son chevet, mais le Major me l'a défendu. Du reste, je ne peux pas commencer à faire ce genre de choses, surtout si nous sommes forcés de passer des semaines ici. »

L'ivresse aidant, Ransome risqua alors une question qui l'intéressait depuis le début.

« Est-ce que cela vous fait beaucoup de peine ?

— D'être forcée de rester ici ? répondit-elle. Non, j'en ai pris mon parti. Cela fera quelque chose à raconter à Londres. Je pourrai vivre longtemps sur cette histoire, si tout le reste me fait défaut. »

Évidemment, elle cherchait à éluder sa question, mais il était décidé à obtenir la vérité.

« Non, ce n'est pas ce que je voulais dire, reprit-il. La maladie de votre mari vous fait-elle beaucoup de peine ?

— Non.

— C'est bien ce que je pensais.

— Je n'ai jamais prétendu le contraire, que je sache ! »

Il rit.

« Non. Cela aurait risqué de vous faire peut-être plus humaine !

— Qu'avez-vous donc ce soir ? Pourquoi êtes-vous de cette humeur ? Autrefois, quand vous aviez bu, vous étiez plus agréable. »

A travers leur conversation, il entendait Mr. Bannerjee, Miss Mac Daid et le Major discutant du choléra, de la crue alarmante des eaux ; plus loin, les ricanements de Mrs. Bannerjee et de Miss Murgatroyd ; plus loin encore, le bruit monotone de la pluie, le grondement de la rivière et le rugissement rauque, persistant, d'un des lions du Jardin zoologique.

« Et le Major ? questionna-t-il.

— Il a l'air d'être très à son affaire », répondit-elle.

Ni son regard, ni sa voix ne la trahirent.

« Êtes vous en train d'apprendre à connaître les Indes par l'expérience plutôt que par la lecture ? » demanda-t-il alors.

Un instant elle resta silencieuse, puis elle le fixa droit dans les yeux.

« Pourquoi jouez-vous ce jeu ? dit-elle.

— Quel jeu ?

— C'est parce que vous êtes ivre... Tout ce qu'il y a de laid, de féminin en vous, remonte à la surface.

— Toutes mes excuses.

— Ne faites pas le généreux et l'ironique. Vous êtes jaloux... avouez.

— Non...

— Si...

— Peut-être.

— Non... pas directement jaloux. C'est plus compliqué que cela.

— Je le présume.

— Je ne sais pas grand-chose, mais dans ce domaine je ne me trompe pas. »

Il lui répondit par un sourire. Elle posa la main sur son bras.

« Écoutez, Tom, nous avons bafoué la plupart des gens du monde. Nous n'allons pas commencer à nous lâcher mutuellement. »

Malgré les vapeurs de l'ivresse, il se rendait compte que toute dureté l'avait abandonnée et qu'elle faisait appel à lui.

« Edwina, l'éblouissante, l'heureuse Edwina, l'impitoyable, l'arrogante Edwina a peur ! » songea-t-il.

« Oui, nous ferions mieux de nous soutenir réciproquement. Nous n'avons personne d'autre, pas plus vous que moi.

— Alors, laissez-moi prendre mon plaisir où je le trouve. Ne me tourmentez pas.

— Entendu ; agissez à votre guise. Après tout, ça m'est égal. Ce n'est pas pour vous que j'ai peur. Vous pouvez prendre le bateau et mettre fin à la chose quand vous voudrez. Non, ce que je redoute, ce sont les dégâts que vous pourriez laisser derrière vous.

— Vous savez être terrible, Tom !

— Peut-être est-ce mon rôle. »

Elle fut sur le point de parler, mais s'abstint.

Comme elle restait silencieuse, il demanda : « Qu'alliez-vous dire ?

— A quoi bon, vous ne comprendriez pas ! Vous vous moqueriez de moi et me traiteriez de sentimentale. Moi-même je n'y vois pas clair. »

Le Major les rejoignit. Edwina ne pouvait-elle cacher l'impression qu'il produisait sur elle, n'avait-elle aucune vergogne, ou Ransome était-il seul à remarquer qu'un sang plus vif semblait circuler sous sa peau nacrée, qu'une chaleur nouvelle veloutait sa voix ? Lui seul avait-il vu s'illuminer ses beaux yeux bleus, ces yeux qui, se disait-il, non sans amertume, étaient pleins d'innocence, comme s'ils attendaient toujours quelque chose qui ne viendrait jamais, quelque chose qui, peut-être, n'avait jamais existé ? Et, brusquement, il pressentit un aspect d'elle qu'il ne connaissait pas, et il en fut ému. Mais presque aussitôt il se dit : « A quoi bon devenir sentimental ? Cela ne sert à rien ! »

Non, il n'y avait pas d'évasion possible. En fait, il était plus proche d'elle qu'il ne le serait jamais de qui que ce fût à Ranchipur, ou dans le monde entier. Ils étaient liés l'un à l'autre, au-delà de la fuite. Mais il avait peur pour le Major, qu'il aimait et respectait et dont il était jaloux. Le Major n'était-il pas le seul homme qui ne l'eût jamais désappointé ? Quoi qu'il en fût, malgré tout, il prendrait toujours le parti d'Edwina. « Si je n'étais pas aussi ivre, peut-être n'aurais-je pas compris ce regard qu'elle a eu », se dit-il.

A ce moment, il remarqua Miss Mac Daid. Elle causait avec Mr. Bannerjee, mais visiblement elle n'écoutait pas ce qu'il lui disait. Les yeux fixés sur Edwina et le Major, son visage fatigué et mal maquillé trahissait une intense souffrance.

Le dîner parut interminable à Ransome. Quelque chose — malgré son effort, il ne pouvait découvrir quoi — altérait l'effet que la boisson exerçait d'habitude sur lui. Il continuait à trouver que rien n'avait d'importance, mais cette constatation, au lieu de l'égayer, le remplissait d'un désespoir confinant à l'idée du suicide. Il souffrait plus encore que lorsqu'il n'avait pas bu. Assis entre Edwina et Miss Murgatroyd, il n'entendait ni les remarques aiguisées de l'une, ni les effusions de l'autre. Le bruit de la pluie et le grondement de la rivière l'obsédaient. C'était comme un insupportable tintement d'oreille. « Cette fois, je dois en avoir trop pris, se dit-il. Peut-être Edwina a-t-elle raison. C'est probablement comme ça que commence le *delirium tremens.* » De nouveau, des rugissements retentirent. Ce n'était plus un lion, mais trois, quatre, cinq. Ces fauves avaient été envoyés au Maharajah par l'empereur d'Ethiopie. Leurs cris avaient quelque chose de sinistre qui le remplissait de détresse et d'angoisse. Souvent, la nuit, il s'était éveillé à leur voix ; mais ce n'était qu'un lion, deux au plus. Jamais il n'avait entendu ce chœur de rugissements rauques, à la fois splendides et terrifiants.

Bientôt Edwina ne s'occupa plus de lui et se mit à parler avec le Major, de l'autre côté de la table, ou avec Bannerjee, dont le petit visage népalais était épanoui à l'idée de recevoir chez lui une des plus élégantes pairesses d'Angleterre. Puis le dîner prit fin. Mrs. Bannerjee se leva ; les femmes quittèrent la pièce. Ransome, furieux, trahi par son ivresse, les regarda sortir dans une sorte de brume. Jamais encore il ne s'était senti ainsi.

Comme il se retournait pour faire quelques frais auprès de Mr. Bannerjee, il aperçut de la terreur dans l'expression de son hôte. Elle n'était pas très apparente, mais il la reconnut pour l'avoir vue souvent déjà. Mr. Bannerjee avait peur. De quoi ? Ransome l'ignorait ; à moins que ce ne fût du bruit de la pluie, du grondement de la rivière ou des rugissements fantastiques des lions. Ce n'était plus le fringant, le mondain Mr. Bannerjee en impeccables vêtements de Bond Street, mais un villageois épouvanté des lointaines jungles du Bengale.

Les yeux de Ransome rencontrèrent ceux du Major.

« Il a rendez-vous avec Kâli ! dit celui-ci à mi-voix, avec un sourire. Il a peur de sa vengeance à cause des poulets décharnés qu'il vient de nous offrir. »

Ransome fit un effort désespéré pour se ressaisir.

« De ma vie je n'ai éprouvé pareille honte ! songeait-il. Jamais encore je ne m'étais vu à travers les yeux d'un autre ! Quel lamentable spectacle j'offre à Safti ! »

Le Major se pencha vers lui. Il souriait.

« Vous avez l'air souffrant, dit-il. A votre place, je ne boirais plus de ce brandy.

— Oui, je ne me sens pas très bien. Peut-être avez-vous raison. »

Il y eut un petit silence.

« Il y a une chose que je voudrais vous dire, mais je ne sais comment l'exprimer », reprit le Major.

Ransome ne répondit pas.

« Ne me jugez pas impertinent, ni prétentieux, poursuivit le Major. A travers la table, il posa amicalement sa main sur celle de Ransome. Non, mais je voudrais que vous sachiez que, si jamais je puis faire quoi que ce soit pour vous, j'en serai heureux. Pardon... Cela a l'air stupide, sentimental ; il m'en a coûté de vous le dire... Maintenant, c'est fait ! Vous le savez. C'était tout.

— Merci, murmura Ransome, les yeux fixés sur son verre. Vous êtes très bon. Je comprends, mais il n'y a rien à faire. Personne ne peut rien. »

Tout en répondant, il songeait : « Qu'en penserait le Général ! Et tous ces fonctionnaires britanniques qui n'ont que le mot de "prestige" à la bouche ! Ha ! Ha ! Le prestige !... »

Le Major retira sa main et alluma un cigare.

« J'ai deux mauvaises nouvelles à vous communiquer, reprit-il. Faut-il vous les dire maintenant, ou préférez-vous attendre à demain ?

— Je vous écoute, répondit Ransome d'un air sombre. De quoi s'agit-il ?

— D'abord de notre pauvre amie, Miss Dirks...

— Je me doute de quoi il retourne...

— Le pire... Si elle était venue me voir il y a quelques mois, j'aurais pu tenter de l'opérer ; mais, maintenant, c'est trop tard. Ce serait la tuer. Peut-être cela vaudrait-il mieux... »

Ransome se mit brusquement à rire, d'un rire ivre, insensé, qui sonna pire qu'un gémissement. Et pendant ce temps il revoyait la pauvre Miss Dirks telle qu'elle lui était apparue sur la véranda, assise, les mains sous sa jaquette, le visage livide, pressant son ventre quand la douleur devenait trop insupportable.

« Pauvre Miss Dirks, disait une voix en lui. La fille du vieux "Dacy" qui jamais n'a connu la joie de vivre ! Pauvre Miss Dirks ! Elle savait qu'elle n'était plus qu'une morte ! » Il continuait à rire. Le Major l'observait, il le savait ; non point alarmé, mais comprenant son horrible gaieté d'ivrogne. « Oh, mon Dieu ! Pauvre Miss Dirks ! »

Puis brusquement sa crise cessa et, étouffant, il but un verre d'eau.

« Je suis désolé, dit-il. Cela a été plus fort que moi... Savez-vous pourquoi elle n'est pas allée vous consulter depuis longtemps ?

— Je le devine.

— Oui, elle n'osait se déshabiller devant vous ! La pauvre est en train de mourir parce que "Dacy" Dirks et tous ses vilains ancêtres lui ont inculqué que les hommes étaient sensuels, mauvais, et qu'il fallait avoir honte de son corps. Oui, elle meurt dans les tortures, à cause d'innombrables et stupides pasteurs non conformistes... à cause de générations de chrétiens pervertis ! Puis, subitement dégrisé, il ajouta : Lui avez-vous donné un calmant ?

— Oui, tout ce qu'il fallait pour qu'elle ne souffre plus... Je lui ai dit d'en prendre quand elle voudrait.

— Il ne fallait pas s'en remettre à elle ! Elle est capable de n'en rien faire. C'est dans son caractère.

— Je le sais, répondit le Major. Elle est extrêmement anglaise. Elle doit souffrir l'agonie, depuis des semaines, des mois...

— Et l'autre nouvelle ? Elle ne peut être plus atroce ! » demanda Ransome.

De nouveau, il entendit les lions. Les rugissements puissants et rauques semblaient s'être rapprochés, jusque sous les fenêtres.

« Esketh a la peste, dit le Major.

— En êtes-vous sûr ? questionna Ransome après un instant de silence.

— Certain. J'ai fait analyser son sang à Bombay. Le télégramme-réponse vient de me parvenir.

— Où a-t-il attrapé ça ?

— Même de grands lords anglais ont été piqués par des puces, répondit le Major, répétant la phrase déjà dite à Ransome dans le vestibule du Palais d'Eté. Mais cette fois il ne souriait pas. Cela a dû lui arriver dans les écuries où il s'est rendu pour regarder les chevaux de Son Altesse. Il y a une épidémie parmi les rats. Deux des palefreniers sont déjà morts. »

L'impression ressentie par Ransome devait ressembler à la terreur de Mr. Bannerjee devant la monstrueuse perversité de la Nature.

« L'avez-vous dit à Lady Esketh ? demanda-t-il.

— Non. J'ai pensé qu'il valait mieux qu'elle l'apprenne par vous, un ancien ami, répondit le Major. Puis, posant sur Ransome un regard pénétrant, il ajouta : Croyez-vous que cela va beaucoup la bouleverser ? »

Ransome n'était pas assez gris pour ne pas réfléchir avant de parler. Malgré les brumes de l'ivresse, il se rendit compte que, d'un mot, il pouvait mettre fin aux desseins d'Edwina à l'égard du Major. Il suffisait de dire la vérité. Mais, à ce moment, il réentendit la voix d'Edwina lui disant : « Laissez-moi m'amuser ; nous n'allons pas nous lâcher mutuellement. » Il revit ses yeux et ce regard d'innocence, si inattendu. « Non, se répéta-t-il, je ne vais pas jouer Jéhovah ! »

« Je n'en sais rien, répondit-il d'un ton détaché. C'est une triste situation. Esketh a toujours été assez brutal et elle a supporté de lui plus que la plupart des femmes ne l'auraient fait. J'ai l'impression qu'elle a été très bien pour lui. Elle a eu... »

Sa phrase resta à jamais inachevée... Subitement, la table s'était mise à osciller, avec un grand bruit de verres entrechoqués, tandis que les rideaux des fenêtres, comme chassés par le vent, se tenaient horizontalement dans la pièce. Pourtant, il n'y avait pas un souffle d'air. Puis le sol trembla et deux des miniatures persanes tombèrent du mur, ainsi que des morceaux de plâtre du plafond.

« Je dois être en train de mourir », se dit Ransome. Mais regardant le Major, il aperçut sur son visage une expression d'extraordinaire étonnement. Au même instant les lumières s'éteignirent et, à travers les glapissements des perroquets, des aras et des pékinois, il entendit, venant de la chambre à côté, les clameurs hystériques de Miss Murgatroyd.

« Venez, Ransome, il faut faire sortir les femmes de la maison ! » lui cria le Major.

Trébuchant dans l'obscurité, renversant chaises et verres, Ransome se dirigea vers le salon. Son pied, soudain, écrasa quelque chose. C'était une des miniatures tombées du mur. Quand il sentit son talon émietter le verre sur le délicat chef-d'œuvre mongol, il fit un saut de côté comme s'il avait marché sur un serpent.

Miss Murgatroyd, à genoux dans les ténèbres, hurlait maintenant à intervalles réguliers, comme si elle y trouvait une sorte de volupté. Miss Mac Daid s'efforçait de l'entraîner vers l'abri comparativement sûr de la véranda. Mais Miss Murgatroyd résistait comme si l'infirmière cherchait à la conduire à la torture. Ransome, de la porte, voyait leurs silhouettes se dessiner contre la lueur de la fenêtre. Soudain Miss Mac Daid leva la main et gifla vigoureusement l'Eurasienne : « Allons, debout, espèce de folle ! cria-t-elle. Si tous étaient comme vous, la maison aurait tôt fait de nous tomber sur la tête ! »

Le coup porta, et Miss Murgatroyd se laissa traîner jusqu'à la véranda. Un instant, le silence régna, extraordinaire, coupé seulement par le bruit de la pluie et de la rivière. Puis les lions recommencèrent à rugir et, montant de l'enchevêtrement des baraques à l'extrémité du jardin, des cris et des lamentations éclatèrent, se fondant en un hurlement unique de terreur et de désespoir.

Refoulant son désir de se laisser aller, de souhaiter une seconde secousse qui mettrait promptement fin à leurs existences, Ransome, par un violent effort, se ressaisit. C'était comme si, physiquement, il prenait son propre corps et le giflait à la façon de Miss Mac Daid pour le dégriser et le forcer à agir.

« Edwina ! cria-t-il dans les ténèbres.

— Oui, répondit-elle d'une voix étrange, mais calme. Vous n'êtes pas blessée ?

— Non... Mais que se passe-t-il ? N'est-ce pas extraordinaire ?

— Ce n'est peut-être pas fini !

— Qu'allons-nous faire ?

— Je n'en sais rien. Mieux vaut que le Major décide. »

Le Major les pressa de se rendre sous la porte cochère. C'était le seul lieu qui fût à la fois sûr et abrité de la pluie diluvienne.

« Où sont les Bannerjee ? » demanda-t-il soudain.

Personne ne semblait le savoir. Miss Murgatroyd, terrifiée, ne pensait qu'à gémir.

« Pour l'amour du ciel, taisez-vous ! lui dit Miss Mac Daid. Ils font assez de bruit, là-bas, dans les communs.

— Où est Mrs. Bannerjee ? répéta le Major en la secouant.

— Je ne sais pas, répondit-elle en sanglotant. Je ne sais pas ! »

Presque au même moment, Mrs. Bannerjee parut en haut de l'escalier, une vieille lanterne à paraffine à la main. La meute ébouriffée de ses pékinois l'entourait en glapissant. Elle descendait lentement, comme si aucun danger ne menaçait, se tenant très droite, avec une sorte de dignité que Ransome ne lui avait encore jamais vue. La lumière, l'éclairant par-dessous, mettait en relief les plans de son harmonieux visage, donnait un nouveau modelé à ses hautes pommettes, à ses yeux légèrement allongés, à son nez finement ciselé. Malgré l'angoisse de l'heure, Ransome qui la regardait se rappela les paroles de Miss Mac Daid : « Auprès de la beauté des Hindous, les plus magnifiques visages européens ressemblent à des poudings anémiques... »

Comme elle traversait la chambre, un nouveau son éclata. Il venait de la terrasse supérieure... un long ululement de terreur et d'angoisse. C'était Mr. Bannerjee qui priait. Mais presque aussitôt un bruit, d'abord lointain, puis de plus en plus fort, semblable au sifflement de millions de serpents, vint noyer cette lamentable voix. Comme Ransome se retournait pour voir ce que c'était, cette rumeur se transforma en un grondement d'eaux déchaînées. Au même instant, à travers l'obscurité, il aperçut à hauteur d'homme une étroite bande blanchâtre, phosphorescente, comme de l'écume, qui avançait rapidement vers eux. Le mur de torchis à l'extrémité du jardin s'effondra, et le vacarme devint assourdissant, submergeant les lointaines lamentations, les rugissements des lions, les glapissements des pékinois, la plainte solitaire de Mr. Bannerjee.

Ransome poussa vivement Edwina dans la maison. Miss Mac Daid s'occupa d'elle-même ; le Major enleva Miss Murgatroyd : « Montez l'escalier ! cria-t-il, c'est l'inondation ! Le barrage a dû se rompre ! »

Ransome atteignait la première marche quand la muraille liquide frappa la vieille demeure. Celle-ci oscilla, comme secouée par un second tremblement de terre. « C'est la fin ! Je ne résisterai pas à cela ! » songea-t-il. Mais il tint bon. L'eau, se précipitant par les fenêtres, par la porte, envahit le vestibule, jusqu'au milieu de l'escalier, sur les talons mêmes des fuyards.

Dehors, la vague passa sur le jardin, balaya les communs, étouffant cris et lamentations dans un fracas de poutres et de briques effondrées. Puis le grondement s'affaiblit, pour redevenir un sifflement lointain, tandis que de la ville montait soudain la clameur horrifiée de tous ceux qui venaient d'apercevoir la mort, crêtée d'écume phosphorescente, s'avancer vers eux.

Au haut de l'escalier, dans le couloir des Bannerjee, un silence absolu régnait. Les pékinois eux-mêmes, blottis aux pieds de leur maîtresse, terrifiés, se taisaient. La lanterne toujours à la main, Mrs. Bannerjee se tenait appuyée au mur. Par terre, Miss Murgatroyd gisait, évanouie, dans un amoncellement de taffetas bleu, de guirlandes et de roses. Le Major et Miss Mac Daid, l'oreille tendue, se dévisageaient, une expression d'horreur au fond des yeux. Ils ne pensaient pas à eux-mêmes, c'était évident, mais à leurs malades, à leur hôpital, au brusque écroulement de tout ce à quoi ils avaient consacré leur vie. Debout, appuyée au mur, en face de Mrs. Bannerjee, Edwina semblait plongée dans un rêve lointain. Une étrange lumière éclairait ses prunelles bleues et un vague sourire flottait sur ses lèvres.

Ransome, complètement dégrisé, se rendait compte, malgré l'angoisse du moment, de la tragique beauté du tableau : en face l'une de l'autre, Mrs. Bannerjee dans sa sombre splendeur, et Edwina, si blonde, si frêle ; à leurs pieds les chiens blottis et le bleu pathétique, fripé, de la ridicule robe de taffetas de Miss Murgatroyd ; debout, derrière, le Major et Miss Mac Daid, pétrifiés d'horreur, se dévisageant ; le tout éclairé par la lueur jaune de la lanterne.

A part quelques cris, isolés et lointains, montant du centre de la ville, la nuit était devenue silencieuse. On n'entendait plus que le bruit de la rivière et de la pluie diluvienne. Les lions s'étaient tus. « Pour de bon ! songea Ransome. Noyés dans leurs cages ! » Et dans ce calme soudain, il y avait quelque chose de plus terrifiant encore que dans le fracas du tremblement de terre et de l'inondation.

« Mon Dieu ! Il faut que nous allions à l'Hôpital », dit Miss Mac Daid d'une voix étrange, comme morte.

A ce moment, venant de la terrasse supérieure, recommencèrent les lamentations de Mr. Bannerjee. Il implorait en bengali tous les dieux du ciel hindou.

Chaque fois que, plus tard, Ransome évoquait cette nuit d'horreur, son souvenir avait quelque chose d'irréel, de fantastique. Était-ce à cause de son état d'ébriété ? Ou l'incroyable soudaineté de la catastrophe n'avait-elle permis ni à son corps ni à son esprit de s'y adapter ? Son ivresse lui avait valu l'avantage de ne percevoir les péripéties et les chocs du désastre qu'atténués, pour ainsi dire retardés. C'était la raison pour laquelle il n'avait pas eu peur — parce que, seul, parmi ceux qui l'entouraient, il ne craignait pas la mort ; elle lui était indifférente. Aussi avait-il tout supporté — la secousse du tremblement de terre, la vague de l'inondation, les hurlements terrifiés montant des communs et de la ville, le silence des lions — avec un calme détachement, comme si ces détails faisaient partie d'un drame auquel il aurait assisté de très loin. De là, également, cette sensation de douleur aiguë lorsque son talon avait broyé le verre de la ravissante miniature représentant Jehangir et ses courtisans en train de s'exercer à l'art de la fauconnerie, et sa perception de la tragique beauté de la scène au haut de l'escalier.

Et, brusquement, il fut obligé de se détourner, de peur qu'à la lueur de la lanterne de Mrs. Bannerjee ses compagnons d'infortune ne vissent qu'il riait. Ce rire échappait à son contrôle, il ressemblait à l'accès sauvage qui l'avait saisi au moment où le Major lui avait appris l'état déplorable de la pauvre Miss Dirks ; mais il différait en qualité. Il était provoqué par le ridicule de certains récents détails : les cris méthodiques de Miss Murgatroyd, la gifle de Miss Mac Daid, la majestueuse tranquillité de Mrs. Bannerjee descendant l'escalier entourée de ses pékinois, en plein tremblement de terre, le son de la voix du pauvre petit Mr. Bannerjee, enflée par la terreur, le souvenir de leur fuite à tous devant l'inondation, de la vaillante Miss Mac Daid, du capable Major, de Mrs. Bannerjee et de ses chiens, d'Edwina, une des plus élégantes pairesses d'Angleterre, de Miss Murgatroyd, la bibliothécaire eurasienne, emportée comme un sac de farine. Quels que fussent leurs secrets, leurs désespoirs, leurs soucis, tous, éperdument, ils avaient souhaité vivre. C'était même plus que comique. Il en éprouvait une sorte de satisfaction. Si seulement l'inondation et le tremblement de terre avaient pu s'étendre au monde entier... s'il avait pu assister à la panique des banquiers, hommes d'État, millionnaires, chefs socialistes, journalistes, dictateurs, politiciens, à Washington, à Whitehall, au Quai d'Orsay, au Quirinal, à Unter den Linden, s'il avait pu contempler cela... Hé quoi, si, après tout, les prophètes de l'Ancien Testament avaient raison ? La farce ne prêterait-elle pas à rire ?

A ce moment le Major le secoua.

« Miss Mac Daid et moi allons tâcher de nous rendre à l'Hôpital, lui dit-il. Il faudra que vous vous occupiez des autres. On ne peut pas compter sur Bannerjee.

— Entendu, répliqua Ransome. Mais c'est de la folie. Jamais vous n'y parviendrez ! »

« Il ne faut pas qu'il leur arrive quelque chose, songeait-il. Plus que tous à Ranchipur, dans les Indes entières, ils sont indispensables en ce moment. »

« Vous n'avez pas le droit de risquer vos vies ! déclara-t-il.

— Nous serons prudents, répliqua le Major. Venez m'aider à installer Miss Murgatroyd. »

Ils la soulevèrent et la transportèrent dans une des pièces meublées de coussins et d'un lit hindou. Edwina les suivit, puis Mrs. Bannerjee, tenant la lanterne.

« Je vais m'occuper d'elle, dit Edwina, à la surprise de Ransome. Apportez-moi de l'eau et du brandy, s'il y en a. »

Mrs. Bannerjee descendit avec eux jusqu'au rez-de-chaussée pour les éclairer. A ce moment, un domestique, tremblant, gémissant, à demi nu, parut dans le vestibule. Mrs. Bannerjee lui dit, en gujerati, de cesser ses lamentations et d'aller chercher des bougies.

L'eau couvrait encore le sol du salon à une hauteur de cinquante centimètres.

Tandis qu'ils se tenaient au bas de l'escalier et contemplaient l'étendue des dégâts, une nouvelle vague, moins forte, d'environ trente centimètres, pénétra par la porte.

« Vous n'arriverez pas, dit Ransome.

— En tout cas, nous essayerons, répliqua Miss Mac Daid.

— Si l'eau se maintient à ce niveau, je crois que nous pourrons atteindre le pont. »

Miss Mac Daid releva sa robe du soir au-dessus des genoux et suivit le Major, accompagnée de Ransome qui portait la lanterne. Ils gagnèrent la véranda. Un des montants de la porte cochère avait été arraché, de sorte que le toit pendait au-dessus de leurs têtes. La Ford du Major, renversée, dans un enchevêtrement d'herbes et de débris, gisait sur la véranda. Gommiers et aspidistras avaient disparu, ainsi qu'une grande partie de la balustrade.

Le Major jeta un regard à sa voiture.

« Comme la voilà arrangée ! dit-il avec un sourire.

— Je vous accompagne, déclara Ransome.

— Non. Vous ne seriez d'aucune utilité ; peut-être même une source d'embêtements.

— Ne faites pas l'imbécile », ajouta Miss Mac Daid d'un ton tranchant.

Et Ransome comprit qu'elle ne désirait pas sa présence.

Cette expédition était la leur, la sienne et celle du Major. Un tiers gâcherait tout.

« Il n'est vraiment pas nécessaire que vous veniez, dit alors le Major à Miss Mac Daid.

— Pour rien au monde je ne resterais ici. Et que pourriez-vous faire sans moi ? »

Son visage maquillé et ridé s'anima, et une note d'exultation vibra dans sa voix grave.

« Le Major n'appartiendra qu'à elle seule », songea Ransome. Elle seule lui était utile, indispensable.

Ils s'éloignèrent. Le Major marchait devant, portant la lanterne. Miss Mac Daid le suivait, sa jupe fixée à la taille par un nœud. Sur la terrasse d'en haut, Mr. Bannerjee continuait à psalmodier, d'une voix monotone, aiguë comme le bourdonnement des abeilles dans le grand lustre du Palais.

L'eau boueuse leur montait jusqu'à la taille, et bien qu'il n'y eût presque plus de courant, ils devaient lutter pour avancer. De temps à autre, une petite vague crêtée d'écume les forçait à reculer d'un pas ou deux. Ransome les suivait des yeux. Enfin, la lanterne disparut à l'extrémité de l'allée, derrière ce qui subsistait du mur des communs.

Dans le vestibule, il retrouva Mrs. Bannerjee, debout sur l'escalier, et le domestique pleurnichant qui apportait des bougies et une seconde lanterne.

« Vous feriez mieux de prendre le brandy à la salle à manger, dit-elle. S'il n'a pas été emporté ! Vous le trouverez dans la cave à liqueurs. »

Ransome alla chercher la bouteille.

« Prenez aussi les cartes de bridge, lui dit-elle quand il revint. Elles sont dans le tiroir d'en haut du secrétaire. »

Elle s'exprimait comme si ni le tremblement de terre ni l'inondation n'avaient existé et que le programme de la soirée continuât.

Le meuble avait été transporté par l'eau à l'autre extrémité de la pièce, mais il était encore debout et Ransome trouva les cartes dans le tiroir indiqué. Elles étaient à peine humides. « Je dois être fou ! songea-t-il. Peut-être sommes-nous tous fous ! »

Il remit les cartes à Mrs. Bannerjee et prit la lanterne des mains du domestique.

« Je vais aller jusqu'au bout du jardin, dit-il, peut-être y a-t-il quelqu'un à secourir. »

Et, tandis qu'il pataugeait dans l'eau recouvrant la véranda, il se mit à penser non plus à son proche entourage, mais à tout Ranchipur. Qu'étaient devenus ses amis ? Fern ? L'idée qu'elle était rentrée chez elle au lieu de se rendre chez Rashid le réconforta. La Mission, éloignée d'environ quatre kilomètres, se trouvait sur une éminence et devait avoir été épargnée par l'inondation. Mais le tremblement de terre ? La demeure de Mr. Bannerjee avait tenu bon parce qu'elle était construite en bois, donc légère et flexible. Il n'en était pas de même des bâtisses de pierre. Alors, pour la première fois, il eut peur non pour lui-même, mais pour Fern. L'idée qu'il pourrait ne jamais la revoir lui était intolérable. Et, brusquement, il se rendit compte que, sans elle, la vie à Ranchipur serait impossible.

Luttant contre l'eau, il atteignit l'endroit où, une heure auparavant, se trouvait l'agglomération des communs. Un instant, il crut s'être fourvoyé. Élevant la lanterne au-dessus de sa tête, il chercha un signe, quelque chose, une trace de montant ou de mur. Mais il n'aperçut que l'eau boueuse et le grand banian qui marquait le centre des anciens communs. Alors il comprit que ce qu'il ne pouvait encore croire était vrai. Les maisons et leurs habitants, hommes, femmes, enfants, bébés, vieillards, tout le minuscule village, avaient été emportés, balayés par la rivière hurlante et déchaînée au moment de la première vague de fond.

Un long moment, il demeura là, seul, horriblement, terriblement seul, avec de l'eau jusqu'à la ceinture, la lanterne élevée au-dessus de sa tête, en présence de la mort. Mais la mort restait invisible, il n'apercevait qu'une mer d'eau fangeuse, battue par la pluie, semée de débris et de branches flottantes. Puis les nuages dominant la ville s'empourprèrent et bientôt, à travers les branches des manguiers, il vit les premières flammes de l'incendie, montant de la Place du cinéma.

Dans un éclair, il pensa aux Smiley, à Rashid, aux Jobnekar et à leur légère et ridicule maisonnette rose dans le bas quartier des Intouchables, à Miss Dirks et à Esketh, l'une se mourant d'un cancer dans son petit bungalow et l'autre de la peste dans le Palais d'Été, au Maharajah, à la Maharani dans leur palais à tourelles et à minarets.

« Il faut que je sorte d'ici, que j'aille voir ce qu'ils sont devenus ! » se dit-il. Et, luttant de toute sa force contre le courant, il retourna vers la maison. Comme il gravissait les degrés de la véranda, il lui sembla, à la lueur de l'incendie, que l'eau recommençait à monter. Son impression fut confirmée dès qu'il pénétra dans la demeure. L'eau avait gagné une marche entière de l'escalier. Alors il ressortit et, agitant la lanterne, se mit à appeler le Major et Miss Mac Daid. Mais seul le silence lui répondit. Rabattue par la muraille de pluie, sa voix ne portait pas à plus de quelques mètres.

Jamais plus de deux gardiens ne veillaient dans la maisonnette, perchée à l'extrémité du barrage, près des vannes de secours. La nuit du désastre, même, il n'y en avait qu'un. Le chef *jobedar* s'était rendu à la ville pour passer la nuit auprès de sa femme. Cette expédition ne lui sauva pas la vie : il fut noyé avec toute sa famille lorsque la grande vague emporta sa maison.

Le gardien de service était un petit homme timide et noir. A la première secousse sismique, il s'élança hors de la demeure, sous la pluie, et s'engagea sur le mur du barrage. Mais il ne devait pas y trouver la sécurité. Il n'avait franchi qu'une courte distance, quand il entendit devant lui, dominant le bruit de l'averse, le mugissement des flots se précipitant par la brèche du barrage fissuré. Faisant demi-tour, il courut dans la direction opposée, mais là aussi, montant des ténèbres, il perçut le mugissement rauque des eaux. Alors, traqué par la terreur, il se jeta face contre terre et invoqua Shiva, Krishna, Rama et même Kâli, la Destructrice. Mais, au beau milieu de ses prières, la pierre sur laquelle il se trouvait se mit à osciller, puis céda, et, emporté dans une cataracte d'eau et de roches, il fut précipité du sommet du mur, à trente mètres en dessous sur l'usine électrique. Là-haut, les vannes de secours tremblèrent, gémirent, puis s'abattirent, et l'eau du lac entier, long de neuf kilomètres et large de quatre, se rua dans la vallée.

L'usine et les trente-cinq hommes qui y travaillaient furent écrasés, anéantis. Plus tard, on ne retrouva qu'un grand trou à la place de l'installation.

La masse d'eau descendit le long de la large et plate vallée, balayant deux villages, une centaine de fermes, emportant dans ses flots hommes, femmes, enfants, bétail, ânes, chèvres, singes sacrés. Se mêlant au cours gonflé de la rivière, elle déborda, envahit les basses terres, monta à l'assaut des éminences. Aux abords de la ville, elle fit irruption dans la caserne des splendides Sikhs tant admirés par Miss Hodge, et noya la moitié de ceux qui avaient survécu à la secousse sismique. Elle lécha avec une brutale avidité la distillerie et la fabrique de produits chimiques, détruisant tous les précieux appareils que le Maharajah avait fait venir à grands frais d'Allemagne, traversa le tennis des Simon et le jardin des Smiley, emportant avec elle l'hyène, l'élan, les porcs-épics, s'élança sur la route de l'École d'Ingénieurs, contourna le bungalow de Miss Dirks et de Miss Hodge, submergea le Réservoir et déboucha sur la Place devant le cinéma où stationnait la foule chassée des maisons par le tremblement de terre. Après quoi, elle s'engouffra dans le Bazar, où, l'une après l'autre, les échoppes de bois s'écroulèrent comme des châteaux de cartes — envahit le vieux Palais d'Été où Lord Esketh, le premier du nom, agonisait, boursouflé par la peste, se rua dans le quartier des Intouchables où les demeures de torchis fondirent dans l'eau comme des pâtés de sable, alla noyer les fauves dans leurs cages du Jardin zoologique, engloutit les bûchers funèbres, puis s'élança de nouveau en rase campagne — trombe d'eau, de maisons, de cadavres, d'arbres déracinés.

Suivant le lit de la rivière, la masse dévastatrice traversa la plaine dans la direction du mont Abana ; une seconde, les arches trop basses des deux ponts l'arrêtèrent. Enfin, elle atteignit la gorge étroite creusée par le torrent à travers le cercle de collines. Là, elle se heurta au barrage créé par l'horrible accumulation de décombres, d'arbres, de cadavres d'hommes, de femmes, d'enfants et d'animaux, qu'elle avait charriés dans ses flancs sur plus de trente kilomètres. Ne pouvant le franchir, elle reflua alentour, puis en arrière, montant toujours, alimentée par la rivière et la pluie torrentielle, jusqu'à ce que la vallée entière et la ville dévastée fussent submergées par les flots et le silence.

Au moment du sinistre, la Maharani, agacée par la chaleur, jouait au bésigue avec Maria Lishinskaia. La partie était fastidieuse ; Maria Lishinskaia, piètre adversaire, se laissait battre trop facilement. La Maharani s'ennuyait. Elle en avait assez des cartes, de Ranchipur, de Maria Lishinskaia. Celle-ci, du reste, ne supportait pas mieux qu'elle la mousson. Le visage pâle, tiré, elle manquait de gaieté et d'entrain.

« Peut-être s'est-elle disputée avec M. Bauer, se dit la vieille dame. Ou n'est-elle que fatiguée ? Après tout, elle n'est plus de première jeunesse ! Quel âge peut-être avoir ? » Alors elle interrogea sa lectrice ; mais elle ne lui demanda pas : « Quel âge avez-vous, Maria ? » Elle savait qu'à une question aussi directe, Maria Lishinskaia répondrait par un mensonge. Non, elle lui dit : « Quel âge aviez-vous à la fin de la guerre ? » Et Maria, prise au piège, répondit sans réfléchir : « Vingt et un ans. »

La Maharani fit rapidement le calcul. Maria avait donc trente-neuf ans ! A cet âge on n'était plus jeune et fraîche comme à vingt ans, surtout quand on avait mené une vie comme celle de Maria. Mais Maria était déroutante ; parfois elle portait moins que son âge, parfois bien plus. Quand sa nature asiatique l'emportait sur l'européenne, elle paraissait aussi vieille que le temps lui-même, effrayée, usée, désespérée.

« Voudriez-vous que je vous fasse la lecture ? demanda Maria.

— Non ; je vais aller me coucher. »

Maria alluma une cigarette et commença une patience.

Elle était en train de disposer les cartes quand un changement extraordinaire se produisit alentour. L'air devint lourd, suffocant, irrespirable et un silence profond s'abattit, comme si la terre elle-même s'était arrêtée de tourner. Maria posait les cartes de plus en plus lentement. Puis, comme si elle prenait soudain conscience d'un danger, elle s'arrêta, attentive, une expression de terreur au fond des yeux. Son visage avait pris la couleur de la vie. La Maharani, en face d'elle, se redressa instinctivement.

La vieille Souveraine savait ce qui allait se passer ; elle se trouvait subitement transportée à plus de cinquante ans en arrière, dans le hameau poussiéreux du Deccan qu'elle avait quitté pour devenir Maharani de Ranchipur. Elle éprouvait la même sensation, revoyait les maisons du village s'effondrer dans les rues dans un nuage de poussière, réentendait les cris de la population ensevelie sous les décombres...

A ce moment le sol sembla se soulever sous leurs pieds ; des morceaux de plâtre se détachèrent du plafond, les filets contre les chauves-souris géantes se balancèrent devant les fenêtres. Puis, une à une, les tours, les coupoles de l'immense palais s'écroulèrent et les lumières s'éteignirent. Assises dans l'obscurité, elles entendirent les lourdes masses de marbre s'écraser à travers le toit, à d'interminables intervalles. Alors Maria se mit à pousser des cris sauvages, horribles, qui étouffèrent les plaintes et les gémissements montant de toute la vaste demeure.

« Cessez donc ce bruit infernal ! s'écria la vieille Souveraine. Hurler ne sert à rien. »

Dans sa voix vibrait un accent terrifiant d'autorité et de mépris, comme si elle n'éprouvait que dégoût à l'égard de cette femme effrayée et hystérique devant la mort, et qui abandonnait cette dignité sans laquelle l'être humain tombe plus bas que le chien.

Enfin le léger balancement et le fracas des tours croulantes cessèrent.

« C'est fini, dit la Maharani. Le Palais tiendra bon. Allez me chercher ma torche électrique, Maria, et ne faites pas la folle. »

Maria Lishinskaia ne répondit pas, mais, dans les ténèbres, la Maharani sentit qu'elle lui avait obéi. L'instant d'après, elle revint, précédée d'un petit cercle lumineux. Dans le Palais, les lamentations montaient et retombaient avec une sorte de rythme, si bruyantes qu'elles noyèrent le grondement des eaux du barrage rompu, se ruant vers la ville.

« Venez, dit la Maharani en prenant la torche des mains de Maria. Allons rejoindre Son Altesse. »

Et Maria, qui n'avait plus peur pour elle-même, se mit à prier : « Mon Dieu, faites qu'il ne lui soit rien arrivé ! Protégez Harry ! Gardez-le-moi ! »

Le ton féroce de la Maharani, l'autorité absolue de son attitude, de ses paroles avaient fait à Maria l'effet d'une violente gifle et chassé sa terreur. Elle se sentait soudain calme, résignée et asiatique. Et, tandis qu'elle longeait le vestibule, parmi les débris de verre et de plâtre, près des fenêtres arrondies, elle se vit peut-être pour la première fois de sa vie avec une complète objectivité. « Comment suis-je arrivée ici, dans le vestibule d'un palais hindou, cheminant derrière une Maharani, en plein tremblement de terre ? » Et si, subitement, elle n'avait plus peur, ce n'était pas par courage, mais parce qu'elle était lasse, si lasse qu'elle ne désirait plus vivre, lasse de tout, de son passé, des ravages de sa passion pour Harry Bauer. Oui, elle se sentait si lasse qu'elle voyait tout comme si elle était déjà morte. Il ne lui restait rien, plus rien que son corps ; et maintenant son corps, de même que son esprit, était fatigué, usé.

Et qui donc était ce Harry Bauer, pour qu'elle se fût ainsi donnée à lui... elle, Maria Lishinskaia, avec son esprit, son intelligence, son enfance entourée de brillants et importants personnages qui auraient à peine voulu de Harry Bauer comme domestique ? Qui était-il ? Un bel animal, rien de plus ; un corps admirable mais sans esprit, sans éducation, sans intelligence, sans culture. Et, sur la mélopée des lamentations, elle vit se dérouler des épisodes de sa vie, comme un film de cinéma : elle était assise près de la table ronde, couverte d'un tapis de peluche violette tombant jusqu'au sol, dans l'appartement de ses parents à Moscou. Une lampe à abat-jour vert était posée sur la table. En face d'elle, elle apercevait son père, avec sa tête ronde de Tartare, penché sur un livre — Nicolas Michailovitch Lishinski, qui, mieux que quiconque en Russie, connaissait la chimie organique. Chef libéral, il était trop faible, trop intelligent, trop sûr de la bonté de l'humanité, trop convaincu que la liberté et l'éducation suffisaient pour transformer les hommes en anges. Soudain la porte s'ouvrait, et la mère de Maria entrait, de retour du théâtre, le visage encore maquillé, pour s'informer si Léonid était bien parti... Léonid, qui allait se faire tuer dans les Carpates, parce que son bataillon avait reçu des cartouches trop grosses pour les fusils et que les baïonnettes, si courageusement qu'elles fussent maniées, étaient impuissantes contre les obus de la Skoda et les mitrailleuses allemandes... Léonid, qui devait être le père de ses enfants, qui aurait dû en ce moment être de l'autre côté de la table, près de la lampe verte, comme autrefois Nicolas Michailovitch. Et lui, Nicolas Michailovitch, son père, qu'était-il devenu ? Ses os pourrissaient dans quelque fossé aux abords de Kiev, avec ceux des autres intellectuels, des autres libéraux qui, comme lui, avaient été assez fous pour croire que l'homme est essentiellement intelligent et bon... Et sa mère ? Emportée par la pneumonie, faute d'alimentation et de chaleur... sa mère, si gaie, si jolie, si intelligente, si insouciante !

Oui, elle en avait trop vu ! Jusqu'à ce moment, quand elle menaçait de se tuer, elle savait qu'elle ne le ferait pas, n'ayant ni le courage, ni l'indifférence nécessaires... Elle n'avait pu s'y résoudre cette fameuse fois, à Prague, quand le brutal et gros voyageur de commerce l'avait fouettée ; ni au cours de cette nuit d'horreur à Leipzig, dans la chambre d'hôtel remplie de peluche rouge, de cristaux et de miroirs. Non, l'énergie lui avait manqué. Mais maintenant ce serait facile, quand elle se sentait si lasse, trop lasse pour se traîner jusqu'au bout du corridor. Ne jamais se réveiller, ne pas recommencer un jour nouveau !... Ne serait-ce pas merveilleux ? Dormir, dormir éternellement. Oublier...

La voix de la Maharani, criant en gujerati, la réveilla de l'état de demi-conscience où elle avait sombré. Devant elles, dans le cercle lumineux projeté par la lampe, deux servantes intouchables, à plat ventre sur le sol, se lamentaient. De son pied nu, orné de pierreries, la Maharani les frappait avec violence et mépris. Une des femmes releva la tête et, reconnaissant sa Souveraine, oublia sa terreur, secoua sa compagne et s'agenouilla pour saluer mille fois.

Derrière les deux servantes, le chemin semblait barré par un amoncellement de gravats et de pierres provenant d'une des tours effondrées. La Maharani, pourtant, trouva un passage et, après avoir escaladé les décombres, elles parvinrent jusqu'aux appartements du Maharajah. Passant vivement devant les deux gardes immobiles, vêtus d'écarlate et d'or, la Maharani ouvrit la porte de la chambre à coucher. Appuyé au dossier de son fauteuil, le vieux Maharajah était assis près de la fenêtre qui dominait la ville. Harry Bauer, penché vers lui, le soutenait d'un bras. Lorsque Maria Lishinskaia aperçut la stupide beauté de l'ex-professeur de natation, la carrure de ses épaules, elle oublia la mort : « Merci, mon Dieu ! murmura-t-elle. Il est vivant ! Merci, mon Dieu ! »

Dans la pièce, elle n'aperçut que lui. Elle ne remarqua pas l'expression d'horreur tragique dans les yeux du vieux Maharajah lorsqu'il se retourna pour les regarder. De la Place montaient, assourdies par la distance, les lamentations de la foule traquée par l'inondation. Que lui importaient ces plaintes ? Que signifiait la mort ? Elle n'entendit pas le cri du Maharajah, ni celui de sa femme quand, malgré la force de Harry Bauer, le vieillard glissa sur le sol. A mi-voix, elle répétait : « Merci, mon Dieu ! Faites qu'il vienne chez moi, cette nuit, au milieu de l'horreur et du désastre ! C'est tout ce que vous m'avez laissé ! »

Et soudain elle comprit ce qu'elle cherchait en lui : ce n'était pas la sensualité, ni même une satisfaction physique, mais cette chose à la fois plus simple et plus compliquée qui le rendait vigoureux, intact, incorruptible, cette chose aussi vieille que le temps et pourtant éternellement neuve. Oui, il portait en lui la force de la terre elle-même, avec toute sa simplicité, toute sa beauté. Il venait de la terre et retournerait à la terre, insensible au doute, aux théories, aux idéaux, inchangé et inchangeable. Antithèse de la peur, de la lassitude, il appartenait à la terre éternelle. Sans lui, elle était perdue, autant dire morte !

Lorsque la première vague de l'inondation eut passé, Miss Dirks traîna Miss Hodge sur le sofa et, à tâtons, alla chercher le brandy dans l'armoire. Enfin, Miss Hodge ouvrit les yeux.

« Où suis-je ? » murmura-t-elle.

Puis elle se mit à pleurer.

« Vous n'avez pas de mal, répondit Miss Dirks en lui caressant les cheveux. Il vient d'y avoir un tremblement de terre. Probablement la secousse a-t-elle rompu le barrage... Cessez de pleurer... tâchez de vous calmer.

— Je fais de mon mieux, sanglotait Miss Hodge. C'est si stupide de ma part de m'être évanouie.

— Du tout ! Il y avait de quoi faire évanouir n'importe qui ! Nous avons encore dix centimètres d'eau dans le salon.

— Y a-t-il des dégâts ? Le service à thé a-t-il été cassé ?

— Je n'en sais rien, répondit Miss Dirks. Essayez de rester tranquille pendant un moment. »

Elle continuait à caresser les cheveux de Miss Hodge. Celle-ci fermait les yeux, de nouveau saisie d'un sentiment de vertige. Puis le bonheur la pénétra. C'était la première fois, depuis des années, que Sara la choyait de la sorte. Elle se sentait redevenue comme un petit enfant, dorlotée et gâtée. Depuis si longtemps elle désirait cela. Elles restèrent ainsi un long moment, éclairées par la lueur bleue de la lampe à alcool qui servait d'ordinaire aux expériences de laboratoire de Miss Dirks. Le si proche passage de la mort les laissait lavées, épurées, conscientes toutes deux qu'en ce précieux moment de tranquillité elles s'étaient retrouvées. Tout l'esprit de querelle, toutes ces vagues d'émotion qui emportaient Miss Hodge toujours plus loin vers les rives du mécontentement, de la mesquinerie, de la neurasthénie, et corrompaient leur amitié, avaient disparu.

« Quel est ce bruit étrange ? demanda soudain Miss Hodge.

— Ce sont les lamentations des indigènes, répondit Miss Dirks. La moindre chose leur fait perdre la tête. Puis, après un instant de réflexion, elle ajouta : Ils ne savent pas se contrôler ; ils sont incapables de supporter quoi que ce soit. C'est leur grand défaut. Ils sont mous... Comment vous sentez-vous ?

— Beaucoup mieux, merci. Je me trouve si stupide de ne pas avoir plus de cran. Toujours je suis un fardeau. Toute ma vie j'ai été un fardeau pour quelqu'un ! »

Elle se remit à pleurer. Miss Dirks allait lui répondre quand elle fut saisie d'une douleur telle qu'elle en eut le souffle coupé.

« Je voudrais vous dire quelque chose, Sara, reprit Miss Hodge. Toute la journée, j'ai voulu vous le dire. Je m'excuse de la façon dont je me suis conduite au sujet de l'invitation de Mr. Ransome. J'écrirai à Lady Esketh ce soir même et lui laisserai la lettre au Palais d'Été demain, en allant à l'école.

— Je crois que cela n'a plus beaucoup d'importance, répliqua Miss Dirks. Après ce qui vient de se passer, personne ne pensera plus, de longtemps, à des réceptions. Demain il n'y aura sûrement pas de classe. Peut-être plus jamais.

— Est-ce aussi grave que cela ?

— Ici nous sommes sur une éminence et pourtant à demi submergées... sans compter le tremblement de terre...

— Comment, il y a eu un tremblement de terre ?

— Oui. C'est à ce moment que vous vous êtes évanouie.

— Croyez-vous qu'il y ait beaucoup de dégâts ?

— Je vais aller m'en rendre compte.

— Non, non, ne partez pas ! Ne me quittez pas ! s'écria Miss Hodge en s'accrochant à sa main.

— Elisabeth ! se borna à dire Miss Dirks.

— Oui.

— Vous n'avez jamais regretté... d'être venue ici avec moi ?

— Non, Sara, jamais. Ainsi, j'ai probablement eu une vie beaucoup plus intéressante que je n'aurais pu l'espérer à Birmingham.

— Vous savez, toutes ces choses horribles que je vous ai dites, je ne les pensais pas.

— Je le sais, ma chère.

— C'étaient mes nerfs. Depuis quelque temps, ils sont en mauvais état. Je voulais que vous le sachiez.

— Je le savais », dit Miss Hodge.

Puis Miss Dirks resta silencieuse, embarrassée. Après un long moment, elle dit simplement : « Il faut que je sorte, maintenant.

— Non... Non... Ne me quittez pas !

— Ne faites pas l'enfant, Elisabeth. Restez ici tranquillement. Je ne pourrais dormir si je ne sais ce qui est arrivé à l'École et à tous ces beaux livres que nous venons de recevoir. Ce serait affreux qu'ils soient abîmés parce qu'on ne les a pas montés au premier étage.

— J'ai peur... j'ai peur...

— Il n'y a pas de quoi vous effrayer. Je serai de retour dans une demi-heure.

— L'École sera dans l'obscurité.

— J'ai les clés et je connais le chemin...

— J'ai peur, répéta Miss Hodge dans un souffle.

— Si vous voulez me faciliter les choses, tâchez d'être raisonnable et de rester tranquille ici jusqu'à ce que je revienne. Il n'y a plus de danger. L'inondation est passée. »

Puis, se levant avec un peu de cette décision dont elle avait toujours fait preuve, elle ajouta : « Si vous avez peur, prenez du brandy ; prenez-en autant que vous voudrez. Ce ne serait pas un mal si vous vous grisiez cette nuit.

— Je vais vous accompagner. Je ne peux pas vous laisser aller seule », dit Miss Hodge en essayant de se lever.

Miss Dirks enfilait déjà son manteau de pluie.

« Non, ma chère, dit-elle d'un ton ferme ; vous ne feriez que m'embarrasser. D'autant plus que vous risquez encore de vous évanouir. Que ferais-je de vous ? »

Miss Hodge, prise d'un étourdissement, dut s'étendre de nouveau.

« Ne partez pas, ne partez pas », implora-t-elle.

Miss Dirks remplit un verre de brandy et le versa entre les lèvres de Miss Hodge tout en lui caressant le front.

« Pardonnez-moi, Sara, d'avoir été si vilaine, si horrible, murmura Miss Hodge en pleurant.

— Je n'ai rien à vous pardonner, ma chère. J'ai très bien compris. Maintenant, restez couchée, bien tranquille. Je serai de retour avant même que vous ne vous doutiez que je suis partie. Essayez de dormir un peu. »

Et soudain, elle ne fut plus là. Malgré son vertige, Miss Hodge s'en aperçut et tenta de se lever ; mais elle retomba étourdie.

« Sara ! Sara ! attendez-moi ! » cria-t-elle.

De nouveau, elle essaya de se mettre debout. Enfin elle y parvint et, chancelante, elle se rendit dans le petit vestibule d'entrée où elle mit son manteau. Puis, lentement, elle descendit les marches du bungalow, tandis que l'eau montait peu à peu jusqu'à ses genoux. D'habitude, l'idée des serpents, la nuit, la terrifiait. Mais, en ce moment, elle les avait oubliés. « Sara ! cria-t-elle dans les ténèbres. Sara ! Attendez-moi ! Attendez-moi, Sara ! »

A la porte du jardin, elle s'arrêta. L'eau lui arrivait à la taille. De nouveau, elle appela, mais seules les lugubres lamentations du Palais lui parvinrent. Alors, prise de panique, elle hurla : « Sara ! Où êtes-vous ? Attendez-moi ! C'est moi, Elisabeth ! Sara ! Attendez-moi ! »

Mais, à travers l'obscurité, aucune voix ne lui répondit. L'oreille tendue, elle se maudissait de se sentir si faible, si sotte, si incapable. Autour d'elle, l'eau sombre, arrêtée à l'est du mont Abana, se mit à gargouiller et recommença à monter. Dans le ciel, les nuages s'embrasèrent, illuminés par les flammes de l'incendie au centre de la ville.

A l'École du soir, derrière le Bazar, les Smiley rassemblèrent les vingt-sept garçons de la classe et les conduisirent sur le toit de l'annexe. Construit en béton avec une armature d'acier, le bâtiment oscilla, se fissura, mais tint bon. Même si une seconde secousse se produisait, les risques n'étaient pas considérables. Ce fut là qu'ils entendirent le mugissement lointain des eaux et les cris terrifiés montant de la place devant le cinéma.

Puis la vague, s'engouffrant dans la rue du Bazar, s'avança vers eux, renversant sur son passage les vieilles demeures de bois. Mrs. Smiley, fermant les yeux, tomba à genoux et se mit à prier. Cela ne lui était pas arrivé depuis des mois, faute de temps. Dieu devait la comprendre et lui pardonner. En ce moment, elle ne priait ni pour elle-même ni pour son mari, mais pour les vingt-sept garçons pétrifiés d'épouvante, rassemblés autour d'elle, et qui avaient encore devant eux toute la vie, une vie infiniment meilleure que celle de leurs parents, parce qu'elle-même et Mr. Smiley avaient travaillé pour eux. Dieu seul pouvait les sauver par un miracle ; elle le savait. Elle croyait en Dieu, du moins dans la victoire finale du bien sur le mal.

Lorsque la vague de l'inondation frappa l' École du soir, celle-ci frémit, de nouvelles lézardes se produisirent dans le toit, mais la lourde bâtisse, solide comme un roc, resta debout au milieu du désastre. Alentour, dans les ténèbres, mêlé au vacarme des eaux, montait le fracas des murs et des charpentes s'écroulant sous l'assaut des flots.

Quand enfin le bruit de l'inondation se fut perdu dans le lointain, Smiley se pencha avec précaution au bord du toit pour tâcher de se rendre compte de l'étendue des dégâts. Mrs. Smiley, consciente que le miracle s'était produit, ouvrit les yeux et se releva.

« Qu'allons-nous faire, maintenant, Homer ? » demanda-t-elle.

Alors, en Mr. Smiley, une sorte d'instinct ancestral de force, de puissance, surgit du fond de son être. La sensation était presque physique, comme quand on a dormi et qu'on s'éveille avec plaisir, confiance, plein de vigueur et de courage. Dans le sang de l'humble et tranquille Mr. Smiley se ranimaient une succession d'ancêtres dont, jusqu'alors, il avait ignoré la présence. Jed Smiley, l'adversaire des Indiens, grand-papa Smiley, qui s'était taillé un riche domaine dans les déserts du Far West, Morgan Downs, compagnon d'aventure de Daniel Boone dans le Kentucky, tous, avec leurs héroïques épouses, leurs solides et vigoureux rejetons, tous capables d'une endurance surhumaine, doués du génie de la survivance au milieu des désastres, pleins de ressources, d'audace et de témérité. Tous, ils étaient dans son sang et, brusquement, ils revenaient à la vie. Dans le corps frêle, incolore, mûrissant de Homer Smiley, l'héroïsme et le frémissement de l'aventure s'affirmaient soudain. L'héroïsme ne lui avait jamais manqué : cet héroïsme humble, acharné, sans ostentation, indispensable pour combattre la crasse, l'ignorance, la maladie. Mais, devant le nouveau péril, un autre genre d'héroïsme était nécessaire et, sans le chercher, Mr. Smiley sentait, avec une exaltante satisfaction, qu'il était là, cet héroïsme spectaculaire, qui exigeait une tête froide, un esprit ingénieux et la gloire de triompher d'impossibles obstacles.

Un sang plus vif circulait dans son petit corps nerveux ; il se sentait jeune et fort, plus qu'il ne l'avait jamais été, même à dix-huit ans. Et quand, à travers la pluie et les ténèbres, il entendit la voix de Mrs. Smiley, il se rendit compte qu'il n'était pas seul à avoir changé. Le ton de sa femme lui révélait que, dans le corps maigre et fatigué de sa compagne, la même capacité d'héroïsme s'était éveillée. Ensemble, ils tiendraient tête à n'importe quoi, inondation, tremblement de terre, à toutes les agressions de la malveillante nature. Même s'ils perdaient et devaient périr, cela n'aurait pas d'importance, car ils tomberaient ensemble, en combattant, pleins de confiance l'un dans l'autre. Et, pour la première fois de son honnête existence, Mr. Smiley pressentit toute la puissance de la passion, sa splendeur, son exaltation, la *catharsis* qu'elle impliquait... non plus la confortable affection qu'il avait toujours éprouvée à l'égard de Bertha Smiley, mais quelque chose de magnifique, d'éblouissant, de sauvage. Au milieu des ténèbres et du désastre, Mr. Smiley découvrait qu'il était un mâle aussi viril que le bruyant et violent Rashid, que le beau Major. Sans le savoir, toute sa vie, il avait attendu ce moment.

Quand il répondit à sa femme, celle-ci comprit à son timbre nouveau qu'elle pouvait compter sur lui, à travers tout, comme sur un guide et un protecteur.

« Ce qu'il y a de mieux à faire, dit-il, c'est de nous rendre sur un terrain plus élevé. Je vais aller voir si c'est possible. Reste ici avec les garçons et empêche-les de faire des bêtises. »

Il rentra dans le bâtiment de l'École et descendit l'escalier. Au rez-de-chaussée il trouva encore plus d'un mètre d'eau. Mais le danger semblait écarté pour l'instant. Il remonta sur le toit.

« Je vais aller faire une petite reconnaissance », dit-il alors à sa femme, exactement comme s'il se trouvait dans un blockhaus au milieu d'une solitude infestée de Peaux-Rouges et qu'il préparât une sortie.

Mais Mrs. Smiley, exactement comme la femme d'un pionnier, répliqua : « Non, tu pourrais t'égarer ou être séparé de nous. Nous ne risquons pas plus en t'accompagnant qu'en restant ici et, au moins, nous serons ensemble. Cela vaut beaucoup mieux. »

Elle devait crier pour se faire entendre dans le bruit de l'averse et des lamentations terrifiées de leurs protégés.

Ce ne fut pas sans peine qu'ils décidèrent les vingt-sept garçons à s'ébranler. Six ou sept d'entre eux étaient paralysés par l'épouvante et ne voulaient pas bouger. A bout de ressources, Mrs. Smiley leur déclara qu'on les abandonnerait. Elle fit même mine de s'en aller. La peur de voir partir, sans eux, ces deux Européens d'âge mûr, qui semblaient intrépides, les décida. Mr. Smiley prit la tête de la colonne tandis que Mrs. Smiley restait à l'arrière, comme un fidèle chien de berger. Le petit cortège descendit l'escalier, pénétra dans l'eau jusqu'au-dessus des genoux et s'engagea dans ce qui subsistait de la rue du Bazar. L'obscurité était telle qu'on ne voyait pas à plus d'un mètre. Cependant la marche se révélait moins difficile que Mr. Smiley ne le craignait. La plupart des maisons et des décombres avaient été complètement balayés. Aucun point de repère ne subsistait. Mr. Smiley dut s'en remettre, chose qu'il n'avait encore jamais faite, à son sens de l'orientation. Son projet était d'éviter l'emplacement du Bazar et, par un mouvement tournant, passant par le Palais d'Eté, l'École supérieure de Jeunes Filles et la route de l'École d'Ingénieurs, de gagner l'éminence où se dressait le grand Palais.

La petite caravane avançait avec une lenteur abominable. Non seulement ils trébuchaient sur des décombres ou tombaient dans des trous, mais les garçons, terrifiés, étaient ingouvernables. Se sentant glisser, Mrs. Smiley se raccrocha une fois à quelque chose de blanc qui flottait près d'elle ; c'étaient les cuisses d'un cadavre qui s'en allait à la dérive. De son côté, Mr. Smiley faillit saisir un petit python enroulé à une poutre à demi submergée. A tout instant, Mrs. Smiley répétait, en criant, la liste des élèves, afin de s'assurer qu'aucun d'eux ne s'était égaré. Connaissant la faiblesse du caractère hindou devant la terreur et le désespoir, elle n'avait pas confiance en eux. Elle les savait capables de se coucher soudain comme le chameau, et de se laisser mourir, simplement parce que le désir de vivre n'était plus en eux. Dans leur épouvante, la plupart d'entre eux, pourtant presque arrivés à l'âge d'hommes, se comportaient comme de petits enfants. Aucun d'eux ne se sentait de responsabilité à l'égard des autres, ni même à son propre égard. Mrs. Smiley le savait ; elle savait également que Mr. Smiley et elle seraient appelés devant Dieu à rendre compte de ces vies. Aussi, trébuchant, tombant, se relevant, trempée, essoufflée, les mains en sang, elle continuait à crier leurs noms, à les menacer lorsqu'ils semblaient faiblir à la vue des serpents ou des cadavres flottants.

Soudain, à la tête de la colonne, Mr. Smiley s'écria : « Nous sommes sur le bon chemin. J'ai manqué le Palais d'Été, mais voici l'École Supérieure, elle ne s'est pas écroulée ! »

A quelques mètres sur la gauche, Mrs. Smiley aperçut alors dans les ténèbres la masse plus sombre du bâtiment à demi détruit.

Tandis qu'ils longeaient l'édifice, Miss Dirks, debout sur l'escalier, entendit la voix de Mrs. Smiley criant des objurgations, des encouragements, des séries de noms et, pendant un instant, la main sur la porte de sa précieuse école, elle éprouva, tel le vieux chien de berger laissé en arrière, un violent désir de la rejoindre, de l'aider à conduire son troupeau. Vaguement, à travers sa lancinante douleur, elle envia Mrs. Smiley et souhaita que toutes ses élèves, la plupart noyées probablement, eussent pu être rassemblées comme les garçons des Smiley et conduites en lieu sûr, elle-même aboyant à leurs talons. Pourquoi ne pas les appeler, se joindre à eux, rentrer une fois encore dans le courant de la vie, reconstruire ce qui avait été détruit ? Elle en fut tentée. Mais, presque aussitôt, elle songea qu'elle était vieille, fatiguée, qu'elle n'avait plus la force, cette force, cette patience terribles et indispensables. « A quoi vais-je penser ! Ne suis-je pas morte ? » se dit-elle.

Et elle resta muette, collée contre la porte, comme pour se cacher de la caravane qu'elle entendait encore mais ne pouvait plus voir. « Non, j'ai choisi la meilleure solution, la plus rapide, la plus nette, se dit-elle. Ce sera tellement plus simple pour Elisabeth. » L'oreille tendue, souhaitant dans son cœur se joindre au petit cortège, elle attendit dans les ténèbres jusqu'au moment où la voix de Mrs. Smiley se perdit dans le lointain et où elle n'entendit plus que le bruit de la pluie et le clapotement de l'eau qui recommençait à monter.

Poursuivant son chemin, la petite caravane atteignit la route de l'École d'Ingénieurs. Il était temps. L'eau montait de nouveau. Butant et titubant dans l'obscurité, mais satisfait de ne pas s'être trompé, Mr. Smiley reconnut le mur du parc. Ne sachant à quel endroit de la clôture il se trouvait, il s'en remit à son nouvel instinct de pionnier et prit sur la droite. Peu après, ils atteignirent la Grande Porte où l'orchestre du Maharajah avait coutume de jouer, le soir, au coucher du soleil. Les niches des cavaliers Sikhs étaient vides. Arrêtant la petite troupe, il nomma une dernière fois les élèves. Ils étaient tous là. Comme il allait donner l'ordre de se remettre en marche, Mrs. Smiley le héla : « Écoute ! » dit-elle. A travers l'obscurité, la pluie et les lointains gémissements montant de la ville, il perçut une voix de femme venant de l'autre côté de la route. « Sara ! Attendez-moi ! Sara ! Sara ! » criait-elle. Il reconnut la voix de Miss Hodge.

« Faut-il retourner la chercher ? » demanda Mrs. Smiley.

Une décision rapide s'imposait. Sur la route de l'École d'Ingénieurs, comparativement surélevée, l'eau atteignait déjà la taille de Mr. Smiley. Dans cinq minutes, peut-être dépasserait-elle la tête des plus petits. Il vit la situation dans un éclair : d'un côté c'était la vie d'une vieille fille, de l'autre celle de vingt-sept jeunes gens intouchables qui avaient à peine commencé à vivre.

« Non, nous conduirons d'abord les garçons au Palais, répondit-il. Après quoi, j'irai la chercher... Dépêchez-vous », ajouta-t-il en gujerati, à l'adresse de ses élèves.

Puis il franchit la Grande Porte déserte et s'engagea dans l'allée sinueuse. Il restait plus de huit cents mètres à parcourir avant de pouvoir se considérer comme sauvés.

Ils n'avaient fait que quelques pas, quand un des petits garçons poussa un soupir et se coucha dans l'eau pour mourir. Mrs. Smiley ne s'en serait pas aperçue si le voisin de l'enfant épuisé, qui tenait celui-ci par la main, ne s'était mis à crier. Titubant, tâtonnant dans la vase, elle le retrouva, le força à se relever, le gifla, puis, sans le lâcher, elle le traîna, geignant et pleurant, à la remorque des autres.

Enfin le terrain commença à s'élever et le niveau de l'eau à baisser. Bientôt leurs pieds foulèrent un sol détrempé, mais non inondé. Suivre les méandres de l'allée asphaltée ne fut qu'un jeu et, brusquement, la masse sombre du Palais découronné se dressa devant eux, ombre opaque dans les ténèbres fluides. Ils étaient sauvés.

Ne se fiant pas à l'abri de la porte cochère à demi écroulée, Mr. Smiley décida de les conduire jusqu'à la salle d'honneur du Palais. Mais un amoncellement de pierres et de décombres lui barra le passage. La grande tour, en s'écroulant, avait dû bloquer et aussi écraser feuilles d'or, mosaïques et lambris de bois précieux de la salle du Durbar. Un parfum de santal flottait dans l'air humide et, de quelque part, dans les profondeurs du Palais, parvenait le son de lamentations et de gémissements. Puis, tout près d'eux, éclata un bruit de querelles et de bavardages, et une troupe de singes sacrés déboucha et s'enfuit dans l'une des antichambres.

Une fois encore, Mr. Smiley s'assura qu'aucun des garçons ne manquait.

« Je vais retourner là-bas et voir ce que je puis faire pour les deux vieilles filles, dit-il alors à sa femme.

— Non ! N'y va pas ! s'écria Mrs. Smiley malgré elle. Il n'y a plus rien à faire maintenant. »

Puis, saisie de honte, elle se tut. Ne savait-elle pas que Mr. Smiley *devait* y aller ? Que rien ne l'arrêterait ? Qu'elle-même n'avait pas le droit d'essayer de l'en empêcher ? Mais en avait-elle le désir ? S'il restait, ne perdrait-il pas cette auréole nouvelle qu'il venait d'acquérir à ses yeux en dirigeant leur fuite et en les sauvant ? Non ; c'était son corps qui criait, ce corps jusqu'à présent docile, indifférent, simple machine au service de son esprit. Toujours son âme avait aimé Mr. Smiley, mais, maintenant, son corps s'éprenait de son intrépidité, de sa bravoure, de sa détermination. Il lui apparaissait soudain comme quelqu'un de nouveau, et elle-même se sentait devenue un autre être. Cette impression l'exaltait et l'intriguait. Au milieu des ténèbres, de la dévastation, une voix chantait en elle parce qu'ensemble ils avaient vaincu le tremblement de terre, l'inondation et toutes les horreurs de l'obscurité et de la pluie.

« Mais il faut que j'y aille, ma chère, l'entendit-elle dire de son ton familier et bon.

— Cela va sans dire ! répondit-elle aussitôt. Mais sois prudent. »

Tout en parlant, elle sentait que ses mots, sa voix sonnaient pitoyablement creux auprès de ce qu'elle éprouvait.

Puis, dans les ténèbres, elle se rendit compte qu'il la cherchait. Elle tendit la main et rencontra la sienne. Vivement, il l'attira à lui et ils s'embrassèrent. Après quoi il s'éloigna sous les torrents de pluie. Mais, à la façon dont il l'avait étreinte, elle sut qu'il ressentait la même chose qu'elle-même, et de nouveau une impression d'exaltation, plus merveilleuse que tout ce qu'elle avait jamais éprouvé, l'envahit. Alors elle se mit à pleurer, éblouie de découvrir qu'elle n'était pas seulement un instrument de Dieu, mais aussi une femme. Peu à peu ses larmes cessèrent et elle s'agenouilla pour prier ; cette fois, elle demandait à Dieu de protéger Mr. Smiley.

Pendant deux heures elle attendit, tantôt priant, tantôt s'occupant des garçons blottis autour d'elle, les uns endormis, les autres grelottants et gémissants. A tout instant elle allait jusqu'à la porte et criait dans la nuit : « Homer ! Homer ! », terrifiée par le son solitaire de sa voix que la pluie semblait assourdir aussitôt.

Peu à peu, les lamentations venant des ailes éloignées du Palais cessèrent, et le silence régna. On n'entendait plus que le gargouillement de l'eau qui continuait à monter. Chaque fois que Mrs. Smiley retournait à la porte, elle la trouvait un peu plus haut. Dans l'air flottait toujours le parfum de bois de santal. Alors, malgré l'espoir, le désir, la foi, Mrs. Smiley commença à douter du retour de son mari, et vaguement elle se demanda ce qu'elle ferait sans lui, surtout après ce qui venait de se passer en elle. Puis soudain, à travers les ténèbres, elle reconnut sa voix qui appelait : « Bertha ! Bertha ! » d'un ton rauque, faible, épuisé de fatigue, et un vertige de joie la saisit.

L'instant d'après, il s'affalait sur le sol de marbre à ses pieds.

« Je n'ai pas pu les approcher, dit-il. Il m'a fallu nager pour m'en tirer. Il ne fait pas bon là-bas. L'eau est maintenant pleine de serpents. »

Puis il s'évanouit, la tête sur les genoux de sa femme. Au même instant, un blanc, un Européen, entra en titubant dans le vestibule en ruine. A la lueur d'un éclair, elle aperçut le visage long et pâle de l'inconnu et vit qu'il était vêtu d'un frac comme ceux que portaient les représentants britanniques aux Durbars du Maharajah. L'homme, trébuchant sur l'un des garçons intouchables, tomba et ne fit aucun effort pour se relever. C'était Bates.

En quittant la maison de Ransome, Mrs. Simon, agitée par un curieux mélange d'émotions, où voisinaient la rage, l'exultation, le triomphe, la lubricité refoulée et la confusion, se rendit chez Mrs. Hoggett-Egburry.

Le bungalow de la « Duchesse » était situé à quelque distance de la ville, non loin du terrain de manœuvres. Mrs. Simon trouva son amie, l'air maussade, sans corset, vêtue d'un peignoir flottant bleu pâle orné de dentelles, installée dans un vaste fauteuil où elle ruminait sur l'absence de Mr. Hoggett-Egburry, qui, comme d'habitude, était parti seul pour Delhi, l'abandonnant dans l'étouffante solitude de Ranchipur. Elle ne buvait pas, le degré de saturation ayant été atteint peu après son retour de chez Mrs. Simon. Dans l'état où elle se trouvait, si elle continuait à boire, elle n'éprouverait plus qu'une impression de tristesse et d'écœurement. A Ranchipur tout le monde savait quand Mrs. Hoggett-Egburry était « saturée ». Elle devenait alors pétulante, querelleuse, abandonnait le langage affecté qu'elle avait inventé à son propre usage, pour reprendre son parler cockney, originaire de Putney. A ces moments-là, il lui arrivait d'employer des expressions telles que « cré nom de Dieu », ou « charogne ».

Malgré son état de saturation, son visage s'éclaira quand elle vit Mary Lou Simon descendre de la vieille Ford.

« Vous allez rester goûter avec moi, dit-elle en esquissant une petite moue comme si elle possédait la grâce de la première jeunesse. J'ai une affreuse migraine. »

Sans hésiter, Mrs. Simon accepta l'invitation et envoya un domestique prévenir le Révérend Simon qu'elle ne rentrerait pas dîner. L'idée que Lily Hoggett-Egburry pût désirer sa compagnie la flattait toujours et, cette fois, elle apportait un plein sac de renseignements palpitants : la découverte de la dépravation des Smiley, l'outrageuse conduite de Fern, des détails sur la maison de Ransome qui, depuis si longtemps, intriguait Mrs. Hoggett-Egburry, mais surtout, nouvelle qui éblouirait son amie, l'annonce du mariage de Fern avec Ransome. Positivement, elle débordait de sujets propres à passionner l'épouse de l'administrateur de la Banque, qu'elle fût « saturée » ou non.

Depuis cinq heures de l'après-midi, Mrs. Hoggett-Egburry attendait avec impatience — trop peut-être pour la bouteille de brandy — ces nouvelles. Mrs. Simon proposa de s'installer au salon, où ses confidences risqueraient moins d'être surprises par les domestiques aux pieds nus.

Cette pièce, véritable capharnaüm, était encombrée de bronzes de Bénarès, de lithographies, de coussins, d'œuvres d'art douteuses, parmi lesquelles figurait un agrandissement colorié, grandeur nature, d'une photographie de Mrs. Hoggett-Egburry à l'époque de sa gloire quand, pour la première fois, elle avait paru sur la scène dans le rôle du « Chat-Botté ». Tous ces objets étaient disposés pêle-mêle, sans ordre ni plan. En fait, cette pièce ressemblait à s'y méprendre à l'intérieur de la tête de Mrs. Hoggett-Egburry au moment où son amie la trouva sur la véranda.

Dans ce cadre de brocante, Mrs. Simon confia d'une voix haletante toutes les terribles choses qu'elle avait découvertes depuis leur dernière rencontre, deux heures auparavant. Ce fut là que Harry Loder les trouva, un peu plus tard, au moment où Mrs. Simon racontait la lettre qu'elle avait écrite au Conseil de la Mission dans l'Iowa afin de l'éclairer, une fois pour toutes, sur les agissements des Smiley.

Harry Loder était un homme de grande taille, dans la trentaine, d'aspect plutôt bovin que musclé, avec des cheveux noirs, des yeux bruns et un teint éclatant qui, malgré un usage exagéré de l'alcool, était resté frais au lieu de devenir pâteux comme celui de la plupart des Européens aux Indes. Il avait résisté à tout, chaleur, climat, boisson, par une sorte de pesante vitalité. Jouissant d'une excellente santé, il était peu intelligent, violent, viril et grossier. Sa lourde beauté animale impressionnait les deux femmes chaque fois qu'elles le voyaient ; aussi, quand il fit irruption dans le salon de Mrs. Hoggett-Egburry, toutes deux se mirent-elles à minauder. A leur âge, elles savaient goûter un homme tel que Harry Loder et, ce soir-là, il leur parut plus imposant encore qu'à l'ordinaire, plus agité, plus éclatant, plus chargé d'une riche promesse masculine.

Il se précipita dans la pièce comme un taureau furieux. « Excusez-moi d'entrer de la sorte, dit-il dès qu'il se fut un peu calmé. Mais je désirais voir Mrs. Simon. Puis, se tournant vers Mrs. Hoggett-Egburry, il ajouta : Je suis désolé, mais c'est important. »

Les deux femmes comprirent qu'il devait avoir appris la « nouvelle ».

« Vous pouvez parler, dit Mrs. Simon. Mrs. Hoggett-Egburry est au courant. »

La vue de Harry Loder commençait à ébranler sa décision de forcer Ransome à épouser Fern. Après tout, si Loder n'avait pas la fortune de Ransome, si sa famille n'était pas aussi distinguée, il y avait en lui un certain... Il était moins intimidant. En fait, elle l'aurait souhaité pour elle-même. Elle allait jusqu'à se l'avouer ! A défaut d'elle... Fern...

« C'est au sujet de Fern, dit-il, les narines dilatées, le souffle lourd.

— Oui... Fern, répondit Mrs. Simon d'une voix basse, appropriée à la circonstance. Mrs. Hoggett-Egburry m'a appris... »

Elle tira son mouchoir et le tint devant ses yeux, bien que ceux-ci fussent parfaitement secs. Alors, le cœur tressaillant, elle entendit Harry Loder tonner, presque comme un vieux gentleman du Sud : « Je vais abattre ce gredin ! On ne se conduit pas ainsi !

— C'est vrai, dit Mrs. Hoggett-Egburry avec une sagesse d'ivrogne. Mais vous ne pouvez pas le tuer.

— Et pourquoi pas ? rugit Harry Loder.

— Ce n'est pas comme si vous aviez affaire à un simple soldat, ou même à un officier subalterne, répliqua Mrs. Hoggett-Egburry dont les idées commençaient à s'éclaircir. Il faut penser à ce qu'il est !

— Est-ce parce que son frère est une charogne de comte ?

— Capitaine Loder !

— Je vous demande pardon ! Mes sentiments m'ont emporté... »

Devant ce spectacle de choix, d'un mâle professionnel

en proie à une crise de jalousie, Mrs. Simon, de plus en plus excitée, oubliant Fern, s'écria : « Chez moi, dans le Sud, on appelle ce genre d'homme un "coureur de négresses" ! »

A ce même instant, comme une vengeance du ciel, le tremblement de terre se produisit dans un tintamarre de bric-à-brac écroulé. Les deux femmes se mirent à crier et, toujours hurlant, furent entraînées par Harry Loder sur la véranda où Mrs. Hoggett-Egburry s'évanouit. Puis, tandis que Mrs. Simon et le capitaine cherchaient à la ranimer, l'inondation se rua dans la vallée, juste au-dessous d'eux, avec un grondement furieux qui se mêla aux lointaines lamentations montant de la ville. Enfin, avec un faible gémissement, Mrs. Hoggett-Egburry souleva la tête et, brusquement, Harry Loder songea qu'au lieu de s'attarder entre ces deux femmes mûres et hystériques il ferait mieux de rentrer à la caserne, où les pires malheurs pouvaient être arrivés.

« Puisque la voilà remise, je vais retourner à la caserne, dit-il à Mrs. Simon.

— Non ! Non ! Vous ne pouvez pas nous abandonner, cria celle-ci, affolée.

— Ma place est là-bas ! répliqua-t-il. Restez ici ! Je reviendrai m'occuper de vous dès que ce sera possible. »

A son tour, Mrs. Hoggett-Egburry glapit qu'elle ne pouvait pas rester seule. Mais Mrs. Simon, galvanisée par le spectacle de la mâle énergie de Harry Loder, s'écria : « Non, Lily, laissez-le aller ! » Et, à l'adresse du capitaine, elle ajouta : « Allez, mon ami ! Allez faire votre devoir ! »

Il partit. Alors, seulement, Mrs. Hoggett-Egburry entendit les étranges et horribles sons qui montaient de la ville.

« Quel est ce bruit ? demanda-t-elle.

— Ce sont les gens qui hurlent », répondit Mrs. Simon. Puis, se tournant vers l'endroit où Harry Loder s'était tenu l'instant d'auparavant, elle ajouta : « Votre place est à la caserne ! Allez ! » Mais il n'était plus là.

Au volant de sa vieille Morris poussive, Harry Loder longea les bords de l'inondation, tantôt sur la route, tantôt à travers champs. Le sol était détrempé par l'averse, mais il connaissait chaque pouce de terrain, beaucoup trop bien, au point que, même dans l'excitation du moment, il en était écœuré. Et, tandis qu'il conduisait la voiture, la peur le saisit, non pas la peur de la mort qu'il ne connaissait pas, mais une épouvante vague, indescriptible, animale, comme celle d'un daim égaré dans la jungle, une sorte de terreur panique de quelque chose qu'il ne comprenait pas. Elle venait de cette lourde pluie qui n'en finissait plus, de l'assaut féroce de la végétation, des fièvres, des serpents, de la haine dont il se sentait parfois entouré, de cette écrasante immobilité qui avait précédé le tremblement de terre, de ses propres troupes hindoues si souples, si obéissantes sous sa main de fer, et pourtant si énigmatiques, si insolentes, si déloyales en esprit. Oui, il avait peur du paysage même, invisible sous l'averse, des arbres dont les branches semblaient s'abaisser jusqu'au cercle jaune des phares pour l'arracher de sa voiture.

Depuis longtemps ses nerfs étaient en mauvais état, il s'en rendait compte maintenant. Il se rappelait la première fois qu'il avait éprouvé ce sentiment de malaise, il y avait trois ans de cela. Mais son mal était plus ancien ; il remontait au jour de son débarquement aux Indes. Dès cet instant, il en avait haï les odeurs — jusqu'au parfum du jasmin et des épices qui remplissait les autres, moins résistants que lui, d'une agréable nostalgie ; il avait pris en horreur tout ce maudit pays, mais surtout les Hindous eux-mêmes. En y réfléchissant, il ne pouvait en trouver un qui lui inspirât confiance. Il ne les comprenait pas ; pas plus les Hindous que les Musulmans. A la moindre marque de bienveillance, ils devenaient arrogants, insupportables, et, si vous les traitiez de façon militaire, les rusés gredins avaient une manière hautaine et humiliante de vous faire sentir que vous n'étiez qu'une brute à demi sauvage.

Depuis dix ans il supportait cela, haïssait le pays, sa nature, ses habitants, rêvant au Devonshire, souhaitant être n'importe où, en Birmanie ou à Shanghai, plutôt qu'aux Indes. Celles-ci n'avaient même pas entamé sa santé comme elles le faisaient pour la plupart des autres. Elles l'avaient attaqué par derrière, sournoisement, minant ses nerfs, lui qui n'en avait pas ! Ni la chasse au sanglier ou à la panthère, ni même le plaisir de tuer qui toujours sommeillait dans son sang, ni la satisfaction de lancer la pique d'une main experte ou de tirer un coup parfait d'un fusil puissant, ne compensaient cette inexprimable épouvante qui depuis si longtemps le rongeait. Une fois, tandis qu'il chassait la panthère dans les collines derrière le mont Abana, il avait eu un léger accès de fièvre et vécu un rêve horrible : il tuait des panthères, les unes après les autres, et leurs cadavres s'amoncelaient devant lui. Son bras crispé avait peine à tenir le fusil. Mais sans cesse de nouvelles panthères s'élançaient vers lui, du sommet du tas de cadavres. Finalement, il n'eut plus la force de tirer. Une dernière panthère sauta sur lui et le terrassa. Et, dans son rêve, chaque panthère représentait les Indes.

Il pressa sur l'accélérateur, car, en cet instant, la frayeur l'emportait sur sa rage à l'idée que Ransome avait eu Fern Simon avant lui — cette rage qu'il avait camouflée en jalousie, en vanité blessée, en vertu outragée, en honneur, avec l'hypocrisie particulière à ceux qui vivent selon ce qu'on nomme le « code ». Il avait oublié que lui-même avait eu l'intention de la prendre et que, s'il ne l'avait pas eue, c'était que la jeune fille n'avait pas voulu de lui. Mais il souffrait dans sa vanité, presque physiquement, à la pensée que cette simple fille de missionnaire lui avait préféré un « sacré ivrogne » tel que Ransome, quand la plupart des femmes ne demandaient qu'à être ses victimes. Cependant, malgré sa fureur et sa peur, il se rendait compte que Mrs. Hoggett-Egburry avait raison : il ne pouvait abattre Ransome. Celui-ci n'en valait pas la peine. Cette petite « garce » non plus ! Après tout, il devait penser à son avenir et le sort de Fern ne l'intéressait pas. Il ne la désirait plus. Pourtant, son orgueil réclamait une réparation. Soit, il ne tuerait pas Ransome, mais, à leur première rencontre, il le battrait comme plâtre.

Enfin, à la clarté des phares, il distingua le poteau marquant l'extrémité du champ de courses. Les casernes étaient proches. Mais, subitement, il perçut un tumulte de hurlements et de cris sauvages, et, de nouveau, l'écœurante, l'inexprimable terreur l'envahit. « Peut-être se sont-ils mutinés ? songea-t-il. Peut-être sont-ils en train d'égorger les nôtres ! » L'instant d'après, les lumières de la voiture, tournant dans l'allée, éclairèrent l'emplacement où auraient dû se dresser les casernes ; il n'y vit plus qu'un énorme amas de décombres, hérissés de poutres brisées. Sous la pluie torrentielle, des soldats hindous, arc-boutés comme des fourmis, s'efforçaient de remuer les blocs de pierre et de ciment. « C'est là que se trouvait le mess, se dit Harry Loder. Ils étaient probablement en train de dîner. Tous sont là-dessous... Cruikshank, Culbertson, Bailey, Sampson ! » Trois soldats se précipitèrent à sa rencontre, éblouis par les phares, hurlant des choses incompréhensibles. « Maudit pays ! songea-t-il. Sacrée charogne de pays ! » Et brusquement il éclata en sanglots.

Sans même arrêter le moteur, il sauta de la voiture et cria : « Où est le lieutenant Bailey ? Où sont les officiers ? » Les trois hommes accourus à sa rencontre se turent subitement, paralysés, muets, à demi éclairés par les lumières de la voiture. Enfin l'un d'eux, un sergent nommé Pashat Singh, bafouilla : « Il est là-dessous... tous les *sahibs* sont là-dessous. La maison s'est écroulée sur eux. » Puis, murmurant des paroles indistinctes, les soldats se mirent à le saluer sans fin, de façon très peu militaire, comme si, en quelque sorte, ils se sentaient responsables du désastre.

« Allons, au travail, espèces d'abrutis ! cria Loder. Qu'attendez-vous pour les sortir de là ? »

Il hurlait et jurait pour couvrir le bruit de ses propres sanglots. Il ne fallait pas que ces hommes s'aperçoivent que lui, un officier britannique, pleurait. C'était comme une sorte de spasme qui le secouait des pieds à la tête et contre lequel, même en raidissant ses muscles, il ne pouvait rien.

« Que Dieu m'aide à me ressaisir ! songeait-il. Que Dieu m'assiste ! » Depuis l'âge de quatre ans, quand au milieu de la nuit un énorme chien avait sauté dans son berceau, il n'avait jamais rien éprouvé de pareil.

Il se précipita vers le tas de décombres ; mais, tout en courant, il se rendit compte qu'il n'était pas nécessaire de se hâter... Cruikshank, Bailey, Culbertson, Sampson... aucun d'eux ne pouvait être vivant sous cet amoncellement de poutres, de moellons et de ciment. Jamais plus il ne les reverrait vivants.

Aidé de Pashat Singh, il s'attaqua au tas de pierres, extraites jadis des profondeurs de l'éternel mont Abana, sauvagement, sans méthode, sacrant et sanglotant. Et, presque aussitôt, il découvrit le piano, ce triste, cet horrible petit piano, abîmé par la chaleur et l'humidité et sur lequel Cruikshank avait coutume de jouer le soir, après dîner. « Peut-être jouait-il et le retrouverons-nous dessous ! » se dit-il. Effectivement, le cadavre du pauvre Cruikshank gisait sous l'instrument, tordu, écrasé, sanglant. Alors, Harry Loder tendit le poing vers le ciel : « Sacré pays ! Maudit pays ! » hurla-t-il.

Longtemps après le départ de Loder, les deux femmes restèrent affalées l'une près de l'autre sur le sol de la véranda. Mrs. Hoggett-Egburry sanglotait comme une folle tandis que Mrs. Simon essayait de la réconforter. Enfin, épuisées par l'émotion, elles se turent et, l'oreille tendue, elles écoutèrent les sons lointains, horribles, étouffés par la pluie, qui montaient de la ville agonisante, comme si elles pouvaient apprendre par eux ce qui s'était passé.

« Je me demande ce qui est arrivé à nos amis... Et à Hazel et à Mr. Simon, dit Mrs. Simon d'une voix terne.

— Dieu merci qu'Herbert n'ait pas été ici ! Ses nerfs n'auraient pas supporté la secousse, bredouilla Mrs. Hoggett-Egburry.

— Il faut que je rentre chez moi. Je crois que maintenant je pourrai conduire. »

Mrs. Hoggett-Egburry recommença à pleurer.

« Ne m'abandonnez pas ! supplia-t-elle d'une voix d'ivrogne. Vous ne pouvez pas m'abandonner !

— Faites venir votre chauffeur.

— Je ne puis bouger ni me lever. Appelez-le vous-même. Appelez le boy. »

Mrs. Simon frappa des mains, mais aucun domestique ne parut. Alors, elle se mit à crier le nom du boy, d'abord faiblement, puis de plus en plus fort à mesure que sa terreur, réveillée, grandissait.

« Dalji ! Dalji ! glapissait-elle, Dalji ! »

Finalement, elle se tut, remplie d'une épouvante pire que celle provoquée par le tremblement de terre. A côté d'elle, la « Duchesse », l'épouse de l'administrateur de la Banque de Ranchipur, la mondaine du Shropshire au langage affecté, se remit à hurler. Elle n'avait plus rien de la « Duchesse », mais était redevenue la femme vulgaire, l'ancienne beauté que Herbert Hoggett-Egburry avait épousée par passion, par faiblesse, par inexpérience, compromettant ainsi toute sa carrière, et que depuis longtemps il laissait à Ranchipur, n'osant la montrer à Delhi, maintenant qu'elle n'avait plus d'éclat et que son sentiment pour elle était mort. Accrochées l'une à l'autre, les deux femmes mûrissantes, nées, l'une à Unity-Point, Mississippi, l'autre dans le Shropshire, restèrent abandonnées, terrifiées, oubliées.

Au Palais d'Été, les vieux murs épais se fendirent au premier choc du tremblement de terre. Pendant un moment ils restèrent debout, maintenus par leur propre poids, puis, oscillant lentement, ils s'écroulèrent. L'aile de l'est s'abattit à l'intérieur de la demeure, celle de l'ouest à l'extérieur, écrasant la porte cochère sculptée et les plates-bandes de cannas et de géraniums. Le pan de l'est ensevelit Miss de Suza, l'infirmière, les deux femmes de chambre terrifiées de Lady Esketh et quatre domestiques hindous. Celui de l'ouest tua deux Sikhs et le portier de garde. Les domestiques épargnés s'enfuirent à travers le parc dans la direction du Bazar, où l'inondation les rattrapa et les balaya. Sur son lit de bois de santal incrusté de nacre, Lord Esketh resta seul vivant dans les ruines du palais. Le mur de sa chambre et une partie du plafond s'étaient écroulés, et l'averse frappant son visage, trempant ses draps, le tira pendant un moment du délire où, depuis quatorze heures, il se débattait comme un forcené, hurlant de douleur, obsédé par des visions d'épouvante. Deux heures avant la secousse, les glandes de l'aine avaient commencé à enfler et les redoutables bubons avaient fait leur apparition aux aisselles et dans la gorge, accompagnés d'intolérables lancées qui, malgré la cuirasse de morphine où le Major l'avait enfermé, le ramenaient par leur terrible violence à une sorte de demi-inconscience dans laquelle il se rendait clairement compte de sa propre misère et de son agonie.

Sortant du délire par lents à-coups, sous les flots de la mousson, il crut tout d'abord qu'il se trouvait dans sa luxueuse demeure de Hill Street, et qu'une conduite d'eau avait crevé dans une des pièces au-dessus de lui. Il essaya d'appeler Bates, puis son esprit enfiévré le rejeta dans le monde d'épouvante et d'hallucinations. Néanmoins, à chaque nouvelle vague de conscience, ses idées devenaient un peu plus nettes, pendant un temps un peu plus long. Enfin, à la lueur de la ville incendiée, il comprit qu'il était couché dans un lieu étrange, inconnu, en ruine, et que l'eau qui lui tombait sur le visage ne venait pas d'un tuyau percé, mais du ciel, d'un ciel bas, chargé de nuages empourprés par l'incendie et qui semblait l'écraser sur son lit. D'intolérables douleurs le lacéraient à l'aine et sous les bras, et, des ténèbres, s'élevaient des plaintes et des gémissements semblables à ceux des damnés.

De nouveau il voulut appeler Bates, mais aucun son ne sortit de sa bouche. Celle-ci était pleine d'une substance qui l'étouffait. Alors, lentement, il comprit que cette curieuse substance était sa propre langue, si enflée qu'elle remplissait sa bouche entière. Hors de lui, il se dit : « Je suis mort ! Je suis déjà en enfer ! » Et l'horreur le submergea.

Pendant un moment le délire le reprit, moins terrible, malgré ses visions d'épouvante, que l'atrocité de sa souffrance consciente et de sa langue monstrueuse. Il se tourna, se retourna, se débattit, jusqu'à ce que l'effet de la morphine, se retirant par vagues, lui laissât de plus longs intervalles de lucidité. Vainement il essayait de crier le nom de Bates. Enfin, vers minuit, l'effet de la morphine cessa complètement. Il resta l'esprit clair, mais torturé par des douleurs telles que, s'agrippant à son corps, il cherchait à se déchirer de ses propres mains, dans l'espoir d'y trouver quelque apaisement. Au rythme de son cœur puissant, la souffrance revenait par spasmes ; mais, pendant les brefs moments de répit, Esketh finit par comprendre où il se trouvait. De nouveau, il voulut crier : « Où êtes-vous ? Pourquoi m'avez-vous tous abandonné dans cet enfer ? » Puis la discussion avec le Maharajah au sujet des chevaux lui revint à l'esprit et aussi celle avec le Dewan concernant les filatures. Mais surtout il se rappela sa querelle avec Edwina. Alors, une fois encore, il essaya d'appeler, non plus Bates, mais Edwina. « Elle ne peut pas m'avoir abandonné. Sa haine ne va pas jusque-là ! Elle ne ferait pas une chose pareille ! » songea-t-il. Sa gorge se contracta, les muscles de sa mâchoire se tendirent dans un effort désespéré, mais aucun son ne sortit de la bouche remplie de sa langue tuméfiée.

Demi-conscient, demi-délirant, sa vie lui revenait par bribes ; il se revoyait jeune garçon, partant à bicyclette de Liverpool, pendant les vacances, pour aller regarder les aristocrates en jaquette rouge franchir haies et fossés sur leurs chevaux. Puis il revécut sa dernière dispute avec ses parents, quand il s'enfuit à Londres pour ne plus jamais les revoir ; ses séjours à Macassar, à Bornéo et dans les États malais, où, tout en vendant de la coutellerie et des montres de pacotille, il échafaudait des projets d'avenir, observait et étudiait les gens avec pénétration. Entre les torturantes lancées et les accès de délire, il goûta ce même sentiment de triomphe, teinté d'amertume et de mépris pour ses semblables, qu'il avait ressenti chaque fois qu'il avait joué un adversaire ou réussi un grand coup. Puis il refit ce dernier voyage aux Indes — qu'il haïssait — et qui n'étaient plus le marché prospère d'autrefois, parce que de stupides fonctionnaires refusaient de traiter les Hindous avec la rigueur nécessaire ; ces Indes détestables où vivaient des êtres tels que le Maharajah et ce rusé Dewan ! Tout cela passait dans son esprit confus, embrouillé, lacéré par la souffrance qu'augmentaient les frissons provoqués par la pluie. Et, dans un instant de lucidité, il se dit : « Il ne faut pas que je meure ! Pas avant d'avoir accompli tout ce que je veux... Pas avant d'avoir pris au monde tout ce qu'il me doit... » Non, il ne devait pas mourir avant d'avoir acquis plus de richesses, plus de pouvoir, avant d'avoir écrit tous ces articles grâce auxquels ses journaux écraseraient ces maudits bolcheviks et tous ces lâches gredins qui réclamaient la paix ! Qui donc désirait la paix ? Quels profits pouvait-on tirer de la paix ? Qu'avait fait cette sacrée Société des Nations ?... « Il faut que je sorte d'ici ! se disait-il hors de lui. Il faut que je m'en aille ! »

Par une tension surhumaine, il se souleva et essaya une fois encore de forcer la hideuse langue gonflée à articuler le nom de Bates. Mais en vain. Désespérément, il parvint à rouler jusqu'au bord du lit. De nouveau, l'atroce douleur le frappa à l'aine, le lacérant en tous sens. Pourtant il se laissa glisser sur le sol, les muscles tordus par l'intolérable souffrance. Enfin le mal lui accorda un instant de répit et il ne resta plus en lui que le battement de son cœur de taureau qui ne voulait pas mourir. L'obsession revint : « Il faut que je sorte d'ici... que je quitte ce pays maudit. » Alors, rampant sur les mains, sur les genoux, il avança sous la pluie battante, le long du rouge tapis de Turquie. Deux fois il retomba, frappé par l'horrible douleur dans l'aine, sous les bras et dans la gorge, provoquée par ces vers microscopiques qui le dévoraient. Enfin il atteignit la porte et, par un sursaut de sa monstrueuse vitalité, il se dressa lentement et se tint debout, la main crispée sur la poignée dorée. Murée par des tonnes de pierres, de poutres, de décombres, par les cadavres écrasés de Miss de Suza et des deux femmes de chambre d'Edwina, la porte ne s'ouvrit pas. Sauvagement il la secoua. Suffoquant, gargouillant, il fit un effort suprême pour crier : « Au secours ! Sauvez-moi ! Je suis Lord Esketh... le grand, le puissant Lord Esketh ! Je vous paierai tout ce que vous voudrez, je vous donnerai tout ce que je possède, mais laissez-moi sortir ! Au secours ! Sauvez-moi ! »

Mais sa langue restait muette, si tuméfiée qu'elle commençait à l'étouffer. Alors, repris d'un violent délire, il crut voir le visage de Bates, froid, blafard, visqueux, le fixant d'un regard plein de haine et de mépris. Puis la poignée de la porte se détacha et, dans un paroxysme de souffrance, il tomba de tout son poids ; sa tête douloureuse et brûlante alla heurter le rebord de marbre d'un lavabo victorien. Sur le tapis rouge de Turquie, trempé par les flots de la mousson, il resta immobile, éclairé par la lueur de la ville en flammes.

Le quartier des Intouchables, situé en contre-bas de la ville, au bord de la rivière, en face des bûchers funèbres, souffrit plus que les autres. Non seulement il reçut la masse d'eau, mais toutes les épaves, arbres déracinés, décombres, cadavres charriés par les flots déchaînés.

A la première secousse du tremblement de terre, Mr. Jobnekar, entraînant sa femme et ses trois enfants, se rendit sur la petite place où une foule se trouvait déjà rassemblée. Mais, avant qu'il ne pût parler à ses voisins les plus proches pour les rassurer, le grondement lointain de l'inondation se fit entendre, mêlé à une rumeur étrange, assourdie, qui venait de la cité au-dessus d'eux. Ce son n'était pas le tumulte de mille voix distinctes hurlant leur épouvante, mais le bruit d'une seule voix, comme si la ville entière avait vu s'avancer vers elle la destruction, et clamait son agonie.

Mr. Jobnekar, plus vif, plus intelligent, plus éduqué que les autres, comprit la signification de ce bruit et cria : « L'inondation ! L'inondation ! Montez sur les toits ! » Son cri, répété de bouche en bouche, fit le tour de la place des Intouchables et alla rejoindre le bourdonnement de terreur qui partait de la ville supérieure. Saisissant deux des enfants — Mrs. Jobnekar portant le plus jeune — ils regagnèrent au pas de course la petite maison rose aux rideaux de dentelle de Nottingham, grimpèrent quatre à quatre les escaliers et se précipitèrent sur le toit plat. Derrière eux, des voisins montaient en hurlant de terreur, et la foule, prise de panique, se rua à leur suite. Des enfants disparurent, écrasés dans la mêlée. Mr. Jobnekar avait eu juste le temps d'attirer à lui sa femme et de faire un rempart de son corps aux trois enfants, quand la vague de l'inondation, avec un mugissement sauvage, fit irruption sur la place. L'une après l'autre, elle balaya les maisons, broya sous sa charge de décombres et de cadavres les derniers hommes, femmes et enfants qui n'avaient pas eu le temps de fuir. A ce moment, Mr. Jobnekar se rendit compte qu'il n'y avait plus d'espoir. Alors, dans un ultime geste de protection et d'amour, il pressa contre son cœur sa femme et ses enfants en pleurs, et tourna le dos à l'inondation. Lorsque l'eau frappa la maison, celle-ci oscilla, gémit, craqua et presque aussitôt une de ses extrémités s'effondra avec toute sa charge d'humanité terrifiée. Puis le reste de la demeure céda, lentement, comme un animal frappé à mort tombant sur ses genoux. Mr. Jobnekar, Mrs. Jobnekar et les trois enfants, sanglotant d'épouvante, furent précipités dans les flots. Et, tandis que les eaux se refermaient sur sa tête, Mr. Jobnekar serra ses enfants plus fort contre lui comme pour les rassurer et songea : « Il ne faut pas que je meure maintenant, il y a encore tant à faire... »

Lorsque l'inondation, balayant la plaine, atteignit le mont Abana, il ne restait plus une seule maison dans le quartier des Intouchables.

Depuis vingt-trois ans qu'il existait, le barrage était considéré comme une des merveilles des Indes. Pourtant il cachait un défaut, dont nul ne se doutait. Depuis vingt-trois ans le Maharajah dans son orgueil, le Dewan dans son astuce, Rashid, ministre de la Police, Mr. Jobnekar, les conseillers d'État et tous les humbles de Ranchipur croyaient au barrage autant qu'ils croyaient au cercle de collines entourant le plateau, au désert immuable qui s'étendait au-delà, au mont Abana, éternel, sacré, couronné de ses temples blancs. Chez tous, excepté peut-être chez le Dewan, qui était aussi vieux que le temps, il y avait une sorte de foi enfantine et mystique dans les miracles accomplis par les grands ingénieurs d'Occident... dans ces ouvrages qu'aucun Hindou ne pouvait ni concevoir, ni exécuter. Les Occidentaux n'avaient-ils pas construit les gigantesques barrages du Nord et les ponts immenses sur le Gange et le Brahmapoutre ? Et qui donc parmi ces ingénieurs méritait plus la confiance que le suave enjôleur Aristide de Groot, qui, à ce qu'il disait, avait construit maints barrages, ponts et usines en Suisse, en Autriche, en Italie, au Brésil et en Chine ?

Après que plus de neuf mille personnes eurent péri dans la grande inondation, il restait encore à Ranchipur quelques gens qui se rappelaient Aristide de Groot et qui même se souvenaient d'avoir eu certains doutes quant à sa nationalité suisse, le considérant, sans raisons très définies, comme un sans-patrie, un aventurier, un charlatan. C'était un homme trapu, basané, parlant une demi-douzaine de langues et qui, lorsqu'il arriva à Ranchipur, apprit en moins de rien l'hindoustani et le gujerati. Ses titres et ses récits étaient plausibles, et, lorsqu'il engagea du personnel, il le fit sans préjugés de races, de confessions ou de couleurs. Quand le Dewan ou la vieille Maharani évoquaient son souvenir, ils ne revoyaient de lui que deux yeux froids, semblables à ceux des *kraits* mortels, et qui devaient considérer indifféremment tous les hommes comme d'éventuelles victimes. Mais Aristide de Groot avait su se rendre assez persuasif pour convaincre de ses parfaites capacités d'ingénieur, non seulement les humbles, les bons et les simples comme le Maharajah, mais aussi des hommes tels que le mondain Vice-Roi.

Quand, après le désastre, la terrible nouvelle parvint au Dewan entouré de son innombrable famille, à Poona, le vieillard, passant ses doigts effilés dans sa longue barbe blanche, songea avec tristesse : « Il devait y avoir un vice de construction au barrage. Je me rappelle à peine ce de Groot ; je ne vois plus que ses yeux. Ils recélaient toute la tragédie de la cupidité européenne. »

Assis dans son frais jardin, il se dit que, jadis, il aurait dû se fier à son instinct qui jamais ne le trompait. Mais cette constatation était vaine, maintenant.

Après une matinée de méditation, il se dit encore, songeant aux yeux de *kraits :* « Ce genre d'homme devrait être exterminé comme des serpents. Sinon, engendrant sa propre destruction, l'Occident est perdu ! » Immensément sage, indiciblement vieux, le Dewan sourit à cette pensée. Mais le souvenir de son ancienne méfiance n'avait le pouvoir ni de rendre la vie à neuf mille hommes, femmes et enfants morts dans le désastre, ni de relever de la ruine tout ce que le vieux Maharajah avait édifié au cours de cinquante années de règne, de luttes et d'efforts.

Le défaut dans le barrage n'était pas chose qu'on pût prouver ; d'autant moins devant un Tribunal où Aristide de Groot serait entouré d'avocats riches et corrompus. De plus, on pourrait toujours attribuer la cause de l'effondrement à la secousse sismique qui avait précédé l'inondation. Si, plus tard, lorsque l'eau se fut retirée, on put constater que la construction du barrage avait été défectueuse, que ses soubassements et son armature d'acier étaient insuffisants, que le sable employé pour le ciment était impur, rempli de sel et avait été choisi parce qu'il se trouvait à proximité et coûtait moins cher, il était impossible de prouver qu'aucun de ces faits eût provoqué le désastre. Le verdict le plus sévère qu'on pût espérer était qu'Aristide de Groot avait été un mauvais constructeur, et pareil jugement ne pouvait guère atteindre de Groot qui avait cent autres cordes à son arc et avait oublié depuis longtemps qu'il eût jamais été ingénieur ou entrepreneur.

Ce fut le Gouvernement britannique qui révéla tous les détails de la carrière du fameux Aristide de Groot, depuis les jours, comparativement maigres et besogneux, où il construisait le grand barrage de Ranchipur. Ceux qui furent chargés de l'enquête découvrirent qu'il n'était plus ingénieur, qu'en fait il ne l'avait jamais été. Depuis longtemps il s'occupait avec succès d'affaires de munitions, de pétroles, d'échanges internationaux et autres entreprises moins avouables. Exploitant la misère des nations ruinées et la mort, il avait édifié une fortune fabuleuse et vague, impossible à repérer, dispersée entre New York, Londres, Paris, Amsterdam et la Suède. Poursuivant son enquête, le Gouvernement britannique découvrit derrière la plupart des récentes guerres, révolutions ou émeutes, l'invariable présence de cet homme aux yeux de *kraits*, à la langue de vipère, dont le génie créait sans cesse de nouveaux marchés pour ses fusils, ses obus, ses canons et ses mitrailleuses. Il apprit également que de Groot avait escamoté deux millions de livres au Gouvernement chinois sur un contrat pour fourniture de munitions, qu'il avait introduit en contrebande des armes en Afghanistan, entretenu des rapports secrets avec le Hitler des premiers jours et qu'il possédait des intérêts dans une vaste organisation pour le trafic des stupéfiants.

Immédiatement, Aristide de Groot devint « l'homme mystérieux » chéri des journalistes. Caché derrière des lunettes noires, il quitta subrepticement son château près de Compiègne pour un séjour de repos au Pérou. Sa fuite n'était même pas nécessaire, le Gouvernement britannique ayant constaté qu'il n'y avait pas grand-chose à faire contre lui : Aristide de Groot comptait parmi ses intimes trop d' « hommes d'État », de sénateurs, de banquiers du continent ; il était trop bien « entouré ». De plus, quelques Anglais, parmi les plus puissants — dont Lord Esketh et son rival, le publiciste Lord Parkington — avaient passé de nombreux week-ends sur son yacht, dans son château des environs de Compiègne ou dans sa villa de Biarritz. La tragédie de Ranchipur n'était, somme toute, qu'un de ses moindres crimes. Il n'y avait donc rien à faire, à moins, comme le soulignait Lord Parkington (qui survécut à Lord Esketh) dans un de ses sensationnels articles, «... que nous soyons disposés à laisser l'esprit bolchevik poursuivre ses diaboliques menées parmi les femmes sans protection et les populations laborieuses de la campagne anglaise ». Et, subitement, chacun comprit que moins on parlerait d'Aristide de Groot, mieux cela vaudrait. Peu après, celui-ci revint du Pérou pour rejoindre sa femme — rencontrée jadis dans un bordel de Trieste — dans leur magnifique château Louis XIII, non loin de la porte où Jeanne d'Arc avait été faite prisonnière.

Que neuf mille païens eussent été broyés ou noyés en quelques minutes, et que Ranchipur, l'État le mieux gouverné des Indes, eût été mutilé pour de longues années par le désastre, cela n'avait, en résumé, que peu d'importance pour une chrétienté tourmentée par ses propres blessures purulentes... Tout cela s'était passé très loin (infiniment moins, cependant, qu'il n'eût paru cinquante ans auparavant), de sorte que la catastrophe n'ajouta pas son angoisse au fardeau de menaces, de conférences, de guerres civiles, de pactes secrets, d'intrigues, de cupidité, de fanatisme, d'amertume et de haine, qui fermentaient dans les entrepôts de la civilisation occidentale.

Le barrage avait été, en quelque sorte, un symbole — celui de la foi de l'Orient dans la perfection technique, dans l'honnêteté et la supériorité de l'Occident, foi qui s'était peu à peu lézardée, comme le barrage lui-même, puis effondrée.

Troisième Partie

Sur le frêle balcon de bois qui entourait le second étage de la maison de Mr. Bannerjee, Edwina et Ransome attendaient le rapide lever de soleil hindou. Par une échappée dans la masse des banians et des manguiers, ils apercevaient une partie de la ville inondée. Çà et là, quelques bâtiments brûlaient encore : le Grand Marché, le Tribunal, les bureaux de l'Administration centrale. Par instant, des jets de flammes s'élancaient vers le ciel, embrasant sinistrement les nuages épais. La clameur des lamentations s'était tue et le silence régnait, coupé parfois par un cri lointain d'épouvante, semblable au hurlement des chacals quand ils sortent la nuit de la jungle.

« Je vais vous chercher un châle, dit Ransome. C'est stupide de rester ainsi en robe du soir. Vous allez être trempée. Vous ne connaissez pas encore la mousson. Les toits ne servent à rien. L'humidité pénètre partout. »

Il parlait simplement comme si, au lieu d'assister à la mort d'une grande ville, ils regardaient un spectacle de cinéma. Mais le son de sa voix l'étonna et lui fit presque l'effet d'une faute de goût.

Sur un des lits hindous, il trouva un châle de Cachemire et en enveloppa Edwina. Puis ils retombèrent dans le silence et la contemplation. Par moments, lorsqu'une flamme jaillissait plus haut, ils apercevaient, à la lumière réfléchie par les nuages, mille choses horribles flottant à la surface de l'eau.

« Demain, ça commencera à puer ! songea Tom. Ce sera effroyable. Et après-demain, et le jour suivant... ce sera pire avec cette chaleur et cette pluie... »

Mais les chacals et les vautours seraient bien nourris, et aussi les crocodiles que l'inondation avait fait sortir de la boue putride de la rivière. Ils pouvaient nager partout, maintenant, jusqu'au cœur même de la ville.

Le vent qui se levait déchira un instant les nuages et, dans le noir velouté des cieux, apparurent des étoiles — ces étoiles hindoues si différentes des autres, plus brillantes que jamais dans l'air lavé. Mais bientôt elles disparurent, cachées par le plafond de nuées sanglantes qui se refermait. A l'intérieur de la maison, les lamentations de Mr. Bannerjee recommencèrent, terrifiées, comme celles d'un animal blessé.

« Si seulement il pouvait se taire ! C'est pire que tout », dit Edwina.

Elle avait souhaité que quelque chose lui arrivât dans ce voyage aux Indes et, tandis qu'elle se tenait sur le balcon de bois, elle se rendait compte que quelque chose de terrible, comme une vengeance dépassant tout ce qu'elle aurait pu imaginer, lui était arrivé. Elle n'était pas morte, mais demain, dans une heure, dans quelques minutes, elle pouvait mourir. Jamais encore elle n'avait accordé beaucoup d'attention aux maisons, mais en ce moment celle de Mr. Bannerjee, bien qu'elle eût résisté au double assaut du tremblement de terre et de l'inondation, lui semblait singulièrement chétive et ridicule en face de la catastrophe qui les environnait. Cette pensée la ramena à elle-même, à sa totale fragilité, à son inutilité. N'y avait-il pas quelque chose de comique à assister à un spasme de la nature, vêtue d'une robe de crêpe de Chine blanc, avec une fortune en bijoux autour du cou ? Vaguement amusé, son esprit se mit à errer, se demandant quel costume siérait à pareille aventure. « Des shorts, probablement, se dit-elle, et une chemise de soie. Ce serait à la fois élégant et pratique. »

A maintes reprises, à Hill Street, à Cannes, à la campagne, dans son lit, fatiguée de lire et à demi endormie, elle avait voluptueusement rêvé à ce qu'elle pourrait ressentir si elle apprenait soudain qu'elle n'avait plus que quelques heures à vivre. Poussant l'idée plus loin, elle s'était demandé ce qu'elle ferait, blasée et insensible comme elle l'était, si elle se trouvait en face de la mort en compagnie d'un homme séduisant. « Il n'y aurait qu'une chose à faire pour tuer le temps ! s'était-elle dit. N'importe quoi d'autre serait assommant ! »

L'amour dans ces circonstances, avait-elle songé, devait prendre une saveur nouvelle et violente, jaillie de quelque nécessité atavique, du plus profond de l'être. Au souvenir de ses spéculations passées, elle regarda Tom, appuyé sur ses coudes à la frêle balustrade de bois, et dont le profil se détachait contre les nuages rouges.

« Oui, il est très séduisant, se dit-elle... plus que n'importe quel autre. » Mais, fait étrange, en ce moment sa vue n'éveillait aucune émotion en elle. Pourtant, rien au monde ne les empêchait de s'étreindre. Trois nuits auparavant, au Palais, ils n'avaient pas hésité. Or, maintenant, l'idée de l'amour ne l'intéressait même pas. Cela ne se passait pas du tout comme elle l'avait imaginé.

Logique, elle se demanda : « Et si c'était l'un des autres ? » Mais, parmi les hommes de son passé, elle n'en trouva aucun qui eût pu retenir son attention dans les circonstances actuelles. Aucun d'eux ne l'intéressait plus. Tom lui inspirait plus de sympathie qu'aucun d'eux et son affection pour lui avait résisté à tout : ennui, satiété, luxe, paresse. « Si je me débarrassais d'Albert et l'épousais ? se dit-elle. Cela stabiliserait-il nos deux vies ? » Mais, presque aussitôt, elle se rendit compte qu'elle n'était pas prête à se marier, du moins à se satisfaire d'une existence tranquille, rangée. De nouvelles aventures l'attendaient encore. Ce n'était pas de l'amour, mais seulement de l'affection qu'elle éprouvait pour Tom.

Et, soudain, elle s'aperçut qu'elle souhaitait que ce fût Tom, et non le Major, qui fût parti dans l'obscurité et l'inondation avec Miss Mac Daid. Un peu effrayée, elle se dit : « Voilà donc où j'en suis ! Que m'est-il arrivé ! » Alors, avec une sorte de complaisance, elle l'évoqua tel qu'elle l'avait imaginé pendant ces fastidieuses heures de solitude qui avaient précédé la visite de l'incroyable Miss Hodge. Oui, c'était lui qu'elle désirait : « Si je sors vivante de cette aventure, se dit-elle, j'aurai quelques semaines de liberté, et tout sera tellement bouleversé que personne ne fera attention à moi. Je ne serai plus rien et pourrai faire ce que je voudrai. »

Elle revoyait le Major emportant Miss Murgatroyd comme un sac de farine. Le Major... avec ses larges épaules, ses yeux bleus, le vague sourire qui flottait sur ses lèvres, né, elle le comprenait en cet instant, d'un étrange mélange de vitalité animale, de bonne humeur et de tragique mélancolie. Tom, lui, était ivre, et il n'avait rien fait.

Non, le Major ne pouvait avoir été balayé par l'inondation comme toute cette population hurlante et terrifiée des communs : « la chose » n'était pas encore consommée. Car c'était pour *cela,* songeait-elle avec une sorte de mysticisme exalté, qu'elle avait été attirée aux Indes, malgré elle, malgré les conseils de tous, malgré la mauvaise saison ; parce que cette « chose » devait arriver. Un jour, une heure plus tôt, elle était encore indifférente à la mort, mais maintenant il fallait à tout prix qu'elle vécût, car cette « chose » devait s'accomplir, cette « chose » que depuis toujours elle cherchait et dont elle avait rêvé si intensément trois nuits auparavant. Il ne pouvait être mort ! C'était lui qui la sauverait ; en lui elle trouverait enfin ce qu'elle quêtait. Elle se rendait compte que ce n'était pas simplement sa beauté qui l'attirait, mais quelque chose d'autre : ce calme, cet air d'intrépide défi avec lesquels il était parti dans l'inondation en compagnie de Miss Mac Daid — et aussi ce quelque chose qui éclairait son visage comme une lumière, et qui était fait de bonté, de pitié, de compréhension, de force, et qu'elle n'avait encore rencontré chez aucun homme.

« Au fond, je n'ai jamais connu d'homme convenable, se dit-elle. Sauf Tom. Mais il est miné par la défaite et l'amertume. Tous les autres étaient des médiocres, des faibles, des vaniteux, ou semblables à Albert ! » Un instant, elle pressentit l'existence d'un monde en dehors d'elle-même, de son expérience, de sa compréhension. Et cette découverte fut comme une lumière éblouissante qui la rendit aveugle à Tom, à l'inondation, au désastre, à toute l'horreur environnante. Puis, la brusque révélation s'évanouit sans qu'elle en pût rien retenir, et elle redevint la froide, l'intelligente, la cynique, la sensuelle Edwina Esketh, la riche et élégante putain.

Le silence, subitement, lui devint intolérable.

« Croyez-vous qu'ils ont pu passer ? » murmura-t-elle.

Il ne répondit pas tout de suite. « Il est choqué et me méprise, songea-t-elle. Il me croit éhontée. Pourtant ce n'est pas cela. C'est autre chose. Mais comment le lui faire comprendre ? »

« J'ai peur que les chances soient minimes », dit Tom.

Peu avant l'aube, l'averse recommença. A ce moment, Mrs. Bannerjee, calme, belle, un éclat d'acier au fond des yeux, s'approcha d'eux : « Mon beau-père a eu une attaque ; je crois qu'il va mourir », dit-elle.

Ransome lui offrit ses services.

« Je crains qu'il n'y ait rien à faire, répondit-elle. Il a été trop bouleversé. C'est un vieillard. Cela vaut mieux ainsi. Si le major Safti avait été ici, il aurait peut-être pu faire quelque chose. Mais probablement cela devait-il arriver. Son horoscope annonçait qu'il mourrait dans un désastre. Un instant, elle resta silencieuse et Ransome sentit qu'elle souriait. Vous entendez mon mari se lamenter, reprit-elle. Il ne faut pas que cela vous impressionne. Ça le soulage. »

Puis elle se retira. Après son départ, Ransome eut l'impression que dans sa voix vibrait une nuance de triomphe, comme si elle leur disait : « Non, vous n'avez pas conquis les Indes ! Personne n'a jamais pu les conquérir... vous, surtout, pâles et chétifs Européens ! »

Il se souvint alors des longs discours du Major sur la cruauté des Indes.

Soudain, à l'orient, le bord du ciel, sous les nuages, se teinta de rose et de gris.

« Vous devriez tâcher de dormir un peu, dit Ransome. Je crains que nous n'ayons guère de repos, ni de confort, avant longtemps.

— Il me serait impossible de dormir en ce moment, répondit Edwina. Je préfère regarder le jour se lever. Je voudrais voir si le Palais d'Été tient encore. »

Elle n'osa lever les yeux sur lui, de crainte qu'il ne vît qu'elle mentait. Ce n'était pas le Palais d'Été, mais l'Hôpital qui l'intéressait.

De nouveau, l'extraordinaire impression de liberté l'envahit, comme si elle était arrivée au bout de quelque chose, nette et propre. « Si nous pouvions rester isolés pour toujours ! se dit-elle. Si je pouvais ne jamais rentrer en Europe. »

A la dérobée, elle regarda Ransome. Dans la lumière qui commençait à poindre, il lui sembla que son visage était empreint d'une tragique amertume qu'elle ne lui connaissait pas. Ce n'était plus l'amertume banale qui, si souvent, le rendait moqueur ou méprisant, mais quelque chose de plus profond, comme si un esprit supérieur, une grande intelligence avaient été perdus et qu'il fût conscient de la stupide folie de ce gâchis. Peut-être même en ce moment ne pensait-il pas à lui, mais souffrait-il pour ceux qui avaient péri dans le désastre, pour tous ces gens qu'il ne connaissait pas, qu'il n'avait jamais vus. Se pouvait-il que son expression ne fût pas nouvelle, mais que jusqu'alors elle eût été incapable de la voir ? « C'est le Major, lui que je connais à peine, qui m'a appris à regarder ! » songea-t-elle. Et, non sans honte, elle se souvint que Tom ne lui avait jamais parlé autrement que d'une façon banale, comme s'il la jugeait indigne de mieux. Mais, au fond, que savait-elle de lui ? Rien. Et une subite vague d'affection à son égard l'envahit, une émotion claire, propre, sans complications, différente de tout ce qu'elle avait éprouvé pour lui jusqu'alors. Mais, en même temps, elle ressentit une terrifiante impression de solitude, comme si tous deux, Tom et le Major, vivaient sur un autre plan qu'elle-même, un plan supérieur qu'elle ne pouvait atteindre, et qu'entre eux régnait une sorte d'entente pour l'en tenir écartée à jamais. Alors, pour la première fois de sa vie, toute arrogance l'abandonna : il n'y eut plus en elle qu'humilité et peur, une peur infiniment plus grande que celle qu'elle avait ressentie pendant le tremblement de terre ou l'inondation : c'était la peur de quelque chose qu'elle ignorait, de quelque chose qui l'attendait.

« Regardez, les tours du Grand Palais ont disparu », dit Tom.

Il faisait juste assez clair pour apercevoir la silhouette de la vaste demeure, sur la hauteur, de l'autre côté de la rivière. La lumière était grise, brouillée. Les lourds nuages traînaient très bas, interceptant les rayons du soleil levant. Pourtant, à mesure que le jour se levait, ils se rendaient compte que plus rien ne restait de la ville, excepté ici ou là quelques bâtiments à demi effondrés : l'École de Musique, l'École supérieure de Jeunes Filles, l'École d'Ingénieurs. Et, comme la clarté augmentait, Edwina, désignant un point à peine visible à travers le rideau de pluie, demanda : « Est-ce le Palais d'Eté ?

— Oui, répliqua Ransome.

— Il s'est écroulé.

— Pas complètement... Peut-être vit-il encore. »

Au même instant, Ransome se rappela — fait qu'il avait oublié — qu'Esketh avait la peste.

« Dommage que le palais entier ne se soit pas effondré sur lui ! » songea-t-il. Puis il pensa à la pauvre Miss Dirks, la fille du vieux « Dacy » Dirks, et, une seconde, il se demanda s'il n'avait pas rêvé tout cela. Il n'en gardait qu'un souvenir brumeux. « C'était peut-être mon état d'ivresse », se dit-il. Car il n'était pas possible qu'un homme tel qu'Esketh eût attrapé la peste, ni qu'il existât une cruauté pareille au martyre solitaire de la pauvre et consciencieuse Miss Dirks.

« L'Hôpital... où est l'Hôpital ? questionnait Edwina.

— On ne peut pas le voir d'ici. Il est derrière ces arbres. »

Et, quand il la regarda, il vit qu'elle s'était détournée pour qu'il ne pût apercevoir son visage.

Longtemps ils restèrent silencieux, perdus dans la contemplation de la désolation qui les entourait, fascinés par les cadavres, les arbres, les serpents qui flottaient au fil de l'eau, indifférents — à cause du choc et de l'irréalité de l'aventure — à l'horreur sans nom du spectacle. « Pendant la guerre, c'était de même, songeait Tom. Au moment d'une catastrophe, il doit se passer quelque chose dans l'être normal qui tue sa sensibilité. » Pourtant, jamais la guerre ne l'avait bouleversé de cette façon. L'incessante et stupide tuerie l'avait simplement écœuré, écœuré au-delà de toute expression.

« Grand Dieu ; la ville entière a disparu ! » s'exclama une voix derrière eux.

C'était Miss Murgatroyd, blême, les paupières boursouflées de sommeil, sa robe de taffetas bleu à guirlandes de boutons de roses chiffonnée, maculée de boue jusqu'aux genoux. Son visage terreux ne trahissait aucune émotion.

« Vous n'avez plus peur ? demanda-t-il, étonné.

— Mon Dieu, non ! Je suis sûre que nous allons être sauvés ! »

De nouveau, elle eut ce sourire niais et béat d'admiration qui exaspérait Ransome. Pour lui et pour Edwina, elle avait repris son rôle, elle redevenait britannique, la fille du mythique magistrat de Madras. Et, comme il l'observait, il comprit l'absolue profondeur de sa solitude et son morbide égoïsme. Elle n'avait plus peur, elle était même insensible à l'atroce tragédie, parce qu'elle était sauve, parce que Mrs. Bannerjee, si cruelle à son égard, vivait encore, peut-être aussi parce que lui-même, qui lui avait témoigné de la bonté, n'était pas mort. Elle ne possédait qu'eux au monde, ils étaient les seuls amis qu'elle eût jamais eus, et ils se trouvaient là, tous trois, réunis par l'inondation, dans la maison de Mr. Bannerjee.

« Mr. Bannerjee père est en train de mourir, dit-elle radieuse, comme si cette nouvelle la rendait plus intéressante.

— Je le sais, répondit Ransome. Croyez-vous que nous puissions nous rendre utiles ?

— Oh, non ! répliqua-t-elle. Mrs. Bannerjee vient de me renvoyer sous prétexte que je la dérange. »

Probablement Mrs. Bannerjee avait-elle été beaucoup plus catégorique. « Mon Dieu, songea Ransome, cela signifie qu'elle va rester avec nous ! »

« Y aurait-il moyen de faire une tasse de thé ? Cela nous ferait du bien », demanda Edwina.

Ransome regarda Miss Murgatroyd. N'était-elle pas une des intimes de la maison ?

« Je crois que oui, dit-elle. Mrs Bannerjee a un réchaud dans sa chambre pour se faire du thé pendant la nuit. Je vais voir si je le trouve. »

Remplie d'importance, elle les quitta.

« J'espère que le vieux monsieur ne va pas mourir, remarqua Ransome.

— Je crains, en effet, que cela n'ajoute aux complications !

— Pis que cela ! Bannerjee voudra brûler son cadavre avant le coucher du soleil de façon à pouvoir jeter ses cendres dans la rivière. Le bonhomme avait l'intention de mourir à Bénarès. Il devait s'y rendre le mois prochain pour s'asseoir sur la rive et attendre la mort. Vraiment, cette inondation, c'est de la déveine... »

Edwina sourit.

« Pourquoi souriez-vous ?

— Je sais que ce n'est pas du meilleur goût, mais je ne puis m'empêcher de nous voir tous deux, vous et moi, sur ce balcon, en train de nous faire du souci pour savoir ce que deviendra le corps du vieux Mr. Bannerjee. »

Les lamentations de Mr. Bannerjee fils avaient perdu de leur violence, comme si les exercices de la nuit l'avaient épuisé. Elles n'étaient plus qu'une sorte de murmure monotone qui s'élevait et s'abaissait, tantôt comme un gémissement, tantôt comme le bourdonnement lointain des abeilles dans le grand lustre du Palais.

« Je voudrais avoir une photographie de Mr. Bannerjee en ce moment et l'envoyer, encadrée, à l'Union d'Oxford ! » dit Ransome.

Et, tandis qu'il parlait, il se rendait compte que le sourire et la remarque d'Edwina venaient de la lassitude et de la nervosité succédant à la tension de la nuit. Ni l'un ni l'autre, ils n'avaient cédé à la panique au moment même. Mais, maintenant, il ressentait un désir irrésistible de rire, de faire des remarques ironiques à la face même de la mort et de la tragédie. L'effet du brandy et des cocktails ayant cessé, il avait mal à la tête et songeait avec nostalgie à la bouteille d'alcool qu'il avait sauvée de la salle à manger inondée. A cet instant Miss Murgatroyd reparut.

« J'ai trouvé le réchaud et le thé, mais pas d'eau, dit-elle.

— Comment, pas d'eau ! remarqua Ransome d'un ton moqueur.

— Je veux dire, pas d'eau potable, reprit Miss Murgatroyd. Puis, désignant de la main l'inondation, elle ajouta : Si nous prenons de cette eau, nous risquons d'attraper le choléra, le typhus ou n'importe quoi.

— Allez me chercher la bouilloire », répliqua-t-il.

Elle la lui apporta. Alors, disjoignant d'un coup de pied la conduite qui servait à l'écoulement du toit, il remplit l'ustensile de claire eau de pluie.

« Voilà ! dit-il en le lui rendant. Ce n'est pas l'eau qui manque ! Croyez-vous qu'il y ait quelque chose à manger ?

— Les cuisines sont submergées. Mais il y a une boîte de biscuits dans la chambre de Mrs. Bannerjee.

— Bien, apportez-les quand le thé sera prêt et prévenez Mrs. Bannerjee. Peut-être le vieux monsieur aimerait-il aussi une tasse de thé.

— Il est au-delà de ça », répliqua Miss Murgatroyd.

Elle repartit heureuse, gonflée d'une nouvelle importance et flattée de servir ces deux représentants de la race conquérante dont le sang, dilué, se mêlait dans ses veines à celui d'une femme de la basse caste hindoue.

« La maison a-t-elle un toit de zinc ? demanda soudain Edwina.

— Non, des dalles de pierre.

— Alors, c'est bien. Il pourra brûler le corps là-haut.

— En effet ! Il doit avoir une telle frousse qu'il n'hésiterait pas à mettre le feu à la maison et à nous brûler tous, s'il le fallait. »

Brusquement, les lamentations de Mr. Bannerjee redoublèrent, violentes, hystériques, plus bruyantes que pendant l'inondation. Ransome prêta l'oreille.

« Le bonhomme doit être mort », dit-il.

Miss Murgatroyd reparut, semblable à une piteuse servante de gargote en costume de bal masqué. Elle portait un plateau chargé d'une théière, de deux tasses et d'une assiette de biscuits.

« Voulez-vous tenir ça un instant, dit-elle à Ransome. Je vais chercher une table. »

Ransome prit le plateau. « La pauvre créature est tout de même bonne à quelque chose ! » songea-t-il.

Un instant après elle rapporta une table de bambou sur laquelle elle posa le plateau. Puis, du ton dont elle aurait parlé dans un salon, elle s'adressa à Edwina : « Comment Votre grâce prend-elle son thé ? demanda-t-elle.

— Comme il est, répondit Edwina.

— Le vieux Mr. Bannerjee est mort », dit alors Miss Murgatroyd avec entrain.

Pendant la journée entière, ils ne virent ni Mr. Bannerjee ni sa femme, mais seulement Miss Murgatroyd qui, radieuse de bonheur d'avoir trouvé quelqu'un à adorer, venait à tout bout de champ leur raconter les apprêts de la cérémonie funèbre. Vers midi, Lady Esketh se retira dans une des chambres à coucher pour dormir. Ransome but le reste du brandy, puis à son tour il alla s'étendre dans une des autres pièces de l'étage... Il était vain de songer à déjeuner, il n'y avait rien à manger. Au réveil, il retourna sur le balcon. Le spectacle de désolation n'avait pas changé. Deux ou trois incendies finissaient de se consumer. L'eau continuait à couler, visqueuse, semée d'épaves. Dans l'immensité du paysage, on n'apercevait aucun être humain, nulle trace de vie. Seuls quelques pythons, enroulés à une poutre ou à une branche, passaient au fil de l'eau.

Au loin, dans la direction de la maison de Ransome, retentissait le bavardage des singes sacrés.

Edwina le rejoignit.

« N'y a-t-il pas de bateaux à Ranchipur ? demanda-t-elle.

— Peu, répondit-il. Ils étaient tous le long de la rivière et ils doivent avoir été emportés.

— Vous êtes d'un calme !

— Que pouvons-nous faire ? Nous ne sommes pas en Europe, ici...

— Mais enfin, personne ne va-t-il agir ?

— C'est peu probable. Cela dépend de qui a réchappé. J'ai l'impression que peu ont été épargnés. Rashid, les officiers du régiment hindou, ou certains Mahrattes pourraient nous secourir, s'ils vivent encore... Mais, dans les circonstances actuelles, je ne crois pas que nous puissions compter sur les Gujeratis. Probablement sont-ils tous en train de se lamenter comme Bannerjee, ou de tâcher de sauver leurs biens.

— Ce que j'en dis, c'est simplement parce que je trouve que la situation commence à devenir assommante.

— Nous pourrions faire des patiences », suggéra Ransome en souriant.

Lui aussi sentait la nervosité le gagner et il venait de se souvenir du jeu de cartes que Mrs. Bannerjee lui avait demandé de sauver de l'inondation.

« Votre plaisanterie n'est pas drôle ! répliqua Edwina.

— Je ne songe pas à plaisanter, ma chère. »

Il alla chercher les cartes et pendant un moment ils essayèrent de faire des patiences sur la table de bambou apportée par Miss Murgatroyd. Mais elle était si petite qu'ils ne pouvaient employer qu'un seul jeu. N'ayant pas de chaises, ils se tenaient debout. Finalement, après avoir répété cent fois « Valet rouge sur reine noire, huit noir sur neuf rouge... », Edwina jeta les cartes et s'écria : « J'en ai par-dessus la tête d'être britannique !

— Que voulez-vous dire ?

— De notre flegme, de notre calme, de faire comme si rien ne s'était passé ! Je voudrais savoir ce qui est arrivé à mes femmes de chambre, à Albert et même à Bates, au Major et à cette infirmière.

— Si vous voulez, je pourrais nager jusqu'au Palais d'Été et en passant m'arrêter à l'Hôpital.

— Ne faites pas l'idiot !

— La patience, ma chère, est un noble jeu qui a plus d'un sens.

— J'avoue que je ne serais pas fâchée si cette maison

hindoue était un peu mieux meublée. Ne prennent-ils jamais d'autre posture ?

— Ils s'assoient par terre. En bas, il y a un tas de chaises pour recevoir les gens comme nous. »

A mesure que l'après-midi passait, l'exaspération d'Edwina augmentait.

« Etes-vous inhumain ? Vous fichez-vous de ce qui a pu arriver à vos amis ? »

Ransome pâlit.

« Ne parlez pas comme une sacrée imbécile ! » dit-il.

Et, de nouveau, elle eut honte.

Peu après, Miss Murgatroyd reparut, apportant du thé frais. Il devait être quatre heures. Il n'y avait plus que trois biscuits desséchés sur l'assiette.

« C'est tout ce qui reste, dit Miss Murgatroyd.

— Nous ferions peut-être bien de nous rationner ! remarqua Ransome.

— Sûrement l'eau va baisser, ou quelqu'un viendra », répondit Miss Murgatroyd.

A ce moment, Ransome comprit une autre raison pour laquelle elle ne paraissait ni effrayée, ni excédée : pour la première fois quelque chose d'imprévu survenait dans sa lugubre existence de bibliothécaire.

« N'allez-vous pas prendre une tasse de thé avec nous ? lui demanda-t-il, poli.

— Merci. Je viens d'en prendre avec Mrs. Bannerjee. Elle tendit l'assiette de biscuits : On va brûler le vieux Mr. Bannerjee sur le toit, ajouta-t-elle, une nuance d'amusement dans la voix. Ces Hindous font des choses vraiment étranges ! »

De nouveau, Ransome sentit l'antipathie lui contracter l'estomac. Puis, venant de l'intérieur de la maison, un bruit de bois cassé retentit.

« C'est Mr. Bannerjee et son domestique qui arrachent les lames du parquet pour le bûcher, dit-elle.

— Le domestique ? demanda Ransome. Avait-il de la famille ?

— Oui, une femme et quatre enfants.

— Que sont-ils devenus ?

— Ils étaient chez eux, dans les communs. »

Le bruit de coups et de démolition se poursuivit longtemps après que Miss Murgatroyd se fut retirée. Enfin, à la tombée de la nuit, il cessa et fut remplacé par un clapotement de pieds nus montant et descendant l'escalier d'accès au toit. Ce va-et-vient dura jusqu'à l'obscurité complète. Puis, soudain, sur le toit, au-dessus d'eux, éclatèrent de nouveau les lamentations de Mr. Bannerjee, tandis qu'une lueur, de plus en plus forte, accompagnée de crépitements, illuminait les frondaisons des alentours.

« Il faudrait que je me tienne à proximité de l'eau, songea Ransome, au cas où la maison prendrait feu ! » Mais il ne bougea pas, envahi par une sorte de torpeur qui transformait toutes les valeurs, rendait vains tous les efforts. Edwina se retira pour dormir. Et il resta seul à veiller sur le balcon.

Bientôt, il s'aperçut que le corps du vieux Bannerjee n'était pas le seul qu'on brûlât. Çà et là, sur les rives de l'inondation, de petits feux palpitaient vers le ciel orageux, chétives et faibles flammes de la superstition, peut-être de la foi, allumés partout où des cadavres d'amis, de mères, d'enfants, d'épouses, de maris avaient été retrouvés. Le Major et Mrs. Bannerjee avaient raison ; personne ne conquerrait jamais les Indes.

Subitement, il vit jaillir une flamme sur le toit du Palais découronné, au début pas plus grosse qu'une tête d'épingle. Mais, bien vite, elle grandit et Ransome comprit que, là-bas aussi, on brûlait un cadavre. Dans le vent qui venait de l'autre côté de l'eau, il crut percevoir un parfum de bois de santal mêlé à l'odeur de la fumée. « Serait-ce le Maharajah ? se demanda-t-il. Peut-être a-t-il été tué par la chute d'une des tours ? Ce serait la pire des catastrophes ! » Plus que jamais, en effet, Ranchipur allait avoir besoin de la simplicité et du courage du vieux Souverain.

Vers dix heures, la lueur d'incendie sur le toit, au-dessus de lui, diminua, puis s'éteignit. En même temps les lamentations de Mr. Bannerjee cessèrent.

Ransome rentra dans la maison. A voix basse, il appela Edwina. Elle ne dormait pas et lui répondit de l'une des pièces ouvrant sur le vestibule.

« Entrez, dit-elle, je suis réveillée. Je ne tenais plus debout. Ne pensez-vous pas qu'un peu de lumière et du thé nous feraient du bien ? »

De la porte donnant sur le toit, il appela Miss Murgatroyd. L'instant d'après, elle sortit des épaisses ténèbres, tâtonnant le long des murs.

« Croyez-vous que nous pourrions avoir un peu de thé ?

— Il ne reste plus d'alcool.

— Alors, un peu de lumière ?

— Il n'y a plus de paraffine ; Mr. Bannerjee a tout employé pour son bûcher.

— Tonnerre et damnation ! » marmotta Ransome.

De l'obscurité derrière eux, monta le rire étouffé d'Edwina.

Ils passèrent la nuit à bavarder, à dormir et à veiller. Dehors le dernier feu s'était éteint et le paysage, à la fois tragique et grandiose, avait disparu. Il n'y avait plus, maintenant, qu'une obscurité veloutée et le bruit monotone de l'implacable pluie. Lorsque l'aube se leva, rien n'avait changé. Partout de l'eau, des épaves, des cadavres ; çà et là, des édifices incendiés ou à demi détruits.

« Oh ! Regardez ! Qu'est-ce que c'est ? » s'écria Edwina, vers huit heures.

Ransome, se retournant, aperçut un des petits bateaux de plaisance or et rouge de la Maharani qui s'avançait entre les ramures basses d'un des grands banians. Il était conduit par quelqu'un qu'on ne pouvait voir, car le baldaquin de l'embarcation s'était accroché aux branches et le rameur se débattait, à demi caché par le feuillage, pour le libérer.

Enfin il se dégagea et la silhouette qu'ils aperçurent était celle d'un jeune Européen, vêtu de shorts et d'une chemise. Un instant, le bateau oscilla ; le rameur faillit perdre l'équilibre et tomber dans l'eau boueuse, mais il se rattrapa et, quand il reprit les rames, ils virent que ce n'était pas un garçon.

« Mon Dieu, c'est Fern ! s'écria Ransome.

— Qui est Fern ? » demanda Edwina.

La question étonna Ransome ; il lui semblait qu'Edwina

était à Ranchipur depuis des semaines, des mois, et qu'elle devait très bien savoir qui était Fern. Mais, en y pensant, il se rappela qu'elle n'était arrivée que cinq jours auparavant.

« C'est la fille du missionnaire américain », répondit-il.

Le bateau était assez près, maintenant, pour qu'on pût voir qu'une des rames, rouge et or, appartenait à l'embarcation, tandis que l'autre avait été fabriquée au moyen d'une perche et d'une planchette de bois. Ransome reconnut les vêtements qu'il avait prêtés à Fern le soir où elle s'était réfugiée chez lui. Elle ne les appela pas, ne leva pas le bras pour leur faire signe. Elle continuait à ramer à coups réguliers, un peu gênée par la rame de fortune, luttant contre le courant visqueux, d'instant en instant plus proche.

« Elle est très jolie, remarqua Edwina. Et très jeune... »

Ransome ne répondit pas.

Fern, irritée, avait quitté la maison de Ransome avec l'intention de rentrer directement chez elle. Elle sortit par la porte cochère, où elle avait laissé sa bicyclette, mais lorsqu'elle la reprit elle s'aperçut que, là aussi, elle était trahie. Un des pneus était à plat. Ce fut la dernière goutte. Elle éclata en sanglots. Il ne lui restait plus qu'à faire à pied, sous la pluie, les trois kilomètres qui la séparaient de la Mission, à moins de demander au boy de Ransome de réparer la roue. Mais, dans sa crainte de rencontrer Ransome, elle ne put s'y décider. Elle se mit donc en route, se jurant, quoi qu'il arrivât, de ne plus jamais le revoir. Poussant sa bicyclette, elle arriva au bout de l'allée. Là, elle se rendit compte qu'elle n'était plus en colère, mais seulement abattue et lasse, plus lasse qu'elle ne l'avait jamais été, non seulement de Ranchipur, de sa mère, de Hazel, de toutes les personnes qu'elle connaissait, mais aussi de Ransome. Et, comme elle était très jeune, elle se dit : « Si je pouvais mourir ! Comme ce serait bon ! Pourquoi continuer à vivre ? Je voudrais me coucher ici, sur la route même, et mourir. » Mais elle savait qu'elle pouvait rester des jours exposée à l'air gluant et chaud de la mousson sans attraper de mal. De plus, la nuit, en cette saison, il y avait les serpents, et ils la terrifiaient. Ils commençaient à grouiller partout, jusque sur les chemins... pythons, vipères Russel, *kraits* et cobras.

Le pneu à plat avait changé ses dispositions. Elle n'en voulait plus à Ransome ; elle s'apitoyait sur elle-même. Et, tandis qu'elle pataugeait dans la boue collante, il lui sembla qu'il ne l'avait jamais prise au sérieux. Ce soir, pourtant, elle était venue l'avertir ; mais il était gris et l'avait traitée comme une enfant ou une idiote. Elle n'avait pas encore vu d'homme vraiment ivre, et le spectacle de Ransome l'avait effrayée, écœurée. Peut-être était-il moins ivre que fou, pour avoir ri ainsi de ce qui la terrifiait et la rendait si malheureuse, pour prendre à la légère la perspective du scandale, des scènes, des ennuis où il ne manquerait pas d'être entraîné.

Pourquoi avait-elle menti, prétendu qu'elle s'était donnée à lui ? Non seulement cela assurait l'avantage à sa mère, mais la ferait passer pour une pauvre sotte si elle essayait de le nier.

Elle atteignit le jardin de Rashid Ali Khan et, dans un accès de révolte, elle se dit : « Je vais entrer chez lui et y rester. Ça leur apprendra ! Peut-être, alors, auront-ils des regrets ! » Mais, aussitôt, elle songea que ce serait lui qui en pâtirait. C'était donc impossible. De plus, elle le connaissait à peine de vue et ignorait s'il lui serait sympathique. Elle ne savait même pas si elle aimait les Hindous. Les seuls qu'elle eût rencontrés étaient les Bhils, à demi sauvages et convertis, qui travaillaient à la Mission. Ce n'étaient du reste pas de véritables Hindous, mais des aborigènes. Les Hindous devaient avoir de la valeur, se disait-elle, puisque Ransome avait tant d'amitié pour eux, car, malgré sa colère et sa déception, elle avait foi en son intelligence et en son jugement. Puis, à la pensée de ne plus le revoir, elle recommença à pleurer, de sorte que non seulement la pluie qui tombait en rafales mais aussi ses larmes l'aveuglaient. Pourtant, l'étrange et chaud sentiment éprouvé au cours de la nuit qu'elle avait passée chez les Smiley lui revint. Alors, bien qu'elle fût jeune et sans expérience, elle comprit qu'elle aimait Ransome, que toujours elle se souviendrait de lui, penserait à lui avec un battement de cœur, même lorsqu'elle serait très vieille.

Enfin, elle arriva au carrefour, près de la Distillerie, et, comme elle s'engageait dans le chemin de la Mission, elle aperçut les phares d'une voiture. « Ce doit être maman rentrant de la ville », se dit-elle. Vivement, elle éteignit la lanterne de sa bicyclette et s'élança dans le fossé qui bordait la route. Elle redoutait moins les serpents que de rencontrer sa mère. Probablement celle-ci revenait-elle de chez Ransome. Elle avait dû le voir et lui signifier qu'il aurait à l'épouser, elle, Fern. Terrifiée, elle attendit que la voiture fût passée, dans un éclaboussement de boue. C'était bien la vieille Ford. Alors son épouvante, son angoisse, sa tristesse se traduisirent par une subite nausée.

Puis elle se remit en route, consciente que chaque pas la rapprochait de chez elle, de sa mère, en train, peut-être, de narrer l'histoire à son père et à Hazel. Elle marchait automatiquement, toujours dans la même direction, n'en imaginant pas d'autre à prendre. Sanglotant, trébuchant, elle aperçut bientôt les lumières de la Mission ; alors, brusquement, elle résolut, au lieu de rentrer chez elle, d'aller chez les Smiley et de leur demander de la cacher. Le mal n'était-il pas déjà fait ? La lettre, lourde d'ignobles accusations, était partie. Rien de pire ne pouvait arriver. Cette décision l'apaisa. Les Smiley comprendraient. En tout cas, ils la garderaient quelque temps, jusqu'à ce qu'elle fût remise du choc de sa visite à Ransome.

Lorsqu'elle atteignit la maison des Smiley, elle n'aperçut que tante Phœbe assise seule au salon. Probablement le missionnaire et sa femme étaient-ils à l'École du soir. Un instant elle hésita. Tante Phœbe l'effrayait un peu ; non qu'elle redoutât de la dureté de sa part, ou un manque de sympathie, mais, dans la sagesse de son grand âge, celle-ci semblait tout savoir. Ses yeux perçants et son bon sens faisaient peur et honte au petit reste de Blythe Summerfield, « Perle de l'Orient », qui persistait en elle.

Mais, comme un instant avant dans le fossé, elle se dit qu'elle préférait affronter n'importe qui ou n'importe quoi, plutôt que sa mère. D'autre part, ne pouvant passer la nuit à marcher en rond sous la pluie, elle se décida à frapper à la porte.

« Entrez », dit tante Phœbe en levant les yeux de son ouvrage.

A la vue de Fern, une expression de surprise passa dans les yeux clairs de la vieille femme. Pourtant elle ne dura pas. Était-ce parce que tante Phœbe avait aperçu les paupières gonflées et le regard désespéré de Fern ?

« Je ne peux pas rentrer chez moi. Me permettez-vous de rester un moment ici ? » dit Fern, trop confuse pour faire des phrases.

Puis, n'en pouvant plus, elle éclata en pleurs.

« Dieu du ciel ! s'écria tante Phœbe en quittant son fauteuil à bascule. Que se passe-t-il ? Elle posa sa main sur l'épaule de Fern. Mais vous êtes trempée, ajouta-t-elle. Je vais vite vous chercher des vêtements secs. Après quoi, vous me raconterez tout. »

Restée seule, Fern se jeta sur le divan et se laissa aller à ses sanglots.

Tante Phœbe revint. Elle apportait une robe de Mrs. Smiley et une serviette. Doucement, elle toucha Fern : « Venez, dit-elle. Vous vous frotterez bien et mettrez ça. Et après, nous causerons. »

Fern n'avait aucune envie de se changer. Tout ce qu'elle souhaitait, c'était mourir. Mais quelque chose dans les manières de la vieille dame la mortifia et la força à obéir. Peu à peu, ses sanglots s'apaisèrent et, de nouveau, elle se sentit sur la défensive. Mais que pouvait-elle faire contre l'attitude déterminée de tante Phœbe ?

« Écoutez, mon enfant, vous avez quelque chose sur le cœur, et il vous faut me le dire. Je devine à peu près ce que c'est. Je ne prétends pas vous aider, mais parler vous fera du bien.

— Vraiment, vous me permettez de vous raconter ? » s'entendit répondre Fern.

Brusquement elle se rendait compte que, dans tout Ranchipur, seuls les Smiley pouvaient comprendre sa conduite et ne pas la juger, se moquer, lui donner des conseils. La méchante robe de guingan de Bertha Smiley était trop longue et lui allait mal, mais elle lui donnait une sorte de confiance, comme si elle eût été imprégnée des qualités mêmes de Bertha Smiley. Aussi, peu après, se trouva-t-elle en train de raconter à tante Phœbe tout ce qui s'était passé, ce qui l'avait poussée à agir ainsi, pourquoi elle détestait sa mère (elle avoua même cela) et pourquoi elle était retournée chez Ransome. Tante Phœbe l'écoutait, hochant de temps à autre la tête en émettant un petit grognement pour montrer son intérêt ou sa désapprobation au récit de certains incidents stupides.

Quand Fern eut fini de relater sa seconde visite à Ransome, tante Phœbe remarqua : « Cela ne lui ressemble vraiment pas. Peut-être avait-il bu ?

— Je le crains, dit Fern, désireuse soudain de le blanchir. Sûrement c'est cela. Je n'aurais pas dû vous raconter tous ces détails... surtout après les ennuis que je vous ai causés la dernière fois et la lettre que ma mère a écrite au Conseil de la Mission.

— Ne vous tourmentez pas à ce sujet. Ce n'est pas la première fois qu'elle nous joue un tour de ce genre. Quoi qu'il en soit, le mal ne triomphe jamais du bien. Je suis une vieille femme, et je sais que c'est vrai. Le défaut, chez votre mère, c'est qu'elle n'a pas été bien élevée. C'est fréquent dans le Sud. On n'apprend aux jeunes filles qu'à se chercher un mari ; elles ne savent pas penser à autre chose.

— Que dois-je faire ?

— Le mieux pour le moment, dit tante Phœbe en se levant, c'est que nous allions manger un morceau. Le cuisinier doit être parti, mais je saurai bien trouver quelque chose. Nous commencerons par nous faire une bonne tasse de café. Il y aura sûrement des œufs et des ignames. »

Prenant Fern par la main, elle la conduisit à la cuisine. La main de tante Phœbe était vieille, maigre et noueuse, mais Fern la trouva douce et réconfortante. Jamais encore, personne ne lui avait tenu ainsi la main et la sensation était si bonne que de nouveau elle eut envie de pleurer. Tante Phœbe continuait à bavarder. Sans doute voulait-elle épargner à la jeune fille l'effort de parler.

« Au fond, disait-elle, vous n'êtes pas faite pour un endroit comme Ranchipur. Ce n'est déjà pas facile pour des gens plus âgés de supporter la chaleur, la saleté, la boue, la poussière... Moi, ça me plaît. Mais, parfois, ça me tape sur les nerfs et me fait dire des choses désagréables, même à Bertha ou à Homer. Non, ce climat n'est pas naturel ; mais comme c'est intéressant ! »

Tante Phœbe obligea Fern à l'aider, comme si elle savait que la meilleure chose pour la jeune fille était d'avoir les mains occupées. En effet, peu à peu, Fern sentit s'apaiser en elle l'horrible tension. Mais, alors, elle se rendit compte qu'elle avait encore quelque chose à confier à la vieille femme, la plus importante de toutes : que, pour la première fois de sa vie, elle était amoureuse. De nouveau, elle ne voyait personne d'autre à Ranchipur, à qui elle pût livrer son secret. Peut-être Bertha Smiley ? Mais elle n'était pas sûre que celle-ci la comprît. Tante Phœbe lui inspirait plus de confiance, à cause de son âge. La vieille dame avait vécu si longtemps qu'elle semblait avoir achevé un cycle et être redevenue jeune.

Fern souhaitait éperdument parler de Ransome à quelqu'un. Sa tentative de se confier par lettre à sa cousine avait échoué. Elle savait que celle-ci ne la comprendrait pas ou transformerait son aventure en quelque chose de médiocre, de vulgaire. Puis, se rappelant les paroles méprisantes de tante Phœbe à l'égard de sa mère, et de l'éducation du Sud, elle songea : « Quand nous nous mettrons à table, je lui parlerai de lui. » De nouveau, à la pensée de Ransome, une douce chaleur l'envahit. De tout son cœur, elle désirait l'aider, le sauver de l'ivrognerie et du désespoir.

Enfin le repas fut prêt — œufs, ignames, toasts, thé, biscuits au gingembre—et elles s'assirent. Comme si elle devinait tout, tante Phœbe dit alors : « Quel dommage que Mr. Ransome s'adonne à la boisson ! Il est si charmant. C'est terrible quand un homme comme lui se met à boire. En général, les ivrognes ne m'intéressent pas, ce sont des gens de peu de valeur. J'avais un père comme ça... comme Ransome j'entends — il est mort d'alcoolisme à cinquante ans. »

Le cœur de Fern se dilatait de joie. Elle s'apprêtait à confier à la vieille dame son sentiment pour Ransome quand, soudain, quelque chose de physique, comme une sorte de menace immobile, suspendue dans l'air, l'arrêta. Il lui semblait qu'elle avait failli interrompre un discours plus important que le sien, une communication que la Nature entière était en train de leur adresser. Tante Phœbe paraissait éprouver le même sentiment. On eût dit qu'un revenant était entré dans la pièce et réclamait leur attention à toutes deux. La vieille dame la regarda et fut sur le point de parler. Mais au même instant le monde sembla chavirer. Le dallage du sol se souleva, se disjoignit, la table oscilla et le thé se renversa sur la nappe propre. Puis un fracas de murs s'écroulant retentit, et les lumières s'éteignirent.

« Ça doit être un tremblement de terre », dit tante Phœbe d'une voix sans timbre.

Fern, paralysée, ne pouvait bouger ni parler.

« Restez où vous êtes, reprit tante Phœbe. Il doit y avoir une torche électrique dans l'armoire. Je vais aller voir. »

Fern l'entendit s'éloigner comme une souris parmi les briques disjointes, puis une porte grinça, et, soudain, la pâle lumière d'une torche électrique agonisante brilla. Vivement, tante Phœbe alla chercher des bougies, dont elle avait une grande provision, n'ayant jamais eu vraiment confiance dans l'électricité distribuée par une usine située à quinze kilomètres de là, et qu'un Hindou, par simple curiosité, pouvait allumer ou éteindre d'un geste.

« Je crois que nous devrions immédiatement sortir de la maison, dit-elle. C'est ce que ma sœur Doris faisait toujours à Long Beach quand il y avait un tremblement de terre. Mais je n'ai guère envie de me faire tremper par la pluie. Si nous allions voir ce qui est arrivé dans les autres chambres ? A en juger par la poussière et l'odeur, il doit y avoir de gros dégâts. »

Le calme de la vieille dame, qui, peut-être, était fait de beaucoup d'indifférence, rendit son sang-froid à Fern. « Que s'est-il passé chez nous ? se demanda-t-elle. Et chez Ransome ? Où était-il ? »

A ce moment, elle se souvint qu'il devait dîner chez les Bannerjee. « En tout cas, ce n'est pas une maison de pierre, songea-t-elle. Peut-être cela vaut-il mieux. »

La moitié de l'habitation des Smiley s'était effondrée, mais trois chambres à coucher et une grande dépense — qu'on n'avait pas touchée lors de la transformation du bâtiment pour la Mission — restaient intactes. Avec une déconcertante fantaisie, la secousse sismique n'avait détruit qu'une des ailes de la maison. Tante Phœbe, suivie de Fern, s'aventura parmi les décombres. Elle poussait de petits gloussements en constatant la ruine de cette demeure qu'elle avait toujours entretenue dans un ordre parfait.

« Nous avons eu de la chance de nous trouver à la cuisine et non pas au salon ! » dit-elle à Fern.

Au même instant, un son étrange, lointain, semblable au bruissement de l'eau, mêlé aux lamentations d'une foule, remplit le silence qui avait succédé au tremblement de terre. Tenant chacune une bougie, la vieille dame et la jeune fille s'immobilisèrent, l'oreille tendue, effrayées par ces sons nouveaux, d'autant plus terrifiants qu'ils étaient indistincts, mystérieux, inexplicables.

« Au nom du ciel, qu'est-ce que cela peut être ? dit tante Phœbe qui s'était ressaisie la première. Pourvu qu'il n'arrive rien à Bertha et à Homer. Heureusement que l'École est neuve et solide.

— On dirait que ce sont des cris, dit Fern. J'ai envie d'aller voir ce qui s'est passé chez nous. »

Elle commençait à ressentir une peur profonde, écœurante. Aucun bruit ne parvenait de la maison de l'autre côté de l'allée. Si sa mère ou Hazel s'y trouvaient, on eût entendu des appels ; c'était dans leur tempérament. L'une ou l'autre serait même venue jusque chez les Smiley, quelle que pût être leur haine à l'égard de ceux-ci. De la fenêtre, Fern n'apercevait que la pluie et les branches des grands banians, dressées dans le ciel noir.

Comme pour la caserne du régiment, il ne restait de la maison des Simon qu'un amoncellement de poutres, de plâtras et de pierres. Lorsque tante Phœbe et Fern y parvinrent, la pluie avait déjà noyé les nuages de poussière soulevés par l'écroulement. Sans un mot, les jambes faibles, à la lueur de la torche électrique usée, la jeune fille et la vieille femme firent le tour des ruines, appelant d'une voix tremblante, cherchant un vestige de vie. Fern avait le calme qui suit les chocs terribles. Son esprit était étrangement lucide et clair. Il n'y avait aucune réalité dans le spectacle qu'elle avait sous les yeux. Son subconscient le rejetait comme une vision de cauchemar ; il était impossible que tante Phœbe et elle-même fussent en train d'interroger, sous l'averse, les décombres de leur maison, pour retrouver les restes de son père, de sa mère et de sa sœur. Les sons lointains des lamentations montant de la ville n'avaient, eux aussi, rien à faire avec la réalité. Comme le reste, ils appartenaient au cauchemar.

Soudain, elle se dit que, si elle criait leurs noms assez fort, ils surgiraient peut-être de l'obscurité, venant des tennis ou de la route. Et elle se mit à les appeler d'une voix saccadée, éperdue :

« Papa ! Maman ! Hazel ! » Mais ses cris furent noyés par l'averse ; seuls les lugubres gémissements montant de la ville agonisante lui répondirent.

« Peut-être étaient-ils sortis, et se trouvent-ils en sécurité quelque part », dit tante Phœbe.

Une pensée horrible, insensée, traversa l'esprit de Fern. « Peut-être sont-ils tous morts ! Peut-être suis-je libre ! » Mais la honte l'écœura et, de nouveau, elle appela dans les ténèbres : « Hazel ! Hazel ! » Non, la laide, la stupide Hazel ne pouvait être morte. Puis, soudain, la terre sembla s'ouvrir sous ses pieds ; et les ténèbres l'engloutirent.

Lorsqu'elle revint à elle, elle était étendue, enveloppée d'un drap, sur le sol lézardé de la cuisine des Smiley. Elle avait dans la bouche un goût de brandy qui la fit penser à Ransome et à sa première visite chez lui. Tante Phœbe se tenait penchée sur elle.

« Ne vous effrayez pas, mon enfant, dit-elle. Vous vous êtes évanouie et je vous ai traînée jusqu'ici. C'est tout. Là, prenez encore un peu de ça. J'en garde toujours quelque part, en cas d'accident. »

Fern but une gorgée de l'âpre brandy qui la fit tousser. Puis, lentement, ses souvenirs se précisèrent, avec une sorte de morne et d'écœurante réalité. L'impression de cauchemar était passée. Elle savait que le tremblement de terre avait eu lieu, que très probablement son père, sa mère et Hazel étaient morts. Des larmes se mirent à couler le long de ses joues, et, malgré elle, elle commença à gémir.

La vieille dame lui prit la main : « Ne vous laissez pas aller comme ça, dit-elle. Cela ne vous fera pas de bien. Habillez-vous plutôt avec ces vêtements secs. Je n'ai pas pu vous les mettre. Tout ce que j'ai pu faire, c'est de vous enlever les autres qui étaient trempés.

— Pardon, dit Fern, je ne le ferai plus, je vous le promets. Je ne sais pas ce qui m'a pris. »

A ce moment, du fond des ténèbres, une voix lointaine appela. La muraille de pluie en émoussait le son. Fern s'assit et écouta. De nouveau, la voix leur parvint, haletante, affolée, mais plus claire. Fern la reconnut. C'était celle de sa mère. Alors, serrant le drap autour d'elle, elle se leva, les genoux tremblants.

« Elmer ! Elmer ! Elmer ! Hazel ! Fern ! » répétait la voix.

« Je vais aller la chercher, dit tante Phœbe.

— Moi aussi... moi aussi... »

Et, enveloppée du drap, elle suivit la vieille femme sous la pluie.

A la faible lueur de la torche, elles se dirigèrent vers l'endroit d'où venait la voix. Enfin, à quelque distance de la maison, dans l'avenue, elles aperçurent Mrs. Simon. Elle n'était pas seule. Accrochée à son bras, se traînait l'énorme silhouette de Mrs. Hoggett-Egburry.

A la vue de la lumière, Mrs. Simon se mit à crier comme une folle. « Qui est là ? Est-ce vous, Elmer ?

— C'est moi, maman, répondit Fern.

— Où sont-ils ? Où est ton père ? Où est Hazel ? Oh, mon Dieu ! que s'est-il passé ? »

Mrs. Simon se jeta au cou de Fern.

« Ma chérie ! Dis-moi, ils sont morts ? sanglota-t-elle. Je sais qu'ils sont morts ! »

Mrs. Hoggett-Egburry, privée de son soutien, s'affala dans la boue où elle resta assise, geignante, dans son peignoir de dentelle et de satin bleu clair trempé.

Demeurée seule avec Mrs. Hoggett-Egburry sur la véranda du bungalow désert, Mrs. Simon avait attendu un long moment, écoutant les gémissements de son amie et les sons montant de la ville. Enfin, se rendant compte que personne ne viendrait les secourir et que sa compagne était complètement ivre, donc inutile, elle décida d'agir. Il était rare qu'elle rencontrât Mrs. Hoggett-Egburry aussi tard dans la soirée, et jamais encore elle ne l'avait vue dans cet état. Cette partie de Mrs. Hoggett-Egburry qui restait toujours suffisamment sobre pour donner l'illusion de la dignité avait, semblait-il, succombé dans l'ébriété et la terreur. Pendant un instant, Mrs. Simon la détesta de tout son cœur de se révéler si sotte, si veule, si nulle. Son instinct lui disait de partir, de planter là son amie, mais son expérience l'avertissait que c'était impossible. A deux reprises, elle la gifla, sans autre résultat que de faire redoubler ses lamentations. Alors, soulevant un de ses bras et le plaçant sur son épaule, comme s'il s'agissait d'une femme en train de se noyer, elle la força à se mettre debout.

« Voyons, un peu de cran, Lily ! criait-elle. Il faut que nous partions d'ici. »

Mais Mrs. Hoggett-Egburry se bornait à gémir et restait molle, lourde, inerte. Mrs. Simon n'était plus impressionnée par elle. D'une façon mystérieuse, l'importance et le prestige de Mrs. Hoggett-Egburry s'étaient liquéfiés, et Mrs. Simon ne craignait plus de l'appeler ouvertement Lily, comme elle le faisait jusqu'alors derrière son dos. Elle lui dit même des choses pires. Elle ne faisait plus aucun effort pour cacher sa dureté : « Venez donc, espèce de maudite ivrognesse, de sacrée imbécile ! lui criait-elle. Il faut que je rentre chez moi. »

Un instant, Mrs. Hoggett-Egburry vacilla et fut sur le point de retomber. Alors la petite Mrs. Simon sembla prendre une force nouvelle. Oubliant ses minauderies, sa féminité exagérée, elle devint subitement une femme de fer. Tirant son amie, la portant à moitié, elle parvint à descendre les marches de la véranda et la poussa dans l'arrière de la vieille Ford. Mrs. Hoggett-Egburry roula sur le plancher et ne bougea plus. Une de ses grosses jambes pendait hors de la voiture. D'un geste sauvage, Mrs. Simon la rejeta à l'intérieur et claqua la portière. Puis, sans même se retourner, elle grimpa à l'avant et mit en marche.

Les incendies avaient commencé et leur lueur, réfléchie par les nuages, éclairait la route de la Distillerie. A la croisée des chemins, le terrain s'abaissait, et la Ford plongea avec de grands éclaboussements dans quarante centimètres d'eau. La route elle-même était invisible, mais Mrs. Simon pouvait suivre son tracé grâce à la double rangée de figuiers de Java qui la bordait. Elle put avancer ainsi de quelques centaines de mètres, tantôt sur terre ferme, tantôt dans l'eau presque à hauteur des roues. « Si j'arrive jusqu'à la borne du Champ de courses, nous sommes sauvées, se dit-elle. Le sol remonte après. » Mais, au moment où elle allait l'atteindre, l'eau entra dans le carburateur et la Ford s'arrêta.

En vain elle essaya de la remettre en marche. Des jurons lui échappaient, des mots qui lui revenaient de son enfance, quand, dans les nuits chaudes, elle les entendait prononcer par les tambours, sur la terrasse de l'hôtel de son père, à Unity Point, Mississippi — des mots qu'elle ignorait connaître. En même temps, elle se mit à pleurer d'exaspération. « Impossible de passer la nuit ici, songeait-elle. L'eau peut monter. Il faut que je rentre à la Mission et que je traîne avec moi cette stupide ivrognesse ! Ah, non ! Il ne s'agira plus, après ça, qu'elle prenne ses grands airs avec moi ! »

Enfin elle renonça à tout espoir de remettre la Ford en marche et, terrifiée à l'idée des serpents, elle descendit dans l'eau tiède qui lui arrivait au-dessus des genoux, boueuse, malodorante, désagréable. Ouvrant la porte arrière de la voiture, elle cria : « Debout ! Sortez de là ! Imbécile ! »

A la lueur des incendies, elle vit que Mrs. Hoggett-Egburry n'avait pas changé de position depuis le départ. Apparemment, il n'y aurait pas d'autre moyen de la faire sortir de la voiture, qu'en la tirant par les pieds. Après mille efforts, par une série de secousses, elle parvint à la faire asseoir sur le plancher de l'auto, les jambes pendant à l'extérieur. Puis, d'une voix câline, comme si elle s'adressait à un enfant, elle dit : « Maintenant, Lily, il faut que vous fassiez un petit effort. Posez vos pieds par terre, et levez-vous. » Mrs. Hoggett-Egburry, geignante, lui obéit ; mais le talon d'une de ses mules garnies de marabout s'accrocha au garde-boue, et elle tomba la tête en avant dans l'eau.

Le contact de l'eau, peut-être aussi la terreur de mourir noyée la dégrisèrent et lui rendirent un peu de cette volonté qui l'avait abandonnée au moment du tremblement de terre, plongée dans une sorte d'ivresse voluptueuse. Après s'être débattue, elle parvint à se mettre sur ses pieds et, d'une voix pâteuse, cria : « Où suis-je ? Comment suis-je arrivée ici ?

— Vous êtes sur la route de la Distillerie, espèce d'idiote ! Et maintenant, nous devons aller à pied. La Ford ne marche plus ! »

Aidée de Mrs. Simon, elle se traîna, gémissant et trébuchant, hors de l'inondation. Mais, dès qu'elle se sentit sur un terrain ferme, elle recommença à se lamenter, s'effondrant tous les dix ou vingt mètres. Enfin elles dépassèrent la borne du Champ de courses et atteignirent l'entrée de l'allée de la Mission. Épuisée, désespérée, Mrs. Simon se mit alors à crier. Et c'est à ce moment que, de la cuisine des Smiley, Fern et tante Phœbe l'entendirent.

Pendant qu'elle ramait vers la maison des Bannerjee, Fern ne leva pas une fois les yeux. Dès l'instant où, au risque de chavirer, elle avait dégagé le bateau des branches du banian et aperçu Ransome debout sur le balcon à côté d'une étrangère, elle s'était sentie intimidée. « Il doit croire que je passe mon temps à lui courir après », se disait-elle. Peut-être ne désirait-il pas être sauvé. Un seul regard à l'inconnue avait montré à Fern que cette femme était très belle. Or elle ne songeait pas à l'emmener, pas plus que toute la famille Bannerjee. Quand elle avait découvert le petit bateau, flottant à la dérive, près de la Distillerie, elle n'avait pensé qu'à Ransome. De même quand elle était descendue dans l'eau jusqu'à la taille pour s'emparer de l'embarcation et avait fabriqué la rame de fortune avec les deux morceaux de bois procurés par Tante Phœbe. Sa mère s'était violemment opposée à ce qu'elle tentât l'aventure. Pleurant et se tordant les mains, elle avait crié : « Je te défends de te risquer dans ce ridicule bateau. N'ai-je donc pas assez souffert ? N'ai-je pas été assez dépouillée sans te perdre, toi aussi ! »

Mais Fern, sans se laisser impressionner, avait continué à clouer ses morceaux de bois. Puis, son travail terminé, elle avait mis les vêtements prêtés par Ransome et qu'elle avait laissés l'avant-veille chez les Smiley.

Non, décidément, elle n'était pas libre. Sa mère vivait encore. Au fond de son cœur, elle se disait qu'elle aurait préféré perdre sa mère, plutôt que son père et Hazel. Pourtant quelque chose s'était passé en elle au cours de cette nuit de tragique horreur. Bien que sa mère fût encore vivante, elle ne dépendait plus d'elle, elle en était libérée pour toujours. En même temps, elle fit une autre découverte : c'est que ni l'éloignement, ni l'évasion ne signifient liberté. La liberté est une chose qui existe à l'intérieur de vous, où que vous soyez. Elle ne s'était pas enfuie, elle n'avait pas quitté Ranchipur, cependant elle était libre, plus libre peut-être que si elle avait réussi à gagner Hollywood sans avoir vécu le drame terrible de ces dernières heures. Elle avait fait preuve de plus de force que sa mère ; quoique écœurée, malade de chagrin, terrifiée, elle avait gardé son sang-froid. Dans le désastre, elle avait conquis sa dignité, tandis que sa mère avait perdu le peu qu'elle en avait derrière cette sotte façade rose et blanche d'éternelle ingénue.

Même lorsque sa mère poussa de hauts cris en la voyant vêtue des shorts et de la chemise de Ransome, elle ne se laissa pas impressionner. Pour entreprendre l'expédition qu'elle projetait, il n'eût pas été raisonnable de porter d'autres vêtements.

« Que va-t-on dire, si on te voit attifée de la sorte ? Qu'en penseront les indigènes ? Comment veux-tu qu'ils nous respectent après cela ? » s'écria Mrs. Simon d'une voix lugubre.

Elle ne cria pas — Fern en fit la remarque — « Que dirait Mrs. Hoggett-Egburry ? » Mrs. Hoggett-Egburry, inerte, grotesque, nue sous les draps du lit à deux places des Smiley, ronflait. Son peignoir de soie bleu pâle et de dentelle, maculé de boue, séchait, suspendu au dossier d'une chaise devant le feu de la cuisine. Oui, le prestige de Mrs. Hoggett-Egburry et la crainte de son opinion étaient bien finis !

Au moment où Fern allait se mettre en route, Rashid Ali Khan et Harry Loder surgirent d'on ne sait où. Le grand Musulman portait un uniforme d'officier, en loques, trouvé dans les décombres de la caserne lorsqu'il avait aidé Loder à chercher les cadavres de ses amis. Ses grands muscles saillaient sous le vêtement étriqué fait pour un homme de la moitié de sa taille. Quant à Harry Loder, il ne restait plus rien, dans son apparence, de l'élégant joueur de polo, tiré à quatre épingles, de l'armée hindoue. Ses joues n'avaient plus leur belle couleur rouge et il tremblait un peu, comme s'il était en proie à des frissons. A leur vue, Mrs. Simon, effrayée, se remit à pleurer.

« Vous feriez mieux de prendre un peu de brandy, leur dit tante Phœbe.

— Bien volontiers », répondit Harry Loder d'une voix qui semblait appartenir à quelqu'un d'autre.

Tandis que tante Phœbe allait chercher la bouteille, il leur apprit la mort de tous les officiers, déjà enterrés par les soldats du régiment. A cette nouvelle, Mrs. Simon, prise d'une crise de nerfs, hurla qu'ils devaient l'aider à rechercher les cadavres de son mari et de Hazel. Rashid Ali Khan, d'un ton brusque (qu'il n'eût osé employer la veille encore, à l'égard d'une Européenne), répliqua que ce n'était pas le moment de s'occuper des morts, quand il restait des vivants à sauver.

Sur ces entrefaites, tante Phœbe reparut. Elle avait découvert la bouteille de brandy, vide, entre les bras de Mrs. Hoggett-Egburry. Elle leur dit donc qu'elle s'était trompée et qu'il n'en restait plus. Alors, avec une sorte de passion glacée, ils se firent mutuellement part des sinistres nouvelles qu'ils savaient. Même les cris et sanglots de Mrs. Simon ne purent les arrêter. La femme de Rashid et ses sept enfants étaient indemnes. La maison, construite d'après un plan américain, avait résisté. Mais l'inondation les encerclait et ils ne disposaient que de peu de vivres. On les sauverait plus tard... Dès l'aube, Rashid avait plongé dans l'eau et nagé jusqu'à la terre ferme. De là, il avait gagné les casernes, aussi nu qu'un Balayeur mais revêtu de la dignité infinie du vrai Croyant.

Il s'agissait, maintenant, de trouver des bateaux ou de construire des radeaux. Il fallait également découvrir ce qui bloquait la gorge du mont Abana et retenait les eaux.

Quant à Harry Loder, il ne se ressemblait plus. Ce n'était plus la grande brute avantageuse qui cherchait à acculer Fern dans les coins pour l'embrasser et la caresser. Il avait l'air malade, effrayé. Fern les écoutait, mais, de crainte qu'on ne la lui prît, elle ne dit mot de la frêle embarcation cachée dans le verger de goyaves, près de la

Distillerie. Elle devait d'abord s'assurer que Ransome vivait. Après quoi, ils pourraient lui prendre le bateau ; lui prendre tout ce qu'ils voudraient. Harry ne lui faisait plus peur ; il ne lui inspirait même plus de l'antipathie. Du reste, il ne semblait pas s'apercevoir de sa présence. Mais Fern tremblait que quelqu'un ne trahît son secret. Heureusement, tante Phœbe s'affairait avec le cuisinier, revenu à l'aube, et préparait des œufs et des toasts pour les deux hommes, et Mrs. Simon gémissait, préoccupée de ses propres malheurs.

Rashid déclara qu'il allait se rendre au Philkana, pour sortir les éléphants. La voiture de Harry n'avait plus d'essence—ils avaient dû l'abandonner en chemin — et la Ford de Mrs. Simon en contenait trop peu pour qu'il valût la peine de la réparer. Quant aux réservoirs de la ville, s'ils tenaient encore, ils devaient être submergés. La civilisation mécanique les trahissant, il ne leur restait que la ressource des éléphants du Philkana. Ceux-ci iraient partout, sauraient nager à travers l'inondation. Mais quelqu'un devait se rendre chez le *jobedar* pour lui donner l'ordre de les amener, et Rashid se proposait de le faire. Grâce aux pachydermes, ils pourraient descendre la vallée jusqu'au mont Abana et découvrir ce qui arrêtait les eaux. Harry croyait à un barrage formé par les épaves et les cadavres. Pendant que le ministre de la Police franchirait à la nage les deux ou trois kilomètres séparant la Distillerie du Philkana, Harry irait aux magasins de l'armée chercher de la dynamite.

Tante Phœbe apporta les œufs, et les deux hommes se mirent à table. Tandis qu'ils mangeaient, la vieille dame les questionna sur l'Hôpital et l'École supérieure de Jeunes Filles. Mais ils n'étaient guère mieux renseignés qu'elle sur ce qui s'était passé de l'autre côté de la rivière.

Fern, toujours terrifiée à la pensée que sa mère pourrait reprendre ses esprits et révéler l'existence du bateau, les observait et les écoutait. Le visage blême de Harry Loder, dans sa tunique souillée de boue et de plâtras, la fascinait. Et, peu à peu, elle eut l'impression que, si quelque chose semblait mort en lui, une autre chose, qu'elle n'avait encore jamais vue, y était née. Sans expérience, connaissant mal la vie, elle ne pouvait définir ce que c'était. Pourtant, l'expression nouvelle qu'elle découvrait sur son visage lui rappelait, par sa sévérité, celle de l'étrange Miss Dirks, parfois rencontrée dans le Bazar ou sur la grande place, de cette Miss Dirks qui avait toujours l'air pressée et qui, lorsqu'elle la croisait, ne faisait pas plus attention à elle que si elle eût été un arbre ou un rocher.

Le repas terminé, Rashid se leva, ridicule et magnifique dans son uniforme étriqué (Rashid vêtu de l'uniforme des conquérants ! songeait tante Phœbe). S'adressant à la vieille dame, il demanda : « Qu'avez-vous comme vivres ?

— De quoi tenir deux ou trois jours. Je m'arrange toujours à avoir des réserves. La prochaine fois, je vous préparerai un vrai repas. »

Alors, pour la première fois, Harry Loder posa sur Fern un regard étrange, absent.

« Vous ferez mieux de ne pas trop vous éloigner, dit-il. Il n'y a plus de police et on ne sait ce qui peut arriver. Les Bhils peuvent descendre des collines pour piller. Puis, se tournant vers tante Phœbe : Avez-vous un fusil ? questionna-t-il.

— Non, répondit-elle. Pourquoi ?

— Ranchipur a été dévasté ; il n'y a rien à manger ; on ne sait ce qui peut se passer. Enlevant le revolver qu'il portait sous sa tunique, il le lui tendit et ajouta : Gardez-le. Je vous enverrai un soldat. Un instant, il resta silencieux, la tête baissée, regardant ses mains musclées, égratignées et ensanglantées par ses recherches dans les décombres de la caserne. Malheureusement, je ne suis plus sûr de mes propres troupes, conclut-il... Enfin, de ce qui en reste...

— Que voulez-vous dire ? s'écria Mrs. Simon en éclatant en sanglots bruyants. Ne partez pas ! Ne nous abandonnez pas ! Ne nous laissez pas seules ! On peut nous tuer, nous faire n'importe quoi... »

Ce ne fut pas Harry, mais Rashid qui répondit, d'un ton sec et méprisant :

« Il ne vous arrivera rien, Madame. Vous pouvez vous

féliciter que nous n'ayons rien de pire à redouter que les Gujeratis. »

Ils s'en allèrent. Tante Phœbe fixa le revolver à sa ceinture, par-dessus son tablier, puis se mit à ranger la vaisselle et à faire l'inventaire des provisions. A deux reprises, au temps de sa jeunesse, elle avait vécu des moments semblables, lors des incendies de la Prairie. Elle avait aussi entendu maints récits sur les raids et les massacres des Peaux-Rouges à l'époque de son père, et ne s'attendait guère à ce qu'on les laissât en paix, n'étant que quatre femmes seules dans la maison. Et puis son vieux cœur fatigué, mais vigoureux, se tourmentait pour Bertha et Homer Smiley. Mais elle ne pouvait parler de son souci ni à Mrs. Simon, dominée par ses nerfs, ni à Mrs. Hoggett-Egburry, endormie et ronflant comme un ivrogne dans le lit de Bertha, pas plus qu'à la pauvre Fern, en train de se ronger pour un homme que rien ne sauverait de la boisson. La meilleure chose était donc de travailler, plus que jamais.

Tandis que Fern manœuvrait la frêle embarcation sous le balcon où se tenait Ransome, elle ne pensait plus à Harry Loder, mais se disait que, pour la seconde fois, elle se rendait ridicule. Elle ne pouvait se résoudre à regarder Ransome ! Penché sur la balustrade, il lui criait des conseils ; puis il lui tendit un cordon arraché à la robe de chambre de Jermyn Street de Mr. Bannerjee. Son sauvetage accompli, elle ne savait plus que faire, et son seul désir était de planter là le bateau et de s'en aller. Tout en fixant le cordon à l'une des colonnettes dorées du baldaquin, elle s'avouait que son chagrin ne venait pas de Ransome, mais de l'étrangère, debout à côté de lui sur le balcon... de cette ravissante femme tout en blanc, couverte de diamants et d'émeraudes, et qui sortait d'un autre monde que Fern ignorait, sauf par son pâle reflet au cinéma.

Cette femme appartenait au même monde que Ransome. Lorsqu'ils parlaient ensemble, ils devaient se comprendre, sans explications. Sans doute, dans leurs conversations, il n'y avait pas de ces silences gênés, de ces malentendus qui, soudain, faisaient sourire Ransome de cette façon qui la remplissait de confusion et la forçait à l'aimer davantage. Oui, c'était cette femme qui la troublait... cette femme dont la robe, dont les bijoux eux-mêmes paraissaient insolents, pleins d'assurance ; cette femme qui, à ses yeux, n'était pas blasée et vieillissante, mais incomparablement parfaite et séduisante ; Fern ne se doutait pas que, dans les shorts et la chemise de Ransome, elle avait une fraîcheur et un charme pour lesquels celle qu'elle admirait aurait donné vêtements, bijoux et tout ce qu'elle possédait.

Enfin, elle fut obligée de regarder Ransome. Elle avait fini d'attacher le bateau et il l'appelait pour qu'elle prît sa main et qu'il l'aidât à grimper sur le balcon. Elle vit alors son visage, et son cœur se mit à battre parce qu'à son expression elle constata qu'il était heureux de la revoir, qu'il semblait fier d'elle, en même temps qu'amusé par la cocasserie de la scène. Pour la première fois, elle se rendit compte, elle qui n'avait jamais analysé ses émotions ni ses pensées, de ce qui la séduisait tant en lui : c'était sa bonté et son sourire. Ce sourire qui apparaissait et disparaissait, comme une lumière s'allume et s'éteint, et illuminait des profondeurs qu'elle pressentait, mais ne pouvait encore comprendre.

Sa main et son bras étaient forts, plus qu'elle ne l'eût cru possible chez un homme aussi svelte. Il la tira sur le bord du balcon. Alors, le lâchant vivement, elle franchit la barrière, avec un sentiment de gaucherie et d'embarras.

« Quelle fille adroite vous êtes », lui dit Ransome.

La remarque l'irrita parce qu'il la traitait en enfant et l'humilia, à cause de l'étrangère qui les observait. Les larmes lui montèrent aux yeux, mais, par un effort digne du contrôle d'acier de la pauvre Miss Dirks, elle les ravala. Alors, s'attendrissant sur elle-même, elle prit vraiment conscience de la mort de son père et de Hazel. Jusqu'à ce moment, tout le désastre n'avait été pour elle qu'une sorte de vision de cinéma. Maintenant, c'était vrai. Elle savait que jamais plus elle ne les reverrait. Et Ransome osait sourire ! L'appeler une « fille adroite » !

« Venez que je vous présente à Lady Esketh, dit-il.

— Nous vous devons une grande reconnaissance, dit

Lady Esketh de la façon la plus charmante. Vous avez fait preuve d'un merveilleux courage. Sans vous, nous allions mourir d'inanition et d'ennui !

— Au nom du ciel, où avez-vous trouvé ce bateau ? demanda Ransome.

— Près de la Distillerie. Tante Phœbe m'a aidée à fabriquer la rame. Il n'en restait plus qu'une. »

Subitement, Fern se sentait de nouveau fière, presque heureuse. A ce moment, la pauvre Miss Murgatroyd parut, dans sa robe de style de taffetas bleu complètement maculée. Sa vue rendit à Fern toute son assurance et sa confiance. L'apparence de Miss Murgatroyd, debout dans l'encadrement de la porte, aurait rendu confiance à n'importe quelle femme.

« Pour l'amour du ciel, comment êtes-vous arrivée ici ? s'écria Miss Murgatroyd d'une voix vibrante.

— J'ai un bateau, répondit Fern.

— Mrs. Bannerjee ! Mrs. Bannerjee ! se mit à crier Miss Murgatroyd, en se précipitant dans la maison. Nous sommes sauvés ! »

Tandis que Miss Murgatroyd allait annoncer la nouvelle aux Bannerjee, Ransome et Lady Esketh interrogèrent Fern sur ce qu'elle savait du désastre. Elle leur apprit la mort de son père, de Hazel, des officiers écrasés par l'effondrement des casernes. Le sourire mourut sur le visage de Ransome. Il lui prit la main : « Je suis désolé, ma chère », lui dit-il. Et, de nouveau, Fern sentit son cœur se réchauffer, mais elle était un peu honteuse d'éprouver tant de bonheur quand son père et sa sœur venaient de perdre la vie sous les décombres de la Mission.

« Et le Palais d'Été ? demanda Lady Esketh. Que lui est-il arrivé ?

— Je ne sais pas.

— Et l'Hôpital ?

— Il est debout, Rashid Ali Khan me l'a dit.

— Où est Rashid ? questionna à son tour Ransome.

— Il est venu à la nage de chez lui jusqu'aux casernes. Maintenant il est allé chercher les éléphants.

— Et sa famille ?

— Tous vont bien. Ils n'ont pas encore quitté leur maison.

— Et les Smiley ?

— Je ne sais pas. Tante Phœbe est indemne.

— Les gens de l'Hôpital sont-ils encore vivants ? demanda Lady Esketh.

— Et le Major ? Et Miss Mac Daid ? dit Ransome, devinant la pensée d'Edwina.

— Je ne sais pas.

— Ils ont essayé de se rendre d'ici à l'Hôpital, au moment de l'inondation. »

Puis un silence étrange tomba, et l'impression d'excitation disparut. Fern, embarrassée, timide, reprit conscience de l'horrible réalité de la tragédie. « Demain ce sera vrai ! se dit-elle. Et après-demain, et le jour suivant ! Mais maintenant, ce n'est pas vrai ! Ce n'est pas arrivé ! »

« Quoi qu'il en soit, nous ferions mieux de gagner la terre ferme, remarqua Ransome. S'il se produit un nouveau tremblement de terre, la maison risque de s'écrouler. Puis, s'adressant à Fern, il ajouta : Et chez moi ? Vous avez dû passer devant ma maison ?

— La véranda et les communs n'existent plus. La maison elle-même est dans l'eau, comme ici, mais elle tient encore. Votre boy est assis sur le toit. (Jean-Baptiste ne s'était donc pas enfui. Il était resté caché tout le temps dans la demeure !) Le mieux serait que vous alliez chez les Smiley. Tante Phœbe m'a priée de vous le dire. Elle est d'une bonté extrême et s'occupe de tous. Maman est chez elle, avec Mrs. Hoggett-Egburry.

— Je vais faire la navette avec le bateau, dit Ransome. Nous ne pourrons partir qu'un à la fois. Il n'y a pas place pour plus de deux personnes. Avez-vous dormi ?

— Peu.

— Vous devriez vous étendre un moment. Je reviendrai vous chercher quand j'aurai emmené les autres.

— Je n'ai pas sommeil.

— Non, mais tâchez de vous reposer un peu. Puis, la prenant par le bras, il ajouta : Venez ; faites ce que je vous dis. Nous n'avons pas encore vu la fin. Cela ne fait que commencer. »

Elle n'avait pas envie de se coucher. Elle n'éprouvait aucune fatigue. Simplement, elle se sentait ahurie et si excitée qu'il lui semblait que, plus jamais, elle ne pourrait dormir. Mais de savoir qu'il s'intéressait à elle, se préoccupait de son bien-être, la touchait. D'autre part, il serait bon de se retrouver seule avec lui, ne fût-ce que pour un instant, et agréable de l'éloigner de Lady Esketh et de sa supériorité. Malgré sa jeunesse, son instinct l'avertissait que les paroles aimables et l'attitude de Lady Esketh à son égard manquaient de sincérité, n'étaient que le produit d'une longue habitude et d'une éducation. Lady Esketh ne paraissait guère impressionnée ; elle avait l'air de ne s'intéresser qu'à l'Hôpital. Pourquoi ?

Elle s'étendit sur un lit hindou, dans une des chambres à coucher.

« Vos vêtements sont trempés, dit Ransome. Vous devriez les enlever.

— Ils sont à peine mouillés. Le baldaquin m'a protégée.

— Je vais vous chercher un châle. »

Il sortit de la pièce, la laissant heureuse et paisible. Un instant après il revint, apportant deux châles de Cachemire dont il l'enveloppa gentiment. Puis, posant sa main sur son front, il lui dit : « Vous avez passé par une dure épreuve, ma chère. Essayez de dormir un peu. » Sans savoir ce qu'elle faisait, sans le vouloir, elle toucha sa main, mais il la retira vivement, comme si ce contact lui faisait mal. « Maintenant, tâchez de dormir, comme une bonne petite fille », dit-il. De nouveau, il la traitait en enfant !

Edwina attendait Ransome sur le balcon.

« Si seulement nous pouvions avoir plus de nouvelles ! » dit-elle dès qu'elle le vit.

Ces paroles irritèrent Ransome. Elles lui semblaient illuminer la profondeur éhontée de l'égoïsme d'Edwina.

« Nous en aurons quand nous sortirons d'ici, répliqua-t-il d'un ton aigre. Mais je crains que nous n'apprenions pas ce qui est arrivé au Major.

— Ce n'est pas ce que j'entendais ! Pourquoi toujours vous en prendre à...

— C'est exactement ce que vous entendiez, et vous devriez avoir honte, sinon de le penser, du moins de vous trahir ainsi ! Voulez-vous que je vous emmène la première ?

— Je m'en contrefiche. Mais peut-être tenez-vous à rester seul avec votre petite fille.

— Que voulez-vous insinuer ? »

Elle rit.

« Vous n'allez pas me faire croire qu'il n'y a rien entre vous !

— Ce n'est pas une raison, parce que vous vous conduisez comme une putain de Piccadilly, pour penser que toutes les femmes vous ressemblent !

— Soit ; prétendez ce que vous voudrez. Mais si jamais j'ai vu une jeune fille souffrant du mal d'amour, c'est bien elle. Quand vous lui parlez son visage s'empourpre comme un feu d'artifice. Je suppose que vous devez aimer qu'on vous traite comme si vous étiez le Bon Dieu en personne. »

Elle posa la main sur son bras, doucement, d'une façon désarmante et, de nouveau, il eut le sentiment qu'elle s'efforçait de paraître à ses yeux, peut-être à ceux du monde entier, bien pire qu'elle ne l'était réellement. « Si vous avez bonne mémoire, poursuivit-elle, ce qui a mis fin à nos relations autrefois, c'est que je ne vous ai jamais traité en Bon Dieu, mais simplement comme si vous étiez aussi mauvais que moi !

— Seigneur ! Où allez-vous pêcher de pareilles idées ! »

Mais il avait honte d'avoir pu, un moment, penser à amuser Edwina par le récit de la tentative de séduction de Fern, tentative échouée parce que, quelques heures auparavant, dans une chambre perdue du Palais, elle s'était donnée à lui, elle, Edwina, sans passion, par ennui, et avait ainsi sauvé la vertu de Fern. Tout cela ne lui semblait plus drôle maintenant. Et d'avoir eu l'idée de raconter l'histoire à Edwina le dégoûtait, l'écœurait. « Je dois être encore pire que je ne le croyais ! » songea-t-il. Il trouvait grotesque la pensée qu'il pût être amoureux de Fern. Si, de son côté, elle était éprise de lui, il s'agissait de lui faire passer ce sentiment. En vérité, Fern méritait quelqu'un de mieux que lui, de plus frais, de plus jeune, de plus propre. Cependant il se sentait troublé ; pour la première fois, il ne savait plus ce qu'il pensait.

Alors seulement il se rendit compte que c'était lui que Fern était venue sauver ; c'était pour lui que Tante Phœbe et elle avaient fabriqué la rame grossière, nécessaire à la manœuvre. Comment aurait-elle pu penser aux autres ? Elle les connaissait à peine. « C'est évident ! songea-t-il. Quel imbécile je suis ! Depuis le début, je n'ai été qu'un imbécile. »

Le reste de la journée se passa à faire la navette entre la maison des Bannerjee et la croisée de la Distillerie. Ce n'était pas une tâche facile que de conduire la frêle embarcation sur le courant visqueux, pleins de remous. Ransome était obligé de faire de grands détours pour éviter les arbres dans le parc du Maharajah et la double rangée de figuiers de Java bordant la route de la Distillerie. Du lieu où il accostait, on apercevait, à quelque distance, la maison à demi écroulée de la Mission, au milieu d'un bouquet de sombres banians. L'un après l'autre, les rescapés amenés par le petit bateau gravissaient la route et traversaient les champs boueux pour aboutir au havre administré par tante Phœbe. Miss Murgatroyd arriva la première, puis Mrs. Bannerjee, portant ses trois pékinois, quelques bijoux et la boîte d'or où elle enfermait son *pan ;* enfin Lady Esketh dans sa robe blanche de Paris, un châle de Cachemire jeté sur ses épaules.

De violentes averses tombaient par intermittence du ciel

bas, surchargé, et le vent bousculait le ridicule petit bateau à baldaquin. Construit pour se balancer les soirs de fête sur un étang semé de pétales de fleurs et illuminé de feux de Bengale, il devait maintenant résister aux poussées du courant, aux heurts des branches flottantes qui, sans cesse, le menaçaient du désastre.

Pendant la traversée, Miss Murgatroyd commença par pousser de petits cris et pouffer de rire, mais Ransome, agacé, lui dit d'un ton sévère de se tenir tranquille si elle ne désirait pas aller rejoindre les cadavres qui flottaient autour d'eux. Mrs. Bannerjee resta immobile, silencieuse, pleine de dignité, mâchant ses feuilles de bétel avec le calme et l'indifférence d'une vache sacrée; elle ruminait avec assurance, avec confiance, comme si ces Indes déchirées, brisées, agonisantes, étaient les Indes véritables auxquelles elle appartenait, comme si elle devenait enfin elle-même, maintenant que la civilisation moderne dont Ranchipur s'enorgueillissait était détruite. Mais les pékinois s'agitaient, gémissaient, aboyaient à la vue des cadavres, des épaves, des serpents qui lentement passaient à côté d'eux.

Ransome, assis en face d'elle, ne souhaitait plus la conquérir, ni l'humilier. Et comme il l'observait, mastiquant, impassible, son bétel, il s'étonna d'avoir jamais pu la désirer. Il ne l'admirait plus que d'une façon abstraite, pour son calme, son indifférence, pour la façon spirituelle dont elle avait pris les lamentations de son mari. Elle était devenue pour lui une sorte de phénomène, inhumain et sans sexe. Sa beauté au modèle si fin, ses grands yeux brillants, la perfection de ses mains pâles aux ongles laqués, étaient les mêmes, mais d'une qualité plus subtile, intensifiée par l'animation.

Au lieu du débarquement, près de la Distillerie, ils retrouvèrent la fidèle Miss Murgatroyd, dans sa robe de taffetas bleu pâle trempée, le bas de sa robe teinté de rouge par la boue des champs. Elle avait mis un châle sur sa tête. Lorsque Ransome l'avait déposée sur la rive, elle avait fait semblant de se diriger vers la Mission, mais à peine avait-il tourné le dos qu'elle était revenue sur ses pas, afin d'attendre sa chère et précieuse Mrs. Bannerjee.

Pendant tout le trajet, Edwina se montra de mauvaise humeur. Maintenant que la première excitation était tombée, elle s'ennuyait lugubrement, profondément, en proie à une sorte d'impatience rongeante. Tandis que le petit bateau se frayait un passage à travers les arbres, elle faisait de brèves remarques d'une voix irritée. Elle ne voyait plus que la boue, la pénétrante humidité, l'impossibilité d'avoir des nouvelles de l'Hôpital et de parler du Major avec Ransome. Celui-ci paraissait, en quelque sorte, lui avoir échappé pendant la nuit ; le Tom qu'elle avait retrouvé ce fameux soir au Palais n'existait plus. Et, comme elle l'observait à la dérobée (elle ne désirait pas rencontrer son regard), il lui sembla que son visage lui-même avait changé, qu'il s'était mystérieusement émacié, que l'arête de sa mâchoire obstinée s'était effilée. Cette transformation l'agaçait. « Si le Major vit encore, je l'aurai envers et contre tout ! » se disait-elle, l'âme sombre. Oui, il fallait qu'elle l'eût, après tant d'heures consacrées à penser à lui, à imaginer comment cela se passerait. Même s'il se révélait un pauvre Hindou intrigant et versatile comme les autres, s'il ne devait être qu'un amant de plus, semblable à tous ceux qui l'avaient précédé... C'était la seule façon pour elle de se guérir de la maladie créée par sa propre perversion. Elle souhaitait qu'il l'écrasât, l'humiliât, la soumît. Ce serait pour elle, songeait-elle cynique, une sorte de purification, dont elle sortirait libre. Mais soudain, elle éprouva de la honte. « Je ne croyais pas que cela pût m'arriver ! » se dit-elle.

« Vous auriez dû accepter un des *sari* de Mrs. Bannerjee, remarqua Ransome.

— Merci ! Que ferais-je avec toute cette étoffe autour de moi ! Non, ce que je demande, c'est un bain et des vêtements pratiques, une chemise et des shorts, comme ceux que portait cette jeune fille.

— Vous voulez dire Fern Simon ? dit tranquillement Ransome.

— Oui. Si c'est ainsi qu'elle se nomme.

— Vous le savez parfaitement.

— Nous n'allons pas recommencer !

— Seriez-vous jalouse, par hasard ? dit-il en souriant. Je vous en refuse le droit. Jamais je n'ai pu vous faire croire... même cette fameuse nuit au Palais...

— Moi non plus.

— Tout cela ne vous paraît-il pas bien trivial et stupide dans les circonstances où nous sommes ? »

Il lâcha une des rames et, de sa main, désigna un cadavre nu, accroché, la tête en bas, aux branches d'un manguier. « Qu'est-ce que cela lui ferait à lui ? » dit-il.

Mais il se rendit compte que lui-même faisait preuve de sottise, de mauvais goût et de pédantisme. Pour Edwina, avec son éducation et sa vie aventureuse, le cadavre d'un Intouchable ne pouvait guère avoir plus de signification que la carcasse d'une chèvre ou d'une vache. Son sentiment anglais de caste devait rendre pour elle ce spectacle aussi peu impressionnant que pour un Brahmane orthodoxe. Autrefois, lui-même n'aurait pas compris et serait resté froid. Dans une certaine mesure, il n'avait pas changé. Même en cet instant, il ne pouvait se figurer que cet homme, quelle qu'eût été son existence, n'était pas plus heureux mort que vivant. Sa fin ne devait avoir fait de différence pour personne : pour lui, moins que pour tout autre.

« Ce qu'il y a de déconcertant en vous, c'est votre sacrée sentimentalité... » remarqua Edwina. Puis, après un moment de vague réflexion, elle ajouta : « Le sort des villes, des armées, vous bouleverse ; vous souffrez pour l'humanité... Si vous étiez un peu plus subjectif, vous ne seriez pas toujours torturé ! »

Elle parlait par intuition, il le savait, car, bien qu'elle fût intelligente, elle n'était pas une intellectuelle. Pourtant ce qu'elle venait de dire était vrai, si vrai qu'il en fut éclairé sur lui-même. Elle avait raison ; il avait toujours été un universaliste. Tombant dans l'erreur de Descartes, il avait séparé l'humanité de l'individu, et cela l'avait rendu à la fois sentimental et un peu moins qu'humain.

Ils dépassèrent le mur de la Distillerie et le petit bateau vint donner de l'avant dans la boue rouge. Ransome sauta à terre et prit la main d'Edwina pour l'aider à descendre. Puis il se mit à rire.

« Que trouvez-vous de si drôle ? demanda-t-elle.

— Nous ! Le spectacle que nous offrons. Le monde est plus étonnant encore que je ne le pensais.

— Oui, il est amusant. Mais je ne suis pas certaine que nous jouions bien notre rôle.

— Qu'entendez-vous ?

— Que nous soyons à la hauteur... »

Il se détourna et de la main lui indiqua la Mission.

« C'est là-haut, dit-il. Prévenez tante Phœbe que je vous recommande spécialement à elle. Moi, je retourne chercher les autres. »

Il repartit. A quelque distance de la rive, il posa les rames et la regarda. Elle avait enlevé ses souliers à hauts talons et marchait pieds nus dans la boue, sa jupe à traîne retroussée et retenue à la taille par une ceinture de pierres du Rhin. Ses jambes étaient nues jusqu'au milieu des cuisses, et sur sa tête elle avait jeté le châle de Cachemire.

« Il n'était pas nécessaire de la recommander à tante Phœbe, songea Ransome. La vieille dame comprendra sa qualité, ce quelque chose d'invincible qu'elle porte en elle... »

Arrivé près de la maison de Mr. Bannerjee, Ransome aperçut la silhouette de ce dernier, l'attendant sur le balcon. Visiblement, Kâli s'était vengée. Il n'y avait plus trace en lui de Bond Street. Vêtu d'un *dhoti* blanc, drapé sur les épaules à la mode du Bengale, ses cheveux noirs, d'habitude luisants de brillantine, couverts d'une pâte de cendres, il tenait au creux de son bras un coffret de laque, contenant, sans doute, les restes terrestres de Mr. Bannerjee père. « Le vieux bonhomme finira tout de même au Gange ! » se dit Ransome. Les flots débordés de la Ranchipur n'étaient donc pas assez saints pour recevoir les cendres de l'ancien agent d'assurances !

A ce moment, Mr. Bannerjee avisa le bateau et, instantanément, il se mit à gémir et à se frapper la poitrine. Son costume ne lui allait pas. Quelque part entre Calcutta et Oxford, il avait perdu la manière de le porter. Le *dhoti* glissait de son épaule grasse, de sorte que constamment il était obligé d'interrompre ses dévotions pour le remettre en place. Mieux que le Bazar de Howrah, Bond Street dissimulait les douces rotondités de l'anatomie de Mr. Bannerjee, et Ransome découvrait avec stupeur qu'il avait les bras dodus d'une prima donna sur le retour.

Mais, à l'instant où le baldaquin du petit bateau toucha le balcon, Mr. Bannerjee cessa de se lamenter. Comme s'il était poursuivi par la vengeance de Kâli, il sauta dans l'embarcation avec son coffret de laque et le reste.

« Hé ! Doucement ! cria Ransome. Vous allez nous faire chavirer ! »

Ransome était furieux, au point que, si cela n'avait pas risqué de compromettre l'équilibre du bateau, il aurait donné à Mr. Bannerjee un vigoureux coup de pied dans le derrière. Éclairé par sa fureur, il comprenait soudain son antipathie de longue date à l'égard de Mr. Bannerjee. Il ne l'aimait pas parce qu'il était stupide, manquait de dignité, qu'il était à la fois un lâche et un mystificateur. Il lui en voulait aussi de la façon arrogante avec laquelle il s'était installé dans l'embarcation, comme si lui, Ransome, n'avait d'autre attribution au monde que celle de servir de passeur à Mr. Bannerjee et aux cendres de son père ! Vêtu à l'européenne, Mr. Bannerjee se montrait obséquieux, parfois même rampant. Maintenant, il prenait modèle sur sa femme. Mais il avait encore peur, si peur que le blanc jaunâtre de ses yeux était visible dans son visage couleur de cendre. Réellement, un homme terrifié à ce point avait mauvaise grâce à se montrer aussi insolent.

« Restez tranquille, dit Ransome. Si vous faites chavirer le bateau, je ne vous repêcherai pas. Il y a trop à faire. »

Mr. Bannerjee ne répondit pas. Son épouvante semblait lui avoir fait perdre la parole. D'une main, il se cramponnait au bord de l'embarcation, de l'autre il tenait le coffret de laque contenant les cendres. Dès qu'ils se furent un peu éloignés du balcon, il ferma les yeux et parut tomber en transe. Ransome se souvint alors d'une phrase du Major : « Les Bengalis sont les Irlandais des Indes ! » Réellement, n'était-il pas étrange qu'une même race pût produire deux êtres aussi différents que Mrs. Bannerjee et Mr. Bannerjee ?

Comme ils passaient devant la demeure de Rashid Ali Khan, Mrs. Rashid entourée de ses enfants de tous âges, apparut à l'une des fenêtres du haut. Elle lui cria qu'ils se portaient bien et avaient encore de quoi manger pour un jour. Ransome lui répondit qu'il viendrait les chercher ce même soir ou le lendemain matin.

Peu après, ils atteignirent le monde noyé de son propre jardin. Il aperçut Jean-Baptiste, nu sous la pluie, perché sur le toit lézardé de la maison. A travers l'averse, le boy le héla dans son français gazouillant. « J'ai sauvé l'argenterie, dit-il. Elle est au premier étage avec les habits du Sahib.

— Vous feriez mieux de rentrer, répondit Ransome. Je viendrai vous chercher plus tard.

— Très bien, Sahib. »

Le boy se laissa glisser le long des chéneaux comme un singe et sauta sur le rebord d'une des fenêtres supérieures de la maison.

A la Distillerie, Mr. Bannerjee, toujours méditant, ouvrit les yeux juste à temps pour descendre du bateau et, sans même un mot de remerciement ou de reconnaissance, s'éloigna dans la direction de la Mission. Ransome posa les rames et resta un moment à le regarder patauger, pieds nus, dans la boue rouge.

Enfin il se mit en route. Comme il approchait de la maison des Bannerjee, il aperçut le domestique de ceux-ci. Debout sur le balcon, l'homme contemplait la cité submergée. Il ne voyait pas le bateau. Petit, maigre, laid, très noir, il était le seul être vivant dans le paysage dévasté. En effet, oiseaux et singes sacrés eux-mêmes avaient fui la région comme s'ils avaient pressenti qu'elle était maudite par la nature.

Le domestique ne bougeait pas et, dans son immobilité extasiée, il y avait quelque chose de vaguement troublant. Cet homme avait tout perdu, femme, enfants, mère, grands-parents peut-être (les communs constituaient un véritable village avec ses temples à Kâli, Shiva et Rama), et de lui émanait une sorte de terreur révérencielle. Chétif, laid, enfantin, il se détachait contre le ciel menaçant de la mousson comme un fragile monument de patience et d'endurance. Cet homme, plus que tous les autres, représentait les Indes, plus que Mr. Bannerjee ou que le Major, plus que Rashid Ali Khan ou même que le vieux Maharajah. Il était les Indes indestructibles, éternelles, qui se perpétuaient, se reproduisaient, comme ces essaims d'abeilles accrochées en grappes aux larmiers de marbre du Grand Palais. C'était la vie, le principe, sorti d'une enfance affamée pour aboutir à une maturité où il n'y avait rien que satisfactions animales et superstitions, à peine différentes de celles des troupes pullulantes et bruyantes des singes sacrés.

Pendant un moment, comme ensorcelé, Ransome resta sans bouger dans le bateau qui s'en allait à la dérive, cherchant à découvrir ce que cet homme *était,* quels étaient ses besoins, son âme, son esprit, son essence. Quelle signification lui-même pouvait-il avoir pour cette silhouette osseuse, sombre, immobile, dressée sur le balcon, pour cet être pour qui l'Empire britannique n'avait pas de sens, et dont l'imagination ne dépassait pas les limites de la ville détruite, n'allait même pas jusqu'aux solitudes d'El-Kautara ou des hauteurs sacrées du mont Abana ? Ce n'était pas tout à fait un animal ; il était bâti selon la forme humaine. Qu'éprouvait-il à se retrouver subitement seul, dans un monde qui peu d'heures auparavant était solide et sûr ? A quoi pensait-il maintenant debout, figé comme la lourde statue de la bonne vieille Reine, en contemplant la cité morte ? Qu'était pour lui la réalité ? Et qu'était l'esprit ? Comment atteindre l'âme de cette forme obscure, à demi réelle ?

Et, avec lassitude, Ransome sentit monter en lui un lent élan d'abnégation, semblable à cette curieuse sensation éprouvée jadis dans les Flandres quand, le dos appuyé au mur de la maison à demi écroulée, il avait vu passer le régiment du Middland. C'était un étrange et singulier désir, vaguement sensuel, de se perdre lui-même, ce lui-même malheureux, parfois ivre, égoïste, sagace, déçu, neurasthénique, désespéré, de se plonger — quelle que pût être la parcelle d'âme, d'intelligence ou de personnalité connue sous le nom de l'Honorable Thomas Ransome —

dans l'amalgame appelé Humanité — désir aussi fort que la soif, de connaître cet homme debout contre le ciel, lui et ses rêves, qu'ils fussent blancs, noirs, jaunes ou bruns, de pénétrer l'infinie patience, l'inexplicable résignation de tous ceux de sa race. Et, pendant une seconde, il eut l'impression, comme si les nuages bas se déchirant soudain lui révélaient le soleil éclatant qu'ils cachaient, d'avoir entrevu le salut et la paix.

Puis sensation et vision s'évanouirent. A cet instant précis, l'homme noir sur le balcon se retourna et regarda dans sa direction, vers la lumière qui filtrait sous la frange des nuages. Mais, pour Ransome, l'enchantement avait cessé ; les arbres, illuminés une minute avant d'une glorieuse clarté, étaient redevenus les banians familiers sous l'ombrage desquels il s'était si souvent assis pour boire les mauvais cocktails de Mr. Bannerjee et regarder jouer au badminton. Et le vilain petit homme noir, un instant si proche qu'il avait failli découvrir son secret, n'était plus que le domestique malpropre, grognon et incapable de Mr. Bannerjee.

Lorsqu'il arriva sous le balcon, Ransome l'interpella en hindoustani : « Où est la *Memsahib* ?

— La *Memsahib* dort », répondit celui-ci en gujerati, et, par un geste d'une singulière beauté, il mima le sommeil.

« Il faut la laisser dormir, se dit Ransome. Elle n'a pas fermé l'œil depuis deux jours. » Il fit donc signe à l'homme d'entrer dans le bateau. Celui-ci commença par refuser et ne se décida que lorsque Ransome lui en eut donné l'ordre d'un ton très sec.

Dans une langue de fantaisie, Ransome lui demanda s'il n'avait rien à emporter.

« Non, rien, Sahib. »

Il ne possédait pour tout bien que le haillon, fixé à la taille, qu'il portait entre ses cuisses osseuses.

Ils se mirent en route. Dans son mauvais gujerati, Ransome essaya de faire parler l'homme. Mais celui-ci paraissait abruti et stupide. Ransome ne put en tirer que quelques gestes primitifs qui n'avaient aucun sens pour lui.

A la Distillerie, l'homme sortit du bateau et, se jetant à genoux, le front dans la boue, salua Ransome avec effusion.

« Où allez-vous ? » demanda Ransome.

L'homme ne comprit pas. Ransome, constatant que le soleil baissait, reprit les rames et se remit en route. Comme par respect, l'homme attendit jusqu'à ce que le bateau eût franchi une centaine de mètres, puis, faisant demi-tour, il partit droit devant lui dans la plaine boueuse, vers la clarté d'un jaune sulfureux qui frangeait l'horizon lointain. Jusqu'au moment où le bateau s'engagea parmi les arbres à demi submergés, Ransome le suivit des yeux, silhouette courbée et noire qui, d'instant en instant, se rapetissait dans la terrifiante immensité du paysage hindou.

Ransome avait dépassé sa maison et celle de Rashid Ali Khan lorsque, brusquement, l'obscurité s'abattit. En quelques instants, arbres, maisons, poteaux indicateurs furent engloutis par les ténèbres. Vaguement alarmé, Ransome cessa de ramer. « Il ne s'agit pas de me perdre ! songea-t-il. Si elle se réveille et découvre qu'elle est seule dans la maison, elle risque de s'effrayer. » Alors, comme il l'avait si souvent fait pendant la guerre, il se concentra, tâchant d'éveiller en lui un sens nouveau qui le conduirait droit à la maison des Bannerjee. L'obscurité était absolue ; il n'y avait même pas d'étoiles sur lesquelles il pût se diriger. Calculant que la rame confectionnée par Fern le ferait dévier vers la gauche, il se remit en route. De temps à autre, il jetait un regard par-dessus son épaule, dans le vain espoir que quelque chose lui apprendrait s'il était toujours dans la bonne direction.

La pluie, un moment interrompue, recommença à tomber, plus violente que jamais, rejaillissant en buée à la surface de l'eau. Pendant dix minutes il rama, épouvanté par son impuissance et sa cécité. Ce sixième sens, qu'autrefois il possédait, le trahissait. Sans cesse, le petit bateau allait s'égarer parmi les branches des arbres. Puis il se rendit compte que l'embarcation dérivait, entraînée par un courant. Sans le savoir, il avait quitté la zone stagnante de l'inondation pour se rapprocher de celle de la rivière. Alors, il se crut perdu. « Je vais être emporté et balayé comme les autres ! » se dit-il. Il ne souhaitait pas mourir. Pendant un moment, il lutta, pagayant à tour de bras. Mais songeant que, dans son ignorance du lieu où il se trouvait, chaque coup de rame risquait de le rapprocher de la mort, il s'arrêta et laissa le bateau aller à la dérive. « Si cela doit être la fin, que ce soit la fin ! se dit-il avec calme. Cela vaudra peut-être mieux ! »

Dans l'obscurité, il ne pouvait se rendre compte si l'embarcation avançait rapidement ou ne faisait que se balancer dans des remous, hors du courant principal. Mais, soudain, une ramille balaya son visage. Vivement, il tendit le bras et saisit la branche d'une main ferme. Le pire était passé. Ainsi retenu, il pourrait attendre le jour et voir où il se trouvait. Se souvenant du cordon de la robe de chambre de Mr. Bannerjee, il le chercha à tâtons et le fixa à l'un des rameaux de l'arbre. Il allait donc pouvoir dormir, sans danger, au milieu des ténèbres murmurantes et menaçantes. Mais, malgré la fatigue accumulée des deux dernières journées, le sommeil ne venait pas. Il avait faim et, bien que l'humidité fût chaude, il commençait à frissonner. « Il faut que je la rejoigne, se répétait-il. Si elle se réveille dans cette demeure obscure, peuplée de sinistres légendes et hantée par le spectre du vieux Bannerjee, elle risque d'avoir peur. » Puis, peu à peu, il fut gagné par une impression qu'il n'avait plus ressentie depuis la guerre : celle de la présence, autour de lui, dans les ténèbres, parmi les arbres bruissants, de tous ces morts terrassés par la catastrophe. Jadis, plus que les grenades ou les obus, ce sentiment l'avait terrifié. Paralysant son intelligence et son jugement, il l'envahissait malgré sa volonté, comme une eau glacée qui monte. La présence immatérielle de ces milliers d'êtres dont les cadavres déchiquetés pourrissaient dans la boue fertile des Flandres, autour de lui, le frappait d'épouvante. Sa frayeur, alors, était d'autant plus affreuse qu'elle échappait à sa raison et à sa conviction juvénile que l'immortalité n'existait pas. C'était comme si ces invisibles esprits peuplaient le brouillard gris traînant sur la glèbe et l'accusaient, disant : « Nous ne sommes pas morts ! La mort n'existe pas ! »

Mais en ce moment, seul dans le petit bateau, au milieu des ténèbres, il ne ressentait aucune terreur. Il savait que les esprits l'entouraient, non pas nés de son imagination, comme il s'était efforcé de le croire autrefois, mais réels, peut-être même revêtus d'une substance trop subtile pour être perçue par ses sens grossiers. Et le sentiment qu'il en éprouvait n'était pas d'épouvante, mais de paix et de compréhension.

Combien de temps resta-t-il ainsi, frissonnant, épuisé, dans le bateau balancé par les remous ? Il l'ignorait. Soudain, il lui sembla qu'une sorte de lueur pénétrait la nuit opaque et, peu à peu, les arbres commencèrent à se dessiner en masses plus noires autour de lui. Cette clarté venait des nuages. Sans doute un nouvel incendie avait-il éclaté dans la ville. Lentement la lumière augmenta. Enfin, non loin de lui, il reconnut le toit richement sculpté du temple de Shiva et, tout près, la tête de la statue en bronze de la reine Victoria au cou de laquelle s'était accrochée une guirlande d'herbes et de fleurs pourrissantes charriées par le courant. Aux trois quarts submergée, elle demeurait là, obstinée, invincible, sur l'arc-boutant central du pont fracassé.

Puis, contre le ciel de plus en plus rose, il repéra la silhouette en filigrane du vieux figuier de Java qui poussait à l'angle du terrain de badminton de Mr. Bannerjee. S'il parvenait à l'atteindre, le reste serait facile. Il ne pouvait songer à manœuvrer le bateau au moyen des rames, mais, détachant le cordon et se tirant de branche en branche le long de la rangée de banians couverts de détritus qui bordaient la route du Champ de courses, il réussit à s'éloigner du courant et à se rapprocher de son but. Il avançait difficilement, car, sans cesse, le baldaquin doré s'accrochait aux frondaisons. Après un temps qui lui sembla infini, il atteignit le figuier. Trempé de sueur, il s'arrêta un moment pour se reposer. Il ne frissonnait plus. Pour les cent derniers mètres, il reprit les rames. Enfin, il se trouva sous le balcon de la maison octogonale. Alors, enjambant la balustrade, il fixa une fois de plus le bateau avec le cordon de la robe de chambre de Mr. Bannerjee.

La demeure était silencieuse, plus muette que la désolation du dehors. « Peut-être est-elle partie ? songea-t-il. Peut-être quelqu'un est-il venu la chercher ? » Et cette pensée le bouleversa. A la lueur qui venait des nuages embrasés, il longea le vestibule et parvint à la chambre où il l'avait laissée.

Elle était là, endormie sous la moustiquaire, comme une enfant, un bras jeté derrière la tête. Ses cheveux blonds, courts et bouclés, ébouriffés par l'humidité, lui faisaient une auréole.

Exténué et perplexe, il resta un long moment à la regarder, dans la pâle clarté qui entrait par la fenêtre. Soudain, il ne savait pourquoi, elle lui semblait très loin de lui, loin, aussi, de l'enfance. Il y avait dans sa jeunesse même quelque chose de sans âge qui le touchait profondément et qui, dans l'état d'épuisement où il se trouvait, lui serra la gorge. La juvénile fraîcheur qui la nimbait éveillait à la fois sa honte et son envie. Un instant, il s'attarda à penser combien c'eût été merveilleux si, jadis, il avait été romanesque et jeune comme elle, s'il avait cru au monde comme elle y croyait. Jamais il n'avait connu cela. Et maintenant il était trop tard. Mais il concevait également tout le tragique que comportait son extrême jeunesse, les désillusions, les déceptions qui l'attendaient. N'y avait-il pas un abîme entre la réalité et le monde imaginaire qu'elle s'était créé ? Qu'adviendrait-il quand elle passerait d'un de ces mondes dans l'autre ?

Il recommençait à frissonner. Se rendant dans la chambre de Mr. Bannerjee, il y trouva un *dhoti.* Après s'être essuyé et frotté avec un couvre-lit, il enfila le vêtement d'emprunt et retourna auprès de Fern. A ce moment, dans le lointain, une explosion retentit, si forte que la maison oscilla. Puis deux autres lui succédèrent. Des morceaux de plâtre, détachés du plafond, tombèrent autour de lui. « Rashid et Harry Loder doivent être en train de faire sauter les épaves, se dit-il. Demain matin, l'eau aura disparu. »

Sous la moustiquaire, la jeune fille remua mais ne se réveilla pas. « Comme elle devait être fatiguée ! » songea-t-il.

L'incendie finissait de se consumer et sa lueur s'éteignait. Ransome prit un coussin et, drapant le *dhoti* autour de sa tête à la façon des millions d'êtres qui, chaque nuit, dormaient à la belle étoile, sous tous les cieux des Indes, il se coucha sur le sol près du lit. Ainsi, quand Fern se réveillerait, elle n'aurait pas peur.

Il ne lui vint pas à l'esprit qu'en passant la nuit à côté d'elle il risquait de provoquer un nouveau scandale. Le vieux monde de cancans, de jalousie, d'ambitions vulgaires avait été balayé et remplacé par un monde qui, pour quelque temps du moins, serait sauvage, primitif, désespéré.

A la Mission, tante Phœbe s'affairait.

Tous les boys avaient disparu. Le seul qui fût revenu, elle l'avait envoyé dès l'aube à la ville pour tâcher d'avoir des nouvelles des Smiley. Parti à contrecœur, il n'avait plus reparu. Quant aux réfugiés, ils ne songeaient pas à l'aider. Considérant ses hôtes en toute objectivité, au milieu du désastre, tante Phœbe constatait que Mrs. Hoggett-Egburry était non seulement une ivrognesse, mais une sotte, et que Mrs. Simon ne valait guère mieux, en temps de crise du moins. Sanglotant, se tordant les mains (lorsqu'elle ne dormait pas), elle ne cessait de se lamenter sur son malheur. Pourtant, songeait tante Phœbe amère, avait-elle jamais fait autre chose que de tourmenter, persécuter ce mari et cette fille pour qui la mort devait avoir été une délivrance ? Mrs. Bannerjee, elle, n'ayant travaillé de sa vie, ne savait rien faire. Assise, nonchalante, elle mâchait son pan avec le calme et l'indifférence d'un yogi. Tante Phœbe ne la trouvait pas belle. Elle n'était à ses yeux qu'une femme paresseuse et dépourvue de sentiments. Quant à Miss Murgatroyd, malgré les remarques ironiques et les mesquines cruautés de Mrs. Bannerjee, elle essayait de se rendre utile et voletait deçà, delà, sans grande efficacité. Elle aussi était sotte, la plus sotte de toutes, peut-être.

« La meilleure chose, c'est qu'elles restent hors de mon chemin », se disait tante Phœbe. Mais comme si, seule, la présence de la vieille dame avait pouvoir de les rassurer, elles ne cessaient d'entrer et de sortir de la cuisine. Mrs. Hoggett-Egburry désirait de l'aspirine. Mrs. Simon voulait quelque chose qui la fît dormir.

Pourtant, malgré son irritation, tante Phœbe éprouvait un plaisir qu'elle n'avait plus goûté depuis les lointains incendies et les tornades de la Prairie. Le sort des Smiley la préoccupait, mais modérément, car elle avait la foi. Une foi singulièrement puissante qui lui faisait croire que non seulement Dieu protégerait son neveu et sa nièce, mais que s'Il ne le faisait pas c'était qu'Il avait ses raisons pour cela. Comme elle était vieille et avait passé sa vie dans la simplicité, près de la terre, elle possédait, à quatre-vingt-deux ans, une sagesse et une science qu'aucun des autres, même les Hindous, n'était capable de partager. Elle savait que ce qui pourrait arriver aux Smiley ou à elle-même n'avait que peu d'importance dans le cours de la nature. La seule chose qui comptait, c'était de vivre honorablement et, dans la mort, de ne mériter aucun reproche. Cette conviction suffisait à lui donner la sérénité. Mais il lui paraissait regrettable, si des gens devaient périr, que le Seigneur n'enlevât pas plutôt des sots et des inutiles comme Mrs. Hoggett-Egburry, Mrs. Simon et les Bannerjee.

Sa paix lui venait également de ce que son esprit était occupé à mille détails et ses mains sans cesse laborieuses. Personne mieux qu'elle ne connaissait le soulagement que peut procurer le travail. Au cours de sa longue vie, elle n'avait jamais eu le temps de penser à elle-même, ni de se « délecter » de sa souffrance. Depuis son installation à Ranchipur, elle avait connu des moments d'oisiveté, des moments où elle avait été tentée de jouer des mauvais tours comme lorsqu'elle avait lâché la pauvre vieille hyène apprivoisée ou qu'elle tourmentait Mrs. Simon en allant s'installer sur la véranda dans son fauteuil à bascule avec sa limonade et son éventail en feuilles de palmier. Le seul défaut qu'elle trouvait à Ranchipur, c'était que, parfois, il n'y avait pas suffisamment à faire. Mais maintenant le travail ne manquait pas ; il fallait établir l'inventaire de la chambre aux provisions, pour voir combien de temps on pourrait tenir, faire la cuisine, s'assurer qu'aucun des réfugiés ne reçût plus que sa ration, chercher de l'aspirine pour Mrs. Hoggett-Egburry, mettre à infuser des feuilles de *neem* pour calmer les nerfs de Mrs. Simon.

Elle vaquait à ses occupations, le revolver de Harry Loder toujours passé à sa ceinture, par-dessus son tablier. D'abord, elle ne savait qu'en faire, puis c'était amusant de se dire qu'il pourrait servir. Elle ne croyait plus guère à son utilité quand, tard dans l'après-midi, elle vit s'avancer à travers les champs boueux trois Bhils dégingandés et noirs. Ils arrivaient droit sur la maison et, en silence, elle les observa comme elle aurait guetté l'approche de trois Peaux-Rouges à travers les Prairies de son enfance. Elle ne voyait pas la nécessité d'alarmer les autres et décida d'attendre, pour cela, de savoir ce qu'ils voulaient.

Ils venaient des collines pour piller et parurent surpris de trouver la porte d'une maison qu'ils croyaient vide, barricadée et gardée par une vieille femme armée d'un revolver. Tante Phœbe ne savait pas leur langue, mais, lorsqu'ils lui firent signe qu'ils voulaient entrer et manger, elle leur fit comprendre, par une vigoureuse mimique, que c'était impossible. Ils étaient sombres et menaçants, vêtus de haillons et de peaux de chèvres, avec de longs cheveux graisseux qui leur tombaient sur les épaules. Ils n'avaient pas d'armes à feu, mais chacun portait une longue lance.

Pendant un moment, ils discutèrent entre eux et peut-être auraient-ils décidé de pénétrer de force, quand Mrs. Hoggett-Egburry entra dans la cuisine et, les apercevant, se mit à pousser des cris aigus. A ce bruit, tous les autres réfugiés accoururent. La vue de Mrs. Hoggett-Egburry, enroulée dans un drap comme une momie (tante Phœbe et Bertha Smiley étant toutes deux petites et maigres, leurs vêtements ne lui convenaient pas), mit la panique parmi les Bhils. D'un air sinistre, ils firent demi-tour et partirent à travers la boue rouge, dans la direction de la ville.

Mrs. Hoggett-Egburry, menaçant de s'évanouir une seconde fois, réclamait à tue-tête du brandy ; mais il n'y en avait plus. Miss Murgatroyd et Mrs. Simon parlaient toutes deux en même temps. Miss Murgatroyd prédisait les pires horreurs, parlait de rapt et de tortures. Mrs. Simon hurlait : « Que va-t-il nous arriver ! Je les connais, ces Bhils. Je les ai vus autour de la Mission. Depuis des années, ils attendent pour nous couper la gorge ! » Puis soudain, se souvenant de Fern, elle cria : « Où est Fern ? Que lui ont-ils fait ? Pourquoi n'est-elle pas rentrée ?

— Fern est en sécurité, répliqua tante Phœbe en lui lançant un regard acide. Ne vous faites pas de soucis. D'après ce que j'ai pu juger, Fern a la tête solidement plantée sur les épaules. »

A ce moment, une nouvelle apparition surgit, plus étrange et plus exotique que les Bhils eux-mêmes. C'était Lady Esketh, sa robe blanche retroussée jusqu'à la taille, les bras couverts de bijoux, les jambes éclaboussées de boue rouge, jusqu'aux genoux. Avec une dignité non dépourvue de comique, elle dit : « Je suis Lady Esketh », et, s'adressant à tante Phœbe, elle ajouta :

« Je suppose que c'est vous tante Phœbe. Ransome m'a dit de m'adresser à vous.

— Il a bien fait, répondit tante Phœbe soudain intimidée, puis, se rappelant ses bonnes manières, elle poursuivit : Permettez-moi de vous présenter Mrs. Hoggett-Egburry.

— Très heureuse », dit Lady Esketh, tout en défaisant sa ceinture de pierres du Rhin pour laisser retomber sa jupe. La présentation eut sur Mrs. Hoggett-Egburry un effet foudroyant, plus que n'importe quelle bouteille de brandy. Enfin, elle rencontrait Lady Esketh ! Instantanément, elle se ressaisit et, se levant, resta debout comme si elle était en présence d'une altesse de sang royal. Elle fut la première à retrouver la parole.

« Ne les avez-vous pas rencontrés ? demanda-t-elle en ouvrant tout grands ses yeux d'un bleu de porcelaine. Ne vous ont-ils pas attaquée ?

— Qui ? répondit Lady Esketh.

— Les Bhils !

— Qu'est-ce que les Bhils ?

— Ces sauvages... ces hommes noirs avec des lances.

— Ah, ceux-là ! Oui, je les ai vus.

— Et ils ne vous ont pas attaquée... avec tous ces bijoux ! haleta Mrs. Simon.

— Non. Ils ne m'ont pas vue.

— Qu'a fait Votre...j'entends, qu'avez-vous fait ? » bafouilla Mrs. Hoggett-Egburry.

Dans son émotion, elle avait oublié ses années de situation officielle et faillit dire : Votre Seigneurie.

« Leur mine ne m'a pas plu et je me suis cachée dans un fossé jusqu'à ce qu'ils aient passé.

— Oh, s'écria Mrs. Hoggett-Egburry, dans un fossé ! Comme vous êtes avisée ! »

Tante Phœbe, qui ne supportait pas volontiers les sots, sentit qu'elle allait avoir de la sympathie pour la nouvelle venue. En effet, tante Phœbe ne cessait de s'étonner du nombre de gens qui, atteignant l'âge mûr, restaient des imbéciles. Or, visiblement, Lady Esketh n'était pas de cette espèce.

« Vous feriez mieux de changer de vêtements, lui dit-elle.

— Volontiers. Merci. Et s'il y avait moyen de se baigner...

— Il y a un *chattee*... commença Mrs. Hoggett-Egburry.

— Nous avons un bassin de pierre plein d'eau et un puisoir, et je vous ferai chauffer un peu d'eau, interrompit tante Phœbe. Venez avec moi. »

Mrs. Hoggett-Egburry, soudain consciente de son costume de momie, se mit à glousser. « Nous n'avons rien à nous mettre, ni les uns ni les autres, dit-elle. Quant à moi, j'ai été attrapée dans mon négligé. Il est en train de sécher ; mais ce n'est pas chose facile pendant la mousson ! »

Mrs. Simon semblait être devenue muette. Debout, immobile, les yeux exorbités, elle fixait Lady Esketh et les fabuleux bijoux que celle-ci portait à son poignet. C'était ainsi que, dans ses rêves, elle se figurait une duchesse. Elle en oubliait les cadavres de Mr. Simon et de la pauvre stupide Hazel, gisant sous des tonnes de pierres et de démolitions. Tandis qu'elle la contemplait, Lady Esketh enleva ses bracelets : « Que puis-je faire de ça ? demanda-t-elle.

— Donnez-les-moi, répondit tante Phœbe. Je les garderai dans mon bas. » Et, avec un éclair de malice semblable à celui que Ransome avait vu dans ses yeux le jour où, lâchant l'hyène, elle avait forcé Mrs. Hoggett-Egburry à grimper sur la tonnelle, elle ajouta : « Quoi qu'il arrive, il y a peu de chances qu'ils viennent les chercher sous *mes* jupons ! »

« Quelle façon de s'exprimer ! remarqua Mrs. Simon dès que tante Phœbe fut sortie, emmenant Lady Esketh. Vous voyez ce que je vous disais !

— Oui... Et devant Lady Esketh !

— Comment ose-t-elle parler ainsi... quand tout peut arriver ! »

A ce moment, dans l'encadrement de la porte, parut Bannerjee, la tête couverte de cendres, le coffret de laque sous le bras. A sa vue, les deux femmes poussèrent des cris, puis, le reconnaissant, elles lui tournèrent le dos et s'affairèrent autour du peignoir de Mrs. Hoggett-Egburry. Vêtu à l'européenne, il était déjà impossible, mais en *dhoti,* et barbouillé de cendres, l'élégant et cosmopolite Mr. Bannerjee ressemblait trop à un malpropre et répugnant *sadhu.*

Il ne tarda pas à se rendre insupportable. Sous prétexte d'orthodoxie, il exigea un coin du fourneau et une batterie de cuisine spéciale afin de pouvoir confectionner, pour lui et Mrs. Bannerjee, des mets qui ne fussent pas contaminés par les mains impures de l'Intouchable tante Phœbe.

A la salle de bains, près du *chattee,* tante Phœbe et Lady Esketh commençaient à s'entendre. Tante Phœbe avait apporté des sous-vêtements de coton (chose que Lady Esketh n'avait pas revue depuis les jours de misère où elle végétait avec son père dans une modeste pension, à

Florence) et une robe de calicot. Celle-ci, composée de deux morceaux d'étoffe cousus ensemble et de manches, avait été taillée, sur le sol de la véranda, par une couturière gujerati.

Tante Phœbe était un peu intimidée, non par la richesse ou l'élégance de Lady Esketh, ni même par le fait que celle-ci était la filleule d'une reine, mais parce qu'elle se nommait « Lady » Esketh. De sa vie, tante Phœbe n'avait appelé qui que ce fût « Lady », et, bien qu'elle sût vaguement qu'il existait des titres, il lui semblait ridicule de devoir dire « Lady » Esketh ou Lady Smith ou Lady Jones. Littéralement sa langue se refusait à prononcer le mot de « Lady ». Aussi s'en passa-t-elle, et ne dit-elle que « vous » à la belle pairesse.

« Qui sont ces deux femmes ? demanda Lady Esketh.

— Celle qui est entortillée dans les draps est Mrs. Hoggett-Egburry, la femme de l'administrateur de la Banque, répondit tante Phœbe. La seconde est Mrs. Simon, l'épouse de l'autre missionnaire.

— Est-ce elle qui a une fille nommée Fern ?

— Oui. La pauvre, son autre fille et son mari ont été tués par le tremblement de terre.

— Comme c'est affreux ! »

Un instant, elles restèrent silencieuses, impressionnées par l'horrible réalité du désastre.

Lady Esketh, sans vergogne, s'était mise complètement nue.

« Sait-on ce qu'est devenu l'Hôpital ? demanda-t-elle soudain.

— Non. J'ai envoyé un des boys aux nouvelles, mais il n'est pas revenu.

— J'ignore si mon mari est vivant ou mort. Il était malade au Palais d'Eté. »

« La malheureuse », songea tante Phœbe. Mais, presque aussitôt, elle sentit que cette épithète ne convenait pas à Lady Esketh. Quoi qu'il pût advenir à cette étrange femme, nue, en train de s'asperger d'eau froide puisée au *chattee,* elle ne serait jamais une malheureuse.

« Espérons que demain la situation sera meilleure », remarqua tante Phœbe.

Tante Phœbe se retira. Quelques instants plus tard, Lady Esketh, vêtue de la robe de calicot, la rejoignit à la cuisine. « C'est extraordinaire comme les mêmes vêtements peuvent être portés différemment ! » songea tante Phœbe. Dans la méchante robe confectionnée pour Bertha, Lady Esketh avait grand air.

« Si je puis faire quoi que ce soit, dites-le-moi, déclara Lady Esketh. J'aimerais vous aider. Je ne suis pas très adroite, mais je voudrais me rendre utile. »

Tante Phœbe s'apprêtait à la décourager, sous prétexte qu'il serait regrettable d'abîmer les ravissantes mains aux ongles laqués, quand Lady Esketh ajouta :

« Réellement, j'y tiens. Je désire me rendre utile. Vous comprenez, je n'ai pas envie de rester à ne rien faire. »

Dans sa voix, dans ses yeux bleus, apparut alors l'ombre de quelque chose que, dans sa sagesse, tante Phœbe comprit et qui l'étonna. Un instant, elle réfléchit.

« Soit, dit-elle enfin. Vous pourrez râper les ignames. »

Mais, lorsqu'elle eut placé le saladier, les ignames et un couteau devant Lady Esketh, elle s'aperçut que celle-ci n'avait pas la moindre notion de ce qu'il fallait faire. Alors, lui prenant le couteau des mains, elle le lui montra.

« C'est ainsi qu'il faut s'y prendre, dit-elle.

— Je suis désolée d'être si empotée ! » remarqua Lady Esketh.

Et sur son visage reparut l'expression enfantine, presque candide, que Ransome, malgré son ivresse, avait remarquée la nuit du dîner chez Mr. Bannerjee, peu avant le tremblement de terre.

« C'est bien ça ! C'est exactement ce dont elle a besoin ! » songea tante Phœbe en retournant à son fourneau. Les ignames tacheraient les mains blanches, l'eau ferait craquer l'élégant émail des ongles, mais c'était ce que Lady Esketh souhaitait le plus au monde.

Ensemble, elles préparèrent le repas pour Mrs. Hoggett-Egburry, Mrs. Simon et Miss Murgatroyd. Sur le coin du potager, Mr. Bannerjee confectionnait un plat de riz au safran. Il s'était enfin séparé de son coffre de laque.

Lady Esketh et Mrs. Simon, armées du revolver de tante

Phœbe, montèrent la garde pendant la nuit. Un peu après minuit, de lointaines explosions, venant de la direction du mont Abana, ébranlèrent la maison. A ce bruit, tous les autres, portant des bougies, apparurent dans la cuisine barricadée de chaises et de tables où se tenaient les deux femmes. Tante Phœbe leur expliqua la mission de Rashid et de Harry Loder. Le reste de la nuit se passa sans incident. Aucun Bhil pillard ne se présenta. Dans le silence de la plaine boueuse, on n'entendait que le bruissement de l'averse, le hurlement des chacals et, de temps à autre, le rire démoniaque d'une hyène.

Et, tandis que, lentes, les heures s'écoulaient, les deux femmes se mirent à causer. D'abord, elles n'échangèrent que des remarques banales, sans intérêt. Mrs. Simon était encore éblouie, et Lady Esketh, accablée, s'ennuyait. Si Miss Hodge l'avait étonnée, Mrs. Simon la déconcertait davantage. La mesquinerie et le snobisme de Miss Hodge étaient compréhensibles. Des années d'expérience de fêtes de charité et d'expositions horticoles lui avaient appris à répondre, sans même y penser, les quelques phrases aimables qui combleraient de bonheur et de satisfaction de pauvres créatures comme Miss Hodge ou Mrs. Hoggett-Egburry. Mais, pour Mrs. Simon, c'était différent. Son snobisme américain ne respectait pas les formes ; il était l'expression d'une personnalité et non d'une classe. Pendant un moment, Lady Esketh s'en amusa. Les vieilles formules dont s'était contentée avec bonheur Miss Hodge ne semblaient pas satisfaire Mrs. Simon. Edwina se rendait compte que ces deux femmes étaient l'une et l'autre banales, ennuyeuses, mais d'une façon différente. Le moindre mot aimable suffisait pour provoquer la reconnaissance de la pauvre Miss Hodge. Mrs. Simon, elle, se montrait plus exigeante ; elle employait la familiarité pour établir leurs relations sur un pied d'intimité.

Pour la première fois de sa vie, Lady Esketh se sentait mal à l'aise. « Décidément, je préfère nos façons, se disait-elle. On sait au moins où on en est ! » Mrs. Simon se permettait de lui poser des questions directes sur son mari, sur la maladie dont il souffrait, sur ce qu'elle pensait de

Ranchipur, de la Maharani, de Ransome. Une simple réponse ne lui suffisait pas. Il lui fallait des révélations intimes semblables à celles dont elle faisait étalage avec une franchise et une candeur déconcertantes.

Quand elle amena sur le tapis non pas franchement, mais de biais, comme un crabe tirant sa proie, le nom de Ransome, ses insinuations sur Fern et lui firent croire à Edwina que Ransome l'avait délibérément trompée sur l'intimité de ses relations avec la jeune fille. Puis, avec un étrange détachement, Mrs. Simon entretint Lady Esketh de son mari et de sa fille Hazel : « Demain, disait-elle, il faudra que nous trouvions moyen de les enterrer. »

Séparée de Mrs. Simon par la table sur laquelle brûlait une bougie, Lady Esketh se sentait choquée, chose qu'elle croyait jusqu'alors impossible. Cette femme lui paraissait de plus en plus inhumaine. Rien au monde — ni son mari, ni sa fille, morts, ni sa fille vivante — ne semblait exister pour elle qu'en fonction de son propre moi. A l'entendre, on eût dit que la pauvre Hazel et que le Révérend Simon s'étaient fait tuer exprès pour l'ennuyer. Tout en répondant mollement : « Oui », « Non », ou « Comme c'est affreux ! », Edwina se rendait compte à quel point, malgré toute son expérience, elle connaissait mal le monde, sa mesquinerie, sa méchanceté, sa crudité, ses ambitions médiocres, ses jalousies. Elle ignorait ces choses pour s'en être toujours détournée lorsqu'elle les rencontrait. Mais, en ce moment, elle ne pouvait les fuir ; elles lui étaient imposées par cette femme entre deux âges, au visage fané, assise en face d'elle. Et, comme elle la considérait, elle éprouva de la colère à son égard, à cause de sa vulgarité — mais aussi de la pitié, pour sa bassesse même et pour la dureté, l'âpreté qui, elle le devinait, avaient dû l'entourer depuis son enfance.

Ne l'écoutant que d'une oreille, elle pensait à Albert. Il lui semblait, en ce moment, moins haïssable qu'elle ne l'avait cru. Ses défauts, ses vices, avaient au moins de l'envergure. Le mal qu'il faisait avait de l'ampleur, frappait les foules. Son égoïsme et son ambition avaient de la grandeur. Puis, oubliant totalement Mrs. Simon, elle songea : « Il doit être mort... si le tremblement de terre ne l'a pas tué, la maladie l'aura fait. Jamais je ne le reverrai. Je suis libre !... Mais que ferai-je de ma liberté ? se dit-elle encore. Où aller ? Quelle est ma raison d'être ? »

Les chacals se remirent à hurler tout près, dans les ténèbres. « Oui, songea Edwina, cette aventure a tout ce qu'il faut pour être romanesque, passionnante. Pourquoi ne l'est-elle pas ? Pourquoi n'est-elle que répugnante, vide ? » La demeure à demi écroulée, l'étrange collection de gens vulgaires qui s'y trouvaient réunis, même son sentiment pour Tom la laissaient froide. Pas un instant elle n'avait eu peur. Elle n'avait goûté qu'une fugitive exaltation. Mais maintenant tout était redevenu plat, insipide. Le malaise, la trivialité, l'ennui avaient étouffé l'élan. Il ne restait plus que le Major... mais, très probablement, il était mort...

Puis elle s'aperçut que la vulgaire petite femme assise devant elle pleurait. Ce n'étaient pas des sanglots bruyants, hystériques, mais des larmes tranquilles qui roulaient le long de ses joues mal maquillées, tandis qu'elle parlait sans même se préoccuper si Lady Esketh l'écoutait.

« ... j'aurais pu être meilleure pour lui, disait-elle, plus affectueuse. Maintenant, c'est trop tard... je ne le pourrai plus jamais... il est mort ! »

Lady Esketh remarqua que le visage en face d'elle avait perdu sa dureté. Il semblait flasque, et les larmes y dessinaient des traînées.

« Oui, je l'ai souvent bousculé, poursuivait-elle d'une voix étrange, assourdie, et aussi Hazel... mais différemment... Je pensais toujours pouvoir racheter, réparer... mais ce n'est plus possible. Je l'ai forcé à faire des choses qu'il ne voulait pas ; parfois il cédait, par lassitude... Ce n'était pas vraiment pour l'ennuyer. Je pensais lui être utile... il ne savait pas se tirer d'affaire seul... » Elle essuya son visage maculé et ajouta : « Il était faible, mais c'était un homme bon. Je voudrais que vous l'eussiez connu. »

Lady Esketh observait cette femme ; son chagrin, la qualité pitoyable, égoïste de sa confession, lui inspiraient une sorte d'horreur froide. Elle aurait voulu parler à quelqu'un d'autre. Et puis, la surexcitation nerveuse qu'elle devinait chez sa compagne l'alarmait. Mais où aller ? A qui parler ? Soudain, avec un faible sourire, elle se souvint qu'elle était de garde, sentinelle en robe de calicot, un revolver sur les genoux ! Dehors, la plaine de boue rouge s'étendait à l'infini, peuplée de chacals, d'hyènes, peut-être de troupes vagabondes de Bhils sauvages. Et subitement elle en voulut à Ransome de ne pas lui avoir permis de rester en arrière avec lui. « Probablement ne souhaitait-il pas ma présence ! songea-t-elle. Il désirait se trouver seul avec cette jeune fille. Peut-être était-ce sa première occasion. Mais, s'il a Fern, pourquoi n'aurais-je pas mon beau docteur ? »

L'horrible femme en face d'elle, vulgaire, étrange, ravagée, continuait à lui parler de choses qu'elle ne voulait pas entendre, qui ne la concernaient pas, qui lui inspiraient presque de la honte.

« Je ne lui ai pas toujours donné autant que j'aurais dû, disait-elle. Jamais il ne demandait ouvertement... mais parfois je savais, et je ne lui ouvrais pas ma porte... »

« Qu'est-ce que cela peut bien me faire ! avait envie de crier Lady Esketh. Pourquoi me racontez-vous tout cela ? Je me moque pas mal de votre mari que je n'ai jamais vu ! »

Mais elle ne dit rien. Elle se contenta de regarder le visage bouleversé qui n'était plus que couperosé, flasque et vieux.

« J'ai eu tant de malheurs, si vous saviez ! Vous n'imaginez pas ce que c'est d'être forcé de vivre ici, à Ranchipur... toujours... toujours... ça vous rend mauvais, bizarre, horrible... »

Peut-être, à travers ses larmes, Mrs. Simon aperçut-elle l'ombre dure, presque de dégoût, qui marquait le visage de Lady Esketh, car elle ajouta : « Je vous en prie, laissez-moi vous parler. Il n'y a personne au monde à qui je puisse me confier. »

« Probablement, en Angleterre, aurais-je jugé qu'elle manque de savoir-vivre, songea Edwina. Mais je ne suis pas chez moi. » Non, elle était plongée au cœur des Indes, dans un monde subitement effondré et terrifiant.

« Comprenez-moi, disait Mrs. Simon, je commence seulement à réaliser ce qui est arrivé. Jusqu'à maintenant, je ne le sentais pas, ce n'était pas réel. Je n'y croyais pas. Ce n'est qu'à présent que je *sais* qu'il est mort, sous toutes ces pierres. Pour la première fois, je *sais* que je ne le reverrai jamais. »

Les sinistres glapissements des chacals avaient recommencé, dominés de temps à autre par le rire sauvage d'une hyène. « Mort ! songea Lady Esketh. Le pays entier est couvert de morts, déchiquetés, emportés par les chacals et les hyènes. » Puis elle se rappela les nuées de milans et de vautours qu'elle avait vus du balcon de Mr. Bannerjee, tournoyant en cercles immenses. Ils ne fonçaient pas, comme les aigles ou les faucons, droit et net vers leur proie, mais ils descendaient mollement, paresseusement, car leurs victimes étaient mortes et rien ne les pressait. «Je vais me réveiller ! se dit-elle. Ce n'est qu'un mauvais rêve. Tout à l'heure, je découvrirai que je n'ai jamais été aux Indes ! » Mais elle savait que le hurlement des chacals était réel, aussi réel que le trivial et amer chagrin sur le visage de l'horrible femme qui montait la garde avec elle.

Mrs. Simon disait vrai. Elle n'avait pris conscience de la catastrophe, de la mort de son mari et de celle de sa fille, qu'au moment où, dans le calme de la cuisine lézardée, leur réalité lui était soudain apparue, comme si tous deux étaient morts lentement dans leur lit sous ses yeux. Avant cela, le choc du tremblement de terre, son habitude de tout dramatiser, la confusion, la terreur, l'excitation avaient en quelque sorte émoussé son sentiment, faussé le monde environnant, si bien que sa persévérance et son héroïsme dans le sauvetage de Lily Hoggett-Egburry avaient obnubilé tout le reste. Mais quelque chose, dans les yeux de la femme anglaise assise en face d'elle, l'avait bouleversée. Elle n'eût pu expliquer ce que c'était, mais dans ce regard posé sur elle il y avait une sorte de froideur, d'honnêteté, qui avaient fait fondre, l'une après l'autre, sa prétention, sa vanité, son hystérie, jusqu'à ce que, finalement, elle se mît à pleurer, tranquillement, les premières vraies larmes qu'elle eût versées depuis vingt ans. Et maintenant elle éprouvait une sensation — oubliée depuis son adolescence — de douceur, de chaleur, de paix. Elle ne pleurait pas sur l'homme entre deux âges, un peu trop gros, qui gisait écrasé sous des tonnes de pierre de l'autre côté de l'avenue, mais sur un garçon de vingt ans et sur la jeune fille qu'elle avait été. A ses larmes, se mêlait le regret de tout ce qui n'avait pas existé entre eux et qui aurait pu être, la nostalgie d'une chose que, lasse et terrifiée, au milieu d'un monde écroulé et immobile, elle pressentait vaguement pour la première fois. S'apitoyant aussi sur sa vie gâchée, elle comprenait soudain que, malgré tout, elle était vieille, plus vieille qu'elle n'aurait dû l'être à quarante-trois ans, usée par les soucis, l'envie, les jalousies mesquines ; elle se sentait des centaines d'années plus âgée que la froide et belle femme assise en face d'elle et qui, pourtant, ne devait être que de peu sa cadette. Dans sa détresse et ses regrets, elle se répétait : « Ce n'est pas juste ! Pourquoi a-t-elle tout, et moi rien ? »

« Il faut que je vous raconte... que je vous parle, disait-elle. Je n'ai personne à qui me confier à Ranchipur. »

Lily, elle aussi, s'était effondrée ; jamais plus, elle ne pourrait l'envier, la respecter. A son chagrin s'ajoutait cette ultime désillusion. Enfin, elle s'affala sur la table, le visage enfoui dans les mains et, pendant un moment, elle crut qu'elle allait s'évanouir ou mourir. Mais doucement, paisiblement, elle s'endormit sous la clarté de la bougie.

« Dieu merci ! » songea Lady Esketh, vaguement honteuse de sa dureté.

La nuit paraissait s'éterniser. Edwina, le dos droit, assise sur sa chaise dure, le revolver de Harry Loder posé devant elle, regardait dormir Mrs. Simon. Son sommeil, né de quarante-huit heures de terreur, d'hystérie, d'épuisement, ressemblait à la mort. Edwina, elle, ne songeait pas à dormir. Il lui semblait que jamais plus elle ne dormirait. Enfin, excédée, elle se leva et se mit à arpenter la cuisine propre et nette de tante Phœbe. Puis elle ouvrit les portes des armoires, passa en revue les casseroles, le curieux fourneau hindou avec ses innombrables et minuscules foyers. Et, bientôt, ce lieu lui parut féerique. Tout y était si menu, si parfait, imprégné de ce charme particulier qu'ont pour les enfants certaines maisons de poupées. C'était donc le royaume de cette singulière, positive et directe vieille dame ! C'était elle qui y faisait régner cet ordre scrupuleux, cette organisation parfaite. « Comme ce serait plaisant d'avoir une cuisine pareille ! songeait Edwina. Une cuisine à moi, où je serais reine et où, trois fois par jour, je préparerais avec méthode et succès le repas de toute la famille. » De nouveau, la paisible sérénité des vies humbles lui apparut et lui sembla désirable, merveilleuse, malgré sa monotonie. Jamais, au cours de son existence, elle n'avait connu l'ordre ou la sécurité, ni la satisfaction qu'ils procurent. Même pendant les jours de gêne de la pension florentine, dans les trois petites pièces donnant sur l'Arno qu'elle partageait avec son père, elle avait ignoré la paix. Incapables de s'organiser, campant comme des tziganes, ils avaient passé leur temps à attendre le tour de roue qui les rejetterait dans ce monde de luxe impersonnel et de dettes, brillant, parfois même éblouissant, mais d'où la tranquillité, l'harmonie et le repos étaient exclus. « Voilà ce qui m'a manqué, se dit-elle tout en inspectant la cuisine de tante Phœbe. Aussi loin que je me souvienne, ma vie n'a été que désordre ! »

De tout temps elle s'était considérée comme un être à part, pour qui les autres devaient peiner et travailler, et c'est pourquoi elle avait toujours ignoré l'assurance calme et sereine de cette vieille dame à l'aspect d'oiseau vers qui, dans la catastrophe, tous, Hindous, Européens, Américains, étaient accourus. Et soudain, l'espace d'un éclair, elle comprit la satisfaction profonde que devait éprouver tante Phœbe, ce sentiment de plénitude, de devoir accompli, si puissant qu'il annihilait la peur, l'ennui, le désordre, jusqu'à la terreur de la mort. Jamais encore elle n'avait ressenti pareille impression et elle se dit : « Je suis intelligente, forte comme un bœuf. Pourtant, de ma vie, je ne me suis rendue utile. Mais je puis encore le faire. Peut-être découvrirai-je ainsi quelque chose de plus merveilleux que tout ce que j'ai connu. Peut-être alors verra-t-on aussi dans mes yeux cette expression de paix qui m'a frappée chez tante Phœbe et chez la singulière et désagréable Écossaise qui administre l'Hôpital pour le Major. »

Dans le silence de la cuisine de tante Phœbe, elle se mit à échafauder des rêves, comme une écolière. La catastrophe, brisant la ligne de son existence, la rendant à la liberté, lui offrait l'occasion, peut-être la dernière, de faire quelque chose de sa vie. Albert devait être mort, comme elle le lui avait prédit ce fameux matin — n'y avait-il pas des années de cela ? — quand, assise à l'autre extrémité de la pièce, elle avait réalisé la profondeur de la haine et du mépris qu'il lui inspirait. Certainement il était mort (le fait la laissait froide, sans émotion) et elle était libérée non seulement de lui, mais de toute cette vie qu'il l'avait obligée a partager. Elle pourrait ne plus jamais remettre les pieds dans la maison de Hill Street, ne plus jamais retourner en Angleterre : devenir quelqu'un d'autre. Oui, elle irait trouver la Maharani, tante Phœbe, la vieille Miss Mac Daid ou même le Major, et elle leur dirait : « Me voici, je suis forte, en bonne santé. Dans toute cette détresse et cette misère, je voudrais me rendre utile. Dites-moi ce que je dois faire pour vous aider et je le ferai. »

Subitement une exaltation inconnue la saisit. Voilà ce qu'elle ferait : elle travaillerait dans les hôpitaux ! Elle travaillerait avec le Major ! Elle s'initierait à ce sentiment, à cette émotion qu'ils ressentaient tous, Tom le lui avait dit, à l'égard des Indes, de ces Indes qui, un jour, se réveilleraient et, se secouant elles-mêmes, se lèveraient pour retrouver leur dignité et leur grandeur passées. Oui, elle qui n'avait connu qu'une vie oisive, sensuelle et inutile, elle pourrait encore se sauver. Et, soudain, la pièce lui parut exiguë, étouffante. Écartant la barricade de chaises et de tables, elle ouvrit la porte et sortit dans la nuit.

La pluie avait cessé. Çà et là, entre les nuages, apparaissaient des pans de ciel d'un saphir foncé, constellé d'étoiles étincelantes. Le silence n'était plus interrompu que par le glapissement intermittent d'un chacal et par un grondement lointain qui la troubla comme le présage d'une nouvelle catastrophe. Devant elle, au-delà de la haie de poiriers épineux et du mur de torchis écroulé s'étendait la plaine hindoue, ce plateau sans limites qui, se déroulant jusqu'aux rives du golfe de Bengale, eût pu contenir l'Angleterre, la France, l'Allemagne, plus de la moitié de l'Europe, et rester vide encore. Très loin, à des kilomètres, près du barrage de cadavres et d'épaves qu'Harry et Rashid étaient allés faire sauter, s'élevait la masse sombre du mont Abana couronné de ses temples blancs luisant doucement sous la clarté du ciel hindou. Et tandis qu'elle se tenait là, immobile, pour la première fois de son existence encombrée et compliquée, un sentiment de petitesse et de solitude l'envahit qui, sur son esprit enfiévré, lui fit l'effet d'un bain d'eau fraîche et claire. Avec la solitude, une sorte de paix entra en elle. Puis, sans transition, la frayeur la saisit ; elle ne savait de quoi, à moins que ce ne fût de la révélation de sa propre insignifiance.

Alors, derrière elle, dans le silence, une voix retentit, glapissante comme celle du chacal. C'était Mrs. Simon terrifiée. « Lady Esketh ! Lady Esketh ! Où êtes-vous ? hurlait-elle. Où êtes-vous ? »

Les rêves, la paix, la solitude s'évanouirent. Exaspérée, Edwina se retourna vers la lourde silhouette debout dans l'embrasure de la porte et chuchota d'un ton violent : « Je suis ici. Taisez-vous. Taisez-vous. Vous allez réveiller les autres !

— Oh ! comme vous m'avez fait peur ! J'ai cru que vous aviez été enlevée par ces horribles Bhils ! »

A ce moment, le ciel se couvrit, la pluie recommença, et la lointaine phosphorescence des temples blancs se dilua dans les ténèbres.

Edwina rentra dans la maison aux persiennes closes, pour écouter les confidences éhontées et interminables de Mrs. Simon.

Fern se réveilla aux premières lueurs de l'aurore. Elle avait dormi longtemps, lourdement, et, quand elle ouvrit les yeux, elle ne savait pas où elle se trouvait. Encore à demi endormie, elle sentait une lente épouvante l'envahir, comme si, prisonnière d'un cauchemar, elle était condamnée à ne plus jamais s'éveiller. Puis, dans la clarté grise, elle aperçut la moustiquaire qui l'enfermait et remarqua la dureté de l'étrange lit de cordes sur lequel elle reposait. Elle se dressa sur son séant, écarta le voile de mousseline et, au même instant, se rappela tout ce qui s'était passé : l'horreur du tremblement de terre, la traversée dans le petit bateau rouge et or, l'odieuse scène avec sa mère, celle avec Ransome ivre, se moquant d'elle et de lui-même.

A ce moment, elle aperçut une forme humaine, enveloppée d'un *dhoti,* couchée sur le sol à ses pieds ; et la terreur la saisit à l'idée que cela devait être un cadavre. Cependant, fascinée, elle l'observa et constata qu'il respirait. Se penchant sur lui, elle vit une des mains qui sortait du vêtement, et la reconnut. Saisie de vertige, elle crut qu'elle allait s'évanouir. « Non ! Il ne faut pas que je me laisse aller ! Pas maintenant ! » se dit-elle. Se ressaisissant, elle s'agenouilla et avec précaution souleva un pan du *dhoti* pour voir le visage du dormeur. Il était caché dans le creux du bras, mais elle aperçut la nuque étroite et forte, les cheveux bouclés, drus et sombres, cette tête qu'elle connaissait si bien sans l'avoir jamais consciemment détaillée... Sa vue lui donna envie de pleurer. Doucement, elle se coula à côté de lui et resta immobile, la joue pressée contre la chevelure épaisse.

Quand il se réveilla, il tourna la tête et la considéra avec une expression de surprise émerveillée dans ses yeux sombres. Puis, lentement, le sourire de côté, qui bouleversait tant Fern, se répandit sur son visage fatigué. Et, passant son bras autour d'elle, il la pressa contre lui. Quand la joue de Fern toucha celle de Ransome, elle se rendit compte qu'il pleurait.

Dehors, dans l'aube grise qui se levait, la rivière un moment arrêtée avait recommencé à mugir. Harry Loder avait fait de la bonne besogne. Le barrage d'épaves et de cadavres n'existait plus.

Lorsque, quittant la chambre, ils sortirent sur le frêle balcon de bois, il faisait grand jour et l'inondation s'était retirée. Suspendu au cordon de la robe de chambre de Mr.

Bannerjee, le petit bateau rouge et or se balançait comme un homme ivre après une nuit de débauche. Alors, pour la première fois, ils purent comprendre toute l'étendue du désastre. Du village à l'extrémité des communs, de ses huttes et de ses temples agglomérés, il ne restait rien. Contre un mur en ruine, gisaient les corps d'un homme, d'une vieille femme et d'un enfant. A l'une des basses branches du grand banian, le cadavre d'un autre homme était accroché, retenu par son *dhoti.* Dans l'arbre voisin pendait, grotesque, la carcasse d'un âne. Seuls le temple de Shiva et la statue en bronze de la reine Victoria subsistaient encore dans le paysage environnant. La moitié du pont s'était effondrée, mais l'arc-boutant central avait résisté. Debout, son cou trapu entouré d'une sorte de boa formé d'herbes et de rameaux entraînés par le courant, la bonne Reine n'avait lâché, dans le désastre, ni son parapluie ni son réticule.

« Nous pouvons aller à pied, dit Ransome. Le mieux, c'est de nous rendre chez les Smiley. Le pont d'ici est impraticable. »

Ils descendirent l'escalier de la maison dévastée, passèrent à côté de la voiture culbutée du Major et prirent la direction du Champ de courses. Partout on ne voyait que décombres et boue rouge, une boue épaisse qui s'attachait aux pieds, comme si elle cherchait à les entraîner dans la terre avec tous les autres morts. Ils passèrent devant la maison de Rashid où ils aperçurent Mrs. Rashid et les sept enfants en train de tirer sur la véranda des fragments de leur mobilier trempé. Puis ils longèrent la maison de Ransome, encore debout mais avec un toit à demi effondré et une gigantesque crevasse défigurant sa façade géorgienne. Enfin, ils atteignirent la campagne où ils purent avancer plus vite. L'inondation n'avait fait qu'y passer ; la route asphaltée était restée intacte et brillante.

Ils marchaient en silence, encore éblouis, ne pouvant croire à ce qui venait de leur arriver. Ransome voyait à peine le paysage en ruine qui les entourait. Il semblait se mouvoir sans effort, inconscient du couple comique qu'ils formaient : lui en *dhoti* bengali, Fern en short et chemise de tennis. Le grotesque, qui, dans la vie ordinaire, comptait déjà si peu aux Indes, avait complètement cessé d'exister. Il comprenait maintenant ce que les poètes entendent lorsqu'ils parlent de « cœur chantant ». Il venait de découvrir cette chose que depuis toujours — parfois sans le savoir — il cherchait : il s'était perdu lui-même, cet horrible lui-même, introspectif, fastidieux, qui sans cesse lui gâchait toute satisfaction. Et cela s'était fait aisément, sans plan préalable, sans fausse honte, avec une sorte de simple beauté, de naturel, comme la poussée des grands jets de verdure après les premières averses de la mousson.

Pendant un instant, son ancien « moi » reparut (comme il reviendrait encore et toujours, une fois la première exaltation passée). « Enfin, je suis un homme ! se dit-il, un être humain, semblable à ceux qui ont reçu le don divin de la simplicité. » Ni la débauche, ni ses mornes expériences n'avaient fait de lui un homme. Il avait fallu pour cela cette chose simple, fine et charmante, sur les frontières du sommeil et du rêve, qui s'était passée dans la maison délabrée et hantée de Mr. Bannerjee. Cette sensation nouvelle contenait une sorte de gloire qui semblait l'aveugler, le remplir d'une confiance et d'une force physique extraordinaires.

Fern était là, marchant à ses côtés, ses doigts enlacés aux siens. Mais il n'osait la regarder, de crainte que son exaltation, la simple beauté de ce qui était arrivé, Fern elle-même ne s'évanouissent comme une illusion. Et, tandis qu'ils cheminaient, une prière montait à ses lèvres : « Merci, mon Dieu ! Merci ! » Car il savait, quoi que la vie lui réservât dans l'avenir, qu'il connaissait maintenant ce que peu d'hommes goûteront jamais : ce sentiment de plénitude, d'accomplissement. Oui, il était enfin un homme. La plupart de ses semblables mourraient sans même savoir ce que cela voulait dire. Et cela s'était passé au milieu de la désolation et de la mort.

A côté de lui, Fern marchait, se répétant : « Je suis heureuse ! Je suis heureuse ! Je l'aime ! » Sans avoir toute la triste expérience de Ransome, elle aussi savait qu'elle était parmi les privilégiés de Dieu. Elle ne s'en voulait plus de son bonheur, malgré la mort de son père, de sa sœur, malgré l'horreur qui l'entourait. Il n'existait plus, dans ce monde ruiné, que deux êtres : elle et Tom Ransome.

Enfin ils aperçurent la maison des Smiley et, parmi les arbres, reconnurent les masses rougeâtres des éléphants.

« Rashid et Harry Loder doivent être là », dit Ransome.

Mais, en arrivant à la Mission, ils n'y trouvèrent que Rashid Ali Khan, dans son uniforme étriqué. Edwina, tante Phœbe, Mrs. Simon, les Bannerjee et une demi-douzaine d'Hindous de basse caste, arrivés on ne sait d'où, l'entouraient. Il avait l'air épuisé et racontait la mort de Harry Loder.

Harry était parvenu à faire sauter le barrage avec de la dynamite. Mais quelque chose, Rashid ne savait exactement quoi, avait dû se produire au cours de l'opération et sa fuite avait été coupée. Au moment de l'explosion, quand l'amoncellement d'épaves et de cadavres s'était soulevé et rompu, Harry Loder avait été précipité par le remous dans la gorge étroite.

Le grand Musulman raconta l'histoire simplement. Quand il eut achevé son récit, il ajouta : « Il a donné sa vie pour en sauver de nombreuses autres. Il n'était même pas ingénieur ; il ne connaissait rien à ces choses. Il s'est comporté en héros. »

Pendant un moment, le silence régna, puis Rashid, le guerrier, le Musulman, l'ennemi de l'Empire britannique, remarqua : « C'était un Anglais accomplissant son devoir ! »

Et, comme elle l'écoutait et l'observait, Fern comprit l'expression qu'elle avait remarquée la veille sur le visage de Harry Loder, lorsqu'il semblait ne pas la voir. Cette expression était la même que celle de Miss Dirks quand, assise sur la véranda de Ransome, elle buvait du thé et parlait avec nostalgie de Nolham : l'expression d'un être déjà mort. Mais Fern ignorait le cauchemar dont Harry Loder, des années auparavant, avait été victime, et dans lequel, après avoir tué d'innombrables panthères, il avait été terrassé par une dernière panthère qui n'était autre que les Indes.

Mrs. Hoggett-Egburry, vêtue de son peignoir sec mais encore tout crotté, se mit à pleurer, et Mrs. Simon l'emmena. Toutes deux connaissaient bien Harry Loder. Toujours, quand il arrivait, la vue de son corps de taureau les avait troublées. Mais il était mort, comme un héros. Et maintenant leur désir était apaisé. Ensemble, elles allaient pouvoir pleurer sur ce qu'elles n'avaient pas connu.

« Il faut que je retourne à la ville, dit Rashid. Et, s'adressant à Ransome, il ajouta : Vous feriez bien de m'accompagner. J'ai l'impression que Son Altesse doit souhaiter vous voir. »

Mais tante Phœbe ne voulut pas le laisser repartir avant qu'il n'eût pris du café, un toast et les deux derniers œufs qui restaient.

« Ce n'est pas bon pour un homme de travailler quand il a l'estomac creux », dit-elle.

Pendant qu'ils attendaient, Ransome écrivit un mot à Jean-Baptiste et expédia un des Intouchables, sur la bicyclette de tante Phœbe, lui chercher des vêtements convenables. La vue de Mr. Bannerjee l'avait averti du ridicule de son accoutrement et il avait hâte de se changer. Sans cesse, le *dhoti* glissait de son épaule ou s'entortillait à ses jambes. Alors, seulement, il aperçut Edwina, assise dans un coin, vêtue de la robe de calicot de Mrs. Smiley. Elle le regardait et lui adressa un sourire las. « Elle sait ce qui s'est passé ! se dit-il. C'est évident. »

Oui, Edwina avait deviné, et aussi tante Phœbe, dès l'instant où Fern et lui avaient pénétré dans la pièce. Pour s'en assurer, il essaya de rencontrer le regard de la vieille dame. Enfin, lorsque leurs yeux se croisèrent, il vit à l'expression volontairement vide de celle-ci qu'il ne se trompait pas.

Le récit de Rashid sur la mort de Harry Loder leur avait épargné l'épreuve d'une entrée embarrassante. Occupés à écouter le Musulman, les hôtes hétérogènes de tante Phœbe ne leur avaient guère accordé d'attention. Mais, en d'autres circonstances, qu'auraient-ils imaginé ? Probablement le pire. Cependant, ils ne l'auraient pas deviné comme Edwina et tante Phœbe. En route, dans l'humeur exaltée et détendue où il se trouvait, il avait cru que le vieux monde de potins, d'intrigues et de mesquineries avait disparu comme le reste, mais, en ce moment, il se rendait compte qu'il existait toujours, qu'il ne cesserait de subsister, tant que vivraient des êtres comme la mère de Fern, Mrs. Hoggett-Egburry ou Miss Murgatroyd. En elles résidait le puissant, l'exaspérant pouvoir de corrompre la qualité de tout ce qui se passait autour d'elles. Dès que leur esprit ne serait plus occupé de la mort de Harry Loder, elles se mettraient à bavarder et, discutant d'une chose qu'elles ne pouvaient comprendre, elles terniraient, compliqueraient et souilleraient celle-ci par leur hypocrisie et leur respectabilité. Le souvenir de l'arrivée affolée de Fern juste avant le dîner de Mr. Bannerjee, de sa propre ébriété, de l'impossibilité de confier la jeune fille à la garde de Rashid Ali Khan et de sa femme, lui revint. Mais tout cela paraissait bien loin maintenant, comme si, alors, il était un autre homme, mort depuis.

L'accablement qui succède aux violentes émotions et aux longues tensions semblait s'appesantir sur eux. Mr. et Mrs. Bannerjee se retirèrent en silence, suivis de Miss Murgatroyd, soumise et lasse. Il ne restait plus dans la cuisine que le grand Rashid, Edwina, Fern et tante Phœbe penchée sur son fourneau. Son infatigable et maigre silhouette semblait s'être un peu affaissée. Ils restèrent un moment sans parler.

« Au fait, vous ne nous avez pas raconté ce qui vous était arrivé ? » dit soudain Edwina.

Ransome lui jeta un bref regard pour se rendre compte dans quel esprit elle parlait. Ses yeux bleus étaient innocents. Elle *savait*. Mais sa question n'avait pas pour but de les embarrasser.

« A vrai dire, pas grand-chose, répondit-il. J'ai été surpris par l'obscurité et me suis perdu. Aussi ai-je passé une bonne partie de la nuit dans le bateau attaché à une branche de banian. »

Tout en parlant, il observait le dos de tante Phœbe ; elle ne bronchait pas, et il devina qu'elle approuvait ce qui s'était passé dans la maison de Mr. Bannerjee. Alors, il repensa à sa grand-mère qui n'avait pas attendu le pasteur et qui, enceinte, s'était rendue à cheval à travers les montagnes du Nevada pour légitimer son enfant. Oui, dans les deux vieilles femmes, il y avait une sorte de force, de grandeur qu'on ne rencontrait plus, quelque chose qui venait du monde, du vrai, non pas tel que le représentaient Edwina et lui-même dans son immoralité « moderne » et éphémère, mais dans ce qu'il avait d'éternel.

La vue de tante Phœbe, penchée sur son fourneau, si vieillie, si sage, si sûre, lui donna une impression de soudaine jeunesse, comme s'il n'était qu'un adolescent coupable d'une fredaine.

Ransome, Fern et Rashid se mirent à table. Non sans surprise, Ransome vit Edwina quitter sa chaise de bois pour aider tante Phœbe à leur servir le café et les œufs. Elle qui, la semaine précédente, n'aurait même pas levé le petit doigt pour ramasser son mouchoir ! Il la regarda ; dans ses yeux bleus flottait l'ombre d'un sourire qui lui prouva qu'elle se rendait compte du spectacle comique qu'elle offrait. Mais il y avait aussi autre chose dans son expression, une chose qui l'émut, comme si elle lui disait : « Vous voyez, je puis tout de même me rendre utile ! Je ne suis pas une imbécile, une propre à rien ! » Une seconde il la revit, telle qu'elle lui était apparue la veille, avec sa robe retroussée et ses jambes nues, pataugeant dans la boue rouge de la plaine, et une joie subite l'envahit à constater que, dans les moments de crise, les gens valaient mieux que ce que l'on croyait, même des gens tels qu'Edwina et lui.

« Hé ! Regardez ! s'écria Rashid assis en face de lui. N'est-ce pas Homer et Bertha ? »

Par la porte ouverte, ils aperçurent une petite procession qui avançait dans la plaine. Homer Smiley marchait en tête, les vingt-sept garçons de l'École du Soir le suivaient, traînant la jambe. Enfin, en queue, comme un chien de berger, venait Bertha Smiley.

Ils apportaient des nouvelles, de bonnes nouvelles. Le pont du chemin de fer à trois kilomètres en amont de la ville existait encore.

La fureur des flots et les épaves l'avaient ébranlé, mais il demeurait assez solide pour qu'on pût l'utiliser.

Dans leur joie de revoir les Smiley vivants, tante Phœbe, Ransome et les autres oublièrent un instant la catastrophe. Les Bannerjee et Miss Murgatroyd, Mrs. Simon et Mrs. Hoggett-Egburry, attirés par le bruit des effusions, reparurent, et Ransome assista à l'extraordinaire spectacle de Mrs. Simon, les joues inondées de larmes, embrassant Mr. Smiley ! Mrs. Simon elle-même se révélait plus humaine qu'il ne l'avait cru possible.

« Que s'est-il passé dans vos parages ? demanda Rashid lorsque les Smiley eurent terminé le récit de leurs aventures.

— Le Maharajah est mort, répondit Homer Smiley. L'Hôpital a tenu. Le Palais d'Été s'est effondré. L'École d'Ingénieurs et le Tribunal ont brûlé. Son Altesse s'est installée sous une tente, dans le parc du Palais. Elle fait dire qu'elle désirerait voir Rashid et Ransome, s'ils sont encore en vie.

— Et le Major ? interrogea Ransome, sans regarder Edwina.

— Il est vivant, ainsi que Miss Mac Daid. Lui a failli se noyer, mais Dieu, par miracle, l'a sauvé. Ce ne peut être que Dieu qui nous a conservé l'homme dont nous avons le plus besoin. »

De nouveau, Ransome s'abstint de regarder Edwina.

A ce moment, le boy envoyé chez Ransome rapporta les vêtements. Jean-Baptiste faisait dire qu'il restait pour garder la maison. Les Bhils, confirma le messager, commençaient à faire des razzias dans les demeures abandonnées.

« Ce n'était pas la peine qu'il reste, remarqua Ransome. Pour ce que j'ai à garder ! Qu'ils prennent ce qu'ils veulent, cela m'est égal. »

Ransome se changea ; puis Rashid et lui se mirent en route sur les éléphants pour se rendre chez la Maharani. Les autres les accompagnèrent quelques pas. Au moment de se séparer, Ransome fit signe à Homer Smiley de s'approcher et, se penchant vers lui, murmura : « Il faudrait mettre vos garçons à l'ouvrage, pour qu'ils recherchent les corps de Mr. Simon et de sa fille. Par cette chaleur, plus tôt on les retrouvera, moins horrible ce sera. »

Pendant près de quatre kilomètres, Ransome et Rashid, juchés sur leurs éléphants derrière le *mahout,* traversèrent la plaine dévastée sous une pluie battante. Ils avançaient lentement : la boue rouge collait aux pieds des grands pachydermes. Les *mahouts,* des Musulmans, semblaient indifférents à tout. Assis très droits, ils criaient de temps à autre un ordre aux lourds animaux.

Au moment où ils passaient devant la maison de Mrs. Hoggett-Egburry, quatre Bhils en sortirent, les bras chargés de bric-à-brac et de bronzes de Bénarès. Rashid fit diriger les éléphants contre eux ; mais les graisseux aborigènes s'enfuirent en courant vers la rivière. L'un d'eux emportait une statuette de Psyché, en marbre de Naples, un autre deux coussins brodés, un troisième l'agrandissement photographique en couleurs de Mrs. Hoggett-Egburry au temps de sa gloire.

Enfin ils atteignirent le pont du chemin de fer ; l'eau affleurait. Ne pouvant marcher sur les rails, les éléphants passeraient la rivière à la nage.

Rashid et Ransome se laissèrent glisser à terre. Le village situé sur l'autre rive avait disparu. Seuls, un mur en ruine et quelques vestiges du temple subsistaient là où, deux jours auparavant, vivaient encore plus de cent personnes.

La route conduisant à la ville était encombrée de débris et d'épaves laissés par les eaux, à travers lesquels ils devaient se frayer un passage. Çà et là, accrochés à la bordure de poiriers épineux, ils apercevaient des cadavres tordus, grotesques, qui commençaient à gonfler. Silencieux, ils se hâtaient. Comme ils approchaient de la cité détruite, une odeur douceâtre, nauséabonde, traversant le rideau de l'averse, les accueillit et vint réveiller en Ransome un vieux souvenir de boue, de corps déchiquetés, de chair pourrissante, là-bas, dans les plaines de Flandre. Il comprit alors pourquoi Rashid semblait si pressé et marchait comme un insensé. La ville entière ne devait plus être qu'un vaste cloaque plein de gens gémissants, paralysés par la terreur. La plupart de ceux qui auraient eu de l'autorité, de l'expérience ou du savoir-faire n'existaient plus : Harry Loder et les officiers étaient morts ; le Dewan séjournait à Poona ; le Maharajah était mort. Cependant, il s'agissait de détruire sur-le-champ toutes ces épaves, ces multitudes de cadavres que les flots déchaînés n'avaient point emportés, si l'on voulait éviter de voir éclater le choléra, le typhus, la peste, plus effroyables encore que le tremblement de terre ou l'inondation. Quelque part, parmi les décombres du Palais d'Été, se trouvaient aussi les restes, bouffis et putréfiés par la chaleur, du grand, du puissant Lord Esketh. Il faudrait les découvrir et leur donner une sépulture décente, avant qu'ils ne devinssent la nourriture des vautours.

Des nuées de ces oiseaux tournoyaient maintenant au-dessus de leurs têtes et descendaient lentement sur la plaine et les faubourgs de la cité détruite. Çà et là, des deux côtés de la route, des grappes noires de ces mêmes vautours se disputaient, tiraillaient, déchiquetaient des cadavres et s'en gavaient. Jamais Ransome n'en avait vu autant. Ils devaient arriver des villages lointains, des collines, de la ville morte d'El-Kautara. Mais leur vue ne le révoltait plus. Il aurait voulu qu'ils fussent en plus grand nombre encore et que, par millions, ils s'abattissent sur Ranchipur pour détruire tous les morts qui empuantissaient l'atmosphère.

Aux abords de la ville, ils aperçurent, pour la première fois, des vivants : une demi-douzaine de femmes, trois hommes et un enfant, en train de ramasser du bois dans les décombres pour édifier un bûcher funèbre. L'enfant, muni d'une gaule, était chargé de chasser les vautours qui tournoyaient autour de ces trois cadavres rangés en ordre contre un mur croulant. Le petit groupe s'arrêta de travailler pour les regarder passer. Puis, l'un des hommes ayant reconnu sous l'uniforme des conquérants le ministre de la Police de Ranchipur, tous se jetèrent à genoux, le visage contre terre, et pressèrent leur front dans la boue.

Non loin de là, comme ils longeaient une maison à demi écroulée, une femme se précipita au-devant d'eux en gémissant et, embrassant les genoux de Rashid, se mit à le supplier en gujerati. Il essaya de la repousser, mais elle s'accrochait à lui. « Son mari et son enfant sont malades, dit-il à Ransome. Elle voudrait que nous les sauvions. »

Disant quelques mots à la femme, il la suivit dans la demeure en ruine. Sur le sol, dans la crasse, gisaient un homme et un enfant. Rashid les contempla une seconde, se pencha sur l'enfant, puis, se tournant vers la mère, lui parla en gujerati. Celle-ci, se jetant face contre terre, se mit à hurler.

Rashid se détourna vivement. Dans les yeux bleus du cruel et beau guerrier, Ransome surprit une expression qu'il n'y avait encore jamais vue, faite de terreur, d'horreur et de compassion.

« C'est le choléra, murmura-t-il. L'enfant est mort et il n'y a rien à faire pour l'homme. Trop tard ! »

Ils se remirent en route et, tandis qu'ils se hâtaient vers le Grand Palais, Ransome se sentit envahi par une peur qu'il n'avait plus ressentie depuis ses jours au front : la peur de la mort. La peur physique, atroce, de rester prisonnier de cette ville saccagée, au milieu des morts et des agonisants. Sa froide indifférence à l'égard de la vie et de la mort l'avait quitté. Aussi, sa première terreur passée, s'interrogea-t-il, surpris : « Pourquoi la mort me fait-elle soudain peur ? » Puis il comprit. Et, se sentant de nouveau extraordinairement jeune, régénéré et fort, il se dit : « Fern ! Il faut que je la renvoie d'ici, à tout prix ! Immédiatement ! »

Un chien indigène, galeux, assis sur son séant, hurlant, se tut à leur passage et, après les avoir flairés, se mit à les suivre. Un autre se joignit à lui, puis un autre encore. Bientôt, ils furent tout un cortège. L'odeur écœurante et douceâtre de la mort devenait de plus en plus forte. Ils atteignirent les ruines de l'École de Musique. De là ils aperçurent au loin l'Hôpital, à peine endommagé, et, derrière, la Grande Porte et le Grand Palais découronné, troué d'une brèche béante à l'endroit où se trouvait la salle du Durbar.

Dans le parc, fleurs, massifs, buissons, arbres s'épanouissaient avec une vigueur insensée dans la résurrection de la mousson. Déjà les plantes grimpantes avaient lancé des jets à travers les allées défoncées comme pour les emprisonner et reprendre possession d'une terre arrachée des milliers d'années auparavant à la jungle. Le petit lac était plein à déborder, mais les bateaux de plaisance avaient disparu, balayés par l'inondation. Sur ses bords, s'élevait le pavillon où la Maharani avait installé sa cour. C'était une vaste tente rayée, divisée en plusieurs pièces, dont se servait le vieux Maharajah quand il allait chasser le tigre, le lion ou la panthère dans les collines de Kathiawar. Maintenant, elle se dressait sur l'emplacement de pierre destiné aux tentes des invités, les jours de fête, de jubilés ou de Durbar.

A la porte du pavillon, deux Sikhs, vêtus de pourpre et d'or, le visage impassible comme si la plupart de leurs camarades n'avaient pas péri dans le désastre, montaient la garde, immobiles. Reconnaissant le ministre de la Police, ils présentèrent les armes et introduisirent Rashid Ali Khan et Ransome dans l'antichambre de la vaste tente. A leur entrée, un aide de camp se leva et s'avança à leur rencontre. Son visage était gris et ses yeux mornes.

« Son Altesse vous attend depuis l'aurore, leur dit-il. Le major Safti et Mr. Gupta, l'ingénieur de la ville, sont auprès d'Elle. »

Ils traversèrent une seconde antichambre et, soulevant une portière, pénétrèrent dans la pièce occupée par la Maharani. Alors, brusquement, Ransome eut l'impression d'être transporté des siècles en arrière, au temps d'Akbar ou d'Asoka.

Tout vestige européen avait disparu. A l'extrémité de la pièce se dressait une estrade où la Maharani, les jambes croisées, se tenait assise sur un grand coussin de brocart de Bénarès. Des tapis de prière mogols et persans couvraient le sol et les parois. Vêtue de gris — couleur du deuil à Ranchipur — la Souveraine ne portait aucun bijou. Mais, dans la demi-lumière qui montait du bord relevé de la tente, il parut à Ransome que jamais elle n'avait été aussi belle. Une autorité, une dignité, un tragique nouveaux émanaient d'elle, et la perfection du tableau lui rappelait la vigueur et la délicatesse des anciennes miniatures mongoles. « Voici la vraie Reine mahratte, habitant sous la tente, décidant de la guerre, impérieuse, magnifique, indomptable ! » se dit-il.

Et, tandis qu'il s'avançait vers elle, il ne la salua pas à l'européenne mais, comme Rashid, il pressa ses mains l'une contre l'autre et s'inclina très bas. Alors, seulement, il aperçut le Major, Mr. Gupta et Nil Kant Rao, le majordome du Palais, Mahratte trapu aux fières moustaches. « Dieu merci, songea Ransome en le voyant. Il n'est pas mort ! C'est un homme très capable. » Derrière la Maharani, dans l'ombre, se tenait une des vieilles princesses de Bewanagar et, mal à l'aise, les jambes croisées, la femme russe.

« Je suis contente de vous voir, dit la Maharani. Il y a un travail énorme à faire. Vous êtes les seuls survivants... Les autres, ceux qui auraient pu être utiles, sont tous absents ou morts, sauf le colonel Ranjit Singh. Il est en train de chasser les Bhils. »

A l'entrée de Rashid et de Ransome, les hommes s'étaient levés. Quand la Maharani eut fini de parler, Ransome s'aperçut que le Major s'était approché de lui. Et, soudain, il sentit celui-ci lui prendre la main et la serrer avec violence : « Nous sommes tous ici, semblait-il dire, pour nous aider les uns les autres et, ensemble, sauver notre peuple. Nous comptons sur vous. Nous avons foi en vous ! » Une seconde, Ransome fut cloué par l'étonnement, puis il rendit la pression, tandis que sa gorge se contractait. En effet, l'étreinte de la grande main délicate du chirurgien ne signifiait pas seulement : « Je suis un ami ! », mais elle disait aussi : « Vous êtes des nôtres ! Nous avons confiance en vous. C'est pourquoi Son Altesse vous a spécialement fait appeler. » C'était la première fois depuis son arrivée à Ranchipur qu'on lui exprimait cela. Et à ce moment il sut — ce qu'il avait parfois pressenti — qu'il aimait ces gens, la vieille Maharani, le Major, l'imposant Rashid, autant qu'il avait jamais aimé qui que ce fût au monde.

La vieille dame donna l'ordre à l'un des domestiques d'apporter une chaise pour lui, mais il la refusa. « Je me suis plus d'une fois assis par terre et je ferai comme les autres », dit-il.

La Maharani leur exposa son plan : le petit groupe rassemblé autour d'elle formerait une sorte de conseil de guerre. Chacun d'eux, leur dit-elle, avait été choisi après mûre réflexion. C'étaient eux, y compris le colonel Ranjit Singh, qu'elle avait désignés pour affronter la catastrophe — eux, les Smiley, et Miss Mac Daid. Mais celle-ci ne pourrait quitter l'Hôpital. Déjà elle était débordée par l'organisation ou les soins à donner aux malades et aux blessés.

Quand la Maharani eut terminé son bref discours, Rashid prit la parole.

« Altesse, dit-il, la première chose, à mon avis, c'est de nous rendre compte de l'étendue du désastre. Le temps presse. Le choléra a déjà éclaté en ville. La typhoïde et le typhus ne tarderont guère. »

L'un après l'autre, chacun raconta ce qu'il avait vu ou entendu et, lentement, le tableau complet de la catastrophe se dessina, dépassant de beaucoup en horreur ce qu'aucun d'entre eux n'avait imaginé.

Téléphone, télégraphe, électricité n'existaient plus. Les rares automobiles en état de rouler seraient sous peu inutilisables, faute d'essence. Il n'en restait plus que dans le réservoir du Palais. La ligne de chemin de fer reliant Ranchipur au monde extérieur avait été balayée. La seule route praticable n'allait pas au-delà de la cité morte d'El-Kautara. Plus loin, il n'y avait que des pistes qui, franchissant les lointaines collines, aboutissaient au désert et aux marais salants. Seuls les lents chars à bœufs ou les éléphants pouvaient s'y aventurer péniblement. Les greniers du centre de la ville étaient en partie détruits ; le riz, le millet et le blé qu'ils contenaient commençaient à fermenter et seraient immangeables d'ici un jour ou deux. Sur toute l'étendue de l'inondation, puits et citernes étaient infectés. Il fallait à tout prix empêcher la population de s'en servir. Des cadavres en putréfaction jonchaient la contrée entière ; il était urgent de les rassembler et de les brûler. Il faudrait passer outre à tous préjugés religieux, user de la force si c'était nécessaire.

Pendant deux heures, le petit conseil siégea — Mahométan, Mahrattes, Hindous, Européen, d'un commun accord s'efforçaient de mettre un peu d'ordre dans ce terrible chaos. Seuls quelques points furent réglés, quelques décisions prises. Mr. Gupta, l'ingénieur, se chargeait de la réparation des ponts, du déblaiement des routes, de la démolition des ruines, de la récolte du bois nécessaire aux bûchers funèbres. Le colonel Ranjit Singh, prenant le commandement des Sikhs encore valides et des forces de police désorganisées, devait éviter le pillage, fermer les puits, poster des gardes à toutes les citernes pour empêcher la population de toucher à l'eau empoisonnée. Les Smiley et tante Phœbe s'occuperaient des orphelins et enfants de la basse caste. Au Major et à Miss Mac Daid incombaient l'Hôpital et les horreurs de l'épidémie déjà sévissante. Rashid devenait chef suprême ; ses fonctions consistaient à être partout à la fois, à veiller à l'exécution des ordres, à récolter des vivres dans les villages avoisinants, à tenter de rétablir des communications avec le monde extérieur. Ransome l'aiderait, en installant une sorte de quartier général d'informations pour la transmission des ordres et où les gens sans ressources, les ignorants, les innombrables sinistrés, pourraient venir demander de la nourriture et un gîte. Le neveu de Nil Kant Rao, majordome du Palais, lui servirait d'interprète et une demi-douzaine de garçons intouchables, de messagers. Nil Kant Rao, aux provocantes moustaches, veillerait à la distribution des maigres réserves de blé et de riz aux affamés. Au-dessus d'eux tous, la vieille Maharani, souveraine absolue, dictateur, détenait le pouvoir de vie et de mort.

Le conseil allait prendre fin, quand la portière du pavillon se souleva et le colonel Ranjit Singh parut. Il fit son rapport ; il venait de chasser les Bhils de la rive droite de la rivière ; vingt-trois d'entre eux, alignés le long du mur de l'École d'Ingénieurs, avaient été fusillés en guise de leçon pour les autres.

Cette nouvelle indigna Ransome.

« Je regrette d'avoir dû en venir là, Altesse, mais c'était nécessaire, disait Ranjit Singh. Nous les avons attrapés dans l'École Supérieure en train de mettre à mal deux jeunes filles qu'ils y avaient amenées. Elles sont maintenant à l'Hôpital. Ce sont les enfants du Parsi Ginwallah, l'aubergiste de la route de l'École d'Ingénieurs. »

Ransome comprit alors l'altération profonde provoquée par le désastre dans cet État isolé qu'était Ranchipur. En une nuit, comme s'il n'avait jamais existé, son modernisme si vanté s'était évanoui. Dans son pavillon meublé des vestiges de l'ancien empire mogol, la vieille Maharani était redevenue une despote souveraine, régnant sur une population retombée dans une demi-sauvagerie. Et pendant ce temps, à Eton, son petit-fils était en train d'apprendre à devenir un gentleman.

Comme ils se retiraient, la vieille Maharani fit signe à Ransome d'approcher.

« Il y a encore le problème de vos amis les Esketh ? dit-elle.

— Elle est sauvée. Quant à lui, je ne sais ce qu'il est devenu.

— Il est mort, répondit la Maharani. Il faudra le dire à sa femme. Reste la question de savoir ce qu'il conviendra de faire de sa dépouille. C'était un personnage important et il s'agit d'éviter que cela ne nous attire des ennuis.

— Oui.

— Quant à elle, il faut qu'elle parte d'ici le plus tôt possible, reprit la Maharani en posant sur Ransome un regard scrutateur.

— Oui, Altesse, je crois qu'elle serait disposée à s'en aller si nous lui en procurions les moyens.

— Je n'aime pas la sentir ici.

— Je comprends Votre Altesse. »

Un instant, la Maharani resta pensive. Une fugitive tristesse assombrit ses traits. On eût dit qu'elle sentait son corps vieux et las ; mais l'esprit dans ses yeux noirs restait intense, infatigable. « Elle a attendu ce moment toute sa vie ! songea Ransome. Maintenant elle est Reine, souveraine absolue. » Pendant un certain temps, même l'autorité de l'Empire britannique ne pourrait l'atteindre. Et il lui sut gré d'avoir cru en lui, de l'avoir jugé digne d'être appelé avec les autres — Rashid, Nil Kant Rao, le Major. Pourquoi avait-elle confiance en lui ? Pourquoi voyait-elle en lui plus qu'un gâcheur, qu'un aventurier ? Elle aimait s'entourer de beaux hommes, elle l'avait toujours fait. Oui, il était bien de sa personne, mieux, certainement, qu'Homer Smiley, le révérend Simon ou que la plupart des Européens de Ranchipur, mais cela ne suffisait pas à expliquer le crédit qu'elle lui accordait.

« Il faudra aussi faire partir tous les autres Européens, reprit la Maharani. Pas Miss Mac Daid, Miss Dirks ou les Smiley... mais ceux dont la place n'est pas ici.

— Oui. Mais comment ? »

Bien qu'elle ne les vît que rarement, elle semblait fort bien connaître les Européens de Ranchipur, et Ransome s'en étonna.

« Il faudra trouver le moyen, reprit-elle. Leur présence ici, en ce moment, ne peut nous valoir que des ennuis. »

A cet instant, le regard de Ransome tomba sur le visage terreux de Maria Lishinskaia assise derrière la Maharani. Il la connaissait à peine, mais elle ne lui plaisait pas et sa présence, écoutant, surveillant, avec ses yeux vert pâle et sa bouche lascive, désespérée, le dérangeait. Il y avait en elle quelque chose d'affamé, presque d'avide qui le mettait mal à l'aise.

Comme si elle devinait sa pensée, la vieille Reine, se retournant, dit à Maria Lishinskaia : « Allez donc me chercher ma boîte d'or incrustée de rubis. » La Russe quitta la pièce et la Maharani, ses yeux noirs légèrement rétrécis, fixa Ransome : « Vous valez mieux que vous ne le croyez », dit-elle.

Il ne sut comment répondre à cette extraordinaire remarque.

« Peut-être, dit-il enfin.

— Vous pouvez nous aider.

— Je le désire, Altesse.

— C'est tout. Je voulais que vous sachiez pourquoi je vous ai fait demander de venir. »

Il ignorait toujours pourquoi elle l'avait choisi, mais il n'osa l'interroger. Elle était son amie, il le savait ; mais, en ce moment, il ne pouvait se montrer présomptueux, ni lui parler familièrement comme il lui était souvent arrivé de le faire au cours de leurs parties de poker. Un changement subtil, indéfinissable s'était opéré, émanant de ce cadre somptueux, de cette autorité nouvelle dont il la sentait revêtue. Il se trouvait transporté des siècles en arrière, au temps des Empereurs mogols. Et devant la magnifique Reine mahratte, il se sentit subitement grotesque dans son short et sa chemise de tennis.

« Je suppose que l'exécution des Bhils vous a semblé barbare ? dit-elle.

— Non », répondit-il d'un ton poli, mais peu sincère.

Elle devina la réticence.

« Ce sont les Indes ! reprit-elle. Nous avons de la chance que la population d'ici soit composée de Gujeratis, c'est une race paisible. Les Européens surtout peuvent s'en féliciter. »

Maria Lishinskaia revint. Elle remit la boîte d'or à la Maharani. Celle-ci l'ouvrit et y prit une pincée de graines de cardamomes qu'elle se mit à mâcher.

« Tâchez aussi de retrouver Miss Dirks, dit-elle. Elle a disparu.

— Et son amie ?

— Miss Hodge ? Les Sikhs l'ont sauvée. Elle s'était réfugiée sur le toit de leur bungalow ; mais elle a perdu la raison et ne peut nous être utile. C'est Miss Dirks qui était la tête. »

Ransome installa son quartier général dans les locaux du *jobedar*, à la Grande Porte du Palais, en face du bungalow de Miss Hodge et de Miss Dirks. Les deux niches n'étaient plus occupées par les Sikhs écarlate et or sur leurs chevaux noirs. Leur présence était nécessaire ailleurs pour garder les puits pollués, tirer sur les Bhils maraudeurs, veiller à l'exécution des ordres du Major concernant l'incinération des cadavres. Une seconde, Ransome songea à traverser la route pour tâcher de découvrir ce qu'étaient devenues

Miss Dirks et Miss Hodge. Mais un coup d'œil sur leur demeure lui apprit que celle-ci était vide. Une épaisse couche de boue recouvrait la véranda, et les rideaux trempés de pluie se balançaient pitoyablement aux fenêtres.

Le neveu de Nil Kant Rao ne tarda pas à le rejoindre. C'était un garçon d'environ vingt ans, musclé, râblé, de petite taille, et qui ressemblait aux agents de police de Bombay. Il portait son étroit turban mahratte un peu de travers, d'un air conquérant et insouciant. Intelligent, rapide, il avait fait ses études à Bombay et parlait également bien l'anglais, le gujerati, l'hindoustani et le mahratte.

Souriant de ses trente-deux dents blanches, il informa Ransome qu'il se nommait Gopal Rao et était prêt à faire n'importe quoi. Le désastre ne semblait pas l'épouvanter ; au contraire, il paraissait y trouver un stimulant. Son attitude optimiste fit du bien à Ransome. « Oui, songeait-il en l'étudiant, les Mahrattes sont la race la plus résistante du monde. Dès l'enfance, ils sont habitués au désert aride, aux privations, aux catastrophes, aux désastres. »

Ils n'eurent pas longtemps à attendre. Presque aussitôt, avec la mystérieuse rapidité avec laquelle tout se sait aux Indes, la nouvelle de la création du bureau à la Grande Porte du Palais se répandit, et une foule de rescapés ne tarda pas à stationner le long de la route de l'École d'Ingénieurs. Les uns désiraient retrouver des parents ou des amis disparus, d'autres demandaient un gîte ou de quoi manger. Un orfèvre vint se plaindre de ce qu'un agent de la police d'État eût dévalisé sa boutique. Pendant son interminable récit où figurait une prostituée, collectionneuse de breloques d'argent, ceux qui attendaient leur tour commencèrent à s'impatienter et à protester. Un riche Parsi offrait ses réserves de blé, à condition qu'elles ne fussent distribuées qu'aux Parsis.

Soudain, Ransome perçut à travers la fenêtre grillée l'éclat d'une altercation. Accompagné de Gopal Rao, il sortit pour voir ce qui se passait ; deux Bunyas, revenant aux mœurs d'avant le bon Maharajah, avaient brutalement écarté un maçon et un potier pour prendre leur place dans la queue. Le groupe entier commençait à disputer sur les anciens droits de castes. Des coups furent échangés, et l'un des Bunyas se mit à gémir, déclarant qu'il devrait passer par les rites de la purification parce qu'un potier l'avait battu.

Gopal Rao, plein de mépris à l'égard des autres races et d'indifférence au sujet des castes, rétablit l'ordre. Frappant ceux qui ne voulaient pas se taire, les injuriant en trois langues, il leur déclara que la mort du Maharajah ne changeait rien, que la Maharani veillerait à l'exécution des réformes de son époux, qu'à Ranchipur tous étaient égaux et avaient le même droit d'occuper une place dans la queue. Après quoi, Ransome et lui se retirèrent, tandis que le Bunya soi-disant souillé recommençait à se lamenter sur la dépense que lui occasionnerait la cérémonie de purification.

Vers midi, levant les yeux de son travail, Ransome aperçut dans l'encadrement de la porte un être extraordinaire, vêtu de l'impeccable tenue d'un maître d'hôtel londonien. Cet homme avait un visage blafard, un long nez, des yeux bleus délavés et des cheveux couleur de paille. Il portait un frac et un pantalon fripé, couverts de boue. A la main, il tenait un coffret de métal.

« Entrez, dit Ransome. Que puis-je faire pour vous ? »

L'homme se mit à trembler.

« Je suis le valet de Lord Esketh, dit-il. Mon nom est Bates. On m'a envoyé ici. J'ai été partout, mais n'ai rencontré que des Hindous qui n'ont pas l'air de savoir quoi que ce soit. Dans ce coffret j'ai les papiers de Sa Seigneurie et les bijoux de Lady Esketh. Pourrais-je vous les confier, Monsieur ? »

L'homme paraissait effrayé. Sans doute n'avait-il mangé ni dormi depuis deux jours. Il était à la fois pitoyable et grotesque. Chargeant Gopal Rao de continuer le travail, Ransome le prit à part dans un coin de la pièce.

Bates, d'un trait, lui raconta son histoire : deux nuits auparavant, étant sorti pour prendre l'air, il approchait de l'École d'Ingénieurs quand le monde sembla s'écrouler autour de lui. La violence de la secousse le jeta à terre. Dès qu'il put se relever, il se mit à courir droit devant lui. Heureusement, c'était dans la direction opposée à celle de l'inondation. Il ne pouvait se rappeler tous les détails.

« Le choc a été terrible ! » répéta-t-il deux ou trois fois.

Dans sa fuite, il rencontra des gens terrifiés, mais impossible de les comprendre, et pendant des heures il erra à l'aventure. Finalement, il atteignit un lieu couvert, qui — il l'apprit plus tard — n'était autre que le grand portique du Palais. Il y trouva rassemblés de nombreux garçons hindous et deux missionnaires américains. Enfin quelqu'un à qui parler ! Mais ceux-ci se révélèrent peu loquaces.

Le lendemain matin, il se mit en route dans l'idée de rejoindre Sa Seigneurie. L'inondation l'empêchant d'approcher du Palais d'Été, il se réfugia dans les ruines de l'École d'Ingénieurs pour échapper à l'horrible averse. Le troisième jour, l'eau ayant disparu, il retourna au Palais d'Été. Escaladant les décombres, il parvint au deuxième étage où, enfin, il découvrit son maître. « Il était mort, dit-il d'un air lugubre, étendu, seul, sur le tapis de la chambre à coucher. Il a dû mourir de sa fièvre. Son corps ne portait aucune marque, sauf une entaille à la tempe.. Je ne sais ce que sont devenues son infirmière et les femmes de chambre de Lady Esketh. Peut-être vivent-elles encore. Ou bien sont-elles ensevelies sous les décombres ? L'aspect de Sa Seigneurie était épouvantable. Il faudrait l'enterrer. Mais j'ai pensé qu'il valait mieux d'abord avertir Lady Esketh... si elle n'est pas morte... Il désigna le coffret de métal noir : Que faut-il faire de cela ? ajouta-t-il. Puis-je vous le laisser ?

— Non, vous le remettrez vous-même à Lady Esketh. Elle est en vie. Ransome réfléchit un instant et ajouta : Je pense que vous devez avoir faim.

— Je n'ai rien pris depuis deux jours, Monsieur.

— Le mieux, c'est que vous alliez retrouver Lady Esketh. »

Il indiqua à Bates le chemin de la Mission américaine et

lui crayonna une petite carte pour lui montrer l'emplacement du seul pont praticable.

« Je n'ai guère bonne façon, remarqua Bates après l'avoir remercié, en jetant un regard piteux sur son accoutrement.

— Cela n'a pas d'importance. Lady Esketh comprendra. »

Il allait partir lorsque Ransome le rappela.

« Attendez. Je voudrais vous donner un mot pour Lady Esketh. »

A la hâte, il griffonna quelques lignes sur un morceau de papier qu'il plia et remit à Bates. Au même instant il répéta : « Attendez. » Vivement il écrivit un second billet, adressé à Fern... « Vous donnerez ça à la jeune fille que vous trouverez à la Mission, dit-il. C'est tout. »

Puis, conduisant Bates jusqu'à la voûte de la Grande Porte, il lui indiqua la direction à prendre. Un moment, il suivit des yeux la minable silhouette aux épaules tombantes, en frac crotté et se demanda : « Quelle signification tout cela peut-il avoir pour lui ? »

Rentré dans son bureau, il trouva Gopal Rao en train de s'acquitter de sa tâche avec autorité. « Il s'en tire mieux que moi, songea-t-il. On m'a confié ce travail parce que je suis un Européen et qu'on se figure que les Européens sont des gens capables. Alors, s'asseyant à côté du Mahratte, il lui dit : Continuez, c'est moi qui tiendrai le registre. »

Au-delà du pont du chemin de fer, Bates se perdit. A travers un cauchemar de chiens errants, de vautours, de morts, d'agonisants et de désolation, il avait atteint la route asphaltée. A maintes reprises, des indigènes, le voyant vêtu comme les représentants officiels aux Durbars, sortirent en hâte des demeures en ruine, ou bondirent hors des fossés bordant la route, pour se jeter à ses pieds, dans la boue, et lui demander nourriture et protection. Mais Bates, ne comprenant rien à leur discours, poursuivait obstinément son chemin, se débarrassant d'un coup de pied des femmes hystériques qui s'accrochaient à ses genoux.

Épuisé de faim et de fatigue, il avançait avec peine. Son habit trempé pesait intolérablement, mais il ne se décidait pas à le jeter. Le valet de Lord Esketh ne pouvait se montrer, même dans les rues d'une ville dévastée par la catastrophe, en chemise, bretelles et pantalon. Aussi, titubant, butant, effrayant les bandes de vautours qui s'envolaient mollement pour revenir aussitôt poursuivre leur festin, il supportait ce fardeau.

Ébloui par le vertige, la démarche incertaine, décrivant de longs zigzags, il se mouvait au-delà de l'horreur, dans un royaume aux confins du délire. Par moment, un désir violent le saisissait de se laisser choir au bord de la route et d'y rester ; mais l'habitude et l'instinct, plus forts que son propre corps, le poussaient en avant. Il devait trouver Lady Esketh et lui remettre le coffret de métal. Alors, seulement, il pourrait s'étendre, se reposer, dormir indéfiniment. Et, quand il se réveillerait, peut-être tout cela ne serait-il plus qu'un cauchemar. Lord Esketh ne serait plus un cadavre gonflé, mais un homme bien vivant, cramoisi, d'humeur exécrable, qui le ramènerait en Angleterre. Bates lui donnerait alors son congé et se retirerait à Manchester, dans une villa jumelle, où il finirait ses jours en compagnie de sa sœur. Jamais plus il ne voyagerait, ne fût-ce que pour aller à Londres. Et, tandis qu'il trébuchait le long de la route, la villa lui apparaissait clairement, plus magnifique que le Paradis des Révélations.

Il aurait dû quitter Sa Seigneurie avant cet horrible séjour aux Indes. Mais il s'était laissé tenter par les descriptions qu'il avait lues dans les journaux sur l'incomparable beauté de cette « Perle de la Couronne britannique ». Bien différente était la réalité ! Il n'avait rencontré aux Indes que chaleur, poussière, misère, qui avaient rendu Sa Seigneurie plus irritable et Lady Esketh plus agitée, plus difficile que jamais. Les résidences gouvernementales et les hôtels n'y étaient pas plus confortables qu'ailleurs, et les installations hygiéniques pour le personnel domestique, à peine convenables.

Sur le pont du chemin de fer, la vue de la rivière mugissante le remplit de vertige. Se laissant tomber sur les genoux, il resta un long moment étourdi, une main crispée sur le coffret de métal et l'autre sur le rail. Peu à peu, il se ressaisit, mais ne put parcourir le reste du pont qu'en se traînant sur les genoux et les mains. Il fallait qu'il remît le coffret à Lady Esketh, il fallait qu'il arrivât jusqu'à la villa jumelle de Manchester.

Mais, entre la Distillerie et la caserne des Sikhs, il ne put plus avancer. Roulant dans la boue, il tomba sur le flanc et s'évanouit. Ce fut là que Mr. Smiley le trouva. Il n'avait pas lâché le coffret. Mr. Smiley et deux garçons intouchables le transportèrent à la Mission étendu sur un contrevent en guise de civière. Il ne restait plus de brandy à lui administrer. Mr. Smiley lui enleva ses vêtements trempés et tante Phœbe enveloppa son corps décharné dans des draps chauffés. Un moment plus tard, il ouvrit les yeux et but un peu de lait de chèvre tiédi. Quand il fut capable de parler, il réclama son pantalon et, sortant d'une des poches un trousseau de clefs ainsi que deux billets humides, il pria Mr. Smiley de remettre l'un de ceux-ci à Fern. Après quoi, il exprima le désir de s'entretenir avec Lady Esketh, sans témoin. Avant que Mr. Smiley se retirât, il lui demanda encore de poser le coffret de métal à côté de lui sur le lit.

Lorsque Lady Esketh, vêtue de la robe de calicot de Mrs. Smiley, pénétra dans la chambre, elle se rendit compte que son apparence choquait Bates. Moins las, il eût probablement caché son étonnement, mais, dans l'état de faiblesse où il se trouvait, l'expression qui passa sur son visage trahissait la désapprobation aussi clairement que s'il eût parlé. « Il préférerait me voir en robe du soir avec tous mes bijoux au milieu de l'après-midi ! » se dit-elle. A son tour, elle fut offusquée par l'aspect calamiteux de Bates. Au moment de son entrée, il s'était assis dans le lit et tenait le drap de coton serré autour de son cou, exposant aux regards un bras étique aux muscles noueux, hérités de générations d'ancêtres mal nourris. Elle était offensée par la vue de sa laideur blême, mais, plus que tout, par la hideur fatiguée du bras décharné.

« Eh bien, Bates ? dit-elle, s'efforçant de sourire.

— Ça a été terrible, Votre Seigneurie... terrible.

— Oui, Bates. Tout de même, nous avons de la chance d'en être sortis.

— Sa Seigneurie est morte, Madame.

— Oui, je le sais.

— J'ai trouvé les bijoux de Votre Seigneurie. Ils doivent tous être là. Je vous serais reconnaissant si vous vouliez bien les vérifier. »

Il avait mis la clef dans la serrure du coffret. Elle n'eut qu'à tourner et à lever le couvercle.

Il n'en manquait point : diamants, émeraudes, rubis, tous les bijoux étaient là, sauf ceux qui se trouvaient épinglés dans les jupons de tante Phœbe.

Au moment où elle avait ouvert le coffret, leur étincelante inutilité, leur irréalité lui étaient brusquement apparues. Que pourrait-elle en faire en ce moment, dans ce monde dévasté ? Ils étaient destinés aux bals de Londres, aux casinos de Cannes ou du Touquet, ces villes lointaines qui semblaient à peine encore exister.

« Oui, tout est là...

— L'infirmière aussi est morte, reprit-il, et les deux femmes de chambre. Probablement n'ont-elles jamais su ce qui leur arrivait ! »

Un instant, elle revit Bates, correct, légèrement pompeux, le soir de sa dispute avec Albert ; le rusé, l'insinuant Bates qui, par son regard complice, laissait entendre que tous deux ils seraient heureux si Albert mourait.

« Il y a aussi un message de Mr. Ransome », dit-il en lui tendant le billet.

Puis, pris d'une faiblesse, il fut obligé de se recoucher. Avec soin, il tira le drap jusqu'à son menton, cachant cette fois le bras décharné et noueux.

« Je vais vous laisser dormir, dit-elle. Vous serez bien ici. La vieille Mrs. Smiley s'occupera de vous.

— Merci, murmura-t-il d'une voix atone. Je suis désolé, Madame, d'être inutile.

— Ne vous tourmentez pas, Bates. Dès que vous serez assez bien, nous vous renverrons à la maison.

— A la maison ?

— Oui. En Angleterre.

— Et Votre Seigneurie ?

— Je ne sais pas encore. Inutile d'y penser pour le moment.

— Les papiers de Sa Seigneurie sont aussi dans le coffret, reprit Bates avec effort. J'ai mis tout ce que j'ai trouvé. J'espère qu'il n'en manque point. Pendant une seconde, il fixa Lady Esketh de son ancien air sournois : J'ai tout pris, comme c'était dans le tiroir, ajouta-t-il. Je ne savais pas ce qui était important.

— Merci, Bates. »

Elle le quitta, emportant le billet de Ransome et le coffret, et se rendit dans la chambre des Smiley. La missive de Ransome était brève. Il lui racontait son travail et lui demandait ce qu'il fallait faire du corps d'Albert. La chose devait être réglée avant la nuit. Préférait-elle qu'il fût enterré ou incinéré ? Il ne conseillait pas l'enterrement, aucun cimetière n'existait à Ranchipur. Si le cadavre était brûlé, elle pourrait emporter les cendres en Angleterre.

Sa lecture terminée, elle rouvrit le coffret, sortit les écrins et retira les papiers, ficelés en un paquet, qui se trouvaient dessous. A ce moment, son regard tomba sur un nom familier écrit de la main d'Albert : « Henri de Rochefort ». « Comment Albert le connaissait-il ? » se demanda-t-elle.

Examinant le feuillet, elle se rendit compte que ce nom faisait partie d'une liste :

L'Autrichien de Monte-Carlo
Henri de Rochefort
Perry Molton
Le boxeur français (?)
Tom Blashford
Le frère de Nolham (?)

La signification de cette liste lui sauta aux yeux : tous, sauf un, avaient été ses amants ! Mais comment Albert le savait-il ? Un long moment, elle resta assise, le regard fixé sur ces noms, perdue dans une sorte de rêverie voluptueuse.

Rochefort, de l'ambassade, avait été satisfaisant. Leur liaison avait été une aventure moelleuse, raffinée, de qualité très latine. Elle avait duré plus longtemps que la plupart des autres, jusqu'au moment où Rochefort était devenu ennuyeux, jaloux et compliqué. Il avait menacé de se tuer lorsqu'elle avait voulu rompre. Mais, délibérément, elle avait mis fin à ce chantage en lui déclarant brutalement qu'il lui convenait comme amant, mais qu'elle ne l'avait jamais aimé. Ce n'était pas entièrement vrai. Cependant, il s'était senti ridicule et choqué dans sa conviction latine que pour dormir avec quelqu'un il fallait éprouver à l'égard de cette personne un sentiment romanesque. Il l'avait grossièrement insultée, la traitant de putain anglaise, perverse et dépravée. L'accusation l'avait laissée froide : sur ce point, elle était sans illusion et n'avait pas de prétentions. Ainsi, l'affaire s'était terminée sans scandale.

Perry Molton ne comptait pas. Il avait passé deux fois la nuit avec elle, parce que sa chambre était en face de la sienne à Barbery House. Il était beau à la façon anglaise, avec un corps d'athlète. Mais ces deux expériences n'avaient rien eu d'excitant. Le lendemain matin, elle avait dû faire un effort pour savoir si cela s'était réellement passé. Non, ce n'était qu'une aventure de week-end, sans plus de portée qu'une poignée de main. Perry était si empoté, si stupide !

Albert n'aurait pas eu besoin de mettre un point d'interrogation à côté du boxeur français. Cela s'était passé, et même très souvent, dans l'horrible petite villa d'Eze. L'aventure l'avait contentée. Encore maintenant, après des années, le souvenir qu'elle en gardait faisait battre son cœur et enfiévrait ses joues. Il s'appelait André Simon ; elle aurait pu le dire à Albert. Son corps était comme une belle machine, infatigable et brutal. Il y avait en lui quelque chose de primitif, de vital, de vigoureux, qu'elle n'avait trouvé en personne d'autre, et qui la transformait en une femme semblable à une paysanne tirant la herse dans les champs. Son expérience avec André — elle le réalisait en ce moment, dans cette chambre à coucher des Smiley — n'était pas de la dépravation, mais de la vie, de la génération. C'était ce que l'amour, la création, l'existence en commun devaient être, à la fois brutaux et tendres; satisfaisants, parfois cruels. Inconsciemment, elle sourit en songeant aux autres femmes qui s'étaient efforcées de faire de lui leur amant. Il était très beau et avait des manières parfaites, si bien qu'on l'invitait partout sur la Côte d'Azur et qu'il rencontrait des femmes de tous les milieux. Parmi ses nombreux amants, il était le seul qu'elle eût regretté. Mais c'était une vieille histoire maintenant. Pourtant, elle eut un petit frisson en se rappelant qu'elle avait failli perdre la tête et sérieusement songé à tout abandonner pour s'enfuir avec lui. « Si je l'avais fait, peut-être ma vie aurait-elle été moins décevante ? se dit-elle. Elle aurait eu un mordant, un parfum de terre et de réalité que je n'ai jamais connu. » Pourtant, il lui aurait été infidèle, comme il l'avait été au cours de leurs six semaines de liaison. Puis un jour, fatigué d'elle, il serait parti... Elle ne pouvait souffrir de ne pas être toujours maîtresse de la situation. Elle avait fini par le quitter, prise d'une terreur subite de chantage, de violences, d'elle ne savait quoi. A l'époque, sa peur lui avait facilité la rupture. Elle lui avait fait un cadeau de deux cents livres, en billets de banque, lui disant de s'acheter une voiture dont ils se serviraient ensemble à son retour de Londres. Mais elle n'était pas revenue. Elle ne l'avait jamais revu. En cet instant, son souvenir était plus douloureux que n'avait été la séparation; car, alors, elle ignorait qu'en le quittant elle perdait une satisfaction que jamais plus elle ne retrouverait au cours de sa vie aventureuse... Qu'était-il devenu ? Tenait-il un bistrot à Marseille, à Toulon ? Son corps avait-il gardé cette beauté de statue antique ? Ou bien s'était-il empâté ? Peut-être avait-il épousé une lourde femme aux yeux noirs et avait-il une demi-douzaine d'enfants aux prunelles sombres. C'était son destin... engendrer de beaux animaux comme lui-même, qui grandiraient et procureraient des satisfactions violentes et savoureuses à des êtres semblables à elle, nés trop vieux, trop sensuels.

Et l'Autrichien de Monte-Carlo ? Albert n'avait mis aucun point d'interrogation à côté de son nom. Il croyait donc qu'elle l'avait eu pour amant ? Il se trompait. Elle se rappelait son visage, son corps, mais pas son nom. Elle avait fait son possible pour le séduire. Il était d'une beauté étrange, un peu décadente. Elle avait fini par l'attirer à un rendez-vous, mais il ne s'était rien passé. Il ne l'avait jamais aimée ni désirée. Plus tard, elle avait appris qu'il ne désirait aucune femme, et elle lui en avait voulu, humiliée et furieuse, parce qu'elle s'était rendue ridicule.

Et Tom Blashford ? Moins que rien. Une autre aventure de week-end, dans le genre de l'aventure avec Perry Molton.

Et le frère de Nolham... Tom Ransome ? Le point d'interrogation était inutile. Elle avait été la maîtresse de Tom avant même d'avoir jamais entendu parler d'Albert. Tom, elle le savait maintenant, était le seul homme par qui elle avait failli comprendre ce que pouvait être l'amour. Il n'avait ni la brutalité d'André, ni son pouvoir de la satisfaire. Il était trop semblable à elle, de cœur un peu pourri, mais charmant, sympathique et sage, désespérément, comme aucun des autres ne l'avait été.

La liste n'était pas complète. Elle avait eu bien d'autres amants, certains à demi oubliés, d'autres, comme André, encore vivants dans sa mémoire, quoique moins que lui. Quelle étrange chose était donc la vie, pour lui faire retrouver, ici, à Ranchipur, Tom Ransome ! Et si pourtant tout ce passé d'aventures était fini, si elle n'avait plus à attendre de l'existence que monotonie et ennui ?

Elle soupira, puis de nouveau s'étonna qu'Albert, ayant été au courant, ne se fût jamais trahi. Elle le connaissait trop bien pour croire à de la complaisance de sa part. Son snobisme était-il donc enraciné plus profondément qu'elle ne le pensait ce fameux matin quand, assise dans sa chambre à coucher, elle avait contemplé avec tant de haine son corps enflé, impuissant, étendu sur le lit incrusté de nacre ? Peut-être la comprenait-il mieux qu'elle ne se le figurait, mieux qu'elle-même, et savait-il que rien ne la corrigerait et que moins il parlerait de la chose, plus tôt elle cesserait ? Lui-même, avait-il eu des aventures, des maîtresses ? Elle en doutait. Où aurait-il pris le temps que réclame une maîtresse ? Et puis, il avait été trop exigeant d'elle. Peut-être fréquentait-il des bordels, emmenait-il des femmes de Jermyn Street ? Ou bien, s'était-il contenté d'elle ? Peut-être ne s'était-il servi d'elle, pendant toutes ces années, que pour satisfaire une nécessité, comme de boire et de manger ? Très anglais, très petit bourgeois, il était donc matérialiste ; les femmes n'étaient pour lui qu'un besoin, jamais une source d'orgueil. Grands dieux, ne le savait-elle pas, à la manière dont il faisait l'amour ! Ne s'était-elle pas parfois demandé, pendant qu'il l'étreignait, si son esprit n'était pas occupé ailleurs à additionner des chiffres ou à projeter quelque grand coup !

« Après tout, peut-être est-ce moi qui ai été la dupe dans cette histoire ! se dit-elle amère, toujours assise sur le vieux lit des Smiley. Il pouvait m'exhiber pendant ses moments de loisir et puis, rentré à la maison, se servir de moi pour calmer son désir, ses nerfs, et retrouver sa liberté d'esprit. »

Alors, une rage folle la saisit à l'idée que c'était lui qui l'avait jouée, que jusqu'à la fin, jusqu'à leur dernière querelle, c'était à lui qu'appartenait le rire, la victoire. Et maintenant il était mort ! Jamais elle ne saurait la vérité, ne pourrait se venger de son humiliation.

« En fait, se dit-elle, j'ai eu ce que je méritais. Il n'avait que deux choses à faire : divorcer ou me traiter comme il l'a fait. » Le divorce, le moindre scandale eussent risqué de compromettre sa situation, cette précieuse situation conquise à force d'acharnement et d'efforts. Il y avait aussi sa vanité. Jamais il ne se serait résigné à admettre, à la face du monde, dans un procès de divorce, que la femme qu'il avait achetée ne l'avait trouvé ni satisfaisant, ni suffisant. Probablement son soupçon à l'égard de Ransome, cette dernière nuit, avait-il été la goutte finale qui l'avait enfin déterminé à songer au divorce. Il avait alors noté le nom des hommes qu'il présumait avoir été ses amants. Cette liste terminée, il avait dû se dire que la mortification d'un procès de divorce ne serait pas pire que de savoir que la moitié du monde connaissait sans doute les aventures de sa femme et le traitait de cocu. De plus, il devait se douter qu'elle avait eu encore d'autres amants qu'il ignorait.

Sûrement Bates l'avait renseigné. Bates la connaissait mieux que quiconque, certainement mieux qu'Albert. Peut-être, cette fameuse nuit, Albert avait-il menacé, rudoyé ou acheté Bates pour tirer de lui ce qu'il savait. Était-ce pour cela que Bates avait eu cet air matois et insinuant lorsqu'il était venu lui annoncer la maladie d'Albert ? Si Albert avait encore vécu, elle aurait accusé Bates et obtenu la vérité. Maintenant, c'était inutile et ne valait pas la peine d'une scène désagréable avec Bates. Bientôt, celui-ci voguerait vers l'Angleterre, sortirait de sa vie à jamais. A ce moment elle songea que Bates, qu'il l'eût trahie ou non, avait dû lire la liste de ses amants. N'avait-il pas lui-même placé ce feuillet sur la pile des papiers quand il avait fait le paquet ? Réellement, Albert était stupide de laisser traîner de pareils documents !

Subitement excédée, elle déchira le feuillet en mille morceaux qu'elle fourra dans la poche de la robe de calicot de Mrs. Smiley. Puis elle passa en revue les autres papiers. La plupart n'avaient pas de sens pour elle ; il y avait des notes pour un nouvel article destiné aux journaux d'Esketh. Elle ne prit même pas la peine de les lire, mais, feuilletant le tout, elle tomba tout à coup sur le testament.

Il lui sembla étrange qu'Albert l'eût emporté avec lui. Après tout, malgré ses airs fanfarons, peut-être se sentait-il malade, savait-il qu'il risquait de ne jamais revoir l'Angleterre ? Comptait-il le modifier, la déshériter ? Il avait veillé à ce que leur contrat de mariage fût rédigé de telle sorte qu'à part la rente qu'il lui avait assurée, il pouvait, s'il le voulait, mourir sans lui laisser un sou. Probablement était-ce le cas et avait-il décidé, en même temps que le divorce, de la radier de son testament. Il lui suffisait pour cela d'ajouter quelques mots au document et de le faire signer par Bates et l'une des femmes de chambre en guise de témoins. Ceux-ci n'étaient pas censés connaître la teneur du testament, ni y figurer comme légataires. « Peut-être est-ce ce qu'il a fait ? » se dit-elle en jetant un regard à la fin du document. Elle n'y vit point de codicille. Alors vivement elle se mit à le parcourir.

Il commençait par une longue énumération de legs somptueux destinés à des institutions charitables, hôpitaux, écoles, etc. De son vivant, il s'était montré chiche à l'égard de ce genre d'œuvres, sauf quand il éprouvait le besoin de s'acquérir du respect. Mais, ne pouvant emporter son argent dans la mort, il se montrait généreux. Suivaient des dispositions concernant ses journaux, qu'elle ne prit pas la peine de lire. Enfin, elle arriva aux legs personnels : cinq cents livres à ce frère petit bourgeois dont il avait honte et qu'il ne lui avait jamais permis de voir ; mille livres à deux femmes, dont elle ignorait l'existence — probablement des tantes ou des cousines ; cinq cents livres à Bates — Bates qui l'avait trahi, qui se moquait de lui et le haïssait !

Et tout le reste était pour elle. Elle n'en croyait pas ses yeux.

Elle s'était imaginé qu'il lui laisserait quelque chose, mais pas tout. Ces centaines de milliers de livres... peut-être des millions. Le testament était posé sur ses genoux et, pendant un instant, il lui fit horreur, d'une façon étrange — indescriptible. Ce morceau de papier la rendait l'une des femmes les plus riches du monde. Mais cette pensée ne lui donnait plus aucun plaisir, aucune émotion.

« La rente me suffisait, se dit-elle. Que faire de tout cela ? »

Elle le devait à un hasard. Elle évoqua la pension de Florence, quand elle n'avait pas de quoi se payer plus d'une fois par mois le coiffeur et portait les vieilles robes de ses riches amies. A cette époque, un coup de chance comme celui-ci eût ouvert pour elle le royaume de la plus folle fantaisie, eût changé toute sa vie et celle de son père. Jamais, alors, elle n'eût épousé Albert. Peut-être aurait-elle été plus honnête, moins dépravée.

Elle chercha à se figurer ce qu'elle aurait éprouvé, mais son effort n'aboutit qu'à un sentiment d'ennui. Elle ne désirait rien qu'elle pût acheter avec de l'argent. C'était trop tard.

« Il fallait probablement que je le gagne ! se dit-elle. Et il s'agit maintenant de réfléchir à ce que je pourrai en faire. »

Oui, il comptait divorcer, et la déshériter, mais ce monstrueux pays, avec sa peste, ses terreurs, ses splendeurs, sa misère, son hospitalité, sa cruauté, l'avait tué trop tôt. Et l'amère ironie du testament lui apparut : qu'il ne se fût trouvé personne à qui Albert eût pu léguer l'immense fortune construite par sa ruse, son ambition, son manque de scrupules, personne, excepté elle-même, qui n'avait cessé de le mépriser et de le tromper. Vainement elle chercha à qui d'autre il aurait pu la laisser. Oui, elle avait dit vrai ; jamais il n'avait eu d'amis !

« Mais je n'en veux pas ! Qu'en ferais-je ? dit-elle presque à haute voix, comme si Albert était là et non un cadavre qui, pour des raisons sanitaires, devait être enterré avant la nuit. Qui sait, peut-être ne retournerai-je jamais en Angleterre ! » Elle savait maintenant qu'elle ne souhaitait qu'une chose, et que l'argent ne pouvait la lui donner.

Ayant enfermé papiers et bijoux dans le coffret dont elle fourra la clef dans sa poche avec les morceaux déchirés de la liste, elle alla se regarder dans le miroir devant lequel, chaque matin, Bertha Smiley se coiffait. Celui-ci ne ressemblait guère à sa glace de Hill Street, teintée d'un rose flatteur. Le mercure, rongé par l'humidité, se décollait et le verre avait un reflet bilieux. Son image lui donna un choc ; elle aperçut une femme pâle, fatiguée, aux mèches pendantes, et qui portait plus que son âge.

« Dans un ou deux jours, ma raie sera plus sombre, songea-t-elle. Oui, je dois avoir touché le fond de quelque chose ce matin ! » Mais de quoi ? elle l'ignorait.

Alors, à travers l'abattement qui l'accablait, une musique incroyable lui parvint. « Les temps sont accomplis... » chantaient des voix tout près, dans le jardin. C'était le même cantique qu'elle écoutait, jadis, dans la petite église de son enfance.

« Est-ce que je deviens folle ? » se demanda-t-elle en se dirigeant vers la fenêtre.

Sous les arbres et la pluie, auprès d'un petit monticule de terre fraîche, debout, elle aperçut Mr. et Mrs. Smiley, tante Phœbe et Fern. D'une voix chevrotante, ils chantaient, accompagnés sur l'harmonium par un des élèves chrétiens de l'École du Soir. Edwina comprit : c'étaient les funérailles du missionnaire et de sa fille.

De l'autre côté de l'allée, sur les tennis où Mrs. Simon avait coutume de recevoir ses invités, Mr. Smiley et ses élèves intouchables avaient construit un grand bûcher avec des poutres et des meubles cassés, retirés des décombres. Les cadavres de Hazel et du Révérend Simon avaient été découverts sous les ruines de la salle à manger où la mort les avait surpris pendant leur dîner, tandis que Mrs. Simon se trouvait chez Mrs. Hoggett-Egburry et que Fern, poussant sa bicyclette sous l'averse, rentrait de chez Ransome. Quand Mrs. Simon en fut informée, elle piqua une crise de nerfs et ce ne fut qu'à grand-peine que Mrs. Smiley et tante Phœbe réussirent à l'empêcher d'aller se jeter sur les dépouilles de son mari et de sa fille. Dès qu'elle fut un peu calmée, Mr. Smiley lui fit part de son intention d'incinérer les corps et de lire le service liturgique. Mais Mrs. Simon, reprise d'une crise d'hystérie, s'opposa avec véhémence à ce qu'on les brûlât comme des païens. Le missionnaire lui expliqua qu'il n'existait pas de cercueil à Ranchipur, qu'il n'y avait pas moyen d'en fabriquer et qu'il fallait faire disparaître les cadavres le plus vite possible. Elle finit par céder, mais pour sombrer dans une sorte de lamentation monotone qui ne devait cesser de la journée.

Enfin, les tristes restes de Mr. Simon et de la pauvre Hazel, enveloppés de draps, furent placés au sommet du bûcher. Mr. Smiley, épuisé de fatigue, lut avec émotion le service funèbre. Après quoi, il mit le feu au bois imprégné de pétrole et le missionnaire baptiste et sa fille furent brûlés comme de simples Hindous. La pluie tombait par averses intermittentes, mais les poutres étaient vieilles, sèches et le pétrole entretenait leur violente combustion. Quand il ne resta plus qu'un tas de cendres mouillées, Mrs. Smiley en remplit deux bocaux de faïence où tante Phœbe avait coutume de conserver les sauces. Ceux-ci furent enterrés au son des prières et des cantiques sous les grands arbres ornés d'orchidées, de pétunias et de géraniums grimpants du jardin des Smiley.

Mrs. Simon, gémissante sur le divan de la dépense, n'assista pas à la cérémonie. Mais Fern y prit part et, d'une voix tremblante, chanta avec les autres : « Les temps sont accomplis... »

Mr. Smiley l'avait formellement engagée à ne pas assister à la crémation et elle lui en était reconnaissante. Pourtant, elle avait l'impression que sa présence aurait, en quelque sorte, atténué la solitude de la pauvre Hazel et de son père. Mais, devinant sans doute sa pensée, Mr. Smiley lui avait dit avec bonté : « Il n'y a pas de raison pour que vous restiez là, Fern. Il ne subsiste rien de ce qui était Hazel ou votre père. Ces dépouilles ne sont que poussière. Les Hindous le savent... mieux que nous. » Aussi, aidé de quelques garçons intouchables, avait-il accompli seul la tâche funèbre, pendant que Fern réconfortait sa mère. Elle était allée la rejoindre sans élan, ne sachant que lui dire. Pourquoi Mrs. Hoggett-Egburry, son amie intime, ne se trouvait-elle pas auprès d'elle ? N'était-elle pas la seule personne que sa mère consentît à voir pendant ses migraines ? Mais Mrs. Hoggett-Egburry, vêtue de son peignoir sale, titubant sur ses hauts talons, était partie avec deux élèves de Mr. Smiley pour voir ce qui restait de son bungalow.

Aussi Fern avait-elle dû se résigner à entrer dans la vaste dépense où sa mère, étendue sur un lit de camp, gémissait, une serviette humide sur le front.

Doucement, elle ouvrit la porte, espérant que sa mère dormait et qu'elle pourrait s'esquiver. Mais les gonds grincèrent et Mrs. Simon, soulevant la serviette, regarda qui entrait. Lorsqu'elle aperçut Fern, cessant de gémir, elle l'appela : « Viens ici, mon enfant. Assieds-toi près de moi. » Gênée, à contrecœur, Fern obéit.

Elle s'assit à l'extrémité du lit, le plus loin possible de sa mère. Mais la voir si vieille l'émut vaguement. En deux jours, elle avait entièrement perdu cet air de fraîcheur qui faisait dire aux gens : « Est-il possible que vous ayez déjà une fille de vingt ans ! » Elle était affaissée, ridée, apeurée et fatiguée. « C'est elle maintenant qui est seule, pensa Fern. Sans papa, elle n'est plus rien, pas même une missionnaire. Que va-t-elle devenir ? » Et, pendant un moment, l'image de sa mère, effondrée, n'ayant personne à tourmenter, sauf elle, Fern, qui ne le supporterait plus, l'effraya. Mais, surtout, elle n'aurait plus de mari, couché à côté d'elle. Et Fern, dans sa nouvelle science, devinait — bien que ces choses ne fussent jamais mentionnées dans leur milieu — que cela avait joué un rôle important dans la vie de sa mère. Oui, qu'allait-elle faire maintenant ? Elle était encore relativement jeune. Fern, à ce moment, se rappela un fragment de conversation entre sa mère et Mrs. Hoggett-Egburry, entendue lorsqu'elle avait quinze ans. Elle se trouvait dans le corridor et, par la porte ouverte, la voix des deux femmes lui était parvenue. « Non, Herbert fait chambre à part, disait Mrs. Hoggett-Egburry. Il ne m'a pas approchée depuis près de trois ans. Je pense qu'il doit être impuissant, car je ne vois pas comment il pourrait avoir une autre femme à Ranchipur. Les domestiques m'en auraient informée. »

Après un instant de silence, sa mère avait répondu : « Oui, nos maris sont très différents et je ne vois pas Elmer faisant chambre à part. Du reste, que deviendrais-je ? Je me sentirais si seule ! »

Fern n'avait pas saisi, alors, le sens de ces paroles, mais sans savoir pourquoi, elles lui avaient paru honteuses et vulgaires. Maintenant, elle les comprenait et se demandait, non sans pitié, si sa mère avait jamais éprouvé à l'égard de son père le sentiment que Ransome lui inspirait. Non, elle ne pourrait supporter que quelque chose lui arrivât. Elle ne le nommait pas « Tom » dans sa pensée, mais Ransome, parfois même Monsieur Ransome. Au cours de leurs rares rencontres, elle ne l'avait jamais appelé par son nom. Et ce matin, tandis qu'elle était couchée près de lui, par terre, dans la maison de Mr. Bannerjee, elle lui avait dit « mon cher » ou « mon chéri ».

Mrs. Simon, se tournant vers elle, rouvrit les yeux et la regarda. « Nous voilà forcées de vivre ensemble, dorénavant. Tu es tout ce qui me reste au monde », dit-elle.

Une sensation d'horreur envahit Fern. Ne s'était-elle pas crue libre ? Les conséquences personnelles du tremblement de terre ne lui étaient pas encore venues à l'esprit.

« Il y aura toujours Mrs. Hoggett-Egburry, s'entendit-elle dire. Je pensais la trouver ici, auprès de toi.

— Non, répondit Mrs. Simon. Tout est fini entre nous.

— Comment ?

— La nuit de l'inondation, je l'ai trouvée ivre morte dans son bungalow. »

C'était donc ça qui rendait Mrs. Hoggett-Egburry parfois si étrange, si embrouillée ! Elle buvait en cachette ! Et soudain Fern sourit de sa propre innocence jusqu'au moment où elle avait été attendre Ransome chez lui. Réellement, elle n'était qu'une sotte, et elle ne s'étonnait plus qu'il l'eût traitée en enfant. L'ivrognerie de Mrs. Hoggett-Egburry n'était qu'un détail de ce monde réel qu'elle découvrait depuis peu. Sa mère n'avait pas dû l'ignorer, mais par snobisme elle avait fermé les yeux.

« Jamais tu ne sauras par quoi j'ai passé la nuit de l'inondation ! disait sa mère. J'ai tout fait pour elle, jusqu'à lui sauver la vie. Eh bien, crois-tu qu'elle m'ait seulement dit merci ! »

Quelqu'un frappa à la porte. C'était tante Phœbe. Elle remit à Fern le billet de Ransome. Fern resta à l'autre bout de la chambre pour le lire, mais sa précaution ne servit à rien ; un des yeux de marbre de sa mère l'observait de dessous la serviette mouillée.

Le mot de Ransome était bref. Il l'informait de son travail et lui disait que probablement il ne pourrait revenir à la Mission avant plusieurs jours. Il l'engageait à rester chez les Smiley. La ville était déjà infectée de choléra, de typhoïde, et la puanteur atroce. *« Vous ne devez pas songer à venir ici,* écrivait-il. *Pas maintenant, ma chère. Rien ne doit vous arriver. » A* la lecture de ces dernières lignes, elle sentit le bonheur la submerger et chasser son angoisse, son chagrin, sa tristesse.

« Qu'est-ce que c'est, Fern ? demanda Mrs. Simon de son lit. Ne reste pas ainsi sans rien dire.

— C'est un message pour moi, répondit-elle.

— A quel sujet ? De qui ? »

« Je vais tout lui raconter, songea subitement Fern. Maintenant je suis libre ! Ma vie m'appartient. »

« C'est de Mr. Ransome, dit-elle.

— Ah ! Et que veut-il ?

— Il me demande de ne pas bouger d'ici, de ne pas aller en ville.

— Il a parfaitement raison. »

« Elle est inouïe ! Elle semble déjà considérer Ransome comme son gendre ! » songea Fern.

« Mais je ne compte pas rester ici, poursuivit-elle en retournant vers le lit. Je vais descendre à Ranchipur.

— Tu es folle. Tu ne vas pas me laisser seule ici avec les Smiley. Tu n'as pas le droit de te risquer ainsi ; tu es tout ce qui me reste maintenant. Où as-tu été pêcher cette idée ?

— Je vais aller là-bas, parce que je pourrai peut-être me rendre utile à l'hôpital, répliqua Fern avec calme. J'y vais parce que je veux être près de lui. »

Mrs. Simon se dressa sur son séant.

« Ne suis-je donc rien pour toi ? s'écria-t-elle. N'as-tu même pas une pensée pour ta propre mère ? »

« Elle ne m'impressionne plus ! songea Fern avec une nuance de triomphe. Je n'ai plus peur de ses scènes ! »

En vérité elle était libre !

« Cela va sans dire que je pense à toi, répondit-elle. Pourtant j'irai ; ma place est là-bas. Quoi qu'il arrive, il faut que je sois auprès de lui. Il ne sait pas se soigner.

— Fern, te rends-tu compte de ce que tu fais ? Veux-tu que tout le monde te considère comme une fille des rues ?

— Que le monde pense ce qu'il voudra ! Pour ce qu'il en reste ! La catastrophe a tout changé, convenances, dispenses de mariage, etc. Peut-être ces choses reprendront-elles de l'importance, mais maintenant elles n'en ont aucune. »

Mrs. Simon s'apprêtait à lui répondre, mais, dans son élan de nouvelle confiance, Fern poursuivit : « L'autre jour, quand je t'ai dit que je m'étais donnée à lui, ce n'était pas vrai. Je mentais, parce que j'étais malheureuse et que j'avais peur. Maintenant ce n'est plus un mensonge ; je me suis donnée à lui... ce matin. Je l'aime plus que tout au monde. Je ferai n'importe quoi pour lui. » Mrs. Simon se couvrit le visage de ses mains. Elle se sentait trop lasse, trop vieille, soudain, pour faire une de ses scènes de mélodrame. Elle se borna à murmurer : « Fern, mon enfant ! Ma petite fille ! »

Son attitude déconcerta Fern. Était-ce un geste de tragédie, de reproche ou de satisfaction ? Mais, connaissant sa mère, elle savait que celle-ci ne considérait ce qui s'était passé que comme un prélude au mariage. Or ce mariage résoudrait tout naturellement le problème de Mrs. Simon. Elle ne serait plus abandonnée ; elle aurait devant elle une existence plus brillante que tout ce qu'elle avait jamais connu.

« Viens ici, assieds-toi près de moi, reprit Mrs. Simon. Et quand, à contrecœur, Fern se fut assise au bout du lit, elle lui prit la main et ajouta : Ce n'est pas ainsi que j'aurais voulu que cela se passât. Mais j'espère que tu seras heureuse. »

Fern comprit alors que plus jamais sa mère ne la tourmenterait. Comme si elle la voyait de très haut, elle se rendait compte à quel point Mrs. Simon était enfantine, futile. Dorénavant, il faudrait veiller sur elle, lui dire ce qu'elle devait faire. Mais la capitulation, le complet écroulement étaient trop brusques. Ils laissaient Fern vaguement indécise et effrayée. A ce moment, Mrs. Simon se mit à pleurer. Était-ce de soulagement, de tristesse ou de satisfaction ? Fern l'ignorait.

Mrs. Simon ne pensait ni à Fern, ni à Ransome. Elle revoyait un vieux chêne moussu et, au-delà, la splendeur argentée du Mississippi éclairé par la lune. C'était après une réunion religieuse. Sur le chemin du retour, Elmer et elle, escaladant une balustrade, se couchèrent sous l'arbre. Et ils s'aimèrent, sans un mot, en silence. Puis, comme s'ils n'étaient qu'un seul être, ils refranchirent la barrière. Cela s'était passé rapidement, dans une explosion de passion adolescente, stimulée par les chants et les manifestations exaltées de la réunion. Ils avaient été poussés par quelque chose de plus fort qu'eux-mêmes, de plus fort que l'Église baptiste et que l'enseignement de la petite congrégation. Et Dieu ne l'avait pas foudroyée de sa colère. Elle avait continué à vivre comme par le passé, mais terrifiée à l'idée d'avoir un bébé. Aussi s'étaient-ils mariés bien plus tôt qu'ils n'en avaient eu l'intention. Personne n'avait soupçonné l'aventure, mais plus jamais elle n'avait retrouvé la même sensation.

Soudain, elle découvrit son visage et regarda Fern.

« Et que feras-tu si tu as un bébé ?

— Je n'y ai pas pensé. C'est vrai, cela peut arriver.

— Tu ferais mieux de te marier tout de suite. »

Fern ne répondit pas, sachant qu'il était inutile de chercher à la convaincre. Quoi qu'il advînt, même si elle devait avoir un enfant, jamais elle ne demanderait à Ransome de l'épouser. Il ne fallait pas tout gâcher. Aussi, changeant de sujet, elle dit à sa mère : « Tu ferais mieux de t'étendre et de te reposer. Tâche de dormir un peu.

— Impossible ! Je ne pourrais même pas fermer les yeux. »

Mrs. Simon se recoucha et recommença à gémir. Mais peu à peu sa plainte s'apaisa et Fern vit qu'elle sommeillait. Étrangement, mystérieusement, Fern se sentait devenue plus vieille, plus sage que sa mère. Alors, sans bruit, elle se leva du lit et alla s'asseoir dans un fauteuil à bascule. Bientôt elle aussi, épuisée, s'assoupit.

Un long moment plus tard, elle fut réveillée par un léger attouchement de l'épaule. C'était Mr. Smiley.

« Je suis désolé de vous déranger, mon enfant, dit-il. Mais nous allons lire le service funèbre. Tout à l'heure, je devrai me rendre à l'École et ne sais quand je pourrai revenir ; peut-être pas avant plusieurs jours. Croyez-vous que votre mère désire assister à la cérémonie ?

— Il vaut mieux la laisser dormir », répondit Fern.

Accompagnés de Bertha Smiley et de tante Phœbe, ils se rendirent sous les grands banians pour enterrer les vases funéraires.

La cérémonie fut vite expédiée. Tout cela n'était que symbole, songeait Fern, et Mr. Smiley s'en acquittait avec tant de bonté, tant de tact, qu'une grande beauté s'en dégageait. « Il y a trois jours à peine, ils vivaient encore et je leur parlais ! » se disait-elle.

Malgré les protestations des hôtes de la Mission, Fern Simon et Lady Esketh se mirent en route avec Mr. Smiley, pour la ville. Mr. Smiley jugeait que les deux femmes seraient plus un embarras qu'une aide dans la cité éprouvée, car, s'il connaissait la force de volonté de tante Phœbe et la fermeté de son épouse, il ignorait ce que pouvaient valoir Fern et Edwina. Mais, devant leur obstination, il ne put que céder.

Mrs. Simon, assommée par l'épuisement et le chagrin, ne fut point dérangée. Tante Phœbe se chargea de l'informer du départ de Fern lorsqu'elle se réveillerait.

Suivi des deux femmes silencieuses, Mr. Smiley avançait dans la boue rouge de la plaine. Comme ils approchaient du pont du chemin de fer, Mrs. Hoggett-Egburry déboucha soudain de derrière les ruines des casernes des Sikhs. Elle marchait avec peine, soutenue par sa garde du corps d'écoliers intouchables. Elle s'était changée et portait une robe courte de cretonne à fleurs, un parasol de soie cramoisie et un sac à ouvrage. Elle semblait rentrer de l'inauguration d'une exposition d'horticulture à la campagne. L'ombrelle ne la protégeait guère, car elle ballottait en tous sens, et l'averse avait trempé sa robe fleurie. De son sac émergeait le col d'une bouteille de brandy.

A sa vue, Mr. Smiley fronça les sourcils, mais, avec la fermeté du martyr, il fonça droit sur elle. D'abord, elle ne parut pas les voir. Quand enfin elle les reconnut, elle se mit à crier d'une voix chavirée : « Ils m'ont tout volé ! Jusqu'à ma machine à coudre, mes chapeaux et mon grand portrait ! »

Arrêtés sous la pluie, ils l'écoutèrent, polis, feignant la

sympathie, tandis qu'elle leur racontait en pleurant les déprédations des Bhils parmi ses bronzes de Bénarès, son bric-à-brac et ses coussins brodés.

« Je vais porter plainte contre l'État ! bafouillait-elle d'un ton ivre. Toutes mes précieuses collections ! Ne pas même être protégée ! C'est un véritable outrage ! Oui, un outrage ! Mon portrait ! Attendez seulement, quand Herbert l'apprendra... »

Groupés derrière elle, les garçons intouchables semblaient fascinés. De temps à autre, l'un d'eux étouffait un fou rire. « Si elle tombe, vous la porterez. Il s'agit qu'elle arrive jusqu'à la Mission », souffla Mr. Smiley à l'oreille d'un des aînés. Puis il essaya de rassurer la malheureuse, mais Lady Esketh s'impatientait.

« Allons, partons ! dit-elle d'une voix contenue et exaspérée. Nous ne pouvons passer la journée ici à écouter cette sacrée folle ! »

Ils se remirent en route. Mrs. Hoggett-Egburry les regarda s'éloigner, stupéfaite et bouleversée de reconnaître trop tard l'élégante Lady Esketh à laquelle, dans son émoi, elle n'avait pas pris garde. Pour réparer son erreur, elle fit un suprême effort et agita sa main dans leur direction. Mais ils lui tournaient le dos et ne virent pas son geste.

Comme ils venaient de passer le pont périlleux du chemin de fer (ils s'étaient pris par la main pour se retenir mutuellement si le courant furieux leur donnait le vertige), ils aperçurent, debout, entourée de villageois gesticulant et parlant tous à la fois, Miss Hodge.

Dans son affolement, elle ne saisissait pas qu'ils lui demandaient de la nourriture, des nouvelles de leurs enfants et un gîte. Ils appartenaient à la basse caste, avec laquelle elle n'avait guère eu de contact, et s'exprimaient en divers jargons. Mais, même s'ils avaient parlé le gujerati ou l'hindoustani, elle ne les eût pas compris. La peur et l'horreur de tout ce qu'elle avait vu depuis sa fuite de l'Hôpital la paralysaient, et aussi la vue du pont étroit et branlant au-dessus de l'eau tumultueuse qu'elle devrait franchir si elle voulait rejoindre son adorée Lady Esketh.

Elle ne pouvait se rendre compte que les misérables,

pressés autour d'elle, identifiaient son caractère et sa personnalité à ceux de Miss Dirks. Miss Dirks, ils le savaient, ne leur refuserait ni secours ni protection. Or, ayant toujours vu les deux vieilles filles ensemble, ils en étaient arrivés à les considérer comme la double manifestation d'un phénomène unique. C'est pourquoi ils en appelaient à Miss Hodge, se jetaient face contre terre à ses pieds, s'accrochaient désespérément à ses genoux. Pour eux elle représentait le dernier vestige visible du grand Empire britannique. Mais, sans Miss Dirks, Miss Hodge était aussi embarrassée, aussi inutile qu'un moineau égaré dans une chambre.

Depuis dix-huit heures elle avait à peine dormi et, pendant un temps infini, elle était restée perchée sur le toit de son bungalow sous la pluie battante, à regarder monter l'eau qui charriait épaves, bétail mort, serpents, cadavres. De temps à autre, dans l'obscurité, elle criait le nom de Sara, d'une voix chaque fois plus rauque, plus faible. Mais personne n'avait répondu. Finalement, dans la matinée, elle avait vu s'avancer un des bateaux de plaisance du Palais, conduit par un des splendides Sikhs. Elle ne se rappelait pas exactement lequel, ils se ressemblaient tant ! Bien qu'il se dirigeât droit sur elle, elle voulut l'appeler, mais, quand elle ouvrit la bouche, aucun son n'en sortit. Alors, malgré sa faiblesse, malgré sa terreur, une de ces vagues d'excitation qui la transformaient en un autre être et venaient troubler sa vie paisible et monotone avec Sara, l'envahit.

Il accosta près d'elle et lui parla en hindoustani. Elle essaya de se lever, mais retomba sur le toit en pente. Le grand Sikh, se penchant sur elle, la prit alors dans ses bras et la déposa dans le bateau. L'émotion, née du contact entre son corps mûr et tendre et le torse vigoureux aux muscles puissants de son ravisseur, jointe à son état d'inanition, faillit la faire s'évanouir. Son cœur cessa de battre ; elle ferma les paupières, et le monde, l'inondation, la ville en ruine se mirent à tournoyer autour d'elle. Lorsqu'elle rouvrit les yeux, elle était couchée au fond de l'embarcation et le Sikh, ses prunelles noires fixées droit devant lui, ramait dans la direction du Grand Palais découronné.

Quelque chose d'extraordinaire se passa alors en Miss Hodge : une véritable âme de prostituée s'empara d'elle. Feignant d'être encore sans connaissance, entre ses paupières mi-closes elle observa et examina le Sikh, comme elle n'avait encore jamais regardé un homme. Elle détailla avec convoitise sa barbe d'ébène luisant, ses yeux de feu, ses lèvres rouges et sensuelles, ses larges épaules, sa poitrine, ses bras robustes moulés sous l'étoffe de la tunique trempée. Avec une sorte de folie exaltée, son regard parcourait ce corps viril, du gai turban aux pieds nerveux et nus. Et ce qu'elle ne pouvait voir, elle l'imaginait avec une terrifiante impudicité. Une seconde, la honte l'effleura, presque aussitôt balayée par une vague puissante de voluptueux abandon. Son corps lourd et flasque semblait se transformer, lui devenir étranger, comme glorifié et un peu effrayant. Et, dans le trouble qui la chavirait, une pensée lui traversa l'esprit : « C'est la faute de Sara ! C'est à cause d'elle que je n'ai jamais rien su. Jamais, elle n'a voulu m'éclairer. »

Elle aurait désiré que le sauvetage se prolongeât indéfiniment dans cette orgie d'émotions violentes. Le Sikh ne la regardait pas. Il tenait les yeux fixés droit devant lui, sauf quand il tournait la tête pour s'assurer de la direction. Alors elle apercevait les muscles puissants de sa gorge et, de nouveau, croyait s'évanouir. Pourtant, il ne s'occupait pas plus d'elle que si elle eût été un sac de farine. Mais, submergée par les vagues de sa volupté, elle était emportée hors du monde, dans une chaude et brillante extase. Puis, soudain, avec une légère secousse, le petit bateau s'arrêta et le Sikh l'informa qu'ils étaient arrivés au Grand Palais. Elle essaya de se lever, mais n'en eut pas la force. Le Sikh dut la reprendre dans ses bras. Il la souleva, la pressant contre sa forte poitrine, et, une fois encore, le monde en ruine se mit à tournoyer dans la tête de Miss Hodge en un chaos qui ressemblait au début de la création.

Elle revint à elle au son de la voix de Mr. Smiley. Il se tenait penché sur elle, entouré d'une nuée de visages sombres ; et elle fut déçue de ce que ce fût lui, et non pas le Sikh, ou au moins Lady Esketh. Il lui donna à boire une gorgée d'eau-de-vie (qu'il avait trouvée dans les cuisines effondrées du Palais).

« L'inondation est en train de baisser, dit-il. Dans un moment, vous pourrez vous rendre à l'Hôpital.

— Je n'ai pas envie d'y aller, répondit-elle, un peu ranimée par l'alcool. Où est Sara Dirks ? Je voudrais rentrer au bungalow. »

Mr. Smiley ignorait où se trouvait Miss Dirks. Alors, avec effort, en phrases hachées, elle lui raconta comment Miss Dirks était partie, comme une folle, dans la pluie et l'inondation, pour aller mettre en sûreté quelques livres scolaires récemment arrivés de Londres. Dans son pauvre cerveau embrouillé, il lui semblait que le départ de Sara remontait à des années, à l'époque de leur fuite d'Angleterre. Pourtant Mr. Smiley lui affirmait que le tremblement de terre n'avait eu lieu que l'avant-veille.

Mr. Smiley l'écouta, puis, patiemment, essaya de lui expliquer ce qui s'était passé. En son for intérieur, il déplorait, non sans une nuance de honte, que Miss Dirks eût disparu plutôt que cette pauvre créature au visage blême, et sans cervelle. Pour lui, la mort de Miss Dirks ne faisait plus de doute. D'après le récit confus de Miss Hodge, elle devait avoir quitté le bungalow pour se rendre à l'École, au moment où Bertha, leurs élèves et lui-même atteignaient le mur d'enceinte du parc du Grand Palais. Leur caravane n'avait échappé à la montée des eaux que par miracle. Miss Dirks, allant dans la direction opposée, avait dû être noyée.

Mais il n'en souffla mot à Miss Hodge. Il se borna à penser que souvent faibles et incapables semblaient bénéficier d'une protection spéciale, tandis que des êtres tels que Miss Dirks, qui remplissaient leur devoir et assumaient des responsabilités, périssaient sans recours.

Dès que les eaux se furent retirées, Mr. Smiley dit à sa femme qu'il allait conduire Miss Hodge à l'Hôpital, s'informerait des nouvelles et reviendrait le plus tôt possible.

« Où est Lady Esketh ? demanda à ce moment Miss Hodge, en se mettant sur son séant.

— Je ne sais pas. Elle dînait chez Mr. Bannerjee. »

Miss Hodge se mit à pleurer.

« Elle devait venir prendre le thé chez nous, dit-elle. Maintenant ce ne sera plus possible. »

Cette pensée réveilla en elle le souvenir de sa dispute avec Sara au sujet des deux réceptions, et l'idée fixe la saisit qu'elle devait rentrer d'urgence au bungalow parce que Lady Esketh s'y trouvait déjà et l'attendait.

Mr. Smiley, voyant qu'elle divaguait, lui répondit avec douceur que l'inondation devait avoir empêché Lady Esketh de se rendre au bungalow et que probablement elle la trouverait à l'Hôpital avec Miss Dirks.

Mr. Smiley ne cherchait pas à se débarrasser de la pauvre Miss Hodge, mais, sachant tout le travail qui l'attendait, il ne pouvait songer à l'emmener avec lui. A l'Hôpital, au moins, on prendrait soin d'elle.

Il lui donna encore un peu d'alcool et finalement elle consentit à se rendre avec lui à l'Hôpital. Ils longèrent l'allée entre les buissons et les plates-bandes, transformées en jungles pendant la nuit.

A l'Hôpital, ils trouvèrent Miss Mac Daid, l'air frais et net dans son costume d'infirmière, et le Major, la tête bandée, avec un sourire triste au coin des lèvres. Bien que l'eau se fût à peine retirée du premier étage, ils organisaient et mettaient déjà de l'ordre partout, aidés de ceux des domestiques qui n'avaient point péri. L'Hôpital était le seul bâtiment qui fût encore debout au centre de la ville. Tout autour s'étendaient la désolation et la ruine.

Quand Miss Hodge apprit que ni Lady Esketh ni Miss Dirks ne se trouvaient à l'Hôpital, elle voulut repartir sur-le-champ pour aller à leur recherche. « Lady Esketh m'avait promis de venir prendre le thé cet après-midi », répétait-elle en pleurant. Soudain, changeant d'idée, elle se mit à geindre : « Non, nous devions nous rendre chez Mr. Ransome. Il nous avait invitées. J'étais enfin arrivée à persuader Sara de sortir un peu et de voir du monde ! »

Miss Mac Daid, perdant subitement patience, la prit par

les épaules et la secoua violemment. Miss Mac Daid n'était plus maquillée. Son visage était gris, impressionnant. Vieillie, elle gardait pourtant un aspect redoutable.

« Espèce de folle ! criait-elle. Nous avons mieux à faire qu'à nous occuper de thés mondains !

— Donnez-lui un calmant et je la conduirai dans votre chambre », dit le Major.

Ils lui installèrent un matelas par terre, dans la pièce occupée par Miss Mac Daid quand sa présence était nécessaire la nuit à l'Hôpital. Une femme de la basse caste était couchée dans le lit de l'infirmière. Ils l'avaient sauvée de la Maternité juste avant la seconde crue des flots. Dans les bras, elle tenait son bébé, venu au monde en pleine catastrophe, et le contemplait d'un regard paisible. C'était un garçon vigoureux, bien portant, et cela lui suffisait.

Miss Hodge se réveilla vers midi, l'esprit plus embrouillé que jamais par le calmant. Elle ne savait où elle se trouvait ni ce qui lui était arrivé. Lorsqu'elle s'adressa à sa voisine de lit, celle-ci ne comprenant que le dialecte de son village se borna à la dévisager de ses yeux sombres et ne lui répondit pas.

Peu à peu, cependant, elle commença à voir plus clair, et deux idées l'obsédèrent : s'enfuir de ce lieu et retrouver Lady Esketh. Lady Esketh devait avoir besoin d'aide. Comment se tirerait-elle d'affaire à Ranchipur ? Elle ne parlait que l'anglais ! Sortant du lit, Miss Hodge descendit à pas de loup l'escalier et quitta l'Hôpital. A travers le Bazar dévasté, elle gagna la route du Champ de courses. Mais, arrivée au pont, elle constata qu'il avait été emporté. Seuls, le temple ciselé de Shiva et la statue de la reine Victoria se dressaient encore intacts au-dessus des eaux grondantes.

Elle voulut alors prendre le pont qui conduisait du Grand Palais aux casernes des Sikhs. Mais celui-ci aussi avait disparu. Ne sachant que faire, elle se mit à longer la rivière. Tant qu'elle fut en ville, personne ne fit attention à elle. Les villageois qu'elle croisait, arrivant de la campagne, la dévisageaient mais ignoraient qui elle était. Par contre, quand elle atteignit les faubourgs surélevés, les gens commencèrent à la reconnaître et, se précipitant vers elle, étreignant ses genoux, implorèrent son aide et sa protection. A peine se débarrassait-elle des uns que d'autres survenaient. Elle avançait dans un brouillard, inconsciente des corps prostrés à ses pieds, des cris de misère et de désespoir qui s'élevaient sur ses pas. Seule une idée l'obsédait : retrouver Lady Esketh. Si elle continuait assez longtemps, elle finirait par trouver un endroit où la terrible rivière pourrait être franchie. Ses habits étaient trempés, maculés jusqu'à la taille de boue rouge et de saleté. Finalement, après une heure de marche, elle arriva au pont du chemin de fer. Mais, à la vue de sa fragilité, elle n'eut pas le courage de le traverser. Une fois de plus, une foule de malheureux, suppliant, implorant son aide, l'entoura. Puis, brusquement, elle se rendit compte que Lady Esketh était à côté d'elle, qu'elle lui parlait. Ce n'était pas la Lady Esketh à qui elle avait rendu visite au Palais d'Été, élégante, mondaine, ressemblant à ses portraits dans les journaux illustrés, mais une femme étrange, en robe de calicot, beaucoup plus âgée, fatiguée et négligée. Miss Hodge la dévisagea un moment, et, le cerveau embrouillé, elle songea : « C'est la même femme et pourtant ce n'est pas elle ! Quelque chose a dû lui arriver. » Mais, soudain, la même horrible timidité qui l'avait saisie au Palais d'Été quand elle avait accepté la cigarette et n'avait plus su qu'en faire l'envahit.

Puis ce sentiment fit place à une violente colère quand elle vit Mr. Smiley parler à Lady Esketh.

« Ne croyez pas un mot de ce qu'il raconte ! s'écria-t-elle. Je sais qu'il vous dit que nous ne pouvons pas vous recevoir pour le thé, parce que nous devons aller chez Mr. Ransome... Ce n'est pas vrai... Il ment... Ce n'est qu'un missionnaire... Quoi qu'il en soit, Sara est morte. Elle ne peut plus m'empêcher de faire ce que je veux. »

Lady Esketh posa la main sur son épaule.

« Mais oui, je sais qu'il ment, dit-elle... Venez avec moi, je vais à l'Hôpital. Je prendrai soin de vous. Ne vous tourmentez pas. »

La foule sombre qui se pressait autour d'eux, un instant

réduite au silence par l'explosion de Miss Hodge, recommençait ses lamentations, couvrant la voix de Mr. Smiley qui leur promettait du secours. Puis le petit cortège repartit dans la boue et la saleté, entre les maisons en ruine, les troupes de chiens errants et les vautours.

A la Grande Porte du Palais, Ransome et le jeune Gopal Rao continuaient leur travail. Ils ne s'étaient arrêtés que pour manger l'un après l'autre le riz au curry envoyé par la Maharani, de son pavillon. Dehors, la queue des affamés, des sans-foyer semblait s'allonger indéfiniment. A plusieurs reprises, Ransome, qui ne savait que l'hindoustani et un peu de gujerati, dut interrompre le repas de Gopal Rao pour qu'il lui servît d'interprète. Afin de ne pas infliger la vue de la nourriture aux malheureux, Ransome avait décidé qu'ils déjeuneraient dans la petite loge du *jobedar*. Quoi qu'il advînt, ils devaient manger tous deux, de même que Miss Mac Daid, le Major, que la Maharani et Rashid, que le colonel Ranjit Singh et les Smiley, car tout ce monde disloqué reposait maintenant sur leurs épaules.

L'un après l'autre, les réfugiés défilaient devant la petite table du contrôle. Il y avait des Kathis, des Kolas, des Nagas, des Modhs, des Mochis, des Pomlas, des Dhodhias, des Vasawas, des Naikas et même trois ou quatre Bhils qui s'étaient faufilés parmi eux dans l'espoir d'obtenir du riz. Chacun d'eux devait décliner son nom et sa caste. Ransome les inscrivait sur un registre, sans trop savoir pourquoi, mais il lui semblait que cela mettait un peu d'ordre dans le chaos et plairait au docteur Mukda, l'archiviste, qui avait la passion des statistiques. En même temps, Ransome apprenait mille détails qu'il ignorait sur la vie de cette population pullulante, sur la variété infinie des castes, sous-castes, croyances et superstitions religieuses, qui allaient de l'hindouisme dégénéré à la grossière sorcellerie des Bhils. Et, peu à peu, devant cet incessant cortège, il se rendit compte de la complication inextricable et sans espoir des problèmes que devaient résoudre ceux qui, comme le vieux Maharajah, le Major ou Miss Mac Daid, luttaient pour amener ces gens à la lumière.

La plupart étaient malades, rachitiques, marqués par une sorte de désespoir animal, de résignation muette. En fait, ils ne venaient pas dans une intention ou un but bien définis, mais parce que la Grande Porte saracéenne représentait pour eux, en quelque sorte, le Maharajah lui-même. A la nouvelle que leur Père avait envoyé des hommes à la Grande Porte pour s'occuper d'eux, ils étaient accourus en foule, comme des enfants effrayés, de tous les quartiers de la ville détruite et même des villages environnants. Ils ne savaient ce qu'ils voulaient, mais tous réclamaient à grands cris de quoi manger. Beaucoup d'entre eux ignoraient que le bon Maharajah était mort.

Et tandis que passait l'après-midi, chaud et humide comme un bain de vapeur, Ransome, fasciné par ces gens, en arriva à oublier Edwina, le Major, Miss Mac Daid et même Fern. Depuis cinq ans qu'il habitait Ranchipur, ces êtres avaient à peine existé pour lui ; tout au plus lorsqu'ils s'écartaient devant sa voiture et, à travers les nuages de poussière, le regardaient passer de leurs yeux noirs brûlants de faim et de privations. Jusqu'alors, le Ranchipur connu de lui se limitait à quelques individus : le Maharajah et la Maharani, la clique de Mrs. Bannerjee et le petit groupe qui vouait ses forces et sa vie à la naissance des Indes. Or, en ce moment, il commençait à pénétrer sous la surface, à pressentir la souffrance qui couvait sous les couches d'ignorance, de famine et de superstitions. Lentement, les malheureux, querelleurs, jaloux, terrifiés, qui défilaient devant la petite table devenaient pour lui des êtres humains.

A côté de lui, Gopal Rao, le jeune Mahratte, poursuivait son travail avec efficacité. Une sorte de mépris luisait au fond de ses yeux noirs et voltigeait au coin de ses lèvres rouges et pleines. C'était un guerrier. Un siècle plus tôt, quittant son plateau stérile à la tête de ses cavaliers, il eût été piller les richesses du reste des Indes.

« Il faut que j'apprenne à fond le gujerati, songeait Ransome, et aussi le mahratte, et une ou deux autres langues. » Mais que comptaient deux, cinq ou dix langues dans la complexité grouillante des Indes ! L'intelligent

Gopal Rao, malgré la demi-douzaine d'idiomes qu'il possédait, se trouvait sans cesse arrêté par quelque obscur et incompréhensible dialecte. Oui, tous ces malheureux avaient besoin de lumière, et d'une seule — au plus, de deux — langue commune. Puis Ransome pensa aux garçons et aux filles élevés par les Smiley, à la transformation opérée en eux par l'éducation. Ils avaient les yeux plus clairs ; leurs corps, mieux développés, étaient droits et vigoureux, et le monde entier devait être transformé pour eux. Mais qu'était-ce dans l'immensité surpeuplée des Indes ? Que représentait le labeur acharné des Smiley, du Major, de Miss Mac Daid, de Rashid, du vieux Maharajah fatigué et maintenant mort ? Rien de plus qu'un caillou jeté dans la mer !

Et, soudain, il se rendit compte qu'au fond de lui, en son âme, il avait toujours eu la certitude qu'il ne quitterait plus les Indes. Comme Miss Mac Daid, l'Orient l'avait pris. L'Europe ne lui apparaissait plus que lointaine, mourant d'une lente agonie. Et l'idée de ne plus jamais la revoir le laissait sans regrets.

Automatiquement, il continuait à noter sur le registre l'interminable liste des noms. Ignorant leur orthographe, il les écrivait phonétiquement, en caractères européens. De temps à autre, Gopal Rao, le dévisageant de ses yeux de charbon, lui demandait en anglais quelques renseignements. Demain, il lui laisserait ce travail et chercherait à se rendre plus utile. La situation serait pire, les affamés plus nombreux, les vivres plus rares à moins qu'on eût suffisamment réparé la route des montagnes pour permettre aux camions de passer. Une centaine de chars à bœufs et la plupart des éléphants étaient déjà partis, mais ils allaient très lentement, et des milliers de gens risquaient de mourir de faim ou du choléra avant leur retour.

Cependant la fatigue le gagnait. Son corps vigoureux, qui avait résisté à tant de dissipation, commençait à se ressentir du manque de nourriture et de sommeil, de l'horreur et de la tension de ces trois derniers jours. Il avait la tête lourde, la bouche sèche, et aurait donné n'importe quoi pour pouvoir s'étendre par terre et dormir indéfiniment. Jamais il n'avait éprouvé pareille lassitude ; elle semblait s'insinuer jusqu'à la moelle de ses os.

« C'est peut-être le choléra, le typhus ou la peste ! songea-t-il avec ennui. La mort ? » Mais il n'avait pas envie de mourir. Sa pensée retourna à Fern. Dans son état d'épuisement, toute exaltation avait disparu et il avait honte de ce qu'il avait fait. De quel droit était-il intervenu dans sa vie ? Et si elle allait avoir un enfant ? Ils n'avaient ni l'un ni l'autre pensé à cela.

« Les Pomlas, disait Gopal Rao, sont ceux qui fabriquent les balais et les paniers. »

A ce moment, Ransome aperçut, passant sous la lanterne de cuivre ciselé de la grande voûte, Smiley, Fern, Edwina et Miss Hodge. Ils paraissaient aussi sales, aussi minables que les indigènes formant la queue. Qu'étaient donc devenus leur élégance, leurs bijoux, leur supériorité ? Et le prestige ! Mais celui-ci venait du cœur, il ne s'imposait pas. Mr. Smiley devait le sien à son œuvre bienfaisante, peut-être aussi Miss Hodge ! Mais Fern ? Mais Edwina ? Edwina avait l'air hagard et épuisé.

Puis il remarqua un fait étrange, Edwina tenait Miss Hodge par la main, comme une enfant. Edwina et Miss Hodge ! Qui eût jamais cru cela !

Il se leva.

« Continuez, dit-il à Gopal Rao. Je vais m'occuper d'eux. »

Le jeune Mahratte posa sur lui ses yeux noirs et, dans son regard, Ransome crut deviner une sorte d'hostilité, comme s'il pensait : « Oui, ce sont des Européens, des vôtres ! Vous ne voulez pas qu'ils fassent la queue comme les autres ! » Ransome s'en étonna. Jusqu'alors, il avait considéré Gopal Rao comme un ami, de même que tous les Hindous qui lui ressemblaient.

« Ce n'est pas du tout ce que vous croyez ! » eut-il envie de lui dire. Mais il n'en eut pas le temps. De nouveau, une querelle venait d'éclater dans la queue, et l'agent de police mahratte chargé de maintenir l'ordre aboyait comme un fox-terrier agressif. Il semblait, du reste, y prendre grand plaisir.

Mr. Smiley et ses compagnes se rendaient à l'Hôpital. Ils passaient par la Grande Porte pour voir Ransome, s'informer des nouvelles et lui en donner.

« Vous n'auriez pas dû venir, dit-il à Fern et à Edwina. Il vous fallait rester à la Mission.

— Nous désirons travailler, répondit Fern. Là-bas, il n'y a rien à faire.

— Vous auriez mieux fait de rester à la Mission, répéta-t-il. Ici, vous êtes exposées à n'importe quoi. »

Il se demandait aussi quel accueil leur réserverait Miss Mac Daid. Peut-être le Major leur ferait-il bonne figure, mais Miss Mac Daid ! Elle ne voudrait pas d'Edwina. Il l'avait lu dans ses yeux le soir du dîner chez Mr. Bannerjee.

Edwina tenait toujours la main de Miss Hodge. Et, dans son regard, il découvrait du défi. Jamais encore il ne lui avait vu semblable expression. Comme Miss Hodge, il pensa : « Il lui est arrivé quelque chose. » Cependant il restait convaincu qu'elle se rendait à l'Hôpital uniquement pour le Major.

« A-t-on des nouvelles de Miss Dirks ? » demanda-t-il à Miss Hodge.

Celle-ci le dévisagea un instant sans répondre, puis reporta son regard sur Edwina, avec adoration.

« Elle doit être perdue, dit Mr. Smiley. Elle s'est rendue à l'École au moment où l'eau recommençait a monter.

— Elle divague ! » chuchota Edwina en désignant d'un signe Miss Hodge.

Miss Dirks était donc partie dans l'inondation, sans doute avec l'idée de mourir et sachant quc Miss Hodge en perdrait la tête. Maintenant, c'était à lui qu'incombait la responsabilité de Miss Hodge.

« Voulez-vous vous occuper d'elle en attendant que je puisse faire le nécessaire ? demanda-t-il à Edwina.

— J'y serai bien obligée, répondit-elle. Elle ne veut pas me lâcher. »

Avant de repartir, Edwina pria Ransome de faire incinérer le corps d'Esketh. Quant à Fern, elle lui saisit la main et la pressa sans dire un mot.

Singulière et stérile visite qui n'avait rien apporté de

positif. A quoi bon venir ? Debout devant l'entrée, Ransome les regarda s'éloigner. Au moment où il allait retourner à son travail, il aperçut un éléphant se frayant un passage parmi les décombres accumulés sur la route de l'École d'Ingénieurs. C'était l'animal du Maharajah défunt. Balancée au pas de la lourde bête, dans le *howda* de deuil, se tenait la vieille Maharani. Elle revenait d'une tournée d'inspection dans la ville dévastée.

Puis, subitement, une envie irrésistible de boire saisit Ransome. Un brandy sec remettrait tout au point, tuerait sa lassitude, chasserait son mal de tête. Mais il n'y en avait point. Très probablement, il n'en restait pas une goutte dans tout Ranchipur.

Après leur départ de chez Mr. Bannerjee, le Major et Miss Mac Daid s'étaient dirigés à travers l'inondation vers le pont du Champ de courses. D'une main, le Major portait la lanterne, de l'autre il soutenait Miss Mac Daid. Mais, au moment où ils atteignaient le pont, le courant devint si fort qu'il fut obligé de la lâcher pour se cramponner à la barrière. Dans le rugissement des flots déchaînés et les hurlements montant de la cité détruite, ils s'entendaient à peine. Pas à pas, risquant sans cesse d'être emportés, ils gagnèrent le socle de la statue de la reine Victoria, puis la rive où se dressait le temple de Shiva. A cet instant, le Major, trébuchant dans un trou de la route, perdit l'équilibre. Pour se rattraper, il fit un bond en avant, mais ne rencontra sous ses pieds que de l'eau. La lanterne s'éteignit et Miss Mac Daid resta seule, debout jusqu'à la ceinture dans les remous violents.

« Major ! cria-t-elle, Major ! Où êtes-vous ? »

Seuls, le grondement de la rivière et les glapissements lointains lui répondirent. Elle appela encore, mais en vain. Dans les ténèbres et la pluie battante, il semblait que le Major eût franchi le bord de la terre elle-même pour entrer dans l'infini.

Une seconde, Miss Mac Daid fut terrifiée au point d'en avoir la nausée. Puis, sans transition, elle retrouva son sang-froid. S'agrippant à la balustrade du pont, elle se dit :

« Il est perdu ! Il est mort ! » Et cette pensée la traversa : « Pourquoi ne pas le rejoindre ? » Ce qui était impossible dans la vie ne le serait plus dans la mort. N'était-elle pas vieille, infiniment lasse, non de son récent effort à travers l'inondation, mais de tant de luttes accumulées, de tant de labeur acharné ! Debout, les yeux clos, l'eau bouillonnant autour d'elle, elle songeait : « Pourquoi ne pas aller le retrouver ? Pourquoi ne pas goûter enfin le repos et la paix ? » Réfléchissant à la mort, elle se rendit compte d'une quantité de choses auxquelles elle n'avait jamais eu le temps de penser : de sa fatigue, de son âge ; elle ne pouvait plus recommencer le combat de ce dernier quart de siècle. Surtout, elle réalisait que si, depuis des années, elle ne s'épargnait ni jour, ni nuit, ce n'était plus pour accomplir le rêve né en elle au moment où le vieux Maharajah était venu la chercher à Bombay, mais à cause du Major, pour être avec lui, pour contempler son visage dont le sourire, commençant aux yeux, semblait se propager à ses larges épaules, à ses belles mains, à ses jambes élancées, à son corps entier. C'est pour lui qu'elle avait abusé de ses forces, s'était usée, que de nouvelles rides avaient creusé ses joues. Et voilà que tout ce qu'elle avait accompli, un seul spasme de la nature l'anéantissait. De plus, le Major était mort. « Pourquoi ne pas mourir, moi aussi ? Pourquoi ne pas avoir la paix ? »

Elle vit tout cela dans un éclair. Si elle avait été une sentimentale, elle aurait lâché la barrière et se serait laissé emporter par le courant. Mais ce n'était pas dans sa nature. Jamais elle n'avait ignoré sa laideur, ni sa force ; elle savait également que son amour pour le Major était beau et vrai, mais que de l'exprimer serait ridicule. Aussi, après que la tentation fut passée, elle se rendit compte qu'une mort facile (comme de se noyer) n'était pas son destin. Celui-ci était le labeur, éternel, infini. Puis elle eut une brève vision de la souffrance, des épidémies et de la mort qui s'abattraient après la baisse des eaux. Le Major disparu, il ne restait plus qu'elle pour défendre la population de Ranchipur contre la cruauté des Indes. Car elle était solide, plus même que le Major, et elle connaissait tous les trucs de cette terrible nature. Depuis son enfance, elle s'y mesurait.

Lâchant la barrière, elle se remit en route dans la direction de l'Hôpital. A mesure qu'elle s'éloignait du pont, le courant devenait moins fort. Pourtant, les remous la poussaient sans cesse contre le mur de pierre du Jardin zoologique. Elle progressait avec difficulté, pas à pas, quand elle s'aperçut que l'eau recommençait à monter. Il fallait se hâter. Redoublant d'efforts, elle oublia un instant le Major. Enfin, elle sentit le terrain s'élever sous ses pieds et l'eau s'abaisser. Elle connaissait chaque pouce du chemin, chaque pierre, chaque arbre. Dans l'obscurité, sous la pluie, elle avança d'une borne à l'autre. Puis, brusquement, elle vit, dressée devant elle, la masse ténébreuse de l'Hôpital. Il tenait encore, du moins en partie.

« Dieu merci ! » s'écria-t-elle à haute voix.

Gravissant le perron, elle pénétra dans le vestibule familier et s'affala sur une chaise. L'eau continuait à monter ; bientôt elle dépassa ses chevilles. Quand elle se fut un peu ressaisie, elle appela Mrs. Gupta. La pâle lueur d'une bougie parut au haut de l'escalier.

Mrs. Gupta la rejoignit et la mit au courant de la situation. L'Hôpital n'avait à déplorer que des dégâts relativement minimes. La lumière ne marchait plus et les malades du bas avaient été transportés à l'étage supérieur. Une des femmes était en train d'accoucher. « Où est le Major ? demanda Mrs. Gupta quand elle eut terminé son récit.

— Il a fait un détour et va arriver, eut envie de répondre Miss Mac Daid. Mais son honnêteté la força à dire : Il a disparu au pont du Champ de courses. Il est mort. Puis elle ajouta vivement : Où avez-vous mis la femme ? » Il n'y avait pas de temps à perdre ; il ne fallait même plus penser au Major. Le harnais l'attendait et le travail, peut-être, la soulagerait. Infiniment lasse, mais rapide, elle se leva et suivit Mrs. Gupta le long de l'escalier aux degrés larges et bas.

C'était un accouchement compliqué, et le Major n'était pas là pour l'aider de sa science et de son habileté. Avec

Mrs. Gupta, elle besogna jusqu'aux premières heures grises du jour. Finalement, l'enfant vint au monde. Mais la mère fut prise d'hémorragie et la lutte, au lieu de cesser, devint plus ardue, plus désespérée. De plus, les autres malades, une cinquantaine, réclamaient à grands cris à manger, à boire, des soins, surtout la présence de Miss Mac Daid pour les rassurer, apaiser leur terreur. Seule, sa vue avait le pouvoir de les calmer. Ils ne paraissaient avoir aucune confiance dans ceux de leur race. Ni les apprenties infirmières, ni même Mrs. Gupta ne parvenaient à les tranquilliser, à faire taire leurs clameurs. Aussi, à deux reprises, Miss Mac Daid dut-elle quitter sa patiente pour faire le tour des salles et se montrer aux malades fous d'épouvante.

Le silence, comme une onde, s'étalait sur son passage, aussi loin que portaient les rayons de la bougie qu'elle tenait à la main. Dans les lits défaits et brûlants, les malades se taisaient, pour la suivre de leurs grands yeux sombres. Parfois, ils sanglotaient ou chuchotaient doucement. Mais dès qu'elle avait disparu, emportant la lumière, ils recommençaient à se lamenter et à hurler.

Et comme elle avançait parmi eux, émue par la foi qu'ils mettaient en elle, la honte la prit d'avoir pu, ne fût-ce qu'une seconde, songer à les abandonner pour goûter un éternel repos. La pensée du Major la torturait aussi, qu'il eût eu connaissance — lui, son esprit, ou ce qui restait de lui — de sa faiblesse et l'eût jugée indigne. Pareille défaillance devait dépasser sa compréhension. Non, quoi qu'il advînt, elle poursuivrait sa tâche jusqu'à la mort !

Quand elle retourna auprès de sa patiente, l'hémorragie avait cessé, mais la femme, anémiée déjà par une mauvaise alimentation, était devenue d'un vilain jaune terreux. Apparemment, elle n'avait que peu d'instants à vivre. Miss Mac Daid envoya Mrs. Gupta chercher du brandy et de quoi lui faire une piqûre, puis, s'asseyant près du lit, elle prit dans la sienne la main froide, humide de la mourante et la caressa. La malade tremblait si fort que son lit entier en était secoué.

Alors, penchée sur l'agonisante, elle se mit à lui parler à

voix basse, en gujerati, lentement, doucement, de façon que celle-ci, qui ne savait que le dialecte de sa caste, pût la comprendre. Toujours, elle avait lutté ainsi, même pour des malades condamnés par le choléra ou la peste. Mais en ce moment elle était poussée par une nécessité impérieuse qui venait du plus profond d'elle-même. Cette femme ne devait pas mourir. Par sa volonté, par sa vitalité, elle la forcerait, en quelque sorte, à sortir de son apathie, à retrouver le désir de vivre. Il fallait qu'elle rendît cette femme à la vie, pour effacer la coupable faiblesse qui l'avait saisie sur le pont au pied de la statue de la vieille Reine. Si elle réussissait, plus jamais elle n'aurait besoin d'avoir honte.

« Vous avez un fils, disait-elle. Il est aussi beau que la lune, aussi fort que la panthère qui rôde dans les collines derrière le mont Abana, aussi rapide que le léopard, aussi intelligent que le grand éléphant du Maharajah. Immense sera la joie de votre mari, quand il saura que vous lui avez donné un fils accompli. Il vous fêtera et, quand la période de purification sera terminée, il posera des guirlandes sur vos épaules et mettra dans vos cheveux noirs les fleurs écarlates du soyeux cotonnier. Et parmi les Gandhis vous serez respectée comme la plus honorable des épouses. Allons, ouvrez les yeux et regardez votre fils qui vous apportera honneurs, gloire et richesse. »

Peu importait si l'enfant était décharné, plus laid qu'un des petits singes sacrés, si d'ici un mois ou deux le mari la maltraitait et la trompait, si le repas de fête ne consistait qu'en un peu de riz au safran accompagné de gâteaux de riz doux, souillés par les mouches, si les guirlandes étaient tressées de soucis et de jasmins fanés, si l'humide chaleur avait flétri les fleurs du cotonnier, si l'enfant devenu homme la forçait un jour à raser sa tête de veuve, à la couvrir de cendres et à travailler comme une esclave pour son épouse ! Cette femme devait vivre ! C'était pour cela que Miss Mac Daid avait renoncé aux joies, aux plaisirs, aux souffrances que connaissaient toutes les autres femmes. C'était pour cela qu'elle était revenue dans l'immense et populeux Orient. Il fallait que cette femme vécût !

« Savez-vous ce que cela signifie d'avoir un beau garçon ? poursuivait-elle. Les gens vous salueront quand vous passerez dans la rue, le père de votre mari vous honorera. On jouera du tambour et de la cithare, on dansera et on se réjouira dans le village entier. »

Penchée très bas sur la femme mourante, elle n'était plus qu'une volonté tendue, luttant pour rappeler la vie, pour insuffler dans ce corps épuisé, mal nourri, un peu de cette terrible vitalité qui l'avait portée, envers et contre tout, à travers la chaleur, l'intrigue, la catastrophe, l'opposition et la maladie.

Alors, lentement, la femme ouvrit d'immenses yeux sombres et la regarda, comme de très loin. Ses lèvres s'écartèrent faiblement et Miss Mac Daid comprit qu'elle essayait de sourire, pour la première fois de son existence peut-être, n'ayant jamais connu que souffrance et famine. Puis sa bouche remua et, bien qu'aucun son n'en sortît, Miss Mac Daid devina qu'en son vilain dialecte elle disait : « Mon fils ! » Lâchant sa main, Miss Mac Daid prit le bébé et le posa contre la poitrine creuse de la pauvre mère. Celle-ci, épuisée, ferma les paupières, mais sur ses lèvres flottait l'ombre d'un sourire. « J'ai gagné ! Maintenant elle va lutter pour vivre ! » songea Miss Mac Daid triomphante.

Comme elle se retournait pour prendre des mains de Mrs. Gupta la seringue et le brandy, elle s'aperçut que ce n'était pas l'infirmière, mais le Major qui se tenait à côté d'elle. Nu, vêtu seulement d'un pagne, le front grossièrement bandé, il l'écoutait depuis un long moment tandis que, penchée sur la femme mourante, elle luttait pour la faire revenir à la vie et lui parlait avec une poésie que celle-ci pourrait comprendre. Dans les yeux bleus du Major se lisait une étrange expression d'admiration comme si, pour la première fois, il pénétrait vraiment la grandeur de la pauvre Miss Mac Daid.

Elle ne l'avait encore jamais contemplé dans sa nudité et sa vue, d'abord, la choqua, puis lui contracta la gorge. Le corps lisse, la large poitrine, les muscles magnifiques des épaules, l'abdomen, les bras dorés semblaient rayonner dans la pâle clarté de la bougie. Elle comprenait soudain à quel point un corps peut être beau, ce corps humain qui jusqu'alors n'avait été pour elle qu'un objet qu'il fallait panser, opérer ou endormir. Cette beauté dépassait tout ce qu'elle avait jamais rêvé. Il ne pouvait y avoir de mal, de ridicule, à aimer quelque chose d'aussi splendide. Mais il ne s'agissait plus d'amour ; cette apparition n'était pas de chair, c'était un fantôme ! Le Major n'avait-il pas été balayé par l'inondation au pont du Champ de courses ?

Doucement, il lui posa la main sur l'épaule, mais elle, toujours incrédule, fut prise de vertige et un instant crut qu'elle allait s'évanouir.

Il se mit à lui raconter ce qui s'était passé et, peu à peu, elle comprit qu'il était réellement vivant. Alors, elle admit l'existence mystique du miracle.

« Je dois avoir été projeté contre le mur du Jardin zoologique, disait-il. Je ne me souviens de rien, jusqu'au moment où je me suis réveillé accroché à la fourche d'un arbre. »

Blessé à la tête, il avait fait de sa chemise un bandage, puis, quand il eut repris ses forces, il se mit en route pour l'Hôpital, nu, tantôt à la nage, tantôt se frayant un passage parmi les serpents, les cadavres et les épaves. Enfin, il atteignit les ruines de l'École de Musique et comprit où il se trouvait.

« J'ai croisé Mrs. Gupta dans le vestibule et suis monté droit ici. Je craignais qu'il ne vous fût arrivé du mal. Je savais que, si vous n'étiez pas morte, je vous trouverais ici. Puis, d'un ton tranquille, il ajouta : Allez donc faire un tour dans les salles ; ça les calmera de vous voir. Je m'occuperai de cette femme.

— Je voudrais d'abord vous panser.

— Quand j'aurai fait ce qu'il faut pour cette femme. »

Elle retourna dans les dortoirs. Cette fois, elle s'arrêta près de chaque lit d'où s'élevait un gémissement ou une plainte, apaisant la terreur, adoucissant la souffrance. Pourtant, elle savait à peine ce qu'elle faisait. Il lui semblait se mouvoir dans un étang de gloire. Oui, un étang de gloire ! N'étaient-ce pas deux miracles ? D'abord qu'il eût échappé à la mort ; puis, son corps doré, si jeune, si beau ! Maintenant elle savait ce que signifiait la beauté ! Tout était changé. Elle ne ressentait plus qu'une adoration folle, insensée, mais sans désir. Cela compensait tout ce qui lui avait manqué dans la vie, sa timidité, ses humiliations. Qu'elle fût vieille n'avait plus d'importance ; elle n'était plus ridicule. Elle avait quelque chose de défini à idolâtrer ; son amour, vague, imprécis, absurde, s'était transformé en quelque chose de dur, de net, comme si ce corps splendide avait été fait d'or et non de chair. Et tandis que, penchée sur les lits, elle tranquillisait les angoisses, elle le revoyait tel qu'il lui était apparu au moment où, se retournant, elle s'attendait à voir la fidèle et sombre Mrs. Gupta. Nu, rayonnant, dans la clarté de la bougie, il la contemplait avec une étrange expression de douceur au fond de ses yeux bleus de Brahmane. Son regard lui avait dit ce qu'elle désirait entendre depuis si longtemps : qu'il avait confiance en elle, qu'il l'honorait et que, malgré leur différence d'âge et sa laideur, il la respectait et l'aimait. Environnée d'un étang de gloire, elle ressentait la paix profonde de la femme qui, enfin satisfaite, se détourne de son amant avec un corps ressuscité.

Vers la fin de l'après-midi, par une des fenêtres supérieures de l'Hôpital, le Major aperçut, entre la double rangée d'hibiscus boueux, Fern et Mr. Smiley, suivis de Miss Hodge accrochée comme une enfant à la main d'une inconnue vêtue de calicot. Qui donc cela pouvait-il être ? Enfin, il reconnut Lady Esketh. Il ne l'avait encore vue qu'immaculée, lisse comme de la porcelaine, constellée de bijoux. Un instant, leur venue le contraria. Il craignait qu'elle ne fît qu'ajouter aux complications où Miss Mac Daid et lui se débattaient. Sans cesse, le nombre des sinistrés augmentait. Il avait fallu en mettre partout, jusque dans le vestibule et la salle de radiographie : crânes fracturés, membres brisés, corps déchirés, la plupart condamnés pour avoir été trop longtemps négligés, mais qu'il s'agissait pourtant de soigner. Or, ni la sotte fille du missionnaire, ni la pauvre Miss Hodge, ni Lady Esketh, gâtée, accoutumée au luxe, ne pourraient leur être utiles. Seul Smiley serait capable de les aider, mais il avait ses propres tâches.

Jugeant cependant qu'il valait mieux que ce fût lui, plutôt que Miss Mac Daid, qui les reçût, il descendit à leur rencontre.

Dans sa joie de le revoir, Smiley se jeta à son cou. Le Major l'embrassa à son tour, le soulevant presque de terre, car Smiley ne pesait rien. C'était comme de porter un nuage, si frêle et maigre était la chair sur ses os.

« Lady Esketh est venue pour s'occuper de l'enterrement de son mari, expliqua Smiley. Et Fern espère pouvoir se rendre utile.

— Je voudrais aussi travailler, dit Lady Esketh. Je suis très résistante.

— Moi aussi, dit Miss Hodge, sans lâcher la main de Lady Esketh. Je suis aussi forte qu'un bœuf. »

Une seconde, le Major dévisagea Lady Esketh. Leurs yeux se rencontrèrent. Il y avait dans son regard du défi, de la hardiesse. Elle semblait lui dire : « Vous me prenez pour une imbécile, pour une femme stupide, gâtée, n'aimant que le luxe ! Eh bien, quand cela me convient, je puis être aussi adroite que vous. »

Son regard et son expression si nette étonnèrent le Major. Il ne s'attendait pas à la trouver si intrépide, si sûre d'elle-même. Elle avait le droit de se croire belle, élégante, sensuelle ; elle l'était. Mais qu'elle affirmât être également adroite, forte, capable... Le visage fatigué du Major se colora : « Je vais prévenir Miss Mac Daid, vous vous entendrez avec elle, dit-il. Malheureusement, je n'ai pas de chaises à vous offrir, on a tout enlevé pour faire de la place. »

Il les laissa au milieu des malades, pour aller chercher Miss Mac Daid. Il la trouva dans la salle de la maternité, en train de donner des ordres à deux Balayeuses. Elle l'écouta, les yeux fixés ailleurs. « Elles ne feront que nous embarrasser, répliqua-t-elle quand il eut terminé. Sûrement, elles ne savent rien faire. Mieux vaut les renvoyer à la Mission. »

Il s'attendait à cette réponse. En les voyant arriver, il avait eu la même pensée. Mais, maintenant, il se sentait ébranlé.

« Nous pourrions faire un essai, suggéra-t-il, ne voulant pas céder complètement. Si elles sont disposées à faire n'importe quoi, même à récurer ou à porter l'eau dans les salles. Nous avons besoin d'elles, désespérément.

— Après tout, vous avez peut-être raison, répliqua-t-elle, radoucie. Je vous suis à l'instant. »

Elle donna encore quelques ordres aux deux femmes et le rejoignit. Ils sortirent de la salle ensemble.

« A mon avis, l'Anglaise est inutilisable, reprit-elle. C'est par excellence le type de femme incapable d'aider. »

Tout en parlant, elle lui jeta un regard de côté. Mais le visage du Major était parfaitement impassible.

Au moment du coucher du soleil, Ransome et Smiley, qui, entre-temps, s'étaient rendus dans la sinistre désolation du quartier des Intouchables, vinrent à l'Hôpital chercher Lady Esketh pour les funérailles de son mari. Ils la trouvèrent en train de faire la toilette d'un enfant de dix ans que le Major avait opéré d'une tumeur la veille de l'inondation.

« J'ai presque fini, leur dit-elle. Dans deux minutes, je suis à vous. »

A sa vue, et au son de sa voix, Ransome éprouva une irrésistible envie de rire.

« Est-ce absolument nécessaire que je vienne ? demanda-t-elle en continuant son travail.

— C'est l'affaire d'un instant, dit Mr. Smiley. Le temps de lire le service liturgique.

— Soit. »

Elle repoussa les cheveux noirs du front de l'enfant et lui passa une serviette mouillée sur le visage, puis elle se leva, rangea la cuvette et les linges et leur dit : « Allons. »

Ensemble, ils passèrent devant le grand Réservoir, traversèrent les ruines du Bazar et atteignirent le parc du vieux Palais d'Été. La ville semblait vide. Çà et là, des rescapés fouillaient parmi les décombres de leurs boutiques, en quête des objets, colifichets, clochettes d'argent, étoffes qui n'avaient pas été pillés par les Bhils. Malades et mourants ne les importunaient plus de leurs lamentations ; ils avaient disparu. Çà et là, au milieu des maisons démolies, s'élevaient les flammes et la fumée des grands bûchers funèbres où dix, vingt et même cinquante cadavres étaient brûlés à la fois. Auprès de chaque bûcher se tenait un des gardes sikhs du colonel Ranjit Singh, chargé d'empêcher les parents éplorés de se jeter dans le brasier. Quelque chose d'infernal se dégageait du spectacle de tous ces cadavres, de ces flammes, de ces corps tordus et gémissants. « On dirait une gravure de Doré », songeait Ransome.

L'air n'était plus empesté de l'odeur de pourriture, mais de celle de chair brûlée.

Rashid et Ranjit Singh n'avaient pas perdu leur temps. Après les démêlés avec les Musulmans, dont la foi n'admettait pas la crémation, ils avaient obtenu de la Maharani la permission d'ensevelir ceux-ci dans un terrain situé près de la Tour du Silence des Parsis. Ce monument était noir de vautours gorgés qui battaient des ailes et s'épuçaient, car les Parsis, eux aussi, avaient été autorisés à se conformer aux rites de leur religion, à condition que les cadavres fussent portés immédiatement à la Tour.

Sous les ruines de la porte cochère du Palais d'Été se dressait un bûcher construit avec des poutres retirées des décombres. Les coolies attendaient que Lady Esketh y mît le feu. La dépouille de Lord Esketh, recouverte d'un linceul, reposait au sommet. Le linceul était fait avec les draps de crêpe de Chine rose qu'Edwina emportait dans ses voyages. On apercevait sur un des côtés le grand monogramme : « E. E. »

« Comme il aurait aimé ça ! songea-t-elle, amère. Être enveloppé dans les draps de mon lit ! »

Tout cela avait un air improvisé ; il n'y avait d'autre assistance que les coolies entourant le bûcher et qui fixaient la veuve avec une curiosité quasi animale. A Londres, se disait Edwina, on lui aurait fait des funérailles pompeuses, avec un service à Sainte-Marguerite ou à

Saint-George. Et tous ceux qui avaient profité de leurs relations avec le défunt, tous ceux qui, par convenance à l'égard d'une société hypocrite, devaient prétendre que, même dans la mort, Lord Esketh restait un personnage important, honorable, un des piliers du système britannique, seraient venus lui rendre les derniers devoirs. Assis sur leurs bancs, convaincus qu'il n'avait été qu'un fou et un criminel, ils ne se seraient trahis par aucun signe, pas même par un regard. Car chacun, à sa mesure, jouait le même jeu que Lord Esketh avait mené avec tant d'éclat et de succès. Edwina comprit à ce moment que cette hypocrisie géante était une sorte de contribution essentielle de la société anglo-saxonne à la civilisation d'Occident. Elle consistait à fermer les yeux sur les vices, les abus, les défaillances des autres, afin que ceux-ci fissent de même pour vous. Aussi longtemps que vous jouiez le jeu, vous pouviez impunément agir à votre guise. Albert lui-même ne s'était pas formalisé de ses amants. Mais si, refusant de respecter les règles, vous étiez honnête, on vous persécutait, on vous déchirait, comme on l'avait fait pour Byron, Oscar Wilde, Shelley, Hastings et tant d'autres.

« Voilà pourquoi je m'en suis tirée pendant si longtemps ! songea Edwina. Ailleurs, dans n'importe quel autre pays, cela n'eût pas été possible. »

Cette force avait pour origine un cynisme infiniment plus profond que tout ce que les lucides et cyniques Français eux-mêmes eussent jamais pu concevoir ou imaginer. Tous les journaux d'Angleterre, même ceux qui avaient combattu et poursuivi Albert de leur haine, seraient pleins d'hommages et d'éloges funèbres. Ceux d'Esketh, encadrés de noir, porteraient d'énormes manchettes : « Disparition de Lord et Lady Esketh », « Désastre à Ranchipur », etc. Mais, pour l'instant, le monde ne savait rien encore. Hommes et femmes, peinant pour lui, ne pouvaient se réjouir de sa mort. Ils se contentaient de la souhaiter !

Les lèvres d'Edwina esquissèrent un demi-sourire. « Quelle biographie Bates et moi pourrions écrire sur lui ! » songea-t-elle. Puis elle se rappela qu'elle se trouvait là pour sauvegarder les apparences, maintenir la façade, la préserver de l'effritement. Mais ce qui adviendrait de cette masse en putréfaction, enveloppée de draps de crêpe de Chine rose, lui était parfaitement indifférent.

Que la poussière retourne en poussière ! Soit ! Quand le tas serait consumé, on en rassemblerait les cendres dans une boîte de biscuits Huntley et Palmer, et on les expédierait à ce frère qu'il ne lui avait jamais présenté, parce que la mondaine, l'élégante Edwina Esketh ne devait même pas soupçonner la sordide vulgarité des origines de son époux.

Tandis que Mr. Smiley lisait le service liturgique, elle sentit la main de Ransome prendre la sienne. Ce geste la toucha ; il semblait symboliser cette étrange et amère entente qui les avait toujours liés. Ransome cherchait à lui témoigner sa sympathie, à lui rendre courage, non parce qu'Esketh était mort (il savait à quoi s'en tenir à ce sujet), mais à cause des années perdues avec Albert, des folies qu'elle avait commises, de l'insouciance et de l'hypocrisie de sa vie. Et, soudain, elle comprit la retraite de Tom. Il pouvait être faible, neurasthénique, ivrogne, et défaitiste, mais il était honnête, voyait les choses clairement et se refusait à jouer l'ignoble jeu de la duplicité.

Mr. Smiley termina la lecture.

« Voulez-vous allumer le bûcher ? demanda Tom. La coutume veut que ce soit le plus proche parent.

— Oui », répondit-elle à voix basse.

Un des coolies lui tendit un numéro du *Times* des Indes, tordu en guise de torche. Tom y mit le feu avec son briquet, et elle le lança sur le bûcher. Un instant, les flammes hésitèrent, puis, brusquement, elles s'élancèrent à l'assaut du cadavre enveloppé de crêpe de Chine rose pâle.

Fascinée, Edwina resta un moment à contempler le spectacle, puis, telle une enfant, elle demanda à Tom : « Est-ce que je puis m'en aller, maintenant ?

— Vous n'avez rien de mieux à faire », répondit Mr. Smiley.

Elle avait de la sympathie pour le frêle missionnaire et lui adressa un vague sourire. Il y avait en lui quelque chose de si simple, de si peu compliqué, de si sûr.

« Un de mes garçons s'occupera des cendres », ajouta-t-il.

Et ce fut ainsi que le grand Lord Esketh resta seul avec les coolies et le feu dévorant, purificateur.

A mi-chemin du Bazar, ils rencontrèrent Miss Hodge. Elle arrivait en courant, le visage bouleversé de terreur.

« Pourquoi m'avez-vous abandonnée ? gémit-elle en saisissant la main de Lady Esketh. Je vous ai cherchée partout. »

Edwina passa son bras sous celui de Miss Hodge, et, doucement, lui répondit :

« Nous n'avions pas l'intention de vous abandonner. Je ne pensais pas que vous auriez aimé venir. »

Les lèvres de la pauvre Miss Hodge tremblaient, mais rapidement elle se calma et se mit à sourire, heureuse de marcher bras dessus, bras dessous avec son amie Lady Esketh, comme deux écolières.

Arrivés à l'Hôpital, Ransome et Mr. Smiley les quittèrent pour se rendre chez la Maharani. Miss Mac Daid les attendait, renfrognée, avec de nouvelles tâches à leur confier : laver les malades, prendre des températures, porter des bassins.

« J'ai arrangé une chambre pour vous, Miss Hodge et Fern Simon dans la salle des consultations, dit-elle d'un ton brusque. Ce n'est pas très grand, et il n'y a que des lits indiens. Vous ferez bien de la nettoyer à fond avant de vous y installer. »

L'arrivée de l'avion précipita les événements. Il apparut le lendemain matin, venant de la direction du mont Abana ; un instant, il brilla dans un fugitif rayon de soleil, au-dessus des temples blancs qui couronnaient la montagne. Tous, coolies, balayeurs, soldats, agents de police, affamés, malades, mourants, levèrent la tête, surveillant ses progrès. Les uns criaient, d'autres restaient silencieux, mais chacun pensait : « Le monde extérieur ne nous a pas oubliés ! »

Rapidement, il se rapprocha et, après avoir décrit un ou deux cercles au-dessus de la ville, il atterrit dans un champ de millet situé au-delà de la Tour du Silence. Les roues, butant dans la boue rouge, s'y enfoncèrent, au risque de faire basculer l'appareil. Enfin il s'arrêta, tandis que la populace accourait à travers les terres détrempées. L'aviateur, un Musulman, était envoyé de Delhi pour délivrer Lord et Lady Esketh.

Un des employés du Bureau des Contributions qui se trouvait parmi la foule le conduisit chez Ransome à la loge du *jobedar*.

Dès que Gopal Rao, très excité, lui eut annoncé qu'un aéroplane était en vue, Ransome devina la raison de cette intervention. L'avion venait peut-être pour chercher des nouvelles, mais certainement pour emmener Edwina. Il avait pensé à des cavaliers, à des buffles, à des messagers montés sur des éléphants, mais l'idée d'un avion ne l'avait pas effleuré. Même en ce moment, elle n'avait aucune réalité pour lui et lui semblait aussi invraisemblable que l'apparition, au-dessus d'un ancien camp mahratte, d'un des monstrueux appareils imaginés par Wells. La loge du *jobedar* et la tente rayée de la Maharani l'avaient transporté à six siècles en arrière.

Lorsque l'élégant pilote musulman parut devant lui et confirma le but de son voyage, il eut le pressentiment qu'Edwina refuserait de repartir avec lui. Mais, au même moment, il se souvint de l'attitude hostile et méprisante de la vieille Souveraine à l'égard de Lady Esketh. Or, la Maharani, en sa qualité de Régente, jouissait d'un pouvoir absolu, et si tel était son bon plaisir, elle pouvait ordonner qu'Edwina fût ficelée comme une perdrix et portée de force dans l'avion. Pourquoi croyait-il qu'Edwina choisirait de rester dans ce lieu pestilentiel qu'était devenu Ranchipur ? Il ne le savait pas au juste, mais son instinct le lui disait. Depuis son arrivée de la Mission, elle lui paraissait étrange, presque hostile. Une seule fois, devant le bûcher funèbre, quand leurs mains s'étaient touchées, il avait senti vibrer entre eux un peu de leur ancienne entente.

Après avoir veillé à ce que l'aviateur fût restauré, il se mit en route, le front barré d'un pli, pour la chercher.

Il la trouva vêtue de l'uniforme bleu des apprenties infirmières, en train de nettoyer la chambre qu'elle devait partager avec Miss Hodge et Fern. Et de la voir balayer sous les lits de corde lui donna de nouveau envie de rire. Miss Hodge s'affairait autour d'elle.

Sans préambule, il lui annonça l'arrivée de l'avion.

« Vous pourriez partir dès que vous aurez rassemblé ce que vous comptez emporter », ajouta-t-il.

Elle se redressa et appuya le balai au mur.

« Qui me l'a envoyé ? demanda-t-elle.

— Probablement le Vice-Roi. Une personne de votre importance ne peut se perdre facilement.

— En effet... Mais je ne sais si je désire partir.

— Vous feriez mieux ! Ce serait insensé de rester ici.

— Vous n'allez pas me quitter ! s'écria Miss Hodge, tremblant de la tête aux pieds. Ne m'abandonnez pas ici, toute seule ! »

Ransome s'aperçut que la pauvre vieille fille devait avoir pleuré. Ses yeux étaient rouges, gonflés, et l'expression de démence s'était accentuée sur son visage ingrat.

« Non, je ne vous abandonnerai pas, dit Edwina d'un ton apaisant. Je m'occuperai de vous. Puis, s'adressant à Ransome, elle ajouta : Il faut que je réfléchisse à tout cela.

— Vous êtes folle, si vous restez ! répéta-t-il. Vous avez déjà un air impossible.

— Merci ! Je sais quel air j'ai. Je me suis regardée ce matin dans la glace... Pourquoi souhaitez-vous vous débarrasser de moi ?

— Votre présence ici est plus nuisible qu'utile.

— Ce n'est pas très clair... Que voulez-vous dire ? C'est pour *lui* que vous avez peur ?

— Peut-être... Mais il y a aussi...

— Je ne l'ai pas importuné. Je l'ai à peine vu. De toute façon, il ne peut me trouver très attrayante dans l'état où je suis !

— Il y a aussi autre chose.

— Quoi ?

— La Maharani désire que vous quittiez Ranchipur aussi vite que possible.

— Pourquoi ? »

Ransome eut un vague sourire.

« Elle ne vous aime pas.

— Je le sais.

— Elle est toujours renseignée sur tout. Probablement n'ignore-t-elle pas pourquoi vous avez envie de rester.

— Ce n'est pas à lui que je pense... du moins, à peine.

— Vous rendez-vous compte qu'elle peut vous obliger à partir ? »

Pendant un moment, Edwina réfléchit.

« Et si je refuse ? Elle pourrait tout au plus m'expédier comme un paquet, mais pas me mettre en prison.

— Ce n'est pas certain. Elle dispose du pouvoir absolu et déteste les Européens... en particulier les femmes. Elle n'aurait qu'à dire que c'est pour votre propre sécurité. C'est une extraordinaire vieille dame... »

Il faisait fausse route. Le visage d'Edwina avait pris une expression obstinée, presque dure.

« Je suppose que vous aussi, vous me jugez inutile ? dit-elle.

— Non. Mais j'estime qu'il vaut mieux que vous retourniez à votre ancienne vie. Votre place n'est pas ici. Il est trop tard maintenant pour changer, même si vous le désirez.

— Goujat !

— Vous risquez d'attraper une sale maladie, le choléra ou le typhus, et de mourir. Les Européens sont moins immunisés que les Hindous.

— Si je reste, ce sera pour des raisons que vous ne pouvez comprendre.

— Peut-être. »

Ils avaient complètement oublié Miss Hodge. Fascinée, elle les écoutait de toutes ses oreilles. Même dans sa folie, elle se rendait compte que jamais encore elle n'avait entendu parler d'une façon si directe, si amère. Ce n'était pas du tout le genre de conversation qu'elle avait imaginé entre gens du monde. Aucune de ses héroïnes n'employait le terme « goujat ». Son pauvre visage bouffi n'était plus qu'un masque d'étonnement.

« Ne pourriez-vous pas dire un mot en ma faveur à la Maharani ? reprit Edwina.

— Éventuellement.

— Allez la voir, je vous en prie. Quand vous reviendrez, je saurai à quoi m'en tenir. Si elle ne veut pas que je reste, je m'en irai. Puis, posant la main sur le bras de Ransome, elle ajouta : Ne me lâchez pas, Tom ! J'aimerais rester ici. » Et, dans ses yeux bleus, il revit cette expression candide, presque innocente, qu'il avait aperçue la nuit du dîner de Mr. Bannerjee : « Faites ça pour moi, Tom... pour une fois. »

Il aurait dû lui répondre qu'il savait pourquoi elle désirait rester, que ses raisons étaient embrouillées et sentimentales, qu'elle se comportait comme une héroïne de mauvais roman et qu'elle ferait beaucoup mieux de retourner à cette vie stupide qui était la sienne, mais il n'en eut pas le cœur, il ne s'en sentit pas le droit.

« Je vais faire mon possible, dit-il avec gentillesse. Je vous le jure. Mais c'est absurde !

— Merci », dit-elle, et, brusquement, elle l'embrassa sur la joue.

Comme il s'en allait, Miss Hodge retrouva subitement la parole.

« Dites-lui ! bafouilla-t-elle, très agitée. Dites-lui maintenant...

— Quoi ?

— Au sujet du soldat sikh...

— Quel soldat sikh ? demanda Ransome.

— Ce n'est rien, expliqua Edwina. Je vous raconterai quand vous reviendrez... Je compte sur vous.

— Je n'ai rien promis, répondit Ransome. Et je vous rappelle que la veuve du grand Lord Esketh ne signifie plus rien, maintenant, surtout pour la vieille dame. »

La Maharani le reçut dans sa chambre. Elle était assise par terre en compagnie d'une des vieilles princesses de Bewanagar. Son visage était las, de grands cercles sombres entouraient ses yeux brillants. Elle ne portait comme bijoux que deux larmes de diamant à ses oreilles. Il y avait dans son aspect quelque chose de farouche, de cruel, qu'il n'avait vu en elle que rarement, lorsqu'elle se mettait en colère et devenait comme une tigresse.

« Eh bien ? dit-elle en le fixant.

— C'est au sujet de Lady Esketh, Altesse... »

Déjà, elle était informée de tout ce qui concernait l'avion.

« Il est arrivé vide ! Il ne nous a même pas apporté des vivres ou des médicaments ! Deux places vides pour cet Anglais et pour sa femme ! remarqua-t-elle, amère.

— Il nous rapportera tout cela à son prochain voyage. Le Major et Miss Mac Daid sont en train de préparer une liste pour le pilote.

— Et que réclame Lady Esketh ?

— Elle voudrait rester ici. »

Les yeux noirs de la Souveraine se contractèrent jusqu'à ne plus paraître que deux points de feu.

« Et pourquoi ne veut-elle pas partir ? »

Ransome eut un haussement d'épaules, et un faible sourire parut sur le beau visage fatigué de la Maharani. Elle savait donc aussi quel regard Edwina avait posé sur le Major le soir du dîner chez les Bannerjee. Peut-être avait-elle déjà remarqué quelque chose, lors du dîner officiel au Palais ?

« C'est donc pour cela ? dit-elle.

— Pas uniquement, je crois. »

Au sourire de la Souveraine, au soudain éclair d'humour qui passa dans ses yeux, il comprit que les chances d'Edwina augmentaient.

« Je ne désire pas qu'elle reste ici, dit-elle pourtant. C'est une... un instant, elle hésita, puis ajouta... putain. »

Ransome ne protesta pas. Il savait qu'il était inutile de chercher à faire changer d'opinion la vieille dame.

« Elle est en train de travailler à l'hôpital, dit-il simplement. Elle se rend très utile.

— Quel genre de travail ?

— Le plus répugnant, le plus dur. »

De nouveau une ombre d'humour et de compréhension passa dans les yeux de la Souveraine.

« Je suppose que Miss Mac Daid a dû veiller à cela ! dit-elle. N'importe quelle fille de l'École supérieure se rendrait aussi utile ! »

Ransome vit qu'elle n'était pas disposée à céder. Mais le regard de ses yeux noirs s'était un peu adouci et une inspiration lui vint. Il savait combien la Maharani avait lutté pour les femmes des Indes, pour les éduquer, les émanciper, les élever au-dessus de leur déplorable condition. S'il parvenait à lui faire voir en Edwina une compagne de...

« En vérité, elle fait un travail d'homme, dit-il. Puis, sans transition, il ajouta : Elle détestait son mari. Elle est heureuse qu'il soit mort. Elle a passé par pas mal de choses depuis son arrivée ici. »

La Maharani l'écoutait avec attention, il le savait, mais elle ne voulait pas qu'il s'en doutât.

« Pourquoi voulez-vous qu'elle reste ? » demanda-t-elle.

« Elle est aussi au courant de ça ! » songea-t-il.

« Je ne désire pas la voir rester. J'ai fait mon possible pour la persuader de partir.

— Alors, pourquoi insistez-vous ? »

Il savait que c'était un piège. Un instant, il réfléchit.

« C'est une très longue histoire, elle remonte à des années, dit-il enfin. Il n'y a rien entre nous, maintenant... plus rien du tout, si ce n'est une très vieille amitié. C'est probablement à cause de cela que je me suis permis d'insister, et aussi parce que c'est une femme qui a beaucoup de caractère.

— Du caractère ! » s'exclama la Maharani avec mépris.

Il ne se laissa pas intimider.

« Oui, Altesse, elle a du caractère ! Elle a pu parfois en mésuser, mais elle en a beaucoup ! »

Cette réponse plut à la Maharani, et Ransome se rendit compte que, par quelque miracle, il parviendrait même à lui faire aimer Edwina.

« Et qu'en pense le Major ? demanda la Souveraine.

— Je l'ignore. Je ne l'ai vu qu'un instant et nous n'avons parlé que de la liste des médicaments à remettre au pilote. »

Elle prit un air songeur et se détourna : « Demandez au Major, dit-elle. S'il est d'accord, je l'autoriserai à rester. Mais je ne prends aucune responsabilité sur ce qui peut arriver. J'écrirai dans ce sens au Vice-Roi et l'informerai que je ne pouvais la faire partir de force.

— C'est donc entendu ?

— Ne vous l'ai-je pas dit à l'instant ?

— Merci, Altesse. »

Il s'inclina et s'apprêtait à se retirer, quand elle le retint.

« Je désire vous remercier, Ransome, pour votre bon travail. Rashid et le colonel Singh m'ont dit que vous n'aviez pas arrêté de toute la nuit. Quand avez-vous dormi ?

— Il y a deux jours, Altesse.

— Réglez vite cette affaire et, après, allez vous coucher. Nous avons besoin de vous, et vous avez l'air très fatigué.

— Merci, Altesse.

— Dites au Major que je lui envoie M. Bauer. Il est infirmier et pourra lui être utile.

— Très bien, Altesse. »

Il la salua à la façon hindoue et la quitta, heureux, malgré sa lassitude, d'avoir gagné la moitié de la bataille. Dans l'antichambre, il croisa la femme russe. Il s'inclina et lui dit : « Bonjour. » Il ne lui avait jamais été présenté, mais, dans les circonstances où ils se trouvaient, le formalisme lui paraissait dépourvu de sens. L'air agité, elle lui répondit par un vague sourire et un regard pénétrant de ses yeux de chat. Puis, sans s'arrêter, elle entra dans la chambre de la Maharani.

Maria Lishinskaia était irritée de ne pas avoir assisté à l'entretien entre la Maharani et Ransome. Il lui faudrait mille ruses maintenant pour se faire renseigner par la Souveraine elle-même. Et peut-être, après tous ses efforts, n'en saurait-elle pas plus qu'avant.

Depuis l'instant où elle avait vu le vieux Maharajah mourir dans les bras de Harry Bauer, tout allait de travers pour Maria Lishinskaia. Elle avait à peine aperçu son amant et ne savait comment lui faire dire de la rejoindre dans sa chambre. Par moments son désir était si violent que son corps entier s'enfiévrait et que le vertige la paralysait. Chaque bruit, chaque senteur mettaient ses nerfs à la torture, l'incessant battement de la pluie sur la triple toile de la tente, l'horrible et fade odeur de mort qui montait de la ville et s'infiltrait à travers le grand parc, le glapissement des chacals et des hyènes, les lamentations lointaines et isolées qui ne cessaient ni jour ni nuit. Tous ces bruits se mêlaient à son désir.

Jamais encore elle n'avait souffert de la sorte, ni en Russie avant sa fuite, ni dans ses pérégrinations à travers l'Allemagne, ni même lorsqu'elle s'était vendue ici ou là, pour avoir de quoi manger et se vêtir. C'était ce pays maudit, se disait-elle, ce climat infernal, ce monde de folle volupté, de cruauté, avec l'obsession de ses symboles, partout, dans les temples, les huttes de villages, les palais, au bord des routes poussiéreuses. Où que vous regardiez, vous aperceviez le lingam, cet emblème de la création, de la volupté, des désirs et des plaisirs étranges. Shiva, toujours Shiva, et Kâli, la Destructrice.

Elle écarta la portière et entra chez la Maharani.

« Rien de neuf ? demanda celle-ci en la regardant.

— Non », répondit-elle.

La vieille Souveraine ouvrit sa boîte de bétel.

« J'envoie Harry Bauer travailler à l'Hôpital », dit-elle d'un ton indifférent.

Le cœur de Maria Lishinskaia s'arrêta de battre.

« Il pourra se rendre utile là-bas, poursuivit la Maharani. Ils sont débordés. »

« Alors, c'est fini ! Je ne le reverrai plus ! songea Maria. Mais non, au contraire. Ce sera peut-être plus facile... Je pourrai aller le rejoindre la nuit. »

La vieille Maharani l'observait.

« Les anciennes casernes de l'École de Musique sont pleines de cholériques, reprit-elle. Le Major pourra lui confier la direction d'un de ces lazarets. Il sait les précautions à prendre et comment se désinfecter. Il rendra certainement de grands services. »

Le visage blafard de Maria Lishinskaia devint verdâtre.

Devant ses yeux passa le spectre de sa ville natale, en Ukraine, quand, jadis, le choléra s'y était abattu et qu'elle avait vu mourir les gens autour d'elle, dans les rues, dans les boutiques. Tournoyant sur eux-mêmes, le visage soudain noir, ils tombaient foudroyés. « Je n'aurai jamais de chance, songea-t-elle. Jamais je n'en ai eu. Même lorsque je lutte, c'est pour rien. Il n'y a rien... rien... »

« S'il lui arrive quoi que ce soit, je me tuerai ! » dit-elle à haute voix.

C'était la première fois qu'elle faisait allusion, devant la Maharani, à son sentiment pour Harry Bauer.

« Rien ne peut lui arriver. Il est jeune, fort et vigoureux. »

La Souveraine choisissait exprès ses épithètes, sachant que l'image qu'elles suscitaient tourmenterait la pauvre Maria. Elle n'ignorait pas non plus que, très souvent, les jeunes et les forts étaient frappés les premiers par le choléra. Maria Lishinskaia suffoquait. Devant elle, les murs de la tente se mirent à tournoyer.

« Puis-je aller m'étendre, dit-elle, haletante. Je ne me sens pas très bien.

— Mais certainement. »

Elle se retira, aveuglée par la peur, par le désir, ignorant que la Maharani la torturait ainsi parce qu'elle était furieuse contre elle-même d'avoir cédé au sujet de Lady Esketh et de s'être laissée émouvoir par Ransome. Elle aimait les hommes du genre de Ransome et détestait toutes les femmes, même celles auxquelles elle avait consacré sa vie. Maintenant, étant vieille, elle ne pouvait plus que surveiller, épier les aventures de femmes telles que Lady Esketh et Maria Lishinskaia. C'était d'autant plus dur pour elle que son esprit était resté jeune.

A l'Hôpital, le Major, étendu sur son lit dans la petite pièce donnant sur le vestibule, qui lui servait aussi de bureau, s'efforçait de dormir.

« Vous vous conduisez comme un imbécile, lui avait dit Miss Mac Daid d'un ton sévère. Le docteur Pindar et moi pouvons nous occuper de tout pendant quelques heures.

Dieu a sauvé votre vie une fois. Il peut ne pas recommencer. Il faut que vous vous reposiez. »

Depuis quarante-huit heures, il ne s'était pas arrêté. Il avait fallu tout voir, tout organiser : l'Hôpital, les anciennes casernes, l'École de Musique, faire désinfecter et garder les puits, assister aux conseils avec Rashid, Ranjit Singh et la Maharani. Sans compter le nombre considérable d'opérations faites à la lueur de deux bougies. Celles-ci étaient rares, il s'agissait de les ménager. Malgré ses interventions chirurgicales, la plupart des malades étaient atteints de gangrène.

Le Major avait dépassé le stade du sommeil. Sa tête, toujours bandée, était douloureuse, et problèmes et soucis se succédaient dans son cerveau fatigué. De temps à autre, l'image de Lady Esketh lui apparaissait, non pas élégante et étincelante comme la nuit du dîner au Palais, mais telle qu'il l'avait vue arriver dans sa robe de calicot, exténuée, crottée, décoiffée, avec ce regard de défi au fond des yeux. La femme qu'il avait contemplée au Palais et chez les Bannerjee n'avait pas eu le pouvoir de l'émouvoir. Il connaissait l'Europe, il avait possédé des Européennes, non seulement des prostituées, mais aussi des femmes du monde. Cela avait toujours été facile — trop, pour son goût délicat — jamais il n'avait dormi avec une Européenne sans un sentiment de défiance, sans être choqué par une sorte de dureté, d'insensibilité qu'il trouvait en elle et qui le bouleversaient et mettaient ses nerfs à vif. Pour lui, l'amour, ou même sa contrefaçon, devait contenir de la gaieté et une beauté voluptueuse comme celles que lui donnait Natara Devi.

Les Européennes étaient incapables de comprendre qu'un Oriental, si viril fût-il, avait des nerfs et une sensibilité d'une délicatesse douloureuse. L'Anglais viril était stupide, insensible, souvent bestial. C'est peut-être pour cela que les prostituées anglaises étaient si déplaisantes, pour cela, et aussi parce que, en Occident, le christianisme avait fait de l'amour, même dans le mariage, une chose honteuse et répugnante.

Lorsque Edwina l'avait retenu au Palais d'Été après le

départ de Miss Hodge, il avait tout de suite percé à jour ses intentions. Malgré ses bonnes paroles, elle s'était conduite en prostituée, et il savait qu'il aurait pu la prendre comme il aurait voulu, là, sur le sofa, avec son mari mourant dans la pièce à côté. Un instant, il en avait été tenté. Mais elle ne lui inspirait qu'un désir modéré et deux considérations l'avaient retenu : elle occupait une situation importante en Europe et, si elle s'attachait à lui, cela risquerait de provoquer un scandale, lui-même n'ayant aucune intention de prolonger l'aventure. D'autre part, cela n'en valait pas la peine ; elle ne le satisferait pas mieux qu'une fille de Jermyn Street aimant sa profession.

Non, cette femme au visage lisse, au maquillage soigné, habillée à Paris, rencontrée au Palais d'Été, ne l'avait pas intéressé. Elle était trop parfaite, trop artificielle, pour sa nature directe et chaude. Il n'y aurait eu ni rire joyeux ni badinage dans leur amour, mais une sorte d'appétit vicieux tel qu'il se manifeste chez ceux à qui on a appris que l'amour est un péché, mais qui ne peuvent s'en passer. Ce mélange d'hypocrisie et de dureté qu'il avait rencontré en Occident continuait à l'étonner. On eût dit que la haine que leur inspirait l'acte charnel leur procurait, à l'accomplir, une sorte de jouissance perverse qui l'effrayait et le révoltait. Jamais il ne connaîtrait cela. En Orient, le vice lui-même n'avait pas cette qualité atroce d'amertume, de corruption et de honte.

La belle Anglaise aux cheveux luisants, aux magnifiques bijoux, l'avait laissé froid ; mais la femme fatiguée, vêtue de la vieille robe de Mrs. Smiley, avait éveillé son intérêt. Elle paraissait infiniment plus âgée ; mais il y avait en elle quelque chose d'humain. Quand, pendant une seconde, elle avait posé sur lui ce regard hautain, méprisant, il avait presque redouté que ce fût la même. Peut-être était-elle multiple, et le choc de la catastrophe et l'horrible mort de son mari avaient-ils affranchi l'un des êtres qu'il y avait en elle.

La femme arrivée à l'hôpital n'était pas la même que celle qui, au Palais d'Été, avait caché ses mains derrière son dos pour qu'il ne vît pas qu'elles tremblaient. Il avait remarqué son geste. Observateur de nature, sa profession n'avait fait qu'aiguiser son talent. N'étant pas sotte, elle avait dû le deviner. Quant à cette nouvelle venue, elle s'était à peine occupée de lui. Il semblait y avoir quelque chose de mort en elle, sauf par instant, quand une flamme passait dans ses yeux bleus. Peut-être n'était-ce qu'un assoupissement momentané ? Et le désir, en partie scientifique, le prit de parler avec elle, de découvrir le mystère de sa transformation. Mais, maintenant, elle ne lui inspirait plus ni mépris, ni pitié ; elle l'intimidait. Miss Mac Daid lui avait imposé les tâches les plus rebutantes, dans l'espoir, il le savait, de la décourager. Elle s'en acquittait sans une plainte. Il était pourtant certain que, la veille, quand Miss Mac Daid lui avait tendu le pansement d'une plaie gangréneuse, elle avait dû sortir une minute pour aller vomir. On eût dit que, dans sa dureté, Miss Mac Daid lui avait lancé un défi et qu'elle l'avait relevé, malgré tout ce qui la mettait en état d'infériorité. Fern Simon, à l'égard de qui Miss Mac Daid professait un égal mépris, s'en était tirée à bien meilleur compte.

Puis sa pensée bifurqua. De nouveau, il se tourmenta au sujet de ses compatriotes. Ils semblaient n'avoir aucune volonté de lutter et se laissaient mourir sans même se défendre. Était-ce parce qu'ils avaient toujours été mal nourris et que la vie n'avait pas de valeur pour eux ? Les ouvriers des usines et des mines d'Occident, dont les conditions d'existence l'avaient choqué autant que Miss Mac Daid, leur ressemblaient-ils ? Et le choléra... En temps normal, il était déjà difficile de l'arrêter, mais en ce moment, dans cette ville pleine de morts, avec des puits infectés et les mangues mûrissantes que l'on vendait partout... il fallait bien en manger, puisqu'il n'y avait rien d'autre, et l'on ne pouvait obliger la populace ignorante à les laver au permanganate avant de les absorber... La typhoïde commençait aussi à se propager... Mais que faire contre ceux qui, de nuit, allaient voler l'eau dans les puits, ou qui buvaient celle des flaques stagnantes dans les rues ?

Enfin, bercé par le bruit monotone de la pluie, il sentit le sommeil le gagner. Mais à ce moment même des voix résonnèrent dans le corridor. C'était Ransome et Miss Mac Daid.

« Il dort. Il ne faut pas le troubler, disait Miss Mac Daid.

— Quand pourrai-je le voir ?

— Je n'en sais rien. En tout cas, je refuse de le déranger avant qu'il ne s'éveille.

— Vous avez raison. C'est l'homme le plus indispensable de Ranchipur. »

Tout ensommeillé, il se leva et ouvrit la porte.

« Je ne dors pas. Qu'y a-t-il ? »

Miss Mac Daid lança un regard furieux à Ransome et renifla avec indignation. Les nerfs de tous étaient tendus, même ceux du vieux cheval de bataille qu'était Miss Mac Daid.

Ransome mit le Major au courant de sa conversation avec la Maharani au sujet de Lady Esketh.

« C'est donc à vous de décider », conclut-il.

Le Major, luttant contre sa somnolence, tarda à répondre.

« Rien ne serait plus stupide que de la garder ici ! » remarqua Miss Mac Daid.

Le Major la dévisagea.

« Elle a bien travaillé, n'est-ce pas ? dit-il. Elle nous a réellement aidés ?

— Oui, je dois en convenir, répondit honnêtement Miss Mac Daid. Mais là n'est pas la question... »

Le Major sentait ses idées se brouiller ; le sommeil le gagnait. Il lui semblait qu'il allait s'endormir, debout sur le pas de la porte.

« Qu'elle reste, dit-il. Elle n'aura qu'à partir quand elle en aura assez. »

C'était à la femme en robe de calicot qu'il pensait. L'autre il l'aurait renvoyée immédiatement.

Ransome trouva Edwina dans sa chambre. Il lui apprit le résultat de ses démarches.

« Tant mieux, répondit-elle. Je désirais rester. Quelqu'un pourra occuper ma place dans l'avion. Bates prendra l'autre.

— Cela risque de mécontenter les gens... que vous

expédiiez un domestique quand tant de personnages importants souhaitent partir.

— Quel genre de personnages ?

— Sûrement la Maharani voudra envoyer un messager.

— Cela laisse toujours une place pour Bates ! Un instant, elle reprit son ancienne expression arrogante : Quoi qu'il en soit, c'est mon avion ! Il a été envoyé ici pour moi et j'en userai comme il me plaira. Bates est malade. Ce n'est pas juste de le garder ici. Il ne voulait pas venir aux Indes. »

Ransome haussa les épaules.

« On n'a qu'à disposer de la seconde place. Ça m'est égal qui l'occupe.

— Vous feriez mieux de prévenir Bates immédiatement. Le pilote ne voudra pas se risquer au-dessus des marais de Surrat de nuit.

— Comment puis-je le prévenir ? Je n'ai pas de domestiques.

— Je vais l'envoyer chercher. Êtes-vous sûre qu'il désire partir !

— Certaine !

— Où est Fern ? demanda-t-il sans transition.

— Je l'ignore. Elle aidait Miss Mac Daid à faire la liste des médicaments manquants. Elle le regarda droit dans les yeux et ajouta : Alors, ça va maintenant, entre vous et elle ?

— Oui.

— Je le pensais. Vous avez l'air transformé... Au fait, pourquoi ne l'épousez-vous pas ?

— A quoi bon...

— C'est exactement ce qu'il vous faut... une fille comme elle.

— Elle est trop jeune... et puis, vous ne la connaissez pas. »

Edwina fit une grimace comique. « Dommage vraiment qu'il n'y ait personne pour moi ! remarqua-t-elle. N'est-il pas triste qu'une femme ne puisse épouser un homme beaucoup plus jeune qu'elle ! »

Après quoi, elle lui dit de s'en aller. Elle devait retourner à son travail.

« Je suppose que je devrais remercier la vieille dame ? ajouta-t-elle au moment où il partait.

— C'est le moins que vous puissiez faire et elle vous en saura gré. » Il s'en alla perplexe.

Décidément, il ne la comprenait pas. Pourquoi désirait-elle rester ? Était-ce quelque nouveau subterfuge pour amener le Major dans son lit ? Elle était capable de tout !

Le départ de l'avion ne fut pas aussi simple que Ransome l'avait prévu. Après avoir été chercher Bates, il se rendit chez la Maharani. Celle-ci désigna Gopal Rao comme messager, ce qui privait Ransome d'un collaborateur précieux.

Quand il retourna à la loge du *jobedar*, la nouvelle que Lady Esketh restait à Ranchipur avait déjà fait le tour de la ville, et la petite antichambre était pleine d'hommes hurlants qui prétendaient occuper la seconde place dans l'avion. Parmi eux se trouvaient deux banquiers parsis, un prêteur pathan, le directeur d'une filature de coton, Chandra Lal, le plus riche marchand de Ranchipur, et aussi Mr. Bannerjee, chargé du coffret de laque contenant les cendres de son père. Tous, excepté Mr. Bannerjee, avaient des affaires urgentes à régler à Bombay. A les entendre, les intérêts en jeu étaient si considérables que la fortune du monde n'eût pas sufffi à les couvrir. Plusieurs d'entre eux, prenant Ransome à part, lui offrirent une fortune pour qu'il favorisât leur départ. Son refus les étonna et les peina. Quant à Bannerjee, il était obsédé par l'idée de jeter le plus tôt possible les cendres de son père dans le Gange.

Pourquoi seuls des marchands, des prêteurs et un fou

religieux étaient-ils si désespérément anxieux de partir ? se demandait Ransome, assombri. Décidément l'argent et la religion semblaient aller de pair !

L'argent n'était pas seul en cause. Il y avait aussi la peur. Chaque visage était marqué d'épouvante. Plus que tous, peut-être, celui de Mr. Bannerjee. Ransome, à ce moment, le détestait, le méprisait et, cédant au plaisir de le terrifier davantage, il lui dit : « Si vous croyez qu'en quittant Ranchipur vous échapperez à Kâli, vous vous trompez ! Kâli la Destructrice est partout ! » Avec satisfaction, il constata que ses paroles avaient porté. L'ancien chef de la société cosmopolite de Ranchipur semblait effondré.

Puis il les informa que Bates occuperait la seconde place dans l'avion. Ce fut une explosion de protestations indignées. Ils parlèrent de favoritisme, du droit des Hindous de partir les premiers, de révolte. Finalement, excédé, fou de rage, Ransome hurla : « Sortez ! Sortez tous ! Ou j'appellerai les Sikhs pour vous chasser !... Non, vous ne souhaitez pas le départ des Anglais ! C'est faux, c'est vous qui combattez Gandhi ! Vous, qui avez combattu le pauvre Jobnekar. Si nous quittions les Indes, ce serait la révolution, et vous risqueriez de perdre quelques roupies ! Allez-vous-en tous ! Sortez ! »

Impressionnés, ils se retirèrent, mais ne s'éloignèrent pas. Ils restèrent, murmurant et discutant, sous la voûte de la Grande Porte.

Les Bunyas n'étaient pas les seuls à vouloir fuir la ville infectée. Tandis que Ransome, Gopal Rao et le pilote attendaient l'arrivée de Bates, le colonel Ranjit Singh parut, apportant d'autres nouvelles. Les habitants de Ranchipur, frappés de panique, commencaient, disait-il, à se répandre dans les campagnes et les villages environnants. Des familles entières partaient, emportant leurs biens. Pour empêcher cet exode qui risquait de propager l'épidémie non seulement à l'État de Ranchipur, mais aux Indes entières, la Maharani avait fait placer des Sikhs à toutes les sorties de la ville. Les soldats avaient déjà tiré sur sept fuyards.

« Ce sont les ordres de Son Altesse, dit-il. Puis, d'un air

sombre, il ajouta : Ils sont tous morts. Au moins, ils ne fourniront pas de travail supplémentaire au Major. »

Ransome ne dit rien. La vie ne coûtait pas cher aux Indes. Des millions de vivants surgissaient en quelque sorte des millions de morts, comme les moisissures sur le bois pourri.

Le ravitaillement commençait à fonctionner. Du millet, de l'avoine, du riz arrivaient des villages et du bord de la mer. Rashid avait organisé la chose. Les chars, tirés par des buffles, s'arrêtaient à cinq kilomètres de Ranchipur. Le grain était déposé dans les hangars, où les coolies de la ville venaient le chercher. Le Major avait déclaré qu'il fallait isoler la région contaminée. Rashid, avec sa police mahratte, et Ranjit Singh, avec les Sikhs, exécutaient ses ordres. C'étaient l' « Inde nouvelle » luttant contre les Indes anciennes.

L'idée que la minorité devait se sacrifier pour la majorité était neuve aux Indes. C'était une leçon que tous, même les marchands rampants et murmurants, même le superstitieux Mr. Bannerjee, même les prêtres et tous les autres commerçants des Indes entières, devaient apprendre !

Le colonel Ranjit les quitta. Puis un messager apporta un billet de Miss Mac Daid à Ransome. Ils avaient un besoin urgent de toniques à l'Hôpital. Avait-il du brandy ou du whisky ? Si oui, pouvait-il les lui faire parvenir ?

Rapidement, il écrivit un mot à Jean-Baptiste pour lui dire d'envoyer toute sa cave à Miss Mac Daid. Il devait y avoir une vingtaine de bouteilles. Sortant une clef de sa poche, il la remit avec le billet au messager et lui recommanda de faire diligence. Il ne le vit pas partir sans regrets. Depuis quatre jours, il n'avait pas bu et, par moment, son corps entier réclamait de l'alcool, ne fût-ce qu'une goutte. Tant pis, mieux valait n'y plus penser ! Tout son bon cognac français allait être administré aux Balayeurs et aux Gujeratis qui jamais ne se douteraient de la joie, de la paix, de l'aveugle contentement qu'il pouvait procurer. Toussant et s'étouffant, ils trouveraient que la liqueur brûlait leur palais et leur gorge et, s'ils n'étaient pas trop faibles, ils la recracheraient en signe de protestation.

Bates arriva enfin, porté sur un contrevent de la Mission par quatre coolies. Il avait la fièvre et était vêtu de son habit noir, presque propre. Tante Phœbe avait insisté pour le nettoyer ; de là une partie du retard. Il ne pouvait débarquer à Bombay, disait-elle, comme s'il sortait d'une porcherie. Le docteur Pindar l'examina afin de s'assurer que son mal n'était pas contagieux. Il lui trouva de la pleurésie, mais déclara qu'il pouvait partir à condition d'être bien enveloppé. Probablement, à Bombay, le mettrait-on en quarantaine pour s'assurer qu'il n'apportait ni le choléra ni la peste.

Enfin, tout fut prêt et le pilote, Ransome, Bates et le docteur Pindar se mirent en route pour le champ de millet, derrière la Tour du Silence. Parsis, Bunyas et Mr. Bannerjee portant les cendres de son père s'ébranlèrent à leur suite, dans l'espoir que Bates mourrait en chemin et que l'un d'eux prendrait sa place. Tout en pataugeant dans la boue rouge, ils continuaient à se plaindre et à grogner. Étendu sur le contrevent, Bates voyait à peine les décombres et les amas calcinés des grands bûchers funèbres. Il partait pour l'Angleterre, pour Manchester, pour la villa jumelle où sa sœur tiendrait son ménage. Il quittait pour toujours ce pays d'épouvante. Il allait retrouver les verdoyantes pelouses, le mouton bouilli, le bistrot du coin et les *Nouvelles du soir.* Il n'accordait pas une pensée à Lady Esketh, qui pourtant restait dans cette ville pestiférée. Elle saurait se tirer d'affaire, il le savait, mieux même que Lord Esketh. Quand il était arrivé à la Mission, elle s'était penchée sur lui et lui avait chuchoté avec une sorte d'exaltation : « Bates, je veux que vous partiez. Arrangez-vous pour qu'ils ne vous gardent pas ici. Je veux que vous vous en alliez. Mr. Ransome s'occupera de moi. » Non, il ne se préoccupait pas de ce qui pouvait lui advenir, avec tout son argent et le reste ! Pourtant, elle avait du cran. Se doutait-elle que son vieux gredin de mari était renseigné sur ses amants ? En tout cas, maintenant, elle le savait. Elle avait dû trouver la liste écrite de la main de Sa Seigneurie dans le coffret. Mais jamais elle ne saurait combien Sa Seigneurie avait payé pour chacun des noms, combien lui, Bates, avait gagné grâce à ses aventures amoureuses. Oui, elle souhaitait qu'il partît pour pouvoir se conduire comme elle le voudrait avec ce Ransome qui marchait là, à côté de lui. Tant mieux ! En tout cas, lui, était un gentleman.

Bates était heureux ; il partait pour le Paradis, il retournait à Manchester, pour vivre parmi des gens honorables, moraux, qui n'étaient ni riches ni puissants. Il ferma les yeux et serra les dents. Chaque pas des porteurs semblait enfoncer un couteau dans sa poitrine.

Quand ils arrivèrent au champ de millet, ils trouvèrent l'avion si profondément enfoncé dans la boue que les moteurs furent impuissants à l'ébranler. Gopal Rao, rassemblant alors les curieux qui les avaient accompagnés, les força à tirer l'appareil jusque sur la route asphaltée du grand barrage.

L'avion partit enfin. Bunyas, Parsis et Mr. Bannerjee, chargé de son coffret, le suivirent des yeux, jusqu'à ce qu'il disparût derrière les nuages suspendus au-dessus des temples blancs du mont Abana. Puis, toujours maugréant, ils s'en retournèrent vers la ville.

Au Bazar, Ransome les quitta pour se rendre à l'Hôpital. Il était exténué. Le sommeil et la fatigue le faisaient tituber. Mais, avant de se reposer, il lui fallait voir Fern et s'assurer qu'elle allait bien. Il était obsédé, maintenant, par l'idée qu'il devait veiller sur elle, jusqu'à ce qu'elle pût quitter la ville agonisante et retourner en Amérique, à l'existence facile et saine qui était la sienne par droit de naissance. Depuis l'instant où elle l'avait réveillé sur le sol de la chambre à coucher de Mr. Bannerjee, il avait beaucoup réfléchi à la question et avait conclu que le départ de Fern pour les États-Unis était la seule chose possible. Quant à lui, il resterait à Ranchipur, pour y finir ses jours dans la maison jaune tapissée de bougainvillées.

Au moment où il arriva à l'Hôpital, le Major, reposé par ses quelques heures de sommeil, en sortait, accompagné de Harry Bauer qu'il allait mettre au courant de ses nouvelles fonctions.

Dans le vestibule, il trouva Edwina. Une lumière nouvelle brillait dans son regard.

« J'aurai deux mots à vous dire au sujet de Miss Hodge, remarqua-t-elle.

— Quoi encore ? répondit-il, accablé.

— Elle voudrait que je vous informe qu'elle croit avoir été violée par le Sikh qui l'a sauvée. »

La colère chassa la lassitude de Ransome.

« Elle est complètement folle !

— Elle s'imagine qu'elle va avoir un bébé — un éclair de malice passa dans les yeux bleus d'Edwina. Par moment, elle pleure comme une jeune fille ; mais, la plus grande partie du temps, elle reste à se parler à elle-même. Au fond, je suis persuadée que cette idée l'enchante.

— Où est-elle ?

— Dans cette salle. Elle porte le seau pour moi. »

Il passa la main sur ses yeux, dans un geste de lassitude.

« Ne la laissez pas colporter cette histoire absurde. Cela pourrait créer des ennuis.

— Je vais lui dire que cela doit rester un secret entre nous.

— C'est ça... Mais qu'allons-nous faire d'elle ?

— Ne vous tourmentez pas. Je m'occuperai d'elle. Elle fait tout ce que je lui dis.

— Elle doit être assommante !

— Non. Elle m'aide dans mon travail. Et puis elle a l'estomac plus solide que moi et tient le seau et le savon quand je suis obligée de sortir pour vomir. Elle prit dans les siennes les deux mains de Ransome et ajouta : Ce pays est infernal. Tout le monde y est fou. Mais je commence à le comprendre et à deviner Shiva ! »

Elle le quitta pour rentrer dans la salle où l'attendait Miss Hodge. Ransome, ébahi, resta un moment sur place, oscillant sur ses jambes... Edwina, la fragile, la porcelaine, était en train de devenir un cheval de bataille comme Miss Mac Daid !

Il trouva Fern dans la chambre qu'elle partageait avec Edwina et Miss Hodge. Elle venait de changer son uniforme de coton bleu et brossait ses cheveux courts et blonds devant un morceau de miroir qu'elle avait dû ramasser quelque part. Au bruit des pas de Ransome, elle se retourna et se précipita vers lui. Mais, soudain intimidée et rougissante, elle s'arrêta. Tendant les bras, il l'attira contre lui et l'étreignit. Un long moment, ils restèrent ainsi, sans parler. Fern avait posé sa tête sur l'épaule de Ransome. Enfin, levant les yeux vers lui, elle murmura : « Vous avez l'air fatigué !

— Je le suis terriblement. Asseyons-nous, voulez-vous ? » Ils s'assirent sur un des lits de corde. Elle lui tenait la main. « Qu'y a-t-il ? demanda-t-elle.

— Rien. Pourquoi ? »

Elle ne sut que répondre. Comment lui dire qu'elle le sentait changé, comme si, en quelque sorte, il s'était éloigné d'elle, ou qu'une ombre eût traversé leur intimité. Dans sa simplicité, elle devinait sa complication, mais ne trouvait pas les mots pour le lui faire comprendre.

« Comment allez-vous ? lui demanda-t-il en souriant.

— Merveilleusement.

— Avez-vous dormi ?

— Oui.

— Ne croyez-vous pas que vous feriez mieux de retourner à la Mission ?

— Non... Je suis parfaitement heureuse. Son visage s'éclaira. Miss Mac Daid elle-même affirme que je suis utile ! Elle s'aperçut qu'il avait fermé les yeux. Vous pouvez dormir ici, dit-elle.

— Merci, je vais rentrer. »

Mais les murs semblaient tanguer autour de lui et tout devint vague. De très loin, il entendit Fern qui disait : « Là. C'est bien. Dormez. » Puis la voix se tut ; la chambre, la ville, le monde disparurent et il n'y eut plus que paix, silence, oubli.

Longtemps, Fern resta assise au bord du lit à le regarder, un peu effrayée par ce sommeil si profond qu'il ressemblait à la mort.

Et, tandis qu'elle le contemplait, elle se rendit compte que sa première tâche était de le sauver, non de l'ancien monde mauvais qui certainement, un jour, ressusciterait avec son snobisme, ses mesquineries, ses complications — non de personnes telles que Lady Esketh, mais de lui-même, de ce lui-même pervers et déroutant qui était son pire ennemi. Un instant, dans la chambre de Mr. Bannerjee, elle avait réussi à lui faire oublier cet ennemi. Si elle voulait le guérir, il fallait que, sans cesse, elle recommençât.

Enfin, craignant que Miss Mac Daid ne la jugeât paresseuse et la renvoyât à la Mission, elle le quitta.

Miss Mac Daid était dans son bureau.

« Alors ? Dégoûtée ? lui dit-elle en la fixant de ses yeux perçants.

— De quoi ? » répondit Fern d'un ton ferme. Elle n'entendait pas se laisser impressionner par la tyrannique infirmière.

« De la crasse. De la saleté. De la dureté du travail.

— Non, répliqua Fern. Je n'y fais pas attention.

— Et vous voulez continuer ?

— Oui.

— Vous savez à quoi vous vous exposez ?

— Oui.

— Vous risquez d'attraper le choléra, le typhus, la typhoïde...

— Je le sais.

— Un de ces jours, vous pourrez partir pour Bombay. Vous feriez aussi bien, en attendant, de retourner à la Mission.

— Je n'y songe pas ! Je désire me rendre utile, rester ici jusqu'à ce qu'il n'y ait plus rien à faire. »

Elle dit cela avec une conviction telle qu'un instant Miss Mac Daid resta interloquée. Elle ne s'attendait pas à trouver tant de fermeté chez cette jeune fille qu'elle avait jugée futile et sotte.

« Pourquoi ? » lui demanda-t-elle à brûle-pourpoint.

Mais Fern était sur ses gardes.

« Je ne sais pas, se borna-t-elle à répondre. J'ai envie de rester. »

Miss Mac Daid commençait à être intéressée : « Et si elle prenait goût au travail et se montrait capable... songeait-elle. Peut-être que plus tard... »

« J'ai de la besogne pour vous, dit-elle. Savez-vous nettoyer une maison ?

— Oui.

— Proprement ? J'entends, nettoyer à fond, désinfecter, veiller à ce que tout soit immaculé ?

— Oui », dit Fern.

Ce n'était pas absolument exact. Sa mère avait toujours été une mauvaise maîtresse de maison, et tout ce qu'elle avait enseigné à ses filles était de se chercher des maris.

Miss Mac Daid, songeant à Mrs. Simon, restait sceptique.

« Une propreté d'hôpital ? reprit-elle.

— Oui, je saurai le faire.

— Je confie à Harry Bauer l'administration du lazaret installé à l'École de Musique. Vous pourriez vous charger des nettoyages et de la tenue du bâtiment. Vous aurez à vos ordres une demi-douzaine de Balayeuses, si toutefois elles ne s'enfuient pas. Parlez-vous le gujerati ?

— Quelques mots. Je pourrais l'apprendre. Pour le moment, si elles ne me comprennent pas, je n'aurai qu'à leur montrer.

— C'est regrettable que vous ne le sachiez pas. Vous avez pourtant passé toute votre vie ici ? »

Fern resta silencieuse. Il n'y avait rien à répondre. Le souvenir de Blythe Summerfield « Perle d'Orient » l'effleura, et son visage s'empourpra lentement.

« Je vais faire un saut à l'École de Musique avec vous, pour vous montrer comment vous devez vous y prendre, dit Miss Mac Daid. Vous feriez mieux d'emporter vos effets. Dorénavant, vous habiterez là-bas. » Elle posa un regard aigu sur la jeune fille.

« C'est une grande marque de confiance que je vous donne là, ajouta-t-elle.

— Oui, je m'en rends compte », répondit Fern.

« Permettez-moi de rester ici jusqu'à ce qu'il se réveille ! aurait-elle voulu crier. Il faut que je lui parle, qu'il me revienne, que je le sauve ! »

Mais elle savait que Miss Mac Daid jugerait mal sa requête.

Aussi, quittant Miss Mac Daid, elle se rendit vivement dans sa chambre. Ransome n'avait pas bougé ; un de ses bras était replié sous sa tête. Sa pâleur l'effraya. « Peut-être ne le reverrai-je jamais ! songea-t-elle, prise de panique. Si l'un de nous deux mourait ! » Le choléra pouvait la frapper et elle s'écroulerait subitement, n'importe où. Mais son attitude mélodramatique lui fit honte et elle se mit à rassembler les quelques objets qu'elle avait emportés avec elle : ses shorts, sa chemise de tennis, un uniforme d'infirmière, un bout de bougie, une douzaine d'allumettes humides, la brosse à dents donnée par Miss Mac Daid, le rouleau de gaze dont elle se servait pour se laver et se désinfecter. Enfin, elle alla prendre sur le rayon au-dessus du lit de Lady Esketh le morceau de miroir et, le frappant contre le montant de la fenêtre, elle le cassa en deux. « Il faudra que cela lui suffise ! » se dit-elle en replaçant le plus gros fragment sur la planchette.

Malgré son espoir, le bruit de verre brisé ne réveilla pas Ransome. Il gisait là, à demi mort, respirant lentement, lourdement. « Quand il ouvrira les yeux, c'est elle qu'il verra, et non pas moi ! » songea-t-elle, amère. Lady Esketh qui le replongerait dans son ancien moi, le lui enlèverait pour le ramener dans ce monde lointain, étranger, qu'elle ne connaissait pas et où elle ne pénétrerait jamais.

L'envie de pleurer la saisit, mais elle refoula ses larmes et, se penchant sur lui, elle l'embrassa au front. Le contact de ses lèvres n'eut pas plus d'effet que le bruit du miroir. Ransome ne se réveilla pas. Alors, emportant ses biens, elle alla rejoindre Miss Mac Daid. « Me voilà, dit-elle. Je suis prête. »

Elles se mirent en route. L'après-midi touchait à sa fin. Tout à l'heure, il ferait nuit. Elles passèrent près du Grand Réservoir à demi écroulé. Sur les larges marches menant à l'eau, des femmes de la basse caste ramassaient leur lessive. Les chauves-souris géantes de la cité morte d'El-Kautara avaient reparu et voletaient en cercles au-dessus du bassin ; mais l'École de Musique était silencieuse, et aucune lumière ne brillait plus sur la place du cinéma. Dans le fugitif crépuscule, tout avait la tranquillité de la mort.

Elles se taisaient toutes deux. Fern devait accélérer sa marche pour ne pas se laisser distancer par l'infatigable Écossaise. Mais, comme elles atteignaient l'extrémité du Réservoir, une pensée la frappa : elle avait cassé une glace ; c'était signe de malheur. En vain, elle se dit qu'elle l'avait brisée délibérément et que cela annihilait la malédiction. L'inquiétude la gagnait. « Peut-être cela ne fera-t-il que la rendre pire ! » songea-t-elle. Le morceau de miroir semblait lui brûler les mains. Ralentissant le pas, elle s'assura que Miss Mac Daid ne la regardait pas et lança le débris dans le réservoir. « Il faut jeter les morceaux de miroir cassé dans de l'eau », avait-elle entendu dire quelque part.

Dans le silence, la chute du bout de verre résonna faiblement. Miss Mac Daid se retourna : « Qu'est-ce que c'est ? demanda-t-elle.

— Je ne sais pas, répondit Fern. Peut-être un poisson. »

Pendant quelques heures, Ransome dormit d'un sommeil de mort. Puis, par vagues successives, il revint à un état de demi-conscience, hanté par des rêves atroces où il se débattait comme un homme en proie au délire. Une moitié de son esprit le harcelait, criant : « Réveille toi ! Tu as une tâche à accomplir ! On a besoin de toi ! » L'autre moitié cherchait à le replonger dans le puits d'oubli d'où il émergeait, dans la paix et le néant. Le combat se compliquait de visions étranges, de cauchemars où s'enchevêtraient et grouillaient Shiva, son « dingus », des cadavres, la peste et la mort. Esketh lui-même apparut un instant, enveloppé des draps roses de sa femme, dont le monogramme, emmêlé de symboles de Shiva, lui barrait l'estomac.

Enfin, l'esprit conscient l'emporta et il se réveilla, ahuri. La nuit était tombée. Dehors, l'horrible averse continuait. A la pâle lueur d'un bout de chandelle posé près du morceau de miroir, il devina Miss Hodge et Edwina. Edwina manipulait ses cheveux de façon étrange. Peu à peu il comprit ce qu'elle faisait. Étendu, baigné de sueur, il l'observait à travers ses paupières mi-closes, fasciné par la précision et l'adresse de ses gestes. Déchirant de petits morceaux du *Times* des Indes posé sur son lit, elle les tordait vivement, puis y enroulait l'une après l'autre ses mèches blondes et courtes. Après quoi, elle fixait le tout avec une épingle. « Au nom du ciel, où a-t-elle été dénicher des épingles à cheveux ! songea-t-il. Serait-ce chez Miss Mac Daid ? Dans ce cas, elles doivent s'entendre mieux que je ne le pensais... mais ce n'est pas pour moi qu'elle se donne toute cette peine ! » A chaque nouvelle papillote, la tête d'ordinaire si lisse, si brillante, si parfaite, devenait plus grotesque, semblable à celle d'une femme de ménage, le samedi soir. Probablement avait-elle appris le truc, jadis, quand le prix des bigoudis métalliques était encore trop élevé pour le maigre budget de son père. A ce moment, pour la première fois, il réalisa que la mort d'Esketh faisait d'elle une des femmes les plus riches du monde.

A la clarté de la bougie, il apercevait son image dans la glace ternie. Son visage était las, des cercles bleuâtres marquaient sa peau délicate sous les yeux. Elle travaillait avec une concentration extraordinaire, la tête penchée en avant, de façon à se voir entièrement dans le miroir.

En face d'elle, assise sur le bord du lit, les mains croisées sur ses genoux, Miss Hodge fixait l'espace avec une expression d'extase béate. Il y avait dans cette petite scène quelque chose de presque familial. « Peut-être vaut-il mieux qu'elle ait perdu la tête, se dit-il. Elle est heureuse, maintenant. » Mais comment pouvait-elle avoir oublié aussi radicalement Miss Dirks ? Et, tout en la regardant, il songeait : « Peut-être, pendant toutes ces années, a-t-elle été opprimée par son amie, a-t-elle dû dissimuler sa véritable nature ? Mais aussi, la vie était-elle possible auprès de la pauvre Miss Dirks, avec son visage de granit sur lequel semblait gravé en gros caractères : DEVOIR ! Il n'y avait qu'une alternative : être annihilée ou s'enfuir. A-t-elle jamais rêvé d'un autre genre d'existence ? »

Et, tandis qu'il l'observait, les lèvres de la vieille fille commencèrent à s'agiter et elle se mit à parler : « Et alors, murmurait-elle, l'évêque m'a dit : “Ma chère Miss Hodge, sans doute serez-vous décorée !” Et il a ajouté :

“Vous êtes une seconde Florence Nightingale !” Et je lui ai répondu : “Ce que j’ai fait pendant la catastrophe n’est rien en comparaison de ce qu’a accompli mon amie Edwina Esketh ! Je tenais la cuvette pendant qu’elle sortait pour vomir !” Alors la duchesse s’est approchée et m’a dit : “Vomir ! Oh, mon Dieu, cela me rappelle le temps où j’attendais Pénélope. C’est ma cadette !” Et je lui ai répondu : “Je connais ça ! Quand le Sikh m’a assaillie... contre ma volonté, Je vous assure... mais après, cela ne me dérangeait plus !” Et l’évêque dit : “Ma chère dame, par quelles expériences vous avez passé. Je ne manquerai pas d’en parler à l’archevêque qui, sans nul doute, en parlera au Roi. Assaillie par un Sikh ! Pouvez-vous imaginer cela, duchesse !” Et la duchesse a dit : “Eh bien ! Je l’ai dit au duc, il faut toujours prendre les choses comme elles viennent !” »

Puis Miss Hodge leva les yeux vers un être que seule elle pouvait voir et sourit. « N’est-ce pas remarquable de la part de la duchesse, Sara, de me mettre ainsi à l’aise ? » dit-elle.

Ransome l’écoutait stupéfait. Mais Miss Hodge se tut et se mit à contempler ses mains croisées, avec un sourire idiot : « Peut-être ignore-t-elle que Miss Dirks est morte, et son esprit se refuse-t-il à accepter la vérité ? » songea-t-il.

Edwina continuait à faire ses bigoudis. Pas une fois elle ne regarda Miss Hodge. « Suis-je aussi devenu fou ? se demanda Ransome. Suis-je le jouet de mon imagination ? Ce qu’il me faudrait, c’est un bon verre de brandy. Ça me remettrait d’aplomb ! Si j’avais bu, j’aurais mieux dormi. »

Edwina termina son travail et se retourna. D’un seul mouvement, il se redressa et s’assit sur le bord du lit.

« Eh bien ! » dit-il.

Edwina, comme si son apparence n’avait rien d’extraordinaire, lui demanda : « Aimeriez-vous boire ? Je sais où on a mis le cognac. Je pourrais aller en voler pour vous. Vous ne pouviez supprimer ainsi, brusquement, l’alcool, surtout quand vous aviez l’habitude de boire jusqu’à une bouteille et plus par jour. »

Une seconde, le corps de Ransome se révolta contre sa volonté, et il se mit à trembler.

« Non, dit-il, pourtant. Un verre ne suffirait pas. Ce serait pire que rien.

— Fern a cassé le miroir et en a emporté la moitié. C'est signe de malheur.

— Où est-elle ?

— A l'École de Musique, pour aider l'infirmier suisse.

— On n'aurait pas dû l'envoyer là-bas. C'est plein de cholériques.

— Elle voulait y aller. Il faut reconnaître qu'elle a du cran !

— Oui, j'ai découvert que beaucoup de personnes ont du cran quand il le faut. D'un geste, il désigna Miss Hodge : Avez-vous entendu ce qu'elle racontait ?

— Oui, elle parle ainsi une grande partie du temps.

— Croit-elle que Miss Dirks vit encore ? »

Edwina secoua la tête. Mais le nom de son amie avait pénétré à travers la rêverie de Miss Hodge.

« Miss Dirks ? dit-elle en levant les yeux. Elle est allée à l'École pour s'occuper des livres qui viennent d'arriver d'Angleterre. Elle ne tardera pas à rentrer. On peut toujours compter sur elle. Puis, reconnaissant Ransome, elle ajouta : Nous avons été très désolées pour votre thé de vendredi, mais Lady Esketh s'était annoncée... Vous comprenez, c'est une de mes grandes amies. Je ne pouvais la décommander.

— Cela n'a pas d'importance, répondit Ransome. Nous remettrons ça à un autre jour. La semaine prochaine, peut-être ? »

Alors, avec le sourire d'une maîtresse de maison qui a réussi à arranger ses rendez-vous, Miss Hodge retourna à sa rêverie.

« Avez-vous un peigne ? demanda Ransome à Edwina. J'ai l'impression d'être hirsute.

— Vous l'êtes ! répondit Edwina en lui tendant le fragment de peigne posé à côté du miroir.

— L'avion doit revenir demain ou après-demain, reprit Ransome en se coiffant. Avez-vous décidé ce que vous alliez faire ? »

Son image dans le miroir le choqua : ses yeux étaient deux fois plus grands que d'habitude et son teint terreux.

« Je reste ! répondit Edwina en souriant. Ça commence à aller... Miss Mac Daid elle-même devient plus humaine. Elle m'a prêté des épingles à cheveux... Puis, après une seconde de réflexion, elle ajouta : Pourquoi me hait-elle ainsi ?

— D'abord, elle a horreur de tout ce que vous représentez. Quant au reste vous le devinez...

— Peut-être, mais c'est injustifié. Pas une fois, je ne l'ai ennuyé. Je ne l'ai même pas vu !

— Cela vaut mieux ! Elle a un grand faible pour lui. Il reposa le peigne et arrangea son veston comme s'il se rendait à un dîner : Et maintenant, il faut que je vous quitte.

— Où allez-vous ?

— Quelle heure est-il ?

— Je ne sais pas au juste ; environ neuf heures.

— Je vais voir la Maharani et, en passant, je m'arrêterai à l'École de Musique. »

Il y eut un silence.

« La nuit dernière, je n'ai pas pu dormir et une idée m'est venue, dit-elle avec une expression songeuse.

— Laquelle ?

— Si vous m'épousiez ? »

Il sourit.

« Oui, ce serait une solution. J'y ai déjà pensé une fois ou deux.

— Je suis très riche maintenant.

— Et s'il avait légué son argent à d'autres ?

— Non, j'ai vu son testament ; il est à la Mission. Je disposerai en tout cas de deux millions de livres.

— Et alors ?

— Oui. C'est la question. Je ne saurai jamais qu'en faire.

— Je réfléchirai à votre proposition.

— Ce ne serait pas si absurde... mais peut-être auriez-vous peur que je ne me conduise pas comme il faut ?

— Cette crainte serait naturelle.

— Eh bien, je vous garantis que vous n'auriez rien à me reprocher. Du moins, je le crois.

— Moi aussi, j'ai réfléchi à tout cela. »

Elle semblait le scruter. « Elle pense à Fern », songea-t-il.

« En tout cas, nous pourrons décider cela plus tard, lorsque la situation sera un peu plus claire. Ce n'est plus comme si nous avions vingt ans et que nous ne puissions attendre pour coucher ensemble. »

Elle eut un triste sourire.

« Non, dit-elle. En effet, ce n'est plus le cas. »

Puis il la quitta, lui promettant de revenir dès qu'il le pourrait.

Après son départ, Edwina dut insister pour que Miss Hodge se déshabillât. Elle avait décidé de ne pas se coucher avant le retour de Miss Dirks.

« Je l'attends toujours, dit-elle. C'est notre habitude.

— Elle comprendra que vous soyez fatiguée après tout le travail que vous avez fait aujourd'hui, et elle m'en voudra si je vous laisse veiller.

— Soit, répondit Miss Hodge. Je serais désolée qu'elle s'en prît à vous. Elle est terrible quand elle se met en colère. » Lentement, elle déboutonna son uniforme bleu. « Elle s'est fâchée contre moi au sujet du thé de vendredi. Savez-vous ce qu'elle m'a dit ?

— Non, quoi ?

— Elle m'a traitée de basse flagorneuse ! Et tout ça à cause de vous. »

Elle continuait à parler, intarissable, contant des épisodes de sa vie et de celle de Sara Dirks. Même après qu'Edwina eut éteint le précieux bout de chandelle et se fut étendue sur son lit, elle ne s'arrêta pas : récit banal, accumulation de détails insignifiants, de mesquines querelles, d'incidents vulgaires. Puis, dans le bercement monotone de la mousson, se reconstitua lentement le drame de Heathedge School : jalousie des autres professeurs, commérages, scènes, désespoirs. Près de trente ans plus tard, elle ne comprenait pas encore ce qui s'était passé, ni pourquoi on leur avait demandé de partir. Simplement, elle avait suivi Miss Dirks ici, à Ranchipur, aux confins du monde.

Trop fatiguée pour dormir, Edwina se mit à l'écouter. Il lui semblait entendre non pas le récit d'une pauvre folle sur la méchanceté d'une douzaine de maîtresses d'école non conformistes, mûrissantes, aux instincts refoulés et pervertis, mais l'histoire de quelque traitement barbare, cruel, infligé par des enfants, dans une cour d'école. Et une sorte de stupeur la gagnait.

« Est-ce que vous comprenez ce que nous avons fait de mal ? demanda soudain Miss Hodge d'une voix de petite fille. Pourquoi nous ont-elles renvoyées ? Sara ne voulait pas en parler. Elle prétendait que je ne saisirais pas.

— Oui, je vois à peu près, répondit Edwina de son lit. Ces femmes étaient méchantes et vous ont persécutées. Mais ce n'était pas leur faute. Elles menaient une existence trop mesquine, trop médiocre, et de soi-disant chrétiens leur avaient enseigné le mal. Miss Dirks a eu parfaitement raison de s'en aller et de venir ici.

— Oh ! j'en suis certaine, Sara a toujours raison. Mais elle est terriblement fière — trop parfois, à mon avis. Quand elle rentrera, je lui en reparlerai. Ça ne peut plus lui faire de peine, maintenant.

— Le mieux, pour le moment, c'est de dormir, dit Edwina. Quand elle reviendra, je vous réveillerai et vous pourrez causer.

— Vous me le promettez ?

— Oui. »

Miss Hodge se tut et bientôt Edwina entendit le bruit régulier de sa respiration. Mais elle-même n'avait plus sommeil. Elle pensait à Miss Dirks. Le pauvre récit de Miss Hodge semblait l'avoir, un instant, ressuscitée des morts. Edwina la voyait, presque comme si elle vivait encore : rébarbative, esclave du devoir, intérieurement sentimentale, secourable à la souffrance des autres, sans ostentation, inconsciente de son martyre parce qu'elle était née ainsi. Edwina comprenait aussi son long exil volontaire, sa nostalgie de la verte Angleterre, sa fierté, qui l'avait empêchée de se défendre contre la mesquinerie et la perfide malveillance du petit groupe de maîtresses de Heathedge School.

Elle s'apitoyait sur les deux vieilles filles, sur la morne tristesse de leur vie, et s'étonnait de leur dévouement ; mais, ce qui la frappait surtout, c'était l'horreur, l'étroitesse de certaines existences. Elle-même n'avait jamais connu que la liberté, la lumière ; elle avait tout reçu, et était restée indemne du fallacieux enseignement des prêtres ou des évangélistes. Ils ne l'avaient pas touchée, ils n'en avaient pas eu le pouvoir. Mais ils avaient faussé la vie de la pauvre Miss Hodge, de la malheureuse Miss Dirks et celle des tristes vierges stériles, professant à Heathedge School, qui fuyaient les hommes, n'avaient jamais roulé derrière une haie, au clair de lune, dans les bras de quelque solide garçon, n'avaient jamais été ce que Dieu voulait qu'elles fussent : des femmes aimantes et aimées.

« Non, se dit-elle, même ma vie de dissipation est plus normale, est préférable à cela ! Shiva et son “dingus”, eux-mêmes, valent mieux que la chasteté et la stérilité de l'Église chrétienne. »

L'histoire de Miss Hodge l'écœurait vaguement. La seule consolation était que Miss Hodge n'en souffrait plus. La pauvre vieille folle était heureuse maintenant. Il fallait qu'elle le restât, même si elle, Edwina, devait s'occuper d'elle indéfiniment, la garder auprès d'elle jusqu'à la fin de ses jours.

Quand il passa devant le bureau du Major, Ransome aperçut un rai de lumière qui filtrait par la porte. Poussant le battant, il l'entrouvrit pour dire bonsoir à son ami. Mais celui-ci, heureux de le voir, le retint. Il avait l'air satisfait et étonnamment dispos pour un homme qui travaillait sans relâche depuis plusieurs jours.

« Asseyez-vous donc et causons », dit-il.

Ransome prit une chaise.

« Ne voulez-vous pas boire quelque chose ? J'ai ce qu'il faut... c'est du reste votre cognac !

— Merci. Je préfère m'abstenir.

— Ne faites pas l'idiot. Je sais ce que vous devez éprouver à être ainsi brusquement privé d'alcool. Regardez, vous êtes en train de trembler !

— Je n'en ai pas besoin... Je n'en veux pas.

— Soit. Mais si vous vous ravisez vous n'aurez qu'à le dire.

— Entendu. »

Depuis vingt-quatre heures, Ransome se rendait compte à quel point son goût pour la boisson était invétéré — et il en avait honte. Il était un véritable ivrogne, et tous le savaient, tous en riaient : le Major, Miss Mac Daid, Rashid, les Smiley, Fern. Mais, comme ils avaient de l'amitié pour lui, ils s'étaient montrés généreux et ne lui avaient pas tenu rigueur de ses propos acerbes ou désagréables. « La seule façon de me guérir, c'est d'arrêter ainsi, totalement, se dit-il. Dieu, ou quelque bon génie, m'en a offert l'occasion. C'est à moi d'en profiter. »

« Les choses vont mieux, dit le Major.

— De quelle façon ?

— L'organisation s'est révélée efficace. Chacun a rempli sa tâche. Tous, jusqu'aux derniers des Sikhs et des agents de police, ont travaillé la main dans la main. Je ne croyais pas que ce fût possible.

— Et le choléra ?

— Il continuera jusqu'à ce qu'il s'épuise de lui-même. Tout ce que nous pouvons faire, c'est d'essayer d'éviter qu'il se propage. Mais là n'est pas la chose la plus importante. L'essentiel, c'est l'esprit. Il donna une petite tape sur le genou tremblant de Ransome. Oui, l'esprit ! Le nouvel esprit ! Il commence à se manifester... Vous rendez-vous compte de ce qui est en train de se passer ? Comprenez-vous que Musulmans, Hindous, Européens, Maharattes, Sikhs, Gujeratis, Balayeurs travaillent ensemble, collaborent en ce moment pour le bien commun ?

— C'est exact. Je n'y avais pas songé.

— Si vous étiez Indien, vous réaliseriez ce que cela signifie, ce qu'il a fallu vaincre pour en arriver là ! Vous n'imaginez pas ce qu'un pareil désastre aurait pu être il y a vingt-cinq ans. Ce sont les Bannerjee, les Bunyas, les prêtres qui l'auraient emporté. La victoire d'aujourd'hui nous la devons essentiellement au vieux Maharajah, et à la lutte qu'il a menée pendant cinquante ans. »

Il continuait à parler avec une sorte de passion heureuse : les puits étaient scellés ; le ravitaillement assuré ; les troupes ne laissaient passer aucun fuyard. Et déjà, sous la mousson, à la clarté de grands feux, des hommes travaillaient à la réparation de la voie ferrée.

Puis Miss Mac Daid entra. Sur son visage chevalin, fatigué, Ransome découvrit la même lueur de victoire, et il en fut profondément ému. « Ils l'ont bien mérité ! » songea-t-il.

L'Orient, cet Orient qu'elle aimait tant, était en train de ressusciter ! C'était un fait. Et, tous deux, ils avaient collaboré à cette œuvre. Nul ne pourrait plus dire que les Indiens étaient incapables de se tenir entre eux, et que, victimes de la panique, ils ne savaient faire face au danger ! Ransome, à ce moment, sentit qu'il devait les laisser ensemble. C'était leur victoire, et non la sienne. Pourtant, la même joie qui l'avait saisi deux jours auparavant, lorsque le Major lui avait pressé la main au conseil de la Maharani, le traversa.

« Ce n'est pas encore la fin, remarqua l'Écossaise d'un ton positif. Ça ne fait que commencer. »

Ransome se leva.

« Avez-vous vu Lady Esketh ? lui demanda le Major.

— Oui.

— Que compte-t-elle faire ?

— Elle est décidée à rester. »

Le Major le regarda et, un instant, hésita. Ce fut Miss Mac Daid qui parla.

« Pourquoi veut-elle rester ? demanda-t-elle. Quelle est sa vraie raison ? »

Une seconde, Ransome réfléchit.

« Je ne sais réellement pas », répondit-il.

Plusieurs raisons se présentaient à son esprit, et, parmi elles, l'espoir d'Edwina de séduire le Major. Mais, de cela même, il n'était plus certain.

« Non, je ne sais vraiment pas, répéta-t-il. C'est une femme très extraordinaire. Mais, dites-moi, se rend-elle utile ?

— Oui, il faut le reconnaître, répliqua Miss Mac Daid. Elle n'est pas du tout sotte.

— Elle ne l'a jamais été. »

Il les quitta et s'éloigna sous la pluie. Un sentiment de solitude l'étreignait. La pensée du Major, de Miss Mac Daid et de leur commune satisfaction, là-bas, derrière lui, dans le petit bureau de l'Hôpital, le remplissait d'une indéfinissable envie.

A deux reprises, il fut arrêté par de grands Sikhs qui gardaient les puits et, chaque fois, quand ils le reconnurent, ils lui présentèrent les armes comme s'il était un fonctionnaire important. A mi-chemin de l'École de Musique, la brise chaude qui soufflait depuis un moment lui apporta l'odeur douceâtre et nauséabonde du choléra. Il ne la connaissait pas encore, mais elle lui parut plus horrible même que celle des chairs carbonisées. C'était une odeur de vie dans la mort. A l'extrémité du grand Réservoir, il rencontra une troupe de Balayeurs emportant, de l'École de Musique, des cadavres qu'ils empilaient, à la clarté de la lune, sur un grand bûcher près du temple de Rama. Détournant la tête, il hâta le pas et pénétra sous la voûte fissurée du lazaret improvisé.

Les corridors étaient obscurs, silencieux, imprégnés de l'odeur fétide du choléra. Près de la porte, une rangée de morts étaient alignés, prêts à être emportés. Prêtres, *mullahs* et parents ne protestaient plus contre l'incinération. La crise les dépassait.

Et, tandis qu'il longeait le couloir conduisant au petit théâtre où Jemnaz Singh, dans son *atchkan* pourpre, rose pâle et vert vénéneux, avait chanté pour lui, il s'étonna que le Major et Miss Mac Daid pussent éprouver un pareil sentiment de triomphe quand il n'y avait autour de lui que morts et agonisants. Puis il comprit que pour eux ces cadavres ne signifiaient rien. Seul l'esprit de ces gens importait. C'était par l'esprit que les Indes, que l'Orient seraient sauvés.

Enfin, il aperçut une faible lueur et, poussant la porte d'où elle filtrait, il se trouva en face de Harry Bauer. L'ancien professeur de natation avait pris ses quartiers dans cette petite pièce et s'y était installé un lit avec deux bancs de l'École. Vêtu de blanc, avec son teint pâle, ses yeux bleus, ses cheveux blonds, il formait un contraste presque choquant avec les ténèbres, la misère, la saleté environnantes. À la lueur tamisée de la bougie, il apparaissait incroyablement net, jeune et pur. « Telle la victime préparée pour le sacrifice ! » songea Ransome.

« Entrez, je vous prie », dit Bauer.

Ransome avait aperçu l'infirmier de loin, mais ne lui avait jamais parlé. Le Suisse sortit de sa poche un paquet de cigarettes.

« Fumez-vous ? » demanda-t-il.

Après la boisson, c'était ce que Ransome souhaitait le plus.

« Vous avez de la chance d'en avoir ! remarqua-t-il.

— J'en ai une quantité. Si ce paquet peut vous faire plaisir... »

De dessous le lit de fortune, il tira un carton contenant de quoi se raser, une brosse à dents, une serviette, un jeu de cartes, un manuel de culture physique et une douzaine de paquets de cigarettes bon marché.

« Qu'avez-vous comme médicaments ? demanda Ransome.

Bauer sourit.

« Nous n'avons rien...

— L'avion est censé en apporter demain. Je tâcherai de vous faire avoir ce qu'il faut.

— Pour le choléra, ce n'est pas très nécessaire... on ne peut rien.

— C'est vrai... »

Une panique soudaine saisit Ransome à la pensée de Fern. Il n'osait demander à Bauer où elle se trouvait. Peut-être, foudroyée par le choléra, était-elle morte. Il se mit à trembler.

« Avez-vous de la fièvre ? demanda Harry Bauer.

— Non. Ce n'est rien.

— Voulez-vous un “gin and tonic” ? Cela vous fera du bien.

— Non, dit Ransome avec un violent effort. Ça va passer. Puis, vivement, il ajouta : Où est Miss Simon ?

— Vous la trouverez au bout du corridor. Elle est de garde en ce moment.

— Je vais aller la voir, dit Ransome. Merci pour les cigarettes et pour votre gentille proposition.

— De rien », répondit Harry Bauer.

Ransome suivit le vestibule. « Ce Suisse sait s'arranger ! » songea-t-il. Mieux que tous, il semblait installé, avec ses cigarettes, son « gin and tonic », ses livres et ses cartes à jouer. Il ne le voyait plus comme une malheureuse victime destinée au sacrifice, mais comme un sage et robuste paysan sachant veiller à son bien-être.

Au milieu du vestibule, Ransome dut se ranger pour laisser passer des coolies emportant le cadavre d'une femme. L'horrible odeur le pénétrait maintenant jusqu'à la moelle. Incapable de résister plus longtemps, il s'appuya au mur et vomit. Enfin, se sentant mieux, il se rendit chez Fern. Il la trouva assise, le dos droit, sur un lit fait de deux bancs. Elle avait le visage fatigué et, quand elle le vit, elle se mit à pleurer, silencieusement, avec de grosses larmes roulant le long de ses joues. Il s'assit à côté d'elle, passa un bras autour d'elle et l'attira contre lui.

« Pleurez, dit-il. Cela vous fera du bien.

— Je n'ai pas peur, sanglotait-elle. Mais c'est si affreux, si affreux de ne rien pouvoir faire. Ils ne cessent pas de mourir. Tout m'est égal, le travail, l'odeur, la saleté. Mais pas cela ! Vraiment, je n'ai pas peur. »

Il pressa sa joue contre la sienne, songeant : « Non, il ne faut pas que je l'abandonne... jamais. »

« Vous êtes une fille épatante, dit-il. Mais votre place n'est pas ici. Vous devriez retourner à la Mission.

— Non. Je ne peux pas ! Je ne veux pas ! Je ne pourrais pas rester là-bas à ne rien faire ! »

Elle avait cessé de pleurer et reposait dans ses bras, parfaitement tranquille, comme une enfant. « Ça va mieux maintenant, reprit-elle. Je me sentais un peu seule. C'est si bon de vous avoir ici un moment. Puis, après un instant de silence, d'une voix basse et douce, elle ajouta : Ne me quittez pas, Tom, ne partez pas, ne m'abandonnez pas !

— Je resterai auprès de vous aussi longtemps que possible, ma chérie.

— Non, ce n'est pas ce que j'entends... Ne vous éloignez pas de moi, comme vous l'avez fait hier. »

Il devinait ce qu'elle voulait dire et l'effort qu'elle devait faire pour s'exprimer, mais il resta silencieux.

« Je peux supporter n'importe quoi, si vous ne faites pas cela. »

Elle cherchait ses mots, n'étant pas experte à s'extérioriser.

« Je sais, je sais, dit-il pour l'aider. Je ne vous quitterai plus.

— Vous promettez ?

— Je vous le promets. »

Et alors elle sut qu'il lui était revenu, qu'il était avec elle comme il l'avait été dans la maison des Bannerjee et jusqu'au moment de son départ de la Mission. « Maintenant, je peux lui parler, songea-t-elle, et, s'asseyant, elle demanda : Comment va Lady Esketh ?

— Bien. Je viens de la voir.

— Elle m'est sympathique, vous savez ! Oui, elle m'est très sympathique.

— Je pensais bien que vous vous comprendriez. »

A ce moment la frêle silhouette de Mr. Smiley parut dans l'encadrement de la porte. Une demi-douzaine de garçons intouchables se devinaient dans l'ombre derrière lui.

« Bonsoir, Smiley, dit Ransome. Entrez.

— J'amène du renfort pour Fern, dit-il. Voilà six de mes garçons. Je vous les laisse; vous les emploierez comme bon vous semblera. »

Fern se leva, transformée.

« Merci, Mr. Smiley, dit-elle. Ils nous seront très utiles. Mais vous savez comme le choléra est répugnant. Peut-être ne voudront-ils pas faire ce qui doit être fait ?

— Si, si. Ce sont des fils de Balayeurs, répondit

Mr. Smiley. Puis, s'adressant aux jeunes gens, il ajouta : Entrez. »

Les garçons s'alignèrent dans la pièce, vaguement intimidés, leurs grands yeux noirs fixés droit devant eux.

« Vous ferez tout ce que la Memsahib vous demandera, poursuivit Mr. Smiley. Chacun de nous doit faire son possible pour aider à nettoyer la ville. La Memsahib Smiley et moi avons confiance en vous.

— Oui, Mr. Smiley, répondit un des garçons, tandis que les cinq autres inclinaient la tête.

— Je reviendrai demain, dit Mr. Smiley. Puis, se tournant vers Fern et Ransome, il ajouta : Bonsoir. Il faut que j'aille chercher un sac de riz chez Rashid et que je retourne à l'Orphelinat. »

Il partit vivement, comme un fantôme, si pâle, si maigre, si fatigué.

« Il faut que je retourne là-bas, dit Ransome. Je reviendrai demain, dès que j'aurai un moment. »

Il aurait voulu la prendre dans ses bras et l'embrasser, mais c'était impossible devant les six garçons qui les regardaient de leurs grands yeux effarouchés. Il se borna à lui presser la main et, à voix basse, lui dit : « Je ne vous quitterai plus. Je vous le promets. »

Dehors, le bûcher flambait et, à sa clarté, Ransome reconnut la silhouette mince et droite et la barbe noire du colonel Ranjit Singh en conversation avec la sentinelle sikh.

Ransome le rejoignit.

« Le pire est passé, je crois, remarqua l'officier. Puis, jetant un regard au ciel de cobalt, il ajouta : Il commence à faire plus frais. Peut-être cette sacrée pluie va-t-elle s'arrêter pendant quelque temps.

— Je vais chez la Maharani. Et vous ?

— Moi aussi, attendez-moi. Nous ferons route ensemble. »

S'étant assuré que le bûcher brûlait comme il fallait, le colonel partit avec Ransome. Comme ils approchaient du Réservoir, Ransome remarqua une ombre qui se glissait d'un poivrier à l'autre, le long de l'eau. L'ayant observée un instant, il vit que c'était une femme vêtue à l'européenne.

« Regardez ! dit-il à voix basse, en la désignant au colonel. Qui donc cela peut-il être ? »

Ranjit Singh s'arrêta et suivit des yeux la silhouette. Elle passait avec précaution d'un arbre à l'autre, puis, comme elle approchait du bûcher, elle traversa en courant l'espace découvert et s'engouffra sous le porche de l'École de Musique.

« C'est la Russe ! dit Ranjit Singh d'un ton brusque.

— Que va-t-elle faire dans ce lieu pestiféré ?

— L'infirmier de Son Altesse, le Suisse, est là-bas », répondit Ranjit Singh avec une nuance de gaieté dans la voix. « Oh, songea Ransome. C'est donc ça ! » Probablement tous les Hindous de Ranchipur étaient-ils au courant de la chose.

Un moment, ils marchèrent en silence.

« Mieux vaut n'en pas parler à Son Altesse, dit alors Ransome.

— Non. Certainement. »

Le souvenir de Harry Bauer, blanc, net, éclairé par la flamme de la bougie, passa dans l'esprit de Ransome. Mais quelque chose de corrompu émanait de la silhouette de Maria Lishinskaia, se glissant d'arbre en arbre, ombre parmi les ombres, à la lueur du bûcher funèbre.

Après le départ de Ransome, Miss Mac Daid et le Major se mirent au travail pour organiser le ravitaillement et établir la liste de ce que l'avion devait leur rapporter de Bombay à son prochain voyage. Alors, peu à peu, le sentiment de victoire les abandonna pour faire place à l'angoisse et au désespoir. Pour la première fois depuis le désastre, ils avaient le temps de penser. Ayant passé en revue leurs réserves de médicaments, ils s'apercevaient qu'il ne leur en restait presque plus et qu'il était impossible d'appliquer le traitement indiqué à chaque cas de choléra, de typhoïde ou de petite vérole.

« Il faut que le docteur Pindar se repose, dit soudain le Major. Il s'est évanoui cet après-midi à l'École de Musique. »

Il ne restait plus de bicarbonate de soude, plus de chlorure de chaux, à peine une centaine de pastilles de permanganate (la dose d'un seul malade, pour quarante-huit heures), plus de kaolin, ni d'aspirine, ni même de comprimés de chlore pour les puits infectés. L'avion apporterait un peu de tout cela. Mais qu'était-ce en comparaison de ce dont on avait besoin ? Même s'il revenait avec des médicaments en suffisance, ils n'étaient que trois à savoir les administrer : le Major, Miss Mac Daid et le docteur Pindar !

« Il faudra que demain nous apprenions à Fern Simon, à Lady Esketh, à Mrs. Gupta et à Bauer à appliquer les traitements nécessaires. Je crains que Miss Hodge ne soit inutilisable », dit le Major.

Mais ce n'étaient que des moyens infimes en face du nombre de gens déjà malades. Le seul espoir était d'empêcher l'épidémie de se propager. Et c'était l'affaire de Ransome, de Rashid, du colonel Ranjit Singh. Eux-mêmes, Miss Mac Daid et lui, n'en avaient pas le temps.

Par bonheur, aucun nouveau cas de peste ne s'était déclaré depuis la mort d'Esketh et celle des garçons des écuries royales. Était-ce parce que l'inondation avait noyé tous les rats ?

Penchés sur la feuille de papier, ils n'osaient se regarder, de peur de trahir la terreur qui les gagnait, non pas l'épouvante naturelle, primitive, provoquée par la catastrophe, mais une terreur insidieuse, irrépressible que Miss Mac Daid n'avait plus éprouvée depuis la dernière épidémie de choléra dont était morte sa pauvre compagne, Miss Eldrige. Ce qu'ils avaient à combattre était perfide, horrible, plus fort qu'eux-mêmes, que leur admirable hôpital ou que l'organisation qu'ils avaient échafaudée. Cela rampait par derrière, attaquait sournoisement, à l'improviste, et frappait partout.

« Son Altesse aurait dû partir avec l'avion, remarqua Miss Mac Daid.

— Elle n'y songe pas ! Quand je lui ai touché un mot, elle s'est presque fâchée contre moi. “Ce sont mes sujets, et ma place est ici !” m'a-t-elle dit d'un ton sans réplique.

— Peut-être le Gouvernement des Indes enverra-t-il d'autres avions et des médicaments en suffisance.

— C'est probable. Rashid prétend que la voie du chemin de fer sera rétablie d'ici deux ou trois jours. Le Major ouvrit un tiroir et y enferma ses dossiers. Et maintenant, vous feriez mieux d'aller dormir... Qui est de garde en ce moment ?

— Lady Esketh, répondit-elle sans le regarder.

— Je vais aller faire une ronde et m'assurer que tout va bien », dit-il.

Une seconde, elle fut sur le point de parler, mais, se ravisant, elle rassembla ses papiers et se leva.

« Quand reviendra l'avion, croyez-vous ? demanda-t-elle.

— Guère avant midi. Ils ne peuvent se risquer de nuit, pendant la mousson.

— Avez-vous vu Homer Smiley ?

— Il est passé ici tout à l'heure. Les choses ont l'air d'aller à la Mission. Mais Mrs. Hoggett-Egburry a piqué une crise de nerfs en apprenant que le domestique de Lady Esketh partait avec l'avion, tandis qu'elle-même, épouse de l'administrateur de la Banque Impériale, restait ici ! Smiley espère pouvoir les expédier, elle et Mrs. Simon, le plus tôt possible à Bombay.

— Ce sera la meilleure solution pour tout le monde. »

Ce petit potin, refoulant pendant un instant dans l'ombre l'impression d'horreur et de peur, les avait soulagés.

La menace d'un échec ne les terrifiait plus. L'évocation de Mrs. Hoggett-Egburry et de Mrs. Simon avait ranimé leur humour.

« Celle que je plains, c'est tante Phœbe ! Dire qu'elle doit les supporter !

— Je vais aller réveiller Lady Esketh, dit Miss Mac Daid. C'est le tour de Mrs. Gupta d'aller se reposer. Si quoi que ce soit ne va pas, n'hésitez pas à m'appeler. »

Miss Mac Daid était heureuse non de ce bonheur triomphant remarqué par Ransome dans le bureau du

Major, mais avec calme, parce qu'il y avait du travail, infiniment de travail à accomplir, que le Major et elle en avaient toute la charge, et qu'elle savait qu'entre eux existait un lien, une intimité qu'ils ne partageaient avec personne. Même la pauvre, la fragile Natara Devi, avec sa petite *tonga* rouge aux gaies clochettes, silencieuses à jamais, n'avait possédé le Major comme elle, Miss Mac Daid, le possédait.

Natara Devi, songeait Miss Mac Daid avec une sorte de satisfaction austère, n'était qu'un corps, magnifiquement modelé, une machine, dont il usait pour son plaisir. Mais Natara Devi ne le connaissait pas. Et, tout en longeant le couloir obscur, elle se répétait que des femmes telles que Natara Devi et Lady Esketh ne comptaient pas. Elles n'étaient que chair ; il n'y avait point d'esprit en elles. Ce n'étaient que des prostituées. Une épouse, c'eût été différent ; elle aurait pu connaître cette intimité qu'elle-même partageait avec lui. Cette pensée la consolait de son âge et de ne pas être belle comme Natara Devi ou Lady Esketh.

Pourtant, elle songeait : « Maintenant qu'elle doit se montrer telle qu'elle est, sans ses femmes de chambre, ses crèmes, ses toilettes, ses bijoux, il se rendra compte qu'elle est comme les autres, que sa beauté sortait de pots et de tubes d'onguents. Et, avec une sorte de ricanement intérieur, elle se dit : Déjà il ne la remarque plus ! Elle a fait son temps ! »

Mais la pauvre Miss Mac Daid, malgré son expérience de la souffrance, de la maladie, de la misère, connaissait fort mal le cœur humain. Jamais elle n'avait eu le loisir de lire des romans — trois ou quatre au plus, dans sa vie — mais, de nature romanesque, elle était incapable de prévoir les étranges contradictions de la réalité. Elle concevait l'amour à la façon d'un producteur de cinéma, comme une émotion réservée aux gens jeunes et beaux, et mise en valeur par des photographes de métier qui savaient tirer parti des plans et des profils. Aussi, tandis qu'elle se rendait chez Lady Esketh pour la réveiller, était-elle parvenue à se persuader que celle-ci ne représentait plus un danger. Une Lady Esketh au visage blême, aux cheveux plats, vieillie, vêtue en infirmière comme n'importe quelle fille intouchable, ne pouvait plus séduire un mâle tel que le Major. « Non, se répétait-elle, détendue. Elle est fichue ! Elle ne peut plus lui faire de mal ! »

Elle ouvrit la porte et, à la lueur du grand bûcher brûlant près de l'École de Musique, elle s'approcha du lit de Lady Esketh. Se penchant sur elle, elle la secoua. Lady Esketh se réveilla et s'assit.

« C'est le moment d'aller remplacer Mrs. Gupta, dit Miss Mac Daid. Je reviendrai vous relever à cinq heures. »

A la lueur rouge du bûcher, elle aperçut les papillotes qui hérissaient la tête de Lady Esketh, et leur vue lui fit l'effet d'un nuage noir dans un ciel serein.

« Vous feriez mieux d'enlever ces machins-là, dit-elle. Vous allez faire peur aux malades.

— Certainement », répondit Lady Esketh.

Pendant qu'elle ôtait ses bigoudis, Miss Mac Daid l'observait d'un air revêche, comme une maîtresse d'école, vaguement inquiète de voir qu'à mesure que disparaissaient les papillotes les cheveux blonds, au lieu de pendre en mèches plates, formaient de jolies vagues bouclées. L'effet devint plus alarmant encore lorsque Lady Esketh, ayant passé les doigts à travers ses cheveux, les laissa retomber en une sorte d'auréole dorée et brillante autour de son petit visage pâle. On eût dit qu'elle venait de jeter dix années loin d'elle.

Les plis amers reparurent aux coins de la bouche de Miss Mac Daid.

« Venez, dit-elle d'un ton sec. Il faut que la pauvre Mrs. Gupta puisse se reposer. Elle n'a pas beaucoup de résistance. »

Lady Esketh enfila le rude uniforme bleu et, tout en le boutonnant, suivit Miss Mac Daid.

Elles trouvèrent Mrs. Gupta dans la grande salle. Miss Mac Daid l'envoya dormir, puis, avec Lady Esketh, elle fit le tour des pièces peuplées de morts et d'agonisants.

A la faible lueur de la mèche trempant dans un bol d'huile qu'elle portait avec elle, Miss Mac Daid reconnaissait chaque malade et, en quelques mots, mettait Lady

Esketh au courant de son état, de son histoire. Lady Esketh la regardait émerveillée, songeant qu'elle devait être un peu sorcière pour se rappeler tant de détails sur chacune.

De temps à autre, l'infirmière s'arrêtait près d'un lit et prenait quelques notes sur son carnet. A deux reprises, elle fit une piqûre hypodermique dans le bras ou la cuisse de malades dont les gémissements trahissaient d'intolérables douleurs. Puis elle continuait son chemin, suivie par le regard muet de cent yeux noirs. La plupart des patients étaient des typhiques ; certains avaient la malaria noire, et près de la moitié d'entre eux, victimes de l'inondation ou du tremblement de terre, avaient des membres brisés, le crâne fracturé, de dangereuses lésions internes. Aussi, pour pouvoir donner des instructions à leur sujet à celles qui la remplaçaient pendant ses rares instants de sommeil, Miss Mac Daid avait-elle épinglé au *sari ou* au *dhoti* de chaque malade de grands chiffres dessinés sur un carton.

Enfin, elles retournèrent dans la salle principale.

« Surtout, ne vous endormez pas, dit-elle à Lady Esketh. Chaque quart d'heure vous ferez une ronde. Il faut qu'ils sachent qu'on ne les oublie pas, sans cela ils auraient peur. Pour eux, c'est la pire des choses. Alors, ils se tournent vers le mur et se laissent mourir. Puis, remettant à Lady Esketh un papier sur lequel étaient inscrits cinq chiffres, elle ajouta : Si l'un de ceux-ci s'éveille ou crie, venez immédiatement me chercher. Inutile de déranger le Major. Je le ferai si c'est nécessaire. »

Elle lui remit ensuite un second papier, sur lequel se trouvaient quatre chiffres. « Ceux-là vont mourir, dit-elle. Il vous faudra les surveiller ; aucun d'eux n'appellera. J'ai fait en sorte qu'ils ne se réveillent pas. S'ils meurent, vous préviendrez les porteurs pour qu'ils les enlèvent. Les autres s'en apercevront moins dans l'obscurité... Mais avez-vous déjà vu mourir ? Savez-vous reconnaître un mort ?

— Je n'en avais jamais vu jusqu'à mon arrivée ici, répondit Lady Esketh. Je ne sais pas si je saurai me rendre compte. »

Un moment, Miss Mac Daid réfléchit.

« Vous le saurez, dit-elle enfin. Il n'y a pas moyen de se tromper. L'essentiel, c'est que vous ne vous endormiez pas et que vous m'appeliez s'il se passe quoi que ce soit. Je compte sur vous. C'est une lourde responsabilité que je vous laisse, pour une débutante. Mais il n'y a rien d'autre à faire. Je dois me reposer, si je veux pouvoir continuer. Je ne puis courir le risque de tomber malade. Je viendrai vous relever à cinq heures... Ne voulez-vous pas que je dise à Miss Hodge de venir vous aider ?

— Non.

— Pas même pour vous tenir compagnie ?

— Non. Il vaut mieux la laisser dormir.

— Alors, bonsoir.

— Bonsoir. »

Après le départ de Miss Mac Daid, Edwina s'assit près de la table où était posée la rustique veilleuse. Il s'y trouvait également une cruche d'eau bouillie couverte d'un filtre, un verre, un réveille-matin, un rouleau de gaze, un bloc-notes, un crayon et les deux feuillets remis par Miss Mac Daid. Bien qu'éveillée, elle sentait son esprit engourdi.

Elle se mit à lire les chiffres inscrits sur le premier papier : 7, 114, 83, 28, 51. Cinq cas graves, mais non désespérés. S'ils s'éveillaient ou criaient, il fallait appeler Miss Mac Daid. Les chiffres marqués sur le second feuillet étaient : 211, 72, 13 et 96. C'étaient les condamnés. Sous l'effet de la drogue administrée par Miss Mac Daid, ils mourraient sans bruit, de façon à ne pas démoraliser les autres. Dès qu'ils seraient morts, elle devrait les faire emporter et brûler.

« Il ne s'agit pas que je fasse d'erreur », se dit-elle. Prenant le crayon, elle inscrivit sur la première feuille : « Mourants », et sur la seconde : « Morts ». « C'est ainsi que l'on doit se sentir quand on est Dieu ! » songea-t-elle.

Jusqu'à trois jours auparavant, elle n'avait encore jamais rencontré la mort. A une ou deux reprises, celle-ci avait croisé son chemin, mais, chaque fois, elle s'en était détournée. Oui, pendant la guerre, beaucoup de ses amis avaient été frappés, mais cela se passait très loin d'elle, là-bas, dans les boues de Belgique, devant Amiens, ou au Chemin des Dames. Et, dans la folie et l'engourdissement de l'atmosphère de guerre, ces morts n'avaient guère eu de réalité. Elles se résumaient finalement en un télégramme : « Le Ministère de la Guerre a le regret de... » Comme une invitation qu'on décline... R.S.V.P. Répondez s'il vous plaît. Répondez à la mort ! Ecrivez si vous comptez venir au rendez-vous ! Puis il y avait eu le décès de son père, foudroyé par une attaque à Vienne. Mais elle avait refusé de voir son cadavre. Ce qui était mort n'existait plus. Ce que vous aimiez n'était plus là. Ce qui demeurait n'était que poussière. Et Albert ? Elle n'avait aperçu qu'un objet gonflé, miséricordieusement dissimulé sous les draps de crêpe de Chine rose. Il avait dû détester mourir. L'animal en lui devait désirer vivre, éternellement ; sa puissante et impérieuse vitalité semblait destinée à toujours le préserver de la destruction. Même l'esprit assoupi par la drogue, son corps seul se serait défendu. Il ne ressemblait pas à ces pauvres Hindous sous-alimentés, sans résistance, qui, simplement, fermaient les yeux et s'éteignaient.

Depuis trois jours, elle ne voyait autour d'elle que la mort. Elle avait vu les cadavres flottant au fil de l'eau, sous le balcon de Bannerjee, et le corps décharné de cet Hindou suspendu par son *dhoti* à la branche d'un banian ; elle avait contemplé la dépouille informe d'Albert, enveloppée dans ses draps, et les cadavres jonchant les rues, certains déchiquetés, brisés par l'inondation, d'autres contorsionnés et noircis par le choléra. Elle n'avait pas seulement vu des morts, mais la mort elle-même, se glissant entre les longues rangées de lits, pour arracher au Major et à Miss Mac Daid leurs patients.

La vue de tant de morts l'avait comme engourdie. Elle commençait à comprendre que des personnes telles que Miss Mac Daid, qui avaient assisté peut-être à des milliers d'agonies, n'eussent plus peur de rien sur terre. Elles continuaient à mener leur vie, comme si, par moment, elles s'isolaient de tout le reste et se réfugiaient sur un plan qui leur appartenait à elles seules. N'était-ce pas pour cela que

Miss Mac Daid, si courageuse, si bonne, avait encore de la place dans son cœur pour du mépris, de l'irritation et même de la dureté ? Si des gens tels que Miss Mac Daid ou le Major avaient été faibles, ils auraient été vaincus, écartés, brisés, inutiles, depuis longtemps. « Je dois avoir un peu de leur force en moi, se dit-elle avec fierté. J'ai tout supporté : saleté, puanteur, souffrance, mort. Je ne suis même pas fatiguée ! »

En effet, maintenant qu'elle était réveillée, elle ne ressentait aucune lassitude, mais une paix jusqu'alors insoupçonnée, et une singulière satisfaction. C'était ce que, depuis toujours, elle cherchait. Elle s'en rendait enfin compte. Elle avait forcé leur respect. Elle ne vomissait plus à la vue d'un lit répugnant, ni à la puanteur de la gangrène. Et, à moins d'y penser, elle ne remarquait même plus la senteur de la chair brûlée, ni la douceâtre et écœurante odeur du choléra que la brise apportait de l'École de Musique. Une sorte de coquille s'était développée autour d'elle qui la rendait invulnérable, comme Miss Mac Daid et le Major. Rien ne la touchait plus, ni la maladie, ni la décomposition qui l'entouraient. Depuis des années, Miss Mac Daid et le Major vivaient impunément au milieu de la pestilence. Peut-être une sorte de protection mystique s'étendait-elle sur ceux qui, comme les médecins, les infirmières, les religieuses, vouaient leur vie à combattre la maladie, les épidémies, la lèpre, le choléra ?

Subitement, elle se rappela sa consigne : une ronde générale tous les quarts d'heure jusqu'au retour de Miss Mac Daid. Un coup d'œil au vieux réveille-matin lui apprit qu'il lui restait quatre minutes avant d'entreprendre sa première tournée. A ce moment, elle sentit un regard posé sur elle et, levant les yeux, elle aperçut, à la lueur du lointain bûcher, les prunelles d'un typhique couché non loin de la table, fixées sur elle.

Cet être si petit, si frêle, elle le prit d'abord pour un enfant. Les yeux énormes et noirs n'avaient pas d'âge, mais, à les mieux considérer, elle vit que c'étaient ceux d'une femme vieille et ridée. La peau sombre, jaunie par la maladie, semblait tendue comme du papier sur ses os délicats. Un instant, Edwina la considéra, fascinée par la finesse de son visage. Puis, un peu frissonnante, elle crut y reconnaître les stigmates de la mort. Sans doute, depuis sa naissance cet être n'avait jamais mangé à sa faim. « Son heure est venue ! R.S.V.P. ! » songea Edwina. Combien de fois, dans ce monde lointain et reculé de Londres, n'avait-elle pas tracé ces lettres : R.S.V.P.

Elle s'aperçut soudain que les lèvres violacées de la malade s'agitaient. Aucun son intelligible n'en sortait, mais une espèce de chuchotement, semblable au bruissement des feuilles mortes. Puis une main décharnée, immensément vieille, s'éleva par saccades, comme celle d'un paralytique, vers la bouche parcheminée, dans le geste, éternel et identique sur toute la surface du globe, de la faim ou de la soif. Vivement, Edwina remplit le verre posé sur la table avec l'eau de la cruche et s'approcha de la pauvre femme.

Elle dut la soulever pour la faire boire. La malade ne pesait rien ; elle n'avait même pas le poids consistant d'un enfant. A travers le *sari* de coton blanc, trempé de sueur, Edwina sentait la chaleur brûlante de son corps. La femme vida le verre avec avidité, puis se laissa complètement aller sur le bras qui la soutenait. Ouvrant les yeux, elle fixa Edwina et essaya de sourire. Dans ce regard, il y avait quelque chose de si humble, de si suppliant, qu'Edwina sentit les larmes monter à ses paupières. « Non, ne me regardez pas ainsi, eut-elle envie de lui dire. Vous êtes ma sœur. Je ne suis qu'une femme comme vous. Dieu nous a créées l'une et l'autre. » Mais elle savait que la moribonde ne la comprendrait pas et se borna à lui sourire. De nouveau, un murmure de feuilles mortes sortit des lèvres violacées, puis, apaisée, la femme laissa retomber sa tête sur l'oreiller humide et ferma les yeux.

« Les quatre minutes doivent être écoulées », songea Lady Esketh en reposant le verre. Alors, avec mille peines, elle tira vers le bord de la table une des jarres de grès et l'inclina pour en remplir la cruche d'émail qu'elle avait placée au-dessous. Elle devait y employer toute sa force afin de ne pas gaspiller une goutte du précieux liquide.

« Attendez, laissez-moi faire ! » dit soudain une voix à côté d'elle.

C'était le Major. D'une main, il souleva la jarre et, ce faisant, toucha légèrement Edwina. Un vertigineux bonheur la saisit, mais s'appuyant à la table elle se maîtrisa.

« Merci. C'est lourd », dit-elle.

Un instant, le même tremblement qui l'avait prise après le départ de Miss Hodge dans le sinistre salon du vieux Palais d'Été la secoua. Mais cela ne dura pas. Tranquillement, elle s'écarta un peu de lui et se tint très droite, comme si elle n'était que la pauvre Mrs. Gupta.

« N'est-ce pas le moment de faire votre première ronde ? demanda-t-il en souriant. Je vais vous accompagner. »

Il remplit la seconde cruche et les souleva toutes deux.

« Non, dit-elle. Laissez-moi en porter une. Cela me ferait plaisir. »

Il la regarda, et l'ombre d'un sourire apparut sur son visage. Il n'y avait rien d'ironique dans son expression, mais quelque chose de plus simple, de plus chaud, presque comme s'il contemplait une petite fille en train de jouer à l'hôpital.

« Vous n'avez pas besoin de me regarder ainsi ! » dit-elle, irritée.

Il dut la comprendre, car il ne répondit rien.

« De toute façon, vous aurez besoin de ces listes », reprit-elle en lui tendant les deux feuillets laissés par Miss Mac Daid.

Elle saisit une des cruches et ils se mirent en route.

Sa subite colère s'était évanouie et elle le suivait avec la calme docilité d'une infirmière de profession. Il ne lui accordait aucune attention, mais allait de malade en malade, s'arrêtant auprès de chacun, tandis qu'elle remplissait la tasse d'émail posée sur le rayon à la tête du lit. Quelques-uns dormaient, plusieurs avaient le délire, les autres, étendus, leurs yeux noirs grands ouverts, les regardaient passer, une expression de patience infinie au fond de leurs prunelles.

A chaque lit marqué sur la liste des « mourants », le

Major s'arrêtait plus longuement, tâtait le pouls, posait la main sur un front brûlant. Il continuait à ne pas s'occuper d'elle, sauf une fois, quand il lui dit, comme pour s'excuser : « Je ne fais ça que pour leur donner du courage. Vous comprenez, ils savent que je suis Brahmane et, pendant des siècles, on les a forcés à s'écarter devant les Brahmanes de peur qu'ils ne les souillent de leur ombre. »

Parmi ceux qui figuraient sur la liste des « morts », trois vivaient encore. Le quatrième, qui souffrait de plaies gangréneuses, était étendu, immobile, rigide. Instantanément, elle se rendit compte qu'il n'était plus nécessaire de remplir sa tasse. Très maigre et noir, il avait les paupières mi-closes, comme pendant le coma produit par l'aiguille miséricordieuse de Miss Mac Daid. Et pourtant, une sorte de sens nouveau l'avertissait de la mort de cet homme. Y avait-il quelque chose de particulier dans la position de sa tête, semblable à une fleur desséchée sur sa tige ? Dans la façon dont ses pieds se dressaient à angle droit, sous le *dhoti* sale ? Elle n'aurait su le dire. Mais, dorénavant, elle ne pourrait se tromper.

Le Major, posant la veilleuse sur le rayon au-dessus du lit, se pencha sur l'homme. Délicatement, il releva une des paupières et passa son ongle sur le globe jaune de l'œil. Il n'y eut pas de réaction. Se tournant vers elle, il lui dit : « Prévenez les Intouchables pour qu'ils l'emportent. »

Elle revint accompagnée de deux Balayeurs endormis, chargés d'une civière. Le Major et elle poursuivirent leur tournée, passant de lit en lit, suivis du regard de ces prunelles noires, pareilles à celles d'animaux malades, pleines d'une foi muette et d'une lassitude infinie. Arrivés au bout de la dernière salle, ils s'apprêtaient à revenir sur leurs pas, quand le Major s'arrêta et murmura : « Écoutez ! » Dans le silence de la nuit, à travers les faibles gémissements qui montaient des lits fiévreux, elle perçut la fine mélodie d'une flûte lointaine, rythmée par le sourd battement de doigts bruns sur le tambour.

« C'est de bon augure ! remarqua le Major.

— C'est signe que la vie reprend. »

Ils retournèrent à la table à l'angle de la salle principale.

« Puis-je rester un moment avec vous ? demanda le Major.

— Ne feriez-vous pas mieux d'aller vous reposer ?

— J'ai dormi tout à l'heure. Non, ce dont j'ai besoin maintenant, ce n'est pas de sommeil, mais de quelque chose qui me rapprenne que je suis un être normal, humain. Depuis trois jours, je n'ai été qu'une machine. »

Ces paroles l'émurent étrangement. Ne signifiaient-elles pas : « Je voudrais causer un moment, ou même simplement rester sans parler, avec une femme, non pas une Miss Mac Daid ou une Mrs. Gupta, mais avec une femme telle que vous. » Et, de nouveau, elle pensa aux compartiments étanches qui devaient diviser son existence.

Il s'assit au bord de la table, croisa une jambe sur l'autre et lui dit à voix basse, pour ne pas déranger les malades : « Savez-vous que vous vous êtes conduite d'une façon remarquable ? Ce n'était pas facile; surtout pour quelqu'un qui n'a pas l'habitude de ces choses !

— Il ne faut rien exagérer. A deux ou trois reprises, j'ai été bien près de tout abandonner. Heureusement, c'est passé maintenant. Cela ne me fait plus rien. Je n'ai même plus mal au cœur. Vraiment, je m'étonne de la rapidité avec laquelle on peut s'accoutumer à tout.

— D'ici peu, nous allons avoir des infirmières de Bombay pour nous aider. Alors, vous pourrez tout planter là et vous en aller... »

« Je ne veux pas, songea-t-elle. Jamais. Je voudrais rester ici. Je veux rester ici. »

« Je resterai aussi longtemps qu'on aura besoin de moi, dit-elle. J'entends... que je pourrai me rendre un peu utile. » Il ne répondit pas. Prenant la bouteille d'alcool, il en versa sur un morceau de coton et se mit à frotter le doigt avec lequel il avait touché l'homme mort. Il avait l'air fatigué et beaucoup plus maigre; mais sa lassitude lui prêtait une nouvelle beauté. Une impression de virilité, qu'elle n'avait encore jamais rencontrée, émanait de lui, non pas lourde, brutale ou cruelle comme chez les Européens, mais subtile, d'un dessin léger et fin comme un ressort d'acier.

Les yeux baissés, il continuait à tamponner ses mains, délicatement, soigneusement.

« Vous êtes une femme étonnante ! » remarqua-t-il soudain.

Puis, de nouveau, il se tut.

« Les Anglais sont souvent excentriques, répondit-elle, ne sachant que dire.

— Je n'entends rien d'aussi banal. Non. Il leva les yeux et la regarda. Je vous en prie, ne vous méprenez pas ; je ne suis pas en train de devenir sentimental. Mais... il est si difficile de s'entendre, de se comprendre... Nous ne sommes plus des enfants, ni vous, ni moi.

— C'est vrai.

— Vous êtes intelligente.

— Peut-être.

— Je ne le pensais pas. »

Elle eut une brève vision d'elle-même, telle qu'elle avait dû lui apparaître cette fameuse nuit sous le lustre bourdonnant d'abeilles du Palais quand, par ennui, elle s'était jetée dans les bras de Ransome.

« Rien ne pouvait vous le faire supposer », répondit-elle d'un ton tranquille.

Il secoua la tête, comme pour en chasser la lassitude.

« Ce que j'essaye de vous exprimer est très difficile, reprit-il. Je sais que vous avez fait beaucoup d'expériences.

— C'est vrai.

— Ai-je l'air naïf ?

— Non. »

Jamais il n'avait dû être naïf, même enfant. Mais en ce moment il se rendait vulnérable ; de tout son cœur, ouvertement, il lui offrait son amitié, son admiration. Elle aurait pu le désillusionner, fouler aux pieds ses sentiments ; la femme qu'elle était, ce certain après-midi au Palais d'Été, l'eût sans doute blessé, non dans son intelligence qui était grande, mais dans son humaine sensibilité. Cette qualité de sensibilité, que seuls les plus remarquables des Européens possédaient, lui semblait, de plus en plus, jouer un rôle essentiel chez les Hindous. Ne l'avait-elle pas retrouvée même chez ces pauvres malades et mourants de la basse caste qui l'entouraient ?

« Je commence à comprendre les Indes et les Hindous », se dit-elle.

« Vous souvenez-vous de ce jour où vous m'avez offert le thé au vieux Palais d'Été ? » demanda-t-il.

Ses yeux se détournèrent de lui et elle se mit à regarder fixement les feuillets marqués des mots « Morts » et « Mourants ».

« Je vous ai trouvée, alors, attrayante, désirable, et je savais que vous étiez prête à vous donner. C'est pour cela que je suis resté, que j'ai avalé cette tasse de thé tiède ! J'étais tenté. Pourtant, vous tâchiez de me faire croire que vous n'aviez pas d'expérience, que vous étiez — il chercha le mot — respectable. Vous pensiez qu'en me trompant ainsi vous arriveriez plus facilement à vos fins. »

Mortifiée, elle le regarda, sur le point de protester. Mais, aussitôt, elle songea : « Non, ce serait mentir. Cela gâterait tout et introduirait ici la femme qui lui a offert le thé tiède au Palais d'Été. Or cette femme n'a rien à faire ici. » Il levait la main comme pour l'empêcher de parler. « Non, reprit-il, attendez... Il faut d'abord que je vous dise que je ne fais pas grand cas de la respectabilité ; j'admire infiniment plus la vérité. Si, ce fameux après-midi, je n'ai pas cédé à la tentation, pourtant très séduisante, qui s'offrait à moi, c'est que je devinais qu'au-delà des joues empourprées et des mains tremblantes que je contemplais il y avait autre chose. Je ne me trompais pas. Je sais maintenant que j'avais raison. Il fallait choisir : ou prendre la contrefaçon, ou attendre l'œuvre véritable. Me comprenez-vous ? Si, à ce moment, j'avais accepté ce que vous vouliez me donner, nous n'aurions jamais découvert ce que nous avons trouvé maintenant. Je vous aurais prise comme n'importe quelle femme et ne vous aurais rien donné d'autre que mon corps, ce qui pour un médecin est chose sans importance puisque le corps n'est qu'une machine et ne représente rien. Oui, si je vous avais prise alors, rien d'autre, rien de mieux n'aurait pu se passer. Jamais nous n'aurions appris à nous connaître. »

De nouveau, elle tenait les yeux baissés, en proie à une émotion profonde, faite de confusion et de triomphe.

Aucun homme ne lui avait encore parlé de la sorte. Et, pendant un instant, elle éprouva cette même impression d'embarras et d'épouvante qu'elle avait ressentie dans son cauchemar après sa dispute avec Esketh — quand, désespérée, elle cherchait à travers la jungle, la plaine infinie, le dédale des villes, cette chose qu'elle ne pouvait définir et que maintenant, depuis une seconde, elle entrevoyait. Mais, subitement, le rideau retomba et elle se sentit aussi perdue qu'auparavant.

« Ne me prenez pas pour un être compliqué, pour un Latin, disait-il. Mais les relations humaines sont parfois si étranges, et j'aime qu'elles soient nettes. Tant de gens vivent et meurent sans jamais *savoir* ce que peut être la vie, sans connaître la magnificence qu'il peut y avoir dans les rapports entre humains. Cette beauté cependant n'apparaît que lorsqu'on peut s'élever au-dessus des mesquineries de l'existence quotidienne. Mais, là, nous sommes déjà au-delà de la religion. C'est ce que toutes cherchent à atteindre, et c'est ce que j'entendais, lorsque je vous disais que la respectabilité n'avait point d'importance. Elle n'est nécessaire que pour les imbéciles, les faibles, les hypocrites. »

Il sauta sur ses pieds et, appuyé à la table, les bras croisés sur sa large poitrine, il poursuivit : « Je voulais que vous sachiez ce que je sens... j'ai une si haute opinion de vous que cela vaut la peine, je crois, de me rendre ridicule. Et maintenant, chaque fois que nous nous rencontrerons, que nous nous verrons, que nous penserons l'un à l'autre, nous saurons que nous sommes des amis, que nous nous *connaissons* mutuellement. C'est un grand privilège de *connaître,* ne serait-ce qu'une personne, pendant sa vie. Puis, décroisant les bras, il lui prit la main. Je vous fais peut-être sourire...

— Non... Non...

— Peut-être me considérez-vous comme un de ces charlatans qui encombrent les bazars. Pourtant, je puis vous dire que vous avez découvert un secret. Vous savez ce que j'entends. Il lâcha sa main et ajouta : Il faut que je m'en aille. Maintenant, je pourrai dormir. Il posa la main sur son épaule : Il est temps de faire votre ronde. Vous êtes déjà de dix minutes en retard. Mais c'est ma faute. Bonsoir. »

Elle lui répondit dans un souffle et, l'instant d'après, il avait disparu. Une minute, elle demeura immobile, bouleversée, puis, se rappelant la tournée elle se leva, remplit les deux cruches d'eau et se mit en route. Cette fois elle vit à peine les visages des malades. Elle s'arrêta seulement aux lits des mourants, quêtant un signe qui lui apprendrait qu'ils n'avaient pas encore quitté leur corps usé. Le numéro 72 était mort. Quand elle souleva la veilleuse au-dessus de lui, elle ne put en douter. Maintenant elle savait reconnaître la mort. Il ne lui était même pas nécessaire d'examiner le globe de l'œil avec l'ongle, comme l'avait fait le Major. Tranquillement, elle descendit réveiller les porteurs endormis.

Quand ils eurent enlevé le cadavre, elle s'approcha de la fenêtre et contempla la ville. Du grand bûcher funèbre, presque consumé, il ne restait qu'un énorme tas de tisons incandescents, à peine lumineux. La pluie avait cessé et la lune, presque pleine, traçait sur l'eau noire du Réservoir une voie d'or, sans cesse traversée par le vol des chauves-souris géantes venues de la cité morte d'El-Kautara. De l'autre côté de la rivière, là-bas, très loin, la flûte égrenait toujours sa mélodie rythmée par le son mat du tambour.

La cruelle magnificence du spectacle pénétra jusqu'au tréfonds de son être, comme un coup de poignard cautérisant une blessure. C'est de tout cela qu'il était né !

Tandis qu'elle se pénétrait de ce paysage, la silhouette noire des porteurs funèbres traversa le jardin dévasté et se dirigea vers l'École de Musique pour déposer, à côté des autres cadavres qui seraient brûlés sur le prochain bûcher, la femme morte dans le lit 72.

La chaleur était suffocante. Revenant vers la table, elle tamponna son visage baigné de sueur et se versa un verre d'eau qu'elle but d'un trait. Puis, avisant les listes « Morts » et « Mourants », elle prit un crayon et biffa les chiffres 72 et 13. De nouveau, la fugitive impression d'être Dieu la traversa. « Oui, ce pour quoi je suis venue aux

Indes est en train de s'accomplir, songea-t-elle. Il faut que je reste ici jusqu'à ce que tout soit consommé, même si pour cela je ne dois plus jamais revoir l'Angleterre. » S'il lui fallait partir, en ce moment, demain, sur l'un des avions venus du monde lointain au-delà du mont Abana, le reste de son existence perdrait tout sens. Sa place était à Ranchipur, au milieu de ces morts, de cette saleté, de cette souffrance, de cette beauté. « Qui sait si je n'ai pas toujours appartenu à ce pays ! » se dit-elle.

A cet instant, elle perçut de nouveau le faible bruit de feuilles mortes agitées par la brise et, levant les yeux, elle croisa le regard de la femme agonisante. Les lèvres violacées s'agitaient et les doigts osseux sortant du *sari* se portèrent vers la bouche entrouverte. Tranquillement, elle se leva, prit le verre et la cruche. Mais aussitôt elle les reposa, saisie d'horreur : ne venait-elle pas de boire dans le verre même avec lequel elle avait désaltéré cette femme !

Le bruissement de feuilles mortes continuait. Prenant alors une des cruches, elle s'approcha du lit, remplit la tasse d'émail et la porta aux lèvres de la mourante. « Ce qui est fait est fait ! » songea-t-elle. Pourtant, elle se demanda s'il existait un moyen de se désinfecter intérieurement.

Comme elle retournait vers la table, elle entendit, venant de l'autre bout de la salle, un long gémissement. Guidée par le son, elle arriva à un lit où se débattait un vieillard convulsé de douleur. Il portait le numéro 83 et figurait sur la liste des « Mourants ». Vivement, elle descendit au rez-de-chaussée prévenir Miss Mac Daid.

L'infirmière fit une nouvelle piqûre dans la cuisse maigre et noire du vieil homme, puis, se tournant vers Lady Esketh, elle lui dit : « Il est perdu. Inscrivez son numéro sur l'autre liste. »

Edwina, redoutant le jugement sévère de Miss Mac Daid, ne lui dit pas qu'elle avait bu dans le même verre que la femme mourante. Elle n'en gardait qu'une vague impression de dégoût, mais aucune crainte. Il lui semblait que ce qui devait lui arriver ne dépendait plus d'elle.

Dans le pavillon de chasse, la Maharani, installée les jambes croisées sur une petite estrade avec la vieille princesse de Bewanagar, tenait son conseil. Rashid, le colonel Ranjit Singh, Homer Smiley, Nil Kant Rao, Ransome lui faisaient face. L'un après l'autre, le Musulman, le Sikh, l'Américain, le Mahratte, l'Anglais la mirent au courant de ce qu'ils avaient fait et des progrès de la lutte. Ce qu'ils lui disaient ranimait le courage et la vie dans le cœur de la splendide vieille femme assise sur son coussin en brocart de Bénarès. Elle avait l'air fatigué, usé, mais rayonnant pourtant d'une indomptable beauté, accentuée par les ombres profondes que posait sur elle la flamme de la veilleuse.

Sa vie n'avait été qu'une incessante lutte contre la superstition, l'intrigue, les préjugés. Aux côtés du Maharajah elle s'était battue, mais sans la conviction que celui-ci puisait dans sa simplicité et sa foi. Elle aimait la bataille pour la bataille, bien qu'au fond d'elle-même elle eût toujours douté de la victoire finale qui devait rendre à Ranchipur, aux Indes entières, leur intégrité, leur puissance, leur splendeur passées. Elle ne croyait pas, comme le vieux Maharajah, à la bonté, ni à l'énergie de ses sujets. Elle luttait un peu à la manière du vénérable Dewan, sans scrupules, parfois avec cruauté, souvent avec haine ; mais toujours avec la vigueur et la bravoure des gens de sa race, les Mahrattes. Elle haïssait les Européens, qu'elle considérait comme des envahisseurs vulgaires, stupides, insensibles. Pourtant, elle admettait l'amitié du puissant Vice-Roi, reconnaissait la sensibilité et l'intelligence de Ransome ou la bonté des Smiley. Par moment, le découragement l'avait saisie ; à d'autres, la tentation de se laisser aller à la méchanceté, à l'amertume, comme tant de princes hindous. Il y avait même eu un instant terrible, juste avant l'arrivée de ces hommes assis devant elle sous la tente, où elle avait failli renoncer à la lutte, pour s'enfuir, prendre l'avion, aller chercher refuge à Bombay, peut-être même en Europe. Dans sa lassitude, il lui semblait que tout ce pour quoi le Maharajah et elle-même avaient lutté avait été balayé à jamais. Et, l'espace d'un éclair, elle s'était sentie trop vieille, trop malade, pour recommencer. Mais cet horrible moment était passé. Aussi, tout en regardant et écoutant ces hommes qui l'entouraient, avait-elle honte de sa fugitive défaillance. Ils étaient tous des êtres magnifiques, superbes, sauf Mr. Smiley, qui était noble, mais pas très beau. Et elle s'y connaissait en hommes ! Elle ne pouvait, non plus, douter de leur dévouement. Ils ne lui donnaient pas une dévotion d'amants, mais quelque chose de plus, qui, sans les mêmes raisons d'être, avait une résistance à toute épreuve. Elle savait cependant que si cette même dévotion ici avait été témoignée par des hommes moins forts, moins beaux, elle ne lui aurait pas fait un plaisir aussi grand. Cette dévotion était une chose à part, inattaquable, étincelante, splendide, et elle l'appréciait d'autant plus qu'elle lui venait d'hommes comme le vigoureux Rashid, le svelte et doux Ranjit Singh, le farouche Nil Kant Rao, le morbide et séduisant Ransome. Cela flattait son goût sauvage de la beauté et de la splendeur. Une Reine devait être servie par de tels hommes.

Sans dormir, sans se plaindre, ils avaient travaillé pour elle et pour les Indes, dans la crasse, la souffrance, le danger — un danger pire, plus insidieux que celui de la bataille. La tâche semblait irréalisable ; pourtant la victoire était en vue. Quand elle aurait cessé de vivre, ils seraient là pour continuer la lutte, reconstruire les écoles, les ponts, les chemins de fer et même le grand barrage. Elle allait vendre tous ses joyaux et en donnerait l'argent à l'État. Ce pour quoi le Maharajah et elle-même n'avaient cessé de travailler commençait seulement à émerger du sein du temps hindou. Mais l'œuvre devait se poursuivre, acquérir chaque jour une force nouvelle, grâce aux lumières, à la foi d'hommes semblables. Les Indes, dans leur immensité, leur cruauté, leurs richesses, étaient en train de remuer, de se réveiller.

Et parmi ceux qui l'entouraient, il lui semblait distinguer un homme qui, vingt ans auparavant, était mort dans la maison qu'habitait maintenant Ransome. Elle le revoyait tel qu'il lui apparut lorsque à treize ans elle descendit de son village, timide et fière, mais déjà femme, pour épouser le jeune Maharajah de Ranchipur. Intelligent, noble, bon, il avait une sagesse sereine, pleine d'une compréhension qui rappelait celle de l'Orient, plutôt que celle de l'Occident. Oui, il se tenait là, lui aussi, parmi les hommes forts qui la servaient et l'admiraient. N'était-ce pas pour lui, à cause de lui, qu'ils se trouvaient en ce moment réunis dans la tente de chasse ? Pour suivre ses idées, le Maharajah n'avait cessé de combattre, pour libérer son peuple, pour l'élever. Grâce à lui, elle était maintenant assise ici, en train de gouverner avec sagesse, compréhension et courage. Il avait aimé la splendeur glorieuse des Indes, au point de revenir à Ranchipur pour y mourir, un soir, dans son jardin, à l'heure où les vaches rentraient dans des nuages de poussière rouge, où l'air était saturé de la senteur du jasmin et des bouses, de la fumée et des épices, où les chacals sortaient de leurs repaires pour hurler à la lune montante, où les flûtes et les tam-tams commençaient à retentir dans les villages. Autrefois, nombreux étaient les Anglais de sa trempe — John Lawrence, l'érudit, le précepteur, qui *connaissait* les Indes. Mais maintenant ils étaient rares. Tout au plus en rencontrait-on un parfois.

Ses conseillers discutaient entre eux et elle ne prenait pas la peine de les écouter. Ne savaient-ils pas mieux qu'elle-même ce qu'ils avaient à faire ? Sa pensée s'en allait vers l'Europe, les casinos, les grands joailliers, les dîners officiels, les expositions organisées pour favoriser le commerce, les palaces, les villes d'eaux. Comme tout cela lui semblait loin, plus loin encore que lorsque, jeune femme, elle avait bravé la loi védique et traversé l'Eau Noire. A cette époque, l'Europe la fascinait, comme un brillant cortège fascine un enfant. Maintenant, elle la connaissait et en était lasse. Depuis longtemps, elle avait compris la cupidité de l'Europe, sa fausseté, son tragique matérialisme, l'avidité désespérée avec laquelle elle s'accrochait au plus petit espoir, ses dictateurs, sa décadence. Pourquoi la redouter ? N'était-elle pas en train de se détruire elle-même ? Des hommes tels que Lord Esketh ne travaillaient-ils pas à sa ruine ? La sauver était une tâche infiniment plus difficile que de rassembler en un seul faisceau l'orgueil et l'honneur des Indes déchirées et malheureuses. L'Europe était épuisée, tandis que l'Orient commençait à se réveiller, rafraîchi et fortifié par son long sommeil.

Non, elle ne retournerait jamais en Europe, elle mourrait sans la revoir. Elle ne partirait plus jamais, même pour se rendre à Poona ou à Ootacamund. Fidèle à son poste, elle demeurerait à Ranchipur, indifférente à la terrible et féconde mousson, aux nuages de poussière rouge de l'hiver qui roulaient sur les plaines infinies, du mont Abana à la mer. Il y avait tant à faire, tant à construire, tant de fondations à jeter, afin que, lorsqu'elle mourrait, les autres puissent poursuivre l'œuvre entreprise.

Elle en était là de sa rêverie quand la portière de la tente s'écarta et le jeune Major entra d'un pas rapide. Il vint droit à elle, s'inclina profondément, les doigts pressés les uns contre les autres, et s'excusa de son retard. Il avait été retenu à l'Hôpital.

Elle fronça les sourcils, feignant le déplaisir comme le voulait son devoir de Reine. Mais son expression s'adoucit quand il sourit et lui adressa un regard audacieux, pour l'informer qu'il n'était pas dupe de sa comédie. Elle ne pouvait se montrer sévère avec lui, car il était jeune, beau, affectueux, et, en quelque sorte, avait pris la place de ses fils tragiquement frappés par l'Occident.

Il la renseigna sur l'épidémie, avec un optimisme voulu, parce qu'il la sentait fatiguée. Puis il se joignit à la discussion. Quand enfin ils s'en allèrent, elle le retint. Sa présence l'égayait, lui redonnait un sentiment de jeunesse. Elle désirait aussi bavarder avec lui.

Réveillant son amie la vieille princesse de Bewanagar, qui, la tête inclinée mais le dos droit, dormait sur son coussin, elle lui dit : « Allez vous coucher, Sita. »

Dès que celle-ci se fut retirée, la Maharani s'adressa au Major.

« Il y a une foule de choses — pas officielles — dont je voudrais vous parler, dit-elle. D'abord de votre mariage... Avant sa mort, Son Altesse m'a dit que vous songiez à vous marier. Est-ce vrai ?

— Oui, Altesse.

— Vous n'avez pas changé d'idée ?

— Non Altesse.

— Quel âge avez-vous ?

— Trente-six ans. »

Elle eut un petit grognement.

« Si vous voulez avoir des enfants, c'est le moment de commencer.

— L'âge ne fait rien, répliqua le Major en souriant. A condition, bien entendu, que le père soit fort et qu'il puisse encore engendrer. Chacun de nous n'est qu'un réceptacle de semence. Nous nous bornons à la transmettre.

— Peuh ! Votre science a beaucoup de grandes théories que le premier venu pourrait infirmer par l'expérience ! Elle ouvrit sa boîte d'or incrustée de rubis et y prit une pincée de graines de cardamome qu'elle se mit à mâcher. Lorsque la situation sera un peu plus claire, je ferai venir la jeune fille et ses parents. Elle posa sur lui un regard pénétrant. Cela ne vous fait rien qu'elle ne soit pas entièrement hindoue, mais à moitié européenne... ou plutôt, américaine ?

— Non, Altesse, ce n'est pas le mélange des races qui crée le problème eurasien. C'est le croisement de mauvaises souches — l'homme taré et la femme de basse caste. Son Altesse m'a parlé de la jeune fille. »

De nouveau, elle le scruta.

« Vous ne vous faites pas d'idées romanesques sur le mariage, au moins ?

— Non, Altesse... c'est-à-dire... je voudrais tout de même connaître ma femme avant de l'épouser. Ce n'est que juste, pour l'un comme pour l'autre.

— On fait pas mal de gâchis en Occident, sous prétexte de mariage d'amour. A mon avis, rien n'est plus triste qu'une union où, la passion une fois satisfaite, il ne reste que néant... C'est une gentille fille. Si j'avais des fils, je la choisirais comme épouse pour l'un d'eux.

— J'ai toute confiance dans le jugement de Votre Altesse.

— Et maintenant, parlez-moi de Ransome ! Comment travaille-t-il ?

— On ne pourrait faire mieux, Altesse. Sa tâche n'est pas facile. C'est à peine s'il a pris le temps de dormir.

— Et son penchant pour la boisson ?

— A ma connaissance, il n'a pas bu depuis quatre jours.

— Cela ne prouve rien. En ce moment, le whisky est introuvable.

— Pardon, Altesse, il en avait sa cave pleine. Il a tout donné à l'Hôpital. Moi-même, je lui en ai offert... et je sais qu'alors il en désirait. Mais il a refusé. »

Immobile comme un Bouddha dans la lumière jaune de la veilleuse, la Maharani réfléchit à ce que venait de lui dire le Major.

« J'ai beaucoup d'amitié pour lui, reprit-elle. On pourrait en tirer quelque chose de bon.

— Oui, Altesse. C'est un défaitiste, mais un chic type. Au fond, c'est un malade. Je crois qu'il l'a toujours été.

— Je voudrais l'aider... Souvent il me rappelle le vieux précepteur de Son Altesse. Vous n'avez pas pu le connaître, il est mort avant votre naissance. C'était un homme d'une autre époque... Oui, ce sont les temps qui ont fait de Ransome un malade... Elle reprit une pincée de graines de cardamome. Croyez-vous qu'il consentirait à travailler pour le pays ?

— Je l'ignore, Altesse.

— Cela pourrait lui faire du bien... Et cette histoire avec la fille du missionnaire ? Qu'en est-il ? On dit qu'il l'aurait violée ?

— Je n'en sais rien, Altesse. Mais, tel que je le connais, je ne puis y croire. Ce n'est pas son genre. »

Les yeux de la Maharani se firent plus perçants.

« La nuit du dîner au Palais, il s'est passé quelque chose entre lui et Lady Esketh.

— Je le sais, Altesse.

— Qu'est-ce que cela peut signifier ?

— A mon avis, rien.

— C'est pitoyable ! De semblables plaisirs sont stériles.

— Ce sont deux malheureux, deux malades.

— Pourquoi veut-elle rester ici ? Ça n'a pas de sens.

— Je ne sais, Altesse. Pourtant, je crois qu'elle cherche

quelque chose — comment nommer cela ? Peut-être faudrait-il dire : la réalité ! Mais c'est un bien petit mot.

— C'est vous qui l'avez autorisée à rester. Vous l'admirez ?

— Oui, Altesse. »

Elle fronça les sourcils, mécontente.

« Pourquoi ?

— Pardonnez-moi, *Masaheb*, mais elle a plusieurs de vos qualités. »

Le froncement de sourcils s'accentua.

« Que voulez-vous dire ?

— Elle ne connaît pas la peur. Il y a quelque chose d'indomptable, d'invincible en elle. Elle aime les beaux hommes. Elle est indépendante et a du caractère. Depuis deux jours, vingt fois elle a été prise de nausées, pourtant elle a continué son travail comme si de rien n'était. C'est l'épreuve la plus probante que je connaisse. Elle ne se fait pas d'illusions sur elle-même et ne se dérobe pas devant les faits. Probablement, jadis, a-t-elle pris la mauvaise direction. »

Tout en parlant, il observait la Maharani et voyait son expression s'adoucir. La cruelle vieille dame semblait satisfaite. Il devinait en elle un silencieux grognement de plaisir à constater qu'il la comprenait si bien, qu'il avait découvert ses qualités profondes qu'elle croyait ignorées de la plupart des autres, enfin qu'il osait la braver et même parfois la gronder.

« Est-ce à cause d'elle que vous êtes arrivé en retard ce soir ? »

Avec une fausse humilité, dont elle n'était pas dupe (il le savait), il murmura : « Oui, Altesse.

— Cela interviendra-t-il dans votre mariage ?

— Non, Altesse. Lady Esketh n'a pas été faite pour mettre des enfants au monde. Le mariage est une affaire d'Etat. Il doit se faire pour le bien de la communauté.

— Je suis heureuse de constater que vous n'êtes pas complètement fou. Quand quittera-t-elle Ranchipur ?

— Je ne sais pas, Altesse.

— Il faudra qu'elle parte avant que l'autre n'arrive.

— Cela va sans dire.

— Je m'en remets à vous. Autrement ce serait extrêmement désagréable pour nous tous.

— J'en conviens, Altesse.

— Une autre question... Que savez-vous de la vieille dame qui habite chez les Smiley ?

— De la tante de Mrs. Smiley ?

— Il paraît que, malgré son âge, elle a magnifiquement travaillé. Elle s'occupe de la cuisine de l'orphelinat et a recueilli des rescapés.

— Oui. C'est une femme extraordinaire.

— Je voudrais la voir.

— Je puis vous l'envoyer, si vous me fixez une heure.

— Demain, à trois heures. Comment s'appelle-t-elle ?

— Mrs. Bascomb... Mrs. Phœbe Bascomb.

— Écrivez-moi ça. Je ne peux pas me rappeler de pareils noms ! »

Il nota le nom de tante Phœbe sur un bout de papier qu'il remit à la Souveraine.

« Le pont du chemin de fer est-il praticable ?

— On a posé des planches sur les rails.

— En sortant, dites à mon aide de camp d'envoyer l'équipage à buffles de Son Altesse la chercher.

— Elle pourrait venir à pied, Altesse. Elle est pleine d'allant.

— Non, je préfère lui envoyer le char. Dorénavant, je m'en servirai moi-même. Le balancement des éléphants nuit à ma digestion... Et Miss Dirks ?... On n'a pas retrouvé son corps ?

— Non, Altesse.

— Est-il vrai qu'elle était à la dernière extrémité ?

— Oui, Altesse. »

Un moment, la Maharani réfléchit.

« C'était une noble femme. Je ne l'ai jamais comprise, mais c'était une personne de valeur. Quand les choses seront un peu arrangées, il faudra que nous élevions un monument à sa mémoire. Et l'autre... Miss Hodge ?

— Elle est complètement folle, Altesse.

— Où est-elle ? Qui prend soin d'elle ?

— Lady Esketh.

— Lady Esketh !

— Oui, la pauvre fille refuse de la quitter. »

La Maharani secoua la tête et eut un petit grognement, qui rappelait beaucoup ceux de tante Phœbe quand celle-ci était surprise ou émue.

« Les Anglais sont des gens étonnants... très inattendus.

— Ce sont des sentimentaux, Altesse. Et ils ont honte de l'avouer.

— Il faudra que nous assurions une pension à Miss Hodge. »

La Maharani rassembla les boîtes et les objets épars autour d'elle.

« Vous feriez mieux d'aller vous reposer. Vous devez en avoir besoin.

— Merci. »

Elle se leva et lentement se rendit dans ses appartements privés.

Pendant qu'une servante la déshabillait, la massait, lui frottait le visage et la tête avec des huiles parfumées, elle interrogea la première femme de chambre.

« Où est la Russe ? Est-elle enfin rentrée ?

— Non, *Masaheb.* »

Une subite irritation saisit la Maharani. Elle aurait voulu que Maria Lishinskaia lui fît la lecture pour oublier, ne fût-ce qu'un instant, les malheurs de la ville. Elle souhaitait même la torturer un peu afin de mieux pouvoir dormir.

« Je vais la renvoyer, songea-t-elle. Je lui assurerai une pension et l'expédierai en Europe. »

Il ne fut pas nécessaire de renvoyer Maria Lishinskaia. De son plein gré elle était partie : morte ! Pendue à son écharpe à l'un des crochets de la Grande Porte où les Sikhs avaient coutume d'appuyer leurs lances. Ce fut là que Ransome la découvrit à la lueur d'une lune angoissante, en revenant du pavillon de la Maharani.

Quatrième Partie

Le lendemain, vers midi, trois avions surgirent des nuages qui encapuchonnaient le sommet du Mont sacré. Ils apportaient de quoi ravitailler l'Hôpital et trois infirmières — une Parsi, une Anglo-Hindoue, une Anglaise. Gopal Rao, les yeux brillants, satisfait, gonflé d'une importante nouvelle, les accompagnait. Il avait été reçu par le gouverneur de la Présidence de Bombay et l'avait renseigné sur la catastrophe. Il se rendit sur-le-champ chez la Maharani. Il était chargé de l'informer que de nouveaux renforts allaient être expédiés par avion et que, dès que le chemin de fer serait rétabli, des denrées alimentaires seraient envoyées en quantité suffisante à Ranchipur. Le colonel Ranjit Singh et Rashid Ali Khan, svelte et farouche comme un faucon, plus « cavalier de Baber » que jamais, assistaient à l'entretien. Ils revenaient du mont Abana, où ils s'étaient rendus sur des éléphants, et avaient appris qu'on déblayait déjà de l'autre côté du défilé. La réfection de la voie ferrée n'était plus qu'une question d'heures. Gopal Rao les informa également que le Gouvernement de Bombay déléguait à Ranchipur le chef de l'Institut des Maladies Tropicales et deux aides expérimentés. Ils devaient arriver le lendemain par avion. Ces nouvelles étaient excellentes. Un éclair de victoire brilla dans les prunelles de la Maharani, du Colonel et de Rashid Ali Khan.

Gopal Rao et Ranjit Singh se retirèrent, Rashid resta.

Comme ministre de la Police, il devait procéder à la lugubre besogne de l'enquête sur le suicide de Maria Lishinskaia. Ransome, le Major et finalement Harry Bauer arrivèrent comme témoins.

Le Suisse n'avait plus l'aspect frais et net de la veille. Son complet blanc était fripé, défraîchi, et dans son maintien il y avait quelque chose de pesant, comme si sa radieuse santé s'était ternie et qu'une ombre fût tombée sur lui. Deux longues balafres marquaient l'une de ses joues.

Le Major déclara que le suicide était indiscutable. Maria Lishinskaia avait noué un des bouts de l'écharpe autour de son cou, l'autre au crochet, puis d'une secousse avait renversé la chaise sur laquelle elle se tenait. Sa volonté de se donner la mort était corroborée par le fait que, l'écharpe s'étant distendue, ses pieds touchaient le sol lorsqu'on l'avait dépendue. Elle aurait pu, estimait-il, en réchapper si elle l'avait souhaité. Son corps était encore chaud quand Ransome la découvrit. Elle n'était donc morte que depuis quelques minutes.

Le *jobedar,* endormi dans sa chambre, n'avait rien entendu.

Ransome raconta comment il l'avait vue, plus tôt dans la soirée, se glisser d'arbre en arbre le long du Réservoir et finalement bondir dans l'École de Musique. Le colonel Ranjit Singh, en compagnie duquel il se trouvait, l'avait également aperçue. Ils s'étaient entendus pour ne pas ébruiter la chose.

Puis ce fut le tour de Harry Bauer. Plein de réticences, il fit son récit d'un ton morne, à contrecœur, les yeux obstinément baissés. « J'ignorais qu'elle viendrait, dit-il. Elle m'a parlé un moment, et puis elle est partie. »

Mais Rashid voulait en savoir davantage.

« N'était-elle pas votre maîtresse ? demanda-t-il.

— Oui.

— Depuis combien de temps ?

— Presque deux ans. Ça a commencé à Carlsbad. Je ne l'ai jamais aimée, mais ici, c'était commode. J'ai essayé de rompre. Elle voulait m'épouser ; j'ai toujours refusé. Je me marierai avec une jeune fille de Vevey, quand je rentrerai chez moi. Je le lui ai dit ; ça ne l'a pas arrêtée. Souvent elle menaçait de se tuer, mais je ne la croyais pas. J'ai l'impression qu'elle était un peu folle. Elle ne cessait de m'importuner. Je la trouvais constamment dans ma chambre, jusque dans mon lit ! Les yeux toujours baissés, il haussa les épaules. Que fallait-il faire ? Après tout, je suis en bonne santé et ici il fait chaud, et les mets sont épicés...

— Est-ce tout ?

— Oui.

— Miss Simon a déclaré que, venant vous chercher, elle avait entendu un bruit de querelle, et que la défunte avait crié : “Je vous tuerai et me tuerai après !” Est-ce exact ?

— Oui.

— Vous vous êtes disputés ?

— Non. Elle s'est jetée sur moi.

— Est-ce pour cela que votre visage est écorché ?

— Oui.

— Quel était le sujet de votre querelle ? »

Il tarda à répondre.

« Elle voulait que je couche avec elle. Elle a fait et dit d'horribles choses, murmura-t-il enfin.

— Parce que vous refusiez ?

— Oui. C'était laid et indécent. Ce n'était pas le lieu pour... cela. Avec tous ces morts et ces agonisants autour de nous. Je ne voulais pas. Je n'aurais pas pu. Elle m'a traité d'une façon dégoûtante. »

« Elle a offensé sa pudeur d'honnête Suisse ! » songea Ransome.

« Je lui ai dit qu'elle me répugnait. Alors elle a essayé de me tuer. Elle m'a sauté dessus, comme une panthère... et je l'ai frappée.

— Ah ?

— Oui. Je crois bien que c'est ce que j'ai fait. Elle a instantanément cessé de crier et s'est retirée dans un coin de la chambre. Là, elle a couvert son visage de ses mains.

— Vous a-t-elle parlé ?

— Non. Un long moment, elle est restée sans bouger. Et puis, elle s'est mise à pleurer ; pas d'une façon violente et hystérique comme d'habitude, mais tranquillement... Après son départ, c'est la seule chose qui m'ait inquiété.

— Que disait-elle ? »

Une expression de perplexité se peignit sur le beau visage lisse et stupide de Harry Bauer.

« Elle parlait très bas, répondit-il. Je ne me souviens pas exactement de ses paroles. Oui, je crois qu'elle a dit : "Que m'est-il arrivé ? Suis-je folle ?" Puis elle a ajouté : "Je suis désolée de vous avoir frappé. Pardonnez-moi. Je ne pourrais mourir si vous ne me pardonnez pas." Je lui ai répondu : "Bon ! Bon ! Je vous pardonne. Mais c'est fini. Je ne veux plus vous revoir. Vous êtes horrible." Elle a alors retiré ses mains de son visage. "C'est entendu. Vous ne me reverrez plus, m'a-t-elle dit. Je ne vous ennuierai plus. Je n'ennuierai plus jamais personne, même pas moi. J'aurais dû le faire il y a longtemps, avant Leipzig ou Dresde." Puis elle a ajouté : "Adieu. J'espère que votre corps merveilleux, qui est la seule chose que vous aimez, souffrira autant que j'ai souffert." »

La voix de Harry Bauer devenait de plus en plus faible.

« C'était comme si elle se parlait à elle-même, poursuivit-il. Je ne croyais pas qu'elle le ferait. Si souvent, elle avait répété la même chose... Tout ce que je voudrais, maintenant, c'est qu'on me laisse partir. J'aimerais rentrer en Suisse, me marier, avoir la paix... Jamais je n'aurais dû venir ici. »

Il y eut un instant de silence.

« Y a-t-il des parents, des amis à avertir, Altesse ? demanda Rashid.

— Pas à ma connaissance. Vous pourriez regarder dans ses papiers. Elle m'a toujours dit que sa famille et ses amis étaient tous morts ou disparus.

— Ce sera suffisant, reprit Rashid en s'adressant au Suisse. Vous pouvez disposer. Dès que je verrai le moyen de vous faire partir, je vous en informerai. Peut-être y aura-t-il une place dans un des avions.

— Je ne demande rien d'autre, répondit Harry Bauer d'un ton morne. Rentrer chez moi. Quitter ce maudit pays. »

La peur s'était emparée de lui ; une peur d'animal malade. Il se dirigea vers la sortie, trébucha et faillit tomber. Un instant, il resta immobile, accroché à la portière. Les yeux de Ransome rencontrèrent ceux du Major ; ils échangèrent un regard d'horreur.

« Vous feriez mieux de l'accompagner et de veiller à ce qu'il arrive jusqu'à l'École de Musique », murmura le Major à l'oreille de Ransome.

Ransome rejoignit Harry Bauer et le prit par le bras pour le soutenir. Il avançait en titubant. Arrivés au Grand Réservoir, le Suisse s'appuya au mur et se mit à vomir. Ransome sut alors qu'il était perdu. Avec l'aide d'un coolie qui passait, il le transporta jusqu'à l'École, dans la chambre arrangée avec une ingéniosité de soldat. Assis sur le bord du lit, apathique, les yeux fixés droit devant lui, Bauer laissa Ransome lui enlever son veston blanc, ouvrir le col de sa chemise. Un long moment il resta silencieux. Enfin, avec effort il leva sur Ransome ses prunelles aux pupilles dilatées, troubles, et haleta : « Faites-moi partir de cet affreux pays. Il faut que je rentre chez moi. »

Puis il se remit à vomir, terriblement, le corps secoué de spasmes violents.

Enfin il se calma.

« Je vais chercher le docteur », dit Ransome en le quittant. Dans le vestibule il rencontra le Major.

« J'ai fait aussi vite que j'ai pu, dit celui-ci. La vieille dame désirait encore me parler.

— Y a-t-il une chance de le sauver ?

— Peu. En tout cas, les avions ont apporté de quoi le soulager.

— Qui va le remplacer ?

— Je n'en sais rien.

— Moi.

— Vous êtes nécessaire ailleurs.

— Ils peuvent continuer sans moi. Gopal Rao prendra ma place. Ransome posa un regard décidé sur le Major. Je désire le faire.

— Vous connaissez le danger ?

— Oui.

— La Maharani ne vous approuvera pas.

— Je le désire. Il le faut.

— Soit. Je comprends. Mais, pour l'instant, vous allez

vous laver, passer vos mains à l'alcool et changer de vêtements. Le Suisse était aussi propre qu'on peut l'être ; cela ne l'a pas sauvé. »

L'idée lui en était venue au moment où il soutenait Harry Bauer près du mur du Grand Réservoir. Les vomissements du Suisse lui avaient appris que celui-ci était condamné, que bientôt il ne serait plus. Son esprit, engourdi comme jadis par la présence innombrable de la mort, avait accepté ce fait froidement, sans émotion. Son bras soutenait le corps d'un homme déjà mort, qui peut-être continuerait à vivre pendant quelques heures, miséricordieusement stupéfié par la maladie qui le tuait. Ce n'était qu'un mort de plus parmi des milliers de morts, une fourmi de plus dans la fourmilière qu'un caprice de Dieu avait dispersée quatre jours auparavant — oui, une fourmi dont la disparition n'aurait guère d'importance pour qui que ce fût, maintenant que la Russe s'était pendue au crochet de la Grande Porte. Son décès ne ferait de différence pour personne, sauf pour lui-même, avec son égoïsme de paysan, son matérialisme, ses projets de retour au pays, de mariage, son désir de fonder une famille, d'acheter une terre, de laisser après lui un fils, pour perpétuer le nom commun de Bauer, transmettre l'être qui fut Harry Bauer, cet être anéanti par le talon de Dieu, à des milliers de lieues des vignes étagées en terrasses au-dessus de Vevey.

Et si, au lieu de Harry Bauer, Tom Ransome s'était trouvé ainsi, soutenu par un inconnu, vomissant sa vie, à l'extrémité du Grand Réservoir... une fourmi de plus, une fourmi étrangère, échappée d'une autre colonie dans l'espoir de se perdre dans cette vaste fourmilière qu'étaient les Indes. Oui, voilà tout... Aujourd'hui, demain, le jour suivant, ce serait peut-être le tour de Tom Ransome d'être écrasé par mégarde, de cesser d'exister. Et soudain, comme Harry Bauer, dans ses vêtements souillés, secoué de hoquets douloureux, cessait de vomir et s'appuyait à lui, Ransome se vit lui-même avec une lucidité sans précédent, et son esprit se détourna, révolté par le spectacle de son inutilité, de son égoïsme, de son impuissance. Il comprit alors ce qu'il devait faire : se détruire lui-même avec tout son passé, ses doutes, ses hésitations, ses pensées brumeuses et vaines qui le paralysaient depuis sa naissance. Il devait anéantir ce Tom Ransome, l'annihiler, écraser son moi dans l'argile rouge de Ranchipur. Il fallait mettre en pièces, humilier ce penseur embrouillé, ce libéral don quichottesque, ce raisonneur égocentrique. Dans le monde où il se trouvait, comme dans celui qu'il avait quitté, il n'y avait pas de place pour des Tom Ransome. Une once d'action valait une tonne de réflexion. La philosophie était un luxe pour les faibles, et le détachement, le vice des paresseux. Il devait se libérer de tout cela, redevenir enfin simple, aussi nu que le domestique de Mr. Bannerjee debout sur le balcon dans la lumière crépusculaire, contemplant les ruines de Ranchipur.

Cette fois, la vision ne s'évanouit pas dans l'ombre, hors de son atteinte. Elle demeura en lui pendant qu'il transportait le Suisse mourant à l'École de Musique, le déshabillait, et allait chercher le Major.

En ce moment même, tandis que, debout près du *chattee*, il versait de l'eau tiède sur son corps nu et se lavait parcimonieusement avec le précieux morceau de savon, la vision persistait. Pensant au Major, il se rendit compte que celui-ci avait dû discerner une expression nouvelle dans ses yeux, et la comprendre. Et une chaude vague d'affection l'envahit à son égard, comme à celui de Rashid, des Smiley et même de la vieille Maharani. Il était déjà leur ami, mais jusqu'à cet instant il s'était tenu à l'écart, séparé d'eux par une sorte de barrière qui l'isolait et rendait leur amitié stérile. Maintenant, tout était changé : il les *connaissait*. Il les devinait, dans leur essence même. Il ne laisserait plus, comme tant de fois, échapper cette compréhension nouvelle, cette précieuse vision. Quoi qu'il pût lui en coûter. Il allait se prendre en main et, quand il serait assez fort, il tournerait le dos pour toujours à ce vieux lui-même impuissant et chagrin.

Dès qu'il se fut rhabillé, il se mit en quête de Fern. Il la trouva dans le bureau où le timide Mr. Das, directeur de l'École de Musique, se débattait autrefois dans les complications de sa comptabilité à l'européenne. Elle aussi lui apparut sous un jour nouveau, comme si, jusqu'alors, il ne l'avait vue qu'à travers une brume où elle demeurait indistincte, sans autres caractère ni personnalité que ceux dont l'avait dotée l'imagination qui servait d'aliment au moi de l'ancien Tom Ransome. Il la découvrait enfin dans sa réalité, telle que tante Phœbe, avec sa simplicité et son expérience, l'avait comprise cette fameuse nuit où il l'avait amenée chez les Smiley.

« Harry Bauer va mourir, dit-il.

— Je le sais.

— Je viens le remplacer. »

Une seconde, elle le regarda éperdue.

« Non, il ne faut pas ! On a trop besoin de vous.

— Je ne suis pas indispensable. De toute façon, je tiens à le faire. »

Puis, avec un battement de cœur, il se rendit compte qu'elle était heureuse de sa décision.

« Le Major est d'accord, poursuivit-il. Il faudra donc que vous me mettiez au courant. Mais, avant tout, je voudrais de l'alcool pour me laver les mains. »

Elle lui en donna et, un long moment, le regarda.

« Il y a moins de nouveaux malades, dit-elle. Le Major estime que l'épidémie est en train de régresser.

— Et les décès ?

— Autant qu'avant. Neuf cas sur dix sont mortels. »

Le visage fatigué de la jeune fille était empreint d'une sorte de gravité qu'il avait vue parfois sur les traits de tante Phœbe. « Heureusement que leur mort est rapide. Cela fait de la place pour les autres. »

Brusquement, il la prit dans ses bras et la serra contre lui avec passion. Cette Fern nouvelle qu'il découvrait était une femme, une femme plus précieuse pour lui que toutes celles qu'il avait jamais connues.

« Nous travaillerons ensemble ; cela vaudra beaucoup mieux, dit-il.

— J'ai peur, murmura-t-elle d'une voix si basse qu'il l'entendit à peine.

— Dorénavant tout ira bien. Je le sais. »

Oui, tout irait bien, s'il restait fidèle à sa vision, s'il détruisait une fois pour toutes ce qu'il avait été. Alors, plus jamais il ne « partirait », la laissant seule et effrayée.

« Il ne faut pas que vous dormiez dans la chambre de Harry Bauer », dit-elle.

Un moment, il la contempla en silence.

« Je ferai mon lit ici, dans ce bureau », déclara-t-il enfin.

Pour la première fois, depuis le tremblement de terre, il la vit sourire.

« C'était ce que je souhaitais, dit-elle. Je vous désire près de moi. Tout va être tellement plus facile si vous êtes à côté de moi.

— Les gens ne feront plus de potins.

— Cela n'aurait aucune importance. Elle pressa sa joue contre la sienne. J'ai honte, ajouta-t-elle.

— De quoi ?

— D'être si heureuse ! »

Un moment, il réfléchit.

« Il ne faut pas avoir honte, dit-il. Les choses devaient se passer ainsi. Sinon, depuis longtemps le monde aurait cessé d'exister.

— Il est temps de faire la tournée, dit-elle. Je vous montrerai la routine. Probablement trouverons-nous de nouveaux morts. »

A cinq heures, Harry Bauer s'éteignit. Pendant tout l'après-midi, revenant sans cesse auprès de lui, Ransome lui avait administré de la solution de kaolin, du calcium, du chlorure de sodium. L'idée de sauver le Suisse, de le renvoyer chez lui à l'existence à laquelle il avait toujours rêvé, était devenue pour Ransome une sorte d'obsession. Il en arrivait presque à comprendre cette volonté de vie qu'exerçait Miss Mac Daid sur les malades et les mourants. Penché sur le corps à demi engourdi de Bauer, il essuyait l'écume de ses lèvres violettes et répétait : « Il faut que vous viviez ! Vous ne devez pas mourir ! »

Mais Harry Bauer, figé, ne réagissait pas, sauf par

moment quand les crampes trop intolérables lui faisaient replier les jambes jusque sous le menton.

Enfin, vers cinq heures, lorsque pour la vingtième fois Ransome entra chez lui, il s'aperçut qu'un changement était survenu dans son aspect. Bauer, parfaitement immobile, la tête renversée en arrière, la bouche ouverte, ne respirait plus. Son pouls était arrêté. « Il est mort ! se dit Ransome. Jamais il ne retournera chez lui. »

Pour plus de certitude, il alla chercher Fern. Un instant elle l'examina.

« C'est fini », dit-elle.

Le Major arriva vers six heures. Ransome l'accompagna dans la chambre de Bauer. Le poignet de celui-ci était encore chaud de fièvre. Repoussant le drap, le Major dit : « Regardez ! » Le beau corps de Harry Bauer — la seule chose qu'il aimât, à ce que prétendait Maria Lishinskaia — avait perdu tout éclat. D'un brun foncé, les muscles se détachaient comme dans une planche anatomique sur le fond gris des autres tissus. Puis, tandis que le Major et Ransome le contemplaient, une des jambes s'éleva lentement et se détendit de côté, comme le chassé jeté d'un danseur de ballet.

« Mais il bouge encore ! dit Ransome.

— Oui, c'est ainsi pour le choléra, répondit le Major en remontant le drap. Le corps n'est qu'une machine, son esprit n'est plus là. Mais les muscles continuent à travailler, comme un attrape-mouches qui se déroule. »

A midi, le Major envoya un boy avertir tante Phœbe que le char à buffles viendrait la chercher pour la conduire chez la Maharani. Son billet ne demandait pas de réponse. Considérant que ce message était un ordre, la vieille dame en fut un instant agacée. Elle songeait aussi que cette visite lui prendrait au moins quatre ou cinq heures de sa journée, quand chaque minute était si précieuse. Dès que Bertha Smiley rentra de l'Orphelinat, elle la mit au courant de la nouvelle et lui demanda ce qu'elle en pensait.

« Probablement a-t-elle entendu parler de vous et désire-t-elle vous voir, répondit-elle. C'est une personne pleine de curiosité.

— Il faudra que je m'habille, je suppose ?

— Certainement.

— Ma robe de foulard avec le col en dentelle de Battenbourg ?

— Oui, et votre parure de corail.

— Croyez-vous que nous nous entendrons ?

— C'est probable. Ou bien elle se montrera très raide et hautaine, ou bien, Mrs. Smiley chercha une équivalence, elle sera exactement comme une de nos vieilles âmes de Beaver Dane. Il n'y a pas de quoi vous effrayer.

— Je n'ai pas peur, répliqua tante Phœbe. Seulement, peut-être ne saurai-je pas me comporter comme il convient.

— Ce n'est pas difficile... Tenez, admettons que vous êtes la Maharani et que moi, je suis vous. J'entre, je place mes mains ainsi, je m'incline et je dis : “Bonjour, Altesse.” Elle commencera tout de suite à vous parler. Elle aime ça. Tâchez de ne pas trop l'interrompre. Sans doute vous posera-t-elle un tas de questions.

— Elle aurait vraiment pu me donner un peu plus de temps pour me préparer.

— Vous serez toujours assez bien. Elle ne fait guère attention à la façon dont on est habillé. La chose essentielle, c'est que vous lui disiez “Altesse” en lui parlant. Elle y tient.

— J'y penserai. »

Elle s'apprêtait à retourner à la cuisine, quand Bertha l'arrêta.

« Je m'occuperai du déjeuner, dit-elle. Homer est à l'Orphelinat. Je resterai ici jusqu'à votre départ. Allez vous préparer. Avec toute cette humidité votre robe aura besoin d'un coup de fer. »

Tante Phœbe commença par protester, puis, tout en ronchonnant, elle se dirigea vers sa chambre.

Sa première surprise passée, l'invitation commençait à lui sourire, au point qu'elle consentit à se décharger sur Bertha et un des élèves intouchables des soins du repas. Mrs. Simon et Mrs. Hoggett-Egburry logeaient encore à la Mission. Ni l'une ni l'autre ne désiraient s'installer dans le bungalow de Mrs. Hoggett-Egburry. Elles y passaient une partie de la journée pour y mettre de l'ordre, mais elles revenaient manger et dormir chez les Smiley.

Tout en retirant du coffre d'eucalyptus sa robe de foulard, tante Phœbe remerciait le ciel de ce que les deux femmes eussent fait la paix et qu'elles s'entendissent de nouveau comme larrons en foire. La paresse méridionale de Mrs. Simon, le laisser-aller cockney de Mrs. Hoggett-Egburry lui étaient indifférents ; mais elle ne pouvait supporter leur sottise, ni leurs interminables et vains bavardages. Elle méprisait aussi leur terreur qui, depuis le désastre et l'épidémie, leur avait fait fuir les Hindous. Elles avaient même émis la prétention que tante Phœbe renvoyât le garçon intouchable qui l'aidait à la cuisine, sous prétexte qu'il risquait de leur apporter le choléra de la ville.

« Cela ne servirait à rien, avait répondu tante Phœbe non sans malice. Les Européens peuvent tout aussi bien le transporter, mieux même. Le Major prétend que le choléra aime particulièrement le sang frais des Européens. Ils en meurent comme des mouches. »

Tante Phœbe considérait toute autre précaution que la simple propreté comme inutile. Si vous deviez attraper le choléra, vous l'attraperiez, le Seigneur, ou peut-être le hasard, en décidait.

Au début, la terreur de Mrs. Hoggett-Egburry dépassait celle de Mrs. Simon. Mais, peu à peu, elle avait contaminé son amie, et depuis elles vivaient toutes deux dans un état de perpétuelle épouvante, entretenu chez Mrs. Hoggett-Egburry par le brandy retrouvé dans sa maison et que les Bhils n'avaient point découvert.

Tante Phœbe repassait sa robe de foulard quand, par la fenêtre, elle aperçut les deux femmes. Celles-ci remontaient la route de la Distillerie pour venir déjeuner. Sous leurs parapluies, elles portaient des sacs bourrés du bric-à-brac de Mrs. Hoggett-Egburry. Depuis deux jours, elles s'affairaient ainsi, empilant dans un coin de la dépense de la Mission bronzes, châles de pacotille, *saris*, tabourets incrustés, coussins brodés. La police avait retrouvé la machine à coudre, le réveille-matin, trois plateaux de cuivre, et les Bhils coupables du larcin étaient enfermés dans la grande écurie à barreaux du *Philkana* des éléphants. L'agrandissement de la photographie de Mrs. Hoggett-Egburry dans son beau temps manquait encore.

Tandis que tante Phœbe les observait, elle vit arriver en sens inverse un coolie. Posant son fer, elle se demanda ce qui allait se passer. Au moment où le coolie fut à environ trente mètres d'elles les deux femmes se précipitèrent d'un seul élan dans les champs boueux. Quand elles furent à une distance respectueuse, elles s'arrêtèrent et crièrent à l'homme, en mauvais hindoustani, de ne pas s'approcher. Celui-ci, sans même les regarder, poursuivit son chemin dans la direction de la ville.

Tante Phœbe poussa un petit grognement et reprit son repassage. « Comme une paire d'orthodoxes brahmanes ! » se dit-elle.

Peu après, elle les entendit bavarder et décharger leurs trésors dans la dépense. Quelques instants plus tard, un agent de la police mahratte arriva, envoyé par Gopal Rao. Celui-ci faisait dire que Mr. Hoggett-Egburry s'était arrangé pour qu'un des avions emmenât sa femme à Bombay. Il y avait deux places dont Mrs. Hoggett-Egburry pouvait disposer à sa guise. En apprenant la nouvelle, Mrs. Hoggett-Egburry s'écroula sur une des chaises de la cuisine et s'écria : « Dieu merci ! Nous sommes sauvées !

— Quoi ? Qu'est-ce qui se passe ? demanda Mrs. Simon survenant. Comment sommes-nous sauvées ?

— Herbert nous envoie un avion ! Je savais qu'il ne m'abandonnerait pas !

— Vous pouvez partir... Moi, c'est impossible... je ne peux pas laisser Fern. »

Mais tante Phœbe, qui n'aimait pas perdre une occasion, s'écria : « Fern refusera sûrement de partir. Je prendrai soin d'elle. Inutile de vous tourmenter.

— Je ne peux pas m'en aller sans elle.

— C'est la seule chose à faire. Supposez que vous attrapiez le choléra, que vous mouriez et laissiez Fern orpheline. Vous seriez bien avancée ! C'est alors qu'elle n'aurait plus personne pour s'occuper d'elle !

— Elle a raison, Mary Lou, dit Mrs. Hoggett-Egburry. Songez-y ; d'autant plus qu'elle va bientôt se marier. Vous devez aussi penser à vous.

— Laissez-moi réfléchir.

— Vous feriez mieux de vous préparer, remarqua tante Phœbe. Les avions doivent se mettre en route avant la nuit. Ne vous faites pas de souci. Je comprends Fern. Bertha et moi, nous aurons l'œil sur elle.

— En tout cas, il faudrait que je la voie avant de partir.

— Aller vous fourrer dans cet endroit pestiféré ! s'écria Mrs. Hoggett-Egburry d'une voix pâteuse. Je vous le défends, vous m'entendez ! Vous risqueriez de transporter la contagion et on ne vous laisserait pas débarquer à Bombay. Non, non, c'est impossible ! Réfléchissez ; Fern est fiancée, et avec quel parti ! Il est temps, vraiment, d'avoir un peu de bon sens.

— Vous feriez mieux de vous préparer, répéta tante Phœbe avec flegme.

— Je vais y réfléchir, dit Mrs. Simon. Puis, subitement, elle se mit à pleurer : Je n'ai encore jamais volé ! sanglota-t-elle.

— Moi non plus, remarqua Mrs. Hoggett-Egburry. Mais je préfère voler que de mourir ici, comme un rat dans un trou. Les Smiley pourront veiller sur mes bronzes. N'est-ce pas, cela ne vous dérangera pas ?

— Non, répondit Bertha Smiley.

— Nous en prendrons grand soin, ajouta tante Phœbe.

— C'est trop affreux, hoqueta Mrs. Simon. Pourquoi Fern rend-elle tout tellement pire en s'obstinant à rester dans cette horrible ville ? Elle n'a jamais pensé qu'à elle — depuis le jour de sa naissance.

— Allons ! Allons ! dit tante Phœbe. Si vous êtes prêtes à trois heures, je vous emmènerai avec moi en ville.

— Nous ne pouvons faire à pied tout ce chemin, bafouilla Mrs. Hoggett-Egburry.

— Ce ne sera pas nécessaire. La Maharani m'envoie son char à buffles. Vous pourrez faire la course avec moi. »

Puis, comme si ce qu'elle avait dit était la chose la plus naturelle du monde, elle les quitta.

Mrs. Hoggett-Egburry et Mrs. Simon se rendirent dans la dépense pour préparer leur départ. Mais, dès que la porte fut refermée sur elles, Mrs. Simon, qui ne pleurait plus, s'écria : « Comment expliquez-vous qu'elle soit invitée par la Maharani ? »

Mrs. Hoggett-Egburry ne répondit pas. Se bornant à rouler les yeux, elle se détourna pour choisir dans son tas de trésors ceux qu'elle comptait emporter.

« Il faut avouer qu'ici le monde est fou, dit-elle enfin. Lorsque j'arriverai à Bombay, j'obligerai Herbert à donner sa démission de la Banque et à me ramener en Angleterre. Un homme de sa valeur n'aura pas de peine à y trouver une situation. Si c'est impossible, eh bien, nous irons nous installer tranquillement dans le Shropshire. J'y ai une quantité de parents..., des gens du comté, vous savez. Je n'ai pas l'intention de continuer à passer les meilleures années de ma vie dans une ville comme Ranchipur ! Elle eut un reniflement d'indignation. Non, vraiment ! C'est inconcevable ! Que la Maharani envoie chercher cette vieille truite ! »

Les préparatifs de Mrs. Simon ne furent pas compliqués. Tout ce qu'elle possédait au monde était enseveli sous l'amoncellement de pierres qui, une fois, avait été sa demeure. Elle s'était réconciliée avec Mrs. Hoggett-Egburry. Les premières terreurs et crises de nerfs passées, elles s'entendaient de nouveau assez bien, d'autant plus que nul, à part les Smiley qui les nourrissaient, ne s'occupait d'elles à Ranchipur. Mais Mrs. Hoggett-Egburry n'avait pas retrouvé son prestige aux yeux de Mrs. Simon. Son ivrognerie avait également cessé d'être un secret. Maintenant, elle buvait quand et où cela lui convenait, et y trouvait, jusqu'à un certain point, une compensation à son influence perdue. Mrs. Simon l'appelait ouvertement « Lily » ; de son côté, elle lui disait « Mary Lou ». Depuis qu'il était entendu que Mrs. Simon allait devenir belle-mère du frère d'un comte, sa supériorité ne faisait plus de doute. Mais, dans leur for intérieur, elles se haïssaient avec la passion de deux femelles qui s'étaient toujours détestées et méfiées l'une de l'autre.

Tandis que Mrs. Hoggett-Egburry, un peu vacillante, était assise sur un tabouret, en train de fouiller dans son bric-à-brac de trésors, Mrs. Simon, étendue sur son lit, geignait et ne cessait de répéter : « Je ne peux pas partir. Je ne peux pas abandonner Fern. Elle est tout ce qui me reste au monde. »

Plus que jamais, elle déplorait la perte de son mari et de Hazel. Elle sentait venir une de ses crises et n'aurait personne pour l'écouter, pour en être bouleversé, pour la réconforter.

Mrs. Hoggett-Egburry continuait ses triages, échafaudant de petits tas des deux côtés du tabouret. Cela lui donnait une illusion d'ordre, mais en fait ne l'avançait guère. Parfois, elle reprenait des objets sur la pile de droite, pour les mettre sur celle de gauche, ou pour les replacer sur l'amoncellement du milieu. Finalement, excédée, elle se redressa et, se tournant vers le lit, s'écria : « Sacré nom de tonnerre ! Mary Lou, venez me donner un coup de main !

— Ne me demandez pas de faire quoi que ce soit en ce moment ! » geignit Mrs. Simon.

Alors Mrs. Hoggett-Egburry, la foudroyant d'un regard, et mesurant ses paroles avec la mortelle lucidité des ivrognes, lui dit : « Oui, vous êtes toute seule, maintenant. Tant mieux ! Il ne vous reste plus personne. Vous n'avez rien d'autre à faire qu'à prendre vos cliques et vos claques et à retourner à Unity Point vers toutes vos vieilles négresses. Car, si vous vous figurez que Fern vous reviendra jamais, vous vous faites d'étranges illusions ! Cette fille est beaucoup trop avisée pour cela ! »

Mrs. Simon poussa un cri sourd et enfouit son visage dans ses mains comme si elle venait d'être frappée. Mais il n'y avait point de spectateurs. Mrs. Hoggett-Egburry lui tournait de nouveau le dos, perdue dans l'inextricable confusion de ses choix.

Le char à buffles avait du retard. Installées sur les dures chaises de la cuisine, tante Phœbe, Mrs. Simon et Mrs. Hoggett-Egburry l'attendaient. D'innombrables ballots et paquets, contenant les trésors de Mrs. Hoggett-Egburry, les entouraient. Les deux « amies » ne se parlaient pas. Tante Phœbe, assise entre elles, éprouvait une sereine satisfaction à constater le complet effondrement — chose qui vous est rarement accordée — de ses ennemies. De temps à autre, Mrs. Simon reniflait et tamponnait ses yeux. Elle portait un casque colonial de Mrs. Smiley et un costume de pongé de Mrs. Hoggett-Egburry, qu'elle lui avait emprunté avant leur dernière querelle. Trop grand pour elle, il lui donnait un air à la fois pitoyable et ridicule.

Quand enfin le char arriva, traîné par les buffles blancs de Mysore aux cornes dorées, tante Phœbe eut une seconde de déception. Elle imaginait que l'équipage royal ressemblerait aux cabs à chevaux qui attendaient les voyageurs à Beaver Dane. Au lieu de cela, elle vit s'avancer une sorte de trône, monté sur quatre roues, et muni d'un siège à l'avant pour le conducteur. Bien que le trône fût très spacieux, il ne le semblait pas assez pour contenir les postérieurs des trois dames. Pourtant, si Mrs. Hoggett-Egburry et Mrs. Simon voulaient arriver à temps pour l'avion, il s'agissait de s'en accommoder. Après divers essais, la frêle tante Phœbe s'assit au milieu, bien calée entre les fesses rebondies de ses deux compagnes. Et sur elles furent empilés les paquets et les ballots de Mrs. Hoggett-Egburry.

Le conducteur contemplait d'un œil désapprobateur cet arrangement. Jamais encore il n'avait vu le char royal servir d'omnibus. Étant déjà en retard, il redoutait la colère de la Maharani et ne comprenait pas un mot aux ordres que lui criaient, dans un jargon impossible, les deux « amies ». Pour comble, la pluie s'était remise à tomber à torrents, si bien que, lorsque les trois femmes furent enfin installées sous la capote pliante du carrosse, la robe de tante Phœbe, repassée avec tant de soin, n'était plus qu'un chiffon.

Grimpant sur son siège, le conducteur piqua l'arrière-train des deux buffles. C'étaient des animaux magnifiques, dont les ancêtres étaient jadis élevés dans l'État de Mysore, pour tirer le canon du Tippoo Sahib. On dorait chaque matin leurs cornes. Ils avaient accoutumé de tirer le vieux Maharajah dans ses promenades du soir. Jamais ils n'avaient traîné charge aussi commune. Harcelés par un conducteur que terrifiait la crainte de la colère royale, gémissants et grognants, ils prirent leur célèbre trot. Leurs pas saccadés et durs entraînaient le léger véhicule sur la route asphaltée en une série de secousses et de bonds qui terrorisaient Mrs. Simon et Mrs. Hoggett-Egburry.

Enfin, elles voyageaient dans un équipage de la Maharani mais cela grâce au bon plaisir de tante Phœbe, et parce qu'elles quittaient Ranchipur, peut-être pour toujours.

Le trot, accompagné des grognements sinistres, dura jusqu'au pont du chemin de fer. Puis le conducteur mit les buffles au pas, de crainte qu'une des planches posées sur les rails ne se redressât et n'abîmât le carrosse. La rivière, un peu moins grosse, grondait encore à quelques centimètres du bord. Mrs. Hoggett-Egburry, prise de vertige, ferma les yeux, songeant : « Si c'est la mort, j'aime autant ne pas la voir venir ! » Mrs. Simon baissa aussi les paupières et joignit ses gémissements aux protestations furieuses des animaux humiliés. Quant à tante Phœbe, assise toute droite sous deux des ballots de Mrs. Hoggett-Egburry, elle regardait vers la ville. Depuis quatre jours, elle était dévorée du désir de voir ce qui s'était passé, mais n'avait pas encore eu le temps de satisfaire sa curiosité. Enfin, le char atteignit la terre ferme.

« Merci, mon Dieu ! » s'écria Mrs. Simon en rouvrant les yeux.

Après quoi, elle s'enveloppa le visage avec une écharpe hindoue. Mrs. Hoggett-Egburry l'imita.

Il n'y avait plus de cadavres sur les bords de la route, mais, çà et là, des ossements blancs, d'âne, de vache ou de chien errant, nettoyés par les vautours. Dans la boue, parmi les ruines, les habitants de la ville s'étaient construit des abris de fortune. Le passage des buffles aux cornes dorées et du carrosse de la Maharani, où s'empilaient trois Européennes, dont deux voilées à la façon musulmane, et une infinité de ballots et de paquets, éveillait une curiosité étonnée. De distance en distance, des groupes de coolies emportaient les débris laissés par l'inondation, Mrs. Hoggett-Egburry, oubliant sa terreur, regardait d'un œil d'ivrogne ce qui l'entourait. Elle songeait confusément que tous ces détails feraient une histoire merveilleuse à raconter le jour où, Herbert ayant donné sa démission, ils seraient de retour en Angleterre...

Ils dépassèrent l'École de Musique, près de laquelle des coolies étaient en train de brûler un monceau de cadavres, et atteignirent la Grande Porte. Le carrosse était à peine arrêté que Mrs. Simon se remit à pleurer. La vue de l'École de Musique et du bûcher funèbre l'avait bouleversée et remplie d'une nouvelle tendresse pour Fern. Il fallait qu'elle la revît avant son départ.

« Si vous approchez de l'École de Musique, vous ne monterez pas dans l'avion avec moi ! » lui déclara Mrs. Hoggett-Egburry d'un ton péremptoire.

Sur ces entrefaites, Gopal Rao parut, une lueur de gaieté au fond des yeux. Il commença à décharger ballots et paquets, tandis que Mrs. Hoggett-Egburry et Mrs. Simon continuaient leur querelle d'une voix assourdie par les écharpes dont leurs visages étaient encore enveloppés.

« Si vous vous figurez que je vais rester ici à respirer les miasmes du choléra, pendant que vous allez voir Fern dans sa maison de pestiférés, vous vous trompez ! » disait Mrs. Hoggett-Egburry. Puis, avec une arrogance d'ivrogne, elle interpella Gopal Rao : « Garçon, dit-elle, où est l'avion ? »

Un éclair de colère passa dans les prunelles noires du Mahratte, mais presque instantanément il se ressaisit et répondit en riant : « Dans un champ, derrière la Tour du Silence.

— Mais comment irons-nous là-bas ?

— A pied, je le crains ! »

Courtois, ironique, moqueur, il avait retrouvé sa jovialité, son sens de l'humour mahratte. Son instinct l'avertissait que ces deux femmes mûrissantes étaient grotesques et n'avaient aucune importance dans l'échelle des valeurs européennes. Descendant des guerriers conquérants, leur mauvaise éducation ne pouvait le toucher.

« Je ne peux pas faire tout ce chemin à pied, reprit Mrs. Hoggett-Egburry. Regardez mes chaussures. »

Elle exhiba un petit pied chaussé de brodequins de fantaisie aux talons ridiculement hauts. Visiblement, elle s'était habillée en prévision de son arrivée à Bombay et non de son départ de Ranchipur.

« Je le regrette, Madame, il n'y a pas d'autre moyen, répondit Gopal Rao. Nous ne pouvons amener l'avion ici. Il a besoin d'espace pour décoller.

— Et le carrosse ? »

Mais, lorsqu'elle se retourna, elle vit l'équipage qui s'éloignait au grand trot de ses buffles gémissants et grognants. Tante Phœbe, amusée par le spectacle, aurait préféré s'attarder, mais le conducteur, pressé par la peur, l'avait emmenée, bon gré mal gré, pour la remettre à la Maharani.

A ce moment, Lady Esketh, en uniforme d'infirmière, et Miss Hodge passèrent sous la voûte. Elles se tenaient par la main, comme deux écolières.

« Bonjour, Lady Esketh, dit Mrs. Hoggett-Egburry en les apercevant.

— Bonjour, répondit Edwina.

— Bonjour », dit à son tour Mrs. Simon, toujours éplorée.

Mrs. Hoggett-Egburry saisit l'occasion.

« Nous partons justement pour Bombay en avion, dit-elle. J'aurais une place pour vous si cela vous convient. »

La bouche de Mrs. Simon s'ouvrit et se referma derrière son écharpe, mais aucun son n'en sortit. La traîtrise de son amie lui avait positivement coupé la parole.

« Je vous remercie, répliqua Lady Esketh, mais je préfère rester ici. J'espère que vous ferez un bon voyage. »

Puis, tenant toujours la main de Miss Hodge, elle poursuivit son chemin.

Entre-temps, Gopal Rao avait chargé trois coolies des bagages de Mrs. Hoggett-Egburry.

« C'est le moment d'aller, dit-il. Il faut que l'avion puisse atteindre Bombay avant la nuit. Je vous accompagne. »

Sans autre commentaire, il se mit en route, suivi des porteurs. Un instant, les deux femmes hésitèrent, puis, étreintes par la terreur de Ranchipur, du choléra, de la mort, comme deux veaux dociles, elles emboîtèrent le pas derrière la petite caravane qui, à travers la boue et la saleté, se dirigeait vers la Tour du Silence. Mrs. Hoggett-Egburry vacillait sur ses hauts talons, tandis que ses seins et son postérieur tremblaient et tressautaient aux inégalités du terrain.

La Maharani ne parut pas étonnée de l'arrivée tardive de tante Phœbe. Bouleversant toutes les prévisions protocolaires de Bertha Smiley, elle s'avança à sa rencontre et lui serra la main. Les serviteurs avaient déniché quelque part un fauteuil à bascule, et la Maharani invita tante Phœbe à s'y asseoir. Puis elle lui présenta la princesse de Bewanagar qui, elle aussi, serra la main de tante Phœbe. La Maharani, renonçant à son coussin, s'installa dans un fauteuil Empire sauvé du Palais, et la vieille princesse sur une chaise de toile pliante.

« C'est très bon à vous de venir me voir, dit la Souveraine. Il y a longtemps que je désire vous connaître, mais ma vie est tellement remplie...

— Altesse, répondit tante Phœbe, c'était très aimable à Votre Altesse de me faire chercher.

— On m'a dit que vous aviez beaucoup fait pour mes sujets pendant la catastrophe.

— J'ai fait ce qui était nécessaire, Altesse, répondit simplement tante Phœbe. Je regrette d'arriver si tard, mais le conducteur n'était pas à l'heure, et j'ai dû amener ces deux femmes jusqu'en ville.

— Quelles femmes ?

— Mrs. Hoggett-Egburry et Mrs. Simon. »

La Maharani fronça les sourcils.

« Ne pouvaient-elles aller à pied ?

— Oui, Altesse, mais je tenais à m'assurer de leur départ. »

Les sourcils s'abaissèrent et l'ombre d'un sourire voltigea sur les lèvres de la Souveraine.

« Mrs. Hoggett-Egburry ? dit-elle. N'est-ce pas la femme de l'administrateur de la Banque ?

— Oui, Altesse.

— Et l'autre, la femme du missionnaire ?

— Exactement, Altesse.

— Oui, je me la rappelle ; elle est venue au Palais. »

Il y eut un silence. Tante Phœbe, un peu nerveuse, se mit à se balancer doucement. Un domestique parut, apportant le thé.

« Je vous suis très reconnaissante, à vous et aux Smiley, pour tout ce que vous avez fait », reprit la Maharani.

La vieille princesse se mit à servir le thé. Sa tasse à la main, tante Phœbe se sentit plus à l'aise. Elle avait parfois aperçu la Maharani dans sa Rolls Royce, par les chaudes soirées, quand les yeux fixés droit devant elle, ne voyant personne, la Souveraine passait parmi ses sujets. Et tante Phœbe l'avait toujours considérée comme lointaine, irréelle, inhumaine, telle une déesse sculptée dans la pierre. Mais, en ce moment, elle constatait que la Maharani était un être véritable, fait de chair et de sang. A la façon dont elle se tenait assise dans le fauteuil Empire, il était même évident qu'elle souffrait un peu de sciatique.

« Ce sont deux femmes très sottes », dit subitement la Maharani.

Devinant de qui il s'agissait, tante Phœbe répliqua : « Oui, Altesse. Des femmes comme elles ne sont qu'une source d'ennuis dans les moments de crises.

— Et très vulgaires ! reprit la Maharani. Puis, incapable de refréner plus longtemps sa curiosité, elle demanda : Pourquoi avez-vous quitté l'Amérique pour venir ici ?

— Je souhaitais voir les Indes, Altesse, et, une fois ici, ça m'a plu.

— Et maintenant, cela vous plaît-il encore ?

— Oui, Altesse. A mon âge, Je ne crains rien.

— Quel âge avez-vous ?

— J'aurai quatre-vingt-deux ans en septembre. »

Elles commençaient à s'entendre. Tante Phœbe aimait la franchise et détestait la niaiserie. La Maharani lui posait des questions directes.

« Parlez-moi de vous, de votre vie en Amérique.

— Il n'y a pas grand-chose à raconter, Altesse.

— Décrivez-moi votre famille, la maison où vous habitiez. Dites-moi comment c'était, quand vous étiez jeune. »

Tante Phœbe la comprit. La Maharani désirait se renseigner sur l'Amérique et les gens de son milieu, exactement comme elle-même avait cherché à s'instruire sur les Indes, la Maharani et son entourage. Elle se mit donc à parler de l'Iowa, de ses parents, de ses grands-parents, de la ferme familiale. Elle décrivit les cruels hivers et les étés aussi chauds que l'époque de la mousson à Ranchipur. Peu à peu toute nervosité l'abandonna. Et, tandis qu'elle l'interrogeait, la Maharani se rendait compte que dans cette vieille femme un peu timide, qui se balançait doucement, il y avait de la sagesse, de la dignité, de la simplicité, de l'humour, de la bonté, de la compréhension et aussi de l'impatience, même de la malice, à l'égard des imbéciles et des vaniteux. Oui, elles s'entendaient de mieux en mieux, si bien que tante Phœbe, oubliant les recommandations de Bertha Smiley, finit par dire simplement « vous » à la Souveraine et non plus « Altesse ».

A son tour, la Maharani conta son enfance et sa jeunesse, sa vie dure et sauvage, sur l'aride et lointain plateau de sa naissance qu'elle n'avait pas revu depuis l'âge de treize ans. Elle se sentait à l'aise avec la vieille femme du Middle West américain. L'attitude de celle-ci n'avait rien d'obséquieux, ni de présomptueux ; elle était venue simplement prendre une tasse de thé et causer, sans intention d'obtenir une faveur ou de présenter une requête. Elle était à la fois confortable et réconfortante.

Et, tandis que tante Phœbe se balançait et bavardait, la Maharani éprouva à son égard le même sentiment que Rashid, Ransome, le Major et le pauvre Mr. Jobnekar. De temps en temps, la vieille princesse, gloussant, interrompait son amie, la Maharani, pour dire : « Non, ce n'était pas ainsi », ou « Vous vous trompez, *Masaheb,* c'était l'année de la grande sécheresse ».

Tante Phœbe écoutait. Parfois, elle s'écriait : « Comme c'est intéressant ! » ou « Est-ce possible ! »

Enfin, elle songea que, peut-être, elle dépassait les limites de la discrétion. La pensée de l'orphelinat commençait aussi à la préoccuper. Il était temps qu'elle rentrât, pour permettre à Bertha de se reposer. Mais elle se rappelait que celle-ci lui avait recommandé de ne pas partir avant que la Maharani ne la congédiât.

Il était près de six heures quand la Souveraine se leva, lui serra la main et lui dit : « Il vous faudra bientôt revenir. Je vous enverrai mon char.

— Merci, répondit tante Phœbe. Cela me fera grand plaisir. J'ai beaucoup joui de mon après-midi. »

A son tour, la vieille princesse lui serra la main. Quand les deux femmes se furent retirées, l'aide de camp vint la chercher pour la conduire jusqu'au carrosse royal. Elle grimpa sur le trône et, tandis que les buffles blancs de Mysore aux cornes dorées s'ébranlaient, elle se mit à penser à l'intéressante lettre qu'elle aurait à écrire à ses fils. Elle ne comprenait pas pourquoi on prétendait que les Hindous étaient des êtres différents des autres. Puis une douce chaleur envahit son cœur ; malgré son grand âge, elle venait de trouver deux nouvelles amies. Oui, depuis quelque temps elle avait été très heureuse en amitié... n'y avait-il pas aussi Lady Esketh et Fern ? « La prochaine fois que je viendrai, il faudra que j'aille les voir à l'Hôpital », se dit-elle.

C'était la première sortie de Lady Esketh depuis qu'elle travaillait à l'Hôpital. Les nouvelles infirmières venaient d'arriver et Miss Mac Daid, la rencontrant dans le couloir, lui avait dit : « Vous avez l'air éreinté. Allez donc un peu respirer ! » Heureuse de goûter un instant de solitude et d'échapper à l'Hôpital, ne fût-ce que pour se promener dans la ville désolée, elle s'apprêtait à partir, quand Miss Hodge, affolée, arriva en courant et s'écria : « Où allez-vous ? Ne m'abandonnez pas ! » La prenant alors par la main, comme une enfant, elle l'emmena avec elle.

La pauvre Miss Hodge ne la dérangeait guère —celle-ci était parfaitement satisfaite de marcher en silence à côté de son amie — mais elle aurait souhaité s'isoler un moment. Depuis quatre jours, elle n'avait pas eu un instant à elle, excepté pendant les heures tranquilles du matin quand elle veillait sur plus de deux cents malades et mourants. Pour la première fois de sa vie, elle appréciait le prix de la solitude. Avoir une chambre à soi lui paraissait le paradis. Elle n'avait pas de sympathie pour les femmes, et de partager sa chambre avec l'une d'elles, même aussi inoffensive que la pauvre Miss Hodge, lui était une épreuve presque insupportable. Pourtant, elle songeait : « Il y a dans le monde des gens qui, de leur vie, n'ont eu une chambre à eux ! Probablement est-ce le sort de la plupart ? » Mais ses réflexions ne lui rendaient pas la chose plus facile. Cependant, elle s'était maîtrisée quand Fern Simon avait emporté la moitié du miroir, et elle ne disait rien quand Miss Hodge la regardait arranger ses ongles et ses cheveux, ou la suivait lorsqu'elle se rendait à la toilette, l'attendant derrière la porte comme un chien fidèle. Elle gardait son sang-froid afin de ne pas fournir à Miss Mac Daid un prétexte pour la renvoyer. Depuis l'arrivée des trois infirmières, c'était ce qu'elle redoutait le plus. L'idée de partir, de ne plus se trouver dans le même lieu que le Major, de ne plus le voir, ne fût-ce que de loin, lui était intolérable. Parfois, elle le croisait dans l'escalier ou dans l'une des salles. Il ne faisait pas plus attention à elle que si elle eût été une chaise ou une table. Pourtant, à deux reprises, il l'avait regardée, une seconde, et, dans ses yeux, elle avait vu qu'il n'avait rien oublié de ce qu'il lui avait dit à la lueur des bûchers funèbres. Chaque fois, son corps entier en avait été réchauffé, et elle s'était détournée, confuse, saisie de vertige. Le reste de la journée, elle avait accompli les plus rebutantes besognes sans même s'en apercevoir, se mouvant comme dans une sorte de brouillard.

Et tandis qu'elle traversait les rues en ruine dans la direction du parc du Maharajah, Miss Hodge trottant avec bonheur à son côté, elle s'émerveillait de ce qui lui arrivait : à trente-sept ans, pour la première fois de sa vie, elle était amoureuse. Que cela lui advînt après tant d'expériences, lui paraissait plus prodigieux encore. Combien de fois avait-elle désespéré de trouver jamais cette chose qu'elle cherchait sans pouvoir la définir ! Maintenant, elle savait ce que c'était.

Différant de tout ce qu'elle avait ressenti ou imaginé jusqu'alors, c'était comme une sorte de manifestation de la nature, telle l'éclosion d'une fleur qui s'ouvre, pétale après pétale, sous les rayons du soleil. Et son esprit élargi, sa sensibilité dilatée assistaient, participaient à cet épanouissement. Son corps n'avait plus de poids ; il lui semblait flotter sur la terre boueuse : « Je suis jeune ! songeait-elle. Enfin, je suis jeune ! » Car, à dix-sept ans, elle avait été jetée dans un monde réaliste et âpre, rempli de morts, de désespérance, de hâte fiévreuse, dans lequel il n'y avait de temps ni de place pour les jeunes, sauf pour se faire massacrer.

Dans ce sentiment nouveau qu'elle découvrait, le corps, la curiosité, le désir même ne jouaient qu'un rôle accessoire. Le terrible ennui, la soif éperdue d'une satisfaction introuvable qui l'avaient poursuivie dans toutes les autres aventures, même avec Tom Ransome, avaient disparu. Pour la première fois, elle souhaitait se plier à une discipline, soumettre, humilier son corps. Le désir n'avait plus d'importance. Servir lui suffisait. Elle ne demandait pas autre chose que de rester près de lui, pour toujours, comme en ce moment, travaillant, reconnaissante d'un mot ou d'un regard qu'il voulait bien lui adresser. Elle se rappelait ses paroles : « Pour un docteur, un chirurgien, le corps n'est qu'une machine, rien de plus, rien de moins. » Les gens procuraient du plaisir et de la souffrance, mais cela ne comptait pas. La chose importante se trouvait ailleurs, au-delà, au-dessus du corps, et, sans elle, aucune extase parfaite n'était possible.

Et, à travers le fastidieux bavardage de Miss Hodge qu'elle traînait comme un poids à côté d'elle, elle songeait que cette connaissance, cette extase nouvelles ne lui étaient possibles que parce que dans ses innombrables expériences son corps n'avait été qu'une machine dont elle avait froidement usé. Ainsi, cette part qui était elle-même avait été sauvegardée. Elle n'avait couché avec aucun homme qu'elle n'eût méprisé : Ransome pour sa faiblesse, sa paralysante introspection, Esketh pour sa brutalité, André Simon, le magnifique boxeur, pour sa stupidité. Quant aux autres, à peine s'en souvenait-elle. Le Major était le premier qui lui inspirât du respect. Elle désirait lui ressembler, perdre son identité dans la sienne, travailler comme lui, mériter sa considération. La lassitude, l'ennui l'avaient abandonnée, pour toujours, croyait-elle. La terreur de devenir laide, vieille, semblable à ces femmes dévergondées de la lointaine Europe qui hantaient les casinos et les villes d'eaux et entretenaient des jeunes gens, ne l'obsédait plus. Elle était libre ! Elle ne souhaitait que le privilège d'être près de lui, de travailler pour lui, de causer de temps à autre avec lui.

Insensible au spectacle de désolation qui l'entourait, à la suffocante chaleur, aux averses, elle n'apercevait qu'une lueur rosée qui semblait remplir le ciel entier.

« C'est en train de s'accomplir, songeait-elle. C'est pour cela que je suis venue aux Indes. Cela devait m'arriver ici... »

Soudain elle se trouva dans le groupe tumultueux qui entourait le carrosse royal, avec Gopal Rao, Mrs.

Hoggett-Egburry, Mrs. Simon, tante Phœbe, les coolies, une multitude de paquets, de ballots et des buffles gémissants. Tout ceci lui apparut comme dans un brouillard. Elle entendit que Mrs. Hoggett-Egburry lui parlait, qu'elle-même lui répondait. Mais elle sentait surtout la subite richesse de la vie et la nuance comique de la scène sous la Grande Porte. Tout devenait palpitant, comme si elle était une enfant et qu'elle découvrît le monde.

Elles venaient de dépasser le groupe, quand Miss Hodge, la tirant par la main, s'écria : « Mais c'est notre bungalow ! Oh, allons voir si Sara est rentrée ! »

Indifférente au but de leur promenade et poussée par une vague de curiosité, elle ouvrit la grille du jardin.

« Je me réjouis que vous voyiez comme nous avons bien arrangé le bungalow, dit Miss Hodge. On ne s'y croirait pas aux Indes, mais chez nous, en Angleterre. »

Edwina poussa la porte entrebâillée de la demeure.

« Sara ! Sara ! cria Miss Hodge. Puis comme personne ne répondait, elle remarqua : Je ne comprends pas ! Ça lui ressemble si peu de sortir en laissant la porte ouverte ! »

Elles pénétrèrent dans le salon. Il était maculé de boue ; des photographies, tombées du mur, jonchaient le sol ; une écœurante odeur de moisi et de vase sèche y régnait.

« Sara ! Sara ! » répéta Miss Hodge.

Puis, de quelque profond repli de son cerveau détraqué, la vérité, un instant, surgit. Lâchant la main d'Edwina, elle s'appuya à la porte, le regard noyé d'horreur.

« Ça va s'arranger, dit Edwina. Un de ces jours, nous viendrons mettre de l'ordre. »

Miss Hodge paraissait accablée.

« Sara est morte, dit-elle enfin dans un souffle. Elle ne reviendra jamais, je le sais ! Elle est sortie pendant l'inondation pour sauver les livres de l'École. Pauvre Sara ! Pourquoi ne m'avez-vous pas dit qu'elle était morte ? »

Puis elle glissa sur le sol, évanouie.

Le bungalow, situé en face de la Grande Porte où veillaient toujours les sentinelles, n'avait pas été pillé. La bouteille de brandy, laissée par Sara lorsqu'elle avait essayé d'enivrer Miss Hodge avant sa fuite vers la mort, était encore sur la table. Edwina s'en saisit, remplit un verre et le versa entre les lèvres de Miss Hodge. Quand, finalement, celle-ci ouvrit les yeux, son instant de lucidité était passé.

« Où suis-je ? demanda-t-elle faiblement.

— Chez vous, dans votre bungalow. Nous sommes venues voir dans quel état il se trouvait. »

Miss Hodge s'assit.

« Je suis désolée, dit-elle. Autrefois, quand j'étais jeune, il m'arrivait souvent de m'évanouir. Puis l'ombre d'un sourire satisfait, presque joyeux, parut au coin de ses lèvres charnues. Je suppose que ce vertige est dû à mon état, ajouta-t-elle. Je ferais peut-être mieux d'en parler au Major. Son visage se rembrunit. Croyez-vous que Sara comprendra que ce ne fut pas vraiment ma faute ?

— Cela va sans dire ! répondit Edwina. Mais il est temps que nous retournions à l'Hôpital. »

Elle l'emmena vivement, de crainte que la vérité ne s'imposât de nouveau à la pauvre Miss Hodge. N'était-elle pas plus heureuse ainsi ?

Comme elles passaient devant l'École de Musique, Edwina s'arrêta : « Je vais entrer là un moment, dit-elle. Attendez-moi sous cet arbre, voulez-vous ?

— Permettez-moi de vous accompagner, supplia Miss Hodge.

— C'est plein de cholériques.

— Ça m'est égal. Je n'ai pas peur. J'ai toujours de la chance.

— Non. Allez vous installer sous cet arbre. Cela me ferait plaisir !

— Soit ! Puisque vous me le demandez ainsi », répondit Miss Hodge.

Elle alla s'asseoir sur le mur du Réservoir, à l'ombre d'un poivrier, et se mit à regarder ses mains avec un sourire paisible.

Dans le vestibule d'entrée, Edwina n'aperçut que trois cadavres. Enveloppés de leurs *dhotis,* ils avaient les jambes repliées vers le menton et reposaient près d'une grande flaque d'eau de pluie tombée à travers le toit disloqué. Frappée par la sinistre vision, elle s'arrêta. « C'est encore pire qu'à l'Hôpital ! songea-t-elle, presque jalouse. Et c'est ici qu'on a envoyé Fern ! Est-ce parce qu'on a plus confiance en elle qu'en moi ? »

Son intention, en entrant à l'École de Musique, était de dire un bonjour à Fern ; mais, dans ce lieu désolé, elle ne savait où la trouver. Un balayeur passa, portant une brosse et un seau. Il lui jeta un regard curieux. Elle s'adressa à lui, en anglais. Se bornant à secouer la tête, il poursuivit son chemin.

La terrible odeur du choléra imprégnait l'atmosphère. « Peut-être Fern est-elle ici ? » se dit-elle en ouvrant une porte. Dans la pénombre pluvieuse, elle n'aperçut qu'une double rangée de malades couchés sur le sol. L'horrible puanteur qui se dégageait d'eux déferla jusque dans le corridor. Un instant, la nausée et la peur la terrassèrent. Enfin, comme elle refermait le battant, elle distingua Ransome venant dans sa direction au-delà de la flaque d'eau.

« Que faites-vous ici ? demanda-t-il étonné.

— J'ai une heure de congé. En passant, je suis entrée pour voir Fern.

— Elle dort. Depuis l'arrivée de la nouvelle infirmière, c'est un peu moins dur pour elle. Le Suisse est mort.

— Choléra ?

— Oui.

— Est-ce pour cela que vous êtes ici ?

— Non. C'est-à-dire que c'est moi qui le remplace.

— Je ne vous envie pas.

— Ce n'est pas très agréable. Vous ne devriez pas venir ici. Il y a tant de façons d'attraper le choléra.

— Et vous ?

— Ma veine tient pour ce genre de choses, et je crois aux désinfectants. Il la prit par le bras. Venez, allons causer dehors. »

Elle le trouvait changé. De quelle façon ? Elle n'aurait su le dire. Il lui semblait moins cynique, moins négatif. « Peut-être est-ce parce qu'il n'a pas bu », songea-t-elle.

Il lui raconta qu'il avait lui-même demandé ce travail. Il ne pensait pas que cela durât encore longtemps ; pas plus que pour elle à l'Hôpital.

« D'ici un jour ou deux, la voie ferrée sera rétablie et on nous enverra des spécialistes. Les amateurs deviendront inutiles.

— C'est dommage... j'entends en ce qui nous concerne. C'est une grande satisfaction de se sentir utile. »

Il ne répondit pas.

« Il faut que je sois dans dix minutes à l'Hôpital, reprit-elle. Venez me voir, quand vous aurez un moment.

— Le Major préfère que nous n'approchions pas de l'Hôpital. Vous-même auriez mieux fait de ne pas venir.

— Je me passerai à l'alcool en rentrant. »

Elle alla reprendre Miss Hodge sous son poivrier, tandis que Ransome se replongeait dans la puanteur de l'École. Les coolies commençaient à apporter les cadavres et à les empiler sur un nouveau bûcher.

« Avez-vous vu Fern ? demanda Miss Hodge.

— Non. Elle dormait.

— J'ai toujours apprécié Mr. Ransome. Il est si aimable, si poli. Il nous a invitées, Sara et moi, à prendre le thé vendredi. »

Comme elles approchaient de l'Hôpital, elles virent deux femmes qui marchaient devant elles. C'était Mrs. Bannerjee et Miss Murgatroyd. Celle-ci ne portait plus sa robe bleu pâle ornée de rosettes, mais un costume de tennis. Elles disparurent dans le bureau de Miss Mac Daid.

Rentrées dans leur chambre, Lady Esketh et Miss Hodge s'étendirent sur leurs lits indiens. Pendant la mousson, le moindre effort était fatigant et leur promenade sous la pluie les avait épuisées. Edwina avait mal à la tête, un poids pesait à l'intérieur de son crâne et semblait presser contre ses yeux. Elle ne parlait pas. Miss Hodge, pour une fois, était silencieuse. Puis Miss Mac Daid entra pour appeler Edwina.

« Mr. Bannerjee a le choléra, dit-elle. Il comptait partir sur un des avions, pour porter les cendres de son père à Bénarès. Il s'est écroulé au moment où il sortait de chez lui. Il est dans le coma. Il y a peu de chances qu'il s'en tire. »

Edwina se leva et passa son visage à l'eau tiède. Sa tête la faisait de plus en plus souffrir. « Voilà des années que Miss Mac Daid supporte cet abominable climat, songea-t-elle. Elle doit être forte comme un bœuf !... Pauvre imbécile de Bannerjee ! » L'un après l'autre, tous semblaient mourir ; la population entière de Ranchipur !

C'était bien pire que Ransome ne l'avait cru possible. Le travail ne le rebutait pas, mais la puanteur, la saleté des vomissements et des excréments qui accompagnent le choléra, et la grotesque hideur de la mort qui semblait se poursuivre longtemps après que l'esprit avait quitté le corps. La tâche eût été plus facile pour un homme moins raffiné.

La nouvelle infirmière se révélait très capable. C'était une grande Irlandaise, du nom de Miss Cameron, qui rappelait Miss Mac Daid. Elle s'installa dans la chambre de Harry Bauer, une demi-heure après qu'on eut emporté le cadavre. Immédiatement, elle se mit au travail, avec précision et méthode, comme si elle était née et avait passé sa vie au milieu des épidémies. Une étrange impression de confiance émanait d'elle. Là où Fern et Harry Bauer avaient travaillé vaillamment, mais sans compétence, elle s'affirma tout de suite une organisatrice de premier ordre, ne perdant ni temps ni énergie.

Ransome passa les trois premières heures avec elle, tandis que Fern dormait. Puis elle l'envoya se reposer, disant qu'elle prendrait Fern avec elle dans ses sinistres rondes. Jusqu'à son arrivée, l'École de Musique n'était qu'un lieu d'isolement pour les cholériques, une sorte d'antichambre pour les bûchers funèbres qui, nuit et jour, brûlaient près des marches du Grand Réservoir. Maintenant, la situation était changée. Il y avait des médicaments et une infirmière qui savait les administrer. Aussi, pour quelques-uns d'entre ceux qui gisaient à même le sol, le long des douloureuses rangées, y avait-il de nouveau de l'espoir. De plus, des bougies éclairaient toutes les salles, en atténuaient la lugubre atmosphère. Et Ransome s'étonnait de la différence que la lumière peut faire au milieu du désastre. Le vieux Maharajah avait coutume de dire que la lumière et le feu étaient les éléments les plus civilisateurs que l'homme eût jamais découverts. C'est pour donner de la lumière à ses sujets, pour qu'elle pût être distribuée jusque dans les villages des plus lointains districts que, jadis, il avait fait construire le fatal barrage.

Après avoir mangé un peu de riz froid et de curry, Ransome s'étendit sur le lit fait dc bancs d'école et, presque aussitôt, s'endormit. Son sommeil ressemblait à un coma où sa sensibilité et ses nerfs étaient entièrement assoupis.

Pendant qu'il reposait, Fern fit une tournée avec Miss Cameron, apprenant à administrer solution de kaolin, chlorure de calcium et chlorure de sodium. Il n'y en avait pas de grandes quantités, mais les avions en rapporteraient, et bientôt, aussi, le chemin de fer.

Elle était épuisée par le manque de sommeil et la mauvaise nourriture, mais la puanteur ne l'affectait plus. Elle n'entendait presque plus les gémissements. Elle se sentait devenue un peu comme une machine, mue par une force intérieure, par une vitalité qu'elle ne se connaissait pas. Et la découverte de ces forces de réserve lui procurait un sentiment d'exaltation, de triomphe. « Je suis vigoureuse et résistante, songeait-elle. Il n'y a rien que je ne puisse faire. » La pensée de Blythe Summerfield, « Perle d'Orient », ne la faisait plus rougir. Tout cela était trop loin maintenant. Il lui semblait que la jeune fille qui descendait avec langueur l'escalier de la Mission, le jour de la réception d'adieu de sa mère, avait existé des années auparavant, et non la semaine précédente. Décidément, le mouvement de la vie ne pouvait être évalué à la marche des aiguilles sur le cadran ; il se mesurait par ce qui vous arrivait. Ces derniers jours avaient été pour elle plus pleins, plus importants que tout le reste de son existence.

Leur ronde terminée, la grande Irlandaise l'envoya se reposer. « Je puis faire une longue veille, dit-elle. Je ne suis pas encore fatiguée. Je réveillerai votre mari à minuit. »

La première impulsion de Fern fut de s'écrier : « Mais ce n'est pas mon mari ! » Pourtant, elle s'abstint, songeant : « Ce serait trop long à expliquer maintenant. Je suis trop exténuée. » Du reste, qu'aurait-elle pu dire ? La nouvelle infirmière venait de faire le tour du bâtiment et savait qu'elle partageait une chambre avec Ransome. De toute façon, cela n'avait guère d'importance. Elle retourna dans l'ancien bureau de Mr. Das et, fermant la porte, s'approcha de Tom endormi. Doucement, de crainte de l'éveiller, elle s'assit sur le bord du lit et le regarda. Elle savait maintenant ce qu'elle désirait : rester à Ranchipur, peut-être pour toujours. Miss Mac Daid pourrait lui enseigner les soins aux malades ; elle irait travailler dans les villages avoisinants, deviendrait l'amie des Smiley, de Miss Mac Daid, du Major, de Rashid Ali Khan. Alors, elle serait quelqu'un, dans un monde réel, dans un univers aussi vrai que celui où se dépensaient Miss Mac Daid et Miss Cameron. Et elle aurait Tom avec elle ! Elle pourrait veiller sur lui, toujours. Non sans une certaine inconséquence, elle remercia Dieu du désastre qui avait changé toute sa vie. Légèrement, presque avec timidité, elle effleura la main de Tom. Un instant, elle aussi connut le sentiment d'extase que Lady Esketh avait si tardivement découvert.

Longtemps, elle resta assise au bord du lit, heureuse, insensible à l'odeur de mort qui remplissait le bâtiment, pensant aux paroles de Tom : « Cela doit être ainsi, pour que la vie continue. » Enfin, elle songea : « Il faut que je dorme, sinon je ne pourrai pas travailler. » Elle s'étendit par terre, à côté des bancs, et, tandis que le sommeil la gagnait, elle se disait : « En vérité, je suis plus vieille que lui. Mais peut-être les femmes sont-elles toujours les aînées... »

Dans les rares moments où il se trouvait seul, le Major pensait à Lady Esketh. Elle le troublait plus qu'il ne le souhaitait, plus qu'il ne l'aurait cru possible. Le sentiment qu'elle lui inspirait, fait de curiosité, de pitié et d'attraction physique, le déconcertait. Pour la première fois, une femme représentait à ses yeux plus qu'une agréable commodité. Était-ce parce que jamais, jusqu'alors, il n'avait rencontré une femme aussi expérimentée, aussi honnête, aussi contradictoire ? Devant elle, son esprit positif restait perplexe, insatisfait. Aussi, sans cesse était-il préoccupé d'elle, avant de s'endormir, lorsqu'il se rendait chez la Maharani, à l'École de Musique ou dans la ville. En fait, elle lui apparaissait comme une sorte de monstruosité, qu'il devait disséquer pour la comprendre et satisfaire sa curiosité.

Mais il ne cherchait pas à se leurrer. Il la trouvait attrayante, plus que toute autre femme. Pourtant, certains de ses gestes, la façon dont elle tournait la tête, telle expression dans son regard le remplissaient de respect, par la sûreté, la race, l'éducation qu'ils révélaient. Il l'admirait pour son honnêteté, pour cette nuance désabusée, cette ombre de désespoir toujours présente au fond de ses prunelles bleues, pour ces moments de scepticisme absolu où elle semblait ne croire à rien, pas même au plaisir que son corps avait dû lui procurer. Peu de femmes, et encore moins d'hommes étaient ainsi. C'est à cause de ces qualités qu'il avait pu lui parler comme il l'avait fait, cette fameuse nuit où elle était de veille. De tels propos eussent été impossibles avec Miss Mac Daid, car au fond d'elle-même celle-ci portait un coin tendre de sentimentalité. Il savait également, ayant l'habitude de ces choses, que dorénavant il pourrait la prendre aussi facilement qu'en cette fin d'après-midi au Palais d'Été ; mais la posséder maintenant serait une expérience infiniment plus féconde qu'elle ne l'eût été alors. Bien qu'il fût porté à considérer l'amour du seul point de vue scientifique, anatomique, il pressentait que pareille satisfaction dépasserait en richesse tout ce qu'il avait goûté jusqu'alors. Mais cette notion même, où apparaissait un élément imprévisible qu'on ne pouvait disséquer, l'inquiétait. En Occident, on nommait cela l'amour. On en faisait des romans, des pièces de théâtre, des poèmes, mais peu nombreux étaient ceux qui se rendaient compte que cette chose, une fois analysée, se réduisait à un mélange chimico-biologique où intervenaient les glandes, l'instinct, la peur de la solitude et l'impérieuse nécessité de procréer, comme de manger, de dormir ou de respirer. Oui, l'amour c'était cela, mais autre chose encore, puisqu'il s'y ajoutait cette inconnue, qu'on aurait pu appeler la quantité X, qui échappait à l'examen clinique. Or cette inconnue était entrée en action à l'instant où, levant les yeux, il avait vu Lady Esketh s'avancer dans l'allée de l'Hôpital, vêtue de la robe de calicot de Mrs. Smiley.

De là sa méfiance. Il avait peur de se laisser entraîner dans les plus absurdes folies ; de s'aveugler, de ne plus voir qu'elle était trop âgée, qu'elle avait trop d'expérience, que sa situation dans le monde d'Occident rendait impossible toute liaison durable entre eux.

Il craignait aussi d'en venir à oublier ce qu'il était, ce qu'il devait continuer à être jusqu'à sa mort : un travailleur, un homme de science, ignorant l'émotion, obligé de garder son corps libre, telle une machine parfaite, pour l'œuvre qu'il avait à accomplir à Ranchipur, dans les Indes, peut-être un jour dans tout l'Orient. N'était-ce pas pour accomplir cela que la Maharani l'avait pressé de se marier ? Dans sa sagesse, elle devinait le danger, elle luttait pour le sauver malgré lui d'un coup de folie, si lui-même s'en montrait incapable. En fait, il ne pouvait disposer de sa vie, pas plus que la Maharani elle-même ne l'avait pu. Un côté de l'existence de la Souveraine appartenait au monde entier, comme celle d'une danseuse à son public. Oui, elle avait su toujours demeurer une Reine, ne jamais abdiquer, même devant la passion.

Cependant, il se posait une question, comme, sans

doute, Edwina se l'était aussi posée : « Cette vie est à moi. On ne vit qu'une fois. Pourquoi ne pas faire ce que j'ai envie de faire ? Pourquoi ne pas prendre la satisfaction que le sort a placée sur ma route ? Pourquoi m'en détourner, m'en priver ? » Mais une autre voix répondait : « Et te détruire toi-même ! » Malgré son courage, son honnêteté, malgré cet étrange élément enfantin que, comme Ransome, il avait deviné en elle, Edwina avait quelque chose de corrompu, de mauvais, de vieux, né de son sang trop ancien plus que de son expérience.

Mais résister à l'impulsion qui le portait vers elle lui était d'autant plus difficile qu'il savait que le sort de la récente découverte d'Edwina, grâce à laquelle elle pourrait être sauvée et pourrait même racheter sa vie passée, dépendait de lui. S'il se détournait d'elle, s'il la renvoyait à son ancienne existence, à ce monde d'où elle venait, elle serait perdue à jamais.

Puis, au beau milieu de ses réflexions, l'envie subite de rire le prenait et, sortant de lui-même, il songeait : « Tu n'es qu'un sacré imbécile ! Un sentimental ! Un fou ! Qu'a-t-elle de commun avec toi, ou toi avec elle ? Oublie tout cela ! Tu as une tâche importante à accomplir. Tu es un homme et non un jeune taureau aux yeux de veau ! »

Mais l'élément irrationnel, impondérable, n'en altérait pas moins son bon sens et sa raison. Ce fut lui qui, un peu avant minuit, le força à mettre l'aiguille du vieux réveille-matin sur quatre heures, afin qu'il pût aller rejoindre Edwina dans la grande salle où elle veillait sur les morts et les mourants. Il pouvait lui parler comme à personne au monde, sachant qu'elle comprenait tout ce qu'il disait et beaucoup de ce qu'il lui taisait. La salle des typhiques était l'unique lieu où il leur fût possible de se retrouver seuls, loin de Miss Mac Daid, de la folle Miss Hodge, de Mrs. Gupta, du docteur Pindar, de tous les autres, de ces centaines, de ces milliers d'autres qui ne cessaient de venir à lui pour qu'il les secourût. Cette heure qu'ils avaient passée ensemble restait pour lui l'instant le plus précieux de toute son existence, non parce qu'Edwina était belle ou désirable, mais parce qu'ils s'étaient compris et que, pendant un moment, la solitude humaine avait cessé d'exister pour eux. Elle n'avait rien exigé de lui, et lui rien d'elle. Mais, pendant quelques minutes, ils n'avaient été qu'un seul et même esprit.

A trois heures, le petit docteur Pindar vint chercher Edwina. La pluie avait cessé. La nuit était claire, tranquille, nulle brise n'agitait les feuilles des arbres rajeunis. Elle s'éveilla lentement, la tête alourdie par les médicaments qu'elle avait pris pour faire cesser son mal. Derrière ses yeux, la douleur persistait et son corps était chaud non pas de cette tiède humidité provoquée par la mousson, mais d'une chaleur brûlante et sèche qui venait de l'intérieur. Elle ne savait plus où elle se trouvait. Ce ne fut qu'après avoir concentré son esprit sur la ridicule et chétive personne du docteur debout à côté d'elle, une bougie à la main, qu'elle s'en souvint.

Avec lassitude, elle se leva et alluma sa bougie à celle du médecin.

« Allez dormir, docteur. Je descends à l'instant », dit-elle.

Il lui remit les listes des morts et des mourants : « Il y en a moins cette nuit », songea-t-elle. Elle n'apercevait que deux chiffres sur la première, et trois sur la seconde. La plupart des gangrenés étaient déjà morts.

« Miss Mac Daid viendra vous relever à six heures », dit-il en s'en allant.

La salle n'avait pas changé d'aspect ; mais çà et là, contre le mur, des bougies étaient allumées pour égayer et encourager les malades. Dans l'air calme, leurs petites flammes ne vacillaient même pas. Prenant un crayon, elle écrivit de nouveau les mots « Morts » et « Mourants » sur les listes remises par le médecin. Cette nuit, plus que jamais, il était nécessaire qu'elle ne fît pas d'erreur. Puis elle posa les yeux sur le lit le plus proche. Il était vide. La femme qui lui avait demandé silencieusement de l'eau n'était plus là. « C'est le premier lit vide, songea-t-elle. La situation doit s'être améliorée. » Mais elle réfléchit que cette couche n'était inoccupée que parce que tant de malades étaient morts et avaient été emportés.

Lorsqu'elle souleva la jarre de pierre pour remplir les cruches, elle fut prise d'une subite faiblesse et la laissa retomber. Heureusement, seules quelques gouttes de la précieuse eau bouillie rejaillirent sur ses pieds. Mais sa maladresse l'effraya comme un enfant, et elle eut peur que Miss Mac Daid, survenant, ne découvrît l'accident.

Une seconde fois, elle essaya. Tirant la jarre jusqu'au bord de la table, elle réussit, grâce à l'appui, à remplir une des cruches. Elle commença sa tournée, ajoutant de l'eau dans les petites tasses d'émail posées sur les rayons. Mais, à mesure qu'elle avançait, la douleur s'insinuait dans son corps. La cruche, de plus en plus lourde, lui tiraillait l'épaule, le coude, le poignet. Soudain la terreur la saisit, non pas de la mort ou de la maladie, mais d'être arrêtée dans son travail, de décevoir le Major, de fournir à Miss Mac Daid un prétexte pour la renvoyer.

« Je ne serai pas malade ! se répétait-elle avec passion. Ma force de volonté l'emportera ! Je ne céderai pas ! » A ce moment, elle se rappela son geste insensé quand, deux nuits auparavant, elle avait bu dans le même verre que la femme morte. « Mais non, c'est impossible, se dit-elle. La typhoïde ne se déclare pas aussi vite. » Ce ne devait être qu'une profonde lassitude succédant à l'excitation des premiers jours. « Voilà une semaine que je vis sur mes nerfs ! » songea-t-elle.

Elle termina sa ronde, traînant les pieds avec effort. Quand elle revint à sa table, elle suffoquait. Son corps semblait être une fournaise et sa peau brûlait. « Je vais prendre de l'aspirine, se dit-elle. Cela me fera transpirer. » Elle avala trois des précieux cachets enfermés dans le tiroir. « Je ne serai pas malade ! répéta-t-elle. De ma vie je n'ai été malade ! Je ne suis pas malade ! Ce n'est que mon imagination ! » Et, pendant un moment, elle se sentit réellement mieux.

Puis les aiguilles du réveille-matin commencèrent à la fasciner. Elle les regardait se mouvoir lentement, inexorablement, agitées d'une imperceptible saccade à chaque nouvelle minute qui la rapprochait de l'instant où elle devrait reprendre la terrible cruche pour la porter de lit en lit. « Et s'il arrivait et m'aidait ! Si seulement il s'asseyait là, sur le bord de la table ! Cela me donnerait de la force. Je pourrais oublier cette maudite douleur ! » Et, subitement, elle se mit à pleurer, non de pitié sur elle-même, mais de fureur, parce que son corps, cette machine, la trahissait. Elle détourna les yeux des aiguilles hypnotisantes qui ne cessaient d'avancer sur le vilain cadran taché. Rien ne pouvait les arrêter. Par la fenêtre, elle aperçut le Grand Réservoir sur lequel la lune à son déclin traçait un large sentier d'or. La vue de l'eau l'apaisa. Et bientôt elle se surprit en train de répéter : « Mon Dieu, faites qu'il vienne ici cette nuit. Mon Dieu, faites qu'il vienne ! » Il lui semblait que si elle ne le voyait pas, elle serait perdue. Elle se sentait étrangement faible et dépendante et, pour la première fois de sa vie, comprenait à quel point la solitude peut être totale et dévastatrice.

A ce moment, elle perçut une faible plainte et se leva. Passant de lit en lit, elle découvrit une jeune fille qui faisait de vains efforts pour prendre sa tasse d'eau. Se penchant sur elle, Edwina la souleva et la fit boire. Quand elle eut fini, la malade se recoucha et resta immobile. Edwina allait retourner à sa table, quand elle aperçut le Major, debout au pied du lit, qui lui souriait dans la douce clarté de la bougie.

« Comme je ne pouvais dormir, j'ai pensé que je viendrais vous faire une petite visite », dit-il.

Malgré sa lassitude, Edwina devina qu'il mentait. Retrouvant une soudaine vitalité, elle comprit qu'il venait parce qu'il avait besoin de la voir, comme elle-même avait eu besoin de le voir. « Il ne faut pas qu'il s'aperçoive que je suis malade », songea-t-elle.

« J'en suis heureuse », répondit-elle simplement, avec un sourire.

Ils regagnèrent la table, sur laquelle il s'assit, comme deux nuits auparavant.

« Vous n'êtes pas fatiguée ? demanda-t-il.

— Non.

— C'est l'unique moment où nous pouvons être seuls, reprit-il. Mais ce que je viens de vous dire n'est pas vrai. J'ai fait sonner le réveille-matin.

— Vous n'auriez pas dû ! Vous avez si peu de temps pour vous reposer.

— Il y a plusieurs façons de se reposer. Cela vaut mieux que de dormir... Je n'ai rien exagéré l'autre nuit...

— Depuis lors, je n'ai cessé d'être heureuse. »

Elle ne se sentait plus malade. La terrible chaleur semblait miraculeusement tombée ; ses os n'étaient plus douloureux. N'avait-elle pas eu raison de croire que s'il venait tout irait bien ? Elle leva les yeux vers lui, sans honte, sans timidité, contemplant ce visage qui maintenant lui paraissait enfermer toute la splendeur du monde. C'était un visage fatigué, infiniment plus maigre que la nuit où elle l'avait vu pour la première fois au Palais. Mais sa maigreur lui prêtait une beauté nouvelle. Les yeux gris souriaient et les lèvres pleines, sensuelles, se retroussaient un peu aux commissures. « Je suis heureuse, songea-t-elle. Jusqu'à présent, je ne savais pas ce que c'était que le bonheur. Jamais je ne désirerai plus que cela ! »

« Vous allez pouvoir vous reposer un peu plus, dit-il. Deux docteurs et trois infirmières arrivent demain. Vous feriez mieux de retourner à la Mission.

— Je voudrais rester ici, dit-elle d'un ton éploré. Je dois travailler. Il faut que je continue à travailler !

— Cela ne vous empêcherait pas de travailler. Vous pourriez venir ici chaque matin. Vous auriez pourtant plus de confort là-bas, et une chambre pour vous.

— Cela ne ferait aucune différence. Je ne pourrais renvoyer Miss Hodge. »

Il alluma à la bougie une des précieuses cigarettes de la provision de Harry Bauer et resta un moment à regarder fixement la flamme. Puis il lui passa la cigarette et en alluma une autre pour lui.

« Vous comprenez, reprit-il, je ne veux pas qu'il vous arrive du mal. Je suis égoïste. Je tiens à vous savoir en sécurité. »

L'élément imprévisible avait reparu. Au fond de son esprit compliqué, une petite voix répétait : « Tu n'aurais pas dû venir ici. » Mais une autre voix la dominait : « Prends ce plaisir, criait-elle. Malheur à celui qui rejette ce que les dieux lui offrent ! » Cette femme était l'autre moitié de lui-même.

Elle tenait la cigarette entre ses doigts, ne pouvant en supporter le goût. « Il ne faut pas qu'il s'en aperçoive. Je vais la laisser brûler toute seule », songeait-elle.

« Que va-t-il advenir de nous ? dit-elle. Que faut-il faire ?

— Nous ne devons pas nous tourmenter à ce sujet. Cela devait arriver, nous n'y pouvons rien. »

« Trop tard ! » eut-elle envie de crier, mais elle resta silencieuse, de peur de laisser paraître les larmes de bonheur et de faiblesse qu'elle sentait monter à ses paupières. « Cela ne fait rien, songeait-elle. Plus rien n'a d'importance. »

Dans le lointain, au-delà du Grand Réservoir, retentissaient les tambours mâle et femelle, frappés par des mains pieuses. Puis le son de la flûte s'y mêla et, regardant par la fenêtre, Edwina vit que le sentier tracé par la lune sur l'eau noire du Réservoir pâlissait aux premières lueurs de l'aurore.

Lui aussi écoutait.

« C'est le temple de Vishnou qui salue l'aube nouvelle », dit-il.

Il tendit la main et prit celle d'Edwina. « Merci, mon Dieu, merci pour la beauté de l'aube, de la vie, de toutes choses ! » songea Edwina dans un élan de gratitude. Puis, un instant, elle crut qu'elle allait s'évanouir. Lorsque enfin elle le regarda, elle s'aperçut que les yeux gris-bleu ne souriaient plus et qu'il y avait de la peur sur le visage qu'elle aimait tant.

« Vous êtes malade ! dit-il. Vous avez de la fièvre.

— Non.

— Vous ne devriez pas être ici.

— Ce n'est que de la fatigue.

— La fatigue ne donne pas une fièvre pareille. Je vais vous remplacer. Allez vous coucher.

— Non. Ce n'est rien. Réellement ce n'est rien. »

Il paraissait étrangement agité. Sans lâcher sa main, il se leva.

« Faites ce que je vous dis. Rien ne doit vous arriver.

— Mais rien ne m'arrivera. Je suis forte comme un bœuf et toujours j'ai eu de la chance. »

Il ne répondit pas. Mais, se baissant vers elle, il la souleva dans ses bras.

« Je vais vous porter dans votre lit », dit-il.

Elle ne résista pas. Elle ne se défendait plus. Il l'enveloppait de ses bras, et elle laissa aller sa tête sur son épaule. Elle percevait les battements de son cœur vigoureux, et sentit soudain le contact de ses lèvres sur ses cheveux. Il l'emporta hors de la salle, vers la petite chambre qu'elle partageait avec Miss Hodge. Le trajet était court, mais elle aurait aimé qu'il durât indéfiniment, afin de rester toujours ainsi, dans ses bras, à entendre battre son cœur. Et, malgré sa terrible lassitude, elle répétait mentalement : « Merci, mon Dieu ! Merci ! Plus rien n'a d'importance ! Maintenant que j'ai trouvé ; maintenant que je *sais !* »

Il la déposa doucement sur la couche dure et défit les boutons de son pauvre uniforme d'infirmière.

« Je vais aller réveiller Miss Mac Daid, dit-il. Cela ne lui fera qu'une heure de plus.

— Ne restez pas loin trop longtemps, dit-elle.

— Non, je reviendrai tout de suite. »

Il s'en alla. Étendue sur le lit, elle commença à frissonner. Son corps tremblait si violemment que la couche de corde tressaillait et grinçait. De l'autre côté de la pièce, Miss Hodge remua et gémit dans son sommeil, mais, heureusement, ne se réveilla pas.

Miss Mac Daid sentit un léger attouchement à son épaule et ouvrit les yeux. Dans la lueur grise de l'aube, elle aperçut le Major.

« Oui, dit-elle vivement, poussée par une longue habitude. Qu'y a-t-il ?

— Lady Esketh est malade. Je l'ai envoyée se coucher. »

Elle s'assit, tenant le drap de coton relevé autour de son cou. Jamais elle n'avait été belle, mais en ce moment, avec ses yeux gonflés de sommeil, son visage énergique et usé, bouffi de lassitude, il y avait quelque chose d'effrayant dans sa laideur. Le devoir l'obligea à demander : « Qu'a-t-elle ?

— Je ne sais pas encore... En tout cas une grosse fièvre. La malaria, ou peut-être la typhoïde. »

La vanité l'emportant sur le sens du devoir, Miss Mac Daid s'écria : « Retournez auprès d'elle. Je descends à l'instant. »

A la clarté du jour naissant, elle s'habilla, passa de l'eau tiède sur son visage, lissa ses cheveux. Un vague sentiment de satisfaction la pénétrait à l'idée que Lady Esketh était battue. Elle avait triomphé du travail le plus dur, de la saleté, des tâches les plus rebutantes, mais, finalement, elle succombait ; des millions d'imperceptibles microbes étaient enfin venus à bout d'elle. « Elle ne sera plus dans le service régulier, songea Miss Mac Daid. Et, dès qu'elle sera remise, l'excuse sera toute trouvée pour la renvoyer à Bombay. Une fois là-bas, elle sera plus près de l'Occident et oubliera son projet insensé de rester ici pour toujours. » Théoriquement, elle admirait Lady Esketh pour la façon dont elle avait accepté le défi du travail. Mais, à un point de vue moins objectif, elle la haïssait comme elle n'avait encore haï personne, plus même que la pauvre Natara Devi qu'elle n'avait jamais aperçue que de loin, dans sa petite *tonga* rouge. Natara Devi n'était pas un danger ; elle n'était pas autre chose qu'un beau corps.

Car Lady Esketh l'effrayait de nouveau. A deux reprises, elle avait surpris, entre elle et le Major, un bref regard qui l'avait bouleversée par la qualité d'intimité, inconnue d'elle, qu'il trahissait. Dans ce regard, elle avait vu l'ombre d'une chose qu'elle-même avait cherchée toute sa vie. Et, pendant une seconde, elle, l'être dévoué, laborieux, au caractère fort, imbu de beaux principes, s'était senti devenir un démon, une sorcière, une criminelle en puissance. Les deux fois, cette expérience l'avait laissée ébranlée, malade et terrifiée. « Pourquoi l'aurait-elle ? criait son vieux cœur vierge, rempli d'amertume. Pourquoi le mènerait-elle à la ruine... Elle à qui Dieu a tout donné ! » Et, en un éclair, elle avait songé : « Non ! Je la tuerai plutôt ! Jamais je ne tolérerai cela ! Dieu ne pourra me désapprouver, si je le fais. »

Puis, se ressaisissant, elle s'était aperçue qu'elle venait de friser la folie. Elle fut humiliée de constater de quel terrible excès de révolte animale et de violence était capable l'organisme où habitait cet être nommé Miss Mac Daid. Se plongeant à corps perdu dans le travail, elle avait cherché à oublier Lady Esketh et le Major. « Ils n'ont aucune importance, se répétait-elle. Ils sont insignifiants ! » Mais la voix de la sagesse lui disait : « Tous deux sont importants, parce qu'ils sont parmi les élus. Quoi qu'ils fassent, où qu'ils aillent, cela aura de l'importance pour toi, et pour tous ceux qui les approcheront. Toujours, ils seront aimés et admirés. Ton labeur acharné, ton inlassable dévouement ne t'ont pas donné ce droit, ce pouvoir. Ils le possèdent parce qu'ils les ont reçus à leur naissance. »

Mais cette injustice martyrisait son cœur. A d'autres moments, lorsqu'elle était plus calme, elle songeait : « Peut-être y a-t-il un fond de vérité dans ces balivernes qu'on raconte sur la réincarnation, sinon pourquoi certaines personnes naîtraient-elles avec tout, et d'autres avec si peu ? »

Puis, subitement, en plein travail, elle se surprenait à penser à eux d'une façon neuve, différente, comme s'ils étaient dieu et déesse, et elle-même une simple sauvage, pénétrée d'une sorte de respectueuse terreur par leur spectacle. Prise alors d'une étrange humilité, elle admirait Lady Esketh comme une mère un peu jalouse de sa fille. Parfois, quand elle se trouvait déjà sur les frontières du sommeil, il lui arrivait de s'identifier à Lady Esketh et de ressentir les délices des élus.

Mais en ce moment, dans la lumière grise de l'aube, elle n'éprouvait que révolte et mépris. « Elle ne peut être malade au point de ne pas terminer sa veille ! se disait-elle. A sa place, je serais restée au poste. Je l'ai fait plus d'une fois. Il doit y avoir de la mollesse en elle. Ou bien est-ce le Major qui l'a forcée à aller se coucher ? Comment savoir ce qui se passe entre eux quand ils se trouvent seuls ensemble ? D'abord, comment a-t-il su qu'elle était souffrante ? Pourquoi se trouvait-il dans la salle, à une heure où il était censé se reposer ? »

Elle frappa des mains et dit au portier de lui préparer du thé ; puis elle se rendit à la grande salle et s'assit à la table qu'Edwina et le Major venaient de quitter. Les deux listes s'y trouvaient encore, avec les mots « Morts » et « Mourants » écrits par Lady Esketh.

Le domestique apporta le thé, mais, tandis qu'elle le buvait, ses yeux ne se détachaient pas des feuillets posés devant elle. Quand elle eut vidé sa tasse, avant de se mettre en route pour sa première ronde, elle prit le crayon et, au bas de « Mourants », elle inscrivit : « Lady Esketh, épouse du premier Baron Esketh. » Puis elle tint le papier sur la flamme de la bougie agonisante jusqu'à ce qu'il fût réduit en cendres. Peu à peu, l'expression de sorcière qui durcissait son visage s'effaça. De ses mains fortes, capables et bonnes, elle souleva la jarre de terre, remplit les deux cruches et commença sa ronde. Au lit n° 7, elle s'arrêta. Le vieillard qui ne figurait que sur la liste des « Mourants » avait cessé de vivre sans que personne s'en aperçût. Il était couché, paisiblement, la tête de côté, la bouche entrouverte, comme un dormeur qui ronfle ; mais il était mort. Mieux que quiconque, elle savait reconnaître la mort. Le décès du vieil homme n'avait pas d'importance pour elle — il ne représentait qu'un individu parmi des millions qui, elle le savait, étaient plus heureux morts qu'en vie. Mais que son numéro figurât sur la liste qu'elle venait de brûler lui parut un présage.

Trois avions arrivèrent ce jour-là, d'au-delà du mont Abana. Ils amenaient le colonel Moti, de l'Institut des Maladies Tropicales, deux assistants expérimentés et de nouvelles provisions de permanganate, de chlorure et autres médicaments si désespérément nécessaires. De race sikh, maigre, nerveux, âgé d'environ quarante ans, le Colonel avait les yeux noirs, perçants, intenses et cruels. C'était un esprit capable, radical, accusé d'opinions communistes, même anarchistes. Pourtant, les Indes et l'Orient ne pouvaient se passer de lui. Mieux que tout autre, il connaissait les affections tropicales et la façon de les combattre. D'esprit cynique, il avait passé sa vie à lutter contre la maladie, rechercher sérums et vaccins, tout en se demandant si la mort ne valait pas mieux que la vie. Ancien ami du Major, ce fut avec lui qu'il se rendit dès son arrivée à la tente de la Maharani. Ils y retrouvèrent Rashid Ali Khan et le colonel Ranjit Singh dont les Sikhs allaient être chargés de seconder les efforts du médecin pour enrayer les progrès du choléra et de la typhoïde.

Peu après deux heures, sans même prendre le temps de déjeuner, le colonel Moti et ses assistants se mettaient au travail, chacun dans un différent secteur de la ville. De petits détachements de Sikhs et de Balayeurs les accompagnaient. Partout des tranchées furent creusées pour évacuer les eaux stagnantes et le feu fut mis aux décombres des maisons écroulées. Dans le grand Marché incendié, où cultivateurs et jardiniers avaient déjà recommencé à dresser leurs éventaires de mangues, de melons, de goyaves ou de radis, tout fut aspergé au permanganate. L'un après l'autre, les puits furent passés au chlorure de chaux. Mais partout où apparaissaient les escouades de Moti éclataient des cris et des lamentations, car l'ordre avait été donné de ne respecter ni superstitions ni propriété. Des groupes d'Hindous indignés se rassemblaient aux carrefours et parlaient de révolte. Mais ni le colonel Moti ni ses assistants ne prenaient garde à eux. La Maharani avait laissé carte blanche au Colonel, et les Sikhs, qui le protégeaient de leurs baïonnettes, ne demandaient pas mieux que de foncer en avant ou même de tuer.

Et, peu à peu, une sorte de folie sacrée s'empara du Colonel. Pour la première fois, il pouvait à sa guise supprimer, annihiler les repaires de rats, de moustiques ou de puces, brûler les maisons infectées, détruire les microbes attachés aux fruits, aux légumes et aux viandes. A travers sa fureur, il se rendait vaguement compte que, du même coup, il attaquait symboliquement l'incurable ignorance, les superstitions, la foi décadente qui, depuis des millénaires, pesaient sur ses compatriotes. Plus que rats, puces ou microbes, il haïssait les prêtres brahmanes. Aussi, chaque fois qu'un de ceux-ci s'approchait de lui pour protester, lui crachait-il au visage et lui ordonnait-il brutalement de s'écarter. Depuis trente ans, il nourrissait le rêve de détruire le vieux monde, afin de faire place nette pour un monde nouveau. Enfin l'occasion lui en était donnée et il y prenait un cruel et violent plaisir.

Ainsi un second incendie balaya Ranchipur. Il mit le feu aux ruines du Bazar, à douze endroits à la fois, si bien que peu après celui-ci n'était plus qu'une immense fournaise. Puis les flammes se propagèrent aux décombres du Palais d'Été, au cinéma à demi détruit et, finalement, au vieux Palais de Bois qui flamba avec toute sa sombre histoire de tyrannie, d'empoisonnements et de tortures. Seuls, l'Hôpital, à l'écart dans son vaste terrain, et l'École de Musique, située derrière le Grand Réservoir, furent épargnés.

A six heures, il ne restait de la ville que quelques tas de cendres incandescentes, et çà et là, à la périphérie, une maison ou un hangar en ruine. Le Colonel, trempé de pluie et de sueur, continuait furieusement à tout asperger de pétrole et à mettre le feu. L'École supérieure de Jeunes Filles et les précieux livres sauvés par Miss Dirks, le bungalow de Miss Hodge et ses coussins, ses photographies, ses dentelles, son service à thé de la Compagnie des Indes Orientales, tout fut dévoré par les flammes.

Du seuil de la tente rayée, sur la colline près du Grand Palais, la vieille Maharani contemplait l'œuvre de destruction. D'abord vaguement alarmée, elle finit par deviner le but de cet anéantissement, et, satisfaite, elle adressa une pensée de gratitude au fanatique colonel Moti.

Encore sous l'influence des anciennes traditions, coutumes et superstitions qui survivaient dans son sang, elle n'aurait jamais trouvé le courage d'ordonner cela. Pourtant, c'était un bienfait, elle le savait.

Et tandis qu'assise à côté de la vieille princesse de Bewanagar elle contemplait le spectacle, elle songeait que le tremblement de terre et l'inondation avaient, à leur façon, été une bénédiction. La lutte soutenue par le vieux Maharajah n'avait pu être que lente, grâce à d'incessants compromis avec l'immense et inexorable passé. Maintenant, tout cela était balayé. Une ville nouvelle allait s'élever sur la terre nettoyée, purifiée, avec des temples en béton et acier, une ville où il n'y aurait plus de quartier d'Intouchables, plus de sombres repaires où couvaient le choléra et la peste n'attendant que l'occasion pour s'abattre sur ses sujets. Et, quand le barrage serait reconstruit, on fermerait les puits, cause perpétuelle d'infection, et il n'y aurait plus partout que l'eau claire et fraîche des collines.

Le spectacle de cet anéantissement remplissait le cœur de la Maharani d'une sorte de violente et pure satisfaction. N'était-ce pas ainsi que les Mahrattes, ses ancêtres, détruisaient villes et villages, au cours de leurs cruelles équipées ? N'était-ce pas la raison pour laquelle les Bengalis effrayaient leurs enfants en leur disant : « Si tu n'es pas sage, les Mahrattes t'emporteront ! »

Peu après la rapide tombée de la nuit, le colonel Moti vint s'excuser officiellement, mais sans conviction, auprès de la Maharani d'avoir, par mégarde, incendié toute la ville. L'accueil de la Souveraine fut sévère, cependant elle ne tarda pas à laisser deviner sa satisfaction. Elle admirait Moti pour son audace, pour la magnificence de l'idée qui l'avait poussé à agir de façon aussi radicale. De son côté, le Colonel s'émerveillait de la flamme qui brûlait dans les yeux noirs de la Maharani, et qui, à mesure que se prolongeait leur entretien, devenait plus intense.

Lorsque, peu après neuf heures, le Major arriva, il les trouva tous deux assis par terre, penchés sur une feuille de papier de riz où le colonel Moti esquissait le plan de la cité future construite en brique, en béton armé et acier, à la manière américaine, telles la demeure de Rashid et l'École du Soir qui toutes deux avaient résisté au tremblement de terre, à l'inondation et à l'incendie. Par un système de drainage qui ne laisserait aucun refuge aux insidieux moustiques (propagateurs de la malaria, le pire de tous les ennemis, de l'avis du colonel, parce que, bien que non mortelle, elle sapait sans répit la vitalité d'un immense empire), on réintroduirait la santé.

Ses yeux étincelaient d'enthousiasme.

« Nous allons bâtir une ville comme il n'en existe pas

aux Indes, une ville capable de résister au siège de la maladie ! Et, d'ici une génération ou deux, un nouveau peuple surgira, une race nouvelle d'Hindous. Qu'ont fait d'autre les Américains dans des pays infestés comme Cuba, Panama ou les Philippines ? Vous verrez ! »

Et, tandis que la ville finissait de se consumer à ses pieds, la Maharani, gagnée par l'exaltation du Colonel, sentait lassitude et désillusion l'abandonner pour faire place à un désir intense de vivre, afin de réaliser le rêve de ce fou destructeur. Cela coûterait beaucoup d'argent, elle aurait à combattre les Hindous orthodoxes, et même le vieux Dewan avec ses idées traditionalistes et démodées. Mais Rashid et Ransome, et les petits Smiley, qui travaillaient si bien sans faire d'embarras, seraient à ses côtés. Peu à peu, le Major, lui aussi, se laissa gagner par l'enthousiasme, et, pendant un instant, il oublia le désespoir qui l'étreignait, la maladie d'Edwina, la mort qui planait sur elle. Pendant quelques minutes, il redevint le fanatique, l'être impersonnel, inhumain, uniquement préoccupé de politique et de science, qu'il avait été avant le tremblement de terre et l'inondation.

Car, tandis qu'à la lueur de la ville incendiée il pédalait sur la route de la Mission, il s'était subitement rendu compte qu'il n'y avait aucun espoir de la sauver. D'où lui venait cette conviction ? Il n'aurait su le dire et ne cherchait pas à analyser son sentiment. Il le savait ; c'était comme si les arbres, les demeures en ruine, l'esprit des morts avaient parlé. Pendant tout le jour, il avait lutté, se débattant dans des alternatives d'espoir et de désespoir, tandis qu'Edwina, consumée par la fièvre, dormait comme une enfant. Sans cesse, il se rendait dans la petite chambre où la pauvre Miss Hodge, juchée sur une chaise dure, inlassablement, fixait la malade étendue sur le lit.

« Pourquoi n'est-ce pas plutôt elle ? songeait-il en la regardant. Il vaudrait mieux qu'elle fût morte ! » Dieu, lui semblait-il, faisait toujours tout de travers. Il frappait Edwina, le pauvre Mr. Jobnekar, Miss Dirks, au lieu d'emporter Miss Hodge, les marchands et les prêtres brahmanes. Si Moti ou lui-même avaient été un instant Dieu, ils auraient fait du meilleur ouvrage.

A quatre heures, il retourna la voir. Elle ne dormait plus, mais la fièvre ternissait ses yeux, et ses joues brûlaient. De petites taches rosâtres commençaient à apparaître sur sa peau. A leur vue, il songea : « Elle doit être malade depuis deux ou trois jours. L'infection date d'avant le tremblement de terre. Peut-être l'aura-t-elle attrapée dans le Nord, dans les plaines torrides et poussiéreuses. »

« Je vous attendais », dit-elle en souriant, dès qu'elle l'aperçut.

Elle lui tendit la main. Il la prit et s'assit sur le bord du lit. Ni l'un ni l'autre ne faisaient attention à la pauvre Miss Hodge, qui se leva et se mit à papillonner dans la chambre, changeant la place du pot à eau, donnant de petites chiquenaudes au couvre-pieds. Le Major ne la voyait même pas. La triste vieille fille n'avait pas d'importance ; personne n'avait plus d'importance. Une seule chose était essentielle : guérir Edwina.

« Je sais où j'ai attrapé ça, dit-elle. C'est le verre.

— Quel verre ? »

Elle lui raconta comment, par inadvertance, elle avait bu dans le même verre que la femme mourant de la typhoïde.

« C'était la première nuit, quand vous êtes venu m'aider. Ce que vous m'aviez dit m'avait rendue si heureuse que je ne savais plus ce que je faisais. »

Il essaya de la rassurer. L'infection datait d'avant. Mais elle tenait à cette idée, songeant : « Il est juste que cela se soit passé ainsi... que, finalement, je sois trahie par mon propre bonheur. »

« Vous êtes-vous fait inoculer contre la typhoïde avant de venir ici ? demanda-t-il.

— Non, répondit-elle. Pour rassurer mon mari, j'ai prétendu que je l'avais fait, mais c'était trop ennuyeux, et je n'ai jamais vraiment cru à ces choses. »

L'esprit scientifique du Major fut choqué.

« C'était mal de votre part, remarqua-t-il, et très stupide.

— On n'échappe à une chose que pour être frappé par une autre. »

Il ne répondit pas et se borna à presser sa main.

Pourquoi avait-elle ce sot fatalisme ? Pourtant, il l'aimait, justement parce qu'elle était ainsi, insouciante, joueuse, et qu'elle savait perdre sans se plaindre. N'était-il pas étrange que cette femme, qui représentait tout ce qu'il désapprouvait, l'eût finalement séduit ?

« Vous auriez dû en parler immédiatement à Miss Mac Daid, dit-il enfin. Ce n'est certainement pas ce verre qui vous a contaminée, mais peut-être a-t-il activé l'infection.

— J'avais honte de ma stupidité, et puis... je craignais qu'elle ne me renvoyât. Après la façon dont vous m'aviez parlé, je ne pouvais plus partir... ne plus vous revoir. »

Elle se détourna et regarda par la fenêtre.

« Qu'est-ce qui brûle ? demanda-t-elle.

— La ville ! On a mis le feu aux décombres.

— On dirait presque l'enfer, ne trouvez-vous pas ?

— C'est probablement une bonne chose ; ça supprimera les nids d'infection. »

Un moment, elle resta silencieuse, puis, se retournant, elle le regarda.

« Combien de temps serai-je malade ? demanda-t-elle.

— Je ne sais... Cela dépend de votre résistance. La typhoïde est une longue affaire. »

Elle réfléchit.

« Ma présence ici ne sera qu'un embarras, dit-elle enfin.

— Non.

— Ne vaudrait-il pas mieux que je retourne à la Mission ?

— Peut-être... Mais, là-bas, il n'y aurait personne pour vous donner les soins nécessaires. »

De nouveau, elle réfléchit.

« Miss Hodge pourrait m'accompagner. Elle ferait la sale besogne ; cela ne semble pas la dégoûter.

— Oui, j'en serais heureuse, dit Miss Hodge qui les écoutait.

— Il fait lugubre ici, reprit Edwina. Ce n'est pas comme lorsqu'on peut se rendre utile.

— Il faudrait que j'arrange la chose avec tante Phœbe. C'est sur elle que ça retomberait.

— Je ne serais pas une si lourde charge, et je m'engage à

être très docile. Vous pourriez expliquer à Miss Hodge ce qu'il y aurait à faire. »

L'idée semblait peu pratique au Major. Il était plus facile de la soigner à l'Hôpital et l'éloignement de la Mission l'empêcherait de la voir souvent. Mais, avant tout, il désirait qu'elle fût contente et se remît. Non, elle ne pouvait mourir maintenant, juste au moment où elle commençait à vivre.

« Je serais tellement plus heureuse là-bas ! dit-elle.

— Je vais aller voir tante Phœbe pour arranger la chose, répondit-il. Puis, enveloppant dans les siennes sa petite main parfaite, il ajouta : J'y vais à l'instant. En attendant, essayez de vous rendormir. C'est ce qui peut vous faire le plus de bien.

— Merci, mon cher. »

Elle ferma les yeux et resta parfaitement tranquille. La croyant enfin assoupie, il lâcha doucement sa main et se leva. Mais à ce moment elle rouvrit les paupières :

« Je voudrais voir Tom Ransome, dit-elle.

— Il vaut mieux qu'il ne vienne pas ici de l'Ecole de Musique. Ce serait dangereux.

— C'est vrai.

— Je vais vous laisser maintenant. »

Elle referma les yeux. Quand il fut parti, Miss Hodge vint s'asseoir à côté d'elle.

C'était la première fois de sa vie qu'Edwina était réellement malade et, malgré sa lassitude, son corps et son esprit se révoltaient. La lourde chaleur pesait sur l'Hôpital comme un couvercle et l'incendie de la ville en ruine remplissait l'air de fumée. La fièvre montait et retombait par vagues violentes. Il n'y avait pas de glace, ni même d'eau fraîche. Par moment, elle sombrait dans une douloureuse torpeur, d'où elle sortait, songeant : « Cela doit ressembler au Purgatoire ! » La chaleur, l'intolérable chaleur ; mais pas suffisante pour vous tuer. A d'autres moments, la sueur provoquée par les médicaments la baignait, trempant sa rude chemise de nuit et son lit. Miss Hodge lui cherchait du linge sec, mais quand elle revenait, Edwina, saisie de frissons, tremblait de tout son corps.

Puis la crise s'apaisait et, de nouveau, lentement, la fièvre remontait.

Elle ne songeait pas à la mort. Jamais celle-ci n'avait existé pour elle en corrélation avec elle-même. Vaguement, elle se rendait compte que sa maladie serait longue, pourrait durer des semaines ou des mois, mais elle ne s'en inquiétait pas. Une seule chose la préoccupait : ne pas être endormie quand il reviendrait et se tiendrait assis près d'elle ; ne pas laisser échapper une minute de bonheur.

Ne pouvant traverser la ville encore en flammes, le Major dut faire un grand détour en poussant sa bicyclette pour rejoindre le pont du chemin de fer et la route de la Mission.

Il savait que l'incendie n'était pas accidentel, mais avait été déclenché par le colonel Moti. L'idée que cet homme, d'une si parfaite discipline scientifique, était capable d'un tel radicalisme social l'étonnait. Pendant plus de deux ans, il n'avait pas revu l'ardent médecin sikh et il découvrait en lui quelque chose à la fois de dangereux et de stimulant. Au cours de leur bref entretien, à l'arrivée de l'avion, sur l'épidémie et la façon de la combattre, il avait senti le feu qui couvait derrière les yeux noirs de son collègue et éprouvé une vague impression de honte, comme s'il avait trahi Moti depuis leur dernière entrevue. Cependant, s'interrogeant lui-même, il se rendait compte que, s'il partageait la passion de Moti pour les Indes, il était moins porté que lui vers la politique et, surtout, moins impitoyable. Dans Moti, il devinait une sorte de nécessité désespérée d'agir, la notion que la vie était trop courte pour tout ce qu'il y avait à accomplir. Il avait un tempérament de fanatique.

Et tandis qu'il pédalait sur la route de la Distillerie, il revoyait le visage de son ami : sa bouche dure, son front osseux, son poil dru de Sikh, toujours apparent, bien qu'il se rasât trois fois par jour, mais surtout ses yeux de jais, brûlant d'intolérance à l'égard de la sottise, de la lâcheté de ses semblables. Jamais Moti n'eût fait preuve de la faiblesse, de la folie dont il se rendait coupable en ce moment.

Pour lui, les femmes n'existaient même pas comme

instrument de plaisir. Telle la sanglante Kâli, toute son énergie, sa force créatrice étaient concentrées en une flamme ardente de destruction : il fallait anéantir le passé pour que quelque chose de meilleur, de plus beau, pût être édifié. L'élément imprévisible n'avait pas de pouvoir sur Moti.

Pourtant, le Major n'enviait pas son ami. Quand il pensait aux instants inoubliables qu'il venait de vivre depuis trois jours, à ces minutes de communion d'où la solitude était exclue en même temps que la notion de soi, la passion et le fanatisme, il éprouvait une sorte de pitié à l'égard de l'existence si dépouillée de Moti.

Il trouva tante Phœbe et Homer Smiley à la cuisine, en train de sustenter un enfant noir que Smiley avait recueilli aux abords de la ville incendiée. De la caste des Dajis, celui-ci avait perdu toute sa famille dans le désastre. Il mangeait comme un animal effarouché, jetant de temps en temps un regard de côté comme s'il s'attendait à être frappé.

Tante Phœbe et Smiley s'étonnèrent de voir arriver le Major. Il les mit au courant de la maladie d'Edwina et, presque timidement, leur communiqua le désir de celle-ci de venir s'installer à la Mission.

« N'est-elle pas beaucoup mieux à l'Hôpital ? remarqua Homer Smiley. Nous n'avons guère ce qu'il faut ici pour la soigner convenablement.

— Miss Hodge l'accompagnerait. Bien qu'elle soit folle, elle est inoffensive et pourrait se rendre utile.

— Pour ma part, je ne vois pas d'objection à ce qu'elle vienne si elle en a envie, dit tante Phœbe en remettant du riz dans l'assiette de l'enfant affamé. Cela ne sera peut-être pas très confortable, mais nous nous arrangerons pour le mieux. Je lui donnerai ma chambre et dormirai dans la dépense puisqu'elle est vide.

— Ce n'est pas que nous ne souhaitions la voir ici, reprit Homer Smiley. Je ne pensais qu'à ce qui valait le mieux pour elle. Vous me comprenez, j'espère ? »

Le Major ne répondit pas tout de suite.

« Cela va de soi, je vous comprends, dit-il enfin. Moi-même, quand elle m'en a parlé, j'ai pensé comme vous. Mais j'ai peut-être eu tort. Ce n'est pas une malade ordinaire. La question de traitement n'est pas la seule. Il y a aussi l'élément moral. Ici, elle se sentirait plus heureuse et, dans son cas, le bonheur a une très grande importance.

— Faites ce que vous voudrez, Major.

— Merci. Je l'enverrai donc dès que j'aurai fait les arrangements nécessaires pour son transport... C'est beaucoup vous demander ; mais je savais que vous comprendriez. »

L'enfant s'arrêta subitement de manger, comme s'il lui était impossible de mettre un grain de riz de plus dans sa grande et vilaine bouche. Joignant alors ses mains décharnées, il salua en témoignage de gratitude.

« Il faut que je retourne à l'Orphelinat, dit Homer Smiley. Il va y avoir une quantité de nouveaux réfugiés après cet incendie. »

Il partit, tenant l'enfant par la main et poussant sa bicyclette.

Le Major les regarda s'enfoncer sous la pluie jusqu'à ce qu'ils eussent disparu au-delà du rayon lumineux qui sortait de la porte.

« Je la soignerai moi-même, dit tante Phœbe. On a moins besoin de moi à l'Orphelinat en ce moment. Et puis, elle m'est sympathique. »

Ils prirent ensemble une tasse de thé et, pour la première fois depuis le désastre, causèrent de petits riens familiers. Enfin, à regret, le Major se leva et prit congé.

« Ne vous tourmentez pas, dit tante Phœbe au moment où il partait. Je prendrai grand soin d'elle. Je connais la typhoïde. En quatre-vingt-dix-huit, nous en avons eu une épidémie à Beaver Dam. Deux de mes frères et un de mes neveux l'ont attrapée en même temps. »

Il repartit, rafraîchi et calmé par ces quelques instants passés avec la vieille femme. Sa sérénité l'intéressait, car, contrairement à celle de l'Orient, elle n'était pas née de la résignation, de la négation ou de la contemplation, mais d'une activité altruiste et objective. En vérité, on ne pouvait atteindre à la paix intérieure ou à la sagesse, aussi longtemps que persistait le moi. Il fallait avoir vécu comme tante Phœbe, de toute sa puissance, pendant de longues années d'oubli de soi, ou, comme le vieux Mr. Bannerjee, nier l'existence même de tout élément physique et matériel. Or, de ces deux façons de tendre vers la paix, il lui semblait que celle de tante Phœbe était la plus judicieuse et certainement la plus humaine.

« Nous pourrions partir, songeait-il, aller en Malaisie, en Indochine, ou même en Chine, et tout recommencer. Là-bas, je serais utile autant qu'ici, et elle aurait la paix ! » Mais aussitôt il réfléchit que ce serait aussi absurde que les romans et les films cinématographiques d'Occident. Il ne saurait s'enfuir sans se détruire lui-même, et elle avec lui. Il ne pouvait quitter ces Indes cruelles et magnifiques ; elles faisaient partie de son sang. Cambridge, l'École de Médecine, les idées nouvelles, les femmes même qu'il avait possédées en Occident, ne l'avaient pas changé. Il n'appartenait pas à l'Occident, mais à ce pays d'immensités, de sécheresses brûlantes, d'inondations subites, de famines, de tremblements de terre, de temples et de jungles pressées aux portes mêmes des grandes villes. Se souvenant de la nostalgie éprouvée jadis pendant son séjour en Occident, il ne pouvait imaginer quitter une fois encore les Indes.

A la lueur de la cité en flammes, il aperçut un chacal traversant la route, à pas feutrés, droit devant lui. Puis les feuilles des figuiers de Java, frissonnant sous la pluie, se mirent à murmurer : « Elle va mourir ! Elle va mourir ! » Alarmé, il sentit que ce chuchotement n'était que la manifestation d'une voix intérieure, d'une sagesse aussi vieille que les Indes qui, en lui, savait qu'elle devait mourir, que c'était son destin à elle, et le sien propre. Oui, dès l'instant où, pour la première fois, il l'avait vue sous le lustre étincelant rempli d'abeilles du Grand Palais, il avait eu un pressentiment néfaste. Il comprenait maintenant pourquoi, après l'avoir regardée et jugée excitante, sereine et un peu vicieuse, il s'était vivement détourné et avait évité de poser les yeux sur elle pendant le reste de la soirée. C'était mal ; jamais ils n'auraient dû se rencontrer. Pourtant, le savoir n'atténuait ni sa souffrance, ni son désir redevenu physique.

« Elle va mourir ! Elle va mourir ! Elle va mourir ! » répétaient les arbres au-dessus de lui.

Puis, comme il atteignait le pont du chemin de fer, il comprit aussi qu'elle allait mourir parce qu'elle était trop lasse pour faire l'effort de vivre. Il l'avait senti, alors qu'assis au bord de son lit il lui parlait. C'est la raison pour laquelle elle avait demandé à voir Ransome. Semblable à ces pauvres gens de la basse caste, à demi affamés, elle trouvait plus simple de se laisser mourir.

Le lendemain matin, avançant avec précaution sur la voie reconstruite à la hâte, le premier train arriva. Il amenait des vivres, des médicaments, des infirmières, des docteurs. Immaculé, avec sa barbe neigeuse et son *dhoti* bengali de pur lin blanc, le Dewan en descendit. Il n'était accompagné que d'un fils, d'un neveu et d'un petit-fils. Ce fut son ancien adversaire au Conseil, Rashid Ali Khan, épuisé par soixante-douze heures de travail harassant, qui vint lui souhaiter la bienvenue. Ils se rendirent ensemble chez la Maharani.

La vieille Souveraine reçut le Dewan avec un mélange de plaisir et d'appréhension. Elle lui savait gré d'avoir quitté les fraîches collines pour se plonger dans la suffocante chaleur de la mousson, car elle faisait grand cas de sa subtilité et de sa sagesse. Mais elle redoutait son esprit d'économie, de prudence, et craignait qu'il ne mît un frein à son impatience de reconstruire Ranchipur avant sa mort. La rude intransigeance et l'enthousiasme du colonel Moti l'avaient séduite. Or le Dewan était un Hindou de vieille trempe, le plus remarquable des Indes, mais il ne s'inspirait qu'aux sources de la foi et de la culture hindoues. Dans sa robe de lin blanc, impassible, obstiné, il ferait systématiquement opposition, au Conseil, à toute tentative d'innovation occidentale. Les Indes, jugeait-il, ne devaient dépendre que d'elles-mêmes, ne s'inspirer que de la puissance et de la grandeur de leurs propres origines. Le colonel Moti, par contre, était un Hindou moderne, prêt à prendre à l'Occident le bien qui pouvait s'y trouver, ardent à détruire le passé, tout le passé, afin de faire un départ nouveau. Les sentiments de la Maharani étaient plus simples, plus féminins, faits d'intuition et d'impatience. Elle souhaitait voir surgir instantanément un Ranchipur neuf, cité modèle, exemple éclatant pour les Indes entières et aussi pour les Européens persuadés de l'incapacité des Hindous de résoudre leurs propres problèmes. Il y avait à la fois en elle un orgueilleux désir de revanche et toute l'insouciante témérité qui lui venait de son sang.

Le spectacle de Ranchipur, réduit à un amas de cendres fumantes où ne subsistaient plus que quelques temples noircis et d'horribles bâtisses de style occidental, choqua profondément le Dewan.

Il ne comprenait pas comment la destruction avait pu être aussi radicale. La Maharani lui expliqua qu'un second incendie, provoqué par accident et propagé par le vent de la mousson, en était la cause. A son récit, les yeux noirs, en vrille, du vieillard se rétrécirent, et, au nom du colonel Moti, il trembla imperceptiblement. Il n'était pas dupe. Plus que les Britanniques, Moti était son ennemi et celui des Indes. Par la ruse ou la flatterie, on pouvait venir à bout des Anglais. Ils se montraient tenaces, stupides, obstinés, mais se laissaient duper, si l'on savait s'y prendre. Tandis que Moti...

Pendant plus de soixante ans, il avait travaillé, selon la vieille méthode hindoue, à mener les Britanniques doucement, pas à pas, vers leur propre ruine, tout en sauvegardant le patrimoine essentiel des Indes. (N'avait-il pas agi de même avec Lord Esketh, cette fameuse nuit au Palais ?) Sa tactique avait réussi. Un autre siècle de vie, et il verrait les Indes libres, intactes, rendues à leurs traditions, à leur dignité, à leur honneur. Les Britanniques étaient destinés à se détruire eux-mêmes, à être engloutis, comme l'avaient été tous les envahisseurs des Indes. Mais voilà qu'un Moti et ses semblables, des têtes chaudes, des fous, commençaient à surgir et détruisaient tout ce que lui-même et les vrais Hindous avaient si patiemment édifié, si laborieusement accompli. Les Britanniques s'étaient bornés à considérer les Indes comme une source de revenus exceptionnels ; ils ne s'étaient préoccupés ni de l'âme ni de l'esprit de celles-ci et les avaient laissés intacts. Mais, de même qu'il avait réduit en cendres les restes de la cité de Ranchipur, Moti et ses radicaux avaient l'intention d'anéantir l'âme des Indes. C'étaient eux les véritables ennemis des Indes.

La Maharani l'observait et devinait le cours de ses pensées. Depuis des années, elle avait pénétré la ruse de sa tactique et noté ses victoires. Parfois même, elle y avait tacitement collaboré. Mais en ce moment elle songeait : « Il est infiniment vieux. Il n'en a plus pour très longtemps. Redescendre dans la fournaise pour se battre contre Rashid, Moti et moi, ne peut manquer de lui être fatal. Il en mourra. Ce sera regrettable ; c'était un bon lutteur. Mais il est aveugle. »

Depuis sa conversation avec Moti, elle savait l'issue de la bataille. Disposant du pouvoir absolu, elle pouvait, en dernier ressort, renvoyer le Dewan s'il devenait importun. « Mais il mourra ! se disait-elle. Je n'aurai pas besoin de le congédier. » La chaleur et le choc de la destruction totale de Ranchipur s'en chargeraient pour elle. Elle n'ignorait pas que sa propre disparition, ainsi que celle de tous les autres princes — du puissant Nizam et du riche Baroda, jusqu'aux plus petits principicules — rentrait dans le plan d'action de Moti et de ses têtes brûlées. Mais, d'ici là, elle aurait le temps d'accomplir de grandes choses, plus que les radicaux lorsqu'ils lui succéderaient, car jamais ceux-ci ne détiendraient le pouvoir absolu dont elle disposait en ce moment à l'intérieur de l'État de Ranchipur. Alors, elle se souvint que le Major et Ransome l'appelaient « la dernière Reine » !

A part son imperceptible et fugitif tremblement, le vieux Dewan ne trahit par aucun signe son antipathie à l'égard de Moti, ni sa désapprobation de ce qui avait été fait, ni celle que lui inspiraient les plans de la ville nouvelle. Jamais il ne luttait ouvertement. Sans bruit, avec douceur, il se mettrait à l'œuvre, ferait obstacle à tous les projets, à tous les changements, si bien que, finalement, ceux-ci seraient anéantis, comme tant d'initiatives aux Indes, par l'usure et l'inertie.

Peu après, il se retira, pour aller fouiller dans les cendres de sa demeure. Il reviendrait à la fraîcheur du soir, dit-il.

La Maharani donna l'ordre qu'une tente fût dressée pour lui, près de la sienne. Ainsi, par ses espions, elle pourrait être informée de ses allées et venues, de ses paroles, peut-être même de ses pensées. Elle n'ignorait pas que de son côté, quelques précautions qu'elle pût prendre, il saurait ce qui se passait chez elle, quand elle voyait Moti ou Rashid Ali Khan et ce qu'ils auraient dit... Elle n'avait besoin de lui que pour une chose : vendre ses bijoux. Personne mieux que lui n'en obtiendrait le prix fort sur les marchés d'Occident. Vendus aux courtisanes, aux épouses vulgaires des arrivistes et spéculateurs qui s'engraissaient de la décomposition de la civilisation occidentale, ils finiraient par retourner aux boutiques de la Place Vendôme, de Bond Street et de la Cinquième Avenue d'où ils étaient sortis. Mais, maintenant, elle était vieille et sa passion pour les joyaux l'avait abandonnée. Ce qu'ils pouvaient devenir ne l'intéressait plus. L'essentiel était qu'ils rapportassent des millions de roupies pour reconstruire Ranchipur et faire de la ville, des villages et des districts un laboratoire modèle qui pût servir d'exemple aux Indes entières, à tout l'Orient.

Pour réaliser son rêve, il lui fallait des hommes jeunes, vigoureux, habiles, comme Rashid, le Major, le colonel Moti. Elle réservait également une place dans ses projets à Homer Smiley et à Ransome. Après le départ du Dewan, elle les fit chercher tous deux, sans se préoccuper du désir exprimé par le Major que Ransome ne se rendît pas directement de l'École de Musique chez elle. Quand enfin ils arrivèrent, elle proposa à Mr. Smiley de quitter la Mission pour accepter la charge de ministre de la Santé Publique, et à Ransome, de collaborer avec lui. Cette importante fonction n'existait pas encore à Ranchipur. Le colonel Moti en avait suggéré la création ; il avait en même temps désigné Mr. Smiley, dont il connaissait l'activité et les capacités, comme le seul homme de Ranchipur, peut-être des Indes entières, capable de mener à bien cette tâche. Restait à trouver un chef pour remplacer le pauvre Mr. Jobnekar. Mais cela n'était pas aussi difficile qu'autrefois, quand les Balayeurs, confinés dans leur quartier, étaient maintenus au niveau des bêtes. Intelligents, ils avaient déjà beaucoup profité de l'enseignement dont ils avaient été l'objet. Il faudrait également remplacer la pauvre Miss Dirks et poursuivre l'éducation des femmes. Mais ceci aussi était plus aisé que jadis. Il y avait maintenant des Hindoues instruites, expérimentées, énergiques, des femmes comme Mrs. Naidu, l'amie du bouillant colonel Moti.

Quand Smiley et Ransome se furent retirés, la Maharani fit appeler Gopal Rao et l'informa que, dorénavant, il travaillerait pour elle en qualité de secrétaire. Il lui convenait parfaitement. Beau, jeune, intelligent, il avait cette vigueur, cet esprit qu'elle-même tenait de son sang mahratte. Il fallait qu'il se trouvât au plus tôt un remplaçant. Après quoi, elle le congédia et retourna à ses appartements, rajeunie et se sentant la force d'une tigresse. Le vieux Dewan ne l'inquiétait plus. Entourée comme elle l'était, elle saurait le vaincre. Avec un grognement de satisfaction, elle se dit qu'il était un adversaire digne d'elle et que, si elle devait être « la dernière Reine », elle serait aussi une grande Reine dont le souvenir se perpétuerait dans l'histoire de Ranchipur et des Indes entières.

En sortant de chez la Maharani, Mr. Smiley partit à pied pour la Mission. Chargé de provisions et de médicaments remis par l'assistant du colonel Moti, il se hâtait. Dans l'allée, il aperçut Lady Esketh, portée sur une litière par quatre coolies, et Miss Hodge trottinant à côté d'elle et l'abritant d'un parapluie.

Il les rejoignit et les salua. Lady Esketh ouvrit les paupières. « Comme c'est bon à vous de me permettre de venir à la Mission ! » dit-elle.

Mr. Smiley lui souhaita la bienvenue et lui assura qu'elle serait beaucoup plus heureuse à la Mission qu'à l'Hôpital. Très lasse, elle referma les yeux et se laissa aller au bercement de la civière. Ses os lui faisaient mal et, dans sa tête, battait la fièvre. Sans cesse, elle sombrait dans une sorte d'anéantissement plus semblable à la mort qu'au sommeil.

Cependant, le cœur de Mr. Smiley chantait dans son

corps usé. Enfin, il allait être libéré de la mesquinerie, de la sordide économie, des calomnies du Conseil de la Mission et de gens tels que Mrs. Simon. Les lettres fastidieuses et les intrigues de celle-ci n'auraient plus d'importance. Il pourrait poursuivre son œuvre ; on l'aiderait au lieu de l'entraver. Et, derrière lui, il aurait la fortune de Ranchipur ! C'était, par excellence, ce qu'il désirait.

Il se réjouissait aussi à la pensée de la joie de sa femme et de tante Phœbe, et à la perspective d'avoir Ransome pour collaborateur. Un instant, pendant que la Maharani leur exposait ses projets, il avait craint que Ransome, fidèle à son habitude, ne refusât. Mais à son grand étonnement, sans hésiter, celui-ci avait acquiescé.

« J'espère que vous ne m'en voulez pas d'avoir accepté, lui dit Ransome, lorsque ensemble ils quittèrent le pavillon de chasse et prirent la direction de l'École de Musique.

— Comment pourrais-je vous en vouloir, mon cher ami ! répondit Mr. Smiley.

— Ce serait naturel. Je n'ai jamais fait quoi que ce soit pour mériter la confiance d'autrui. Il doit y avoir des tas de gens que vous auriez préférés comme collaborateurs.

— Non. C'est vous que je souhaitais. »

Un long moment, ils marchèrent en silence, puis, comme ils atteignaient le Grand Réservoir où leurs routes se séparaient, Ransome lui dit : « Fern Simon va rester ici. Elle voudrait devenir infirmière et travailler dans les districts.

— J'en suis ravi, dit Mr. Smiley. C'est une charmante fille.

— Puis-je vous dire encore deux mots ? reprit Ransome. Après quoi il ne sera plus nécessaire d'en parler. »

Ils s'arrêtèrent au haut des larges marches qui conduisaient vers l'eau.

Un moment, Ransome resta les yeux fixés sur une femme qui battait du linge, sur une roche, à leurs pieds. Mr. Smiley sentait qu'il faisait un grand effort ; à deux reprises, il avala sa salive. Puis, brusquement, il se décida.

« Je crois que j'ai enfin saisi ce que vous cherchez tous à réaliser, j'entends vous, le Major, Rashid et Miss Mac

Daid, dit-il. Jusqu'à présent, je ne l'avais pas compris, pas réellement. Je voudrais vous aider.

— Bravo ! dit Mr. Smiley, qui partageait un peu l'embarras de Ransome. J'en suis enchanté.

— Ce n'est pas tout. Il y a encore autre chose.

— Oui ?

— Fern et moi désirons nous marier.

— Ah ! dit Mr. Smiley. J'avoue que c'est une surprise ! Comme c'est bien ! J'en suis très heureux. Toutes mes félicitations. C'est ma femme et tante Phœbe qui vont être étonnées ! »

Ransome ne pensait pas que la nouvelle surprendrait tante Phœbe, mais il ne le dit pas.

« Je ne suis pas certain que ce soit la bonne solution, reprit-il. Je voulais en parler à quelqu'un et j'ai pensé que vous étiez la personne indiquée. Vous comprenez, je ne suis plus un jeune homme. Je suis beaucoup plus âgé qu'elle.

— Pourvu que vous ressentiez de l'affection l'un pour l'autre le reste n'a guère d'importance.

— Je suis sûr de mes sentiments, répondit Ransome. Mais j'ai l'impression que dans tout cela c'est moi le privilégié.

— Fern est une fille de premier ordre. Elle sera une femme parfaite.

— J'ai encore autre chose à vous dire : c'est une véritable confession que je vous fais là.

— Oui ?

— Fern s'est déjà donnée à moi. »

Mr. Smiley lui lança un regard surpris. Il n'était pas choqué, mais se sentait embarrassé par sa propre innocence, son manque d'expérience en face d'un homme tel que Ransome, si averti sur le chapitre des femmes. Il rougit légèrement.

« Je l'ignorais, murmura-t-il. Il eut une petite toux, puis ajouta : Mais comment aurais-je pu le savoir ! » Un instant il eut l'étrange impression que c'était lui le coupable, d'être si mal informé sur l'amour, de ne rien connaître au-delà du sentiment confortable et familier que lui inspirait Bertha Smiley. Une expression soucieuse envahit son regard, derrière ses lunettes.

« Je ne cherche pas à m'excuser, reprit Ransome. Fern, je crois, le désirait autant que moi. Cela s'est passé d'une façon étrange... on pourrait presque dire inéluctable. Je doute que l'un ou l'autre nous ayons pu l'éviter.

— Je ne songe pas à m'ériger en juge, répondit Mr. Smiley. J'ai moi-même trop peu d'expérience de ces choses. Mais, si vous vous mariez, tout sera bien et vous n'aurez fait de tort à personne.

— Dans certaines circonstances, le mariage risque d'être plus néfaste que le péché. »

Un sourire passa sur le visage ridé du missionnaire. Ransome redevenait compliqué.

« Pourquoi chercher midi à quatorze heures ? remarqua Mr. Smiley. Les choses sont plus simples et il vaut mieux les prendre comme elles sont. »

L'émotion que ressentait en ce moment Mr. Smiley ressemblait à celle d'une vieille tante heureuse d'apprendre l'amour réciproque de deux jeunes gens. Il aimait Ransome, avait de l'amitié pour Fern et souhaitait l'aider à trouver le bonheur qu'elle n'avait jamais connu. Il désirait aussi les garder auprès de lui. S'ils se mariaient, ils s'installeraient tous deux dans la grande maison jaune de Ransome et viendraient déjeuner le samedi avec Rashid, le Major, Miss Mac Daid et les autres amis. Oui, cette union rendrait la vie à Ranchipur infiniment plus agréable.

« Pouvez-vous nous marier ? demanda Ransome.

— Certainement. Nous ferons la cérémonie à la Mission.

— Le plus tôt serait peut-être le mieux », reprit Ransome.

Il allait ajouter : « Vous comprenez, nous n'avons pris aucune précaution », mais il s'abstint, se disant que cela dépasserait la compréhension de Mr. Smiley.

« En effet, cela vaudrait peut-être mieux, répondit celui-ci.

— D'ici un jour ou deux, on n'aura plus besoin de nous à l'École de Musique. Alors, nous pourrons nous marier.

— Quand vous voudrez ! répliqua Mr. Smiley. Il prit la main de Ransome : Je suis très heureux. Ce sont de bonnes nouvelles, dit-il. Puis, souriant, il ajouta : Je n'ai qu'un conseil à vous donner...

— Lequel ?

— Ne laissez pas Mrs. Simon s'installer chez vous !

— Il n'y a pas de danger ! répliqua Ransome en riant.

— M'autorisez-vous à annoncer la chose à ma femme et à tante Phœbe ?

— Cela va sans dire ! D'autant plus qu'elles ne sont pas étrangères à cette aventure... Mais, il hésita une seconde, je ne voudrais pas que vous pensiez que cela s'est passé la nuit où je l'ai amenée chez vous... C'est arrivé plus tard, pendant l'inondation... quand j'ai failli me perdre avec le petit bateau... C'était chez Mr. Bannerjee.

— Oui, je vois, dit Mr. Smiley, et de nouveau il y eut une nuance de confusion dans sa voix.

— Il faut que je vous quitte maintenant, reprit Ransome. Nous avons encore beaucoup à faire. Demain, le train nous amènera du renfort, des gens du métier. »

Mr. Smiley lui tapota l'épaule d'un geste amical et timide. Puis ils se séparèrent. Ransome se dirigea vers l'École de Musique. « Comme tout cela est étrange ! se disait-il. Je considérais Smiley comme un ami et, au fond, je ne le connaissais pas ! » Il lui semblait que jusqu'à cet instant, malgré leur apparente amitié, leurs relations étroites, la joyeuse communion des déjeuners du samedi, une muraille avait existé entre eux. Et maintenant celle-ci avait disparu, comme avec le Major, avec Rashid et surtout avec Fern. Quelque démon était sorti de lui. Autre chose — était-ce la simplicité ? — né de la mort, de la crasse, de la souffrance, avait pris la place du démon. Le monde entier, y compris les poivriers, le Grand Réservoir, la chaleur, la pluie, lui semblait différent et neuf. Si son corps épuisé réclamait encore de l'alcool, son esprit ne souhaitait plus fuir la réalité pour se réfugier dans le fallacieux univers créé par la boisson. Malgré tout le tragique qui l'entourait, la vie était belle, brillante, riche en possibles. Jamais, depuis que, petit garçon, il partait pour se rendre chez sa grand-mère dans l'Ohio, elle ne lui était apparue ainsi.

Comme il longeait le mur du Grand Réservoir, il aperçut Miss Murgatroyd venant en sens inverse. Son premier mouvement fut de faire demi-tour pour l'éviter. Mais elle l'avait déjà reconnu et n'était pas assez civilisée pour s'associer à une pareille feinte. Elle s'avança vers lui, émoustillée, joyeuse, la main tendue.

« Je suis heureuse de vous voir ! s'écria-t-elle. Après toutes nos aventures ! On m'a dit que vous aviez fait vaillamment votre devoir à l'Hôpital.

— Oui, j'ai travaillé, répondit-il en faisant un effort pour ne pas s'irriter. L'attitude, le ton de Miss Murgatroyd semblaient transformer l'horreur de l'Hôpital et de l'École de Musique en quelque chose d'exagéré et de faux. Et vous, qu'êtes-vous devenue pendant ce temps ?

— Je suis restée avec la pauvre Mrs. Bannerjee. Vous avez su la mort de son mari ?

— Je viens de l'apprendre.

— Il n'a été malade que quelques heures.

— Et Mrs. Bannerjee ?

— Elle va très bien. Elle est sur son départ ; elle retourne à Calcutta.

— Qu'a-t-on fait des cendres du vieux monsieur ? »

Miss Murgatroyd eut un instant d'hésitation, puis elle rit.

« Mrs. Bannerjee les a jetées dans la rivière, la nuit dernière, dit-elle. Elle estimait que cela suffisait pour ce vieux farceur. Et maintenant elle n'a plus qu'une idée : quitter Ranchipur qu'elle trouve assommant. Calcutta est beaucoup plus gai, plus amusant. »

C'était donc ça, Mrs. Bannerjee ! Sa splendeur glacée, sa profondeur, son mystère n'étaient que platitude, vide, abîme d'ennui ! Tout l'éclat, toute la séduction dont il l'avait parée, dans son effort désespéré pour rendre le monde environnant un peu moins morne, se réduisaient à néant !

« Et vous ? Que pensez-vous faire ? demanda-t-il.

— Je reste ici pour travailler, soupira-t-elle. Mais ça ne va pas être bien gai sans les réceptions des Bannerjee. »

Elle dit cela avec un petit rire nerveux, mais il y avait de l'amertume dans sa voix. « La pauvre, il ne lui reste rien maintenant ! songea Ransome. Elle n'aura plus Mrs. Bannerjee pour la tourmenter. » Sans doute le savait-elle, et riait-elle afin de ne pas pleurer. Elle s'efforçait de rendre les Bannerjee ridicules, pour amuser Ransome, pour s'insinuer dans ses bonnes grâces. Comme le petit chien battu, elle agitait de nouveau la queue.

« Il faut que je retourne à mon travail, dit-il. Quand les choses seront un peu tassées, il faudra que nous organisions des réunions. Nous pourrions peut-être fonder un club de badminton. »

Le visage terreux de Miss Murgatroyd s'empourpra de plaisir.

« Ce serait merveilleux ! s'écria-t-elle. Puis, le menaçant d'un doigt timide, elle ajouta : Je vous le rappellerai !

— Oui, je compte sur vous, répliqua-t-il tout en songeant sans aménité : « Il y a peu de chances que vous me le laissiez oublier ! »

« Comment va Lady Esketh ? demanda-t-elle à l'instant où il la quittait.

— Elle est malade.

— Je le sais. Rappelez-moi, je vous prie, à son bon souvenir quand vous la verrez. Elle a fait preuve de tant de cran pendant l'inondation ! Et, en hommage à son mythique géniteur, le magistrat de Madras, elle ajouta : Dans les moments de crise on peut toujours compter sur les Anglais ! »

Puis elle s'esquiva et Ransome se dirigea vers l'École, repris par son ancienne impression de nausée au creux de l'estomac.

A la Mission, Mr. Smiley dut garder pour lui ses nouvelles jusqu'à ce que tante Phœbe eût finit d'installer Lady Esketh. Elle lui avait préparé sa chambre et, après l'avoir baignée avec l'aide de Miss Hodge dans l'eau fraîche du *chattee*, elle la coucha dans son propre lit, près de la fenêtre, pour qu'il y eût de l'air et qu'elle pût, quand elle ne dormirait pas, regarder le jardin suspendu où s'épanouissaient pétunias et orchidées.

« Comme c'est plus agréable ici ! dit Lady Esketh. Je me sens moins oppressée. »

Et, presque aussitôt, elle s'endormit. Tante Phœbe retourna à la cuisine, laissant Miss Hodge veiller sur elle.

« J'ai des nouvelles à vous annoncer ! dit Mr. Smiley tout bouillonnant.

— De bonnes nouvelles ? demanda tante Phœbe d'un ton sceptique.

— A partir de maintenant, je suis une Excellence, un Ministre ! Son Excellence Homer Smiley. »

Elle le regarda comme s'il faisait une mauvaise plaisanterie.

« Au nom du ciel, que racontez-vous ? Depuis que je vous connais, vous n'avez jamais été autre chose qu'un Ministre !

— Ce n'est pas le même genre de Ministre ! D'abord je ne suis plus missionnaire.

— Alors qu'êtes-vous ? Vous parlez comme Mrs. Simon.

— Je suis Ministre de la Santé Publique. La Maharani vient de me l'annoncer. »

Il lui expliqua tout ce que cela signifiait. Impressionnée, tante Phœbe s'assit et l'écouta avec une attention et un respect qu'elle n'avait encore jamais accordés à cet homme, toujours considéré par elle comme un de ses petits-enfants.

« Ce n'est pas tout ! ajouta-t-il. Ransome est nommé Ministre assistant. Un instant il se tut ; puis il reprit : Il y a encore autre chose : Ransome et Fern vont se marier.

Cette nouvelle sembla produire la plus vive impression sur tante Phœbe.

« J'en suis très contente, dit-elle. Parce que ça me préoccupait.

— Qu'est-ce qui vous préoccupait ?

— Rien ! répliqua tante Phœbe avec un air de triomphe. C'est un secret que je suis seule à connaître. »

Stoïquement, Mr. Smiley ne fit semblant de rien. « Pourquoi lui gâter son plaisir si elle croit qu'elle est la seule à savoir ! » songea-t-il.

« Et maintenant, dit tante Phœbe, il ne vous reste qu'à faire un saut à l'Orphelinat pour annoncer ces nouvelles à Bertha. Elle eut un petit gloussement. Ce sacré Conseil de la Mission ne va donc plus nous embêter !

— Dorénavant, j'aurai tout l'argent que je voudrai pour des écoles, des bibliothèques, des laboratoires. Avec Ransome, je crois que nous accomplirons des miracles.

— Tout va très bien aller pour Ransome, maintenant. Ce qu'il lui fallait, c'est une femme à lui, et un foyer. Jamais je n'ai rencontré d'homme plus seul. Pour Fern aussi ce sera bien. Ils ont tout de même un peu de bon sens. Je parie qu'il renoncera à boire. Quand se marient-ils ?

— Probablement après-demain. »

Il se mit à rassembler les provisions destinées à l'Orphelinat et, comme il s'apprêtait à partir, tante Phœbe ajouta : « Que de choses se sont passées pendant ces quelques jours ! »

Après quoi, elle retourna tranquillement à la confection du souper et du bouillon que le Major avait prescrit pour Lady Esketh. Tout en travaillant, elle songeait « La pauvre femme. C'est terrible, ce qu'elle a changé en moins d'une semaine ! Miss Mac Daid a dû l'user jusqu'à la corde. » Il lui semblait que celle qui était revenue n'était plus la Lady Esketh qui avait sauté dans le fossé pour éviter les Bhils sauvages en quête de mauvais coups, ni la même femme qui, debout près du *chattee*, versait de l'eau fraîche sur son corps nu. Elle était maigre comme un clou et paraissait avoir perdu toute étincelle. Tante Phœbe remua les braises du fourneau hindou et se dit : « Demain, il y aura de la farine blanche ; nous pourrons faire du pain convenable. »

Deux jours plus tard, l'arrivée de nouveaux médecins et infirmières libéra Fern et Ransome de leur travail à l'École de Musique. Ils se rendirent à l'Hôpital, Fern pour aider Miss Mac Daid à l'économat, Ransome pour faire ce qui se présenterait.

« Avant tout, vous allez vous reposer, dit Miss Mac Daid quand elle aperçut Fern. Vous dormirez jusqu'à ce que vous vous réveilliez. Alors, vous pourrez vous rendre utile. Dans l'état où vous êtes, vous ne seriez bonne à rien. »

Dès l'instant où elle avait quitté l'École de Musique, la fatigue accumulée s'était abattue sur Fern comme un nuage. Maintenant qu'il ne s'agissait plus de résister à tout prix, la lassitude fermait ses paupières, pesait sur son dos douloureux, l'empêchait même de parler. Mais, derrière ce voile d'épuisement, l'idée qu'elle avait tenu bon jusqu'au bout et que c'était fini lui donnait un obscur sentiment de bonheur. Pourtant, quand Miss Mac Daid, d'un ton brusque, lui dit : « Bravo, vous avez bien travaillé, pour une fille qui ne savait rien faire », elle éclata en sanglots éperdus. Miss Mac Daid, qui, par expérience, connaissait ce genre de fatigue et savait que, plus on est jeune, plus terrible est celle-ci, lui fit une injection pour la calmer et la faire dormir.

Quant à Ransome, effondré sur une chaise dans le bureau du Major, ses longues jambes étendues devant lui, la tête appuyée au dossier, il demeura immobile, les yeux fermés, jusqu'à l'arrivée de Safti.

« Vous avez l'air claqué, dit celui-ci.

— Non, je tiens encore. Mais quelques minutes de sommeil ne me déplairaient pas.

— Je suis venu vous chercher. Lady Esketh voudrait vous voir. Je ne vous l'ai pas dit plus tôt ; c'eût été trop dangereux de vous rendre auprès d'elle en sortant de l'École de Musique. Mais si maintenant vous pouviez vous désinfecter, vous changer et m'accompagner à la Mission, je vous en saurais gré. »

La voix du Major paraissait altérée, d'une douceur

inaccoutumée. « C'est parce que je suis épuisé qu'elle me fait cet effet », songea Ransome. Mais, quand il se redressa et regarda son ami, il s'aperçut du changement survenu en lui. Dans ses yeux se lisait une expression de souffrance et de défaite. Et de son visage amaigri, usé, n'émanait plus cette radieuse clarté qui d'habitude l'éclairait, comme si, choisi par les dieux et placé au-delà de la fragilité et du malheur humains, il avait le pouvoir de rendre force et confiance à ceux qui l'entouraient.

Mais Ransome était trop épuisé pour s'attarder à l'aspect du Major. Il était hanté par l'idée de son lit, de son grand vieux lit confortable, et que sans doute Jean-Baptiste avait préparé pour lui, et où il pourrait s'enfoncer, se noyer dans l'oubli et la paix, pour la première fois depuis des jours, depuis toujours. Il n'avait aucune envie de voir Edwina. Son esprit moqueur, sa dureté, son réalisme lui faisaient peur.

« Est-il absolument nécessaire que j'y aille maintenant ? » demanda-t-il.

Le Major réfléchit un moment, les yeux fixés sur les paperasses posées sur la table.

« Oui, je le crois, répondit-il enfin. Nous pouvons y aller à bicyclette. Le pont du Champ de courses est réparé.

— Soit, dit Ransome avec lassitude... Mais... comment va-t-elle ?

— Pas trop bien.

— Que voulez-vous dire ?

— Exactement cela », répliqua le Major à voix basse, comme s'il se parlait à lui-même.

« Non, c'est impossible ! Edwina ne peut pas être en train de mourir ! songea Ransome. Non ! Pas Edwina ! »

Puis, levant les yeux vers le Major, il comprit subitement toute la complexe histoire.

Elle s'était donc passée malgré tout, cette chose qu'il redoutait ! De là, la souffrance qu'il lisait dans les yeux gris-bleu de son ami. Cette douleur de l'homme qui, ayant sauvé tant de vies, se trouvait impuissant à sauver celle à laquelle il tenait le plus. A son tour, comme tous les autres, le Major avait trébuché. Les dieux ne lui avaient pas accordé de dispense spéciale. Ils ne l'avaient épargné jusqu'ici que pour le livrer plus totalement à Edwina... à Edwina !

Une vague d'étonnement et de tendresse à l'égard du Major envahit Ransome. Il se leva, traversa la chambre et posa la main sur son épaule : « C'est une femme extraordinaire, dit-il. Elle ne mourra pas. Elle ne peut pas mourir. Elle est indestructible. Elle ne mourra pas, parce qu'elle ne veut pas mourir.

— Hélas, je crains qu'elle ne le souhaite, répondit le Major sans le regarder. C'est ça l'ennui. Elle n'offre aucune résistance. »

Qu'avait-il pu arriver à Edwina pour qu'elle fût si profondément changée ? Elle, qu'il connaissait depuis si longtemps, avec toutes ses ressources, sa vigueur, sa corruption. Ne serait-ce que par perversité, que pour duper la mort, Edwina lutterait !

« Nous ferions mieux de ne pas tarder, dit le Major. Prenez une douche et lavez vos mains avec de l'alcool. Miss Mac Daid et le portier nous prêteront leurs bicyclettes. »

Pendant le trajet, ils n'échangèrent pas un mot. Ils passèrent devant la lourde statue de la reine Victoria, toujours immuable sur son socle, longèrent le Jardin zoologique submergé, atteignirent la demeure abandonnée des Bannerjee, puis la maison de Ransome, enfin celle de Rashid Ali Khan, dans l'allée de laquelle jouaient quelques-uns des enfants.

« Elle est réveillée, dit tante Phœbe sortie à leur rencontre. J'espérais qu'elle se rendormirait, mais elle n'a pas voulu. Elle vous attend. Elle semble moins abattue.

— Quelle température ? demanda le Major.

— Toujours la même.

— Ça ne peut pas durer ainsi ! murmura-t-il, puis, se tournant vers Ransome, il ajouta : Entrez le premier. Elle désire beaucoup vous voir. »

Assise dans le lit de tante Phœbe, appuyée aux oreillers, Edwina tenait sur ses genoux le coffret de métal sauvé par

Bates. Elle paraissait très maigre et deux taches fiévreuses marquaient les pommettes de son pâle visage. Elle était vêtue d'une des chemises de coton de Bertha Smiley, et ses cheveux, dont la raie avait foncé, pendaient lamentablement de chaque côté de sa figure. Sa vue fut un choc pour Ransome. Mais, se dominant, il lui sourit et dit avec entrain :

« Eh bien, ma chère, vous voilà dans de jolis draps ! »

Au son de sa voix, Miss Hodge se leva vivement et vint à sa rencontre.

« Comme je suis heureuse que vous soyez venu ! s'écria-t-elle. Nous vous attendons depuis des jours. Tenez, asseyez-vous là, à ma place, près du lit.

— Rappelez-vous qu'il a été entendu que vous iriez aider tante Phœbe pendant la visite de Mr. Ransome, dit Edwina.

— C'est vrai, c'est vrai, répondit Miss Hodge épanouie. J'oublie tout depuis quelque temps ! Notre malade va beaucoup mieux, aujourd'hui, Mr. Ransome. Elle sera debout quand Miss Dirks reviendra. »

Puis, comme une poule agitée, elle quitta la pièce et ferma la porte sur elle.

Ransome s'approcha du lit et prit la main d'Edwina.

« Voilà des jours que je désire vous voir, dit-il.

— Vous avez l'air fatigué. Cela a dû être affreusement dur à l'École de Musique.

— Assez.

— Et Fern ?

— Elle va bien. Nous allons nous marier.

— Tante Phœbe me l'a annoncé sous le sceau du secret. » Elle soupira : « Vous êtes un sacré veinard !

— Oui, c'est vrai. Mais il a fallu du temps pour faire tourner la chance.

— Qu'une aussi ravissante fille tombe amoureuse de vous, à votre âge ! »

« Peut-être cela l'égayera-t-il, si je lui raconte toute l'histoire », songea-t-il.

« Oui, c'est une aventure fantastique, dit-il. Et, sans le

savoir, vous y avez joué un rôle, vous avez évité à Fern le pire... »

Une expression d'intérêt passa dans les yeux fatigués d'Edwina.

« Comment cela ? » demanda-t-elle.

Il lui raconta comment, au retour de la réception au Palais, il avait trouvé Fern installée dans sa chambre et décidée à passer la nuit dans son lit. Comment, satisfait et écœuré par leurs étreintes dans la petite pièce du rez-de-chaussée, il avait résisté sans effort à la tentation qu'elle lui offrait et l'avait persuadée d'aller dormir chez les Smiley.

« Quels imbéciles nous avons été ! murmura Edwina, comme se parlant à elle-même. Puis, lorsqu'il eut achevé son récit, elle ajouta : Pourtant quelque chose s'est passé entre vous cette fameuse nuit, quand vous êtes resté seul avec elle chez les Bannerjee ? »

Un peu confus, mais persuadé qu'elle comprendrait et jugerait la chose comme lui, il lui narra également cette partie de l'aventure.

« Tout peut arriver ici, conclut-il, même le plus invraisemblable. Dire que moi, le cynique, le dur-à-cuire, j'en suis là ! »

L'histoire semblait ne pas avoir égayé Edwina. L'avait-elle réellement écoutée ? Il se souvint qu'un soir, ivre, il s'était dit que l'idée d'avoir, par sa dépravation, sauvegardé la virginité d'une inconnue l'amuserait. Mais, en ce moment, il se rendait compte que son récit n'était pas drôle et ne pouvait divertir cette nouvelle Edwina couchée dans le lit devant lui. Tel du plomb transformé en or, l'aventure avait pris un autre aspect. Serait-ce parce qu'à tous deux il leur était arrivé quelque chose ? Parce qu'ils étaient devenus humains, tandis qu'auparavant il y avait toujours eu une sorte d'élément inhumain en chacun d'eux ?

« Moi aussi j'ai des choses à vous dire, murmura-t-elle en se détournant... Une espèce de confession, si vous voulez. Pardonnez-moi si je ne vous regarde pas. Je me sens une telle imbécile !

— Je vous écoute, ma chère, répondit Ransome, devinant ce qu'elle allait lui dire.

— C'est tellement bête, Tom, d'arriver à mon âge, avec la vie que j'ai menée et la tête que j'ai maintenant, pour tomber subitement amoureuse, pour la première fois... Je me sens si stupide...

— Je m'en doutais...

— N'est-ce pas idiot d'éprouver un sentiment pareil... ridicule, honteux, d'attacher tant d'importance à des détails infimes ? Tenez, de le voir entrer ici et s'asseoir pendant cinq minutes sur cette chaise, a plus de prix pour moi que tout ce qui m'est arrivé au cours de mon existence... »

Il ne répondit pas, mais pressa doucement sa main, songeant : « C'est parce que vous êtes ainsi... que vous n'avez pas de couleur aux joues, que vous portez une pauvre chemise de coton, que vos cheveux montrent la teinture... qu'il vous aime. Vous êtes plus belle que vous ne l'avez jamais été. » Maintenant que sa façade fallacieuse et désabusée n'existait plus, tout ce qu'il y avait d'enfantin et d'innocent en elle ressortait clairement. Son visage émacié, à la délicate ossature, avait pris une finesse morbide qu'accentuait son air racé presque à l'excès. Les yeux bleus paraissaient énormes : « Étincelante et libre... se répéta-t-il comme au cours du sinistre dîner chez Mr. Bannerjee. Mais aujourd'hui elle n'est plus libre ! »

Elle se remit à parler doucement, avec effort, comme si elle était très lasse.

« Cela vous donne d'étranges idées... presque une impression religieuse. J'ai le sentiment que tout cela devait arriver... que cela a commencé il y a très longtemps, quand j'étais encore enfant, et qu'il fallait que cela se poursuivît jusqu'au bout... Je devais venir aux Indes... m'arrêter à Ranchipur... le tremblement de terre devait se produire... Elle leva les yeux et regarda Ransome : Mais c'est un sentiment très satisfaisant, poursuivit-elle. Il donne une sorte de plénitude... comme si j'avais vécu ma vie et que ce qui se passera plus tard n'avait plus beaucoup d'importance. Un peintre doit ressentir cela lorsqu'il a terminé un tableau dont il est content... Elle pressa sa main et ajouta : Il fallait que je parle de cela à un ami et, depuis toujours, nous nous sommes compris... seulement, nous ne pouvions nous aider mutuellement à sortir de l'ornière... cela devait être quelqu'un d'autre.

— Oui, je crois que nous nous sommes toujours compris... trop bien même. Il se leva et, sans lâcher sa main, il ajouta : Je vais vous laisser, maintenant. Je reviendrai plus tard. N'étant plus à l'École de Musique, je puis aller et venir comme bon me semble.

— Non, ne partez pas, s'écria-t-elle vivement. Je ne suis pas fatiguée. Quels sont vos projets ?

— Pour l'instant, je pense rester ici... peut-être même pour toujours.

— Et Fern ? Croyez-vous que cela lui plaira ? Elle est bien jeune encore.

— C'est son idée. Elle voudrait devenir infirmière.

— Qu'en dit Miss Mac Daid ? Approuve-t-elle ?

— Je le suppose. Pourtant, il est difficile de savoir quand elle est satisfaite et quand elle ne l'est pas !

— La vieille chèvre, elle a certainement fait tout ce qu'elle a pu pour m'avoir ! Edwina sourit : Je ne l'en blâme pas. Elle avait raison.»

Il lui parla de sa récente nomination.

« Décidément, vous êtes un sacré veinard ! répéta-t-elle. La Maharani doit être une femme bien remarquable... Je regrette de lui avoir été antipathique... Si j'avais pu la revoir...

— Il faut avouer que l'impression que vous lui avez faite, cette première nuit, n'était guère favorable... Mais je ne crois pas que vous lui soyez antipathique... En général, elle n'aime aucune femme, excepté une ou deux qui ont dépassé la soixantaine. Chaque fois que je la vois, elle me demande de vos nouvelles...

— En réalité, j'avais l'intention de vous parler affaires. Pourriez-vous ouvrir ce coffret pour moi... »

Il tourna la clef et souleva le couvercle. Elle sortit de la boîte quelques papiers, puis un petit écrin. Il renfermait une bague formée d'un énorme saphir monté sur platine.

« Je ne pense pas que vous ayez de bague pour Fern, dit-elle. Donnez-la-lui. J'aimerais qu'elle soit à vous deux.

— Comme c'est gentil à vous, ma chère. Mais c'est un cadeau princier !

— Aime-t-elle les saphirs ?

— Je n'en sais rien. Mais je présume qu'elle ne doit pas être grand connaisseur en pierreries.

— Croyez-vous qu'elle viendrait ici ? Je voudrais lui parler.

— Je le lui dirai. Sûrement elle sera heureuse de vous voir.

— Je n'ai jamais fait de testament, même en ce qui concerne ma rente. C'est à ce sujet que j'aurais voulu vous consulter. Puisque j'ai tout cet argent, il me semble que je devrais prendre certaines dispositions.

— Pourquoi le faire maintenant ? Attendez d'être remise. »

Elle sourit.

« Non. J'ai décidé de changer. Jusqu'à présent, j'ai toujours négligé ce qui m'ennuyait. Je ne serais pas malade aujourd'hui si j'avais pris la peine de me faire vacciner. »

Elle laissa aller sa tête sur l'oreiller, comme si son trop long discours l'avait épuisée.

« Que désireriez-vous faire ? » demanda-t-il.

Elle n'essaya pas de se redresser.

« Je voudrais faire certains arrangements concernant une partie de l'argent, pour le cas où quelque chose m'arriverait, dit-elle. Je ne pourrais disposer du tout. Il y en a trop et je ne vois pas à qui le laisser. J'ignore aussi la façon légale de procéder, mais si je spécifie deux ou trois legs, que je signe le papier et que j'aie un témoin, il me semble que cela doit suffire... particulièrement dans les circonstances actuelles.

— Rashid, qui est juriste, saurait peut-être mieux que moi ce qu'il faut faire, dit Ransome en lui prenant la main. Mais pourquoi se hâter ? Nous avons tout le temps. Ce ne sont que des chinoiseries.

— Pourriez-vous l'écrire pour moi si je vous disais ce que je désire ? poursuivit-elle sans tenir compte de sa remarque.

— Certainement.

— Je me demande ce qu'est devenu Elsworth... c'est le secrétaire d'Albert... Pourquoi ne m'a-t-il pas fait signe ? Il doit être à Bombay.

— C'est lui qui a envoyé l'avion. Probablement a-t-il été trop occupé. Tout l'enfer doit s'être attaché à ses trousses quand on a appris la mort d'Esketh en Europe. Cette nouvelle a dû bouleverser une quantité de gens... journaux, sociétés, actionnaires, et tout ce qui s'ensuit... »

Elle regarda par la fenêtre un long moment sans rien dire.

« N'est-ce pas bizarre l'importance qu'avait prise Albert ? dit-elle enfin. En réalité, il en avait si peu.

— Il vaudrait mieux que vous me disiez maintenant ce que vous désirez. Pendant que le Major vous fera sa visite, je rédigerai la chose de la façon la plus légale possible. Il me semble que vous avez assez parlé pour le moment.

— Il y a Miss Hodge, dit-elle. J'aimerais lui assurer une fin tranquille et qu'elle soit bien soignée. La pauvre, elle a eu une si triste vie. Je voudrais lui léguer vingt ou trente mille livres. »

Il sortit de sa poche un crayon et un morceau de papier sur lequel il avait inscrit les médicaments manquant à l'École de Musique.

« Vingt ou trente mille livres ! C'est une grosse somme. Plus que suffisante pour pourvoir à ses besoins. D'autant plus que Miss Dirks lui a laissé tout ce qu'elle possédait, elle me l'a dit, et que la Maharani compte lui assurer une pension.

— Ne soyez pas fatigant, Tom. C'est mon argent, et il y en a tellement ! »

Jugeant qu'il valait mieux ne pas discuter, il écrivit sur l'envers du papier : « Miss Hodge : vingt mille livres. »

« Je suppose que, lorsque la vie redeviendra civilisée, la pauvre Miss Hodge aura besoin d'une infirmière ou d'une garde. Ce serait trop affreux de l'enfermer. Un instant, Edwina réfléchit, puis elle ajouta : Pourquoi ne seriez-vous pas son curateur ? Elle dit qu'elle ne rentrera pas en Angleterre avant le retour de Miss Dirks, et je crains que cela ne lui fasse aucun bien de se retrouver là-bas. Elle n'a plus de famille, sauf de vagues cousins qui, certainement, ne voudront pas se charger d'elle et la mettront dans un asile... Ici, personne ne fera attention à elle. Et, un jour, elle *saura* que Miss Dirks est morte.

— Oui, cela pourrait être arrangé.

— Je voudrais léguer cent mille livres à l'Hôpital, pour constituer une sorte de fondation dont ils disposeraient à leur guise.

— Bien.

— Et cinquante mille livres aux Smiley. Croyez-vous que ce soit suffisant ?

— Certainement. L'argent n'a guère d'importance pour eux. Quoi qu'il en soit, ils ne le dépenseront pas pour eux.

— J'ai une vieille tante et un jeune cousin qui sert dans la marine, je ne les ai pas revus depuis deux ans. Je voudrais leur laisser à chacun cinquante mille livres. Leurs noms sont Lady Sylvia Welldon et le lieutenant Arthur Welldon. L'adresse de ma tante est : Parmely Vicarage, près Salisbury. C'est la même pour les deux. »

Fermant les yeux, elle se détourna un peu et ajouta : « N'est-ce pas drôle de me voir ainsi, tel le bon Dieu, en train de changer la destinée des gens, parce que, il y a des années, quand j'étais pauvre, j'ai cédé et épousé Albert ? Elle soupira : J'ai disposé d'une fortune, mais ce n'est encore qu'une infime partie de ce qu'il y a. Comme c'est fastidieux d'être riche. Je n'y avais pas songé... A vous, je voudrais léguer cinquante mille livres, si vous les acceptez, ou davantage... Elle rit. Dites le chiffre, Tom ! Pareille occasion ne se présente pas souvent... et Albert serait si furieux de savoir que tout cet argent pour lequel il a trompé, volé, et par lequel il pensait s'élever dans le monde, ira finalement à un vrai gentleman. Il souhaitait tellement être lui-même un gentleman ! Mais on ne fait pas une bourse de soie avec l'oreille d'un cochon !

— Je vous remercie, j'ai tout ce qu'il me faut. Ma grand-mère m'a amplement pourvu. De toute façon, si je rédige le testament, je ne puis y figurer en qualité de légataire... Mais, puisque vous êtes en train de prodiguer votre fortune, laissez plutôt cette somme au Ministère de la Santé publique de Ranchipur. Smiley et moi pourrions alors en disposer.

— Bon. Marquez cent mille livres pour le Ministère. Si vous en voulez davantage, dites-le.

— Non, cela suffira. »

Elle se redressa.

« C'est tout ce que je vois, pour le moment. Je suis trop fatiguée pour réfléchir et j'ai un mal de tête infernal. Qu'ils fassent ce qu'ils voudront du reste. Ah ! oui, Albert a un frère, qu'il ne m'a jamais permis de voir et qui habite une villa dans la banlieue de Liverpool. Ce serait amusant de savoir de quelle façon un aérolithe d'un million de livres transformerait sa vie ! Sans doute des tas de gens se disputeraient-ils pour cet argent. »

Ransome se leva et mit le papier dans sa poche.

« Je vais aller rédiger la chose, dit-il. N'y pensez plus et tâchez de vous reposer. »

Il enleva le coffret du lit, puis, la soulevant doucement d'un bras, il arrangea ses oreillers. Elle ne pesait rien.

« Ce coffret est plein de bijoux, dit-elle, comme il la recouchait. Vous feriez bien de donner tout cela à Fern.

— Ne dites pas d'extravagances.

— Ne m'interrompez pas... Votre frère a-t-il un héritier ?

— Non.

— Eh bien, si Fern et vous avez des enfants, votre fils deviendra le comte de Nolham. Il se mariera un jour, et sa femme sera peut-être heureuse de porter les magnifiques bijoux que lui aura légués une putain anglaise, nommée Lady Esketh, et qui mourut à Ranchipur pendant le désastre de 1936. Ainsi, elle aura toujours une histoire intéressante à raconter. Cela lui sera utile quand elle devra faire des frais à d'ennuyeux dîners. Nous sommes de tels snobs en Angleterre ! Nous aimons ce genre d'anecdotes. Elle soupira. Ne discutons pas, ajouta-t-elle. Je suis trop fatiguée. Notez ça dans le testament... que je lègue les bijoux à Fern. Elle ouvrit les yeux, sourit et le regarda : Je suppose que c'est ce qu'on nomme se repentir, finir en dévotion... Sa voix s'affaiblit... Donner ses biens terrestres... Dans un murmure, elle ajouta : C'est une très douce sensation... »

Quand Ransome rentra dans la cuisine, le Major se leva vivement, avec une expression d'anxiété, comme si lui, l'homme de science, attendait de Ransome d'être rassuré.

« Je crois que ma visite lui a fait du bien, dit ce dernier. Elle m'a demandé de rédiger son testament. J'ai commencé par lui dire que c'était absurde, mais elle paraissait y tenir. J'ai pensé qu'il valait mieux ne pas la contrarier... Elle a l'air moins mal que je ne m'y attendais. »

Cependant il savait que le fait le plus alarmant n'était pas la maladie d'Edwina, mais l'apathie qu'il avait sentie en elle, cette étrange certitude qu'elle semblait avoir que tout était fini, son acceptation, presque son impatience de cesser de vivre. Le Major avait cru que sa visite lui serait salutaire, il l'avait amené auprès d'elle comme une sorte de médicament miraculeux qui devait agir quand tout le reste s'avérait impuissant. Cet homme, son ami, aimait Edwina. Ransome n'en pouvait plus douter. Dès le début, il avait craint cela et vaguement essayé de l'éviter. Mais ce qui s'était passé était différent de ce qu'il redoutait et en quelque sorte pire. Il pensait qu'elle chercherait à le séduire, à le fasciner, et que, lorsqu'elle en aurait assez, elle repartirait pour l'Angleterre, dans la sécurité de son cynique milieu. Or ce n'était pas cela. Il se rendait compte qu'il n'y avait pas de solution, aucun moyen de sortir de l'impasse où ils se trouvaient, et qu'elle-même le savait. Peut-être, dans un meilleur climat, sa vitalité et sa vigueur physique eussent-elles pris le dessus, malgré sa volonté. Mais ici, aux Indes, tout se liguait contre la machine appelée corps.

Le Major devait le savoir, lui aussi. C'était inscrit dans ses yeux gris-bleu douloureux ; Ransome comprenait maintenant pourquoi il lui avait dit : « Voilà l'ennui ! Elle ne se défend pas. » Pour la première fois, la mort le frappait comme une réalité. Au cours de la guerre ou pendant la récente catastrophe, elle n'avait eu pour lui qu'un sens abstrait. La mort de cette ombre malheureuse que fut sa mère n'avait guère eu d'importance, ni celle de son père pour lequel il n'éprouvait aucune affection. Même la perte de sa grand-mère n'avait pas eu ce caractère de réalité, car, bien qu'il la chérît, elle était déjà vieille et son décès semblait aussi naturel que si elle se fût endormie. Pour Edwina, c'était différent. Elle allait mourir, et personne ne pouvait la secourir, la sauver. « C'est lamentable, songea-t-il, oui, lamentable. » Pourtant, il comprenait pourquoi elle mourait. Un mois auparavant, lui-même n'aurait pas mieux réagi.

Tante Phœbe sortit de l'armoire de l'encre, une plume et du papier à lettres surmonté de l'en-tête : « Mission américaine. Section éducative. État de Ranchipur ». Et Ransome se mit au travail. Il s'efforça de se rappeler les termes juridiques lus jadis dans le testament de son père et dans celui de sa grand-mère... *Je donne et lègue en toute propriété*... Cela semblait ridicule. Mais toute la phraséologie juridique ne paraissait-elle pas stupide, archaïque, embrouillée...

« Qui l'aurait cru ! » murmura tante Phœbe avec une insouciance exagérée en passant près de lui.

Il devina ce qu'elle voulait dire et fut ému de constater que dans son vieux corps usé persistait une telle faculté d'étonnement et de romanesque. Puis il comprit que cela faisait partie de sa force, que c'était une des raisons pour lesquelles elle n'avait jamais vieilli et resterait toujours jeune. Edwina et lui-même n'avaient connu ni l'émerveillement ni la joie. Peut-être ces sentiments n'étaient-ils donnés qu'à un petit nombre d'élus. Peut-être aussi pouvait-on les apprendre ? Commençait-il à être capable de les ressentir ?

« J'ai quatre-vingt-deux ans, remarqua tante Phœbe qui s'était mise à pétrir du pain à l'autre bout de la table, et constamment je découvre de nouvelles choses.

— Quelle femme charmante, Lady Esketh ! Quelle vraie grande dame ! » dit soudain Miss Hodge, en train de peler des ignames dans un coin.

Quand le Major entra, Edwina ouvrit les yeux et lui

sourit. Presque avec raideur, il lui posa de brèves questions. Il prenait son air professionnel, comme ce fameux après-midi au Palais d'Été, lorsqu'elle avait tout fait pour le séduire.

« Vous allez beaucoup mieux aujourd'hui, dit-il, quoique ce fût un mensonge. Vraiment, vous avez une extraordinaire vitalité.

— J'ai toujours eu une vigueur de cheval.

— Nous attendons une machine à fabriquer de la glace ; demain peut-être. Ça fera une grande différence.

— Oui, ce sera bien agréable. Je voudrais dormir sur de la glace. Il me semble que jamais plus je n'aurai frais. »

Le Major paraissait de plus en plus guindé. On eût dit que celui qui s'était confié à elle, à l'aube, dans la grande salle où elle veillait, avait fait place à un étranger. Or, tandis qu'il lui parlait, il s'efforçait de combattre une terreur irrépressible qui le gagnait. Non pas la peur de sa mort ; quelque chose de pire, jamais encore ressenti, mais qu'il reconnaissait, comme une maladie très ancienne qui serait revenue. Et de la reconnaître augmentait son épouvante. « Il faut que je me tienne ! se répétait-il. Si je cède, je m'effondrerai. Je sangloterai, je hurlerai, je me conduirai comme cet imbécile de Bannerjee ! Mais non, je ne suis plus comme lui, je suis de la race nouvelle. Je ne veux pas me laisser aller ! » Il enfonçait ses ongles dans ses paumes. Puis son grand corps vigoureux se mit à trembler, comme s'il lui fallait absolument se rouler par terre, gémir, pleurer, s'arracher les cheveux, se traîner dans la poussière, couvrir sa tête de cendres et de bouse de vache.

« Jamais encore cela ne m'est arrivé ! se disait-il, furieux. J'ignorais que c'était là, caché en moi... » Cette terrible et sournoise émotivité qui, à tant de reprises, avait perdu les Indes, engendré la cruauté, le masochisme, le défaitisme, le désespoir. Ses ongles s'enfonçaient de plus en plus dans sa chair. « Je ne peux pas les trahir ! songeait-il. Moi surtout, entre tous les Hindous ! Moi qui ai prouvé que ces choses n'existaient pas... Je ne peux pas les trahir ! Si je cède une fois, je suis perdu. Alors plus rien ne me retiendra... Comme Bannerjee, comme tous les autres... je hurlerai sans espoir... » Et, dans son cœur, il maudissait sa race, sa caste brahmane, son hérédité, l'horrible et cruel climat qui vous rendait neurasthénique, déséquilibré. Il s'en prenait à l'âme même des Indes.

Ayant peur de ce qu'il pourrait faire, il se remit à parler, sans entrain, d'une voix plate, morne, positive, qui semblait venir de loin. Par le mécanisme de son corps veule et terrifié, il entendait ce *lui-même* (quelle que fût son essence) parler de ses projets comme s'il se fût agi d'un simple voyage à Bombay ou à Delhi. « Le pire est passé pour vous, disait-il, et maintenant, j'ai tout arrangé. Nous irons dans l'Est... dans les États malais ou dans quelque partie des Indes où l'on ne saura pas qui nous sommes. (Il n'existait aucun lieu où on ne les connût pas.) Et nous mènerons une vie nouvelle. Je poursuivrai mon travail. Nous construirons un monde neuf. Oui, ce sera satisfaisant et pas trop difficile. »

A ce moment, il sentit la main d'Edwina se poser sur la sienne.

« Oui, ce sera charmant, disait-elle. Ce sera merveilleux. »

Et, de nouveau, son corps perfide se mit à trembler du désir de se rouler par terre, d'abandonner tout honneur, tout courage, toute confiance, toute force, en un geste sauvage de désespoir et de défaite.

« Qu'y a-t-il, mon cher ? demanda Edwina. Êtes-vous souffrant ? Pourquoi tremblez-vous ainsi ? »

La honte l'envahit, de lui-même, de cette machine admirablement racée qu'était son corps brahmane. Jamais il n'oserait lui avouer pourquoi il tremblait. Il ne fallait pas qu'elle s'en doutât... Elle surtout, qui avait traversé une fournaise de tourments, qui était en train de mourir, sans l'ombre d'une plainte. Et, encore une fois, il maudit les Indes et son propre corps qui le trahissait.

« Ce n'est qu'un peu de fatigue physique. Cela va passer », s'entendit-il répondre de cette même voix plate et lointaine.

Mais cette chose ne s'en allait pas. Comme une panthère cruelle, elle s'agrippait à lui. Elle lui venait de son passé, de celui de ses parents, de ses grands-parents, de ses aïeux les plus reculés. Jamais Edwina ne pourrait comprendre cela, ni Ransome son ami, ni Rashid ce grand Turco-Arabe, ni même la vieille Maharani, avec son sang altier et sauvage de Mahratte. Cela remontait à plus loin. A côté de lui, n'étaient-ils pas tous de nouveaux venus aux Indes ?

« Il ne faut plus parler, disait la voix sans timbre. Vous allez vous fatiguer. »

A ce moment la porte s'ouvrit et Ransome entra, tenant de l'encre, une plume et du papier, suivi de tante Phœbe qui essuyait la farine de ses mains. Alors l'esprit du Major s'arc-bouta contre son corps en panique. « Pas maintenant ! se répétait-il. O Dieu ! O Rama ! O Vishnou ! Pas en ce moment ! Pas devant eux ! Ils croient en ma force ! Pas devant eux ! » Mais, dans les profondeurs de son être en détresse, il entendit retentir les hurlements terrifiés du défunt Mr. Bannerjee.

« Voilà, ma chère, j'ai fait de mon mieux, disait Ransome. Tante Phœbe sera témoin. Le Major pourra être second témoin. Je crains que la signature de Miss Hodge n'ait pas de valeur légale. »

Il y avait une note factice et lasse dans sa voix, mais son timbre éclaira soudain le Major. Son ami Ransome souffrait, lui aussi, il était à bout, près d'être vaincu. Cependant quelque chose en lui résistait, feignait de croire à l'improbable, luttait en quelque sorte jusqu'au bout. Le désespoir qui rongeait Ransome était moins redoutable que l'abîme de terreur, de démoralisation où lui-même se sentait sur le point de sombrer. Cependant le calme apparent de Ransome le fortifia. Il se leva et s'approcha de la fenêtre. Là, couvrant son visage de ses mains, il pressa ses doigts contre ses tempes, jusqu'à ce que la douleur le soulageât.

Il tremblait encore pendant la lecture du testament.

« Cela va-t-il ? demanda Ransome lorsqu'il eut terminé.

— Oui, je serais du reste incapable de savoir si cela n'allait pas. »

Ransome fit signer le papier à Edwina. Après quoi, il le passa à tante Phœbe et au Major. La signature de tante Phœbe était gribouillée, mais ferme. Celle du Major était tremblée et confuse comme celle d'un vieillard.

« Quand reviendrez-vous ? demanda Edwina au Major.

— Ce soir... à la nuit. »

Son corps persistait dans sa révolte; il parlait avec effort, d'une voix étranglée.

« Je voudrais dire deux mots à Tom, en particulier, reprit Edwina.

— Je vous attendrai, dit le Major à Ransome. Nous rentrerons ensemble. »

De nouveau, la peur l'étreignait : la peur de la plaine rouge illimitée, de la rivière mugissante, des banians, des figuiers de Java alignés le long de la route, des temples détruits. S'il les affrontait seul, ils l'attireraient dans le gouffre du passé, dans ce monde de cauchemar où Mr. Bannerjee avait vécu son existence terrifiée. Jusqu'à ce qu'il redevînt lui-même, il lui fallait rester auprès de Ransome. Oui, avant de rencontrer le regard dur et scrutateur de Miss Mac Daid, il devrait avoir surmonté sa panique. Mieux que quiconque, elle connaissait l'Orient et les Indes; un coup d'œil suffirait : « Alors, vous voilà redevenu Hindou !... Vous ! » lui dirait-elle avec mépris.

Tante Phœbe le suivit dehors.

« Qu'a-t-il ? Pourquoi est-il ainsi ? questionna Edwina dès qu'elle se retrouva seule avec Ransome.

— Il est épuisé. Et il y a de quoi... A part ça, je ne vois pas de différence.

— Non. Il y a autre chose. »

Ransome haussa les épaules, feignant de ne pas comprendre.

« Vous ne croyez pas qu'il va faire une bêtise ?

— Non. Ce n'est pas son genre. »

Mais l'instinct de Ransome contredisait ses paroles. Il n'était sûr de rien. L'homme qui venait de les quitter lui semblait un inconnu.

« Vous l'aiderez, n'est-ce pas ? Autant que vous pourrez...

— Certainement je ferai mon possible. »

Cela ne serait pas facile. Il se rendait compte que depuis peu le Major lui échappait. « Est-ce l'émotion, la douleur, qui font ressortir la différence ? se demandait-il. Y a-t-il en lui quelque chose d'hindou qui jamais n'acceptera ni ne comprendra l'Européen en moi ? » Mais non, pareille supposition était une absurdité, un lieu commun digne de Kipling qui ne connaissait des Indes que les garnisons, les clubs et les journaux. « *East is East...* »

« Il m'est venu encore une idée, reprit Edwina. J'aimerais léguer une somme destinée à améliorer la compréhension réciproque entre l'Orient et l'Occident. Je ne vois pas sous quelle forme cela pourrait se faire. Mais pensez-y, voulez-vous ? Je suis trop fatiguée pour réfléchir...

— Il n'y aurait qu'un moyen, répliqua Ransome, amer. Constituer un fonds pour l'achat de "mort-aux-rats"... afin de supprimer l'ignorance, les préjugés, la rapacité, l'esprit provincial... Mais ils ont la vie dure... Il faudrait aussi empoisonner tous les petits fonctionnaires, le vieux Dewan, les commerçants, les Lord Esketh, les administrateurs de banques, les prêtres, des gens tels que Pukka Lil, Mrs. Simon et le vieux Général ! »

Elle sourit.

« Cela ne serait pas impossible, à condition de le faire avec adresse ! Quant à moi je ne me suis jamais laissée beaucoup arrêter par les préjugés. Probablement la société bourgeoise nomme-t-elle cela dépravation, mais j'ai idée que Dieu doit plutôt considérer cela comme une vertu... »

Épuisée, elle se retourna et regarda par la fenêtre.

« Oh, mais qu'est-ce qui arrive ? » murmura-t-elle soudain.

Il suivit la direction de ses yeux et aperçut le carrosse de la Maharani, traîné par les buffles blancs aux cornes dorées.

« Comme ils sont beaux ! dit-elle.

— C'est la Maharani... Probablement vient-elle prendre de vos nouvelles.

— Remerciez-la de ma part, je vous prie.

— Certainement. Il se leva. Tout est en ordre, n'est-ce pas ? dit-il. Et maintenant vous allez vous remettre, vous verrez... malgré tout. »

Elle posa sur lui ses prunelles bleues, qui paraissaient immenses dans son visage si pâle, et, un moment, le considéra, puis elle dit : « Et si je me remets... alors quoi ? »

A cet instant, il comprit que mieux qu'eux tous elle savait qu'il n'y avait pas de solution possible.

« Si j'étais vous, je ne me tourmenterais pas pour l'avenir, dit-il. Laissez les choses s'arranger d'elles-mêmes.

— C'est ce que j'ai toujours fait, répondit-elle. Vous voyez où cette bonne habitude m'a menée ! »

Il se dirigea vers la porte. Miss Hodge se tenait près du battant entrebâillé.

« Entrez, lui dit-il. Je m'en vais. »

La pauvre vieille fille alla s'asseoir sur la chaise qu'il venait de quitter et se mit à raconter à Edwina la conversation qu'elle avait eue avec l'Évêque et Lady Une Telle. Edwina, les yeux clos, tournait le dos à la porte.

C'est ainsi qu'il les laissa.

La Maharani ne descendit pas de son carrosse. Elle venait s'informer de la santé de Lady Esketh et inviter tante Phœbe à prendre le thé chez elle le lendemain. Ils se tenaient tous, en demi-cercle, près de l'équipage. Les buffles, toujours indignés, grognaient et reniflaient.

« Je voudrais dire deux mots au Major », poursuivit la Maharani.

Le Major se rapprocha d'elle, tandis que les autres reculaient de quelques pas.

« J'ai reçu une réponse des parents de la jeune fille, dit-elle en se penchant vers lui. Elle est à Poona. Ils l'amèneront dès la fin des pluies.

— Très bien, Altesse.

— Elle est ravissante, intelligente, pleine de grâce et cultivée.

— J'en suis certain, Altesse.

— Je crois qu'elle fera une excellente épouse. Ce qu'il vous faut, Major, c'est un foyer et des enfants. »

Brusquement, elle inclina la tête dans la direction des autres, leur dit adieu et donna l'ordre au conducteur de se remettre en route.

Grognants et soufflants, les buffles s'élancèrent de leur

trot rapide dans l'allée de la Mission. Un instant, le Major les suivit des yeux. Son corps ne tremblait plus. L'esprit avait triomphé. Il avait retrouvé sa tranquillité ; il se comportait comme Ransome et Edwina. Sa force et sa propre estime lui étaient revenues.

« Partons-nous ? » demanda-t-il à Ransome de sa voix ordinaire.

La vieille épouvante, les peurs ancestrales, les anciens droits de ses aïeux étaient vaincus. Jamais plus ils ne reviendraient le réclamer ; il en avait la certitude.

« Attendez un instant, dit Ransome. Voyons ce que veulent ces hommes. »

De la main, il désigna deux agents de police mahrattes qui montaient l'avenue, portant entre eux un objet lourd, plat et volumineux. Arrivés près d'eux, l'un des hommes posa l'extrémité de l'objet par terre, tandis que l'autre le redressait. C'était l'agrandissement en couleurs de la photographie de Mrs. Hoggett-Egburry dans son rôle du « Chat-Botté ». Le voluptueux portrait de cette grande femme blonde semblait bien fait pour éveiller la passion des Bhils sauvages et noirs.

Le verre manquait et le tableau était maculé d'eau, de graisse et de fumée.

Il avait été découvert par la police dans une des mosquées en ruine de la ville morte d'El-Kautara où les Bhils l'avaient déposé et étaient en train de l'adorer.

Cette diversion brisa pour Ransome la tension de la dernière heure. Un rire fou, déchirant, salutaire, homérique, le saisit, à la pensée de Pukka Lil, des Bhils, du Général, des Indes, de l'Occident, des dictateurs, des grands banquiers, des politiciens, de la stupide humanité, mais surtout de lui-même.

Cependant, les deux agents de police, béats d'admiration, restaient plantés devant la blonde et plantureuse beauté. Feignant d'essuyer la sueur de son visage, Ransome parvint à dissimuler son fou rire derrière le morceau de gaze médicale qui lui servait de mouchoir.

« Qu'ils le déposent avec le bric-à-brac de Mrs. Hoggett-Egburry dans la dépense, dit tante Phœbe charitable.

Bien que je dorme dans cette pièce, je tâcherai de m'en accommoder. »

A la grille de son jardin, Ransome s'arrêta.

« Je vous lâche ici, dit-il. Je vous renverrai la bicyclette par mon boy. Il faut que je dorme.

— Merci », dit le Major en lui tendant la main. Un instant, ses yeux gris-bleu scrutèrent le visage de Ransome. Il parut sur le point d'ajouter quelque chose, mais, détournant subitement son regard, il dit simplement : « Je vous verrai demain. Dormez bien. Vous le méritez ! »

Puis, sans se retourner, il partit sur la route humide et brillante.

Ransome, troublé par le brusque changement de son ami, le suivit des yeux jusqu'à ce qu'il disparût derrière la maison des Bannerjee. Pourquoi le Major n'avait-il pas parlé ? Il avait quelque chose à lui dire qui aurait pu beaucoup expliquer, les rapprocher, rendre plus profonde leur amitié. Il ne devinait pas ce que cela pouvait être, mais son instinct l'avertissait que, pendant une seconde, ils avaient été plus près l'un de l'autre que jamais auparavant. Si lui-même avait été un Hindou, le Major ne se serait pas abstenu. Il fut tenté de sauter sur sa bicyclette, de le rattraper et de lui crier : « Que vouliez-vous me dire ? Ne craignez rien. Nous sommes tous des solitaires, des prisonniers. Parlez ! Confiez-vous à quelqu'un ! » Mais il ne bougea pas. Pareil geste serait sentimental, ridicule. Ne l'avait-il pas appris tout le long de sa vie ? C'était une chose qui ne se faisait pas. Aussi resta-t-il immobile, comme paralysé, sous le grand banian.

La pluie se remit à tomber. Faisant demi-tour, Ransome poussa la grille de son jardin. Il n'avait pas remis les pieds chez lui depuis plus d'une semaine et sa demeure lui semblait avoir pris un aspect étranger. Était-ce parce que l'homme qui rentrait n'était plus le même que celui qui l'avait quittée ivre, dans la lueur soufrée du crépuscule, pour se rendre au dîner de Mr. Bannerjee ? La différence venait aussi de changements extérieurs : le hangar s'était écroulé tout autour de la vieille Buick. Jean-Baptiste avait recouvert celle-ci d'une toile goudronnée, dénichée quelque part. Le toit de la maison elle-même était à demi effondré. Mais les arbres, les plantes, les buissons surtout s'étaient transformés. Toutes les frondaisons avaient pris une teinte vert foncé, brillante, tandis que les plates-bandes, véritables jungles, flamboyaient de soucis, de roses trémières, d'hibiscus, de capucines, de fuchsias. Contre la demeure et les murs des communs, jasmins, bégonias, bougainvillées, convolvulus avaient lancé des pousses voraces qui s'accrochaient partout, envahissaient portes et fenêtres, bouchaient les conduites d'eau, enlaçaient les corniches, grimpaient le long du toit.

Ému, émerveillé, il s'arrêta pour contempler le miracle accompli par les pluies. Longtemps il s'attarda, puis la maigre et noire silhouette de Jean-Baptiste s'encadra dans la porte et s'avança vers lui pour prendre la bicyclette.

« Vous n'avez pas eu de mal, j'espère, dit Ransome. Avez-vous eu au moins de quoi manger ?

— Je n'ai manqué de rien, Sahib, répondit Jean-Baptiste dans son français chantant. Et je suis content que le Sahib soit de retour.

— Je viens pour dormir. Mon lit est-il prêt ?

— Oui, Sahib, il a toujours été prêt. »

Une seconde, Ransome eut l'impression que le boy l'inspectait avec méfiance et curiosité. Mais Jean-Baptiste, comme la nuit où Ransome avait surpris son regard dans le miroir, détourna vivement les yeux.

« Le Sahib veut-il manger ? demanda Jean-Baptiste.

— Pas pour le moment. Je vais d'abord dormir.

— Très bien, Sahib.

— Demain, vous irez chercher le jardinier pour qu'il taille toutes ces plantes qui empêchent l'air et la lumière d'entrer.

— Le jardinier est mort, Sahib. »

Une lassitude écœurante envahit Ransome.

« Tant pis, vous en trouverez un autre.

— Oui, Sahib. »

Ransome se rendit dans sa chambre et se déshabilla. Puis, retournant dans le jardin, il laissa la chaude pluie battre son corps nu. Enfin, quand il se sentit redevenu propre, il rentra, se jeta sur son lit et s'endormit d'un sommeil calme, profond, le premier bon sommeil qu'il eût goûté depuis des années.

A la fin de la semaine, l'abondance anormale des pluies diminua. De brusques et torrentielles averses tombaient de temps à autre. Mais ce n'était plus cette pluie continuelle, qui nuit et jour submergeait les champs, gonflait la rivière. Parfois le soleil apparaissait, non plus poussiéreux, rouge, métallique, comme pendant la saison sèche, mais embué des vapeurs qu'il tirait de la route asphaltée et des cours pavées. Malgré l'accablante chaleur, le fanatique colonel Moti et ses deux assistants ne cessèrent un instant de travailler, se démenant comme des démons, désinfectant, détruisant, déblayant. Enfin, le dixième jour, le Colonel, arrogant, triomphant, se présenta devant la Maharani et le Conseil, et leur déclara qu'il avait définitivement annihilé la néfaste puissance des Indes elles-mêmes. Si l'on s'en tenait à ses instructions, plus jamais aucune épidémie n'éclaterait. Il exigeait d'être consulté pour l'élaboration des plans définitifs de la ville nouvelle. Après quoi, il se retira, l'air provocant, brûlant de passion pour son idéal, plus énergique et les yeux plus brillants que jamais, invulnérable à la maladie, à la chaleur torride et à l'incessant labeur.

Le duel entre la Maharani et le vieux Dewan devait bientôt être interrompu. En effet, le lendemain de la réunion du Conseil, le vieillard, desséché par la canicule, empoisonné par sa haine et son mépris pour le colonel Moti, omit de s'éveiller. Son fils déclara qu'il avait quatre-vingt-douze ans, mais en réalité nul ne savait son âge. La seule chose certaine, c'était qu'avec lui disparaissait le dernier représentant de son type.

Le surlendemain, Lady Esketh mourut, dans la chambre de tante Phœbe, à la Mission américaine. Elle trépassa dans le coma où elle avait sombré peu après le départ de Ransome et du Major. A trois reprises, Fern était venue la voir, mais en vain. La première fois elle délirait, et les deux autres, elle avait perdu connaissance. Peu avant la fin, elle revint pourtant à elle et, tandis que le Major assis près d'elle lui serrait doucement la main, elle lui sourit. Mais, trop faible, elle ne put rien dire. Alors, comme le matin où il l'avait trouvée seule dans la grande salle, il lui parla, la réconforta, soulageant sa lassitude, l'enveloppant de sa chaude tendresse. De nouveau, il semblait la prendre dans ses bras et l'emporter. Il ne lui demandait plus de vivre ; il ne cherchait plus à la tromper, à lui faire croire qu'elle pourrait guérir. Il avait deviné ce qu'elle désirait, pourquoi elle le souhaitait, et, dans sa propre solitude, il savait qu'elle se montrait plus sage que lui. Son corps ne le tourmentait plus et l'indicible terreur n'avait point reparu. Aussi, pendant cette brève halte lumineuse au milieu de l'obscurité qui l'environnait, Edwina comprit-elle qu'il s'était ressaisi, qu'il était indemne, comme si jamais elle n'avait pénétré sa vie pour y apporter la ruine et la désespérance.

« Ne renvoyez pas Miss Hodge, murmura-t-elle en lui pressant faiblement la main. Je lui ai assuré que vous prendriez soin d'elle. »

Il lui promit de veiller sur la pauvre vieille fille. Puis, se penchant vers elle, il posa sa joue contre la sienne. Mais bientôt elle lui échappa, pour glisser de nouveau dans les ténèbres.

Miss Hodge et tante Phœbe se trouvaient auprès d'elle quand elle mourut. Tante Phœbe, témoin de tant d'agonies, sentit ses mains se refroidir. Immédiatement, elle envoya un des boys chercher Ransome et le Major. Quand ils arrivèrent, ils trouvèrent tante Phœbe en train d'essayer de calmer Miss Hodge qui, effondrée en travers du lit, pleurait comme une désespérée.

La malheureuse n'avait jamais encore vu mourir. Pour elle, Miss Dirks avait simplement entrepris un long voyage concernant l'École. Probablement vivait-elle toujours. Mais Lady Esketh avait trépassé sous ses yeux ; elle avait senti la vie se retirer de ses mains glacées. Lady Esketh, sa grande amie, dont elle entretenait sans cesse l'Évêque et la Duchesse. Terrifiée, agitée d'un tremblement convulsif, elle conjurait Lady Esketh de ne pas la quitter, de ne pas la laisser seule au monde. Rien ne semblait pouvoir l'apaiser.

« Mais vous n'êtes pas seule, dit alors Ransome. Vous avez des amis : tante Phœbe, le Major, moi. Nous ne vous abandonnerons pas, nous veillerons sur vous jusqu'au retour de Miss Dirks. »

Elle le regarda, les yeux clignotants, le visage bouffi, secouée de sanglots.

« Lady Esketh, comme Miss Dirks, m'a demandé de m'occuper de vous, poursuivit Ransome. Je le leur ai promis. Vous pouvez venir habiter chez moi, si cela vous plaît. »

Un instant, l'esprit troublé de la pauvre vieille fille se débattit pour saisir le miracle... Puis, cessant de pleurer, elle demanda, timide : « Serait-ce convenable ? »

Ransome lui tapota l'épaule.

« Ne vous préoccupez pas de cela, répondit-il. Il va sans dire que ce serait parfaitement convenable.

— Merci, dit-elle alors d'un ton rasséréné. C'est très aimable de votre part. J'irai avec vous. »

Peu après, il l'emmena, et Jean-Baptiste lui prépara une chambre au premier étage. Mais, quand elle fut installée, elle se remit à pleurer.

« Vous êtes si bon pour moi, sanglotait-elle. J'ai eu tant de malheurs et je ne savais pas que les gens pouvaient être aussi bons. Quand Sara reviendra, elle vous remerciera. Moi, je n'ai jamais su dire ce qu'il fallait. »

Puis son visage s'éclaira de nouveau et, pendant le dîner, elle raconta avec entrain ses conversations avec l'Évêque et la Duchesse. Pourtant, vers dix heures, Jean-Baptiste vint prévenir son maître qu'il l'avait vue partir. Ransome la rattrapa dans l'avenue. Elle allait rejoindre Lady Esketh qui avait besoin d'elle, expliqua-t-elle. Avec douceur et patience, il l'amena à comprendre que Lady Esketh était morte et qu'il n'y avait plus rien à faire pour elle.

Le samedi suivant, tante Phœbe et les Smiley donnèrent leur premier déjeuner depuis la catastrophe.

« Ce ne sera probablement pas très gai, confia tante

Phœbe à Ransome. Mais la routine est une bonne chose, et reprendre l'ornière aide souvent à oublier. »

Vers midi, les anciens membres du Club des déjeuners du samedi se retrouvèrent donc autour de la longue table dans la cuisine des Smiley, excepté le pauvre Mr. Jobnekar. Mais deux nouvelles recrues le remplaçaient : Fern et Miss Hodge. Ils avaient adopté Miss Hodge et tout un comité veillait maintenant sur elle : Ransome, tante Phœbe, les Smiley, Fern, le Major, Rashid Ali Khan et même Miss Mac Daid. Apparemment, elle avait oublié le malheureux épisode avec le Sikh et ses troublantes conséquences. Elle parlait moins souvent de Miss Dirks et semblait avoir enfin accepté la mort de Lady Esketh. Elle allait et venait entre la Mission et la demeure de Ransome, poussait parfois une pointe jusqu'à l'Hôpital, ou errait le long des routes, conversant avec d'imaginaires interlocuteurs. En Europe, on se serait moqué d'elle, peut-être même l'aurait-on persécutée, mais à Ranchipur tous la connaissaient et nul ne faisait attention à elle. Le souvenir tragique de Miss Dirks et de Lady Esketh s'estompait, dans son esprit enfantin, et le bonheur de se sentir libre, entourée, la consolait. Elle, qui pendant vingt-cinq ans avait rêvé d'indépendance et de relations intéressantes, trouvait dans sa folie une sorte de compensation que la vie lui avait toujours refusée.

Ransome et Homer Smiley arrivaient de l'Orphelinat où ils avaient temporairement installé les bureaux du ministère de la Santé publique et organisé des distributions de riz, de *gram* et de millet. Miss Mac Daid, par amour de l'exercice, avait renoncé à la *tonga* pour la bicyclette. Fern l'accompagnait. Tout en pédalant côte à côte, Miss Mac Daid interrogeait Fern, haussant la voix lorsque les irrégularités de la route les séparaient. « Êtes-vous vraiment décidée à devenir infirmière ? criait-elle.

— Oui.

— Pourriez-vous en préciser la raison ? »

Fern réfléchit un moment.

« Oui, répondit-elle, enfin. Il y en a plusieurs, mais toutes se réduisent à ceci : je désire rester ici et devenir infirmière.

— Je croyais que vous détestiez Ranchipur et en disiez pis que pendre ! »

Fern rougit.

« C'est vrai. Mais ce n'était pas comme maintenant. »

La roue avant de sa bicyclette buta dans un trou et, pour retrouver son équilibre, elle dut décrire un grand arc de cercle qui l'éloigna de Miss Mac Daid.

« C'est bien pire qu'avant ! hurla celle-ci.

— Non, cria Fern par-dessus son épaule. C'est différent. Je voudrais vivre et travailler à Ranchipur. Mais je ne sais rien, je n'ai jamais rien appris. Je crois qu'en devenant infirmière ce sera la meilleure façon de me rendre utile. »

Jusqu'au carrefour de la Distillerie, Miss Mac Daid pédala en silence. Elle ruminait sur l'étrangeté du monde en général et sur celle de Fern Simon en particulier. Elle devinait pourquoi Fern avait changé de façon si extraordinaire, mais son bon sens lui disait qu'une pareille raison ne suffisait pas. L'amour, songeait-elle, était une bonne chose, dans l'ordre, mais il ne pouvait déterminer la vie entière d'une jeune fille. Il ne fallait donc pas s'y fier. Les premiers transports passés, Fern aurait-elle l'endurance, la persévérance nécessaires pour continuer dans sa voie et ne pas tout abandonner ? Ranchipur n'était pas un lieu de tout repos. D'abord, il y avait son mauvais climat, puis les intrigues des Hindous, l'absence de ressources, les potins et le reste. De plus, Fern était beaucoup trop jolie. Une infirmière ne devait pas être belle ; cela indisposait les femmes et bouleversait les hommes malades. « Pour être infirmière, songeait Miss Mac Daid en pédalant avec vigueur, il faut avoir une tête de vieille jument comme moi ! »

« Avant de rien décider, vous devez être absolument sûre de vous-même ! cria-t-elle à Fern.

— Je suis sûre de moi », répondit celle-ci.

Miss Mac Daid l'intimidait. Elle, qui savait bander si délicatement une plaie, pouvait, à l'occasion, devenir rude et cruelle à l'égard de ses semblables. Mais, de toute façon, Fern n'aurait pu lui donner les raisons pour lesquelles elle était si sûre d'elle-même. En effet, comment lui dire que sa transformation ne venait pas de son amour pour Tom, mais de ce que, depuis la nuit où il l'avait amenée chez les Smiley, elle avait fait un nombre considérable de découvertes, entre autres celle du bon sens. Oui, si depuis cette fameuse nuit le monde n'avait plus le même aspect pour elle, c'est qu'en elle-même quelque chose avait changé. De quelle manière expliquer à Miss Mac Daid que le contact de la misère, de la souffrance, à l'Hôpital et à l'École de Musique, l'avait affranchie à jamais de sa sottise, de son débraillé, de son absurdité ? Comment lui faire comprendre que ce Ranchipur, ou toutes deux étaient en train de pédaler, différait totalement de celui où elle avait passé son enfance et son adolescence ? Comment lui dévoiler que ce n'était ni le tremblement de terre, ni l'inondation, mais cette droiture, cette simplicité, cette bienveillance rencontrées chez Tom, chez les Smiley, chez tante Phœbe, chez Miss Mac Daid elle-même, et aussi chez la pauvre Lady Esketh, qui l'avaient transformée ? Sans doute Miss Mac Daid la croirait-elle folle si elle lui confiait que même les pierres du chemin, les arbres, les maisons, les chariots traînés par les buffles lui paraissaient nouveaux, la faisaient palpiter d'intérêt : c'était passionnant de rouler à bicyclette sur la route du Champ de courses, captivant de converser avec Miss Mac Daid, merveilleux de penser que, dans quelques minutes, elle verrait Tom, qu'il lui sourirait et presserait sa main sous la table du déjeuner. Il n'était plus nécessaire de se réfugier dans la fiction d'un personnage tel que Blythe Summerfield « Perle d'Orient ». Son chagrin de la mort de son père et de la pauvre Hazel s'était aussi atténué. Il lui semblait que le désastre remontait à des années, à une autre vie.

A côté d'elle, les épaisses jambes de Miss Mac Daid pédalaient avec une vigueur accélérée, au rythme de l'activité cérébrale de l'infirmière. En effet, Miss Mac Daid en était au point où, se trahissant elle-même, son bon sens et son expérience, elle plaidait mentalement en faveur de Fern, tant elle avait le désir de pouvoir croire en la jeune fille. Éperdument, elle souhaitait trouver quelqu'un pour poursuivre sa tâche à l'Hôpital, quand l'âge et la fatigue la terrasseraient, quelqu'un de jeune et de fort, semblable à ce qu'elle n'avait cessé d'être. Or, si la vigueur et l'obstination de Fern duraient, elle pourrait devenir exactement celle qu'il fallait. Sa résistance ne faisait aucun doute. Sinon, aurait-elle ce teint frais et coloré après les épreuves qu'elle venait de supporter ? Pourtant, Miss Mac Daid s'efforçait de trouver des arguments contre le projet de Fern ; mais, chaque fois, elle était ramenée à la constatation que, aussi bien à l'Hôpital que dans le taudis de l'École de Musique, la jeune fille avait accepté une tâche qui eût rebuté plus d'une infirmière expérimentée et persévéré sans une plainte dans son accomplissement. Se parlant à elle-même, Miss Mac Daid murmura : « On ne peut pas le nier, cette fille a du cran ! »

Car Miss Mac Daid avait retrouvé sa sérénité. Même lorsque ses yeux se posaient sur le visage gris et douloureux du Major, elle se sentait heureuse. Un jour, il guérirait, elle en était certaine. Il y avait trop à faire pour trouver le temps de souffrir. Le travail le soulagerait de sa peine, cautériserait son affliction. Dans sa fruste droiture, elle ne prétendait pas regretter Lady Esketh, mais considérait plutôt sa mort comme une intervention des dieux. Après tout, n'était-ce pas la faute de Lady Esketh elle-même, la conséquence de son caractère superficiel, de sa vanité, de sa paresse, de sa folie ? Si elle avait pris la précaution de se faire vacciner, elle ne serait pas morte. Néanmoins, toutes choses considérées, pour le bien de l'Hôpital, de leur œuvre, du Major, des milliers de malheureux qui dépendaient de lui, pour le bien de Lady Esketh elle-même, peut-être valait-il mieux qu'elle eût trépassé. Une chose cependant troublait Miss Mac Daid : d'avoir inscrit le nom de Lady Esketh sur la liste des « Mourants », avant d'avoir brûlé celle-ci.

« Tout ça, ce sont des sornettes ! se répétait-elle. Ça n'a rien pu changer ! » Pourtant, ce souvenir la remplissait de honte... Qu'elle, Miss Mac Daid, la directrice de l'Hôpital de Ranchipur, se fût ainsi abaissée à ces procédés de sorcellerie ! Parfois, la nuit, en y réfléchissant, elle se demandait si peut-être, dans ce genre de choses, il n'y avait pas un pouvoir néfaste que la science n'avait pu encore expliquer.

Comme l'avait prévu tante Phœbe, le déjeuner ne fut pas gai. Il fut cordial, et peu à peu l'esprit d'unité qui, pendant des années, avait maintenu la cohésion du petit groupe se réveilla. Mais aucun des participants ne put chasser le souvenir d'Edwina, de la pauvre Miss Dirks, de Mr. Jobnekar, de la famille de celui-ci, du Révérend Simon, de Hazel Simon et de tous les autres.

Il semblait, en quelque sorte, que tous ces morts fussent là, dans la grande et fraîche cuisine des Smiley, même quand le petit groupe discuta avec enthousiasme les plans de la ville nouvelle et que l'ancienne flamme reparut pendant une seconde dans les yeux du Major. Ils seraient toujours là ; ils ajoutaient au changement. Mais chaque semaine, chaque mois, chaque année, leur présence perdrait un peu de sa réalité, car, ainsi que disait tante Phœbe, les morts étaient partis, et les vivants disposaient de si peu de temps qu'ils avaient bien trop à faire pour s'attrister sur eux.

A quatre heures, le Major et Miss Mac Daid se levèrent pour rentrer à l'hôpital. Dans les prunelles de Miss Mac Daid brillait un peu de l'heureuse griserie qu'on y voyait avant l'arrivée de Lady Esketh. Le Major lui appartenait de nouveau, pour quelque temps du moins. Or, depuis son apparition mystique, cette fameuse nuit où elle l'avait cru mort, elle le possédait d'une façon différente et plus satisfaisante.

Comme Ransome et Homer Smiley s'apprêtaient à leur tour à retourner au travail, ils rencontrèrent, à la porte même de la Mission, un petit homme pompeux, au ventre protubérant et au teint blafard des Anglais ayant séjourné trop longtemps aux Indes : c'était Mr. Hoggett-Egburry. Il venait remercier les Smiley de leur bonté à l'égard de sa femme et chercher le reste des trésors laissés par celle-ci à la garde de tante Phœbe. Mrs. Hoggett-Egburry, leur dit-il, allait assez bien, mais se ressentait encore des terribles souffrances qu'elle avait supportées. Il comptait la renvoyer en Angleterre, dans sa famille, pour se reposer. Ce disant, un léger soupir de soulagement lui échappa. Aussi bien que Ransome, Smiley et les autres, il savait qu'elle ne reviendrait jamais aux Indes. Pareil fait était fréquent. Une fois là-bas, elle ne tarderait pas à s'enliser dans la médiocrité d'un milieu formé de gens semblables à elle-même, c'est-à-dire diminués, anémiés, rendus bilieux par l'implacable climat des Indes.

« En tout cas, elle aura plus de chance que la plupart des autres, songea Ransome. Elle boit, et quand elle sera ivre elle pourra encore s'imaginer qu'elle joue un rôle ! »

Mr. Hoggett-Egburry prit congé d'eux et entra dans la maison. « Pukka Lil me manquera, dit Ransome à Mr. Smiley. Elle laissera un vide. Chaque État hindou devrait posséder au moins une Pukka Lil. Cela fait partie du paysage, comme les serpents et les temples.

— A votre place, je ne me tourmenterais pas pour cela, répliqua Homer Smiley en souriant. Ne craignez rien, il en reviendra une autre. Peut-être est-elle déjà dans le train qui arrivera demain ! »

Au crépuscule, Ransome s'installa sur sa véranda. Devant lui s'étendait le Champ de courses et, plus loin, la plaine boueuse, bornée dans le lointain par le mont Abana et la cité morte d'El-Kautara. Il n'y avait plus ni brandy, ni whisky à Ranchipur, mais seulement du gin arrivé par l'un des premiers convois, grâce à l'entreprenant marchand parsi, Mr. Bottlewallah. Ransome buvait donc du gin à l'eau minérale, breuvage qu'il n'aimait guère, mais qui était le seul qu'il eût pu se procurer.

Accroupis à la grille du jardin, sous le grand banian, Jean-Baptiste et deux amis jouaient de la flûte et du tambour. Au-delà du Champ de courses, sur la plaine immense, un troupeau de buffles s'éloignait vers le couchant, poussé par un gamin noir armé d'une longue baguette de bambou. C'était l'heure préférée de Ransome, quand la senteur du jasmin, s'exhalant avec une capiteuse violence, se mêlait à l'odeur des fumées de bois et de bouses de vache et au parfum des épices. La pluie avait cessé. Le soleil couchant transformait les sombres nuages en une gloire d'or et de pourpre. Une clarté violette traînait sur la plaine rouge, comme un brouillard, estompant les silhouettes des bestiaux.

Ransome ressentait la fatigue de sa longue journée de travail dans une chaleur de bain turc, au milieu des clameurs de la horde grouillante des quémandeurs qui assiégeaient le dépôt, mais surtout la lassitude accumulée de ces dernières semaines. « Fern va rentrer ! » songeait-il en sirotant paisiblement son gin à l'eau.

Cependant le souvenir d'Edwina l'obsédait. En revenant de l'Orphelinat, il n'avait cessé de penser à elle, de s'étonner de son histoire et de l'étrange destin qui l'avait conduite à Ranchipur pour y mourir. « Quel dommage qu'elle n'ait pu assister à nos réunions du samedi ! se dit-il. Elle en aurait eu tant de plaisir. » Alors, non sans surprise, il comprit à quel point elle se serait entendue avec les autres. En fait, elle était des leurs, depuis toujours. Pourquoi fallait-il qu'elle fût venue si tard ? Tout le reste de sa vie n'avait été que gâchis. Cette découverte lui sembla éclairer d'une clarté nouvelle le caractère singulier et déconcertant d'Edwina.

A ce moment, tandis qu'il allumait un cigare, il vit poindre sur la route, venant de la ville, le carrosse de la Maharani. L'attelage avançait d'un trot rapide, à l'allure préférée de la vieille dame, mais détestée des buffles. Comme ceux-ci arrivaient à la hauteur de la maison, le conducteur les mit au pas et deux têtes se penchèrent hors du baldaquin de cuir pour regarder sa demeure. L'apercevant installé sur sa véranda, elles se retirèrent vivement, pas assez cependant pour qu'il n'eût le temps de reconnaître la Maharani et tante Phœbe. Avec un petit rire intérieur, il songea : « Voilà la dernière Reine se promenant avec la dernière démocrate ! » Et une vague profonde d'amour le submergea pour cet absurde, magnifique et terrible pays, pour ces Indes où la tragédie et la farce se côtoyaient de si près, juste sous la surface de la vie.

A la grille, Jean-Baptiste et ses amis, qui s'étaient levés pour saluer le carrosse royal, reprirent leur musique dont le son allait se perdre au loin dans la plaine baignée d'une lueur violette. Longtemps, les yeux clos, Ransome resta à l'écouter. Il ne pensait à rien en particulier, mais éprouvait un indicible émerveillement devant la complication, l'incroyable beauté et la cruauté de l'existence humaine... Puis, soudain, comme le soleil disparaissait à l'horizon, monta de par-delà le Champ de courses le glapissement prolongé d'un chacal. Ransome frissonna. On eût dit le cri d'agonie de la ville devant la ruée des flots. Mais un second chacal lui répondit, puis un troisième et, sans transition, l'obscurité s'abattit. Entre les nuages chassés par le vent, les étoiles apparurent, scintillantes dans l'air lavé, comme les diamants de la Maharani. A la grille, sous le vieux banian, les silhouettes noires de Jean-Baptiste et de ses amis s'évanouirent, mais le son de la flûte et des tambours continua à flotter dans l'humide et chaude tranquillité de la nuit.

Commencé à Cooch Behar, janvier 1933.
Terminé à New York, juillet 1937.

Impression réalisée sur CAMERON par
BRODARD ET TAUPIN
La Flèche
pour le compte des Éditions Stock
en juin 1992

Imprimé en France
Dépôt légal : Juin 1992
N° d'édition : 8707 - N° d'impression : 6865F-5
54-05-4124-1/91
ISBN : 2-234-02483-8